UMA
MALDIÇÃO
DE
RUÍNAS
E FÚRIA

JENNIFER L. ARMENTROUT

UMA MALDIÇÃO DE RUÍNAS E FÚRIA

Tradução
Carlos César da Silva

1ª edição

— **Galera** —

RIO DE JANEIRO
2024

PREPARAÇÃO
Rodrigo Dutra

REVISÃO
Laís Curvão
Ana Clara Werneck

DIAGRAMAÇÃO
Abreu's System

DESIGN DE CAPA ORIGINAL
Hang Le

TÍTULO ORIGINAL
Fall of ruin and wrath

CIP-BRASIL. CATALOGAÇÃO NA PUBLICAÇÃO
SINDICATO NACIONAL DOS EDITORES DE LIVROS, RJ

A76m

    Armentrout, Jennifer L.
      Uma maldição de ruínas e fúria / Jennifer L. Armentrout ; tradução
Carlos César da Silva. – 1. ed. – Rio de Janeiro : Galera Record, 2024.
      (Fall of ruin and wrath ; 1)

      Tradução de: Fall of ruin and wrath
      ISBN 978-65-5981-390-2

      1. Ficção americana. I. Silva, Carlos César da.
II. Título. III. Série.

24-88293   CDD: 813
                CDU: 82-3(73)

Gabriela Faray Ferreira Lopes – Bibliotecária – CRB-7/6643

Texto revisado segundo o Acordo Ortográfico da Língua Portuguesa de 1990.

Direitos exclusivos de publicação em língua portuguesa somente para o Brasil
adquiridos pela
EDITORA GALERA RECORD LTDA.
Rua Argentina, 120 – Rio de Janeiro, RJ - 20921-380 - Tel.: (21) 2585-2000,
que se reserva a propriedade literária desta tradução.

Impresso no Brasil

ISBN 978-65-5981-390-2

Seja um leitor preferencial Record.
Cadastre-se e receba informações sobre nossos
lançamentos e nossas promoções.

Atendimento e venda direta ao leitor:
sac@record.com.br

Para você, leitor

GUIA DE PRONÚNCIAS

Divinus: Di-vie-nus
Euros: Your-us
Primvera: Prim-vi-rah
Rae: Ray
Vytrus· Vie-trues (Vi-trus
caelestia: ca-les-te-uh (ca-les-ti-a)
divus: di-vus
na'laa: nah-lay (ná-lei)
ni'mere: nigh-meer (nai-mir)
ny'chora: nay-ko-rah (nei-co-ra)
sōls: souls (sous)

PRÓLOGO

Uma quietude sinistra recaiu sobre o quarto do abrigo, abafando o barulho dos roncos baixos e das respirações ofegantes das crianças que estavam dormindo. Sentindo saudade das camas quentes encontradas no Priorado da Misericórdia, apertei mais ainda os meus dedos doloridos no cobertor áspero e puído. Eu não dormia bem no chão, onde as baratas e os ratos costumavam correr a noite toda.

No entanto, naquela noite não havia nenhum sinal dos rabinhos finos e ágeis, e eu também não ouvia o barulho das garras no chão. Deveria ter sido uma descoberta positiva, mas algo não me parecia nada certo — nem no chão sob mim nem no ar que eu respirava.

Eu tinha acordado arrepiada, sentindo calafrios e uma sensação estranha na boca do estômago. A prioresa me ensinara a sempre confiar na minha segunda visão, no impulso da minha intuição e no anseio do meu instinto. Eram dons, dissera ela inúmeras vezes, que os deuses tinham me dado porque nasci das estrelas.

Eu não entendia o que ela queria dizer com a parte das estrelas, mas no momento minha intuição dizia que havia algo muito errado.

Encarei as paredes úmidas de pedra, iluminadas pelos lampiões a gás, à procura de um sinal do que fez meu estômago embrulhar como se eu tivesse comido carne estragada. Perto da porta, uma das luzes tremeluziu e se apagou. O lampião próximo à janela estalou e cessou, aconteceu o mesmo com todos os outros. Do outro lado do quarto, a última lamparina se apagou.

Não foram dedos que apagaram as luzes. Eu teria visto qualquer pessoa que ousasse provocar a ira do mestre fazendo alguma gracinha com os lampiões.

Voltei o olhar para a lareira. As chamas dos pedaços de carvão ainda queimavam, embora estivessem fazendo um péssimo trabalho em aquecer o quarto, mas não foi isso o que chamou minha atenção. O fogo… não produzia som algum. Nem um crepitar ou chiado.

Senti um arrepio de pavor nos pelos da minha nuca, que desceu devagar feito uma aranha pela minha espinha.

Ao meu lado, um montinho se mexeu sob o cobertor e rolou. Tufos de cabelo castanho cacheado e bagunçado apareceram quando Grady espiou da ponta da coberta. Ele piscou, os olhos pesados de sono.

— O que está fazendo, Lis? — murmurou, a voz falhando no meio do caminho. Vinha acontecendo com muita frequência, desde que ele tinha começado a crescer como as ervas daninhas no quintal do orfanato.

— Lis? — Grady endireitou o corpo, segurando o cobertor na altura do queixo enquanto as chamas da lareira perdiam a força. — O mestre estava te incomodando de novo?

Balancei a cabeça depressa, pois não tinha visto o mestre, apesar de meus braços estarem repletos de evidências de noites anteriores e de seus dedos maldosos, que tinham a tendência de beliscar.

Coçando os olhos de sono, ele franziu o cenho.

— Teve um pesadelo ou algo do tipo?

— Não — sussurrei. — O ar está estranho.

— O ar…?

— Será que são fantasmas? — perguntei, minha voz saía rouca.

Ele debochou.

— Fantasmas não existem.

Semicerrei os olhos.

— Como é que você sabe?

— Porque eu… — Grady parou de falar, olhando por sobre o ombro para as chamas na lareira que sumiam de vez, deixando o quarto iluminado pela luz minguante da lua. Ele virou a cabeça devagar enquanto analisava o quarto, só então percebendo que os lampiões tinham sido apagados. Em seguida, Grady olhou de volta para mim com os olhos arregalados. — Eles estão aqui.

Pulei de susto, sentindo uma onda gélida de pavor percorrer todo o meu corpo. Aquela frase só podia se referir a uma coisa.

Os Súperos.

Os descendentes dos deuses tinham uma aparência semelhante à nossa — quer dizer, *a maioria* deles, mas os que governavam o Reino de Caelum não eram como nós, ínferos. Eles não eram nada mortais.

E não tinham o menor motivo para estar ali.

Não era época dos Banquetes, quando os Súperos interagiam mais abertamente com as pessoas da nossa laia. Além do mais, estávamos no Ninho. Não era um dos lugares bonitos com coisas e pessoas de valor. Não havia prazer em nada que pudessem encontrar ali para alimentá-los.

— Por que estão aqui? — perguntei baixinho.

Grady agarrou meu braço, o frio de seus dedos passou pelo tecido da minha blusa.

— Não sei, Lis.

— Será que eles... acha que vão machucar a gente?

— Eles não têm motivo para isso. Não fizemos nada de errado. — Ele nos puxou para que dividíssemos o mesmo travesseiro baixo. — É só você fechar os olhos e fingir que está dormindo. Assim vão deixar a gente em paz.

Fiz o que Grady mandou, como fazia desde que ele tinha parado de me fazer dar meia-volta sempre que eu chegava perto, mas não consegui ficar quieta. Não pude impedir que o medo crescesse ainda mais, me levando a pensar no pior.

— E se eles... e se estiverem aqui por minha causa?

Ele me puxou para que eu repousasse a cabeça no pescoço dele.

— Por que estariam?

Meus lábios tremeram.

— Porque eu... eu não sou como você.

— Não tem por que você se preocupar com isso — sussurrou Grady para me tranquilizar, tão baixinho que os outros não conseguiriam nos ouvir. — Não vão se importar com isso.

Mas como ele podia ter tanta certeza? As outras pessoas se importavam. Às vezes eu as deixava *nervosas*, porque não conseguia deixar de dizer algo que tinha visto na minha cabeça — um acontecimento que estava por vir, ou uma decisão que ainda não tinha sido tomada. Grady já estava acostumado com isso. O mestre? Os demais? Nem de longe. Olhavam para mim como se tivesse algo errado comigo, e o mestre muitas vezes me encarava como se achasse que eu era uma ilusionista e como se... como se tivesse um pouco de medo de mim. Não o bastante para parar de me beliscar, mas o suficiente para continuar com as punições.

— Talvez os Súperos sintam algo de diferente em mim — falei, ainda com a voz rouca de medo. — E talvez não gostem de mim ou achem que eu sou...

— Não vão notar nada. Prometo. — Ele puxou o cobertor sobre nossas cabeças, como se o gesto fosse capaz de nos proteger.

Contudo, um cobertor não nos esconderia dos Súperos. Eles faziam o que bem entendiam, com quem quisessem. E se fossem contrariados? Podiam transformar cidades inteiras em pó.

— Xiu — pediu Grady. — Não chora. Só fecha os olhos. Vai ficar tudo bem.

As portas do quarto se abriram rangendo. Grady estendeu a mão no espaço entre nós dois na cama e apertou meu braço até que eu pudesse sentir os ossos de seus dedos. O ar de repente ficou rarefeito e tenso, e as paredes gemeram como se as pedras não fossem capazes de conter o que tinha acabado de entrar. Um tremor me sacudiu. Fiquei enjoada como da última vez que a prioresa tinha pegado minha mão, como fazia muitas vezes sem se preocupar com o que eu poderia ver ou *descobrir*, mas naquele dia tinha sido diferente. O que vi foi a morte dela se aproximando.

Minha respiração estava ofegante, mas ainda assim senti um cheiro que rastejou sob o cobertor entre mim e Grady, superando o cheiro de bebida choca e muitos corpos enfurnados num espaço apertado demais. Era um aroma mentolado que me lembrava... dos doces que a prioresa costumava carregar nos bolsos de seu robe. *Não se mexa. Não dê um pio*, repeti como um mantra. *Não se mexa. Não dê um pio.*

— Há quantos deles aqui? — murmurou uma voz masculina.

— O número mu-muda toda noite, lorde Samriel. — A voz do mestre estava trêmula. Eu nunca o ouvira falar naquele tom de medo. Geralmente, era a voz *dele* que nos assustava, mas havia um lorde Súpero entre nós, um dos Súperos mais poderosos. Era mesmo de amedrontar até o mais cruel dos valentões. — Costu-tumamos ter cerca de trinta, mas não sei de nenhum que tenha o que está procurando.

— Nós mesmos nos certificaremos disso — respondeu o lorde Samriel. — Vejam um por um.

Os passos dos cavaleiros dos Súperos — os Rae — ecoavam no mesmo ritmo do meu coração. O que parecia uma camada fina de gelo se instaurou sobre nós à medida que a temperatura do quarto caía.

Os Rae eram guerreiros ínferos bravos que haviam sucumbido em batalha com príncipes e princesas Súperos. Transformados, mal passavam de carne e osso, suas almas capturadas e aprisionadas pelos príncipes, pelas princesas e pelo rei Euros. Será que isso significava que um deles estava ali? Tremi só de pensar.

— Abra os olhos — ordenou o lorde Samriel de algum lugar no quarto. Por que estavam exigindo que abríssemos os olhos?

— O que eles são? — outro deles perguntou. Um homem. Ele não falou alto, mas sua voz impregnava um poder arrepiante em cada palavra.

— Órfãos. Rejeitados, milorde — balbuciou o mestre. — Alguns vieram do Priorado da Misericórdia — continuou. — O-outros simplesmente apareceram. Não sei de onde vêm nem onde acabam desaparecendo. Mas nenhum deles é um serafim, isso eu posso garantir.

Eles... eles achavam mesmo que havia um *serafim* aqui? Por isso estavam verificando nossos olhos, procurando a marca — uma luz nas írises, pelo menos é o que eu tinha ouvido falar, mas ninguém ali era assim.

Tremi com o som dos arquejos assustados e guinchos abafados que seguiram por vários momentos, mantendo os olhos fechados com força enquanto desejava com cada fibra do meu corpo que eles nos deixassem em paz. Que apenas desaparecessem e nos deixassem em...

Uma corrente de ar soprou bem acima de nós, carregando aquele aroma mentolado. Grady ficou rígido ao meu lado.

— Abra os olhos — mandou o lorde Samriel.

Congelei quando Grady levantou metade do corpo para me proteger com seu corpo e o cobertor. A mão que segurava meu braço balançou, e isso me fez tremer ainda mais porque Grady... ele encarava as crianças mais velhas sem medo nenhum e ria quando os guardas corriam atrás dele na rua. Grady nunca sentia medo.

Mas, naquele momento, ele estava aterrorizado.

— Nada — anunciou o lorde Samriel com um suspiro pesado. — São só estes?

O mestre pigarreou.

— Sim. Tenho cer-certeza. Espere um instante. — O barulho de seus passos pesados sobre o piso ressoava. — Tem uma menorzinha que está sempre com ele. Uma menina bem estranha, para ser sincero — falou, cutucando minhas pernas cobertas, e eu engoli um grito. — Aqui.

— Ele não sabe do que está falando — negou Grady. — Só tem eu aqui.

— Olha como fala comigo, moleque! — alertou o mestre.

Mordi o lábio até sentir gosto de sangue.

— Olha você — rebateu Grady, fazendo outra dose de medo golpear minhas entranhas. O mestre não aceitaria bem as respostas afiadas de Grady. Se sobrevivêssemos àquela noite, o mestre o castigaria. E muito, como da última vez que...

De repente, o cobertor foi arrancado de cima de mim, e eu congelei. Grady se mexeu, cobrindo meu corpo com metade do seu, mas em vão. Eles já tinham me visto.

— Parece que tem dois, em vez de apenas um, dividindo o cobertor. Uma garota. — O lorde sem nome fez uma pausa. — Eu acho.

— Afaste-se dela — mandou o lorde Samriel.

— Ela não é ninguém! — rosnou Grady, seu corpo tremendo contra o meu.

— Todo mundo é alguém — respondeu o outro.

Grady não se mexeu. Houve um suspiro pesado, impaciente, e Grady simplesmente *sumiu*...

O pânico explodiu dentro de mim, fazendo com que todos os meus membros se mexessem ao mesmo tempo. Num impulso, fiquei de pé, tateando sem enxergar em busca de Grady à luz brilhante de um lampião que havia surgido do nada, inundando o quarto. Gritei quando um Rae o segurou pelo quadril. Sombras cinza esguias saíram das vestes do Rae e se enrolaram nas pernas de Grady.

— Me solte! — gritou ele, debatendo-se ao ser puxado para trás. — Não fizemos nada de errado. Me deixem...

— Calado! — interrompeu o lorde Samriel, colocando-se entre mim e Grady. Seu cabelo longo era tão pálido que parecia quase branco. Ele colocou a mão sobre o ombro de Grady, que se calou.

Sua pele, geralmente de um marrom bem caloroso, foi tomada por um tom cinza pálido enquanto ele... só me encarava, os olhos arregalados e vazios. Ele não disse nada. Nem se moveu.

— Grady? — sussurrei, tremendo tanto que meus dentes batiam.

Não houve resposta. Ele sempre me respondia, mas era como se nem estivesse mais ali. Como se não passasse de uma carcaça que apenas se parecia com ele.

Dedos apareceram para me segurar pelo queixo. O toque foi como uma corrente de eletricidade percorrendo meu corpo. Eu sentia os pelos do braço se movendo conforme minha pele se arrepiava em alerta.

— Tudo bem — disse o outro lorde com uma voz quase tranquila, *quase* gentil, ao virar minha cabeça para ele. — Não vamos machucá-lo.

— Veremos — respondeu o lorde Samriel.

Tentei me soltar, mas não dei muita sorte. O lorde desconhecido estava me segurando forte demais.

Eu o encarei por trás dos tufos de cabelo escuro embaraçado. Ele... ele parecia mais jovem do que eu esperava, como se estivesse apenas na terceira década de vida. Seu cabelo era de um castanho dourado, caindo na altura dos ombros cobertos pelas vestes pretas, e suas bochechas eram da cor da areia encontrada ao longo da margem da Baía da Maldição. Seu rosto era uma mistura de ângulos e linhas retas, mas seus olhos...

Eram caídos nos cantos exteriores, mas... foram as cores das íris que chamaram minha atenção. Eu nunca tinha visto nada como aquelas *cores*. Cada olho continha manchas de azul, verde e marrom.

Quanto mais eu o encarava, mais me dava conta de que ele... ele me lembrava das figuras desbotadas pintadas no teto de abóbadas do priorado. Como é que a prioresa as tinha chamado mesmo? *Anjos*. Foi o termo que uma vez eu a ouvi usar para se referir aos Súperos, dizendo que eram guardiões dos mortais e do próprio reino. Porém, os seres que haviam entrado no abrigo não se pareciam em nada com figuras protetoras.

Estavam mais para predadores.

Exceto aquele, de olhos estranhos. Ele parecia...

— E ela? — A voz do lorde Samriel rompeu o silêncio.

O jovem lorde Súpero que segurava meu queixo não disse nada ao me encarar. Lentamente, percebi que tinha parado de tremer. Meu coração havia se acalmado.

Eu... não sentia medo dele.

Da mesma maneira como não senti medo quando conheci Grady, mas isso foi porque *vi* o tipo de pessoa que ele era. Minha intuição me dissera que Grady era uma das pessoas mais bondosas que eu poderia conhecer. Não vi nada ao fitar os olhos do lorde, mas *sabia* que estava segura, mesmo quando as pupilas dilataram. Pequenas explosões de branco apareceram em seus olhos. Eram como estrelas, e brilharam até capturarem toda a minha atenção. Meus batimentos aceleraram feito os de um cavalo fugitivo. E, por fim, aconteceu. Meus sentidos se abriram para ele. Não vi *nada* em seus olhos, nem na minha mente.

No entanto, *senti* algo.

Um aviso.

Um acerto de contas.

Uma promessa do que estava por vir.

E eu *entendi*.

O lorde recuou, as pupilas voltaram ao tamanho normal e os pontos brancos desapareceram.

— Não — disse ele, olhando para o meu braço, exposto pela blusa grande demais que eu vestia. — Nada relevante nela.

Ele soltou meu queixo.

Rastejei de volta pelo cobertor, até Grady. Ele ainda estava suspenso ali, inerte e vazio.

— P-por favor — supliquei.

— Deixe o menino — ordenou o lorde.

O lorde Samriel obedeceu com um suspiro, e a vida voltou a Grady no mesmo segundo. Quando a palidez sumiu de seu rosto, eu me livrei do cobertor amontoado, jogando os braços ao redor dele. Presa a seu corpo trêmulo, voltei o olhar para o lorde Súpero que tinha estrelas nos olhos.

Ele permaneceu onde estava, ainda agachado e olhando para mim — encarando meus braços enquanto o lorde Samriel passava por ele em direção à saída. Finquei os dedos na blusa fina que cobria as costas de Grady.

— Seus braços — começou ele, com a voz tão baixa dessa vez que eu não sabia ao certo se tinha visto seus lábios se mexerem. — Como foi que isso aconteceu?

Eu não sabia a razão por trás da pergunta, ou se ele sequer se importava de verdade, e eu sabia que não devia contar quem me causara aquilo, mas olhei para o mestre e o indiquei com a cabeça.

O lorde me olhou por mais um momento, levou os dedos aos lábios curvados em um meio sorriso, e em seguida se levantou, chegando a uma altura impossível.

O quarto ficou um breu de novo, e o silêncio pesado retornou, mas eu não sentia mais medo.

Um grito estridente e curto se espalhou pela escuridão, culminando rápido demais em um som encorpado de estalo. Levei um susto quando algo pesado caiu no chão.

A quietude voltou e a atmosfera pesada abandonou o quarto de uma só vez, foi como se o próprio ar suspirasse de alívio. Os lampiões ao longo da parede se reacenderam, um após o outro. O fogo ressurgiu na lareira, crepitando e sibilando.

Próximo à porta, o mestre estava jogado no chão, deitado em uma poça do próprio sangue, seu corpo quebrado e contorcido. Alguém gritou. Camas rangeram conforme os demais se levantavam, mas eu não me mexi. Encarei a soleira da porta vazia, sabendo com certeza que veria o lorde Súpero de novo.

CAPÍTULO UM

— Tem um momento, Lis?

Desviando a atenção da camomila que eu moía para os chás do barão Huntington, vi Naomi parada à porta do meu quarto. Ela já estava pronta para dormir; sua camisola translúcida seria completamente transparente não fosse pelos bordados em azul-escuro colocados em lugares estratégicos no tecido.

O Barão de Archwood levava uma vida nada convencional comparada à da maioria dos mortais, porém, Claude não era um mero mortal. Ele era um *caelestia* — um mortal descendente da união rara de alguém ínfero e alguém Súpero. Os *caelestias* nasciam e envelheciam, como nós, ínferos, e aos vinte e seis, Claude ainda não tinha planos de se casar. Na verdade, ele preferia compartilhar sua afeição com muitas pessoas em vez de uma só. Ele, como muitos outros Súperos, colecionava coisas belas e únicas. No entanto, se comparar a um dos amantes do barão não era nada inteligente, mas era ainda mais tolice afrontar Naomi.

Com seu cabelo castanho brilhoso e feições delicadas, ela era absolutamente estonteante.

Meu rosto, por outro lado, parecia uma colagem de traços de outras pessoas. Minha boca pequena não condizia com o franzido natural dos meus lábios. Eu tinha a impressão de que meus olhos — redondos e grandes demais — ocupavam minha face inteira e faziam com que eu aparentasse ser muito mais inocente do que realmente era. Isso fora útil inúmeras vezes quando eu morava na rua, mas eu achava que eles me davam um ar daquelas bonecas bizarras expostas em vitrines, só que com uma pele marrom-clara em vez de branca feito porcelana.

O barão me disse uma vez que eu era uma visão interessante — "deslumbrante" de um jeito peculiar —, mas mesmo se não fosse esse o caso, eu ainda seria sua favorita, a amante que ele fazia questão de ter a seu lado, e isso não tinha nada a ver com a minha aparência atipicamente atraente.

A tensão se instalou em meus ombros, e eu me mexi no sofá, assentindo. Deslizando os dentes pelo lábio inferior, eu a observei fechando a porta e atravessando a área de estar do meu quarto — meus aposentos *particulares*.

Meus deuses, aos vinte e dois anos de idade, eu já morava ali havia... havia seis anos. O bastante para não me impressionar mais com o fato de ter meu próprio espaço, meus cômodos particulares com eletricidade e água quente, coisas que muitos lugares no reino não possuíam. Eu tinha minha própria cama — uma cama de verdade, não uma pilha de cobertores finos sobre um colchão feito de palha e infestado de pulgas —, mas ainda era difícil de acreditar.

Eu me concentrei em Naomi. Ela se comportava de um jeito estranho, mexendo as mãos sem parar. Estava nervosa, e eu nunca a tinha visto assim.

— Do que precisa? — perguntei, embora tivesse minhas suspeitas. Na verdade, eu *sabia exatamente* o que ela queria. O motivo de estar nervosa.

— Eu... eu queria falar com você a respeito da minha irmã — começou ela, titubeando, e Naomi nunca titubeava com nada. Coragem e ousadia como as dela eram difíceis de encontrar. — Laurelin não tem estado muito bem.

Senti um aperto no peito ao olhar de volta para a tigela em meu colo e o pó marrom amarelado dentro dela. Era o que eu temia.

A irmã de Naomi se casara com um proprietário de terras rico, muito acima de sua classe social. Fora uma união anunciada como amor verdadeiro, algo que teria me feito reprimir uma risada, mas era a verdade. Laurelin era a exceção em um mundo onde a maioria se casava por conveniência, oportunidade ou estabilidade.

E que diferença fazia o amor na vida de alguém? Mesmo na dela? Ele não tinha impedido o marido dela de querer um filho, embora o último parto que ela enfrentara quase tivesse tirado sua vida. Então, ela continuou tentando engravidar, não importava o risco.

Seu marido conseguira o filho que tanto desejava, e Laurelin tinha contraído a febre que matava muitas mulheres após o parto.

— Eu queria saber se ela... — Naomi respirou fundo, enrijecendo os ombros. — Se ela vai conseguir se recuperar.

— Imagino que não esteja querendo saber minha opinião — falei, apertando o pilão no monte de camomila. O aroma levemente frutado de tabaco ficou mais forte. — Está?

— Não, a menos que você esteja fazendo bicos como médica ou parteira — respondeu ela, seca. — Quero… quero saber o que o futuro guarda para ela.

Suspirei devagar.

— Você não deveria estar me perguntando isso.

— Eu sei. — Naomi se ajoelhou no chão ao meu lado, criando uma poça de tecido ao seu redor. — E eu sei que o barão não gosta quando alguém pede que faça isso, mas prometo que ele nunca ficará sabendo.

Minha relutância não tinha muito a ver com Claude, embora ele realmente não gostasse quando eu usava minha antevisão — minha intuição intensificada — para ninguém além dele próprio. Ele temia que me acusassem de ser uma ilusionista, alguém que mexia com magia de ossos proibida, e por mais que eu soubesse *com certeza* que o barão se importava mesmo com isso, eu também sabia que não eram os magistrados de Archwood que o preocupavam. Todos comiam na palma de sua mão, e nenhum deles antagonizaria um Súpero, ainda que o barão fosse apenas um descendente. O que ele temia de verdade era que alguém com mais numo e poder me roubasse dele.

No entanto, a ordem que ele me dera de esconder minhas habilidades e o meu próprio medo de ser tachada como ilusionista não me detiveram. Eu só… simplesmente não conseguia ficar de boca fechada quando *via* ou *sentia* algo e tinha o impulso de dar com a língua nos dentes. Acontecia a mesma coisa em todos os lugares onde Grady e eu moramos antes da cidade de Archwood, que ficava na região das Terras Médias. Por conta disso, fui acusada de ilusionismo e nós fomos obrigados a fugir em plena madrugada mais vezes do que eu conseguia me lembrar, tudo para escapar do nó da forca. Essa minha trágica incapacidade de cuidar da minha própria vida foi o que me levou a conhecer Claude.

Também foi por causa dela que as pessoas no solar e nos arredores descobriram quem eu era — a mulher que sabia das coisas. Não muitas, mas o bastante.

O motivo por eu não querer que Naomi me fizesse aquela pergunta só tinha a ver com ela mesma.

Quando cheguei ao Solar de Archwood aos dezesseis anos, Naomi já morava ali havia uns treze meses. Da mesma idade de Claude, ela era apenas alguns anos mais velha que eu, e esperta, além de muito mais vivida do que eu podia esperar ser um dia, a ponto de achar que ela não ia querer nada comigo.

No fim das contas, não foi bem assim.

Naomi acabou se tornando, bem, a primeira... amizade que fiz além de Grady.

Eu faria qualquer coisa por ela.

Contudo, eu tinha medo de partir seu coração e morria de medo de perder sua amizade tanto quanto tinha receio de colocar a perder a vida que eu construíra para mim mesma em Archwood. Isso porque, na maioria das vezes, as pessoas não queriam as respostas que buscavam, e a verdade do que estava por vir tendia a causar mais danos do que uma mentira.

— Por favor — sussurrou Naomi. — Nunca te pedi nada assim antes e... — Ela engoliu em seco. — Odeio ter que fazer isso, mas estou tão preocupada, Lis. Tenho medo de que ela deixe este reino.

Seus olhos escuros começaram a reluzir com lágrimas, e eu logo cedi.

— Tem certeza?

— É claro, eu...

— Diz isso agora, mas e se for uma resposta da qual você tem medo? Porque se for, não vou mentir. Sua preocupação vai virar um coração partido — reforço.

— Sei disso. Confie em mim, eu entendo — jurou ela, os cachos castanhos volumosos caindo sobre os ombros conforme ela se inclinava em minha direção. — Foi por isso que não perguntei assim que fiquei sabendo da febre.

Mordi o lábio, segurando o pilão com mais força.

— Não vou ficar chateada com você por isso — disse ela, baixinho. — Seja qual for a resposta, não a culparei.

— Promete?

— É claro — afirmou ela.

— Certo — falei, torcendo para que ela estivesse sendo sincera. Naomi não era do tipo que projetava seus pensamentos e intenções como muitos faziam, o que os tornava fáceis demais de se ler.

Entretanto, eu poderia acessar a mente dela, se quisesse, para descobrir se ela estava mesmo dizendo a verdade. Tudo que eu precisaria fazer era abrir meus sentidos para ela e permitir que aquela conexão ganhasse vida.

Não era algo que eu fazia se pudesse evitar. Era um processo muito invasivo. Como uma violação. No entanto, saber disso não me impedia de usar o método nas ocasiões em que aquele poder era conveniente para mim, não é mesmo?

Deixando essa singela verdade de lado, tomei um fôlego impregnado com cheiro de camomila ao colocar a tigela sobre uma mesinha.

— Me dê sua mão.

Naomi não titubeou, levantando uma mão, mas eu sim, porque era muito raro que eu tocasse a pele de outra pessoa sem ser bombardeada pelo conhecimento de suas verdadeiras intenções, e até do futuro que a aguardava. A única maneira de tocar outro ínfero era para silenciar meus sentidos, normalmente por meio do álcool ou de alguma outra substância — o que, bem, silenciava todo o resto também, e não durava muito, então meio que não havia razão para aquilo.

Coloquei minha mão sobre a dela, querendo apenas aproveitar a sensação por um instante. A maioria das pessoas não se dava conta de que havia uma diferença enorme entre ser tocada e tocar por vontade própria. Só que aquilo com Naomi não tinha nada a ver comigo. Eu não podia me dar ao luxo daquele momento, afinal, quanto mais tempo eu ficasse segurando a mão dela, mais provável era que eu acabasse vendo coisas a seu respeito que ela podia não querer que eu soubesse ou descobrisse. Não importava o quanto eu cantarolasse baixinho ou tentasse distrair minha mente, nada impediria isso de acontecer.

Silenciando meus pensamentos, abri meus sentidos e fechei os olhos. Um segundo se passou, depois outro; e então uma série de formigamentos surgiu entre minhas escápulas e se espalhou para cima, para a parte de trás do meu crânio. Na escuridão da minha mente, comecei a ver a silhueta nebulosa do rosto de Naomi, mas a ignorei.

— Faça a pergunta de novo — instruí, porque me ajudaria a focar somente no que ela queria saber e não em todo o restante que ganhava forma e formava palavras em minha mente.

— Laurelin vai conseguir se recuperar da febre? — perguntou Naomi num tom de voz que mal passava de um sussurro.

Minha mente estava quieta, mas então ouvi algo que soava como um murmúrio da minha própria voz: *Ela conseguirá se recuperar.*

Um tremor de alívio atravessou meu corpo, mas minha pele logo se arrepiou. A voz continuou a murmurar. Soltando a mão de Naomi, abri os olhos.

Ela estava paralisada, a mão suspensa no ar.

— O que você viu?

— Ela vai se recuperar da febre — compartilhei.

A garganta dela se mexeu, com um engolir delicado.

— É mesmo?

— Sim. — Sorri, mas pareceu fraco.

— Ah, graças aos deuses — sussurrou ela, levando os dedos aos lábios.
— Obrigada.

Meu sorriso estava ainda mais forçado, e eu desviei o olhar. Pigarreei ao pegar a tigela. Mal conseguia sentir o frio da cerâmica em meus dedos.

— Claude não tem dormido bem de novo? — perguntou Naomi depois de um bom tempo, com a voz um tanto mais leve do que quando ela entrou no quarto.

Grata pela mudança de assunto, assenti.

— Ele quer estar bem descansado para os Banquetes.

Naomi arqueou as sobrancelhas.

— Faltam semanas para os Banquetes. Praticamente um mês.

Eu a encarei.

— Ele quer estar *bem* descansado.

Naomi debochou.

— É, ele deve estar bastante animado. — Recostando-se, ela brincou com a safira do colar fino de prata que sempre usava. — E você? Está animada?

Senti um friozinho na barriga, e imaginava que meu desconforto tinha ficado evidente.

— Não tenho pensado muito nisso.

— Mas vai ser sua primeira vez nos Banquetes, não é?

— Uhum. — Era o primeiro ano que eu tinha idade suficiente para ir ao evento, pois os participantes deviam ter vinte e dois anos ou estarem casados, o que para mim não fazia muito sentido, mas eram os Súperos e o rei Euros que faziam as regras, não eu.

— Você... não perde por esperar — falou ela devagar.

Dei um risinho dissimulado, pois já tinha escutado as histórias.

Ela veio até mim mais uma vez, falando com a voz baixa:

— Vai participar das... *festividades*?

— Festividades — repeti, rindo. — Que baita eufemismo.

Ela sorriu.

— Do que mais podemos chamar?

— Orgia?

Jogando a cabeça para trás, ela riu, produzindo um som tão amável e contagiante. Naomi tinha a melhor risada do mundo, o que fez com que um sorriso surgisse nos meus lábios também.

— Não é isso que acontece — respondeu ela.

— Ah, é? — perguntei de forma seca.

Naomi fingiu um semblante inocente, o que era impressionante, considerando que poucas coisas a respeito dela podiam ser associadas à inocência.

— Os Banquetes são uma forma de os Súperos reafirmarem seu compromisso de servirem aos ínferos, compartilhando a abundância de comida e bebida. — Ela recitou a doutrina com a mesma precisão de qualquer prioresa ao cruzar as mãos sobre o colo, como uma bela dama recatada. — Às vezes o álcool fala mais alto, e com os Súperos por perto, certas *atividades* podem acontecer. Só isso.

— Ah, sim, reafirmar o compromisso aos ínferos — repeti com uma pitada de sarcasmo. Era da nata mais pomposa dos Súperos de que ela falava; a esfera conhecida como Deminyens.

Quando os Deminyens emergiram do solo, dizem que passaram a existir já completamente formados e que não envelheciam, além de serem capazes de manipular os elementos e até mesmo a mente dos outros. Alguns eram lordes e esposas do escalão de Súperos, mas eles nem eram os mais poderosos entre os Deminyens. Os príncipes e as princesas que governavam os seis territórios de Caelum, junto ao rei, eram os que mais deixavam as pessoas com medo devido ao seu poder avassalador. Eles podiam assumir diferentes formas, manipular as águas dos rios com um mero gesto das mãos, e até mesmo se apropriarem das almas dos ínferos, criando as criaturas temerosas conhecidas como Rae.

Pouco se sabia sobre eles, exceto o rei Euros. Pior ainda, fora o Príncipe Rainer de Primvera, não sabíamos nem os nomes deles. O único outro do qual ouvíamos falar, em informações que geralmente vinham por meio de boatos, era o Príncipe de Vytrus, que governava as Terras Altivas, e por isso era temido por muitos. Afinal, ele era conhecido como a mão que impunha a fúria do rei.

Quase dei uma risada alta. Os Súperos eram os Protetores do Reino, mas eu não sabia ao certo como eles nos serviam. Embora fossem mais como senhorios que só davam as caras quando era hora de cobrar o aluguel, os Súperos se faziam presentes de outra forma, controlando todos os aspectos da vida dos ínferos — eles tomavam decisões que iam desde quem poderia ter acesso à educação até quem poderia possuir terras ou empresas. Ao meu ver, os Banquetes eram mais uma maneira de entregar aos Súperos o que eles queriam. Nossas manifestações de indulgência, fosse comendo da comida deles aos montes ou nos deliciando uns com os outros durantes os Banquetes, também os *alimentavam*. Elas os fortaleciam, empoderavam.

Nosso prazer era o sustento deles. Sua força de vida. Eles saíam ganhando muito mais do que nós.

Havia outras formas de eles provarem que se importavam com nós ínferos, começando pelo fornecimento de comida para os necessitados além da época dos Banquetes. Muitos morriam de fome, trabalhavam nas minas até cair ou arriscavam a própria vida em caçadas para colocar comida na mesa. Enquanto os aristos — a classe representada pelos Súperos e os ínferos mais abastados — ficavam cada mais vez ricos, os pobres ficavam cada vez mais pobres. As coisas sempre tinham sido daquela maneira e continuariam sendo, não importava quantas rebeliões os ínferos fizessem. Muito pelo contrário, os Súperos forneciam comida apenas uma vez ao ano, quando boa parte dos mantimentos era desperdiçada enquanto todos participavam das *atividades* que Naomi havia mencionado.

No entanto, eu não disse nada daquilo em voz alta.

Eu podia até ser imprudente, mas não era tola.

— Sabe, eles não são tão ruins assim — comentou Naomi depois de um momento. — Os Súperos, digo. Conheço alguns lordes e algumas esposas que interviram para ajudar os necessitados, e os de Primvera são bondosos e até gentis. Acho que a maioria é assim.

De repente, pensei no *meu* Súpero — o lorde desconhecido que tocou meu queixo e me perguntou como meus braços tinham ficado tão machucados. Eu não sabia por que pensava nele como meu. Obviamente não era o caso. Os Súperos podiam traçar a raça de ínferos inteira e mais um pouco, e alguns podiam até se relacionar abertamente com uma pessoa ínfera, ao menos por um tempo, mas eles nunca seriam ínferos. Eu não sabia o nome dele, e pensar nele como meu foi um hábito estranho que criei naquela mesma noite.

Para ser sincera, eu duvidava muito de que um lorde Súpero tivesse sequer percebido que naquela madrugada ele salvou a vida de Grady. O mestre o teria punido por responder a ele na presença dos Súperos, e a maioria acabava morrendo com suas punições.

Senti o embrulho típico no estômago de toda vez que eu pensava no meu Súpero, porque eu *sabia* que um dia o veria de novo.

Ainda não tinha acontecido, e só de pensar que estava por vir, eu era tomada por uma mistura de medo e ansiedade que não sabia nem por onde começar a decifrar.

Porém, talvez Naomi estivesse certa a respeito de a maioria deles ser de fato o que alegavam ser — Protetores do Reino. Archwood prosperava sobretudo por causa dos Súperos de Primvera, a Corte Súpera que ficava logo depois do bosque nas redondezas do solar, e meu Súpero *havia* castigado o mestre. Apesar de fazê-lo de maneira bastante brutal, eu não sabia ao certo se isso fazia dele um bom exemplo de Súpero bondoso e gentil.

— Você... acha que os Deminyens virão para os Banquetes? — perguntei.

— Um ou outro geralmente aparece. — Ela franziu o cenho. — Já aconteceu de eu encontrar um ou dois lordes. Espero que apareçam este ano também.

Brincando com o pilão, olhei para ela.

O sorriso de Naomi ganhou um tom de malícia, e ela enrolou a corrente de prata nos dedos.

— Com um Súpero, o uso de Madrugada Adentro é dispensável — acrescentou, referindo-se ao pó feito de sementes de trombeta-de-anjo. Uma erva poderosa que, na dose adequada, deixava quem a consumia grogue e sem muitas lembranças do período após a ingestão. — As noites são encantadoras por si só.

Ergui as sobrancelhas.

— O que foi? — perguntou ela com outra risada forte e rouca. — Sabia que os Súperos são conhecidos por terem orgasmos que podem durar horas? Literalmente *horas*?

— Ouvi dizer. — Eu não sabia se era mesmo verdade, mas a ideia de orgasmos que duravam horas me parecia... intensa. Talvez até um tanto dolorosa.

O olhar dela encontrou o meu.

— Você conseguiria tocar um Súpero sem o... *ler*?

— Não tenho certeza. — Pensei em Claude e no meu lorde Súpero. — Posso tocar um *caelestia* por um tempo antes de começar a descobrir alguma coisa, mas nunca toquei um Súpero, e sempre que me fazem uma pergunta que tenha relação com eles não sinto nada. Então não tenho certeza.

— Bem, talvez valha a pena descobrir. — Ela deu uma piscadinha.

Ri, sacudindo a cabeça.

Ela sorriu para mim.

— Preciso ir. Allyson está um caos ultimamente — disse ela, se referindo a uma das novatas do solar. — Preciso ver se ela está com a cabeça no lugar.

— Pois boa sorte.

Naomi riu e se levantou, a barra longa da camisola amontoada ao redor de seus pés. Ela foi em direção à porta, depois parou.

— Obrigada, Lis.

— Pelo quê? — Franzi o cenho.

— Por responder — concluiu ela.

Eu não sabia o que dizer ao vê-la indo embora, mas não queria sua gratidão.

Meus ombros caíram quando levantei a cabeça para o ventilador que girava devagar acima de mim. Eu não tinha mentido para Naomi. Sua irmã sobreviveria à febre, mas a previsão não parou por aí. Ela continuou sussurrando, me dizendo que a morte ainda marcava Laurelin. Não me permiti descobrir como ou por quê, mas eu tinha a sensação — e raramente eu errava, se é que já tinha acontecido — de que ela não viveria para ver o final dos Banquetes.

CAPÍTULO DOIS

— Quer um outro tipo de vinho, mascote?

Flexionei os dedos, e então os pressionei na pele exposta entre duas das muitas fileiras de joias que enfeitavam meu quadril. Geralmente, o apelido não me incomodava, mas o primo de Claude, Hymel, estava perto o bastante para ouvir, o que não era incomum, considerando que ele era o Capitão da Guarda. Mesmo de costas para mim, eu sabia que ele tinha um sorrisinho malicioso no rosto. Hymel era um babaca, simples assim.

Correntes de diamantes finas e delicadas penduradas em uma coroa de crisântemos frescos bateram em meu rosto quando desviei o olhar da multidão abaixo para encarar o homem ao meu lado.

O Barão de Archwood, de cabelos escuros, estava sentado sobre o que só poderia ser descrito como um trono. Chamativo demais, na minha opinião. Grande o bastante para acomodar duas pessoas e enfeitado com rubis tirados das Minas Inanes, o assento custava mais do que os que mineravam as joias provavelmente veriam na vida.

Não que o barão tivesse ideia disso.

Claude Huntington não era necessariamente um homem perverso. Eu saberia se ele fosse, mesmo sem minha intuição. Já conheci muita gente ruim, de todas as classes, para deixar alguém mau passar despercebido. Ele talvez tivesse uma tendência um pouco extrema à imprudência e à indulgência nos prazeres da vida. Tinha a fama de tocar o terror quando contrariado, obviamente era mimado e, como era de se esperar de um *caelestia*, também era egoísta. Com baixíssima frequência, uma ruguinha de preocupação marcava a pele branca do barão.

No entanto, isso tinha mudado nos últimos meses. Seus cofres não estavam mais tão cheios. Provavelmente tinha algo a ver com as cadeiras e a decoração horrendas que Claude insistia em manter, e com as festas e comemorações que aconteciam quase todas as noites, que pareciam ser uma necessidade de sobrevivência. Se bem que isso era um pouco injusto. Sim, Claude gostava de dar essas festas, mas elas também eram uma exigência imposta a todos os barões. Havia muitos tipos de prazer nessas reuniões, por meio de bebidas, de comida, de conversas ou do que geralmente acontecia de madrugada.

— Não — falei, sorrindo. — Mas obrigada por oferecer.

As luzes brilhantes do lustre faziam sua pele reluzir ao longo das maçãs do rosto e da ponte do nariz. Havia um cintilar de pó dourado ali. Não era algum tipo de pintura para o rosto. Era o estado natural da pele dele. Os *caelestias* reluziam.

Olhos num tom adorável que lembravam o azul-claro do mar buscaram os meus. Tudo a respeito de Claude era adorável. As mãos macias com as unhas perfeitas, o cabelo cortado e escuro. Ele era magro e alto, tinha a estatura perfeita para qualquer tendência de moda com a qual os aristos estivessem obcecados no momento, e, quando sorria, podia ser devastador.

Por um curto espaço de tempo, gostei de ser avassalada por aquele sorriso. Não me incomodava que Claude, por ser *caelestia*, sempre tivesse sido impossivelmente difícil de sentir. Minhas habilidades não começavam a agir sozinhas quando eu estava perto dele. Eu podia tocá-lo, mesmo que por um breve instante.

— Mas você mal bebeu seu vinho — apontou ele.

Risos e conversas produziam zumbidos ao nosso redor, e eu olhei para o cálice. O vinho tinha a cor da lavanda que crescia nos jardins de Archwood e o gosto de frutas caramelizadas. Era gostoso, e beber vinho era bem-visto e até mesmo esperado. Afinal de contas, havia prazer no consumo de álcool, mas ele também silenciava minhas habilidades. Mais importante ainda, eu sabia do motivo de ser a amante favorita do barão.

Não era por causa da minha aparência estranhamente atraente ou da minha personalidade. Ele fazia questão de providenciar abrigo, comida e cuidados tanto para mim quanto para Grady por conta das minhas habilidades e do quanto elas eram valiosas para ele. Eu morria de medo de que, assim que eu deixasse de ser útil, eu e Grady acabássemos de volta às ruas, sem o mínimo para sobreviver e vivendo constantemente à beira da morte.

Isso não era vida.

— Verdade — concordei, tomando um gole ao voltar minha atenção aos que estavam lá embaixo.

O Salão Principal, todo adornado com ouro, estava abarrotado de aristos — os exportadores e lojistas ricos, banqueiros e proprietários de terras. Ninguém usava máscaras. Não era *esse* tipo de festa. Ainda não. Procurei Naomi entre a multidão lá embaixo, pois tinha perdido ela de vista.

— Mascote? — chamou Claude num sussurro.

Eu o fitei de novo. Ele estava inclinado na minha direção, estendendo a mão para mim. Atrás de nós, seus guardas particulares não tiravam os olhos da aglomeração. Todos, exceto Grady. De relance, vi a pele marrom de seu maxilar tensionando. Grady não era lá muito fã do barão e do acordo entre nós dois. Olhei de novo para o barão.

Claude sorriu.

Apoiando a mão na almofada de veludo em que eu estava sentada, me inclinei para ele e coloquei sua mão em meu queixo. Seus dedos estavam frios, como sempre. Seus lábios também, quando ele abaixou a cabeça para me beijar. Senti um friozinho de nada na barriga. Antigamente, era mais intenso, quando eu ainda achava que a atenção dele era de fato um produto por ele me *desejar*.

Era esse o motivo de Grady não gostar do acordo.

Se fosse o caso de Claude me dar atenção fundada em desejo por, bem, mim mesma, Grady não se importaria. Ele só achava que eu merecia mais. Que eu merecia algo melhor. E não é como se eu também não pensasse isso, mas abundância e qualidade eram atributos difíceis de se encontrar — e ambos eram superados pela tranquilidade de termos um teto sobre nossas cabeças, comida em nossas barrigas, segurança e estabilidade o tempo todo.

Ele afastou os lábios dos meus.

— Estou preocupado com você.

— Por quê?

Ele passou um dedo pelo meu lábio inferior, tomando cuidado para não borrar a tinta vermelha.

— Está quieta.

Como poderia ser diferente, considerando que eu estava plantada no estrado com apenas ele e Hymel por perto? Claude passara a noite conversando com todo mundo que aparecia em sua frente, e eu preferiria cortar minha própria língua a conversar com Hymel. De verdade. Cortaria minha língua e a jogaria na cara dele para não precisar puxar assunto.

— Acho que só estou cansada.

— O que a cansou tanto? — perguntou, o tom de voz entregando a medida certa de sua preocupação.

— Não dormi direito.

"Um pesadelo me acordou de madrugada trazendo lembranças temerosas. Sonhei que estávamos de volta às ruas, e Grady estava doente com aquela tosse que causa calafrios" — a que eu ainda conseguia ouvir com precisão mesmo depois de tantos anos. Era um pesadelo que me ocorria com frequência, mas na noite anterior... tinha sido real demais.

Foi por isso que eu tinha passado a maior parte do dia cuidando do meu jardim. Mal tive tempo de comer alguma coisa entre a jardinagem e os preparativos para a minha presença no Salão Principal. Naquele jardinzinho eu não pensava no passado tão vívido, nem nos pesadelos, nem no medo de que toda a minha vida acabasse num piscar de olhos.

Claude arqueou uma das sobrancelhas escuras em resposta.

— Foi só isso mesmo?

Fiz que sim.

Ele levou a mão ao meu cabelo, arrumando uma das fileiras de diamantes.

— Eu estava começando a achar que você estava com ciúmes.

Eu o encarei, confusa.

— Sei que tenho prestado mais atenção nos outros ultimamente — admitiu ele, ajeitando outra fileira das joias enquanto olhava para a multidão. Provavelmente se referia a Allyson, do cabelo claro. — Tive receio de que estivesse começando a se sentir desprezada.

Foi a minha vez de erguer as sobrancelhas.

— Ah, é?

Ele franziu o cenho.

— Sim.

Continuei a encará-lo, demorando a perceber que ele estava sendo sincero. Senti uma vontade de rir, mas a suprimi. Eu nem me lembrava da última vez que Claude fez mais do que me dar um selinho ou um tapinha na bunda, e por mim estava tudo bem.

Na maior parte do tempo.

Embora minha atração por ele tivesse diminuído, eu gostava de ser tocada. Cobiçada. Desejada. Eu gostava de tocar, mesmo que por apenas alguns minutos. E, por mais que Claude não impusesse limites a seus amantes no geral, comigo as coisas eram um pouco mais complicadas. Eu era mais uma conselheira... ou uma espiã a quem ele vez ou outra dava atenção.

— Me disseram que você não tem dormido no quarto de ninguém — acrescentou.

A irritação tomou conta de mim. A ideia de ele mandar alguém me observar me incomodava. Além do mais, era uma observação basicamente irrelevante.

Claude sabia muito bem que ter momentos de intimidade não era fácil para mim. Eu ficava desconfortável se a outra pessoa não tivesse pleno conhecimento dos riscos iminentes do meu toque — que com certeza estariam lá, a menos que eu silenciasse meus sentidos com uma dose de álcool equivalente ao meu peso. Além do fato de que não me lembrar de fazer sexo e simplesmente torcer para ter sido bom para mim era tão inquietante quanto ver ou ouvir coisas das quais eu não deveria saber. Talvez até mais.

Entretanto, Claude tinha o hábito de se esquecer de qualquer coisa que não o envolvia diretamente.

— Não quero que se sinta sozinha — declarou ele, e senti verdade em suas palavras.

Por isso, sorri para ele.

— Não estou.

Claude prontamente devolveu um sorriso e se afastou, voltando sua atenção a sabe-se lá o quê. Eu lhe tinha dado o que ele queria: a confirmação de que estava bem. Ele vinha atrás de mim porque se importava, mas também porque tinha medo de que, se eu não estivesse feliz, eu iria embora. Porém, o que lhe dei foi uma mentira, porque eu...

Detive meus pensamentos, como se isso fizesse alguma diferença em relação ao que sinto.

Peguei o cálice, bebendo metade do vinho num só gole enquanto observava as fissuras douradas no piso de mármore. Minha mente se aquietou, por meros segundos, mas o bastante para que os murmúrios das vozes ficassem mais altos. Fechando os olhos, respirei fundo e prendi o fôlego até cortar cada um dos fios imaginários que começavam a se formar na minha cabeça.

Após alguns instantes, soltei o ar devagar e abri os olhos. Meu olhar atravessou a multidão, vendo os rostos num borrão enquanto trazia meus pensamentos de volta para mim.

À minha frente, Hymel se apoiava no estrado. Ele se virou para me olhar, a boca emoldurada por uma barba bem aparada e lábios que formavam um sorriso malicioso.

— Precisa de alguma coisa, *mascote*?

Minha expressão não transpareceu nada ao encarar Hymel de volta. Eu não gostava dele, e a única razão para Claude tolerá-lo era por ele ser da família, além do fato de que era ele quem cuidava das partes chatas da administração de uma cidade. Por exemplo, Hymel adorava ser enviado para coletar o pagamento do aluguel, principalmente quando o inquilino não tinha como pagar. Além disso, ele era desnecessariamente rude com os guardas e me provocava sempre que podia.

Hymel queria que eu o respondesse como fazia quando os outros me cutucavam com vara curta. Eu tinha o que ele chamava de "boca atrevida". No entanto, eu já havia aprendido a controlá-la. Quer dizer, noventa e nove por cento do tempo pelo menos. Mas quando eu ficava brava de verdade? Ou nervosa, ou com medo? Era a única defesa que eu tinha.

Por outro lado, parando para pensar, não era bem uma defesa. Estava mais para uma tendência autodestrutiva, porque a impulsividade sempre, *sempre* me arrumava problemas.

Enfim, Naomi me disse uma vez que era porque ele tinha problemas na hora H, não conseguia chegar ao clímax. Eu não sabia se isso era verdade ou não, mas achava irônico que pudesse ser tão difícil para um ser como ele, mas os *caelestias* eram tão próximos da mortalidade quanto os Súperos — eles não adoeciam com tanta frequência e eram fisicamente mais fortes. Não precisavam se alimentar como os Deminyens, mas não eram imunes a doenças. Ainda assim, eu duvidava que esse fosse o motivo por trás da atitude maldosa de Hymel, ao menos não achava que era o único, mas de uma coisa eu tinha certeza.

Hymel nutria um tipo específico de crueldade, e era aí que morava a diversão para ele.

Ele deu um sorriso convencido.

— Você é como o cão de caça predileto dele. Sabe disso, não é? — Sua voz estava tão baixa que só eu conseguia ouvi-lo, considerando que Claude tinha voltado sua atenção a um de seus comparsas. — Ele deixa você sentadinha aos pés dele.

Eu sabia, sim.

Mas eu preferia ser um cão de caça do que um vira-lata morto de fome na rua.

Hymel não entenderia meu lado. Quem nunca precisou se perguntar quando é que conseguiria comer de novo ou se os ratos que se embrenhavam no seu cabelo de madrugada carregavam doenças, não fazia a menor ideia do que uma pessoa faria para garantir alimentação e abrigo.

Portanto, as opiniões de Hymel e de quem pensava como ele não me afetavam em nada.

Apenas sorri, levando o cálice aos lábios e dando outro gole, menor dessa vez.

Hymel semicerrou os olhos, mas depois me deu as costas. Ele estava tenso. Segui seu olhar. Um homem alto e bem-vestido saía da aglomeração. Eu o reconheci.

Ellis Ramsey se aproximava do estrado, indo em direção ao barão. O magnata de expedições, nativo da cidade vizinha de Newmarsh, parou para fazer uma reverência bem singela ao barão.

— Boa noite, barão Huntington.

Claude assentiu para o homem e indicou uma das cadeiras vazias a seu lado.

— Gostaria de tomar um pouco de vinho?

— Agradeço, mas não será necessário. Não quero tomar muito do seu tempo esta noite. — Ramsey deu um sorriso leve, que não ajudou em nada a apaziguar seus traços grisalhos, e se sentou. — Trago notícias.

— A respeito de quê? — murmurou Claude, olhando para mim. Foi de relance, mas eu notei.

— A respeito das Terras do Oeste — respondeu o homem. — Houve uma... evolução.

— E qual seria? — perguntou Claude.

Ramsey se aproximou do barão.

— Há rumores de que a Corte das Terras do Oeste está em desacordo com o rei.

Minhas orelhas se eriçaram imediatamente de curiosidade, então abaixei o cálice e me concentrei em meus sentidos. Em um lugar tão abarrotado, eu precisava ter cautela para não me sobrecarregar. Concentrei-me somente em Ramsey, criando o fio imaginário na minha mente — um cabo que me ligava diretamente a ele. Podia ser difícil interpretar pensamentos — às vezes o que eu ouvia era mais um amontoado de palavras que ora combinava com o que estava sendo dito, ora divergia por completo. De qualquer modo, eu sempre levava um tempo para reconhecer as coordenadas, decifrar o que eu ouvia em alto e bom som e o que era omitido.

— Esses boatos não me interessam muito — respondeu Claude.

— Acredito que deste o senhor vai gostar. — Ramsey baixou o tom de voz, e ao mesmo tempo, eu ouvi: *Duvido que você tenha interesse em qualquer coisa que não mostre que está molhada entre pernas abertas.* Revirei os olhos. — Dois chanceleres foram enviados à Visália em nome do rei — contou Ramsey, referindo-se aos mensageiros ínferos que atuavam como intermediários entre o rei e as cinco Cortes. — Parece que houve um problema com a visita, pois eles foram mandados de volta à Sua Majestade... — O magnata se permitiu uma pausa dramática. — Esquartejados.

Mal consegui conter um arquejo de susto. Eu particularmente consideraria o fato de que mensageiros voltaram de uma missão em pedaços muito mais do que um mero problema.

— Bem, isto é preocupante. — Claude tomou um gole longo do vinho.

— E não para por aí.

Claude apertou a taça com mais força.

— Mal posso esperar para ouvir.

— A Princesa de Visália tem reunido uma presença considerável ao longo da fronteira entre as Terras do Oeste e as Terras Médias — avisou Ramsey, com seus pensamentos enfim refletindo o que ele dizia. — Não passam de rumores também, mas esses acredito que sejam verdade.

— Essa tal presença considerável. — Claude olhou por sobre o ombro para a aglomeração lá embaixo. — Estamos falando do batalhão da princesa?

— O que chegou até mim é que se trata do batalhão dela junto dos Cavaleiros de Ferro. — Ramsey se mexeu, desconfortável, apoiando a mão enorme sobre o joelho.

A surpresa tomou conta de mim, e eu coloquei o cálice na bandeja. Os Cavaleiros de Ferro, um grupo de ínferos rebeldes, que se assemelhavam mais a saqueadores do que a cavaleiros, já estavam causando problemas nas cidades da fronteira entre as Terras Médias e as Terras Baixas havia um ano. Até onde eu sabia, eles queriam que o rei Súpero fosse substituído por um ínfero; embora eu não pensasse muito em política a menos que fosse necessário, sabia que eles estavam ganhando apoio por todo o reino de Caelum. Era algo um pouco difícil de evitar quando eu sabia que o povo acreditava que Vayne Beylen — o Comandante dos Cavaleiros de Ferro — podia mudar a situação do reino para melhor, mas eu não via como ele poderia fazer isso caso eles se unissem aos Súperos das Terras do Oeste.

Claude passou o dedão pelo queixo.

— Eles já cruzaram a fronteira para as Terras Médias?

— Não que eu saiba.

— E Beylen? — perguntou Claude. — Foi visto?

— Isso é uma coisa que não sou capaz de responder — respondeu Ramsey, enquanto pensava: *Se aquele desgraçado for visto, estará morto.* Alguma coisa nesse pensamento me preocupou, porque era quase como se a morte de Beylen não fosse desejada. Os Cavaleiros de Ferro estavam ganhando aprovação entre os ínferos, mas geralmente os mais ricos não queriam que seu exército fosse bem-sucedido. Isso colocaria em risco o *status quo* do reino. — Mas Archwood está bem longe da fronteira. Teremos ao menos um alerta se os Cavaleiros de Ferro invadirem nossas terras. No entanto, caso cheguem além das cidades na fronteira, não seria mais uma rebelião.

— Não — murmurou Claude. — Seria um chamado à guerra.

Senti um aperto imenso no peito ao interromper a conexão que eu havia estabelecido com o magnata. Olhei para Grady e então para a multidão. Não enfrentávamos uma guerra desde a Grande Guerra, que ocorrera quatro séculos antes, e não deixara quase nada do reino de pé para contar a história.

— Não acho que chegará a tanto — opinou Ramsey.

— Nem eu. — Claude assentiu devagar. — Obrigado pelas informações. — Ele recostou na cadeira. — Não conte nada a mais ninguém até que tenhamos certeza. Do contrário, teremos que lidar com o pânico do povo.

— De acordo.

O barão ficou quieto, e Ramsey se levantou para descer do estrado. O magnata de expedições não estava mais visível na multidão quando Claude voltou sua atenção a mim.

— O que descobriu?

Enfim, o "x" da questão em nosso acordo: como eu o beneficiava. Às vezes, era descobrindo o futuro de alguém ou xeretando os pensamentos de outro barão, se estavam tramando algo ou se vinham a Archwood com boas intenções. Em alguns casos, minhas investigações requeriam um pouco mais de… destreza prática.

Mas não dessa vez.

Assim que ele terminou de fazer a pergunta, senti um arrepio. Uma frieza se instalou bem no meio das minhas escápulas. Meu estômago revirou, e toquei o espaço atrás da minha orelha esquerda por baixo do cabelo, onde tinha a sensação que alguém havia plantado um beijo gelado. A voz intrometida nos meus pensamentos sussurrou um aviso.

Ele está vindo.

CAPÍTULO TRÊS

A dorzinha chata na minha cabeça que aparecia sempre que eu ficava num lugar cheio só passou quando voltei aos meus aposentos. Eu estava cansada, mas minha mente estava alerta demais para que eu sequer cogitasse dormir quando entrei na sala de banho.

Esfreguei o rosto para tirar a pintura e trancei o cabelo. Depois de vestir a camisola, coloquei um robe leve de mangas curtas com um cinto e calcei um par de botas sem salto. Saí pelas portas do terraço dos meus aposentos e fui direto para o ar úmido da noite, em seguida atravessei o pátio estreito a caminho do gramado no quintal. Devia ter chovido havia pouco tempo, mas as nuvens haviam se dissipado. Com o brilho prateado da lua cheia iluminando a grama e o caminho de pedras, nem me dei ao trabalho de esconder meus movimentos dos guardas que patrulhavam ao longe os muros do solar. O barão tinha plena ciência das minhas voltinhas noturnas e não via problema algum nelas.

Durante o dia, o povo da cidade adentrava as dependências do solar para caminhar pelos jardins, mas tarde da noite tudo era silencioso e calmo. O mesmo não podia ser dito sobre o lado de dentro do solar, onde a festa apenas começava no Salão Principal. Aristo nenhum reunido lá fazia ideia do que estava por vir.

De *quem* estava por vir.

Senti meu estômago revirar como se estivesse cheio de serpentes. Podia ser um aviso a respeito dos Cavaleiros de Ferro — do comandante deles? Era a única coisa que fazia sentido, mas por que os Cavaleiros de Ferro trabalhariam com a Princesa de Visália?

Tentar antever um futuro no qual os Deminyens estivessem envolvidos era quase tão inútil quanto tentar antever o meu próprio destino. Meus dons não serviam de nada quando eu não ouvia ou não via nada, ou quando recebia apenas impressões vagas.

Pensei na reação de Claude à minha premonição. O barão se calara antes de concluir que o rei Euros certamente faria algo para evitar que qualquer agitação política entre a Coroa e as Terras do Oeste se espalhasse para as Terras Médias. Naquele momento, seu humor melhorou, mas o meu foi ladeira abaixo porque tudo que conseguia pensar era em Astória, a cidade que existia na fronteira entre as Terras Médias e as Terras do Oeste. Diziam que lá não só foi onde Vayne Beylen nasceu, mas também onde quem buscava se juntar à rebelião recebera refúgio.

O rei Euros havia sancionado a destruição de Astória, e o Príncipe de Vytrus impôs a fúria do rei. Milhares haviam sido desalojados e só os deuses sabiam quantos haviam sido mortos. Tudo o que a devastação de Astória conseguiu foi gerar mais rebeldes.

Portanto, eu não tinha ficado lá tão aliviada com a ideia de o rei estar envolvido.

Suspirando ao passar pelos edifícios no breu onde o ferreiro e outros trabalhadores do solar passavam seus dias, avistei os estábulos ao me aproximar. Deparei-me com Gerold, um dos cavalariços, cambaleando apoiado na parede, de pernas abertas na palha. Notando a garrafa de uísque vazia entre suas coxas, dei um sorriso. Levaria um tempinho para que ele acordasse.

Passei por vários cavalos, indo até o fundo, onde uma bela égua preta mastigava alfafa como lanchinho da madrugada, iluminada pela luz do lampião. Ri baixinho.

— Iris, por que é que sempre que venho te ver você está comendo?

A égua bufou e balançou a orelha.

Sorrindo, passei a mão por seu pelo brilhoso. Iris era o único cavalo que tive na vida, minha favorita entre todos os muitos presentes que Claude já me dera, embora ela não... ela não parecesse ser minha de verdade.

Para ser sincera, nada em Archwood parecia me pertencer, nem mesmo depois de seis anos. Tudo ainda parecia temporário, um empréstimo, como se pudesse ser tirado de mim a qualquer instante.

Peguei uma escova e comecei por sua crina, escovando a parte inferior em movimentos para baixo. Além dos jardins e da pequena seção que eu tinha cultivado para mim mesma ao longo dos anos, os estábulos eram o único lugar onde eu... nem sabia colocar em palavras. Sentia paz? Encontrava prazer na simplicidade que era cuidar de Iris? Eu achava que tinha a ver com o som — o relinchar sutil dos cavalos e o arrastar de seus cascos pelo chão coberto de palha. Até mesmo o cheiro — se bem que, antes de serem limpos, eu não gostava tanto assim. No entanto, era um lugar que me fazia bem e onde eu passava a maior parte do tempo livre. Por outro lado, os estábulos não ajudavam tanto a silenciar minha intuição. As únicas atividades que davam conta disso eram ingerir altas quantidades de álcool e tocar a terra com as mãos. Ainda assim, me fazia feliz, e isso é o que importa para mim e os Súperos.

Franzi o nariz. Eu não tinha ideia de como eles... de como se alimentavam de nós quando não havia ninguém por perto. Não que eu soubesse. Talvez fosse algo que não deveríamos saber, e meu palpite era que a ignorância a respeito desse assunto devia ser o melhor para mim.

Enquanto escovava a crina de Iris, a parte de mim que se preocupava assumiu o controle — aquela que aprendera a esperar algo ruim e temer o pior em todas as situações. O que aconteceria se a agitação no Oeste chegasse às Terras Médias — a Archwood? O medo me embrulhou o estômago.

Antes de irmos a Archwood, todas as cidades em que Grady e eu moramos se confundiam na minha cabeça como um só pesadelo: ganhando numo como fosse possível, aceitando bicos que contratavam pessoas da nossa idade, e roubando quando não achávamos trabalho. Sem planos para o futuro. Como podíamos, quando cada minuto de cada dia era dedicado à nossa sobrevivência e a todos aqueles "nãos"? *Não* morrermos de fome. *Não* sermos pegos. *Não* nos tornarmos vítimas de diferentes predadores. *Não* adoecermos. *Não* desistirmos — e só os deuses sabem o quanto isso era difícil quando não havia esperança de mais nada, porque, inevitavelmente acabávamos da mesma maneira como tínhamos começado.

Correndo.

Fugindo.

Grady e eu fugimos da Cidade da União naquela mesma noite em que os Súperos apareceram no abrigo, depois de nos infiltrarmos em uma das diligências que partiam das Terras Baixas. Eu estava convencida de que tínhamos conseguido escapar. Era engraçado, de um jeito triste e um tanto perturbador, pensar no quanto ficamos apavorados naquela noite — mortos de medo de que os Súperos descobrissem que eu era diferente e me levassem embora, me machucassem ou até me matassem. Nunca descobri por que fiquei tão amedrontada com a ideia. Eles não tinham interesse algum em órfãos piolhentos — nem mesmo uma ínfera cuja intuição os avisavam sobre as intenções alheias ou permitia prever o futuro.

Entretanto, depois daquela noite, tudo o que fizemos foi correr e correr, e se Archwood fosse arruinada, voltaríamos àquela vida mais uma vez, e eu... Minhas mãos começaram a tremer. Aquilo me apavorava mais do que qualquer outra coisa — até mais do que aranhas e outras coisas estranhas que rastejavam. Só de pensar, eu tinha a sensação de que meus pulmões se descomprimiam enquanto eu estava prestes a perder a capacidade de respirar.

Eu faria qualquer coisa para evitar que voltássemos àquela vida. Para que nem eu nem Grady precisássemos voltar a sobreviver a todos aqueles "nãos".

No entanto, à medida que eu fui seguindo para o rabo de Iris, uma sensação sufocante de solidão, que eu já conhecia bem demais, se impôs sobre mim como um cobertor áspero. Havia coisas muito mais importantes com as quais eu precisava me preocupar, mas poucos sentimentos conseguiam ser piores do que a solidão. Ou talvez não houvesse nenhum, e a solidão de fato fosse o pior de todos, porque era avassaladora, difícil de ignorar, mesmo quando não se estava sozinha. Além do mais, a solidão se esforçava em dobro para te convencer de que o contentamento e a alegria eram possíveis de se conquistar.

O que não passava de uma mentira.

Quando você passava a maior parte do tempo sozinha? Quando era *obrigada* a isso? E não por *escolha própria*? Não havia alegria nenhuma a ser sentida. Tal era o meu futuro. Qualquer que fosse o tempo que durasse. Só que o futuro não seria diferente — quer eu continuasse ali ou fosse para outro lugar.

A solidão me acompanharia aonde eu fosse.

A escuridão dos meus pensamentos me assombrou enquanto eu escovava o pelo de Iris. Soltei um suspiro pesaroso. Eu precisava pensar em outra coisa...

Ouça.

Meu corpo congelou de repente. Franzindo o cenho, virei e analisei o corredor dos estábulos, cobertos pelas sombras, ouvindo os sons dos outros cavalos e do ronco baixo de Gerold. Segurei a escova com mais força quando um senso agudo de consciência tomou conta de mim. Não foi um arrepio de alerta. Não foi como das outras vezes. A pressão entre meus ombros era completamente diferente da que eu estava acostumada. Uma intuição que eu seguia aonde ela me levasse. Para ser mais precisa, era uma *ordem*.

Curiosa, saí do estábulo, me deixando guiar pela intuição. Eu já descobrira havia muito tempo que eu não dormiria em paz se de alguma forma a ignorasse, e raramente conseguia fazê-lo.

Fui até os fundos do celeiro, onde as portas estavam entreabertas. Andei a passos leves. Quando fiz menção de abrir a porta, ouvi vozes.

— Você o pegou? — O som das palavras abafadas atravessou a madeira. A voz me soava familiar. — E tem certeza de que não se enganou e ele na verdade é de Primvera?

Minha respiração vacilou. Se o "ele" de quem falavam podia ser confundido com alguém de Primvera, então falavam de um Súpero, provavelmente um Deminyen, considerando que eles não viviam em cidades ínferas, moravam nas próprias Cortes.

— Como acha que eu sabia quem ele era desde o começo? Eu o vi e me lembrei da aparência dele — respondeu outra voz, e essa eu reconheci imediatamente por conta do tom único e rouco. Era um guarda que chamavam de Mickie, mas eu sabia que seu nome de verdade era Matthew Laske, e ele… bem, não era boa gente. Mickie era um dos guardas que prontamente ofereciam ajuda a Hymel quando se tratava de coletar pagamentos de aluguel.

— Foi por ele que Muriel nos fez esperar. Tenho certeza, Finn.

Outro guarda de Claude. Um jovem de cabelos escuros que sempre sorria para mim quando eu o via, e era um sorriso bonito.

Eu sabia que não devia bisbilhotar; dificilmente algo bom saía disso. Porém, foi o que fiz, porque a pressão havia se instalado com tudo entre minhas escápulas e começava a formigar. Cruzei a curta distância até a parede que me separava dos rapazes e me encostei nela. Sem saber por que senti essa vontade ou o que minha intuição captava, obedeci ao impulso e escutei.

— Além de ser exatamente como Muriel o descreveu, se ele fosse de Primvera, duvido que estaria dando bobeira na Barris Gêmeos — continuou Mickie, referindo-se a uma das tabernas vulgares de Archwood. Já tinha estado lá uma ou duas vezes com Naomi, e não achava que era um lugar onde um Súpero perderia seu tempo. — Enfim, eu o levei ao celeiro de Jac.

— Você só pode estar brincando — vociferou Finn. — Levou aquela coisa ao celeiro? Onde Jac é mamado e fodido de todos os jeitos possíveis e imagináveis?

Arqueei as sobrancelhas. Eu não conhecia ninguém chamado Muriel, mas Jac eu sabia quem era. Um ferreiro — o viúvo que estava na fila para substituir o ferreiro pessoal do barão. Às vezes ele assumia os trabalhos quando o funcionário fixo do barão não dava conta — assim como Grady, que tinha um talento incrivelmente instintivo para forjar metais.

— Não me olhe assim — rosnou Mickie. — Porter se certificou de que ele demorasse a acordar — disse, envolvendo o dono da Barris Gêmeos na história. — Deu a ele a especialidade da casa. — O guarda riu. — Ele está apagado, e o que eu coloquei no corpo dele vai mantê-lo assim pelo tempo que precisar. Ele não vai a lugar nenhum. Vai estar esperando que a gente dê um jeito nele quando Jac terminar de se divertir daqui a algumas horas.

Meu estômago embrulhou e o formigamento nas minhas costas aumentou. Sem olhar para eles, eu não conseguiria ler seus pensamentos, mas minha intuição já preenchia as lacunas do que diziam, o que fez meu coração acelerar.

— Preciso admitir, fiquei muito aliviado ao descobrir que eu estava certo a respeito dele e que não matei um dos nossos — falou Mickey, dando outra risada rouca. — Porter colocou tanta salsinha-de-tolo no uísque que, se ele fosse ínfero, teria caído morto na hora, mesmo depois de só um ou dois goles.

A salsinha-de-tolo, também conhecida como cicuta, podia ter exatamente o efeito que Mickie descreveu, dependendo da quantidade ingerida.

Senti um aperto no coração e segurei a escova de Iris próxima ao peito, porque eu sabia o que aconteceria com aquele Súpero.

— Se está tão preocupado que ele vá escapar — falou Mickie —, posso voltar e cravar outra estaca nele.

A náusea veio com tudo. Colocaram *estacas* em um Súpero? Deuses, aquilo era... terrível, mas eu precisava parar de fuxicar e começar a fingir que eu não tinha ouvido nada. A situação não tinha nada a ver comigo.

— Precisamos dele vivo, esqueceu? — O tom de voz de Finn ficou grosseiro e impaciente. — Se colocar muitas daquelas merdas nele, ele não vai servir para nada.

Não me afastei.

— Vamos esperar até que Jac acorde de manhã — sugeriu Finn. — Ele vai saber como alertar Muriel. Peguei uma garrafa das boas na adega do barão. — A voz dele começou a sumir. — Vamos para Davie e...

Eu me esforcei para escutar mais, mas eles já estavam muito longe. Por outro lado, tinha ouvido o bastante. Eles haviam capturado um Súpero, e eu só conseguia pensar em um motivo para alguém fazer uma tolice tão grande assim — roubar *partes* do corpo dele para serem usadas em magia de ossos. Minha boca ficou seca. Pelo amor dos deuses, eu não sabia o que estava acontecendo em Archwood, e essa não era uma coisa absurdamente ingênua de se pensar? É óbvio, o mercado das sombras estava por toda parte, em cada cidade, em cada território, fincando suas raízes onde quer que houvesse desespero.

Fechei os olhos, sentindo o formigamento virar tensão e se instalar nos músculos ao longo da minha coluna. Nada daquilo era problema meu.

Contudo, senti um frio na barriga ao me virar e começar a andar. A pressão se espalhou, subindo até meu peito. Na minha cabeça, eu conseguia ouvir aquela vozinha chatinha sussurrando *estou errada* — que o Súpero acometido era sim problema meu. A tensão aumentou, embrulhando ainda mais o meu estômago. E não era só um problema *meu*. Era de toda Archwood. Os Súperos haviam destruído vizinhanças inteiras atrás dos que eles acreditavam estar envolvidos em magia de ossos. Cidades inteiras foram destruídas.

— Mas não é problema *meu* — sussurrei para mim mesma. — *Não é.*

Por outro lado, a vontade inegável de intervir — de ajudar aquele Súpero — era tão forte quanto qualquer outra impressão que eu já tinha tido na vida. Talvez até mais.

— Cacete — resmunguei.

Dando meia-volta, corri para o estábulo de Iris, a barra do meu manto batendo nas botas. Voltar ao solar não era uma opção. O barão seria inútil àquela hora da madrugada, e eu não queria envolver Grady, caso as coisas não dessem certo.

O que era bastante provável.

Porra. Caralho. Puta que pariu.

Tirei o freio do gancho na parede.

— Foi mal, garota, sei que está tarde — falei quando ela virou a cara, cutucando minha mão com o nariz. Fiz carinho atrás da orelha dela e coloquei o freio, prendendo as rédeas. — Prometo tentar ser rápida.

Iris balançou a cabeça, e acreditei que ela estava de acordo comigo, quando na verdade ela provavelmente só estava mostrando sua irritação por ter sido interrompida.

Eu não queria perder tempo com uma sela, mas não era muito boa a ponto de cavalgar sem uma. Levei o tempo necessário para colocar a sela em Iris, checando duas vezes se estava bem presa como Claude havia me ensinado. Um atraso de cinco minutos era melhor do que um pescoço quebrado.

Segurando as alças, dei impulso para subir e me acomodei sobre a sela. Era bem possível que eu estivesse cometendo um erro crasso ao fazer Iris me levar para fora do estábulo e acelerar, mas eu não podia voltar atrás, então avançamos pelo gramado. Não dava para desistir do plano quando cada parte do meu ser me impulsionava adiante. Não fazia diferença eu não saber o porquê, nem conhecer os riscos.

Eu precisava salvar o Súpero.

O que está fazendo?

O que foi que você inventou?

A pergunta, em variações, permeava meus pensamentos enquanto eu cavalgava pelas ruas escuras e molhadas de chuva de Archwood em direção ao que eu esperava ser o ferreiro, minha intuição era a única guia disponível. Eu não tinha resposta. Talvez eu me preocupasse demais, mas isso nunca tinha me impedido de fazer escolhas extraordinariamente ruins. Aquilo só podia ser uma das coisas mais imprudentes e tolas que eu já fizera na vida, e olha que já tinha feito muita idiotice. Não fazia muito tempo daquela vez em que tentara afastar uma cobrinha das flores em vez de usar a razão e simplesmente deixá-la em paz. Acabei levando uma picada no dedo em vez de um "obrigado". Ou quando eu era mais nova e pulei da janela de um abrigo para ver se podia voar. Não sei como não saí com um osso quebrado. Havia outros vários exemplos.

Por outro lado, o que eu estava fazendo ia muito além da imprudência. Beirava a insanidade. Os Súperos eram perigosos, e o que eu estava tentando resgatar podia muito bem se voltar contra mim, como a cobra indefesa fizera. Além disso, eu corria o risco de ser pega pelas pessoas que haviam drogado o Súpero. Com certeza fui avistada pelos guardas quando passei pelos portões do solar. Embora estivesse encapuzada pelo manto, eles teriam reconhecido Iris. Isso por si só não levantaria suspeitas, mas eu tinha sido vista, e não seria difícil de me identificarem. E não era apenas isso, vai saber quantos guardas estavam envolvidos naquele esquema? Claude era meu protetor, de certo modo, mas o tipo de gente que sequestraria um Súpero não me parecia propenso a temer a fúria do barão. E se Grady descobrisse? Ele morreria de preocupação, ou acharia que eu tinha perdido a cabeça — e, para ser sincera, era bem possível que essa fosse a verdade.

Sem tirar o capuz, fiz Iris desacelerar ao passar no breu pela fachada do estabelecimento do ferreiro. Virei a égua na direção da abertura de um beco estreito e ela empinou na mesma hora, nervosa. Algo pequeno com garras e uma cauda nojenta passou correndo pelo caminho, e eu engoli um gritinho.

Eu odiava ratos com todas as minhas forças, até mais do que odiava aranhas.

— Vamos fingir que era um coelhinho — sussurrei para Iris.

A égua bufou em resposta, e seguimos pelo beco, espirrando água e sabe--se lá o que mais. Eu ficaria devendo um bom banho para Iris, e talvez uma maçã e uma cenoura também.

Passando por seções repletas de ferramentas de metal a serem finalizadas, encontrei o celeiro de que Mickie falara. Ficava pertinho da floresta. Não havia sinal de vida do lado de fora, apenas o brilho fraco de um lampião ou vela passava pelas fendas nas portas do celeiro. Indiquei que Iris passasse pelo celeiro e fosse até as árvores. O bosque serviria de abrigo e a manteria escondida. Descendo da sela, caí de pé com um grunhido e as rédeas na mão. Eu as prendi em uma árvore ali por perto, dando espaço o suficiente para Iris se mover.

— Não coma tudo que vir pela frente — alertei ao fazer carinho em seu focinho. — Não vou demorar.

Ela logo começou a pastar.

Com um suspiro, caminhei de volta ao celeiro, dizendo para mim mesma que eu ia me arrepender feio de tudo aquilo.

Não era como se eu precisasse de dons especiais para me dar conta, mas cruzei a trilha de terra iluminada pelo luar e cheguei à lateral do celeiro. Apoiada na madeira velha, fiquei na ponta dos pés e espiei pelas janelas — altas demais para que eu visse qualquer coisa exceto o brilho fraco e amarelado, e tudo o que ouvi era o martelar do meu próprio coração.

Mickie e Finn não disseram nada a respeito de alguém ter ficado de olho no Súpero, então não me ocorreu que pudesse haver mais alguém dentro daquele celeiro. Esperei alguns instantes e me esgueirei no canto. Cheguei até as portas, que, sem surpresa alguma, estavam destrancadas.

Mickie não era lá o mais inteligente dos homens.

Repetindo mais uma vez que aquilo era um erro tremendo, passei os dedos enluvados entre as portas. Titubeei, depois as puxei devagar, fazendo uma careta quando as dobradiças fizeram mais barulho para abrir do que o piso de madeira dos meus aposentos. Fiquei tensa, meio que esperando alguém aparecer para me pegar no flagra.

Não apareceu ninguém.

Uma camada fina de suor surgiu na minha testa quando me espremi para passar pela abertura e depois forcei para fechar a porta. Olhando sobre o ombro, passei as mãos pelas portas ao analisar as duas seções no corredor central. Encontrei a fechadura e a puxei, enfim percebendo que a baixa iluminação vinha dos fundos.

Segui pelo corredor, com outro questionamento válido na cabeça: o que, pelo amor de tudo que era sagrado no reino, eu ia fazer com o Súpero? Se ele estivesse inconsciente, duvido que daria conta de movê-lo sozinha. Era uma ideia que deveria ter passado pela minha mente antes que eu embarcasse naquela jornada.

Acho que eu nunca tinha sentido tanta vontade de me dar um soco na cara quanto naquele momento.

Cheguei mais perto do fundo do corredor. Meu coração parecia uma bolinha de borracha, pulando sem parar contra minhas costelas. O lampião de luz fraca estava em um estábulo à esquerda. Prendendo a respiração, cheguei à beira e olhei lá dentro.

Meu corpo todo enrijeceu, em completa negação do que via ali.

Um homem estava esticado sobre uma mesa de madeira. Vestido apenas da cintura para baixo. Estacas brancas feito leite tinham sido fincadas na pele dos braços e das coxas, e havia uma bem no meio do peito exposto, a poucos centímetros do coração. Eu sabia do que as armas eram feitas, embora só tivesse ouvido falar delas. A *lunea* era o único objeto capaz de perfurar a pele de um Súpero, e era proibido que qualquer ínfero tivesse posse dela, mas eu apostava que lâminas eram só mais uma coisa comercializada clandestinamente no mercado das sombras.

Enojada, olhei para a cabeça do Súpero, virada para o lado. O cabelo castanho-dourado, à altura dos ombros, cobria seu rosto.

Uma sensação estranha percorreu meu corpo, como um calafrio, mas eu avancei, mal conseguindo sentir as pernas ao olhar para o peitoral dele. O Súpero respirava, mas com dificuldade. Eu não sabia como ele estava conseguindo, com todas aquelas feridas ensanguentadas. Havia tanto vermelho espalhado. O escarlate estava por todo o peito, escorrendo pelas... linhas bastante definidas do peito e do abdômen. A calça que ele vestia era feita de algum tipo de couro macio, e estava caída o bastante para que eu visse as entradas de músculos nos dois lados dos quadris e...

Ok, o que é que eu estava fazendo, encarando com *tanta intensidade* um homem inconsciente, preso a uma mesa de madeira?

Tinha algo de errado comigo.

Na verdade, havia uma quantidade considerável de coisas erradas comigo.

— O-olá? — gaguejei, envergonhada pelo som da minha voz.

Não houve resposta.

Eu nem sabia por que esperava que ele respondesse sendo que estava coberto de feridas. Também não entendia como ele continuava respirando. E sangrando. Sim, os Súperos eram quase indestrutíveis em comparação aos mortais, mas aquela situação... era demais.

A ponta da minha bota tocou algo no chão. Olhei para baixo com a mandíbula cerrada. Um balde. Pequenos baldes, no plural, na verdade. Olhei de volta para a mesa. Canais estreitos na madeira da mesa coletavam o sangue que saía do Súpero, levando o fluido aos baldes no chão.

— Pelos deuses! — exclamei de susto, com o estômago embrulhado, ao encarar os baldes.

O sangue certamente seria vendido para ser usado em magia de ossos, bem como as demais partes do corpo do Súpero. Eu honestamente não sabia se aquilo tudo funcionava quando orquestrado por ilusionistas, mas enquanto existisse quem acreditasse em poções e feitiços, haveria uma demanda.

Desviando o olhar dos baldes, achei que seria melhor dar um jeito de acordá-lo. Encarei a estaca em seu peito.

A intuição me disse o que fazer. Retirar as estacas, começando pela do peito. Engoli de novo, minha garganta estava seca enquanto eu o fitava. A cabeça dele continuava virada para o outro lado, mas estando mais próxima, eu conseguia notar uma descoloração na pele ao longo do pescoço. Cheguei mais perto — não, não era uma descoloração. Era um padrão *na* pele, e lembrava uma videira. A marca no Súpero era de um marrom-avermelhado em vez do tom claro do restante de sua pele. Algo no formato que se espalhava praticamente em redemoinhos me pareceu familiar, mas eu não me lembrava de já ter visto algo como aquilo.

Olhei de novo para a estaca de *lunea* no peito dele e fiz menção de tocá-la, mas parei quando meu olhar vagou para as mechas úmidas ocultando o rosto do Súpero. Meu coração acelerou.

O arrepio percorreu meu corpo de novo.

Com a mão trêmula, afastei o cabelo, revelando mais da marca na pele. O padrão marrom-avermelhado viajava ao longo da curva do maxilar forte e ficava mais fino ao se aproximar da têmpora, depois, seguia a linha do cabelo até o meio da testa. Havia uma falha de um centímetro de largura, e então a marca recomeçava do outro lado, emoldurando sua face. A pele sob a sobrancelha, de pelos um pouco mais escuros que o cabelo, estava inchada, e os olhos também. Cílios tão longos que beiravam ao ridículo abafavam a pele num tom vermelho agressivo. Havia uma poça de sangue abaixo do nariz, cortes extensos nas bochechas ao longo das maçãs do rosto altas e definidas, e os lábios…

— Ai, deuses.

Dei um passo para trás, a mão no peito com a surpresa.

Aquelas marcas que emolduravam o rosto não existiam todos aqueles anos antes, e estava terrivelmente machucado, mas era ele.

Meu lorde Súpero.

CAPÍTULO QUATRO

O que senti da última vez que o vi tomou conta de mim outra vez.

Um aviso.

Um acerto de contas.

Uma promessa do que estava por vir.

Na época não entendi do que se tratava, e eu ainda não entendia, mas *era* ele.

Fiquei paralisada de espanto. Eu não conseguia acreditar, embora sempre soubesse que o veria de novo. Eu havia esperado, quase *aguardado* seu retorno, mas ainda assim não estava pronta para encontrá-lo assim.

De repente, pensei na premonição. *Ele está vindo.* Meu palpite não fora certeiro. Não tinha nada a ver com o Comandante dos Cavaleiros de Ferro.

Tinha a ver com *ele.*

Um risinho estridente escapou pelos meus lábios, e me assustei com o barulho. Tapei a boca, sentindo meu corpo enrijecer.

Ele não se mexeu.

Imersa em pensamentos, eu me perguntei se *aquele* momento em que eu me encontrava não tinha sido o motivo por trás da sensação que tive anos antes, na Cidade da União. Que talvez tivesse sido um alerta de que um dia nossos caminhos se cruzariam de novo, e de que ele precisaria da minha ajuda.

Da mesma maneira como ajudou a mim e a Grady naquela noite.

Eu estava em dívida com ele.

Porém, ele era um lorde Súpero — um Deminyen —, e eu só conseguia pensar naquela cobrinha no jardim.

De volta à mesa, engoli em seco.

— Por favor... por favor, não me machuque.

Segurei a parte de cima da estaca de *lunea*, arfando. A pedra estava morna. Quente. Fechei os olhos, e puxei. A estaca não saiu do lugar.

— Ah, qual é — murmurei, me obrigando a abrir os olhos de novo. Coloquei a mão sobre o peitoral, ao lado da ferida. Sua pele... era tão dura que chegava a ser sobrenatural, mas eu não sentia nem ouvia nada. Não sabia se era por conta do que ele era ou simplesmente porque meus pensamentos estavam caóticos demais para que meus sentidos funcionassem, mas havia uma preocupação muito maior do que vir a descobrir se eu podia ou não ler Súperos assim como fazia com os mortais ou se eles seriam como os *caelestia* para mim.

E se eu não conseguisse remover as estacas?

Respirando fundo de novo, fechei os olhos e fiz força. O som molhado da *lunea* escorregando, rasgando sua pele, fez meu estômago revirar. Engoli a ânsia quando consegui remover a arma. Deixei a estaca cair no chão coberto de palha, e abri um olho de cada vez. Da pele dilacerada no peito do Súpero saía... *fumaça*.

Certo, eu não ia ficar remoendo aquilo. Com a mão trêmula, segui para a estaca na coxa esquerda.

Um barulho oco de algum lugar fora da seção me fez girar a cabeça, olhando em volta. Senti um frio na barriga. Merda. Garantindo que eu ainda estava encapuzada com o manto, fui até a parte de trás do estábulo devagar e esperei por outro som colada à parede. Quando não ouvi nada, fui até o corredor. As portas do celeiro continuavam fechadas. O som devia ter sido um animal correndo do lado de fora. Talvez um rato. Uma ratazana. Já tinha visto algumas do tamanho de cachorros pequenos.

Tremendo, comecei a voltar a...

Uma lufada de ar mexeu a parte de trás do meu manto. Fiquei parada, prendendo a respiração. Um arrepio de alerta surgiu na minha nuca. Os pelos pequenos naquela região e nos meus braços se eriçaram. A atmosfera do celeiro mudou, ficou mais densa. Lentamente, eu me virei.

Havia quatro estacas de *lunea*, que brilhavam com o sangue vermelho vivo, fincadas bem fundo na mesa — que, fora isso, estava *vazia*.

A lamparina a gás se apagou, lançando o estábulo e o celeiro num breu absoluto.

O instinto, aquele filho da mãe que me levara até ali, me dizia outra coisa agora. Para me mexer. Dar o fora dali. *Fugir*.

Dei um passo antes de um corpo se chocar contra o meu, me derrubando. Perdi o fôlego ao bater com tudo no chão coberto de palha. Aquilo que Grady havia me mostrado ao longo dos anos sobre como me defender — o que precisei aprender do jeito difícil — fez meu corpo reagir. Meus dedos roçaram o chão enquanto eu levantava o quadril, tentando tirar aquele peso enorme de cima de mim.

O lorde Súpero me pressionou contra a sujeira e o pó, e o som que saía dele e *me atravessava* fez meu sangue congelar. O rosnado era quase animalesco — de algum bicho muito irritado e selvagem. Cada músculo do meu corpo tensionou. Naqueles breves segundos, percebi que talvez ele não tivesse me reconhecido — ou que sequer conseguiria olhar para mim na condição em que estava.

— Já vai? — vociferou ele. — Logo… quando a diversão está só começando? Acho que não.

Ele se moveu com muita rapidez — tudo aconteceu tão rápido que não tive tempo de reagir. Ele me sacudiu, me levantando do chão. Cambaleei, batendo na quina da mesa e fazendo alguns baldes tombarem. Saí do caminho deles. Escorreguei e caí de novo, batendo os joelhos no chão — que estava *ensopado* de vermelho — e… ah, não, o sangue ainda estava quente. Eu sentia o líquido molhando meus joelhos, cobrindo minhas mãos. Arquejei ao tentar me levantar.

— Você queria tanto… o meu sangue — sibilou ele, a voz grave e diferente de tudo de que eu me lembrava. — Agora… vai se afogar nele.

Meu soluço de medo foi sufocado pela mão que agarrou meu pescoço, permitindo a passagem de apenas uma respiração fraca. Ele me jogou para o lado como se eu não pesasse mais do que uma boneca de pano. O pânico explodiu em meu peito enquanto eu segurava sua mão e golpeava sua barriga com o cotovelo. A dor tomou conta do meu braço ao colidir com a pele dura e invulnerável. Tentei me desvencilhar de seus dedos, mas não adiantou de nada, e ele me arrastou pelo chão. A palha pinicou a pele do meu quadril, e meu braço bateu contra um dos baldes que não tinham sido derrubados. Fui tomada pelas garras do medo. O Súpero tinha plena intenção de dar cabo à ameaça — de me afogar no sangue derramado.

Pontos brancos surgiram na minha visão. Não havia ar suficiente. Senti uma dor no peito ao bater no braço dele, o que não deu em nada. Finquei as unhas nas mãos que me enforcavam, debatendo-me com as pernas ao tentar me libertar, só conseguindo forçar duas palavras a sair:

— *Por favor.*

O lorde Súpero fez uma pausa, ainda com os dedos pressionados na minha garganta. Consegui respirar um pouco, e engoli o ar em desespero, engasgando e tossindo conforme minhas pernas cediam.

Porém, não caí.

Ele me segurou pela cintura, enrijeceu o braço e ficou completamente imóvel com o corpo encostado no meu.

— Por favor — repeti, enquanto meu coração martelava fora de controle. — Eu vim ajudar.

— Você... está dizendo que... não teve nada a ver com isso? — perguntou ele.

— Sim... isso.

— Mentira. — Seus lábios encostaram na minha bochecha.

— Eu ouvi... homens falando sobre o que tinham feito. — Tentei empurrar o peito dele em busca de espaço, necessitada de mais ar e mais luz. Ele não saiu do lugar. Não moveu nem um músculo. Quaisquer métodos de defesa que eu conhecesse não seriam páreo contra um Súpero. Ele me segurou como se eu não passasse de um gatinho rebelde. — Eu... eu estava tentando ajudar. — Engoli, estremecendo com a sensação ruim na garganta ao tirar as mãos do peito dele. Estavam trêmulas, e eu as levantei no curto espaço entre nós dois. — Eu... eu juro. Eles... colocaram salsinha-de-tolo em alguma coisa que te deram...

Ele soltou outro rosnado gutural.

— Eu juro. Só vim ajudar — sussurrei, meu coração disparado. Eu não sentia mais a respiração dele em minha pele. Outro momento se passou e depois o lampião se acendeu, e me assustei com a luz. O brilho fraco cortou a escuridão descomunal. Pisquei até conseguir assimilar o ambiente.

Eu estava de frente para o peito do Súpero — o ferimento do qual ainda saía sangue e fumaça...

Ele pegou meu capuz com a outra mão e o puxou. Mechas de cabelo molhado escondiam seu rosto ao me encarar de cima.

Será que ele me reconheceria? Parecia improvável, tendo em vista que eu havia mudado muito na década que havia se passado desde a primeira vez que nos vimos.

O lorde se mexeu de repente. Logo depois ficou de joelhos, me puxando junto, só que eu caí de bunda na frente dele. A luz do lampião vacilou, depois voltou à plena força.

Comecei a me afastar, mas parei quando ele cambaleou para a frente, sustentado nos punhos. Só dava para ver o queixo dele e um dos lados da boca. Os ombros subiam e desciam com a respiração ofegante.

— Por quê? — Cada fôlego parecia laborioso. — Por que... você... me ajudaria?

— Não sei. — Retraí as pernas, tirando-as da frente dele. — Eu só não achei certo o que os homens disseram que estavam fazendo e precisava ajudar.

Ele falou algo baixo demais para que eu conseguisse ouvir. Meu olhar varreu o que era visível de seu corpo inclinado. A respiração do Súpero estava pesada demais, rápida demais. Senti uma pontada de preocupação.

— Eu não sabia em que estado ia encontrá-lo quando chegasse aqui. — Observei a ferida vermelha sangrenta ao longo do braço do Súpero. Ele... ele tinha puxado os membros à força para se soltar. — Removi a estaca de seu peito.

Não houve resposta.

— Milorde? — chamei com um sussurro, a preocupação se tornando ansiedade.

Silêncio.

— Está tudo bem? — Estremeci assim que a pergunta saiu da minha boca. Era óbvio que ele não estava bem. Ele tinha sido drogado, espancado e empalado a uma mesa.

Ansiosa, inclinei-me para a frente e levantei as mãos. Com cuidado, afastei o cabelo do rosto dele.

Arfei e dei um salto para trás, horrorizada. A expressão em seu rosto era de pura dor. Seus olhos estavam abertos — pelo menos era o que eu achava, mas não dava para ter certeza, porque tudo que conseguia ver era carne viva ensanguentada onde os olhos *deveriam* estar.

— Eles os levaram — explicou ele, fraco.

Dei um soluço engasgado ao olhar para ele, sem conseguir entender como uma pessoa seria capaz de deixar outra naquele estado. Como alguém podia causar tanta destruição, tanta dor.

— Sinto muito — sussurrei, com os olhos embaçados pelas lágrimas. — Sinto muito mesmo que...

— Pare — rosnou ele, afastando-se de mim. — Você não tem por que se desculpar se... se não fez isso comigo.

Foi como se um buraco se abrisse no meu peito também.

— Ainda assim, sinto muito.

— Não é necessário. Eles já estão se refazendo. — O Súpero tremeu de novo. — Regenerando.

Abaixei as mãos para o colo.

— Isso... dá certo conforto. — Engoli em seco, o desconforto visível na garganta. — Eu acho.

Ele emitiu um som que parecia ser uma risada, mas depois ficou quieto, a respiração voltando ao ritmo normal.

Olhei para a entrada do estábulo.

— Nós devíamos...

— Está machucada? — perguntou ele, a voz grossa.

Aquilo me pegou de surpresa.

— O-o quê?

Aquele som grave e arrepiante saiu de sua boca outra vez.

— *Eu* a machuquei? Quando a segurei?

— Não — sussurrei.

Ele levantou a cabeça, e algumas mechas de cabelo foram jogadas para os lados, revelando uma das maçãs do rosto proeminentes e um olho que não parecia mais estar mutilado em carne viva.

— Está mentindo.

— N-não, não estou.

— Você não para de esfregar o pescoço. Que eu quase destroçei agora há pouco.

Parei de mexer os dedos. O lembrete era desnecessário, mas significava que ele já conseguia me enxergar, então? Abaixei a mão.

Um longo tempo se passou sem que nenhum de nós dois se movesse ou falasse, e eu precisava seguir meu caminho. Ele também. Olhei para a porta outra vez.

— Sinto muito.

Num impulso, voltei meu olhar a ele.

— Quando recuperei a consciência, eu... eu só reagi — continuou ele, a voz rouca, e levou as mãos às coxas. — Eu não estava pensando direito. Achei que... que você tinha... algo a ver com isso.

Eu o observei, minha intuição calada, como de costume quando se trata dos Súperos, mas as desculpas soavam sinceras.

O ranger de dobradiças enferrujadas ressoou na frente do celeiro, chamando atenção para a entrada. Senti meu estômago revirar. Não devia ser uma ratazana. O pânico tomou conta de mim. Ninguém podia me ver ali com ele.

— Fique aqui — sussurrei, ficando de pé enquanto o lorde se virava devagar.

Ao passar por ele, eu não sabia o que faria ou diria se alguém entrasse, mas por mais poderoso que um lorde Súpero fosse, este estava gravemente ferido. Eu duvidava muito que seria capaz de ajudar.

Fui até o corredor central, com as mãos trêmulas. Uma das portas do celeiro estava entreaberta. Não vi nada ao me esgueirar, recolocando o capuz. O vento podia ter piorado do lado de fora, fazendo a porta se abrir. Era algo perfeitamente possível de ter acontecido. Eu me aproximei dos estábulos da frente, meus músculos começando a relaxar. Só podia ser...

A sombra surgiu do estábulo à esquerda. Eu me virei para correr, mas não fui rápida o bastante. Uma mão agarrou meu braço, sacudindo-o com força.

— O que faz aqui?

O arfar de dor se transformou num arquejo de reconhecimento enquanto eu segurava o braço dele. Eu conhecia aquela voz. Era Weber, um dos padeiros da cidade, que sempre flertava com as amantes quando levava os salgados fresquinhos que Claude amava — os que ele jurava de pés juntos que ninguém mais sabia fazer tão bem. Ele era um homem grande — forte, com curativos nos dedos machucados, sempre inchados por conta das partidas de boxe organizadas em uma das casas de apostas próximas ao cais.

Ele agarrou meu cabelo e puxou minha cabeça para trás.

— Responda.

— Está me machucando — respondi com a voz fraca.

— Menina, vou fazer muito pior do que isso se você não me responder. — Weber me levou para o fundo do estábulo, de costas para a entrada, com seu braço ao redor do meu pescoço. — Você não devia estar aqui.

O cheiro de suor e açúcar se instalou nas minhas narinas, e falei a primeira coisa em que pude pensar.

— Eu... fui dar uma volta...

— Não minta para mim. — Saliva gotejou pela minha bochecha quando Weber inclinou a cabeça. — Você vai precisar... *espera*. Isso é sangue?

— Eu caí — respondi depressa. — Por isso que...

— Mentira sua. O que você fez aqui? — perguntou, ficando parado atrás de mim.

— Eu...

— Quieta. — Ele virou a cabeça para o lado.

Eu senti o que ele ouviu. A atmosfera do celeiro, sem mais nem menos, assumiu um marasmo anormal — o ar ficou mais denso, carregado. Foi então que eu ouvi. O passo leve, quase silencioso. Meu corpo todo enrijeceu. Weber nos virou. O corredor estava vazio. Evidentemente. O lorde mal conseguia ficar de pé, quase teve todo o sangue do corpo drenado e possivelmente ainda estava sem um olho.

— Isso é sangue de Súpero? — questionou Weber, dando um passo para trás. — Você soltou aquela coisa?

Antes que eu pudesse responder, ele abaixou meu capuz e xingou.

— Puta que pariu, você é uma das putas do barão.

— Eu... ah, que se foda.

Desistindo de mentir, eu o golpeei com o braço, que não acertou pele dura como acontecera com o Súpero. Ataquei Weber na barriga com o cotovelo, com força o bastante para que ele me soltasse, gritando de dor. Virei e meti o joelho bem na virilha dele.

— Vagabunda — xingou Weber, ofegando de dor ao se curvar.

Tentei desviar dele, mas ele seguiu atrás de mim. Agarrou a parte de trás do meu capuz e me jogou no chão como um saco de lixo. Caí de joelhos pela enésima vez naquela noite.

— Fique aí — ordenou, virando-se para averiguar. — Já, já eu cuido de você.

Na luz do luar, vi o brilho de uma lâmina branca feito leite — uma adaga de *lunea* em sua mão. Fiquei de pé e fui atrás de Weber em direção ao corredor, agarrando a manga do braço que tinha a arma em riste.

O padeiro sacudiu o braço, atingindo meu rosto. A dor explodiu no meu nariz, e eu cambaleei para o lado, batendo na parede e fazendo a madeira ranger com o impacto. Levei a mão ao nariz e senti um líquido quente nos dedos.

Sangue.

Meu sangue.

Os pelos do meu corpo se arrepiaram, e eu encarei Weber. Meus pensamentos se calaram, e... *aconteceu*. Eu me conectei com ele, e minha intuição ganhou vida, mostrando-me o futuro — a dor excruciante do meu braço direito sendo quebrado, depois o esquerdo. A dor fantasma subiu até minha garganta. Eu senti *tudo*.

A *morte* dele.

E então eu... *sorri*.

— Sua vagabunda idiota, fique aqui e cale essa boca. Já vai ter que pagar caro por isso. Não piore a sua... — As palavras dele sumiram em um arfar engasgado.

Minha respiração vacilou com o susto.

O lorde Súpero surgiu, sua cabeça curvada e seu peito ensanguentado iluminados pelo luar. Ele parecia um espírito vingador invocado das profundezas dos pesadelos ao segurar o padeiro pela garganta com uma das mãos e o pulso com a outra.

— Tentar... me capturar... foi uma escolha muito... ruim. — A voz dele soava fraca, porém fria. Senti um arrepio percorrer minha espinha. — Mas bater *nela*?

Minha boca manchada de sangue se abriu quando vi o lorde levantando o mortal do chão, indiferente aos socos que Weber lançava contra o braço que o segurava.

— Isso foi um erro fatal — rosnou o Súpero.

Weber estava engasgado, os olhos arregalados.

O Súpero inclinou a cabeça, jogando parte do cabelo para trás. O luar iluminava apenas parte do rosto, destacando sua boca. Seu sorriso estava tão ensanguentado quanto o meu. Ele torceu o braço de Weber com força.

O barulho do osso do padeiro se quebrando ressoou como um trovão. A adaga caiu com um som oco. A respiração ofegante de Weber se transformou em um gemido dilacerante.

— Eu... eu me lembro de você. — O lorde endireitou a cabeça. — Você foi o que... me atacou atrás da taberna. — Ele agarrou o outro braço de Weber. — Foi você que... colocou a estaca... no meu peito.

Precisei me apoiar na parede ao ouvir o estalo do segundo osso quebrado, abaixando a mão do nariz ensanguentado.

— E você fez tudo isso rindo. — O lorde de repente recuou a mão, ganhando distância para o impulso e...

Eu virei o rosto, mas ainda assim ouvi o esmagar — ainda assim pude ver a cartilagem branca-azulada da traqueia de Weber. Tentei não encarar, embora já tivesse visto o que ia acontecer momentos antes.

— Você nunca mais vai fazer esse som. — O lorde jogou de lado o monte de tecido e carne arruinados e soltou o padeiro.

Senti a bile subir pela garganta, e me virei para olhar para Weber, deitado no chão, se contorcendo aos espasmos. Eu já vira a morte muitas vezes. Nas ruas e nos abrigos quando era criança, até mesmo antes de meu lorde Súpero aparecer na Cidade da União. Eu já vira a morte muitas vezes, na mente e também diante dos meus olhos — os que morriam devido a doenças que os acometiam de dentro para fora, e os que morriam devido à maldade que acometia outras pessoas. Eu já vira tanta morte que esperava já estar acostumada, e talvez fosse verdade, de certo modo, porque eu não estava gritando nem tremendo. No entanto, estava em choque. Era uma perda, ainda que Weber tivesse merecido, mas...

Eu nunca tinha sorrido diante da morte.

— Sua intervenção... foi desnecessária — disse o lorde, se dirigindo a mim. Ajoelhando-se, ele limpou a sujeira da mão na camisa de Weber. O Súpero então virou a cabeça para mim, e pensei ter visto o início de um olho de verdade na cavidade direita. — Você devia... ter se afastado.

Levei alguns instantes para encontrar as palavras.

— Você estava machucado. Ainda está.

Era verdade. O peito dele ofegava em lufadas curtas. Mesmo na luz fraca, dava para notar que a pele estava mais pálida do que deveria. A violência que ele tinha sofrido lhe custara muito.

— E você... uma mortal que mal consegue se defender... ou a qualquer pessoa. — Ele se levantou, trêmulo. — Mas você é corajosa... mais do que... mais do que muitos outros mais fortes que você.

Deixei escapar um riso em descrença.

— Não sou corajosa.

— Então como... você chamaria suas atitudes desta noite?

— Tolice.

— Bem, existe coragem tola — disse ele com um suspiro ao vir na minha direção. — Ele... te bateu.

Eu me esquivei para o lado, para longe dele.

— Estou bem.

O lorde Súpero parou.

— Meu nariz nem está mais sangrando — falei. — Não fez grande estrago.

Um momento de silêncio passou.

— Não vou machucá-la. — Os ombros dele tensionaram. — Não... não vou machucá-la de novo.

Pelo menos ele fora consciente em perceber que sim, tinha me machucado, mesmo que de forma acidental.

— Você conhecia... aquele homem? — Ele levou uma das mãos ao rosto e tocou meu cabelo.

— Sim. Ele trabalhava na padaria.

— Ele estava... esperando para me fazer uma emboscada quando eu saísse da taberna. Estava com... outros dois homens. O... da taberna... e outro que estava lá bebendo.

Abri a boca, depois a fechei. Ele se referia a Porter e, provavelmente, a Mickie.

— Não foi a primeira vez que fizeram isso — continuou ele, o tom de voz diminuindo, áspero e fraco.

Aquilo me fez tremer. Se eles sabiam o que a salsinha-de-tolo faria com um Súpero e tinham lâminas de *lunea*, era mesmo provável que já tivessem feito tal coisa outras vezes.

Ele se olhou, colocando um dedo logo abaixo da ferida no peito.

— Está doendo? — perguntei, outra indagação completamente tosca.

Ele levantou a cabeça, e tudo o que consegui ver foram as linhas retas de seu nariz.

— Parece que… cavaram um buraco… no meu tórax.

A bile subiu outra vez.

— Sinto muito.

O lorde ficou parado de novo.

— Você faz muito isso? Lamentar… por coisas que não fez como se fosse culpada?

— Estou mostrando empatia — rebati. — Você não fez nada para merecer isso, fez? Só estava na taberna por… sabe-se lá qual razão. Só isso. Ninguém merece o que fizeram com você.

— Nem mesmo um Súpero?

— Isso.

Ele emitiu um som que parecia uma risada sem emoção.

Dei um respiro curto.

— Preciso ir. Você também. Os outros homens envolvidos nisso vão voltar.

— Vão morrer também.

Ele se virou, trôpego.

Meu coração disparou com preocupação.

— Milorde?

— Preciso… da sua ajuda. De novo. — A respiração dele era pesada. — Preciso me limpar. A *lunea* contamina meu organismo. Já está na minha corrente sanguínea e no meu suor. Além do mais, a salsinha-de-tolo… está dificultando… a eliminação. Preciso de um banho. Preciso de água. Se não, não vou conseguir me recuperar por completo. Vou desmaiar de novo.

Olhei ao meu redor. Não havia água por perto, certamente não o bastante para ele se banhar nem para beber.

A tensão invadiu meus músculos enquanto eu o observava. A parte lógica do meu cérebro exigia que eu dissesse que não poderia ajudar mais dali em diante, mas que desejava que ele ficasse bem, e depois fosse para o mais longe possível. A outra parte, no entanto, a que nasceu comigo e que sempre, sempre vencia qualquer coisa que minha mente me dissesse, exigia que eu fizesse o exato oposto de uma escolha inteligente e sensata.

Contudo, era mais do que minha intuição. Também tinha a ver com *ele*. Meu lorde Súpero — não, ele não era meu. Eu precisava parar com aquilo.

Olhei para a porta e depois para Weber, cerrando os punhos.

— Consegue andar?

Ele demorou um bom tempo para responder.

— Sim.

— Que bom — sussurrei, dando um passo em direção a ele. Vi a lâmina branca feito leite iluminada pelo luar. Eu a peguei do chão e olhei para o corredor escuro ao longe. — Fique aqui. E faça o que eu digo desta vez.

O lorde não respondeu quando passei por ele e voltei para o estábulo em que ele estivera preso. O lampião ainda estava aceso. Avancei, segurando a lâmina de *lunea* com força ao chutar os baldes de sangue.

CAPÍTULO CINCO

Eu estava preocupada

O lorde Súpero era forte, obviamente, mas ele só tinha conseguido dar alguns passos fora do estábulo antes de começar a respirar com dificuldade. Ele cambaleou. Avancei, colocando um braço ao redor de sua cintura, e fiz o melhor que pude para segurá-lo. Minha própria força logo começou a ceder sob o peso, mas o ferimento em seu peito começou a sangrar de novo, e a fumaça tinha sumido. A ferida também estava maior, e eu não achava que as demais estavam muito melhores.

— Só mais um pouco — tranquilizei-o, torcendo para que Finn estivesse certo e Jac ficasse ocupado até o amanhecer, do contrário...

Seria péssimo.

Ele assentiu, o cabelo caía em mechas grudadas ao redor do rosto. Foi a única resposta que recebi ao sairmos do celeiro. Ao cruzarmos o chão desnivelado, olhei para a floresta e encontrei a silhueta escura de Iris pastando.

Cerrando os dentes, continuei com dificuldade, a mão na cintura dele que tinha ficado escorregadia. Pareceu uma eternidade até chegarmos à porta dos fundos da casa do ferreiro. O lorde se inclinou na lateral de cimento, típica de construções antigas como aquela, com a cabeça baixa.

— Quem mora... aqui? O ferreiro?

— Isso. Ele deve demorar a voltar — garanti. — Isso não é uma armadilha nem nada do tipo.

— Tomara... que não seja mesmo — disse ele, apoiando a cabeça na parede, expondo a garganta ao luar. — Se for... te deu muito... trabalho desnecessário.

Mordendo o lábio mentalmente, girei a maçaneta. Ou melhor, tentei. Suspirei com a derrota.

— Está trancada.

— Que... inconveniente.

Ele inclinou o corpo em direção ao meu. Então levantou a mão e deu um soco na porta, logo acima da maçaneta. A madeira estalou e se partiu, explodindo quando o punho dele a atravessou.

Fiquei de queixo caído.

Com a mão do lado de dentro, ele procurou a tranca e a abriu.

— Pronto... Não está mais trancada.

Perplexa, levei a mão à garganta. Aquela mesma mão que tinha acabado de quebrar um pedaço grosso de madeira estivera ao redor do meu pescoço.

— Se eu não estivesse... tão fraco — disse ele, observando-me por trás da cortina de seu cabelo —, eu teria te matado assim que... segurei sua garganta. Você teve sorte.

Abaixei a mão, e meu coração disparou. Eu não estava me sentindo muito sortuda, para ser sincera. Na verdade, a sensação era de que eu tinha passado dos limites.

O lorde abriu a porta, quase tropeçando ao sentir o leve cheiro de cerveja azeda e comida estragada. Dei uma olhada no cômodo, havia uma mesinha e utensílios sujos em cima da pia. Meu olhar foi até o corredor abobadado e estreito que parecia levar à frente, que Jac devia usar para encontrar os clientes. Muitas das casas naquela região de Archwood haviam sido construídas centenas de anos antes e sobrevivido à Grande Guerra. Portanto, eram maiores, tinham muitos cômodos e a princípio tinham um propósito de uso completamente diferente. Virei-me, espiando uma outra porta do outro lado da mesa.

Presumindo que a passagem levava aos quartos e, com sorte, a uma sala de banho, ajudei o lorde a dar a volta na mesa de madeira.

— Você... você não estava na taberna — disse ele com a voz rouca.

— Como sabe disso?

— Eu teria... te visto.

Ergui uma sobrancelha.

— Eu tinha saído para dar uma volta quando ouvi o que aconteceu.

— Onde?

Não respondi ao empurrar a porta para abri-la e carregá-lo pelo corredor estreito.

— Você esteve... em algum lugar... próximo a um jardim — falou.

Virei-me para encará-lo.

— Como é que você sabe disso?

— Dá para sentir... o cheiro de terra — explicou, e eu franzi o cenho, sem saber se aquilo significava que eu estava fedendo. — Tem notas de... nepeta e...

Senti uma onda de surpresa. Eu tinha mesmo mexido com nepeta naquele dia. Fitei o Súpero.

— Como consegue sentir o cheiro disso?

— É natural... para mim — murmurou ele ao se desvencilhar de mim, trôpego. Fiz menção de segurá-lo, mas ele dispensou meu apoio com um gesto. — Tudo certo.

Eu não tinha tanta certeza daquilo ao olhar para a frente. Havia outra porta; ela estava entreaberta.

Ofegante, ele usou a parede de apoio.

— E a nepeta...?

— Cortei um pouco hoje mais cedo.

Ele fez um som parecido com um zunido.

— Eu... gosto do cheiro... delas.

— Eu também.

Soltando o fôlego, empurrei a porta. A luz do luar entrava pela janela, lançando um feixe de luz prateada sobre uma cama e um quarto surpreendentemente arrumado, com cheiro de roupa recém-lavada.

O lorde cambaleou para entrar. Empurrei a porta depois de ele ter passado e fechei a tranca de gancho, que não impedia nem um coelho de entrar, que dirá uma pessoa.

Ele se sentou na beira da cama com dificuldade. Parei com a mão sobre o peito quando ele segurou os joelhos, com o corpo um pouco inclinado para a frente. Quase perguntei se ele estava bem, mas me detive. Era evidente que não. Nem de longe. Ver alguém daquele jeito fazia meu estômago embrulhar.

Virando o corpo na direção oposta a ele, encontrei um lampião próximo à cama e o acendi. A luz iluminou o cômodo enquanto eu o atravessava, abri a porta seguinte e passei por ela. Fui tomada de alívio quando encontrei o tipo de cabine de banho que era padrão em casas antigas. Não era muito grande, mas daria para o gasto.

— Você pode se limpar aqui.

— Vou precisar de um minuto — falou ele, a voz arrastada. — Parece que está tudo girando.

Voltei ao quarto, olhei ao redor e encontrei um armário. Correndo até ele, peguei a adaga de *lunea* do bolso do manto, meio impressionada por não ter me machucado com ela sem querer. Eu a coloquei sobre o armário e vi um jarro tampado com o que parecia ser água sobre uma mesinha em frente à cama. Levantei o recipiente para sentir o cheiro, mas não notei nada de diferente, então coloquei um pouco do líquido em um copo e dei um gole.

— Acha que isso pode ajudar? É só água, mas está quente.

— Acho que sim.

Entreguei o copo a ele e dei alguns passos para trás. Ele bebeu um golinho, depois todo o resto de uma só vez.

— Quer mais?

— Melhor deixar... esse tanto... se assentar antes.

Peguei o copo e coloquei-o sobre a mesinha.

— O quarto ainda está girando?

— Infelizmente. — Ele abaixou as mãos na beirada da cama. — Não sinto muito bem as pernas e a luz... meus olhos não... parecem estar prontos para ela.

Xinguei baixinho por não ter pensado naquilo.

— Desculpa — murmurei, apagando o lampião depressa.

O lorde tinha ficado quieto, e eu o fitei. Em seguida, me aproximei dele com certa hesitação. Ele era um dos seres mais poderosos no reino e... estava tremendo. Suas pernas. E braços.

— É por causa da cicuta ou da... perda de sangue?

— Isso tudo... e a *lunea*. Ela por si só já consegue nos deixar fracos... e doentes — explicou ele. — Quando sobra... um pedaço de lâmina de *lunea* em nosso corpo, ou se o ferimento não é tratado, a substância vira uma toxina, partindo nossos tecidos... — Ele encolheu os ombros. — Outros como eu precisariam de muito mais água e tempo para se curar.

O que significava que, se ele não fosse um lorde, as feridas provavelmente lhe teriam custado a vida. A vontade de dizer que eu sentia muito me invadiu outra vez, mas consegui aquietá-la.

Eu precisava ajudá-lo a se limpar e tirá-lo dali em segurança antes que os outros viessem atrás dele... ou de Weber.

— Do que eles precisariam? — perguntei, só para o caso de a água não ser o bastante, ao me ajoelhar na frente dele. — Para se curar?

— Eu... eu precisaria me alimentar.

— Hm... — Olhei para a porta. — Acho que posso encontrar algo para você comer.

— Não estou falando... de comida.

Arqueei as sobrancelhas ao tatear na escuridão, passando as mãos pelas botas dele até encontrar a parte de cima. No curto período de intimidade que tive com Claude, eu ganhara uma experiência considerável tirando a roupa de homens semi-inconscientes, mas ainda me sentia estranha agarrando o cano da bota e puxando-a do pé dele.

— Do que está falando então?

Surgiu um brilho fraco, chamando minha atenção ao tirar a outra bota. Olhei para cima e vi que ele tinha pegado uma vela da cabeceira e a acendido... com o toque. Abri a boca em um suspiro fraco quando me lembrei do que exatamente ele era.

— Como... você fez isso?

— Com mágica.

Ergui as sobrancelhas de novo. Eu nunca tinha visto um Súpero usando os elementos.

— Jura?

— Não.

Eu o encarei por um instante, depois balancei a cabeça. Desarmada, peguei a outra bota.

— A luz da vela não machuca seus olhos?

— Não — respondeu ele.

Eu não sabia se acreditava nele por completo. Larguei a bota e olhei para a sala de banho, depois peguei a vela dele.

— Vou preparar o chuveiro para você. — Fiquei de pé. — Mas não posso prometer que a água vai estar quente.

— Não tem... problema.

Mordi o lábio e voltei à sala de banho, colocando a vela sobre uma prateleira. Dei uma olhada no meu reflexo e estremeci. Havia um corte na pele na ponta do meu nariz, e minhas pálpebras inferiores já começavam a inchar. Meu nariz não parecia estar quebrado, mas eu não fazia ideia de como ia explicar aquela situação para Grady.

Segui até o chuveiro, girei os registros na parede. Jatos de água estáveis caíram no piso de porcelana da cabine. Coloquei a mão embaixo da corrente. Sangue escorreu entre os meus dedos, enquanto eu testava a temperatura. Não estava lá muito quente, mas também não estava fria. Lavei o sangue da minha outra mão também, depois me virei.

O lorde estava inclinado sobre a moldura da porta. Eu não fazia ideia de como ele tinha conseguido se mexer com tanta agilidade sendo que estava machucado e era... bem, tão grande.

— Tem certeza de que devia estar de pé? — perguntei.

— O quarto parou de girar.

— Isso parece ser um bom sin... — Parei de falar quando ele se desapoiou.

A cabeça dele se abaixou, fraca, quando ele levou as mãos à calça. Comecei a me virar ao perceber que ele estava prestes a se despir, mas não antes de notar que os dedos dele se mexiam com dificuldade, quase de maneira inútil, e ele cambaleava.

— Caralho.

Avancei, segurando o Súpero. O peso dele sobre mim era imenso, e a pele do seu peito estava quente quando coloquei os braços ao redor dele.

— Tudo bem?

Ele recuperou um pouco do equilíbrio.

— Sim.

Comecei a soltá-lo, mas ele começou a tropegar de novo.

— Não está, não.

— Pois é — respondeu ele, abraçando meu corpo para se apoiar na beira da pia.

Com a garganta seca, olhei por sobre o ombro para a água que corria, imersa num turbilhão de pensamentos. Em seguida, observei o tamanho do manto que eu usava e, por fim, as calças dele. Suspirei.

— Pode se segurar na pia por um momento?

De cabeça tombada, ele assentiu.

Afastei meus braços do corpo dele e esperei para garantir que não iria cair. Quando ele se manteve estável, tirei minhas botas e as chutei para dentro do quarto. Soltei os fechos embaixo do meu pescoço.

— O que está fazendo? — perguntou ele com dificuldade para falar.

— Você precisa se limpar, certo? — Deixei o manto cair ao chão. — E não está com cara de quem vai conseguir fazer isso por conta própria.

— E eu pensando… — Ele estremeceu com um espasmo nos músculos dos braços. — Eu pensando que você queria se aproveitar de mim.

Fiquei paralisada.

— Está falando sério?

— Não. — Ele pareceu sentir um calafrio outra vez. — Está tudo girando de novo, *na'laa*.

Cacete. Fiquei parada, talvez fosse melhor que eu não me mexesse. Ei. Do que foi que ele me chamou?

— *"Na'laa"*?

— É enoquiano. — Ele abaixou um dos braços e o apoiou no joelho dobrado. — Uma frase… na nossa língua.

Eu sabia que os Súperos tinham uma língua própria, mas nunca a ouvira antes.

— O que significa?

— Tem... muitos significados. Um deles... é usado para descrever... alguém corajoso.

Por algum motivo, senti minhas bochechas corarem.

— Deve haver... muita atividade... de ilusionismo na sua cidade — comentou ele após um momento.

Pensei em todas as vezes que fui acusada de ser exatamente a pessoa que ele descrevia e o encarei.

— Para ser sincera, não sei se tem mesmo — respondi. — Não sei nem se acredito que o que dizem que dá para ser feito com magia de ossos é de fato possível.

— É real, sim. — Os braços dele tremiam enquanto ele se segurava. — Ingerir nosso sangue seria fatal para mortais, mas passá-lo... sobre uma ferida? Uma cicatriz? Seria a cura. Basta pulverizar um pouco em terra estéril e colheitas florescerão. Enterre uma mão... em solo recém-arado e as colheitas florescerão ali também, insuscetíveis à seca ou a doenças. — Ele abriu a boca. — Nossos dentes, quando colocados em água, podem criar numo.

— É mesmo? — A dúvida ficou perceptível em meu tom quando percebi que o sangue dele no meu manto tinha vazado e manchado minha camisola.

— É mesmo — confirmou o Súpero. — Mas não é só isso.

— Claro que não — murmurei.

— Ter um olho nosso... por perto alerta quem o usar... a respeito de qualquer um que chegar perto — continuou ele, e eu não queria nem saber como é que se usava um olho. Eu ficaria bem passando o restante da vida sem saber disso. — Usar nossas línguas força a verdade... de qualquer um que falar, e entrelaçar mechas do nosso cabelo... ao seu? Garante saúde plena... pelo tempo que o cabelo continuar preso ali. Nossos ossos... podem restaurar a saúde de alguém.

— Ah — sussurrei, um tanto atônita.

— Enterrar nossos dedos... traz água das profundezas da terra — prosseguiu o lorde. — Pendurar pedaços da... da nossa pele sobre uma porta afasta os *nix*.

— Que nojo! — Senti um arrepio à menção da criatura.

Os *nix* eram parentes dos Súperos, de certo modo, e podiam ser encontrados nos bosques onde geralmente apenas caçadores de alto nível entravam, sobretudo em Wychwoods: a vasta floresta sagrada que, pelo que diziam, possuía árvores que sangravam. A área cercava os territórios das Terras Baixas e das Terras Médias, seguindo até as Terras Altivas. As criaturas lá encontradas não se pareciam em nada com mortais e eram mais assustadoras do que comensais de aves — aranhas ridiculamente grandes e aterrorizantes que possuíam garras. Eu nunca tinha visto nenhuma dessas coisas — nem um comensal de aves, nem um *nix*.

— Como... como eles são? Os *nix*? — perguntei.

— Você... já viu um Rae?

Fiquei arrepiada, pensando nos cavaleiros dos Súperos que estavam mais para ossos ambulantes do que pele.

— Uma vez.

— Imagine isso... porém mais esguios, ágeis, e com dentes afiados e garras pontudas — contou ele. — Além do mais, eles conseguem invadir sua mente, fazer você pensar que está vendo e sentindo... o que não está ali.

Aquilo me causou um sobressalto..

— Então talvez... saber como eles são alivie sua aversão à ideia de pendurar nossa pele nas portas — ressaltou. — E aí tem... os nossos pênis.

— Espere aí. — Até me engasguei. — Como é que é?

— Nossos pênis, *na'laa* — repetiu ele. — Eles garantem... que quem tiver posse de um... tenha uma união... bastante frutífera.

Abri a boca, mas fiquei sem palavras por vários segundos.

— Uma parte de mim, bem grande, aliás, está profundamente arrependida de ter esta conversa.

— Tem mais — disse ele, com o tom mais leve. Quase provocador. — Eu nem... comecei a falar sobre o que os nossos músculos...

— Certo — murmurei. — Ainda sente que está tudo girando?

— Não.

Graças aos deuses. Levei as mãos às alças da minha camisola.

— Nosso gozo — recomeçou ele, e eu parei. — É conhecido por ser... um afrodisíaco poderoso. Alguns misturam com ervas para... esfregar em seus corpos. Outros bebem...

— Já entendi — intervim, pois já tinha ouvido falar de poções que prometiam aumentar o prazer de quem as usava. — Só para evidenciar o óbvio, não estou interessada no seu sangue, nem...

— No meu gozo? — concluiu ele por mim.

— Definitivamente não — concordei, ríspida.

— Que pena.

Balancei a cabeça e tirei a camisola. Eu me recusava a pensar no que estava fazendo quando minha pele se arrepiou com o calor úmido.

— A propósito, estou nua.

— Isso soou estranhamente... como um alerta — murmurou ele. — Como se saber que você está nua de alguma maneira fosse me fazer não querer... olhar.

— Não é um alerta. Só estou avisando para que você seja educado e não olhe.

— Sei que nós... não nos conhecemos... direito, mas você... devia saber que eu... não tenho fama... de educado.

— Faça um esforcinho.

Eu me ajoelhei ao lado dele e hesitei, acometida de repente pela realidade ao meu redor.

Eu estava tirando a roupa de um Súpero — um lorde Súpero.

Naomi sentiria tanta inveja.

Mordi o lábio para reprimir uma risada, levei a mão à calça dele e comecei a desabotoá-la. As costas das minhas mãos encostaram em algo em que eu me recusava a pensar, fazendo-o tomar o fôlego mais fundo que tinha visto naquela noite.

— Segure firme.

— Eu estou segurando firme, mas... você está de joelhos, seus dedos estão próximos do meu pau, e você está maravilhosamente nua, então...

Soltando o último botão, revirei os olhos.

— Você não consegue nem ficar em pé sozinho, e seus olhos ainda estão se formando de novo. A última coisa em que precisa agora é pensar que estou de joelhos, no seu pau ou na minha nudez.

— Meus olhos já estão refeitos, *na'laa*.

Levantei a cabeça. O cabelo bagunçado cobria seu rosto, mas a cabeça estava virada na minha direção. Abaixei o olhar para as mãos dele — para seus dedos longos segurando a beira da pia.

— É assim... que eu sei que você está maravilhosamente nua — continuou.

Senti uma onda de calor descer pelo meu corpo, dificultando minha respiração.

Deuses do céu, era a última coisa que eu precisava estar sentindo.

Eu me resolvi com o último botão, talvez um pouco brusca demais porque o grunhido baixo dele fez as pontas das minhas orelhas queimarem. Estiquei as mãos para puxar as calças dele e...

— Eu consigo — murmurou.

Eu não sabia se ele conseguiria mesmo, então, quando me levantei, fiquei atrás dele. Mantive o olhar fixo em suas costas enquanto ele sofria para arrancar a calça, e me movi para o lado quando ele terminou e se afastou da pia. Ele deu um passo e começou a cambalear outra vez. Eu o segurei, colocando o braço ao redor de sua cintura. Levei a mão à barriga dele, e fiquei tensa.

Não havia vozes.

Nem imagens.

Seria como com os *caelestia*, proporcionando minutos de paz quando pudesse tocá-los? Se bem que eu ainda precisava me concentrar em evitar acessar a mente deles naqueles breves momentos.

— Eu me enganei. — O lorde se apoiou em mim, pressionando o quadril na altura do meu estômago. — Não consigo.

Ajudei-o a chegar até a cabine, incapaz de ignorar a sensação do corpo dele contra o meu. Sua pele estava incrivelmente quente.

— Tem um degrauzinho para subir — alertei-o.

Ele assentiu, levantando o pé sobre o desnível do piso, e eu o acompanhei, sem deixar de segurá-lo.

Mantive meu olhar parado num nível aceitável — nos azulejos da cabine.

A água causou uma certa surpresa quando nos colocamos embaixo da corrente, o corpo dele recebeu a maior parte do impacto. Continuei o segurando, fechando a mão em punho quando ele se virou e apoiou uma das mãos no azulejo, de frente para o jato. Olhei para cima e vi que ele estava com a cabeça tombada para trás, expondo o rosto e o peitoral para o chuveiro.

Os gemidos que ele soltava… eram quase pecaminosos enquanto a água batia em seu rosto e molhava seu cabelo. O calor voltou, subindo pela minha garganta enquanto segui a água que escorria pelos músculos esculpidos de suas costas, traçando percursos no sangue seco que havia ali e, bem, na curva bastante firme da bunda dele.

Fechei os olhos com força e me obriguei a parar com aquela bobeira. Os Súperos eram belos — disso eu já sabia, como todo mundo. Não importava que tivesse uma bunda bonita. Uma bunda era uma bunda. Não tinha nada de extraordinário em bunda nenhuma, incluindo a dele.

Ao abrir os olhos, eu queria me dar um tapa. A água que circulava em torno do ralo antes de sumir assumira tons avermelhados.

— Como se sente?

— Melhor.

Meu olhar se voltou para a mão no azulejo. O braço dele ainda tremia. Havia manchas azuis e roxas espalhadas por seu corpo. A raiva sinuou dentro de mim.

— Eles te pegaram de jeito mesmo.

— A salsinha-de-tolo… surtiu efeito apenas quando saí da taberna. Acho que eles esperavam que fizesse um estrago maior… que fosse mais rápida.

Ele enrijeceu quando desviei para pegar o sabonete que tinha visto por ali. O esforço fez meu peito nu tocar suas costas. O contato foi breve, mas longo o bastante para fazer um arrepio percorrer meu corpo quando me dei conta. Peguei a barra e me afastei.

— Aquele lá… me atacou.

— Weber?

Ele fez que sim.

— Depois vieram os outros dois para ajudá-lo. Havia outros dois… que não reconheci.

Suspeitando que ele se referia a Finn e Mickie, tirei meu braço de cima dele com cuidado. Ao ver que ele continuou de pé, esfreguei o sabão entre as mãos.

— Quando te atacaram… você revidou?

— Matei um deles… antes de apagar.

Minha respiração falhou quando parei, a espuma escorrendo pelo meu braço. Ok. Então ele não devia estar falando de Finn e Mickie. Quantas pessoas de Archwood estavam envolvidas naquilo? Alguém precisava alertar o barão. Mordi o lábio e levei a mão às costas dele. Seus músculos retesaram com meu toque, mas ele não se afastou. Passei a mão pela extensão de pele, lavando para tirar o sangue.

— E os homens que você ouviu conversando hoje mais cedo? — perguntou. — Você… por acaso os escutou dizendo mais alguma coisa?

Refleti sobre o que ouvira.

— Na verdade, sim. Eles falaram de alguém que se chama Muriel.

O lorde ficou tenso.

— Sabe quem é?

— Sei — respondeu ele, sem dar mais detalhes.

Meu nariz doeu um pouco quando o jato de água bateu em mim.

— Isso já tinha acontecido com você?

Ele soltou uma risada rouca e seca.

— Não. Mas eu devia ter sido mais cauteloso. Não é como se eu não soubesse dos efeitos que a cicuta provoca na minha raça. Eu só…

Eu me mexi, passando as mãos ensaboadas no quadril dele e de volta ao abdômen, tomando cuidado com os machucados ao focar na sensação e na textura da pele dele. Tudo me lembrava... mármore, ou granito.

— O quê?

— Fui imprudente — revelou quando tirei a mão.

— Bem, acontece com as melhores pessoas, certo? — Fiz mais espuma com as mãos e fui para o outro lado das costas dele.

Ele tombou a cabeça de novo, fazendo as pontas do cabelo encostarem nos meus dedos quando passei a mão de leve sobre seu ombro. Parecia haver um... leve brilho em sua pele, mas eu não sabia se era aquilo mesmo.

— Certo.

No silêncio que se instaurou entre nós, senti que estava me deixando levar um pouco pelo ato de tocar alguém — de tocar *ele*. Eu não ouvia nem sentia nada. Nada de futuros, descobertas nem sussurros cheios de violência — coisas detalhadas que deveriam ser impossíveis de eu saber. Nomes. Idades. Se a pessoa era casada ou não. Como vivia. Os segredos e desejos mais profundos, que eram os que Claude achava mais valiosos.

Tudo que ouvia eram meus próprios pensamentos. Mesmo com Claude, eu teria sido cautelosa, e a tal altura já teria começado a ouvir seus pensamentos. As únicas vezes que não senti nada como ao tocar o lorde Súpero à minha frente aconteciam quando eu bebia o suficiente para silenciar meus sentidos, o que também silenciava todo o resto, inclusive minhas memórias. Quando eu tocava alguém, não havia necessidade de imaginar aquele fio mental, mas com aquele Súpero, não havia nada.

Um tremor percorreu meu corpo. Talvez eu só estivesse distraída demais — sobrecarregada demais para que minha intuição sequer ganhasse vida. Eu não sabia ao certo o que era e, naquele momento, não me importava. Fechei os olhos e me deixei... me deixei aproveitar. O contato. A sensação da pele de outra pessoa nas minhas mãos. A maneira como os músculos tensionavam e se mexiam ao meu toque. Eu podia passar o resto da vida fazendo aquilo.

Mas não tínhamos tanto tempo assim.

— O quê... o que você estava fazendo na Barris Gêmeos para começar? — perguntei, gaguejando. — Não é um lugar aonde os Súperos de Primvera costumam ir.

— Eu não sou... de Primvera — falou ele, confirmando o palpite de Mickie. — Eu tinha ido encontrar alguém. Foi a pessoa que sugeriu o lugar.

Levantei o olhar para a parte de trás de sua cabeça.

— E vocês conseguiram se encontrar?

— Não. — Ele inclinou a cabeça para o outro lado. — E não acho que virá atrás de mim.

Eu não precisava da minha intuição para sacar que quem quer que fosse que ele fora encontrar havia armado para ele. Podia até ser o tal Muriel.

— Será que alguém pode estar te procurando? Um amigo?

Ele assentiu.

— Mais cedo ou mais tarde.

Ufa.

O alívio só durou até ele se virar no boxe apertado, e de repente fiquei de cara para o ferimento no peito dele.

Meu queixo cedeu um pouco ao ver que a ferida havia diminuído de novo, enfim assumindo o tamanho de uma moedinha dourada. A maior parte do sangue já havia escorrido com a água, exceto alguns pontos esparsos, mas tinha uns... forcei a vista. Havia alguns pontinhos brancos espalhados pelo peitoral e pelo abdômen dele...

Não me permiti continuar olhando quando ele se mexeu um pouco. A água morna caiu sobre mim de novo.

— O que é isso... saindo da sua pele? É a cicuta?

— Boa parte já deve ter saído de mim a esta altura — respondeu ele. — O que você está vendo são as consequências da lâmina de *lunea*. Uma vez que ela atinge nossa pele, age também como veneno. Corrompe tudo, chega à corrente sanguínea, e depois... nos queima de dentro para fora, bem parecido com o que uma febre faz com os mortais. Meu corpo a está expulsando de mim.

— Ah — sussurrei, fascinada e aterrorizada ao mesmo tempo com a explicação. Com tudo aquilo. A história toda era tão surreal. A conversa que eu tinha ouvido e a cavalgada insana à cidade. A descoberta de que tinha sido a ele que minha intenção me guiou. O fato de eu estar tomando banho com ele... seu corpo.

Eu já tinha visto muitos homens nus em diferentes situações. Alguns como Grady, cuja silhueta havia sido aperfeiçoada com os treinamentos e a habilidade com uma espada; outros que eram ainda mais fracos que eu; e alguns até como Claude, que era esguio por natureza. Mas aquele lorde era... diferente.

Aos poucos, encontrei o olhar dele. Seus olhos... Eles com certeza tinham se regenerado e voltado exatamente ao que eu me lembrava: uma explosão de azul, verde e marrom. Eles eram estranhos e belos. Analisei suas feições.

Os machucados do rosto haviam sumido quase por completo, mas não eram a única coisa que desaparecera.

— Aquelas marcas no seu rosto — falei, franzindo o cenho. — Elas sumiram.

Ele inclinou um pouco a cabeça, curioso.

— Marcas? Não sei do que está falando.

— Você... você estava com umas marcas no rosto, seguindo pelo maxilar e as têmporas. Pareciam uma tatuagem — descrevi. — Mas era como se elas viessem de dentro da sua pele.

As cores das írises pararam de girar devagar.

— Acho que você se enganou a respeito do que viu — respondeu ele, abaixando a cabeça. — Deve ter sido sangue ou terra.

— Vai ver... — Senti um arrepio se espalhar pela minha pele em resposta ao frio repentino que tomou conta da sala de banho. Nervosa, dei um passo para trás. — Acho que...

— Pode me tocar? — pediu ele.

O respiro que dei nem sequer chegou aos pulmões quando o encarei, perplexa.

— O quê?!

— Para continuar com o banho — explicou ele, abaixando os cílios grossos. — Estou gostando muito disso. — Ele fez uma pausa. — E acredito que você também esteja.

Eu estava *mesmo* gostando daquela situação — de tocá-lo. Engoli em seco e continuei parada. Mechas molhadas de cabelo haviam se soltado, grudando nas minhas bochechas. Segurei o sabonete com mais força. Ajudá-lo não parecia mais uma necessidade àquele ponto. A voz dele soava mais forte. A deduzir pelo subir e descer de seu peito e em como ele estava fazendo menos pausas entre suas palavras, sua respiração não estava mais pesada. Ele provavelmente seria capaz de terminar o banho sozinho, ainda mais se estava em condições de gostar muito das circunstâncias.

Só que eu... eu era... imprudente. Era mais do que tola e tinha um histórico de tomar péssimas decisões apesar de saber que seriam erros colossais.

E eu... podia tocá-lo.

Com um frio na barriga, coloquei a mão ensaboada no peitoral dele. Ele pareceu respirar fundo em resposta, ou talvez tenha sido eu — não sabia dizer ao passar a mão pela pele, observando os pontinhos brancos desaparecendo na espuma. Não cheguei perto da ferida no peito e nas dos braços, embora estivessem com uma aparência bem melhor, quase curadas por completo. Peguei mais sabonete e passei a mão pelo abdômen do Súpero.

Mordi os lábios ao passar perto de seu umbigo. Meu coração estava disparado, e minha pele estava quente, embora a água e o ar tivessem esfriado. Fechei os olhos quando minha mão deslizou pelo quadril e pelo músculo tenso ali. Não fui além. Até queria, mas me parecia inapropriado demais, considerando toda a situação.

Os músculos que meus dedos tocavam tensionaram, e abri os olhos para ver no que dera meu trabalho duro. Não tinha mais sangue, e não dava mais para ver os pontinhos de onde a espuma escorrera. Com exceção do ferimento, ele parecia bem melhor. O tom de sua pele tinha até ficado mais forte, indo de um pálido para um bronzeado, e seu corpo...

Não havia um único pelo para contar a história. Era como se ele fosse esculpido em mármore, cada linha e cada músculo definidos à perfeição. Desci o olhar pelo corpo dele, a atração era irresistível para... seu membro grosso e rijo.

Meus deuses, eu... eu nunca achei pênis uma visão lá muito agradável, mas o dele combinava com todo o restante. Era maravilhoso. De perder o fôlego. Brutalmente lindo.

— *Na'laa*?

Uma onda de calor percorreu meu corpo.

— Sim?

— Você está me olhando.

Senti meu peito inflar ao respirar fundo. Eu estava mesmo. Não havia como negar.

— Tudo bem. — Quando senti a respiração dele no topo da minha cabeça, a minha falhou. Ele estava mais próximo? Estava, sim. — Eu estou olhando para você também.

Não era mentira. Dava para sentir os olhos dele em mim. Eu sentira seu olhar percorrendo minha testa, descendo até o meu nariz, depois minha boca, à mesma medida que o meu viajava pelo seu peitoral. A intensidade do olhar dele era como uma carícia, e continuava descendo. Os bicos dos meus seios endureceram quando ele seguiu observando a parte de baixo do meu corpo, como eu também fizera, contornando as curvas da minha cintura, meu quadril e minhas coxas, e no meio delas, onde eu ansiava... onde eu queria... queria que ele me tocasse.

— Não devia — sussurrei. — Você está ferido.

— E?

— E? — repeti. Senti um calor rodopiar dentro de mim. — Não sei do que está falando...

— Acho que você sabe muito bem do que eu estou falando.

Soltei uma respiração profunda.

— Você deveria ter outras coisas em mente.

— Não quando há uma mulher linda na minha frente, que foi corajosa e gentil, que me ajudou em um momento de necessidade, colocando a própria vida em risco sem pedir nada em troca.

Minha risada saiu trêmula.

— Não tem por que me bajular.

— Só estou dizendo a verdade. — As palavras dele roçaram minha bochecha, fazendo o calor aumentar.

Cada lufada de ar que eu dava era difícil. Pela centésima vez naquela noite, me perguntei o que diabos eu estava fazendo. Porém, ainda estava ali, com o coração acelerado enquanto meu olhar voltava à mão dele e aos seus dedos, curvados. As pontas estavam pressionadas nos azulejos de...

Arquejei ao entender o que eu estava vendo. As pontas dos dedos dele se *fincaram* nos azulejos de cerâmica.

O lorde então levantou a mão e segurou meu queixo. Um som estranho subiu pela minha garganta, um som que eu não achava que já tivesse produzido. Mal pude conter um gemido. O toque dele era leve feito uma pluma, sutil, mas meus sentidos estavam em pleno alerta — por todo o meu corpo. Com leveza, ele me fez inclinar a cabeça para trás. Seus olhos... as cores formavam um caleidoscópio vertiginoso, e pontos brancos surgiram nas pupilas. Nossos olhares se conectaram, e eu me preparei, por pura força do hábito, mas eu... ainda não via nem ouvia nada.

Os dedos dele — que tinham acabado de estragar a cerâmica — tocaram minha bochecha, pegando as mechas de cabelo grudadas ali. Parada e com o coração disparado fora de controle, eu podia sentir as bolhas de sabão entre os dedos. Ele colocou as mechas de cabelo atrás da orelha, deslizando a mão até meu maxilar, e eu podia jurar que senti aquele toque leve por todo o meu corpo. Sua outra mão encontrou o sabonete que eu segurava com uma força descomunal. Ele o soltou dos meus dedos e o colocou no suporte.

O calor retornou, fazendo minha pele corar e invadindo meu sangue. Meu peito doía, e já me fazia respirar com dificuldade. O desejo, quente e escuro, pulsou dentro de mim. Ele mal havia me tocado. Apenas um roçar suave como uma pena no meu maxilar, e meu corpo todo latejou. Nunca em toda minha vida eu havia ficado tão… afetada daquele jeito.

O lorde se aproximou ainda mais, como se respondesse às minhas vontades. Era um pensamento tolo, mas de algum modo, também me movi. O pau dele tocou minha barriga e eu tremi, sentindo meu ventre se contorcer. Pequenos tremores tomaram conta de todo o meu corpo. Meus dedos quase doíam com a vontade de tocá-lo.

Com a necessidade de tocá-lo.

CAPÍTULO SEIS

Eu nunca sentira uma necessidade tão grande antes. Chegava a *doer*. Levantei a mão e...

E foi aí que me toquei.

Entendi o motivo por trás de toda aquela necessidade.

Os Súperos exalavam sensualidade, em sua voz e em seu toque, e a exuberância carnal impregnava o ar ao redor deles, influenciando até mesmo o mais casto dos ínferos a ser um pouco perverso. Era por isso que os Banquetes que se aproximavam viravam exatamente o que eu dissera a Naomi mais cedo — uma indulgência decadente de tudo que é carnal.

Só podia ser esse o motivo da minha reação a ele.

Isso e o fato de que ele era, bem, mais do que só bonito de se olhar, e nós dois estávamos completamente nus.

Meu coração batia tão acelerado que achei que ele pudesse mesmo explodir quando abaixei o olhar para o ferimento em seu peito.

A visão da ferida quase sarada me restaurou um pouco do bom senso.

Respirei fundo e dei um passo para trás. Ele tirou a mão do meu rosto, um formigamento surgiu onde ele me tocara.

— Preciso me secar. Com licença. — Saí do box pegando depressa uma das toalhas. Eu a enrolei no corpo, depois recolhi as roupas e saí às pressas da sala de banho.

A água pingava quando entrei no quarto desconhecido. Sequei-me com pressa, minha mente num turbilhão enquanto eu seguia para o armário. Vasculhei até encontrar uma camisa que me servisse. Não havia condições de eu colocar aquela camisola de novo. Eu teria que queimá-la. Talvez o manto também — algo que eu nunca teria considerado durante meu tempo antes de ir a Archwood. Ensanguentado. Ensopado. Nada importava. Roupas eram apenas roupas antes.

A camisa que peguei era macia e o tecido estava gasto. Batia na altura dos joelhos. Era completamente inapropriado me vestir daquela maneira, mas ela era larga, sem se agarrar ao meu corpo, e cobria o mesmo tanto que minha camisola e a metade dos meus vestidos. Além do mais, poucos momentos antes eu estivera completamente nua.

Eu só... me sentia diferente.

Assim como minha reação instintiva a ele — como a vontade que senti. Era quase animalesca demais, primal demais.

Ao xeretar o guarda-roupa, encontrei calças limpas que pareciam servir no lorde. Eu as peguei, junto a outra camisa, branca, jogando as duas sobre o canto da cama.

Quando ouvi a água sendo desligada, soltei as mechas de cabelo do colarinho da camisa. Fui até a mesinha e acendi o lampião para servir um copo d'água para nós. Bebi tudo, mas de nada serviu para acalmar meu coração nem meus nervos. Sentei-me na beirada da cama, pensando que devia ter aproveitado aquele tempo para fugir.

Eu não fazia ideia de que horas que eram, mas as ruas da cidade do lado de fora estavam silenciosas. Já devia quase ser de manhã. Toquei a ponte do nariz e estremeci sentindo a dor aguda. Como é que eu ia explicar algo assim?

Ouvi a porta da sala de banho se abrir e abaixei a mão, colocando-a sobre o colo.

— Tem água na mesa — anunciei. — Separei um copo para você e encontrei algumas roupas que talvez te sirvam.

— Agradeço.

Ergui a cabeça, encarando os músculos firmes das costas do Súpero enquanto ele ia até o armário. O lorde só estava com a toalha ao redor da cintura, o que era, bem, indecente da maneira mais deliciosa que eu com certeza não estava prestando atenção.

O lorde tomou a água em silêncio e serviu-se de um terceiro copo. Era um bom sinal — ele beber tanta água. Eu o observei colocar o copo sobre a mesa, depois se virar na direção das roupas. Ele pegou as calças pretas.

— Vão servir — falou.

— Que bom.

Ele desprendeu a toalha, e logo afastei o olhar, corando, apesar de tudo que eu havia dito. Quando tive certeza de que ele estava ao menos metade vestido, olhei de volta e vi que ele enfim estava de calças. Elas estavam frouxas na cintura, baixas ao redor dos quadris.

Pisquei, surpresa. As feridas nos braços e no peitoral já haviam quase sumido. Olhei de novo para seu rosto. Os traços singelos de machucados que ainda estavam visíveis na pele durante o banho já tinham desaparecido por completo. Senti um formigamento ao contemplar as maçãs do rosto altas e definidas do lorde, bem como o nariz reto e imponente. O maxilar era uma linha esculpida, firme, e a boca era larga e ostensiva. Havia algo leve, quase felino em suas feições enfim visíveis sem as feridas. Era como olhar para uma obra de arte temível de se apreciar devido a sua beleza desconcertante.

— Suas feridas — comentei, com esforço.

— Estão sarando — respondeu ele. O cabelo estava jogado para trás, revelando seu rosto. — Graças a você.

Senti um friozinho na barriga.

— Não fiz muita coisa.

Ele me olhou por um instante.

— Sabe por que os Súperos têm um efeito tão sensual em mortais?

A pergunta me pegou de surpresa, e levei um tempo para responder.

— Sei de algumas... coisas sobre o que ajuda um Súpero a se fortalecer.

Um lado de seus lábios se curvou para cima.

— E essas coisas que você sabe por acaso envolvem prazer?

— Sei que os Súperos se... — Sofri para achar uma palavra precisa para descrever o que eu havia ouvido falar.

O lorde, no entanto, estava com ela na ponta da língua.

— Alimentam?

Assenti, sentindo minha pele um tanto quente.

— Não sei como te ajudei nesse quesito.

— *Na'laa* — murmurou ele, soltando uma risada. — Você sentiu um grande prazer me ajudando no banho. Não que não saiba disso.

Calei-me e afastei o olhar. Eu tinha mesmo plena noção do que ele falava. Apenas havia me esquecido no momento de que meu prazer no simples ato de tocá-lo já bastava para ajudá-lo.

— Não nos alimentamos apenas do prazer dos outros — acrescentou ele, após um instante. — Também vale para o nosso próprio prazer. Eu também gostei do banho.

Eu o encarei, por algum motivo idiota fiquei feliz em saber que ele tinha gostado.

— Mas você fez até mais do que pode imaginar — continuou. — Você salvou vidas hoje.

Vidas, no plural? Só a dele. Desconfortável com a ideia e ainda mais pelo fato de ter ficado constrangida, estremeci.

— Você não tem como saber. Vai ver você teria conseguido escapar sozinho.

— Ah, eu com certeza teria escapado depois de recuperar a consciência — disse ele. — Meu propósito de estar aqui não importaria. Eu teria dizimado metade desta cidade, não teria deixado nada além de cinzas e ruínas.

Senti um aperto no peito.

— Você... você teria mesmo feito isso?

— Sim. Depois eu me arrependeria, porque não gosto de matar inocentes, mas minha culpa não seria capaz de desfazer minhas ações nem as compensar, seria?

— Não — sussurrei, aflita com o que ele compartilhava; pensando em como Archwood tinha chegado perto da destruição.

— Interessante.

— O quê? — Fiquei tensa, e ele foi em direção à cama.

— Este tempo todo, você nem por um instante sentiu medo de mim. Ainda não sente. — A cabeça dele se inclinou para os movimentos constantes dos meus dedos, se abrindo e se fechando sobre meu colo. — Mas está nervosa. Ou sempre fica inquieta assim?

Mordi o lábio, impedindo a mim mesma de negar na mesma hora.

— Fico, sim — admiti. — E você me deixa nervosa mesmo. Se dissesse que não tenho motivo para isso, ainda assim ficaria.

— Mas eu não te diria isso — falou ele. — Você sempre deveria ficar nervosa perto de gente como eu.

— Ah — sussurrei. — Que... reconfortante.

O lorde Súpero sorriu. Havia um aspecto afiado, quase predatório em seu sorriso.

— Mas não precisa temer a mim. Há uma diferença entre as duas coisas.

— Como saberia se estou nervosa ou com medo?

— Sua respiração acelerada e seu coração disparado te entregam.

Arqueei as sobrancelhas.

— Eu... eu não sabia que você conseguia ouvir isso.

— Não é bem ouvir, mas se nos concentramos em um indivíduo, em sintonia com a sua essência, conseguimos. É assim que nos alimentamos. — Um traço de um breve sorriso apareceu. — E estou concentrado o bastante em você para ouvir exatamente o que está te deixando ofegante. Quando não é o medo fazendo o ritmo de sua respiração aumentar, é prazer. — Uma pausa. — Excitação.

Respirei fundo.

— Eu não...

— Vai mentir para mim? Eu sei a verdade.

— Acho que não — rebati ao me afastar, a camisa agarrando ao redor das minhas coxas.

— Mas, por favor, minta. Isso me diverte.

Franzi o cenho para ele, achando aquilo estranho.

Ele apoiou um joelho da cama. Nossos olhares se conectaram, e a vontade de perguntar se ele me reconhecia veio com tudo. Era óbvio que não. Se sim, com certeza teria dito algo, mas por alguma razão ridícula e desnecessária, eu queria saber se ele se lembrava.

— Você... — Algo me deteve. Não sabia dizer o que era. De que importaria se ele se lembrasse? Ou se eu dissesse que já havíamos nos encontrado?

Foi então que me toquei.

Era minha intuição. O nível aguçado do meu instinto. Devia haver um motivo para isso, principalmente porque era raro minha intuição agir a meu próprio favor. Era a forma dela de me impedir. Por que exatamente eu não sabia, mas meu coração apertou de repente.

— Está tudo bem? — perguntou o lorde.

— Aham. Sim. — Pigarreei. — Só estou cansada. Foi uma noite estranha.

Ele me encarou por um momento.

— Não posso discordar.

O nervosismo que ele tinha sentido antes voltou.

— É melhor irmos embora antes que...

— Eu sei — falou, e em seguida se moveu inacreditavelmente rápido. Ele estava em cima de mim antes que eu pudesse tomar fôlego de novo.

Apenas a presença dele foi o bastante para eu cair de costas na cama. Nossos corpos não se tocavam, mas ele me prendia, seu corpo largo bloqueava o cômodo — o reino inteiro, na verdade — até que existisse apenas ele. Apenas nós dois. Ele levou a ponta dos dedos à minha bochecha. Meu corpo todo tremeu ao toque. O azul em seus olhos se misturou ao verde quando ele passou o dedo pelo meu rosto, pegando uma mecha de cabelo. Ele a colocou para trás, e sua delicadeza me desconcertou.

— Você não está com medo de mim agora — ressaltou ele.

— Não. — Dei um respiro fraco quando as pontas dos dedos dele passaram de novo pelo meu lábio inferior. — Está tentando me amedrontar?

— Não sei dizer.

Um arrepio de apreensão misturado com algo que eu não conseguia identificar se espalhou pela minha pele.

Ele analisou todo o meu rosto, depois desceu o olhar até minha garganta.

— Sei que você disse mais cedo que estava bem, mas daqui a algumas horas a pele sob seus olhos e no seu nariz vai escurecer, junto aos hematomas que deixei na sua garganta. Permita-me mudar isso.

Eu o fitei.

— Você... você pode fazer isso?

— Há muitas coisas que eu posso fazer. — O meio-sorriso voltou, e eu semicerrei os olhos. — Deixe-me fazer isso por você.

Não precisar me preocupar com como eu ia explicar os machucados seria um alívio, mas era mais por curiosidade do que qualquer outra coisa. Eu não sabia ao certo como ele poderia fazer o que prometia.

— Você precisa fechar os olhos — instruiu o Súpero.

— Mesmo?

— Mesmo. — As constelações nas pupilas dele ficaram mais nítidas.

Depois de sustentar seu olhar por vários instantes, assenti e fiz o que ele pediu. Fechei os olhos. Uma batida passou, depois outra, e nada aconteceu. Comecei a abrir os olhos, mas parei. Os dedos na curva do meu maxilar... estavam *quentes*. Senti a respiração dele no meu queixo. Nos meus lábios abertos. Só consegui dar um suspiro fraco, superficial. A respiração dele no meu rosto subiu, e outro segundo tenso passou. Em seguida, senti o toque leve dos... dos lábios dele na ponte do meu nariz. Meu corpo se moveu de forma brusca.

— Fique parada — ordenou ele, e senti seu hálito em minha bochecha.

Tentei fazer o que ele pediu, mas um tremor começou e tomou conta de mim. A boca do Súpero deixou minha pele. Não havia nada... depois havia *algo* — um formigamento quente e estranho. A respiração dele passou pela lateral da minha garganta, seguida por seus lábios. Ele plantou um beijo logo abaixo do pulsar frenético. Arfei quando o cabelo dele roçou meu queixo, depois seus lábios pressionaram do outro lado. O arrepio de calor se espalhou ali também, e em alguns momentos as dores que eu tentara ignorar sumiram.

Contudo, o lorde não se afastou.

Ele permaneceu com a cabeça inclinada, os lábios continuaram pressionados de leve na minha garganta, e um tipo diferente de calor ganhou vida, se espalhando bem fundo no meu corpo. Aquilo... aquilo parecia muito mais perigoso do que estar no chuveiro ao seu lado, mas ele então tirou os lábios da minha pele e se afastou. Eu queria sentir um alívio imenso. Eu deveria.

Mas não sentia.

Abri os olhos devagar. Ele continuava em cima de mim, os olhos meio fechados, e pensei... pensei ter visto um leve brilho dourado ao redor dele, parecido com o que eu achava ter visto no banho. Será que era a luz do lampião? Não podia ser.

— Seus beijos... — Minha voz soava aguda demais. Pigarreei de novo. — Seus beijos podem curar?

— Alguns machucados sim. — Ele deu um sorrisinho com o canto direito dos lábios. — Às vezes.

Tive a impressão de que ele não estava falando toda a verdade.

— Não sei se você se dá conta disso ou não, mas acho que você meio que brilha.

— Acontece.

— Quando você... se alimenta? — Foi meu palpite.

— Isso.

Olhei para baixo e o que vi me fez arregalar os olhos.

— A ferida do seu peito fechou. — Olhei para os braços também. No lugar dos machucados, havia pele rosada e reluzente.

Os dedos dele dançaram ao longo do colarinho da minha camisa emprestada, enquanto meus próprios dedos estavam pressionados contra a cama, comportados. Eles quase coçavam com a vontade de tocá-lo.

E por que eu não podia?

Bem, havia vários motivos, provavelmente muitos nos quais eu ainda nem tinha pensado, mas levantei uma das mãos mesmo assim. Por força do hábito, hesitei antes de colocar a palma sobre o peitoral dele.

O lorde... *ronronou.*

Com a pele quente, passei os dedos pelas linhas dos músculos fortes. Eu nunca conseguiria me acostumar com a sensação da pele de um Súpero.

Nunca me acostumaria em poder tocar alguém com tanta facilidade.

Ele continuou parado acima de mim enquanto eu passava a mão por seu peito, os lábios entreabertos. Eu sabia que aquilo não podia continuar. Precisávamos ir embora dali. Eu precisava voltar ao solar, mas... mas meus dedos desceram, acariciando os músculos do abdômen dele. Toquei o cós frouxo da calça. As pontas dos meus dedos roçaram algo duro e redondo...

Um ruído sombrio escapou do lorde ao segurar meu pulso, detendo minha exploração em sua pele.

— Por mais que eu fosse adorar deixá-la continuar, receio que não tenhamos tempo para isso.

Olhei para o rosto do Súpero. Ele estava certo. Contraí os dedos.

— Eu sei.

Ele abaixou a cabeça e levou minha mão à sua boca. Respirei de leve quando ele plantou um beijo na palma de minha mão. Nossos olhares se conectaram outra vez. O azul havia coberto todas as cores, assumindo um tom intenso de safira.

Em seguida, ele saiu de cima de mìm e se afastou. Virou a cabeça de repente para a janela.

— Fique aqui — pediu baixinho.

Engoli em seco e me sentei, tonta com a rapidez com que me movı.

— Está tudo bem?

— Sim. — Quando a atenção dele se voltou a mim, o verde e o castanho dos olhos estavam visíveis de novo. — Um… um amigo chegou.

Franzindo o cenho, eu me esforcei para ouvir qualquer coisa que pudesse tê-lo alertado de uma presença, mas não escutei nada.

— Volto já.

Num piscar de olhos, o lorde tinha ido embora *de novo*. Perplexa com sua habilidade de se mover tão depressa, fiquei com as pernas bambas. Eu não me permiti pensar em nada ao entrar na sala de banho para pegar minhas peças de roupa arruinadas. Depois de calçar as botas, voltei ao quarto, esperando até o último minuto antes de vestir o manto.

O lorde não se ausentou por muito tempo; talvez tenha passado mais alguns instantes antes que eu sentisse uma mudança na atmosfera do quarto. Eu me virei, encontrando-o no umbral da porta do quarto. Havia algo preto nas mãos dele.

— Seu amigo ainda está por aí? — perguntei.

O lorde assentiu.

— A égua presa na floresta é sua?

Olhei para a única janela.

— Se ela estiver comendo tudo à vista, sim.

— Está mesmo. — Ele fez uma pausa. — É uma bela égua.

Concordei com a cabeça.

— Trouxe isso para você. É um manto. Limpo.

— Ah, obri... — Lembrei um dos costumes bizarros a respeito dos Súperos, e me impedi de agradecê-lo. Supostamente, isso os fazia sentir como se o ato tivesse sido corrompido ou algo do tipo. — Que bondoso da sua parte.

Ele não disse nada ao vir até mim, pegando minhas roupas sujas e as largando na cama.

— Vou precisar destruir isso — anunciou. — Não dá para tirar sangue de Súpero de tecidos.

Mais uma coisa que eu não sabia.

— Sua viagem de volta é muito longa? — perguntou.

— Não muito... — Parei de falar quando ele jogou o manto sobre meus ombros. As costas das mãos dele tocaram meu peito quando ele uniu os lados. O material era mais pesado do que eu costumava usar naquela época do ano, mas a veste era longa, cobrindo minhas pernas nuas.

— Quanto? — perguntou ele, prendendo os fechos na minha garganta.

— Não muito longe.

Ele me analisou.

— Que bom.

— E você?

Havia algo tenso no sorriso do lorde, o que destoava completamente da delicadeza de seu toque. Ele levou a mão ao meu rosto. As pontas dos dedos deslizaram pela minha pele.

— Já é seguro para você partir. Devia fazer isso, e logo.

Um arrepio percorreu minha espinha.

— O que você quer dizer...

— Você não quer que eu responda isso. — Ele segurou meu maxilar, minha respiração ofegante conforme ele passava o polegar pelo meu lábio inferior.

Seu olhar sustentou o meu por alguns segundos; depois ele soltou a mão e saiu do caminho. Eu, por outro lado, não me mexi, por vários instantes, e foi difícil me forçar a fazê-lo.

— Você vai ficar bem?

As feições dele relaxaram.

— Vou, sim.

— Está bem. — Engoli em seco. — Adeus, então.

O lorde não disse nada.

Fechei os olhos por um breve momento, depois me obriguei a andar. Fui até a porta.

— *Na'laa?*

Parei quando senti algo... algo como esperança crescendo dentro de mim. Esperança do quê? Eu não sabia dizer ao olhar para ele por sobre o ombro.

O lorde estava de costas para mim, os ombros tensos em uma linha reta.

— Tenha cuidado.

CAPÍTULO SETE

Inclinada sobre a fileira arrumada de cravinas cor-de-rosa, fechei os dedos ao redor do caule de um dente-de-leão. Com certa culpa, arranquei o desgraçadinho da terra. Com todos os seus benefícios medicinais, as ervas daninhas não seriam desperdiçadas, mas ainda me sentia mal por pegá-las por motivos unicamente cosméticos.

Não ajudava que minha mente imaginasse gritos estridentes de dor toda vez que eu arrancava uma planta do chão.

Jogando a erva daninha no cesto com as outras, minha atenção se voltou aos espinhos azul-arroxeados das nepetas. De repente, eu vi *ele* — ouvi sua voz e o senti.

Meu lorde Súpero.

A noite anterior... tinha parecido um sonho febril, mas as memórias horrendas de vê-lo empalado à mesa eram vívidas demais, assim como as do banho. A lembrança de tocá-lo. A sensação de ter as mãos tocando sua pele. O roçar de seus lábios na minha pele machucada.

Ainda assim, nada daquilo pareceu real — eu sabia que o veria de novo, mas nunca poderia ter imaginado o que aconteceu. Minha reação a ele. Minha vontade. *Necessidade*. Nada daquilo.

Um tremor leve me abalou quando reabri os olhos e olhei para cima, para além das paredes de pedra do solar, em direção à cidade de Archwood. Duas correntes de fumaça ainda se espalhavam pelo ar perto do cais.

Engoli em seco, sentindo um arrepio na pele apesar do calor do início da manhã.

Quando acordei após algumas horas de sono, me peguei fitando a adaga de *lunea* na cabeceira ao lado da cama. Eu a havia pegado de cima do armário ao ir embora da casa do ferreiro. Não foi uma atitude premeditada. Apenas peguei, guiada pela minha intuição.

Enquanto encarava a lâmina estranha, pensei no que precisava fazer. Claude precisava saber do mercado das sombras aparentemente ativo de

Archwood e do fato de que ao menos dois de seus guardas estavam envolvidos não apenas no comércio, mas também na coleta de substâncias.

Ciente de que o barão demoraria a acordar, fui até os jardins na esperança de acalmar minha mente. Estar entre as plantas e colocar as mãos na terra teria ajudado, não fosse pela fumaça que eu vira assim que saí do solar. Eu não precisava dos meus dons para entender qual era a causa das fogueiras. *Ele.*

Por isso o lorde Súpero me disse que eu não ia gostar da resposta à pergunta acerca do que ele faria.

Ele fora atrás de vingança. Se bem que, será que contava mesmo como vingança quando as ações dele provavelmente haviam prevenido que outro Súpero sofresse o que ele tinha sofrido? A meu ver, era mais como fazer justiça, por mais pesado que soasse.

Eu não tinha visto Finn nem Mickie naquela manhã, mas também não os tinha exatamente os procurado ao entrar nos jardins. Achei — não, eu *sabia* — que não havia motivo para tanto. Eles não estavam mais neste reino.

E, para ser sincera, eu não sentia a mínima empatia por eles, nem mesmo por Finn e seus sorrisos gentis. Eles faziam parte de algo errado, horrendo até. Nada como as histórias que eu ouvia de pessoas cavando covas de Súperos para usar o que quer que restasse de seus corpos — eles praticavam tortura e assassinato. E se a tentativa de drenar todo o sangue do lorde tivesse dado certo? De roubar as... as partes do corpo dele e vendê-las no mercado das sombras? Uma hora ou outra, esse tipo de coisa viria à tona. Eu não precisava de intuição para saber como o rei Euros responderia se descobrisse o que haviam tentado fazer com um de seus lordes. Ele mandaria o temido Príncipe de Vytrus para acertar contas com Archwood, e qualquer agitação que estivesse acontecendo na fronteira viraria o menor dos nossos problemas.

Contudo, não foi nem essa terrível realidade que me causou um aperto no coração. Foi a noção de que... de que *ele* podia ter morrido. Só pensar na possibilidade já me causava um mal-estar. Mesmo assim, eu sabia que não deveria ter aquele tipo de reação à ideia, não importava o passado breve do qual eu tinha certeza de que ele nem sequer se lembrava.

Será que ele ainda estava em Archwood?

Continuei parada, silenciando meus pensamentos, mas nada me ocorreu. Mas tomara que...

— Não — sussurrei, interrompendo um pensamento idiota. Eu não torceria para vê-lo outra vez. Além do fato de que ele era um lorde, havia sempre o risco de um Súpero descobrir minhas habilidades e me acusar de ser uma ilusionista.

Seria melhor se eu nunca mais o visse.

Não, sussurrou aquela vozinha na minha mente, *não seria, não.*

Uma sombra apareceu ao meu lado, bloqueando o brilho da manhã. Olhei sobre o ombro, era Grady.

— Estive procurando você — anunciou. — Ficou sabendo das fogueiras desta manhã?

— Não, mas vi a fumaça. — Mordi o lábio inferior. — Você... sabe o que aconteceu?

— A taberna Barris Gêmeos e a casa de Jac, o ferreiro, queimaram. Foi o que Osmund me contou — disse ele, referindo-se ao outro guarda. — Ele estava na muralha esta manhã quando as fogueiras começaram.

Enrijeci.

— Quando fiquei sabendo delas, torci para terem sido os Cavaleiros de Fe...

— Pelo amor dos deuses, Grady — interrompi, sentindo meu estômago revirar. — Você nem devia estar pensando nisso, muito menos compartilhando em alto e bom som.

— O quê? — Grady revirou os olhos. — Não tem mais ninguém aqui.

— Você não sabe quem pode estar por perto e acabar te ouvindo — ressaltei. — E se alguém te escutasse e te dedurasse? — Senti um aperto no peito. — Você seria julgado por traição, Grady, e por "julgado" você sabe que quero dizer executado sem um julgamento.

— É, e você não pode me dizer que isso não é errado — rebateu ele. — Isso de que a mera suspeita de alguém simpatizar com a causa dos Cavaleiros de Ferro acaba em morte, como o que aconteceu com Astória.

— É, não é certo, mas torcer para os Cavaleiros de Ferro estarem envolvidos com essas fogueiras também não é, tendo em vista que você sabe muito bem o que aconteceu a Astória.

— E eu repito: você não pode me dizer que isso também não é errado.

— Não é essa a questão...

Parei de falar e o encarei. Desde que as notícias de Beylen e dos Cavaleiros de Ferro chegaram a Archwood, Grady andava mostrando mais do que um interesse bobo no que era dito a respeito dos rebeldes. E como poderia ser diferente? Nós dois éramos produtos de um reino que se importava muito pouco com os membros mais vulneráveis da comunidade, mas tínhamos enfim conquistado uma vida. Ambos tínhamos um futuro, e eu já quase o havia arriscado o bastante por nós dois. A preocupação martelou minha cabeça, então desviei o olhar.

— Enfim — continuou Grady, com um suspiro pesado. — Não foram os Cavaleiros de Ferro. Osmund disse que as chamas eram *douradas*, e você sabe que só há uma coisa capaz de criar esse tipo de fogo. — Grady fez uma pausa, e em seguida continuou: — Mas nem é só isso.

Senti um embrulho no estômago.

— Ah, não?

— Não. Encontraram corpos. Dois na casa do ferreiro e três na Barris Gêmeos.

Não era para eu sentir alívio, mas confesso que foi isso que aconteceu. O número de mortos poderia ter sido maior só na Barris Gêmeos, que estava sempre lotada. E teria sido catastrófico se o lorde tivesse feito o que disse que faria, deixando metade da cidade em ruínas.

— Péssimas notícias — murmurei, porque eu de verdade não sabia o que responder.

— Pois é. — Grady uniu o cenho ao olhar para o céu. — Você não parece muito surpresa.

— Ah, não?

Ele ficou quieto por um momento.

— O que é que você sabe, hein?

Virei a cabeça para ele.

— O que quer dizer?

Ele analisou meus olhos, confiando que se eu largasse mão da minha intuição, desviaria o olhar. Ou que se eu visse algo, não contaria a ele. Grady, assim como Naomi, não queria saber o que o futuro reservava para ele, e isso era algo que eu respeitava.

— Há quanto tempo nos conhecemos?

Arqueei uma sobrancelha.

— Às vezes parece que tempo demais.

— É, e hoje é um desses dias — rebateu ele, e eu franzi o nariz. — Você tentou mentir para mim mais cedo e agora está fazendo isso de novo. Quando foi que você conseguiu me esconder alguma coisa sem que eu te pegasse na mentira?

— Se eu tivesse mentido mesmo, você não saberia. — Dei um sorriso convencido para ele. — Saberia?

Ele não sorriu de volta. Nada de covinhas.

— Osmund viu você ontem à noite, Lis, saindo das dependências do solar.

— E?

— Ele também te viu voltando horas depois, cavalgando como se sua vida estivesse em risco.

— Não sei aonde quer chegar com isso.

— Você estava usando um manto diferente quando voltou.

Meu queixo caiu.

— Como é que ele percebeu a diferença?

Grady deu de ombros.

— Vai ver ele tem a vista boa.

— Meus deuses — murmurei.

— E aí? Vai ser sincera comigo agora?

Abri a boca, mas estava sem palavras. Eu era *péssima* em mentir, o contrário de uma mentirosa patológica. Ainda mais para Grady, porque ele me conhecia bem o bastante para saber que a minha falta de reação à notícia sobre as fogueiras significava algo. Às vezes ele me conhecia melhor do que eu mesma.

Mentir para Grady, sequer tentar, sempre pareceu errado. Se ele tivesse conseguido se livrar de mim no momento em que me grudei a ele, eu não teria conseguido sair do orfanato ao qual fui mandada depois que a Prioresa da Misericórdia morreu e não houve sucessora. Eu era fraca. Um empecilho. Não sabia me defender, nem me mexer sem fazer barulho. As ruas onde fomos jogados eram um labirinto desconhecido e assustador para mim, e também não sabia evitar os tapas e os punhos agressivos de cuidadores.

Mesmo nessa época, Grady foi gentil. Ou, pelo menos, tinha sentido pena o bastante de mim para me acolher. Qualquer que tenha sido o motivo, depois de um tempo eu não era mais uma sombra em seu encalço, me tornara uma aliada que fazia questão de estar logo atrás dele, e ele garantia minha sobrevivência.

Na verdade, Grady ainda fazia isso.

Suspirando, cruzei os braços.

— Não consegui dormir depois que saí do Salão Principal, e fui para os estábulos passar um tempinho com Iris. Enquanto eu estava lá, ouvi duas pessoas conversando; eram Finn e Mickie. Eles tinham capturado um Súpero.

— Puta merda — murmurou ele.

Assenti devagar.

— E eu precisava fazer algo a respeito disso.

Grady inclinou a cabeça para mim.

— É o quê?

— Eu senti uma vontade... sabe? Uma necessidade de fazer algo. Eu precisava...

— Você não está mesmo prestes a me dizer que foi sozinha libertar esse Súpero, não é?

Estremeci.

— Eu não quis te meter na história.

— Você perdeu o juízo, foi?

— Sim. Completamente.

Grady suspirou, esfregando a testa.

— Pelo amor dos deuses.

Respirei fundo, e contei a ele o que tinha acontecido — quer dizer, quase tudo. Uma das coisas que deixei de lado foi a situação do chuveiro. Era um detalhe do qual ele não precisava saber.

— Então, as fogueiras? Só pode ter sido esse lorde Súpero.

— Eu não dou a mínima para esse tal lorde no momento — exclamou Grady, com seu olhar analisando meu rosto. — Tem certeza de que não se machucou? Quer que eu chame um dos médicos para dar uma olhada em você?

— Não sinto dor em lugar nenhum. É sério. Estou bem.

E eu estava mesmo. Não encontrei um único hematoma, e nada doía quando cheguei pela manhã.

— Esse lorde Súpero com quem você conversou... — Grady chamou minha atenção de volta para ele —, ele por acaso era de Primvera?

— Não, mas também não sei exatamente de onde ele é.

Meu estômago embrulhou e revirou porque eu não tinha contado para Grady que o lorde era o *meu* lorde Súpero. Grady não gostava muito de tocar no assunto daquela noite na Cidade da União. Não era uma boa desculpa por eu não ter dito nada, mas também nunca disse a ele que sabia que veria o lorde de novo.

Ao olhar para o horizonte, vi que o traço fraco de fumaça permanecia, e aconteceu de novo. O frio entre as escápulas e o vazio no estômago. O sussurro voltou, repetindo as mesmas palavras que havia dito no Salão Principal.

Ele está vindo.

Ao retornar, encontrei o barão no escritório, sentado no sofá com um pano sobre a testa e os olhos e, por sorte, sozinho.

Com o chapéu de palha na mão, escancarei a porta.

— Claude?

Ele levantou um pulso fraco no ar.

— Lis, minha mascote, por favor, entre.

Fechei a porta ao passar e fui até a poltrona verde-floresta que combinava com a que ele ocupava.

— Como está nesta manhã?

— Estou me sentindo muito bem. — Ele se reclinou, cruzando uma perna sobre a outra. — Não dá para notar?

Sorri um pouquinho, um tanto divertida pelo falo de que até mesmo *caelestias* ficavam de ressaca.

— Sim, você parece cheio de energia e pronto para aproveitar o dia.

— Você é gentil demais, mascote. — Um sorriso abatido surgiu sob o tecido azul-claro. — O que a traz aqui esta manhã?

— Há uma coisa que preciso te contar.

— Espero que sejam boas notícias. — Quando não respondi, ele tirou o pano de cima de um olho entreaberto. — O que em nome dos deuses você está vestindo?

Olhei para o meu corpo, confusa. Eu vestia uma blusa velha e surrada e calças que havia encontrado alguns anos antes, esquecidas na lavanderia. Não dava para discordar que já foram melhores, mas era a roupa perfeita para passar um tempo do lado de fora do solar.

— Eu estava nos jardins.

Ele arqueou uma sobrancelha.

— De quem são essas calças?

— Não faço ideia — respondi, e o lábio dele se retraiu, como se a ideia de eu usar as roupas de outra pessoa o fizesse querer vomitar. — Eu... eu sei de algo que pode trazer problemas.

Claude suspirou, tirando o pano do rosto e largando-o sobre a mesa.

— Espero que não sejam mais fogueiras douradas estranhas.

— Você ficou sabendo delas?

— Hymel me acordou para dar a notícia. — Ele pegou um copo do que eu esperava ser apenas suco de laranja. — Tem a ver com isso?

— Não sei ao certo. — Escolhi as palavras com cuidado. — Ontem à noite, encontrei Finn e Mickie, dois dos seus guardas.

A tirar pela expressão no rosto dele, Claude não fazia ideia das pessoas a quem eu me referia.

— E descobri algo a respeito deles — compartilhei. — Os dois estão envolvidos no mercado das sombras.

Claude abaixou o copo.

— De que maneira?

— Da pior — falei. — Do tipo roubar... partes de corpos para praticar magia de ossos.

Ele me encarou por um momento.

— Puta que pariu, tem certeza?

Eu o fitei.

— Sim. É claro que tem. — Ele colocou o copo de lado ao bater com a bota no chão. A camisa escura que o barão usava se moveu sobre o ombro como seda líquida quando ele passou a mão pelo cabelo. — Aquelas fogueiras? Hymel disse que os magistrados ouviram de testemunhas que as chamas eram douradas.

— Foi o que Grady me disse. — Meus dedos se curvaram na beira do chapéu. — Eles não tiveram sorte no roubo das partes do corpo do Súpero.

— Não é de se estranhar, com base nos restos carbonizados encontrados depois de apagarem as fogueiras — ressaltou, o que me fez sentir enjoada. — Porter? O dono da Barris Gêmeos? Ele estava envolvido nisso?

Assenti.

— Não sei o número exato, mas...

— Mas ao menos dois dos meus guardas estão? — O maxilar dele ficou tenso. — Ou estavam, caso eles estejam entre os corpos encontrados.

— Teve um outro nome que ouvi. Um tal de Muriel.

Claude franziu o cenho.

— Muriel?

— É. Não sei ao certo quem é.

Ele me olhou por um momento, depois se recostou. Outro momento se passou.

— A última coisa de que preciso é que o príncipe Rainer acredite que Archwood serve de refúgio para quem quer entrar no ramo de magia de ossos.

O príncipe Rainer supervisionava a Corte de Primvera. Eu nunca vi o Súpero, mas Claude dizia que o príncipe era do tipo amigável. Com sorte ele manteria essa pose.

— Posso tentar ver se algum dos outros guardas também está envolvido — ofereci.

O peito de Claude subiu com um suspiro pesado.

— Obrigado por vir me procurar e pela sua ajuda. Eu agradeceria muito se você fizesse isso.

Concordei com a cabeça, começando a me levantar.

— Tomara que tenham sido só eles.

— É — murmurou Claude, semicerrando os olhos ao olhar pela janela. — Tomara.

— Eu te conto se descobrir alguma coisa. — Comecei a me retirar, mas depois parei. — Quer algo para a dor de cabeça? Tenho hortelã e…

— Não, não será necessário. — O sorriso dele ficou provocativo quando me olhou. — Bem-feito para mim.

Vai ver ele merecia a dor de cabeça mesmo, mas eu não achava que isso significava que ele precisava sofrer.

— Tem certeza?

— Sim, mascote. Tenho sim.

Hesitei por um momento, depois me virei. Só dei alguns passos.

— Mascote?

Virei para ele.

— Sim?

Ele pegou o pano.

— Está feliz aqui?

— Sim, é claro. Por que a pergunta? — Meu estômago revirou quando conjurei o pior cenário possível na mente. Ele me perguntar a mesma coisa duas vezes seguidas num intervalo de vinte e quatro horas era preocupante. — Não está feliz comigo aqui?

— Imagine, não foi por isso que perguntei — respondeu depressa. — Tenho sorte de ter você aqui. — Ele girou o corpo na minha direção. — Só quero me certificar de que você saiba disso.

— Eu sei — sussurrei.

Claude sorriu, mas havia algo estranho em seu sorriso. Cansaço, e talvez até fragilidade, mas eu pensava que isso tudo tinha mais a ver com a dor de cabeça.

— Melhoras — falei, cruzando o escritório.

Foi então que tive um estalo — a respeito do tal Muriel.

Eu não sabia... absolutamente nada sobre ele. Nada me vinha à mente, o que só podia significar uma coisa.

Muriel era um Súpero.

Só que isso não fazia muito sentido. Por que um Súpero estaria envolvido em magia de ossos?

CAPÍTULO OITO

Ouvi uma melodia sensual vindo da sacada acima do jardim de inverno, mascarando alguns dos sons que ressoavam dos inúmeros sofás e recantos. Ao fundo da música e do tilintar de copos brindando, havia sons mais densos e calorosos de socialização com o burburinho de conversas. Risadas provocantes. Grunhidos baixos. Respirações ofegantes enquanto corpos se moviam uns contra os outros.

As outras festividades noturnas estavam a todo vapor — um excesso em todas as formas de lascívia, fosse bebendo demais ou cedendo às indulgências da carne.

Eu me remexi no sofá em que estava sentada, meu peito um pouco apertado demais. Meus pensamentos circundavam a sensação geral de inquietude que crescia desde que eu falara com Grady e saíra do escritório de Claude. Podia haver diversos motivos para tal. Os ataques na fronteira. O mercado das sombras em Archwood. Claude. Um Súpero potencialmente envolvido no roubo de partes do corpo de outro Súpero. *Ele*.

Ele está vindo.

Minha pele estava fria demais, apesar do clima ameno do jardim de inverno, e o vinho docinho no qual dei alguns goles fez muito pouco para me aquecer. Eu sabia que aquele sussurro se referia a ele — o meu lorde —, mas o que não entendia era como podia sentir só aquilo e nada mais quando se tratava dos Súperos.

Olhei para onde Claude estava fazendo sala para seus parceiros mais próximos — filhos e filhas da mais alta elite de Archwood, todos desesperados para chegar o mais perto possível de qualquer coisa relacionada aos Súperos, até mesmo um *caelestia*. Eles riam e davam trela ao assunto enquanto Claude segurava Allyson no colo.

O barão se retirara mais uma vez para ir para o lado de fora, e eu tinha receio de que ele estivesse se entregando ao Óleo da Meia-Noite — um pó derivado das papoulas que cresciam nas Terras Baixas e que muitas vezes era usado como fumo. *Caelestias* possuíam uma tolerância maior, mas eles não pareciam saber ao certo quando tinham passado dos limites. Ele tinha aquele ar instável que sempre seguia o uso da droga. Será que Claude entrara em contato com o príncipe Rainer?

Eu não tinha como saber, mas passara boa parte do dia perambulando por perto da muralha, bisbilhotando os pensamentos dos guardas que estavam de serviço. Por sorte, nenhum deles havia me indicado nada estranho — se bem que eles precisariam estar pensando no mercado das sombras para que eu percebesse.

No entanto, descobri que Hendrick, um dos guardas, pensava em pedir em casamento a garota com quem estava saindo.

Eu não sabia ao certo o que poderia fazer com aquela informação.

Dei outro gole no vinho ao olhar para o divã ali por perto e quase me engasguei ao ver a sra. Isbill. A mulher era esposa de um comerciante de navio rico e provavelmente estava irreconhecível para a maioria, tendo em vista que a metade superior de seu rosto estava coberta por uma máscara cheia de joias. Ela estava deitada sobre o acolchoado vermelho, o corpete de seu vestido revelando um dos seios. A saia do vestido estava erguida até os joelhos, inútil em esconder o fato de que a cabeça entre suas pernas definitivamente não era de seu marido. Eu sabia disso porque ele estava sentado ao lado dela, e quem quer que fosse o rapaz agachado na frente dela também estava com a mão no pênis do sr. Isbill.

Observei os presentes. Como os Isbill, a maior parte dos convidados usava máscaras que cobriam metade do rosto, da testa ao nariz. Alguns usavam construções elaboradas de flores e fitas, além de coroas e guirlandas. Outros eram menos dramáticos em sua abordagem, usando apenas máscaras de cetim ou brocado. Os aristos as usavam para se esconder, como se manter suas identidades ocultas lhes desse a permissão de que precisavam para se comportarem como bem quisessem.

Olhei de novo para Claude. Assim como eu, ele não usava máscara, nem Grady ou os guardas atrás dele.

Grady e eu estávamos conscientemente evitando fazer contato visual a noite toda, ao mesmo tempo fingindo que não víamos tudo o que estava acontecendo no salão. Não importava quantas vezes a noite acabava assim, ainda era desconfortável para caramba.

Fixei o olhar o chão, pois parecia ser o único lugar seguro para se observar naquele momento. O comportamento dos aristos me divertia. Claude nunca tentava esconder seus desejos. Ele não acordaria morto de vergonha pela manhã, como certamente aconteceria a alguns dos aristos ali presentes. A maioria nunca se portaria de maneiras tão provocativas e devassas em público, mas em Archwood, quando sabiam que não seriam reconhecidos entre os que queriam o mesmo que eles, pareciam não ter pretensão nenhuma de agir com modéstia.

Era possível que o comportamento deles fosse mais triste do que divertido. Contudo, eram os aristos, não os Súperos, que não só tinham estabelecido as regras do que pensavam ser comportamentos apropriados, mas que também as reforçavam. A classe aristo asfixiava a si mesma, e a troco de quê?

Um grunhido de clímax ecoou do divã ali perto. A cabeça que estivera entre as coxas da sra. Isbill tinha ido parar no colo do sr. Isbill. Por deuses, eu torcia para que aquele homem acabasse sendo recompensado por todo o seu... trabalho árduo da noite.

Com um suspiro, virei a cabeça para uma janela próxima que dava para as áreas externas do solar e para os jardins.

Era lá que eu preferia estar.

O espaço entre minhas escápulas começou a formigar.

Eu *precisava* estar lá fora.

Antes mesmo de me dar conta do que eu estava fazendo, comecei a me mexer, meus músculos tensionando para me colocar de pé, quando um homem usando calças cinza de repente se colocou na minha frente com sua camisa de linho aberta. Reclinando nas almofadas grossas do sofá, levantei o olhar e vi uma máscara branca cobrindo toda a metade superior de seu rosto.

— Você parece precisar de companhia — anunciou o homem.

— Não preciso.

— Tem certeza? — Ele deu um passo à frente, próximo ao ponto onde minhas pernas ocupavam a extensão restante do sofá.

Não fiz nada para esconder meu suspiro. Aquele homem não era o primeiro a passar por Naomi, que fazia o melhor que podia para afastar de mim possíveis perseguidores. Eu estava começando a sentir como se o jardim de inverno fosse um galinheiro repleto de raposas.

— Absoluta.

— Posso te fazer mudar de ideia — rebateu ele com a confiança típica de um homem acostumado a fazer com que um "não" se tornasse um "sim". Meus sentidos se abriram, conectando-me a ele. Ou, melhor dizendo, com a confiança de um homem que estava acostumado a *forçar* com que um "não" se tornasse um "sim". — Não vai se arrepender.

Sabendo que o melhor seria apenas ignorá-lo, sorri para ele e fiz exatamente o que eu não deveria.

Porque, ao que parecia, eu estava na minha fase de fazer escolhas ruins.

Estendi a mão, e ele não hesitou em pegá-la. Assim que minha pele tocou a dele, ouvi sua voz em minha mente, clara como se ele estivesse falando, mas era minha voz que sussurrava, dizendo coisas desconhecidas até aquele momento. O nome dele. Como ele ganhava a vida. A *esposa* dele, que não estava ali. Vi o que ele queria — suas intenções. Ele queria sentir prazer. Uau, quem diria. Porém, havia mais por trás daquilo, algo que me deixou enojada.

Puxei o braço dele, guiando-o até que estivéssemos olho no olho, e me inclinei.

— Não tenho o menor interesse em me engasgar no seu pau hoje — sussurrei com a boca a centímetros da dele. — Nem nunca, *Gregory*.

O homem ficou de queixo caído. Ele queria soltar a mão, mas continuei segurando-a, deixando que ele visse meu sorriso aumentar ao ver seu rosto ficando pálido embaixo da máscara. Por fim, o soltei. De olhos arregalados, ele se afastou de mim e se virou sem dizer outra palavra. Soltei um riso baixinho, limpei no sofá a mão que ele havia tocado e encontrei de novo Naomi na multidão, com as pernas longas e os braços reluzindo com uma tinta corporal dourada. Ela havia passado a maior parte da noite ao meu lado antes de eu mandá-la chispar dali. Embora sua preocupação fosse uma gentileza, não era… não era certo.

Eu não era responsabilidade dela.

No entanto, ela vinha em minha direção.

— Licença. — Ela pediu um pouco de espaço para se sentar, inclinada sobre minhas pernas.

Segurei firme a taça de vinho, observando Naomi ao sorrir. Era evidente que ela estava tramando algo ao quase subir em cima de mim. Os movimentos sedutores e fluidos de seu corpo eram um tanto exagerados. Eu sabia que ela também sabia, porque deu uma piscadinha para mim. Ela não estava de máscara. Nenhum dos amantes de Claude sentia a necessidade de esconder o rosto.

— Achei que pudesse querer companhia. — Ela se esticou atrás de mim, apoiando o cotovelo no braço do sofá. Naomi aproximou a cabeça da minha. — Você deixe essas suas mãozinhas quietas, hein? — lembrou ela.

— Vou deixar — prometi, sabendo que ela ter me procurado para perguntar sobre Laurelin tinha sido atípico. Ela preferia que eu não visse seu futuro nem seus pensamentos, só que às vezes era impossível, mesmo sem tocá-la. Eu só não contava quando essas coisas aconteciam por acidente. — Você sabe que não precisa ficar me fazendo companhia, não é?

— Ah, preciso. — Ela colocou a mão no meu quadril e deu um apertãozinho leve ao olhar para Claude. — Quanto mais tempo passar sozinha, mais interessante você se torna aos que estão ao seu redor.

Cerrei os dentes.

— Era para você estar se divertindo.

— E estou!

— Conta outra. — Senti um arrepio quando as pontas do cabelo dela tocaram meus braços. — Você deve estar superanimada por estar deitada atrás de mim.

— Estou.

— Naomi...

— Ah, qual é, você sabe que eu gosto de brincar com você. — Ela deslizou a mão pelo meu quadril, e eu revirei os olhos. Senti suas unhas na fenda do meu vestido, arrastando de leve sobre minha coxa nua. — Você sabe bem que meus motivos não são totalmente altruístas.

Eu sabia mesmo que as ações dela não vinham unicamente da pureza de seu coração. Naomi gostava de brincar, quando ela a única responsável pelas carícias com a mão boba. E por ela saber que, não importava o que fosse, eu não me esqueceria do que ela pediu de mim e a tocaria, ela tinha o pleno controle. Uma parte dela gostava disso.

Uma parte de mim também gostava.

Ainda assim, era inevitável sentir um pouco de culpa e... olhei para Grady. E como um peso ao redor dos ombros das pessoas com quem me importava.

— Mas estou puta, viu.

Voltei a atenção a ela, oferecendo minha taça de vinho.

— Com o quê?

— Com o fato de Grady estar aqui — respondeu ela, pegando a taça e tomando todo seu conteúdo antes de colocá-la na mesinha próxima ao sofá. — O que significa que, a menos que eu queira ver ele cair duro de pânico por te ver gozar, não vou poder brincar.

Soltei uma risada abafada.

— Ele cairia duro mesmo.

— Ele é um chato, isso sim. — Ela abaixou a cabeça e plantou um beijo na curva do meu ombro.

— Não é, não. — Meu olhar varreu o salão, passando pelos convidados que conversavam, bebiam e comiam e os que usavam as mãos e a boca para outras coisas. — Eu também ficaria horrorizada de vê-lo em plena luxúria.

— Eu sei. Só estou de mau humor porque vou ter que me comportar. — Com uma expressão indignada, ela passou os dedos sobre a minha barriga. — Mas... caso você esteja curiosa para saber como ele é em plena luxúria, basta me perguntar...

— Por favor, pare. — Franzi o nariz. — Porque eu realmente não quero saber isso.

— Vocês dois são chatos como Laurelin. — A risada de Naomi sumiu. Senti uma dor no coração.

— Como está sua irmã?

— Melhorzinha.

Eu podia contar a ela o que aguardava Laurelin depois da febre, mas não queria que Naomi perdesse o alívio com a melhora da irmã. Além do mais, seria muito egoísmo da minha parte. Eu não queria ser responsável por tirar o alívio dela.

— Sinto muito. Não sei se já disse isso, mas sinto muito por tudo pelo que ela está passando... por tudo que você tem enfrentado.

— Obrigada.

Assenti, ficando em silêncio enquanto Naomi provavelmente silenciava os pensamentos e as emoções a respeito da irmã. Meu olhar vasculhou o espaço outra vez, pairando na figura de Claude. Ele ainda estava com Allyson no colo, e os corpos que o cercavam continuavam a rir e conversar, mas ele próprio estava quieto, com uma expressão dolorida ao encarar algo que somente ele via.

— Acho que tem algo rolando com ele — disse Naomi, baixinho, seguindo meu olhar. — Claude.

— Sério? — Quando ela assentiu, perguntei: — O que te faz pensar isso?

Ela arranhou o material leve do corpete, fazendo minhas costas arquearem.

— Não sei ao certo. — Ela abaixou a cabeça, apoiando o queixo no meu ombro. — Mas ele tem agido de maneira estranha. Está nervoso e rabugento, e de repente fica superanimado. E tem bebido mais do que o normal ultimamente.

— Isso eu percebi. — Pensei na pergunta dele daquela tarde. — Ficou sabendo do que aconteceu na cidade ontem à noite?

— Sim. Péssimas notícias. — Ela estremeceu. — Mas já faz semanas que ele tem agido estranho.

— É recente também, mas rolaram umas notícias sobre... — Minha respiração vacilou quando ela brincou com o bico do meu seio. Finquei os dedos no almofadado do sofá à minha frente. — Você tem uma visão muito deturpada do que é se comportar.

— Tenho, é? — Ela piscou para mim. — O que dizia?

Balancei a cabeça para ela.

— Eu estava dizendo que recentemente tivemos notícias a respeito das Terras do Oeste.

— O quê? — perguntou Naomi, e enquanto eu contava a ela o que Ramsey havia dito, ela tirou a mão do meu seio, que agora estava sensível demais. — O que poderia estar causando isso tudo? Por que uma princesa se viraria contra o rei?

— Não faço ideia — murmurei. Eu não costumava prestar muita atenção à política dos Súperos. A maioria dos ínferos não se dava a esse trabalho, tendo em vista que raramente os trâmites deles nos afetavam, mas isso... isso estava mudando, não estava?

— O rei Euros tem dedo nisso — contemplou Naomi. — Não acha?

— A suspeita é de que os Cavaleiros de Ferro sejam os responsáveis pelos ataques na fronteira, certo? E, se isso for verdade, significa então que eles estão fazendo isso por ordens da Princesa de Visália, mas o rei não fez nada em relação aos ataques, então...

— É verdade. — Ela fez uma pausa. — Ele é um filho da mãe.

Meus ombros chacoalharam quando deixei uma risada escapar.

— Para mim, todos os que têm poder são filhos da mãe.

Naomi sorriu ao deslizar a mão pela minha coxa.

Voltei a olhar para o barão. Mais uma vez, ele se concentrava em Allyson. Será que sequer se preocupava com os ataques avançando cada vez mais para as Terras Médias? Ou com o fato de que Archwood de repente tinha chegado muito perto de ser devastada?

— Em que está pensando? — perguntou Naomi, e eu me sobressaltei quando as mãos dela trilhavam um caminho até a abertura do meu traje. — Você parece séria demais para quem está no meio de uma orgia.

Dei uma risada, mas a preocupação ainda pesava em minha consciência, mesmo que Claude não estivesse incomodado. Olhei para Naomi.

— Por que você fica aqui?

Ela ficou paralisada atrás de mim por um momento.

— Por que não?

Suspirei ao desviar o olhar dela.

— O quê? — Ela mordiscou meu pescoço quando não respondi, fazendo com que eu arfasse com a dor e algo diferente. — *O quê?*

Virei a cabeça para olhar feio para ela.

— *Ai!*

— Você gostou, vai. — rebateu ela com um sorriso provocativo. — O que foi aquele suspiro?

— Foi pela mão na minha coxa — respondi.

— Até parece. Você nunca emite som nenhum em momentos assim, nem quando eu faço com os dedos aquilo de que eu sei que você gosta, porque todo mundo gosta.

Eu sabia exatamente a que ela se referia.

— Eu só… não entendo por que você continua aqui — falei por fim, colocando o pé embaixo dos dela enquanto ela enfiava mais ainda o braço por baixo do tecido do vestido.

— Acha que não estou feliz?

— Você está?

Naomi não respondeu de imediato, contentando-se em passar os dedos pelo meu umbigo e mais embaixo. Ela não fez comentário algum quando seus dedos não encontraram roupa íntima, sabendo que Maven tinha me vestido.

— Fico porque quero. Porque sou feliz aqui.

Foi minha vez de ficar em silêncio.

— Você não acredita em mim, não é?

Deitei a cabeça no espaço do ombro dela.

— Espero que esteja falando a verdade.

— Devia acreditar. — Ela me olhou de cima, com seus olhos castanhos sérios. — Olha, já te ouvi falar isso antes. Archwood é como qualquer outra cidade em qualquer outro território, mas aqui é bonito. O ar é limpo e não impregnado de fumaça como nas cidades próximas às minas. Tenho um teto e o máximo de comida à minha disposição e não preciso me contorcer para conseguir nada disso.

— Tem certeza de que não está se contorcendo? — Fiz graça.

O olhar de Naomi ficou brincalhão, e eu ri.

— Eu sou muito flexível, meu bem — respondeu ela, e eu soltei outro risinho. — *Enfim*, como eu dizia, não preciso me matar nas minas nem limpar a sujeira de ninguém. Também não preciso me casar por segurança. Escolho o que fazer dos meus dias, e com quem. Além do mais, gosto de comer e ser comida — falou, passando a mão entre minhas coxas.

— Eu nunca teria adivinhado — declarei.

A risada de Naomi me fez sorrir também, e logo senti uma gargalhada subir pela garganta. Quando Naomi ria era sempre assim — contagiante.

— Não sou como minha irmã mais nova, sabe? Eu nunca quis me casar e ser feita de égua para procriar e nada mais — disse ela, com os cantos da boca um tanto tensos. — Por isso minha vida com Claude é perfeita para mim. Não há expectativas. Não há limites. Gosto do que sou aqui. — O olhar dela encontrou o meu por um instante. — Eu queria que você gostasse do que é também.

Minha respiração falhou.

— Eu gosto — sussurrei.

— E quero acreditar nisso. — Naomi beijou meu ombro. Um momento se passou; depois ela mudou de assunto. — Ouvi um boato.

— Sobre o quê?

— As fogueiras — disse ela. — De que os Súperos estavam envolvidos nelas.

— Ah, é? — Não contei a ela o que eu sabia. Não porque eu não confiasse nela, porque eu obviamente confiava. Eu só… não queria que ela se preocupasse. Ela já estava de cabeça cheia com tudo que vinha acontecendo com Laurelin.

— Queria ter visto os Súperos. Não a parte de queimar construções — acrescentou, e eu debochei. — É bem raro que tenhamos a oportunidade de admirar a magnificência deles.

Eu sabia que Naomi estava brincando, mas as feições dele eram muito fáceis de lembrar — a curva do maxilar, a inclinação da boca provocativa e os olhos lindos.

— Lis? — sussurrou Naomi com os lábios na curva da minha bochecha.

Olhei fixamente para o chão de pedra à frente do sofá. Senti um calor começando no peito e indo se juntar ao que estava bem, bem mais abaixo, onde o toque dela provocava um arrepio gostoso que me fez estremecer.

— Sim?

— Perguntei se você quer que eu pegue alguma bebida para você. — Os dedos dela dançaram pela minha barriga, descendo pelo umbigo.

— Eu… — Minhas palavras terminaram com um arquejo. Semicerrei os olhos ao encarar Naomi.

— O quê? — perguntou ela, inocente. — Meus dedos por acaso chegaram perto demais de uma parte muito sensível do seu corpo?

— Talvez.

O sorriso dela era de pura devassidão.

— Espero mesmo que participe dos Banquetes este ano.

Ergui uma sobrancelha.

— Acho que o único motivo por você estar tão animada para os Banquetes é arrumar um Súpero para comer na palma da sua mão.

— Onde mais minha mão ficaria melhor? — Ela desceu mais ainda a mão pela minha barriga, parando a meros centímetros acima da junção entre minhas coxas. — Além de em você?

Ri.

Os olhos dela brilharam.

— Já te contei que os Súperos são… *magnificamente* bem-dotados?

Ela só estava falando a verdade.

— Podemos parar de usar essa palavra?

— Nunca. — Ela curvou os lábios em um sorriso leve enquanto ela esfregava os dedos para frente e para trás, quase, *quase* tocando um pedaço de pele sensível demais. — A propósito, estamos sendo observadas.

— Não há uma única parte de mim que esteja surpresa por ouvir isso — murmurei, mas levantei a cabeça e vi o homem que estivera com os Isbill nos observando, além de uma mulher do outro lado. Só que os dois não eram os únicos. Por sorte, Grady não era um dos que assistia a mim e Naomi. Ainda mais porque a mão dela estava pronta para a caça de novo. — E você ainda tem uma noção muito estranha do que é bom comportamento — acrescentei.

Naomi ignorou a última parte.

— É difícil quando sei que temos público. Sempre achei isso meio inquietante. — Os dedos dela voltaram a se mover em círculos lentos e provocantes. — E um pouco excitante.

— Você não é muito certa das ideias — declarei.

— Ah, por favor, como se eu não soubesse que você também gosta de ser observada.

Mexi os quadris, energizada.

— Isso não vem ao caso.

— Me diga uma coisa. — Os lábios de Naomi se curvaram contra a minha bochecha. — Quanto exatamente você diria que está excitada agora?

Com o rosto quente, semicerrei os olhos para ela de novo.

— Se eu não estivesse me comportando em respeito ao bem-estar emocional e mental do coitado do Grady, aposto que eu descobriria que a resposta é muito. — O nariz dela tocou o meu quando ela sussurrou: — Nem tente mentir para mim, porque a forma como você não para de mexer os quadris vai contar uma história bem diferente.

— Eles estão contando a história que seus dedos estão escrevendo.

Ela soltou um som rouco no espaço entre meus lábios.

— Ah, eu aposto que minha provocação te deixou bem quentinha — falou. Seu olhar assumiu uma expressão pervertida. — Mas também aposto que pensar nos Súperos magnificamente bem-dotados te deixou *encharcada*.

Os músculos tensionaram quando curvei os dedos dos pés, mas ela estava errada — e certa ao mesmo tempo. Embora Naomi tecnicamente estivesse se comportando, eu... eu estava mesmo excitada, mas não era apenas eu. Dava para sentir a respiração dela ficando mais ofegante. Senti seus movimentos frenéticos contra a minha coxa. Em parte, era por causa do toque dela, e Naomi estava certa também. Eu estava pensando em Súperos bem-dotados, mas apenas em um.

Meu lorde Súpero.

CAPÍTULO NOVE

Na certeza de que Naomi não conseguiria aproveitar a noite caso sentisse que precisava intervir, eu disse a ela que iria me retirar. Para ser sincera, eu devia mesmo estar cansada àquela altura, considerando que tinha dormido muito pouco na noite anterior, mas senti uma energia um tanto nervosa mesmo depois de ter tirado o traje de festa e colocado uma camisola macia, ficando inquieta e agitada.

Decidi culpar Naomi e sua ideia de se comportar daquela maneira.

Quando me deitei, minha mente não deu trégua, alternando entre a memória dos toques leves e provocativos de Naomi e a... a sensação da pele firme e lisa do lorde.

Corada, fiquei de lado na cama, apertando as coxas uma na outra. Meus batimentos aceleraram, e podia senti-los em todo o meu corpo. Mordi o lábio ao passar a mão pelo peito. Minha respiração estava trêmula. A voz dele era bem nítida para mim, como se ele estivesse ao meu lado, sussurrando no meu ouvido. Abri os dedos, acariciando um mamilo duro por cima do tecido de algodão da camisola. Só que não eram os *meus* dedos. Eram os dedos de Naomi. Os dedos *dele*.

O calor se espalhou pelas minhas veias, reacendendo a sensação bem fundo no meu corpo. Arfei quando minhas unhas tocaram o bico do meu seio. Eu me mexia freneticamente, movendo os quadris. Meus mamilos nunca foram muito sensíveis, formigavam, o que tornava tudo quase doloroso. Um calor úmido crescia entre minhas coxas. Com o coração martelando, me deitei de costas, fechando os olhos ao passar a mão pela barriga e continuar descendo, puxando a barra da camisola para cima. O ar gelado beijou o espaço quente entre minhas pernas, arrancando um arquejo baixinho dos meus lábios. Eu me remexi quando meus dedos tocaram a pele nua da parte de cima das minhas coxas, me queimando — por inteiro, porque era o toque *deles* que eu invocava.

Abri as pernas, minha respiração assumiu um ritmo ofegante e raso conforme meus dedos exploravam a pele tensa e sensível. Me movi outra vez, curvando os dedos dos pés ao levar os da mão ainda mais baixo. Gemi ao mexer os quadris, pressionando a cabeça no travesseiro. Provoquei exatamente o tanto que eu sabia que Naomi faria enquanto imaginava o que meu lorde teria feito comigo se eu tivesse continuado naquele chuveiro. Não eram os meus dedos que deslizavam pelo meu centro úmido ou se curvavam ao redor do meu seio. Eram os de Naomi, depois os dele, me provocando até que eu arqueasse os quadris para o alto. Eu me contorcia, querendo mais. Precisando de mais.

Pode me tocar?

A memória da voz dele me levou ao limite, ao êxtase, e eu fui tomada por ondas de prazer intensas, mas curtas demais. Fiquei ofegante e... ainda sedenta.

Insatisfeita.

Porque não tinha sido o toque de Naomi. Nem o dele. Apenas o meu próprio.

Respirei fundo e abri os olhos de repente quando senti um aroma florestal leve.

O cheiro dele.

Virei a cabeça para o sofá próximo à cama, onde eu deixara o manto que ele me dera. Eu devia fazer algo com aquilo. Doá-lo. Jogá-lo fora. Quem sabe tacar fogo.

Suspirei, mas tudo que fiz foi encarar o teto. Em seguida, me sentei e fui até a sala de banho. Joguei água gelada no rosto, ainda inquieta, e...

O impulso voltou, o mesmo do jardim de inverno.

A vontade.

A *necessidade* de estar do lado de fora.

Fui descalça até a janela. De imediato, observei o flutuar e reluzir das bolas de luz que apareciam no céu entre o fim da primavera e o início do verão, nas semanas que antecediam os Banquetes, e pouco depois desapareciam.

Um sorriso surgiu no meu rosto ao vê-las. Eu me afastei da janela e calcei sapatos sem salto. Peguei um robe azul-escuro de mangas curtas da sala de banho, o vesti e prendi o cinto no quadril. Em seguida, fitei a adaga de *lunea* na cabeceira, um lembrete de que eu devia perguntar a Grady se ele por acaso teria uma bainha extra para eu colocá-la.

Saí pelas portas da varanda e atravessei o gramado do jardim, evitando os convidados da festa ao seguir pela pequena ponte estreita que cruzava um riacho e entrei nos jardins. Peguei a trilha dos jardins do barão, focada nas esferas reluzentes que desciam lá do alto, como estrelas, para flutuar entre os pinheiros. As luzes mágicas conferiam um brilho leve ao preencherem o céu. Elas sempre me deixaram fascinada, mesmo quando eu era criança. Não me lembro de a prioresa já ter me contado por que elas apareciam naquela época do ano. Uma vez eu perguntara a Claude, mas ele deu de ombros e disse que eram apenas parte dos Súperos.

Mas aquilo não me dizia nada.

Desacelerei o passo quando um dos orbes, mais ou menos do tamanho da minha mão, flutuou do alto das árvores e parou alguns metros à minha frente, me pegando de surpresa. Eu nunca tinha chegado tão perto, nem antes de ir a Archwood. Dei um passo indeciso para a frente, um tanto receosa de que a esfera fosse voar para longe ou desaparecer.

Mas isso não aconteceu.

A bola de luz continuou próxima o bastante para que eu visse que não era apenas uma luz central. Arregalei os olhos. Era um amontoado de pequenas luzes. O orbe pulsou, depois se afastou, voltando devagar para os pinheiros no alto. Observei as luzes mergulhando e subindo como se dançassem antes de se dirigirem às copas das árvores.

Comecei a andar de novo, enrolando os dedos na ponta da trança, seguindo as luzes enquanto os pássaros noturnos cantavam nos galhos. A paz dos jardins acalmou minha mente. Será que Claude seria contra eu colocar... uma rede ali fora? Eu duvidava que ele veria algum problema ni...

Pare.

Fiquei paralisada de repente. Franzi o cenho enquanto virava o corpo devagar e vi um arco à direita. Meus dedos deram um espasmo quando uma sensação aguda de consciência plena tomou conta de mim, pressionando o espaço entre minhas escápulas.

Minha intuição estava alerta — da mesma maneira que tinha acontecido mais de uma hora antes, percebi. Senti aquele ímpeto de ir embora do jardim de inverno e entrar nos jardins.

— Você só pode estar brincando — murmurei, encarando o caminho no breu.

Fiquei firme, embora meu coração estivesse batendo num ritmo errático. Só os deuses sabiam ao que minha intuição queria me levar. Eu nem queria descobrir. Meus dedos deram outro espasmo e meus músculos tensionaram quando eu tentei resistir à força da intuição me atraindo.

— Merda. — Soltei um suspiro irritado e passei pelo arco.

Era fraca a luz do luar que passava pelas copas das árvores de glicínia e dos pinheiros densos, e apenas algumas esferas reluziam no alto, o brilho iluminando os ramos azul-claros. Passando pelos galhos baixos, segui pelo caminho, adentrando mais ainda o bosque de árvores de glicínia.

Foi então que senti uma mudança brusca no ar. A atmosfera estava mais fria e igualmente mais densa. Pesada. *Poder.* Eu já sentira aquilo...

— Como eu disse, não faço ideia do que você está falando. — Um homem dizia à frente. Havia uma certa... cadência em sua fala, uma vibração em algumas letras que era incomum à região das Terras Médias, mas sua voz também provocou algo em mim. Senti os cardos rasparem minha pele, e isso abriu aquela porta na minha mente.

Consegui *enxergar* o vermelho.

Pingando na pedra.

Manchando flores brancas.

Sangue.

Parei, ofegante.

Não vi nem um indício dos indivíduos que falaram por baixo das sombras das árvores de glicínia, mas *sabia* que algum ato sangrento estava prestes a acontecer.

O que significava que eu devia dar o fora dali. A última coisa de que precisava era me envolver no drama iminente. O que quer que fosse, ainda mais depois da noite anterior, não tinha nada a ver comigo.

Mas eu vi sangue.

Alguém ia se machucar.

Meus dedos se curvaram ao redor do caule das flores, e eu mordi o lábio inferior. Deveria ter ficado no jardim de inverno e enchido a cara. A *visão*, as *vozes*, a *consciência* teriam sido silenciadas por um momento. Eu não estaria ali, prestes a fazer algo imprudente — e pelo amor dos deuses, só a noite anterior já tinha valido por um ano inteiro de decisões erradas.

Ordenei a mim mesma que desse meia-volta, mas não foi o que fiz.

Cerrei os dentes e avancei. Não havia nada de errado em não querer meter o bedelho em problemas, disse a mim mesma. A passividade não fazia de mim uma pessoa ruim — havia provado isso na noite anterior. Além do mais, o que eu poderia fazer para intervir no que estava prestes a acontecer? Grady me ensinara a dar socos certeiros com a mão direita, mas eu não achava que aquela habilidade ajudaria muito.

— E eu também não gosto nem um pouco das acusações que você está fazendo — continuou o homem. — Ele também não vai, e com isso você devia se preocupar. Apesar do que acha, você não é intocável.

Tirei uma trepadeira de glicínia do caminho e avancei ainda mais...

Um riso forçado e seco ecoou em resposta, fazendo com que arrepios se espalhassem pelos meus braços. Aquele som...

Arregalei os olhos quando meu pé logo encostou em uma raiz exposta.

— Porra.

Arfei, trôpega. Apoiei a mão no tronco áspero de uma árvore por perto, evitando por pouco cair de cara no chão.

Silêncio.

Uma quietude absoluta imperou enquanto eu levantava a cabeça devagar, com o rosto em chamas. Comecei a falar — sem fazer a mínima ideia do que eu dizia, porque cada pensamento fugira da minha mente ao ver os dois homens sob aquelas malditas esferas de luz que pareciam ter surgido do nada para testemunhar meu erro abismal. Os dois tinham se virado para mim, e eu me concentrei no homem sobre quem meus sentidos haviam me alertado.

Ele era branco e loiro. Alto e atraente, as feições tão perfeitamente simétricas que era de se pensar que ele havia sido esculpido pelos próprios deuses, e eu sabia o que aquilo significava antes mesmo de ver o que estava preso ao quadril dele. Meu sangue gelou na mesma hora em que vi o branco opaco da lâmina de *lunea*.

Eu não sabia o que me chocava mais — que minha intuição havia funcionado a favor de algo relacionado aos Súperos ou que ela me levara a... a *ele*.

Ao entrelaçar os dedos às trepadeiras, eu podia ouvir meu coração bombeando um assombro gélido para as minhas veias quando meu olhar encontrou o outro homem, e eu soube. Eu soube desde o momento em que ouvi aquela risada baixa, rouca.

O ar escapou dos meus pulmões. Ele estava quase coberto pelas sombras e vestia roupas pretas. A escuridão o teria camuflado perfeitamente, não fossem os vislumbres da pele branca. Pensei ter me esquecido de como se respirava quando ele deu um passo em direção à luz fraca dos orbes. Eu tinha certeza de que o chão tinha cedido sob meus pés.

Era *ele*.

Meu lorde Súpero.

A linha firme e esculpida de sua mandíbula se inclinou quando os lábios largos e ostensivos curvaram-se num meio-sorriso.

— Isto está virando um hábito.

— O quê? — Eu me ouvi sussurrar.

Os traços dele voltaram às sombras.

— Eu e você nos encontrando assim.

— Quem é essa aí? — perguntou o outro Súpero, chamando minha atenção de volta para ele.

— Eu n-não sou ninguém. Eu... eu só estava seguindo as bolinhas de luz. Gosto das bolas... de luz — falei depressa, e meu cérebro estremeceu de vergonha. *Gosto das bolas? Deuses.* Tirei a mão das árvores e comecei a me afastar. — Me desculpem, por favor, só se esqueçam de que eu estive aqui. De que sequer existo.

Um feixe do luar iluminou metade do rosto do meu Súpero — e, meus deuses, ele não era meu coisa nenhuma. O sorriso dele aumentou.

— Só um momento, por favor.

O "por favor" me quebrou.

Um lorde Súpero, mesmo ele, dizendo aquilo? Para *mim*? Uma ínfera? Era o tipo de coisa que... simplesmente não acontecia. Nem na noite anterior ele tinha dito aquilo, quando pediu minha ajuda.

Em seguida, tudo aconteceu rápido demais.

O outro Súpero xingou, se movendo para trás ao puxar a adaga de *lunea*, mas o lorde foi mais veloz. Ele pegou o Súpero pelo pulso e o torceu. O som do osso quebrando retumbou como um trovão. Levei a mão à boca para reprimir um grito.

O Súpero sibilou de dor, e a lâmina caiu no chão.

— Se fizer isso — declarou, mostrando os dentes — vai se arrepender. Até seu último suspiro, juro que vai.

— Não, Nathaniel — respondeu o lorde, parecendo entediado, como Grady ficava quando eu começava a falar de diferentes tipos de margaridas. — Não vou, não.

Tive apenas um vislumbre do punho do lorde. Um mero segundo antes de ele golpear o peito do adversário com tudo — seu punho *adentrou* o corpo do outro.

O tal Nathaniel jogou a cabeça para trás, o corpo tremia. Abaixei a mão.

— Só mais um instante — pediu o lorde, soando casual.

Labaredas douradas saíram do peito de Nathaniel — ou da mão do lorde, ainda fincada. O fogo se espalhou pelo corpo de Nathaniel em um amontoado violento de chamas douradas, e de repente eu soube exatamente como a casa do ferreiro e a Barris Gêmeos tinham sido incinerados. Segundos depois, tudo o que sobrou dele foi... foi uma pilha de cinzas e algumas tiras de roupa chamuscadas ao lado da lâmina de *lunea* que havia caído.

— Puta que pariu — sussurrei, aterrorizada... e um pouco atônita com a demonstração de poder, mas ainda mais aterrorizada ao erguer o olhar. Atrás de onde Nathaniel estivera, as flores brancas tinham respingos de sangue, assim como eu tinha visto.

Olhei para o lorde, que... que mal conseguia andar na noite anterior, com quem eu havia acabado de fantasiar enquanto me dava prazer, e ele...

E ele incinerara outro homem apenas com a *mão*.

Se ele podia fazer aquilo a um semelhante, eu nem ferrando queria imaginar o que ele seria capaz de fazer a um ínfero.

Dei um passo trêmulo para trás com mais aquele lembrete do que exatamente aquele lorde era. De alguma maneira, eu havia me esquecido.

— *Na'laa* — chamou ele, baixinho.

Meu corpo todo estremeceu.

Uma mecha de cabelo se soltou e roçou sua mandíbula quando ele se inclinou, secando a mão em um dos pedaços de roupa chamuscados.

— Você devia chegar mais perto.

Dei outro passo para trás.

— Não sei se é uma boa ideia.

— Finalmente está com medo de mim? — perguntou ele, pegando a lâmina de *lunea* do chão.

Eu não sabia ao certo, mas sabia que deveria estar. Eu deveria estar apavorada.

Ele olhou na minha direção.

— Não se mexa de novo...

Eu me mexi por vários metros. O fogo que ele tocara por algum motivo tinha me assustado mais do que vê-lo esmagando a traqueia de Weber. Eu nem sabia por quê, mas...

Algo agarrou minha trança, me puxando para trás. Gritei com a dor que se espalhava pela minha nuca e minha espinha. Meus pés escorregaram quando algo forte girou meu corpo. Uma mão segurou minha garganta. Arrastada até a muralha de um peitoral, levei a mão ao pescoço, e não ouvi absolutamente *nada* ao ver o lorde Súpero alto por entre as trepadeiras de glicínia.

— Muriel — disse o lorde, e o choque tomou conta de mim. Eu conhecia aquele nome. Finn e Mickie tinham falado dele. — Passei o dia todo procurando por você.

— Não se aproxime — alertou o que me prendia enquanto eu arranhava sua mão, quebrando minhas unhas na pele dura de outro Súpero.

O lorde avançou devagar, as trepadeiras suspensas abrindo caminho antes mesmo de ele as tocar.

— Me corrija se eu estiver errado — disse, ignorando Muriel. — Mas eu não te disse para não se mexer?

— Eu...

— Pare — rosnou Muriel, interrompendo minha fala. O aperto dele na minha garganta ficou mais forte. O pânico ameaçou tomar conta de mim. — Senão eu quebro a porra do pescoço dela.

— É um belo pescoço — respondeu o lorde Súpero. — Mas por que, Muriel, você acha que eu me importaria se você o quebrasse?

— Filho da puta — sibilei antes que pudesse evitar a descrença afiando minha língua.

O lorde inclinou a cabeça.

— Que grosseria da sua parte.

Olhei para ele, boquiaberta. Eu o ajudara na noite anterior. Eu o levara a um lugar seguro. Arriscara minha própria vida, e ele não dava a mínima se alguém quebrasse meu pescoço.

— Você acabou de dizer que...

Muriel enfiou mais ainda os dedos na minha garganta, interrompendo minhas palavras em um arquejo estrangulado.

— O que fez com Nathaniel? — perguntou.

— Dei uma folga a ele. — Mais flores abriram espaço para ele passar. — Para sempre.

Muriel nos puxou para trás, fazendo com que eu ficasse na ponta dos pés.

— Por que é que você faria isso?

— Você sabe que não devia me perguntar isso, mas como estou me sentindo generoso esta noite, vou te explicar. Além do fato de que estava me entediando — respondeu o lorde —, ele armou para mim. E você também.

Muriel parou enquanto eu me debatia contra sua força.

— É, sei mesmo. — Ele xingou de novo. — Eu não devia ter confiado em ínferos para darem conta do trabalho.

— Não devia mesmo. — O lorde ficou em silêncio por um momento. — E *você* deveria parar de se debater enquanto Muriel e eu temos nossa conversinha. Do contrário, só vai se machucar.

Parar de me debater? Enquanto Muriel apertava minha traqueia?

— E você devia se preocupar mais com o próprio pescoço — ameaçou Muriel.

— Ver você tão preocupado aquece meu coração.

— É, dá para ver. — Muriel me puxou com força para o lado enquanto eu me esforçava para me soltar. Nada funcionava. Ele continuava me segurando firme. — Sabe, foi você mesmo que causou tudo isso.

— Como, exatamente, eu fiz isso?

— Pode se fazer de desentendido o quanto quiser. Não vai funcionar por muito mais tempo — rosnou Muriel. — Só há um motivo pelo qual você arriscaria sua pele para conseguir aquela informação da gente.

— Falando dessa informação — respondeu o lorde. — Aquilo tudo sequer era verdade?

— Vai se foder — vociferou Muriel.

O lorde suspirou.

— Como você acha que o rei vai reagir quando descobrir o que você estava procurando? — rebateu Muriel. — Eu não fazia a menor ideia de a que ele se referia. — Ele vai querer sua cabeça numa bandeja.

— Duvido. — O lorde riu outra vez, e o som fez os pelos da minha nuca eriçarem. — Sou um dos favoritos do rei, caso tenha se esquecido.

— Não depois desta noite — prometeu Muriel. — Não quando ele descobrir a verdade.

A verdade a respeito do quê?

O lorde tinha parado de se aproximar — estava a poucos metros de nós.

— Me conte, Muriel, o que você acha que vai acontecer quando o rei descobrir o que aconteceu hoje à noite? Ou mesmo ontem à noite?

Muriel enrijeceu atrás de mim, parecendo sentir a ameaça não tão velada nas palavras do lorde. Um segundo de tensão se passou.

— Vou embora.

— Ok? — O lorde inclinou a cabeça.

— Estou falando sério — disse Muriel, e eu pensei ter ouvido um tremor em suas palavras. — Se vier atrás de mim, arranco o coração dela.

— Pareço estar te impedindo de ir embora? — perguntou o lorde.

Ele não parecia.

Não mesmo.

Eu não sabia por que esperava algo diferente. Mesmo do meu lorde Súpero. Na noite anterior, ele precisava de ajuda. Não era mais o caso. Eu era uma tola, porque um sentimento de… de traição profundo tomou conta de mim, o que até eu mesma podia admitir que não fazia o menor sentido. Só porque eu o ajudara na noite anterior, não significava que ele me devia benevolência.

Pelos deuses, eu estava muito arrependida mesmo por ter me tocado pensando nele.

Senti um aperto no coração quando Muriel nos puxou de volta pela trilha de trepadeiras de glicínia. Os ramos cheirosos caíam formando uma cortina que não demorou a esconder o lorde. Muriel me carregava para mais fundo na mata — longe do solar, o que era ruim, porque eu duvidava que o Súpero que havia me sequestrado me soltaria quando estivesse longe o bastante do lorde.

O pânico que eu sentia explodiu. Eu me debati freneticamente, chutando as pernas de Muriel enquanto batia em seu braço. Cada golpe machucava meus braços e pernas. Eu me engasguei e arregalei os olhos quando ele nos girou. Lutei contra a força dele, jogando meu peso em todas as direções.

Um som gutural de alerta escapou de Muriel ao me levantar do chão.

— Continue com essas gracinhas e eu… *Porra*.

Algo grande e escuro nos atingiu com tudo, jogando Muriel a metros de distância. Ele bateu numa árvore, e o impacto atingiu seu corpo antes do meu. Ele grunhiu, ainda me segurando à medida que minhas pernas cediam.

Um borrão de movimento balançou os cabelos ao redor do meu rosto. Tive o vislumbre de uma mão golpeando o braço de Muriel, depois um lampejo da lâmina branca de *lunea*. A pressão deixou meu pescoço, mas não havia tempo para sentir alívio nem para recuperar o fôlego. Outra mão agarrou meu braço. Fui jogada para o lado — *lançada*. Por um momento, voei entre as flores de aroma doce. Não havia alto e baixo, céu e chão, e naqueles segundos, percebi que estava tudo terminado. A fuga. A solidão. Tudo tinha chegado ao fim. O barão ficaria bem triste quando encontrasse meu corpo machucado.

Caí no chão com tudo, sacudindo cada osso em meu corpo quando minha cabeça tombou para trás. Uma dor brutal e atordoante me dilacerou por inteiro.

Em seguida, veio o nada.

CAPÍTULO DEZ

Da névoa do vazio, senti… senti dedos deslizando pelas laterais do meu pescoço e sob minha trança grossa, na parte de trás do meu crânio. O toque era leve feito uma pluma, mas morno — quase quente, fazendo círculos tranquilizantes que eu mal conseguia notar. Senti o toque de algo ainda mais macio na testa.

— Ela vai sobreviver? — perguntou um homem.

Eu não reconheci a voz, mas achei que carregava o mesmo tom de outros Súperos. Não dava para saber ao certo, porque caí no vazio de novo, e não sei por quanto tempo fiquei inconsciente. Pareceu ter passado uma pequena eternidade antes de eu perceber o toque de pluma no braço — um polegar se movia em círculos também logo acima do meu cotovelo. O que não estava mais quente, só reconfortante e… desconcertante ao mesmo tempo, causando um formigamento de consciência que eu não conseguia entender. Eu estava quentinha e confortável demais para sequer tentar. Ouvi a mesma voz outra vez, como se estivesse do outro lado de um túnel estreito.

O homem voltou a falar.

— Quer que eu fique com ela até ela acordar?

— Agradeço a oferta, Bas, mas estou bem aqui.

Parte da névoa se dissipou quando recobrei parte da consciência. A voz estava mais próxima, mais evidente. Era *ele*. Meu lorde Súpero que… O que tinha acontecido? Flashes de memória me ocorreram. Os jardins cheios de orbes brilhantes. Minha intuição. O sangue respingado nas flores brancas…

— Tem certeza? — O tom da voz de Bas aumentou. — É melhor usar seu tempo em outro lugar.

— Sei disso — respondeu o lorde. — Mas estou gostando da paz e do silêncio.

— E do cenário? — ressaltou Bas.

— Disso também.

Bas soltou uma risada rouca e baixa, e então veio o silêncio do torpor outra vez, e eu o recebi de braços abertos, sentindo como se... como se eu estivesse sendo cuidada.

Segura.

Então me deixei ir.

Aos poucos, notei um aroma agradável. Florestal, leve. Também percebi que apoiava a cabeça em algo firme, mas não tanto quanto o chão, e ouvi o canto distante de pássaros e insetos noturnos. Meu coração acelerou. Eu ainda estava nos jardins, com metade do corpo sobre grama gelada, mas minha cabeça estava...

O polegar no meu braço parou de se mover.

— Acho que enfim está acordando, *na'laa*.

Abri os olhos e arqueei de susto. O rosto do lorde estava acima do meu, praticamente oculto por completo pela sombra. Apenas um feixe de luar ultrapassava o dossel de ramos acima de nós, iluminando a mandíbula e a boca do Súpero.

Ele deu um sorrisinho.

— Olá.

Flashes do que tinha acontecido voltaram a minha mente num instante, fazendo com que eu agisse. Levantei depressa e engatinhei pelo chão, colocando uma distância considerável entre nós.

— Já era para você ter entendido — as mãos do lorde pousaram no colo; bem onde minha cabeça estivera momentos antes — que eu não vou te machucar.

— Você disse que não ligava se aquele cara quebrasse meu pescoço — ofeguei, meus braços e pernas tremendo com o vigor dos resquícios de adrenalina.

— Foi o que eu disse.

Encarei as sombras do rosto dele, atônita.

— Eu te ajudei ontem à noite, e você deixou ele me levar...

— No fim das contas, eu não deixei, não foi? — Ele cruzou um calcanhar das pernas longas sobre o outro. — Se eu tivesse deixado, você não estaria viva. Ele teria mesmo quebrado seu pescoço e arrancado seu coração, do jeito que ameaçou.

Ele tinha razão. Isso eu podia reconhecer, mas o medo e a raiva, a sensação de traição e o pânico congelante corriam em minhas veias, afugentando aquele senso estranho e completamente idiota de segurança, de cuidado.

Levei os dedos trêmulos à garganta, ainda conseguindo sentir a mão firme de Muriel nela, apertando e machucando.

— Está sentindo dor? — perguntou o lorde.

— Não. — Pressionei com cuidado a pele ao me balançar, agachada. Estava um pouco dolorido, mas nada absurdo, o que não fazia sentido. Eu me lembrava com muita nitidez de cair — não... de ser lançada para o lado e atingir algo sólido com a cabeça; em seguida, de repente, a dor violenta antes de ser engolida pelo vazio. Olhei para o lorde mais uma vez, lembrando o calor do seu toque e a sensação de algo ainda mais macio na testa.

— Ao contrário do que fiz o querido Muriel, que partiu em paz, pensar, e infelizmente fiz você acreditar também, eu não permiti de fato que ele continuasse a te usar como escudo. Eu o detive, e você estava entre nós.

Tive a lembrança repentina de algo duro se chocando contra nós — o vislumbre de uma mão golpeando o braço de Muriel.

— Ele... ele me atirou.

— Na verdade, fui eu — corrigiu o lorde. — Eu estava tentando te colocar a uma distância segura, e posso ter exagerado um pouco. — Ele abaixou a cabeça, e a luz do luar evidenciou uma maçã do rosto proeminente. — Peço desculpas.

Meu coração martelava conforme eu abaixava minha mão a poucos centímetros acima da grama. Exagerou um pouco? Eu me lembrava da sensação de leveza — de voar. Ele tinha me atirado para o lado como se eu não pesasse mais do que uma criancinha, e eu não era nada pequena. Engoli em seco ao olhar ao nosso redor devagar.

— Muriel morreu — comentou o lorde.

Até aí eu já tinha suspeitado.

— Tinha mais alguém aqui. Um tal de... de Bas?

— Foi Bastian, o lorde Bastian. Ele foi embora — disse o Súpero. — Estamos a sós, *na'laa*.

Minha respiração vacilou.

— Era para eu estar machucada. Eu devia ter... — Não consegui falar. Que eu devia ter morrido. Sentei-me no chão. Ou melhor, caí sentada num lugar iluminado pela lua. — Você por acaso... você me beijou de novo?

— Como é?

— Me curou, quero dizer — especifiquei. — Você me curou de novo?

De frente para mim, o lorde descruzou os calcanhares, levantou uma perna e um dos ombros.

— Eu te disse que *na'laa* significa muitas coisas na minha língua.

Assumi uma expressão séria e apoiei as mãos na grama. O fato de ele ter ignorado minha pergunta não tinha me passado despercebido.

— Eu lembro. Você disse que significa "corajosa".

— Isso. — Ele abaixou um braço e o apoiou no joelho dobrado. — Mas também pode significar "teimosa". — Havia o indício de um sorriso em sua voz. — O que faz o apelido ser ainda mais apropriado.

Fiz bico, irritada.

— E por que você acha isso?

Ele batucou os dedos no ar.

— Precisa mesmo perguntar?

— Não sou teimosa.

— Vou ter que discordar — disse ele. — Eu me lembro distintamente de te pedir para vir até mim. Você não veio. Depois, eu te falei para não se mover, e você saiu correndo.

Enrijeci, indignada.

— Corri porque eu tinha acabado de te ver enfiando a mão no peito de outro Súpero e fazê-lo pegar fogo.

— Mas não foi no seu peito que eu finquei a mão, foi? — rebateu ele.

— Não, mas…

— Mas você fugiu mesmo assim — interrompeu ele. — E quando eu te disse para parar de se debater senão você só se machucaria mais, você continuou.

Eu não podia acreditar que estava tendo que explicar aquilo.

— Porque ele estava apertando o meu pescoço.

— Eu não teria permitido.

— Você tinha acabado de dizer que…

— Que eu não me importava se ele quebrasse seu pescoço, eu sei o que eu disse — interrompeu ele. *De novo.* — E eu não me preocupei com as ameaças dele porque eu sabia que não permitiria que chegasse a tanto.

— E como é que eu ia saber disso? — exclamei.

— Bem, você me ajudou ontem à noite. Se eu permitisse que você se machucasse, o que isso diria sobre mim? Ah, eu sei. Que eu sou um filho da puta.

Semicerrei os olhos.

— E porque eu sou um Deminyen — falou ele, como se significasse algo para mim. — E somos seus protetores. — Ele ficou um silêncio por mais um momento. — Na maior parte do tempo.

Soltei a risada que ameaçava escapar. Sim. *Na maior parte do tempo.*

— Muriel ia me machucar. Ele...

— Muriel era um idiota.

A irritação afiou minha língua, mas eu me contive e calei a boca. Afinal, estava falando com um lorde Súpero, e ele não estava mais machucado.

Mais uma vez, ele inclinou a cabeça.

— Ia dizer alguma coisa?

— Não, eu...

— Ia, sim.

— Meus deuses! — exclamei. — Eu ia te pedir para parar de me interromper, mas seria impossível, porque você continua fazendo isso, então estou tentando manter o respeito.

— Ao contrário de...? — Os dedos dele ainda dançavam no ar. — Ao contrário de mim?

— Quer saber? Acho que eu gostava mais de você quando você não tinha energia para falar.

— Ah, então você gostou de mim?

— Não foi o que eu disse.

— Foi exatamente o que você disse.

— Puta que pariu — vociferei. — Não foi o que eu quis dizer.

O lorde riu — um som grave e... e gostoso de ouvir. Inesperado. Ele não tinha rido daquele jeito na noite anterior.

— Sabia que *na'laa* tem mais um significado? Para uma pessoa... direta? Teimosa? Direta?

— Acho que prefiro mais o "corajosa".

— Tem um quarto significado também — acrescentou ele.

— Essa sua palavrinha tem muitos significados, hein? — murmurei.

— Muitos — sussurrou ele em resposta. — Mas o quarto também é usado para descrever alguém ingrato. O que também é apropriado, não acha? Salvei sua vida e, ainda assim, você me acha rude.

Eu o encarei.

— Ainda por cima, fiquei sentado aqui esperando até que você acordasse, só para me certificar de que você estaria bem. Tomando conta de você. E até deixando você usar meu corpo de travesseiro. — Lá estava de novo, o indício de um sorriso que eu não conseguia ver, mas podia ouvir em sua voz. — A meu ver, acho que foi muito educado da minha parte, ainda mais levando em conta que eu mesmo não tive a oportunidade de fazer o *seu* corpo de travesseiro ontem.

— Eu me lembro muito nitidamente de você pedindo minha ajuda ontem à noite — rebati. — Por outro lado, eu não te pedi nada hoje.

— Você teria me ajudado mesmo se eu não tivesse pedido — falou ele, e eu apertei os lábios. — Assim como eu te ajudei mesmo sem você pedir, mesmo tendo coisas muito mais importantes para fazer.

A raiva fluiu quente pelo meu sangue, e eu não consegui segurar outra resposta atravessada.

— Se tem coisas mais importantes a fazer, ninguém aqui está te impedindo. Sua presença não é necessária nem bem-vinda, *meu lorde*.

Os dedos dele pararam no espaço acima do joelho e ele se afastou um pouco, deixando o luar evidenciar seu rosto ainda mais. A boca, a curva da mandíbula e o nariz ficaram mais visíveis. O sorriso em seus lábios era feroz.

Senti um aperto no peito e fiquei paralisada. Havia uma grande chance de eu ter me excedido.

— Você está certa, *na'laa*. Eu não *preciso* estar aqui — falou ele, quase tão baixo quanto o tom que usou para falar com o outro Súpero segundos antes de trucidá-lo. — Eu *quero* estar aqui.

Foi então que eu senti o olhar dele. Embora não pudesse enxergar seus olhos, eu podia senti-lo me encarando, e descendo o olhar. Uma onda calorosa de formigamento me dominou logo em seguida.

— Afinal — disse ele com a voz rouca, mais suave. — O cenário é adorável.

Abaixei a cabeça, olhando para o robe azul-escuro que tinha se soltado em algum momento, permitindo que a camisola marfim por debaixo ficasse à mostra. Ela estava praticamente translúcida à luz do luar, deixando boa parte dos meus seios visíveis sob o tecido fino.

— Estou encarando. Eu sei — admitiu o lorde. — E também sei que estou sendo *indiscreto*.

Devagar, voltei meu olhar para ele. Os Súperos eram conhecidos por gostarem de duas coisas em medidas iguais: violência e... e sexo. Eu não devia estar surpresa, muito menos tendo visto como ele se comportara na noite anterior, mas ele era um lorde Súpero, e o vendo sem machucados ali no jardim, eu... eu era apenas uma ínfera que...

Agora que parei para pensar, o que é que ele e o outro estavam fazendo ali nos jardins? Os Súperos tinham o costume de interagir com ínferos de maneira mais livre e... íntima durante os Banquetes, mesmo os lordes, mas ainda havia um bom tempo até que o evento começasse.

— Muriel? — falei. — Foi a respeito dele que ouvi Finn e Mickie falando.

— Foi mesmo.

Deslizei os dentes pelo lábio inferior.

— E Finn? Mickie? — Houve um momento de silêncio. — As fogueiras? Foi lá que eles acabaram?

— Acho que você sabe a resposta.

Eu sabia mesmo.

— Como você veio parar nos jardins?

— Mandei uma mensagem a Nathaniel para que me encontrasse, sabendo que Muriel nunca andava muito longe do irmão — respondeu ele. — Em um golpe de sorte, foi aqui que Nathaniel propôs que nos encontrássemos.

Então aquilo só podia significar que os irmãos Súperos eram de Primvera.

— Você disse que gostava das bolas de luz? — falou, distraindo-me dos meus pensamentos, e eu levei um instante para perceber que ele respondia ao que eu tinha dito a ele e Nathaniel. — Acho que você se referia às *sōls*.

— *Sōls?*

— Não me refiro às almas dos mortais. — O sorrisinho deu as caras outra vez. — Mas sim às almas de tudo ao seu redor. Da árvore sob a qual nos sentamos. Da grama. Das flores de glicínia que estão presas no seu cabelo.

— Ah. — Levei a mão à cabeça por reflexo. Acariciei a trança até sentir algo macio e úmido. Tirei a pétala, fazendo uma careta de vergonha. — Eu não sabia.

Ele riu de novo. O som ainda era agradável, o que parecia contraditório a, bem, todo o resto.

— Tenho certeza de que a flor teve o prazer de se prender a uma mortal tão bela. Embora eu consiga pensar em lugares muito mais interessantes aos quais *me prenderia*.

Pisquei uma vez.

Depois duas.

E então minha mente decidiu passear num campo que ela sabia que não devia visitar, imaginando os lugares interessantes de que ele falava. De repente, senti um calor profundo no meu corpo. Me mexi na grama, inquieta com o súbito desejo intenso — outro lembrete gritante *do que* ele era.

— Mas então, você estava indo atrás das *sōls*? — perguntou o lorde, levantando a mão. Ele começou a zunir baixinho — um som suave e melódico.

Um segundo depois, um brilho denso surgiu nas árvores acima de nós, descendo devagar pelos galhos e trepadeiras. Em seguida, mais um. E então mais um. Fiquei boquiaberta. Pouco mais de meia dúzia flutuavam entre as árvores.

— Você consegue atraí-las? — perguntei.

— Com certeza — respondeu ele. — Somos parte de tudo que nos cerca. E tudo faz parte de nós.

Observei uma das *sōls* flutuando sobre mim.

— São lindas.

— Gostaram do seu elogio.

Arqueei as sobrancelhas.

— Elas podem me entender?

— Sim. — Ele apontou com o queixo, indicando uma das *sōls*. — Vê como a luz delas está mais forte?

Concordei com a cabeça.

— É como se comunicam com você.

— Ah. — Meus dedos formigaram de vontade de tocar uma sem luvas, mas achei que seria muito exagero. Olhei para o lorde, desejando ver melhor seu rosto. Seus olhos. Contudo, acho que era uma bênção que eu não conseguiria àquela altura. — Qual... qual é o seu nome?

— Thorne.

Uma sensação estranha reverberou no meu peito. Depois de tantos anos, enfim tinha um nome para ele. Eu não sabia o que fazer com aquela informação, mas era como se saber seu nome tivesse mudado minha vida.

Pigarreei.

— Eu... eu acho melhor eu ir.

Ele inclinou a cabeça.

— Talvez seja melhor mesmo.

Aliviada, mas inquieta por ele ter concordado, fiquei de pé.

— Mas vou ficar desolado se você for agora — acrescentou ele, e eu duvidava muito. — Tenho tantas perguntas...

Parei.

— Sobre o quê?

Ele se levantou bem rápido, eu nem o vi se mover. Num segundo ele estava sentado, e no seguinte já estava de pé.

— Sobre você, é claro.

Meu coração deu uma cambalhota.

— Não tenho muito o que falar.

— Não acredito nisso. — Ele estava quase nas sombras da glicínia, mas de alguma maneira pareceu mais próximo. — Aposto que tem sim, começando por como nos encontramos.

Um arrepio surgiu na parte de trás do meu crânio e desceu pela minha coluna. O chão parecia estar se movendo de novo.

— Como assim… como nos encontramos?

— Hoje à noite — especificou o Súpero. — É assim que você costuma passar suas noites? Sozinha, perseguindo *sōls* quando não está por aí salvando coitados indefesos?

— Sim — admiti. — Só que eu geralmente não venho para estes lados dos jardins à noite.

— Mas hoje à noite foi diferente.

Assenti, optando outra vez por uma meia-verdade.

— Ouvi vozes e fiquei preocupada que pudesse acontecer algo ruim.

— E então você decidiu intervir? De novo? — A surpresa era evidente na voz dele. — Desarmada e aparentemente sem habilidade para se defender?

Franzi os lábios.

— Acho que sim.

Houve um momento de silêncio.

— Mais uma vez você provou o quanto é corajosa.

— Eu só… só fiz o que achava ser o certo.

— E isso costuma ser o que mais exige coragem, não acha?

Fiz que sim, dizendo a mim mesma que eu precisava encerrar aquela conversa — por diversos motivos. Eu apostava que já era tarde, mas ainda assim hesitei…

Aquele sorriso dele surgiu outra vez. A curva leve dos lábios, e de novo, senti um calor me dominar. Minha boca ficou um pouco seca.

— Acredito que você chame o Solar de Archwood de casa, certo? — perguntou lorde Thorne, e, embora eu não o tivesse visto se mexer, ele tinha chegado mais perto.

Concordei.

— Eu… eu passo muito tempo nestes jardins — compartilhei, sem saber por quê, exceto pela onda de nervosismo que sempre me fazia tagarelar. — Por isso você sentiu o cheiro de nepeta em mim.

— Eu não teria entrado aqui se não tivesse sido por Nathaniel — falou ele, virando a cabeça para observar os jardins. — Que estranha a maneira como tudo acabou. — Ele voltou a olhar para mim. — Com você.

É, era estranho mesmo.

— Sinto muito pelos seus... — Amigos? Era óbvio que Muriel e Nathaniel não eram amigos dele. — Sinto muito pelo que aconteceu com eles.

Ele virou a cabeça para mim e ficou em silêncio. Foi a mesma reação que ele tivera na noite anterior quando me desculpei pelo que haviam feito com ele.

Engoli em seco.

— Passei o dia todo me perguntando uma coisa a respeito de Muriel. Ele armou para você, não foi?

Lorde Thorne fez que sim com a cabeça.

— Por que um Súpero estaria envolvido no mercado das sombras?

Ele ficou em silêncio por um longo tempo.

— É uma ótima pergunta. Gostaria de saber a resposta para ela, mas tenho outra pergunta para você.

— O que é?

Uma das trepadeiras se afastou quando o vi dar um passo à frente. Ele nem chegou a tocar a planta, mas como havia dito, ele fazia parte do reino de um jeito que uma ínfera jamais faria.

— Como você passou o dia todo se perguntando por que um Súpero estaria envolvido no mercado das sombras quando só descobriu esta noite que ele era de fato um Súpero?

Merda.

Meu coração acelerou.

— Eu... só presumi que ele era. — Minha mente foi a mil. — Você disse que ia encontrá-lo na Barris Gêmeos. Supus que ele era como você.

— Ah. — Outro ramo de glicínia se mexeu sem que ele o tocasse. — Eu é que devia me desculpar pelo que você precisou ver nas últimas duas noites. Tenho certeza de que não são coisas que vê no seu dia a dia.

— Eu... eu não esperava encontrar um Súpero prestes a matar outro.

Ele deu uma risada seca.

— Ficaria surpresa ao descobrir que não é tão incomum assim.

Arqueei as sobrancelhas. Eu *estava mesmo* surpresa. Se bem que tinha pouquíssimo conhecimento a respeito do que acontecia nas Cortes Súperas.

— Deve achar que sou um monstro agora.

— Não, isso não mudou. Bem, ele ia te atacar, o que me pareceu uma decisão bastante mal pensada considerando como ele acabou. E, bem, Muriel ia me matar, então ele que se foda — continuei, ficando vermelha com a risadinha baixa dele. — Por que ele armou para você?

— Além do fato de ser um idiota? Ele estava com medo.

— De quê?

— De mim. — Uma das *sōls* flutuou sobre o ombro dele e quase tocou o meu ao passar. — Então achou que seria melhor me tirar do caminho.

Eu não conhecia o lorde Thorne, mas ele não me parecia ser do tipo que podia ser coagido com facilidade.

— Acho que os dois fizeram mais do que uma única escolha ruim esta noite.

— Acertou. — Os dedos dele passaram por cima dos ramos de glicínia de novo.

No entanto, eu tinha a impressão de que o fato de Muriel ter medo do lorde Thorne não era a história completa. Podia até ser motivo suficiente para a maioria, mas naqueles breves momentos em que os ouvi conversando, eles fizeram alusão a outra coisa — algo que não devia ser da minha conta, mas eu estava curiosa.

— Bem, eu... espero que ache o que procura, seja lá o que for — falei, e ele inclinou a cabeça de novo. — Parecia que você estava procurando algo sobre o qual ele alegara ter informações.

— É, mas agora não sei se ele disse ou não a verdade.

Comecei a perguntar o que tinha sido aquilo que eles disseram sobre algo irritar o rei, mas o lorde Thorne tocou uma flor de glicínia, chamando a minha atenção ao passar os dedos pela trepadeira sem tirar uma única flor.

Outra *sōl* apareceu, juntando-se às demais ao flutuarem ao nosso redor, iluminando o bastante, tanto que, quando o lorde Thorne se virou na minha direção por completo, pude ver seu rosto por inteiro mais uma vez.

Um formigamento começou na minha nuca e se espalhou pelo meu corpo à medida que meu olhar subia para o cabelo castanho-dourado que caía sobre os ombros imponentes e o pescoço de pele branca.

Quando eu era criança, eu o achara belo e assustador.

Essa percepção não tinha mudado.

Uma mecha de cabelo caiu sobre sua bochecha, e ele ergueu uma sobrancelha de um ou dois tons mais escuros do que o cabelo.

— Você está bem?

Me remexi de leve.

— Sim. Só estou cansada. Foram duas noites muito estranhas.

Ele me encarou por um momento.

— Foram mesmo.

Engoli em seco.

— Acho que... eu preciso voltar ao solar.

Lorde Thorne ficou em silêncio, me observando com atenção e intuito.

Com o coração quase saindo pela boca, dei outro passo para trás.

— Agradeço que você não tenha... me deixado morrer naquela hora e... que tenha cuidado de mim.

Ele endireitou a cabeça.

— Ah, então você *consegue* ser grata pela ajuda que não pediu?

— É claro... — Não concluí a frase, notando o sorriso que surgia nos lábios dele. — Mesmo assim, você não precisava.

— Eu sei.

Eu o encarei por um momento, depois assenti.

— Boa noite — sussurrei.

Comecei a me virar.

— *Na'laa?*

Virei de novo para ele, arquejando ao girar o corpo e bater numa glicínia próxima. Lorde Thorne estava a pouquíssimos centímetros de mim, a trilha de flores ainda atrás dele, sem ter saído do lugar. Ele se manteve de frente para mim na escuridão das árvores, bloqueando os traços de luz do luar. Minhas mãos caíram para os lados, as palmas pressionadas contra o tronco áspero.

— Preciso perguntar uma coisa antes que vá — disse ele.

O fôlego curto que tomei estava impregnado com seu cheiro suave de floresta. O que era aquilo? Estremeci quando senti o toque inesperado dele sobre meu ombro.

— O quê?

— Aquilo que você viu esta noite... — Ele deslizou as mãos pelos meus braços. O toque era quase imperceptível, mas imediatamente senti meu coração bater mais rápido. O toque chegou até meus pulsos. — Com Muriel e Nathaniel... Não comente com ninguém.

Tremi quando ele colocou as mãos nos meus quadris. A camisola não era uma barreira sólida o suficiente contra o calor das mãos dele. O toque... foi como uma marca a ferro.

— E-está bem.

— Ninguém — reiterou, tirando as mãos do meu quadril e levando-as à abertura do meu robe. Arfei outra vez quando os dedos dele tocaram a curva da minha cintura. Ele fechou o robe, depois segurou a faixa.

Prendi a respiração quando ele a amarrou logo abaixo dos seios.

— Não vou.

Ainda parada enquanto ele terminava, senti meu coração disparar quando ele segurou meu pulso e o levou à boca. Eu não conseguia me mexer. Não era o medo nem a aflição que me mantinham estática no lugar, mas deveria ter sido.

Ainda assim, eu não estava assustada.

Era... era uma emoção à qual eu não sabia nomear ou descrever quando ele virou minha mão, plantando um beijo bem no centro da palma, assim como havia feito na noite anterior. A sensação de seus lábios na minha pele era um choque aos meus sentidos. Eles eram macios e gentis, mas ainda assim firmes e resistentes, e quando ele abaixou minha mão, sua respiração traçou a curva da minha bochecha até que nossas bocas estivessem a meros centímetros de distância.

Será que ele ia me beijar?

Por um instante caótico, senti um turbilhão de emoções — descrença e vontade, pânico e desejo. Meu coração seguia martelando, confuso. Eu não queria ser beijada por um lorde Súpero, muito menos um lorde que me parecia ser um tanto ameaçador.

Entretanto, não desviei o rosto quando a respiração dele soprou nos meus lábios. Eu soube naquele momento o que havia descoberto diversas vezes ao longo da vida: só podia ter algo de muito errado comigo. Meus olhos começaram a se fechar e...

Uma brisa gelada beijou minha nuca.

O lorde Thorne ficou parado.

Abrindo os olhos, senti o arrepio percorrer meu corpo. Os pássaros noturnos não estavam mais cantando. Um silêncio sinistro recaiu sobre todo o jardim, e, ao olhar em volta, vi que mesmo as *sōls* pareciam ter abandonado a área quando aquele sentimento de mais cedo voltou — aquela densidade gélida da atmosfera.

— Volte para casa. — A voz do lorde Thorne estava mais fria e firme, tocando minha pele com a mesma sensação de uma chuva de gelo. — Vá rápido, *na'laa*. Há coisas avançando pelo jardim agora que achariam sua pele tão saborosa quanto eu a acho adorável.

Meu estômago embrulhou.

— Você vai ficar bem?

Lorde Thorne congelou, e eu acredito que minha pergunta o tenha pegado de surpresa, deixando-o sem palavras. Também me pegou de surpresa. Por que eu estaria preocupada quando o tinha visto incinerar outro Súpero? E por que eu deveria me importar com o bem-estar dele? Só porque ele já havia ajudado a mim e a Grady antes? Parecia ser mais que isso.

— É claro — prometeu ele. — Você precisa ir logo. — Ele segurou meu pescoço com mais força, depois me soltou.

Trôpega, cambaleei para trás, com o coração na garganta. Abri a boca para...

— *Vá, na'laa.*

Afastei-me dele e senti um tremor se apossar de mim. Quando me virei, saí correndo, sem saber o que me incomodava mais: os sons das asas pesadas que batiam no céu noturno ou o sentimento inexplicável de que eu não devia estar correndo.

Que eu devia estar ao lado dele para enfrentar o que estava por vir.

CAPÍTULO ONZE

— Quantos? — perguntou o barão enquanto andava de um lado para o outro em uma das salas de visitas adjacentes ao Salão Principal. Apenas um lado da parte de trás de sua camisa branca impecável estava enfiado na calça bege que usava. O cabelo escuro parecia ter sido alisado com a mão muitas vezes naquela manhã, deixando-o espetado em diferentes direções. — Quantos dos meus homens foram assassinados ontem à noite?

— Três mortes foram confirmadas — respondeu o magistrado Kidder de onde estava sentado, com as mãos ao redor dos joelhos até que os nós de seus dedos estivessem brancos. — Mas encontraram... partes ao longo da parte externa das muralhas do solar, o que nos fez crer que pode haver duas ou mais ainda não identificadas.

Atrás do magistrado de cabelos grisalhos, Hymel franziu o cenho.

— Partes? — Claude se virou para o magistrado e meu olhar se voltou para a porta, encontrando o de Grady por um momento. — O que quer dizer com *partes*?

— Bem, para ser mais exato, encontramos mais membros do que identificamos mortos. — O rosto do magistrado Kidder ficou quase tão pálido quanto a camisa do barão. — Uma perna e dois braços a mais.

— Puta merda — murmurou Hymel, franzindo o lábio.

Meu estômago embrulhou na mesma hora com o pedaço de sanduíche de frios que eu tinha engolido minutos antes. Devagar, coloquei o garfo e a faca sobre a mesa, extremamente arrependida por não ter almoçado em meus aposentos. No entanto, eu não estivera preparada para que Claude chegasse de repente com o magistrado — e muito menos para descobrir que, na noite anterior, três dos guardas do barão tinham sido mortos. Ou quatro. Ou cinco.

Claude pegou um decantador do gabinete e bebeu no gargalo.

— Quanto tempo seu pessoal vai levar para encontrar e limpar os restos que pertenciam àqueles braços e pernas adicionais? — Ele baixou o decantador sobre a mesa com força. — Os convidados já começaram a chegar para as festividades desta noite. A última coisa de que preciso é que eles encontrem uma cabeça ou um tronco aleatório entre as rosas.

Fechei os olhos por um instante, mais enojada pela falta de tato do barão para com a pessoa a quem aqueles membros pertenciam do que pelo tópico grotesco da conversa.

— Muitos dos meus homens estão lá agora, em busca de possíveis restos — confirmou o magistrado. — Mas eu sugiro que o senhor feche os jardins pelas próximas horas, por tempo indeterminado, na verdade.

— Está de sacanagem? — murmurou Claude, sarcástico, passando a mão pelo cabelo outra vez. A água no meu copo começou a tremer quando ele voltou a andar de um lado para o outro a passos pesados. — Você viu os corpos, não viu?

O magistrado Kidder engoliu em seco ao assentir.

— E será difícil de esquecê-los.

Claude parou em frente à janela, bloqueando a luz do sol por um momento.

— O que acha que causou isso?

— Provavelmente o que seu primo pensa ter visto, que confere com o relato dos demais. — O magistrado virou-se para trás para olhar para Hymel. — *Ni'meres*.

Um calafrio percorreu meu corpo ao me lembrar do som de asas batendo ao vento. Eu tinha que concordar com a opinião de Hymel e os demais.

Ni'meres eram outra vertente dos Súperos, um tipo que nós ínferos raramente víamos ou precisávamos enfrentar. Eu só os vira uma vez, quando Grady e eu éramos apenas crianças, depois de deixarmos a Cidade da União. O condutor da diligência os viu na estrada, circulando por uma parte da floresta de Wychwoods. Eles pareciam ter saído de um pesadelo — criaturas com asas que se abriam a mais de dois metros e garras mais longas e afiadas do que as de ursos. Do pescoço para baixo, pareciam águias incrivelmente grandes, de mais de um metro de altura.

Só que a cabeça era de um mortal.

— Mas por que é que *ni'meres* atacariam meus homens, cacete? — vociferou Claude. — Eles não atacam só quando alguém chega perto demais do ninho?

— Eu não acho que a guarda tenha sido o alvo. — Grady falou de perto das portas. — Foi o que Osmund disse de manhã: que os *ni'meres* estavam à procura de algo nos jardins, e os guardas que patrulhavam a muralha infelizmente estavam no caminho. Grell e Osmund estavam no chão quando os outros foram atacados.

Claude passou pela minha mesa.

— Faz alguma ideia do que estava nos jardins? Do que os atraiu?

Meu estômago então se revirou por um motivo bem diferente. Na noite anterior, algo atípico de fato tinha entrado nos jardins. Meu lorde Súpero — não, ele não era meu. Eu precisava parar com isso. Peguei o copo de água e bebi um gole generoso.

— Isso eu não sei responder — disse Grady, olhando para mim por um instante quase imperceptível. Eu me encolhi um pouco na cadeira. — Ninguém mais viu nada fora do normal antes de os *ni'meres* assolarem os jardins.

Assolarem.

Minha mão estava trêmula ao colocar o copo de volta na mesa. Um lorde Súpero era um ser poderoso, mas devia haver mais de uma dúzia de *ni'meres*. Como o lorde Thorne poderia ter se defendido deles? Se bem que as circunstâncias apontavam para isso; do contrário, teriam encontrado seu corpo.

A menos que os membros extras encontrados pertencessem a ele.

A preocupação me gerou um aperto no peito.

— Malditos *ni'meres* — murmurou Claude, balançando a cabeça. — O que nos falta agora, os *nix*?

Tremi. Pelo amor dos deuses, tomara que não.

— Os *ni'meres* costumam se comportar assim? — perguntou Hymel, com uma carranca. — É bastante incomum, não é?

— Muitas coisas incomuns têm acontecido — respondeu o magistrado Kidder.

Claude parou, olhando para o homem mais velho.

— Importa-se de detalhar um pouco mais a sua fala?

— Tenho ouvido rumores de Súperos brigando — começou o magistrado. — Há relatos de isso estar acontecendo em outras cidades. Semana passada mesmo fiquei sabendo de ter havido certo mal-estar entre eles em Urbano no mês passado.

Franzi o cenho. Urbano fazia parte do território das Terras Baixas, não muito longe da Corte Súpera de Augustine, que também servia como capital de Caelum. Pensei no que o lorde Thorne havia dito quando se tratava de Súperos querendo matar uns aos outros. Pelo visto não era algo fora do comum nas Cortes dos Súperos, mas raro que acontecesse na frente de ínferos.

— Muitos foram mortos — acrescentou o magistrado Kidder. — Bem como alguns ínferos que infelizmente estavam no lugar errado, na hora errada.

— Sabemos por que estão brigando? — perguntou Claude.

— A respeito disso não fiquei sabendo. — O magistrado coçou o queixo. — Mas, caso eu descubra alguma coisa, alertarei o senhor.

— Agradeço. — Claude olhou para mim com uma expressão indecifrável e cruzou os braços. — Quero que terminem de vasculhar os jardins até a noite. — Ele encarou o magistrado. — Não quero que deixem nada para trás, nem uma unha.

— Sem dúvida. — O magistrado Kidder ficou de pé e saiu da sala, sem olhar na minha direção. Ele não olhou para mim uma única vez durante todo o tempo em que esteve ali. Eu não precisava usar minha intuição para saber que, para ele, eu não passava de uma vagabunda bem-apessoada que cobraria até mesmo pelo prazer do contato visual.

Que se dane.

Assim que a porta se fechou, após o magistrado sair, o barão se voltou para mim. Suas feições estavam tão tensas que a boca não passava de uma linha. O barão evidentemente estava irritado, e com direito. Afinal de contas, havia partes de corpos em seus jardins.

— Me diga, mascote, com toda a sua intuição e segunda visão — falou ele, com os braços rígidos nas laterais de seu corpo —, você não viu um bando de *ni'meres* descendo para trazer caos aos meus jardins?

— Para ela ter visto, ela precisaria ser útil — ressaltou Hymel, cruzando os braços sobre o peito. Por cima do ombro dele, vi Grady olhando para a parte de trás de cabeça de Hymel como se quisesse arrancá-la do corpo. — E, além de truques de festa e instintos moderados, ela não presta para muita coisa, primo.

Claude virou a cabeça para Hymel.

— Cale a boca.

Um rubor corou o rosto de Hymel. Ele adorava fazer gracinhas pejorativas, mas sabia que o que eu fazia não tinha nada a ver com truques de festa nem ilusões. Ele só estava sendo um pé no saco, como sempre.

Portanto, eu o ignorei, *como sempre*.

Claude me encarou.

— Lis?

— Não é assim que funciona — lembrei. — Você sabe que... — Levei um susto quando Claude avançou, deslizando o braço pela mesa. O copo d'água e o prato de sanduíches cortados em triângulos pequenos voaram até o piso de madeira.

Fiquei boquiaberta ao encarar a sujeira no chão. Claude tinha um gênio complicado — como a maioria dos *caelestias*. Eu já o presenciara quebrando um copo ou outro, e mais de uma garrafa de vinho cara já fora estilhaçada no chão, mas ele nunca havia agido daquela maneira em relação a mim.

— Sim — sibilou ele a centímetros do meu rosto, pesando as mãos sobre a mesa. Vi Grady começando a vir em nossa direção, mas ele parou quando balancei a cabeça de leve. — Eu sei que não funciona assim. Você não consegue ver nada relacionado aos Súperos, mas... — Ele fixou o olhar no meu. — Mas eu também sei que não é sempre assim. Às vezes você tem impressões vagas, e também sei que você não consegue ver coisas das quais faz parte.

Finquei os dedos na saia do vestido quando algo me ocorreu. Na noite anterior, vi o que estava prestes a acontecer entre Muriel e o lorde Thorne — o sangue respingado nas flores de glicínia. Na hora, não me toquei — será que a visão foi porque o ocorrido envolvia o lorde Thorne?

— Então, me diga, minha mascote. — Ele sorriu, arrancando-me da minha mais recente descoberta. Ou melhor, ele tentou sorrir, mas estava mais para uma careta. — Você estava envolvida nisso?

— Não! — exclamei. O choque percorreu meu corpo enquanto eu o encarava, e não era nem porque eu estivera, sim, *um pouco* envolvida nos eventos da noite anterior, mas porque ele ousara pensar que eu estava atrelada aos *ni'meres*. — Eu não tive nada a ver com isso. Eu nem sabia que havia *ni'meres* em Archwood.

O barão me observou por vários instantes, depois afastou-se da mesa, derrubando os utensílios restantes.

— Não há *ni'meres* em Archwood — falou ele, inflando as narinas ao dar um passo para trás, por pouco não pisou na comida. — Mas há alguns em Primvera. Provavelmente vieram de lá. — Ele encarou a sujeira que tinha feito, corando de vergonha. — Enfim — disse, colocando para dentro da calça a parte da camisa que estava solta. — Aqueles *ni'meres* com certeza estavam incomodados com algo no jardim.

Estavam mais incomodados com *alguém*.

— Certifique-se de que aquele magistrado vai fazer o trabalho dele — ordenou o barão a Hymel, antes de parar e se dirigir a mim outra vez. Ele engoliu em seco ao me olhar de cima. — Peço desculpas por ter perdido o controle. Eu não devia ter feito isso. Não é porque eu estava irritado com você.

Não falei nada, continuei a encará-lo com cautela.

Ele deu um suspiro pesado.

— Posso pegar um prato novo de comida para você.

Do jeito que o barão falava, ele parecia arrependido de verdade — não que isso justificasse a ceninha que tinha acabado de fazer.

— Tudo bem — respondi com um sorriso, porque precisava ser assim.

O barão titubeou.

— Não, Lis, não es… — Ele se deteve e respirou fundo. — Me desculpe mesmo — repetiu, depois foi em direção à porta, parando para falar com Grady. — Pode limpar isso?

Grady fez que sim.

Levantei quando a porta se fechou depois que o barão e seu primo se retiraram da sala, voltando a atenção ao desastre no chão.

— Deixa comigo — falou Grady, se aproximando da mesa.

— A comida é minha. — Ajoelhei no chão, começando a pegar as fatias esparsas de presunto e queijo.

— Não significa que eu não possa ajudar. — Grady se ajoelhou de frente para mim, pegando um prato. — Que desperdício de comida boa.

Assenti ao colocar alguns pedaços na bandeja que ele segurava, pensando que houve uma época em que nenhum de nós dois teria pensado duas vezes antes de atacar a comida que havia caído no chão e sido pisoteada.

Ao pegar um tomate, estremeci com a moleza úmida.

— Ele anda estressadinho, não acha?

— O maior eufemismo que já ouvi, Lis. — Ele cerrou os dentes ao pegar o copo e colocá-lo de volta na mesa. — Aquilo não foi legal.

— Eu sei. — Olhei para ele por um momento. — Não estamos romanticamente envolvidos — lembrei.

— Então o que ele é seu? Seu chefe, que vez ou outra fica amigável demais para cima de você?

— Não, ele é meu chefe que finge ser mais do que é. — E que provavelmente desejava ser mais, sentir mais por mim.

— Isso ainda assim não faz a reação dele ser aceitável.

Assenti de novo, pegando o resto da comida no chão e colocando sobre a bandeja ao me levantar.

— Mas não é todo dia que se tem *ni'meres* devastando seus jardins.

Grady desdenhou.

— Graças aos deuses. — Ele pegou um pedaço de pão. — Eu teria mijado nas calças se tivesse estado lá, na muralha, e os visse se aproximando.

— Não, não teria.

Ele me encarou com as sobrancelhas arqueadas.

— Ok. — Eu ri. — Você teria feito isso e depois os teria enfrentado.

— Não, eu teria feito isso e dado no pé, ou me mijado todo enquanto fugia, o que é a única coisa sensata a se fazer ao se deparar com algo como um *ni'mere*.

Balançando a cabeça, peguei o último pedaço de comida e o coloquei na bandeja que Grady segurava. Comecei a me levantar quando notei uma ferida brilhante, marrom-avermelhada, na pele de Grady, logo abaixo do pulso. Fiz menção de pegar a mão dele, mas me detive e apenas o encarei.

— O que aconteceu com o seu braço?

— O quê? — Ele olhou para baixo. — Ah, nada, não. Eu estava fazendo uma lâmina nova e minha mão escorregou. Cheguei perto demais do fogo.

— Meus deuses, Grady. Isso parece estar doendo. Passou alguma coisa? — Na mesma hora, comecei a pensar em diferentes cataplasmas que poderiam ser usados. — Eu posso...

— Já usei a gororoba que você preparou da última vez. Viu só como a pele machucada está viçosa? — Ele angulou o braço na claridade. — Foi aquilo que você fez com babosa.

— Você precisa de mais do que isso. — Tirei a bandeja dele e a coloquei sobre a mesa. — E devia cobrir isso enquanto estiver fora de casa, ainda mais quando estiver trabalhando na oficina.

— Está bem, mamãe — respondeu Grady num tom seco.

Ao observar sua ferida, lembrei de algo.

— Você chegou a conversar com Claude sobre assumir o posto do ferreiro? Danil provavelmente vai se aposentar logo, certo? E depois do que aconteceu com Jac...

— Não toquei no assunto. — Grady se virou.

Semicerrei os olhos.

— Mas você vai, não vai?

Ele ajeitou a postura.

— Posso perguntar a ele se...

— Não faça isso.

Grady me encarou.

— Por que não? — Cruzei os braços. — Você é bom nesse...

— Sou bom no que faço agora.

— Sim, mas você de fato gosta de trabalhar com ferro e aço. É raro alguém ser bom em algo que goste de fazer. — Observei-o mexendo na tira de couro no peito, parecendo desconfortável, enquanto segurava uma das lâminas que eu sabia que ele mesmo tinha feito. — Você precisa perguntar a Claude. Ele não vai te dizer não.

— Eu sei. Eu vou. — Ele ficou em silêncio por um instante. — Você vai odiar o que vou dizer agora, mas talvez seja melhor ficar longe dos jardins por um tempo.

— É, talvez seja mesmo.

Atravessei o cômodo, a barra do vestido roçando meus calcanhares. Encarei a janela, aquele sentimento estranho que eu tinha tido na noite anterior me dominou mais uma vez. Que eu devia ter continuado lá, ao lado *dele*.

A sensação continuava ali, como uma sombra escondida na minha mente. Que eu devia estar lá fora.

Com *ele*.

Que lá era o meu lugar.

CAPÍTULO DOZE

Nos dias que seguiram, as coisas se acalmaram no solar e em Archwood. Não tivemos mais ataques de *ni'meres* nem recebemos mais nenhuma notícia a respeito dos Cavaleiros de Ferro e da princesa das Terras do Oeste, e eu também não encontrei mais nenhum guarda que estivesse envolvido em negócios do mercado das sombras.

As coisas estavam normais.

Eu passava um tempo nos jardins com Naomi, encontrava Grady à noite, ceava com Claude e andava com Iris pelas campinas entre o solar e a cidade. Eu me divertia com tudo isso, como uma boa ínfera.

Porém, a cada noite, eu entrava nos jardins e tentava convencer a mim mesma de que não era por causa dele. Que eu não estava ali porque esperava encontrar o lorde Súpero entre as flores de glicínia. Que não tinha nada a ver com aquele sentimento estranho que me assombrava conforme os dias passavam.

O lorde Thorne não tinha retornado, mas aquele sentimento da primeira vez que nos encontramos persistiu. Eu sabia que o veria de novo.

Esta noite eu tinha decidido ficar em meus aposentos, não muito a fim de socializar. Meu humor estava estranho, e eu não sabia bem como decifrá-lo. Tinha passado boa parte da noite observando as *sōls* flutuarem pelo gramado e adentrarem os jardins enquanto o zunir de uma música no lado de fora se espalhava junto da brisa quente. Eu até tinha ido para a cama em um horário cedo demais para mim, mas acordei de repente pouco antes da meia-noite, com o coração palpitando. Era como acordar de um pesadelo, mas eu nem sabia ao certo se tinha dormido o bastante para sonhar.

Já se passara meia-hora desde que eu havia acordado, e, sem conseguir pegar no sono outra vez, voltei à minha cadeira, um livro fechado sobre o meu colo enquanto eu observava as *sōls*. Revisitei aquela sensação estranha que persistia, como fizera muitas vezes desde a última vez em que vi o lorde Thorne. Eu não conseguia entendê-la, e ela deixava minha mente inquieta. Por que eu pensaria que precisava continuar ao lado dele quando os *ni'meres* apareceram? Não era como se eu pudesse ter sido de grande ajuda, a menos que gritos os afugentassem.

Por que eu sentia que... que meu lugar não era mais onde eu estava, mais do que o normal? Eu estava começando a pensar que aquilo era o motivo do meu mau humor, quando...

Uma sequência de pancadas altas me provocou um sobressalto. Virei na direção da porta ao ouvir Grady me chamar:

— Lis? Está aí?

— Estou indo. — Levantei, apertando a faixa do robe. A preocupação tomou conta enquanto cruzei a curta distância para abrir a porta. Eu só conseguia pensar em apenas dois motivos pelos quais Grady apareceria no meu quarto àquela hora da madrugada. Às vezes era apenas para dividir a cama comigo quando ele não conseguia dormir — um conforto que vinha de um hábito de anos, e que ajudava, considerando que nenhum de nós dois dormia tão bem. A outra razão era, bem, um estresse em potencial.

Grady estava sozinho à meia-luz do corredor.

— O barão está te chamando.

Meus ombros enrijeceram.

— Cacete — murmurei, sem perder tempo para colocar uma roupa mais apropriada. Saí para o corredor e fechei a porta, olhando para Grady. — Sabe por quê?

— Não — respondeu ele. — Só sei que ele estava no jardim de inverno quando Hymel foi atrás dele. Ele saiu por cerca de meia hora, depois voltou e pediu para eu vir te buscar.

Mordi o lábio. As opções eram infinitas quando se tratava de Claude, mas eu duvidava muito que ele quisesse que eu participasse de alguma comemoração àquela hora.

Grady me guiou pelos corredores da parte de trás do solar, que eram frequentados apenas pelos criados e por pessoas que não queriam correr o risco de dar de cara com alguém. Acabamos na antecâmara pequena atrás do Salão Principal.

Havia poucas pessoas ali, mas voltei minha atenção a Claude. Eu não o via desde o surto temperamental de antes, e fiquei me perguntando se ele também pensava naquilo quando nossos olhares se encontraram, porque suas bochechas estavam coradas. Eu não achava que tinha nada a ver com a loira com metade do corpo esparramado no colo dele. A visão dela estava fora de foco enquanto Claude a tocava no quadril, pedindo que ela se levantasse. Ela meio que deslizou para a parte vazia do sofá, e eu tive a impressão de que ela havia se deleitado um pouco demais com o vinho batizado com láudano que de vez em quando o barão servia para seus amigos próximos.

— Como está se sentindo, mascote? — perguntou o barão quando me aproximei dele.

Na mesma hora, senti o cheiro adocicado e enjoativo do Óleo da Meia--Noite, e precisei me segurar para não fazer uma cena.

— Bem. O que está acontecendo?

— Não sei ao certo. Temos visitas inesperadas — relatou ele ao me afastar do sofá, trôpego. Ele manteve um tom de voz baixo ao falar enquanto Grady se aproximava. — Trata-se de um membro da Corte Real que solicitou abrigo para ele mesmo e outros três esta noite.

Cada parte do meu corpo se retraiu de forma tensa. Membros da Corte Real costumavam ser chanceleres.

— Que incomum.

— Foi isso mesmo que pensei. — Fomos para longe dos demais na sala. — Ele não diz por que está aqui, alegando que falará comigo pela manhã, quando…

— Quando o quê? — perguntei quando ele parou de falar.

— Quando, como ele disse, eu estiver "com a mente limpa" ou algo parecido. — O rosto de Claude ficou mais vermelho, e eu de repente entendi o motivo do rubor. Eu também ficaria envergonhada se um chanceler chegasse com assuntos importantes a discutir e eu estivesse embriagada ou alterada demais para tratar de negócios. Ele limpou a garganta e ergueu a cabeça. — Eu também gostaria que você fosse até ele e visse se consegue descobrir o motivo de estar aqui.

Sabendo que havia outras pessoas ao nosso redor, falei baixo:

— Não pode esperar para descobrir por conta própria de manhã?

— Não é a espera que não me deixaria pregar o olho de ansiedade a noite toda; é não saber o que ele quer até que nos sentemos para conversar. Eu preciso estar preparado para o que ele quer discutir. — Ele parecia completamente atordoado com a hipótese de ir à reunião sem saber do que se tratava. — Você sabe que tenho dificuldades, para dormir.

Todo nós tínhamos dificuldade para dormir, mas eu não achava que o barão tinha noção disso.

— Eu… — Ele abaixou a cabeça ao tirar uma mecha do meu cabelo do ombro. — Eu receio que ele tenha notícias a respeito do Trono Real. Do rei. Pode ser que eu esteja... um pouco atrasado no pagamento trimestral do dízimo.

— Pelo amor dos deuses — murmurei.

Ele deixou escapar uma risadinha aguda, e eu arqueei as sobrancelhas ao encará-lo.

— Peço desculpas — murmurou ele, contraindo os lábios. — Preciso da sua ajudinha especial, mascote.

O que Claude precisava era ceder menos às lembrancinhas de festas e parar de gastar tanto numo em porcarias frívolas.

Porém, nenhum de nós — os que dependiam da compostura dele — precisava que Claude se preocupasse ainda mais. Isso provavelmente acabaria com ele fumando mais Óleo da Meia-Noite e se colocando numa situação ainda mais caótica até a hora de falar com o chanceler da Corte Real. E se o motivo da visita fosse de fato o atraso no pagamento das taxas trimestrais, Claude precisaria estar no melhor estado possível para implorar por uma extensão de prazo *e* por perdão.

— Ok. — Suspirei. — Eu vou tentar investigar.

Ele deu um sorriso largo.

— Agradeç...

— *Se* você prometer que vai dormir — interrompi. — Você precisa descansar.

— Está bem — concordou ele, depressa demais. — Eu já ia mesmo.

Eu o encarei.

— Prometo — acrescentou, uma mecha de cabelo preto caindo sobre sua testa. — Quero estar novinho em folha como os frutos do pomar quando... — Ele riu de novo, mas para si mesmo. — Logo vou dormir.

— É melhor mesmo — alertei-o.

— Você é uma joia rara — disse ele, plantando um beijo rápido no topo da minha cabeça. — Aproveite, Lis.

O barão me deu outro tapinha no ombro, e eu virei as costas para ele antes que pudesse fazer algo imprudente, como empurrá-lo.

Seguida por Grady, cruzei a antecâmara, vendo Naomi de relance. O olhar dela encontrou o meu por um instante quando passei. Lancei um olhar significativo na direção de Claude, e ela revirou os olhos, mas assentiu. Não era a primeira vez que ela ficava responsável por garantir que o barão fosse para a cama *sozinho*. Ela foi até Claude, uma risada escapando de seus lábios — uma melodia bonita, mas percebi o tom de irritação. Por algum motivo, eu me lembrei da primeira vez que me pediram para fazer o que fosse necessário para conseguir o que Claude queria, o que exigiu que eu me portasse como uma cortesã. Foi Naomi quem me puxou de lado, recolheu as informações limitadas que eu tinha a respeito dos diversos graus de intimidade, e me preparou para o que estava por vir. Afinal de contas, eu era virgem antes de conhecer Claude — à época, minha experiência se limitava a algumas mãos bobas apressadas em situações que acabavam me obrigando a ouvir coisas que preferia não escutar.

No entanto, Naomi também havia me preparado para algo de que nem Claude sabia: o conhecimento de como a Madrugada Adentro podia ser usada. Grady sempre carregava uma bolsinha com um pouco do alucinógeno no bolso do peito da túnica. Com ela, eu podia escolher exatamente até onde queria que a noite chegasse.

Era uma pena, mas eu tinha o costume de usar a Madrugada Adentro com certa frequência, e naquela noite não seria diferente.

— Preciso encontrar Maven — falei para Grady quando saímos da antecâmara.

Os ombros dele enrijeceram, mas ele assentiu. Depois de entrar em outro corredor estreito e ainda mais deserto, paramos em frente a uma porta redonda de madeira instalada dentro de uma alcova. Como sempre, a figura encapuzada de Maven com seus cabelos prateados respondeu ao som da batida. Entrei no quarto iluminado à luz de velas, deixando Grady no corredor com os dentes tão cerrados que eu não me espantaria se ele quebrasse um devido à pressão.

Bastou um olhar pelo local para saber que ela esperava por mim, o que indicava que Claude ou Hymel já a havia alertado. Senti uma pontada de raiva. O que o barão teria feito, então, se eu tivesse dito não?

Se bem que: por que ele pensaria que eu recusaria seu pedido? Eu nunca dizia não a ele. Na verdade, a ideia mal me ocorria, porque era assim que eu continuava tendo um valor imensurável para o barão. Era assim que eu garantia que Grady e eu nunca voltássemos às ruas. Então, eu não sabia ao certo de quem devia sentir mais raiva. De mim ou dele?

O aposento de Maven estava mais para um camarim, equipado com todas as comodidades — uma banheira cheia de água fumegante e aromatizada, escovas e suportes para roupas. Havia também uma mesinha sobre a qual eram feitos os preparos mais intensos — a remoção a cera e a pinça de todos os pelos do meu corpo, exceto o cabelo. Claude gostava mais dele longo, então estava na altura do quadril. Eu não me importava muito com o tamanho do meu cabelo, mas se um dia decidisse ir embora, eu nunca mais tocaria num fiozinho sequer que nascesse em outra parte do meu corpo. Felizmente, a remoção do pelo corporal já havia acontecido, como de rotina.

Fui à banheira, me despindo em silêncio. Maven não era conhecida por ficar de conversinha. Ela não falou nada — nem quando deslizei a camisola pelos ombros e pela cintura, ou quando entrei na banheira e me lavei. Ela apenas esperou com uma toalha nos dedos tortos, seu olhar úmido, mas alerta.

Naomi me disse uma vez que Maven era avó do barão, por parte de pai, mas Valentino, um dos outros amantes, disse que ela era a esposa viúva de um dos antigos zeladores do solar. Lindie, uma das cozinheiras, dizia que Maven tinha sido a amante de um dos antigos barões, mas para mim ela era um espectro que de algum modo tinha conseguido manter a carne sobre os ossos. Olhei de relance para a pele fina feito papel de seus antebraços. Ela *mal* mantinha a carne sobre os ossos.

Quando terminei meu banho, ela me secou com o máximo de brusquidão humanamente possível. Maven também não era conhecida por sua delicadeza. Continuei nua, curvando os dedos sobre o piso enquanto ela procurava uma roupa nos suportes. Os cabides bateram uns nos outros conforme ela avaliava diferentes peças, enfim pegando um robe de uma cor entre o ciano e o azul. Era do tom do céu sem nuvens das Terras Médias.

Enfiei os braços no robe e fiquei parada enquanto ela amarrava a faixa com tanta força que o tecido apertou a pele macia da minha cintura. Um olhar no espelho de pé me confirmou o que eu já sabia. O corte em V do busto era absurdamente baixo e o robe era mais translúcido do que pano. Se eu estivesse sob uma luz mais forte, o tom exato da pele ao redor dos meus mamilos ficaria visível.

Engoli um suspiro e fui até o banquinho me sentar para que Maven soltasse os grampos que prendiam meu cabelo. Ela desembaraçou os nós, puxando minha cabeça a cada escovada. Passei o processo todo com as unhas fincadas nas palmas da mão; eu tinha certeza de que logo eu perderia metade do cabelo. Quando ela terminou, não havia passado mais do que meia hora. Ela abriu a porta, me liberando para reencontrar Grady no corredor. Ela não nos seguiu — seu trabalho da noite estava concluído.

Nem Grady nem eu falamos até entrarmos no corredor silencioso que levava às diversas alas do solar. Somente a luz baixa da lua que entrava pelas janelas iluminavam nosso caminho, graças aos deuses.

Enrolando os dedos na faixa do robe, mantive o olhar fixo à frente, respirando o ar com cheiro de madressilva que crescia pelas paredes do solar enquanto pensava nas outras vezes em que eu tinha sido convidada a usar minhas habilidades. Geralmente era algum barão que estava de visita, ou outro aristo. Na maior parte do tempo, minha intuição conseguia me alertar se o visitante era de confiança ou se estava tramando alguma coisa. Eu até podia sentir mais do que isso, se assim Claude quisesse. Ele gostava de saber as motivações de cada pessoa para usá-las em potenciais acordos.

— Aqui — falou Grady, levando a mão ao bolso da túnica e colocando na minha mão uma bolsinha do tamanho de uma moeda. A risada que geralmente permeava seus olhos castanho-escuros não tinha dado as caras, assim como as covinhas pueris charmosas que o livraram de problemas tantas vezes quando éramos mais novos. — Descubra o que precisar e dê o fora.

Olhei para a bolsinha preta que continha Madrugada Adentro. Os alvos de Claude nunca sabiam quando estavam sendo drogados. A Madrugada Adentro não tinha gosto, nem cheiro.

— Você viu quem veio?

— Não. Só sei da câmara, mas presumo que tenha sido o chanceler. — Ele inflou as narinas. — Não gosto disso, Lis.

— Eu sei. — Pegando a bolsinha, guardei-a no bolso do robe, que por sorte era de um tecido mais grosso. — Mas não se preocupe, tudo ficará sob controle.

Ele apertou os lábios e balançou a cabeça ao andarmos um pouco mais, a mão presa no punho da espada. Chegamos próximo à ala leste, que dava de frente para os pátios e as seções dos jardins onde rosas cresciam. Os cômodos daquela área do solar eram imponentes, reservados apenas para quem o barão queria impressionar.

Levantei o olhar para Grady. O músculo ao longo de sua mandíbula pulsava.

— Você entende que eu não *preciso* fazer isso, certo? Que é uma escolha minha?

Ele arqueou as sobrancelhas.

— Sério?

— Sim. Eu podia ter dito não. Claude não teria me obrigado, e se eu não quiser que as coisas cheguem longe demais, uso a Madrugada Adentro assim que eu descobrir por que o chanceler está aqui. Tomara que não seja porque Claude está com o dízimo atrasado, porque nós realmente não precisamos de mais essa preocupação — falei. — Esta noite não é diferente de nenhuma outra.

O músculo no rosto dele continuava a pulsar.

— Você fala como se não fosse nada de mais.

Cruzando os braços sobre o peito, desviei o olhar. A questão era que esses encontros eram complicados, porque às vezes não era mesmo nada de mais. Às vezes eu *gostava* dos toques. Não é como se as pessoas com quem eu me encontrava naquelas circunstâncias fossem todas más e detestáveis. Muitas vezes eram charmosas e interessantes e eu… eu podia tocá-las sem sentir culpa de ver ou sentir o que elas provavelmente queriam esconder. Eu podia muito bem jogar a culpa em Claude, e sim, eu tinha a noção de que isso era problemático. No fundo, eu sabia que parte da culpa também era minha. Seja como for, eu saía desses tais encontros intacta, e apenas algumas vezes eu senti coisas que nunca conseguiria apagar da memória.

Conforme voltávamos a caminhar, havia apenas o som das botas dele e do meu robe farfalhando no piso de pedra até chegarmos a uma parede com portas duplas.

— Chegamos — anunciou Grady, baixinho. — Se alguma coisa acontecer…

— Eu grito — assegurei, embora fosse algo que eu nunca tivesse feito.

Grady se aproximou de mim, tocando meu braço.

— Tenha cuidado — sussurrou. — Por favor.

Senti um aperto no peito.

— Pode deixar. — Sorri para ele. — Vai ficar tudo bem.

Ele enrijeceu.

— Você vive dizendo isso.

— Talvez seja hora de você começar a acreditar.

— Ou *você*, não é?

Fiquei tensa. Uma mistura estranha de sensações me atingiu — confusão e uma emoção que me causava um fervor interno, fazendo com que eu me questionasse se talvez não devesse aceitar tudo isso. Se eu já sabia a resposta e minhas palavras não passavam de falsa coragem e negação. Eu me afastei dele, me sentindo mais do que um pouco inquieta, mas não era hora para introspecções profundas.

Afinal já estava um pouco nervosa. Toda vez que eu precisava fazer aquilo, ficava desse jeito. Eu gostava de pensar que qualquer um na minha situação também ficaria, porque era impossível saber o que me esperava do outro lado das paredes. Eu não perdi mais tempo, esticando a mão para as maçanetas douradas e ornamentadas. As portas estavam abertas, como esperado. Entrei na antecâmara iluminada somente por um único lampião colocado sobre um sofá baixo. As portas não fizeram barulho quando as fechei. Hesitei apenas por breves segundos ao dar uma olhada no espaço — que estava vazio, exceto pela mobília excessiva adornada com tecidos luxuosos e feitas de madeira lisa, reluzente, só que... havia uma presença ali.

Uma energia tangível recaiu sobre minha pele, lançando uma onda de arrepios pelo meu braço. Minha boca ficou seca. Eu me virei para o arco abobadado que levava aos aposentos particulares. A ansiedade me fazia apertar a faixa do robe, e avancei, embora a inquietude tivesse tomado conta mais uma vez.

Presumi que quem quer que estivesse ali estaria esperando minha companhia. Certamente Claude teria se certificado disso. Afinal de contas, as portas estavam destrancadas, mas eu não ouvi nada ao entrar no quarto escuro. Desacelerei os passos, permitindo que minha visão se ajustasse ao breu. Ao me aproximar, pude enxergar melhor que a porta que levava à sala de banho estava entreaberta. O poder também impregnava as paredes e o chão. Um calafrio percorreu minha pele. Meu coração disparou ainda mais rápido. Eu conhecia aquela sensação, e havia um cheiro específico. Um aroma florestal suave que me lembrava...

De repente, eu não conseguia mais enxergar a porta da sala de banho. O quarto fora engolido por um breu profundo, ofuscando-me a visão, e... é, aquilo não era normal. Comecei a dar um passo para trás.

Uma brisa quente tocou as beiradas do robe. Meus dedos largaram a faixa quando fiquei completamente imóvel, prendendo a respiração. Minha nuca formigava. O ar do cômodo mudou de repente, tornando-se mais denso e elétrico, semelhante ao modo como a atmosfera ficava instantes antes de um relâmpago cortar o céu.

Eu não estava sozinha naquela escuridão tremenda, sobrenatural. O fôlego em meus pulmões saiu num exalar ofegante à medida que uma consciência aguda fazia pressão em todo o lado direito do meu corpo. Era como se eu de repente estivesse perto demais de fogo. O instinto falou mais alto, mas não o que vinha das minhas habilidades — o instinto humano da pura necessidade de sobrevivência. Ele ordenou aos gritos que eu fugisse.

Meus lábios trêmulos se abriram para falar ou talvez gritar, mas antes que um único som escapasse, um braço circulou minha cintura, me puxando

contra uma parede dura de músculos. Fui levantada até que meus pés deixassem de tocar o chão — até que estivessem a *vários* centímetros do chão.

Eu não conhecia nenhum mortal que seria capaz de me levantar com
tanta facilidade, o que só podia significar que...

— Tenho duas perguntas, e é bom que cada uma delas seja respondida
com honestidade — falou uma voz grave, em uma cadência quase relaxada,
mas o tom baixo em alerta. Na mesma hora, uma mão quente e calejada
tocou a extensão de pele acima dos meus seios, me apertando contra um...
um peitoral. — O que está fazendo nos meus aposentos? — Uma respiração
esvoaçou os fios de cabelo da minha têmpora. — E por que você está tão
determinada a morrer?

CAPÍTULO TREZE

Um Súpero.

O barão tinha me mandado para os aposentos de ninguém mais, ninguém menos que um *Súpero*.

E não qualquer um. Ele.

Lorde Thorne.

Agarrei o antebraço dele. Meus dedos tocaram linho macio e impecável. Ele não me segurava da mesma maneira que Muriel tinha me agarrado, mas o pânico ainda se espalhou pelo meu ser.

— Isso não é uma resposta — repreendeu o lorde Thorne, num tom suave.

Em seguida, ele se moveu.

Em dois passos, me segurou com a bochecha contra a parede e os braços presos. A força dele era amedrontadora, fazendo com que meus batimentos ficassem frenéticos. Tentei empurrá-lo de volta para que meus pés voltassem a tocar o chão. Ele pressionou todo o peso do seu corpo enjaulando o meu.

— Sugiro que tente de novo — disse ele, com a bochecha encostada na minha. — Você está recebendo uma oferta bastante rara, muito generosa. Sugiro que não a desperdice.

— Sou eu — falei. — Nós…

— Eu sei que é você — interrompeu ele, e eu arregalei os olhos. — Mas isso não responde minhas perguntas, *na'laa*.

Levei um instante para me lembrar.

— Mandaram eu vir te encontrar.

— Quem mandou? — O braço na minha cintura se moveu, e eu senti sua mão aberta na lateral do meu corpo, os dedos pressionados no tecido fino do robe.

— O barão Huntington. Ele disse que você estaria esperando minha companhia.

O lorde Thorne ficou completamente imóvel atrás de mim. Eu não conseguia nem sentir o peito dele subindo com a respiração contra as minhas costas.

— Eu não estava esperando ninguém.

Fechei os olhos com força, de tanto ódio. *Claude, seu filho da puta.* Será que ele estava tão alterado e bêbado que não pensou nem em me alertar de que estava me mandando ao encontro de um lorde Súpero, não um chanceler? Ou ao menos avisá-lo da minha chegada? Se eu não acabasse morta, era bem provável que eu matasse Claude por isso.

A mão sobre o meu peito se moveu — a mesma que eu vira incinerar outro Súpero — e deslizou para a base da minha garganta.

— E?

Pisquei, curvando os dedos dos pés suspensos no ar.

— E... o quê?

Ele começou a passar o dedão e o dedo indicador pela lateral do meu pescoço em pinceladas quase que... *gentis.*

— E tem outra pergunta, *na'laa.*

— Não me chame assim — rebati.

— Mas é tão apropriado. Além do mais, gosto de como você fica irritada quando eu uso esse apelido — murmurou ele, o que me deixou boquiaberta. — Qual é a sua resposta à minha segunda pergunta?

Outra pergunta? O que era mesmo? *Por que você está tão determinada a morrer?* Retraí os lábios à medida que a raiva aumentava dentro de mim.

— Eu não estou determinada a morrer. — O que saiu da minha boca em seguida não foram as palavras mais inteligentes. — Mas acho que você sim.

— Eu? — Os dedos ainda se mexiam, provocando uma fricção quente que era... que de uma forma estranha e perturbadora me acalmava. — Estou curioso. Por que acha que sou eu que estou determinado a morrer?

— Sou uma das favoritas do barão — falei. — Ele não gostaria nada se você me machucasse.

O lorde Thorne ficou em silêncio pelo que pareceu uma curta eternidade, e depois riu. Ele *riu*, um som grave e rouco que reverberou no meu peito tanto quanto aquele som animalístico que ele emitira.

— Bem — disse ele, devagar, os dedos imóveis no meu pescoço. — Não é minha intenção desagradar um barão tão honrável.

Em qualquer outra circunstância, em que eu não estivesse presa ao que só podia ser pelo menos uns trinta centímetros do chão, teria sido grata pelo tom zombeteiro dele.

— Mas agora fiquei interessado. O que exatamente o barão faria? — Os dedos deixaram de tocar minha garganta e tocaram o espaço raso entre minhas clavículas. A sensação do toque dele ali e da mão logo acima do meu coração que ainda palpitava foi como um solavanco para os meus sentidos distraídos. — Se eu machucasse uma das... *favoritas* dele?

Abri a boca, mas não disse nada. *O quê* o barão poderia fazer se ele decidisse me ferir? Mesmo sendo um *caelestia*, ele não podia fazer absolutamente nada, e por isso Claude me mandar ao encontro do lorde Súpero era tão inacreditável.

— Ele... — Suspirei. — Faria bico.

Ele deu aquela risada profunda de novo, retumbando na pele das minhas costas e em toda a parte de trás do meu corpo, fazendo com que eu tensionasse os dedos dos pés ainda mais. Ele estava me segurando muito perto.

— Longe de mim provocar algo assim.

Foi então que lorde Thorne me soltou, mas o fez devagar. *Tão* devagar que chegava a doer. Escorreguei por seu corpo, que era bem grande. A despeito do meu desconforto, eu estava bastante ciente de como o robe tinha ficado grudado entre nossos corpos e... e da sensação do corpo dele. Era muita coisa. Quando meus pés enfim tocaram o chão, minhas pernas ficaram expostas até as coxas. Por sorte, o quarto ainda estava escuro, mas não tanto quanto antes.

— Nós sempre nos encontramos em situações estranhas — ressaltou ele. — Estou começando a pensar que é a força do destino.

— Destino? — Eu ri. — Você acredita em destino?

— E você não?

Como poderia, sabendo que o futuro nem sempre era garantido — que cada decisão, não importa o quanto ela parecesse pequena ou sem importância, podia acarretar um efeito dominó?

— Não.

— Interessante. — Ele afastou o braço que tocava o espaço entre meus seios, mas o que estava na minha cintura ainda me pressionava contra seu corpo.

Alguns segundos se passaram, e eu notei aquela mão se movendo em círculos pequenos sobre a faixa.

— Você... você vai me soltar?

— Não sei — disse ele, após um momento.

Encarei a parede escura.

— Não sabe?

— Gosto de sentir você encostada em mim.

Certo, aquilo... não era o que eu esperava.

— Não sei como posso te ajudar se você continuar me segurando.

O queixo dele roçou o topo da minha cabeça.

— Isso já ajuda muito.

— Não vejo como.

— Se você é uma das favoritas do barão e ele te mandou para me *ajudar* — disse ele, em tom de sarcasmo —, então sabe muito bem como está me ajudando no momento.

Mordi o lábio, de repente me dando conta de que eu estava numa encrenca muito, muito grande, e eu não achava que a Madrugada Adentro ia fazer muita coisa para me ajudar a sair dela. O alucinógeno funcionaria com um *caelestia*, mas eu não fazia ideia se surtiria efeito no lorde. Naomi nunca o havia usado com um Súpero. Ela nunca quis. Ainda assim, tentar drogar o lorde Thorne era um risco enorme. Se não funcionasse e ele de alguma maneira percebesse o que eu tinha tentado fazer, eu não teria mais que me preocupar em voltar às ruas com Grady. Porque eu estaria morta.

E não era só isso, eu nem sabia se minhas habilidades funcionavam nos Súperos. Eu não tinha tentado lê-lo na outra noite, e na primeira noite não senti nada, mas no momento eu estava distraída. Tentei aquietar meus pensamentos e desanuviar a mente. Procurei a mão dele na escuridão — minha mente era um campo aberto e livre.

E eu vi… nada além de branco.

E não ouvi nada além de estática.

Mas senti um alívio — uma explosão do meu próprio *alívio*, porque eu estava mesmo começando a achar que podia tocá-lo sem ser bombardeada por pensamentos. Abri os dedos sobre o topo da mão dele, seguindo as extensões de ossos e tendões. Era… era ruim e bom ao mesmo tempo — só que a parte boa durou muito pouco.

Nós de inquietação se formaram na minha barriga. Talvez eu precisasse tentar mais. Ou talvez fosse porque eu não estava olhando para ele. Deslizei os dedos pelos nós dos dele. A mão estava imóvel sob a minha. A pele… era muito dura. Eu sabia que não seria como a de um mortal, porque a carne dos Súperos era diferente. Era por isso que a maioria das armas não a penetravam, mas eu não esperava que ela fosse tão rígida e lisa. Será que era daquele jeito em todo o corpo dele? Tipo, *todo* o corpo d…

— Eu te machuquei? — perguntou o lorde Thorne.

— O quê? — Tirei minha mão da dele.

— Eu te machuquei agora? Fui agressivo com você.

Eu já tinha ouvido aquela pergunta depois de ele ter me atacado no celeiro, mas me pegou de surpresa mais uma vez.

— Você só me assustou — respondi com a verdade. — Se você sabia que era eu, por que me prendeu? Ou sempre prende as mulheres que entram nos seus aposentos?

Ele desdenhou.

— Até um tempo atrás, eu apreciava muito receber mulheres bonitas e de pele macia nos meus aposentos, fossem elas esperadas ou não, mas isso foi antes de mais de uma delas ter posse de uma lâmina de *lunea* e entrar nos meus aposentos com a intenção de colher meu sangue para enriquecer.

Depois do que ele tinha passado recentemente, eu acho que também reagiria daquela maneira num primeiro momento e sanaria minhas dúvidas depois.

— A essa altura do campeonato, você já deve ter entendido que eu não tenho interesse algum no seu sangue, nos seus membros, ou…

— No meu gozo? — perguntou o lorde Thorne. — Acho que você mudou de ideia desde a primeira vez que tocamos no assunto.

Fechei os olhos por um instante.

— Está pronto para me soltar para eu poder servi-lo melhor? — perguntei. — E talvez acender uma luz?

O queixo dele roçou o topo da minha cabeça mais uma vez.

— Acho que estou pronto para os seus serviços.

Eu não sabia com o que devia me preocupar mais naquela situação: que os braços dele ainda estivessem ao redor da minha cintura ou com o fato de que fizera o termo "serviços" soar como a palavra mais maliciosa e decadente do mundo.

Os lábios dele tocaram minha têmpora, e arfei em resposta.

— Só para colocar as cartas na mesa, *na'laa*, confio no seu barão menos do que confio nos que criaram os *nix*. Não importa quanto você já tenha me ajudado, se tentar alguma gracinha, não vou hesitar em reagir. — Ele firmou o braço ao meu redor. — Estamos entendidos?

CAPÍTULO CATORZE

Minha pele tinha ficado gelada quando me lembrei da bolsinha que eu carregava. Aquele era o tipo de lorde Súpero que eu esperava. Frio. Mortal. Não provocador e risonho, alegando ser um protetor. Era um bom lembrete do tipo de coisa com que eu estava lidando.

— Estamos.

— É um alívio ouvir isso. — A boca do lorde roçou minha têmpora de novo. — Eu odiaria ter que colocar um fim a sua vida quando você tem sido tão… cativante.

Do jeito que ele falava, parecia que aquilo era uma surpresa tanto para ele quanto para mim. Eu não sabia se gostava da ideia de cativar alguém, muito menos um Súpero que havia ameaçado minha vida.

— Acho que você confundiu se sentir cativado com se divertir me irritando.

— Quem sabe — ressaltou ele. — Eu sinto mesmo prazer nisso. — Ele ficou em silêncio por um momento. — *Na'laa*.

Suspirei.

O lorde Thorne enfim me soltou, e a liberdade repentina me fez cambalear. As mãos dele se curvaram brevemente sobre a parte de cima dos meus braços, me ajudando a recuperar o equilíbrio. Quando ele soltou, eu estava esperando, mas ainda sentia o… o calor dele atrás de mim conforme as luzes da parede foram acesas, uma de cada lado do umbral da porta e uma próxima à sala de banho.

Ele havia feito aquilo sem se mexer, usando o ar que respirávamos para pressionar um interruptor na parede a vários metros de distância.

Dei uma respiração curta. Apesar de saber que ele era um lorde Súpero e já ter visto o que ele era capaz de fazer, seu poder ainda era tão chocante quanto a ideia de Claude esperar que eu conseguisse informações — que eu as arrancasse de um ser tão poderoso com manipulações.

O pânico ameaçou fincar raízes em mim e se espalhar, mas eu não podia permitir que isso acontecesse. Eu precisava me recompor. Não era só a minha vida que estava em jogo.

Após um momento para acalmar meu coração e minha mente, botei um sorriso no rosto.

— Que bom que eu não consigo acender as luzes sem tocá-las — falei, virando-me. — Eu nunca mais levan...

Faltaram-me palavras quando meu olhar subiu pelas pernas esguias e os quadris fortes cobertos por couro marrom-escuro, e a túnica escura folgada e o couro do talabarte que cruzava o peitoral largo que eu já vira. Uma adaga que eu não havia sentido estava embainhada e presa. Enfim vê-lo à luz do quarto, sob a qual era possível enxergá-lo melhor, me deixou inquieta.

— Você está encarando. — Um lado dos lábios cheios se ergueu enquanto ele andava em direção a uma mesa estreita próxima à entrada do aposento.

Ciente de que minhas bochechas esquentaram, disse a mim mesma para me recompor.

— Você é... bonito de se olhar, como bem deve saber.

— Sei, sim — afirmou ele, sem um pingo de arrogância. Era apenas uma declaração da verdade. Ele retirou a adaga do talabarte e depois mais uma de uma bainha acima do quadril. Tive o vislumbre de lâminas brancas feito leite antes de ele colocar as armas sobre a mesa. Eram lâminas de *lunea*.

— Não é o único motivo pelo qual eu estava te encarando — admiti após um instante. — Eu estava... preocupada com você.

Ele ergueu uma sobrancelha ao parar as mãos do outro lado da cintura.

— Por que motivo?

— Ouvi dizer que houve uma batalha violenta nos jardins na vez em que te vi. Os *ni'meres*. — Eu o observei tirar mais uma lâmina do quadril. — Alguns guardas foram mortos.

— A morte deles foi um infortúnio. Uma perda tremenda que não devia ter acontecido — disse ele, parecendo falar sério. — Mas eu não fui ferido. — Uma pausa. — E eu também não chamaria aquilo de batalha, *na'laa*.

— Então do que chamaria?

— De inconveniência.

Eu o fitei, pensando que algo que tinha acabado com partes de corpos espalhadas pelo jardim não podia ser considerado somente uma inconveniência. Por outro lado, o que eu pensava não tinha importância alguma. Eu me concentrei nele, abrindo meus sentidos. Imaginei o fio que nos ligava e perguntei:

— Por que... por que eles apareceram? Foi por causa dos outros dois Súperos?

Nada.

Nada além do zunido da parede branca.

Ele me observou por um momento.

— O que sabe a respeito dos *ni'meres, na'laa*?

O apelido que ele tinha me dado cortou a conexão. A única informação que colhi foi que ele parecia não saber das minhas intenções.

— Bem pouco. Para ser sincera, não sabia que havia *ni'meres* em Primvera. Tudo que sabia era que eles costumavam deixar as pessoas em paz contanto que não chegassem perto do ninho.

— É verdade, mas também podem servir como guardas dos Súperos e até devotar lealdade a alguns, o que parece ter sido o caso de Nathaniel ou Muriel.

— Os *ni'meres* então viajaram com eles, ou…?

— Os dois eram de Primvera — respondeu ele, franzindo o cenho.

Meu estômago revirou um pouco. O lorde Thorne havia matado dois Súperos e provavelmente muitos *ni'meres* da Corte que podia ser vista de algumas partes da propriedade do solar.

— Imagino que o príncipe Rainer não goste nada disso.

— Na verdade, acho que vai ser o oposto. — Ele continuou antes que eu pudesse perguntar o motivo. — Então, seu barão não te disse no quarto de quem você entraria?

A mudança de assunto não só não me passou despercebida como também me irritou ainda mais à medida que percebi que meus sentidos não serviriam de nada.

— Não.

Por um momento, fiquei distraída vendo-o puxar outra adaga presa à cintura. Meus lábios se abriram quando ele levou a mão para trás, pegando uma… uma espada de aço com cabo de prata, do tipo com uma curva leve na lâmina que geralmente era usada por oficiais que patrulhavam a Estrada de Ossos que perpassava todos os cinco territórios.

— Você tem sorte, sabia?

O lorde Thorne se inclinou, os dedos longos indo até as alças no cano da bota que eu não tinha notado. Ele puxou mais uma adaga, jogando-a sobre a mesa. Ela bateu com força, balançando as demais.

— Eu… eu tenho?

— Sim. — Ele foi para a outra bota, e soltou mais uma adaga embainhada. — Você tem sorte de meus homens estarem aqui quando você entrou. Você nunca teria chegado aqui.

Olhei para a antecâmara.

— Eles não estão mais aqui. Chegaram por volta da hora que te prendi na parede — contou ele, e voltei a encará-lo. Eu não tinha visto nada. — Agora já foram. Estamos a sós.

— Ah, sim. — Foi tudo o que consegui dizer ao vê-lo enfiar a mão pela manga do braço esquerdo, revelando outra bainha no topo do antebraço. — Quantas armas você tem aí?

— O suficiente — ressaltou ele, colocando a lâmina, que era menor do que as demais, sobre a mesa.

— Mas por quê? Você é um lorde. Você pode... — Eu me detive de falar o que ele obviamente já sabia. — Por que você precisa de tantas armas?

Ele riu baixinho.

— O que foi? — perguntei. — Qual é a graça?

— Uma pergunta melhor seria como fui tolo o bastante para não perceber que eu tinha sido drogado e empalado à mesa de um celeiro imundo.

Calei a boca.

Um sorriso sem humor surgiu em seu rosto quando ele foi para a cama, sentando-se na beirada.

— Não existe ser algum tão poderoso que não pode ser fraco. Nem mesmo um lorde, um príncipe, ou um rei.

— Certo. — Refleti sobre o que ele tinha dito. — Você não pode só fazer aquela coisa do fogo com a mão de novo? — perguntei, e imediatamente percebi que era o tipo de pergunta que eu nunca pensei que faria.

— A coisa do fogo com a mão? — Ele riu, me observando ao se abaixar para tocar as botas de novo, sem romper o contato visual em momento algum. Ele não tinha tirado os olhos de mim nem mesmo ao desmontar seu pequeno arsenal portátil. — Eu podia invocar o elemento do fogo, mas para isso precisaria de *divus*.

— *Divus*? — Franzi o nariz. — Isso é... enoquiano? O que significa?

— Pode ser traduzido como "energia", e energia gasta deve ser reposta — explicou ele, e me pareceu lógico que falava sobre alimentação. — Além do mais, só serviria para matar alguém menos poderoso do que quem invocou o elemento.

O que significava que não seria tão letal contra outro lorde.

— As armas mortais não são necessárias — continuou. — Mas às vezes é mais interessante jogar limpo quando se trata de mortais.

— Em vez de esmagar a garganta deles?

— Isso também é interessante.

Ele se endireitou, enfim descalço.

Nervosa, umedeci os lábios...

O olhar do lorde Thorne se concentrou na minha boca. Estrelas brancas brilharam em suas pupilas, e assim como as lebres do jardim quando eu chegava perto demais, fiquei paralisada. O olhar dele era... intenso e... e *quente*. Senti um rubor subir pelo meu pescoço. Nunca haviam olhado assim para mim antes, nem mesmo por quem acreditava que estava a segundos de juntar o corpo ao meu.

Ele avançou na minha direção a passos lentos e calculados. Precisos de um jeito inquietante. Um arrepio percorreu minha espinha. Senti o olhar dele descendo pelo meu corpo. A faixa na minha cintura afrouxara durante nosso contato ou talvez quando ele passara os dedos sobre ela, abaixando e aprofundando mais ainda o decote do robe. O volume oculto dos meus seios estava nitidamente visível, incluindo o tom mais escuro dos mamilos. Devagar, ele voltou a olhar para mim. O azul de suas íris assumiu um tom verde.

— Quando você disse que o solar era sua casa, imaginei que fosse membro da aristo — ressaltou.

Debochei.

— Por que pensaria isso?

— Suas roupas. Nas duas vezes em que te vi, você estava vestindo o tipo de tecido claro com o qual um membro de uma classe menos afortunada não gastaria.

— Nisso você está certo — falei. — Mas não sou aristo.

— Entendi. — Ele inclinou a cabeça ao analisar meu rosto. — E também entendo por que você é uma das favoritas do barão. Você é muito... interessante.

Fiz uma careta.

— Era para isso ser um elogio?

— Era minha intenção — disse ele. — Nunca conheci uma mortal tão interessante e cativante. — Ele inclinou a cabeça de novo. — Ou divertida.

Arqueei as sobrancelhas.

— Então acho que não conheceu muitos ínferos.

— Conheci até demais — respondeu ele ao ir até o gabinete próximo à janela.

Eu me perguntei quantos anos ele devia ter. Não parecia ser mais do que uma década mais velho que eu, se tanto, mas os Súperos não envelheciam como os ínferos, e havia certo peso em suas palavras — o peso da experiência.

— Então... você acha ínferos entediantes? — perguntei.

— Não foi o que eu disse. — Ele pegou um decantador e se serviu com um líquido âmbar. — Está servida também?

Balancei a cabeça.

Ele pegou o copo dele.

— Acho admiráveis os instintos naturais de sobrevivência da sua espécie perante chances improváveis. Para ser sincero, fico fascinado com o modo como cada segundo de cada minuto tem um valor que jamais teria para um dos meus. A vida é um tanto tediosa para um Súpero. Duvido que o mesmo possa ser dito sobre um mortal. — Virando-se na minha direção, o lorde Thorne deu um gole. — Mas ninguém nunca me interessou para além de uma fascinação passageira.

Eu não sabia o que responder àquilo enquanto permitia que meus sentidos o alcançassem de novo, sem encontrar nada além do zunido na parede branca. E se minhas habilidades não funcionassem em um Súpero?

Ele me observou de cima da borda do copo.

— Percebi que não sei seu nome.

— Lis.

— É um apelido?

Não sei por quê, mas concordei com a cabeça.

— Calista.

— *Calista* — murmurou ele.

Minha respiração vacilou ao ouvir meu nome — possivelmente porque era raro ouvi-lo, tendo em vista que apenas Grady o conhecia, mas a maneira como ele o disse... Ele enrolou a língua para pronunciá-lo de um modo que eu nunca havia escutado antes.

O lorde deu mais um gole.

— É apropriado também.

— Ah, é? — murmurei, decididamente confusa pelo fato de ter compartilhado aquela informação; algo que eu guardava apenas para mim porque era a única coisa que era verdadeiramente minha, por mais bobo que isso parecesse.

— Sim. Sabe o que significa?

— O nome tem um significado?

— Todos têm. — Um sorriso leve apareceu. — Calista significa "a mais linda".

O calor subiu pelo meu pescoço de novo.

— Ah...

Ele inclinou a cabeça, terminou de beber o uísque e abaixou o copo.

— Eu gostaria de tomar um banho, levando em conta que tenho tantas lembranças... gostosas de como nos conhecemos.

Exceto que não tinha sido daquele jeito que nos conhecemos. Não exatamente.

— O...k?

Um sorrisinho surgiu no rosto do lorde.

— Você foi enviada aqui para me servir, certo? — Ele se virou para mim por completo — Preparar meu banho não seria parte do serviço?

Sim. Sim, seria, e eu me senti estúpida por não ter percebido logo de cara. Abri a boca quando ele levou as mãos para trás, pegando a gola de linho. O que quer que eu fosse dizer morreu na ponta da língua quando ele puxou a camisa pela cabeça e a jogou para o lado.

Inspirei baixinho ao observar o peitoral dele, os gominhos de músculos esculpidos no abdômen e a cintura estreita acima do cós da calça. Não tinha nem mesmo uma leve cicatriz onde as estacas de *lunea* haviam furado a pele — muito pelo contrário, o poder vibrava de cada centímetro de músculo. Energia cobria aquelas linhas definidas.

— Ou podemos pular o banho e ir direto para os tipos mais agradáveis de ajuda, se preferir — ofereceu o lorde Thorne, fazendo com que eu olhasse para ele atônita. — Eu não me importaria.

Girei o corpo, indo apressada à sala de banho sem dizer mais nem uma palavra.

O riso baixo e rouco dele seguiu.

Pelo amor dos deuses, que tipo de cortesã saía correndo à mera sugestão de sexo? E era óbvio que era o que ele pensava de mim. Afinal de contas, era como eu me apresentava a todos os alvos de Claude, mas eu estava agindo como uma virgem tímida.

Qual era o meu problema? Não era como se eu nunca o tivesse visto nu. Era só que... as circunstâncias eram diferentes agora.

Amaldiçoei minha própria reação e, bem, todo o resto, e levantei a mão para acender uma luz, mas descobri que não havia interruptores ali. Apressada, comecei a acender inúmeras velas sobre os ressaltos de pedra ao redor da sala em formato oval. Fui até a banheira funda e larga do centro desejando que minhas mãos parassem de tremer. Abri o registro até que a água jorrasse para dentro da banheira de porcelana, usando aqueles momentos para me recompor.

Quem o lorde era para mim — não que ele fosse alguém para mim — não importava. Nem o fato de que ainda não tinha me reconhecido. Nem que ele era... uma bela visão, mas isso era algo pequeno, certo? Ou... grande. A única coisa que importava era que eu precisava me manter sã, encontrar algum nível de calmaria. Me concentrar. Ou Claude estava chapado demais para considerar que minhas habilidades podiam não funcionar num Súpero ou ele obviamente acreditava que seu plano daria certo, e talvez ele soubesse mais a respeito das minhas habilidades do que eu, considerando que ele era descendente de Súperos, mas...

Mas isso também não significaria que ele conhecia mais alguém que podia fazer o mesmo que eu? E eu tinha certeza de que esse não era o caso.

Não importava qual fosse a verdade, eu precisava que minha intuição funcionasse, tinha que continuar me provando indispensável ao barão. Que me manter confortável era uma prioridade, do contrário...

O medo onipresente de voltar àquele tipo de vida desesperadora ameaçou se alojar no meu peito, mas eu o rejeitei. Ceder a ele não adiantaria em nada. Mudei meu foco. Havia uma... uma sensação de que eu podia acessar a mente de um Súpero. Um conhecimento que eu não sabia de onde vinha, mas que estava lá mesmo assim. Era minha intuição dizendo que eu era capaz. Eu só precisava descobrir como.

No entanto, eu já sabia que o lorde havia se conectado a mim. Que ele tinha ido a Archwood porque estivera procurando algo que acreditava que Muriel sabia localizar. No entanto, eu não tinha certeza se era o mesmo motivo por que ele estava ali, no solar. Era isso que eu precisava descobrir.

Ao checar a temperatura da água, torci para que o lorde Thorne gostasse dela morna ao fechar a torneira. Levantei-me para pegar uma toalha e a coloquei num banquinho próximo ao anunciar:

— Seu banho está pronto, milorde.

— Thorne — corrigiu ele.

Levei um susto ao perceber o quanto sua voz estava próxima. Não entrava na minha cabeça como alguém do tamanho dele conseguia se mover sem emitir som algum. Ao pegar uma toalha macia, virei e quase a derrubei.

Uma sensação estranha de *déjà vu* me dominou. Mais uma vez, o lorde Thorne estava no umbral da porta, completa e nitidamente nu, e eu estava perplexa com a visão de pele branca macia e músculos rígidos ao abaixar o olhar para seu membro. Minha respiração vacilou. Ele era grosso e grande, e nem estava totalmente excitado. Eu não fazia ideia de como alguém conseguiria aguent...

Certo. Eu precisava parar de pensar. E de encarar. Talvez até de respirar. Talvez morrer fosse uma boa escolha no momento.

— Se ficar me olhando assim, não vai ser de um banho que vou precisar.

O calor se espalhou por minhas bochechas ao me obrigar a olhar para ele, esperando que, à luz de velas, ele não pudesse ver o quanto eu estava corada. Eu não achava que era de praxe cortesãs ficarem vermelhas ao ver um homem nu.

Se bem que...

Olhei rapidamente para o membro rijo entre as pernas dele e decidi que talvez até Naomi corasse ao ver aquilo.

— Tem certeza de que é o que deseja?

Olhei para ele ao tomar um fôlego trêmulo.

— Como é?

— Me servir? — especificou o lorde Thorne. — Quando não estou machucado?

— Sim. — Coloquei um sorriso no rosto. — É claro.

— E entende o que isso significa? Que vou buscar prazer e me alimentar disso?

O modo como ele falou fez a situação toda parecer um acordo de negócios, e talvez fosse mesmo a maneira mais apropriada de encará-la. Afinal, não era isso mesmo? Entretanto, não foi o que pareceu quando concordei com a cabeça.

Ele me observou por um longo tempo com o olhar penetrante, como se pudesse ver minhas verdadeiras intenções — que eu escondia por trás da pose parcialmente fabricada. Meu coração batia tão forte que eu tinha certeza de que ele era capaz de ouvir. Não ousei desviar o olhar ou deixar meu sorriso vacilar — eu não queria transparecer o quanto eu estava nervosa.

Ele avançou, completamente confortável com o fato de que nem um centímetro de roupa cobria seu corpo. Trocamos outro olhar breve e ele entrou na banheira e se abaixou na água, proporcionando uma bela visão de um traseiro bastante firme.

A bunda dele era mesmo extraordinária.

O lorde Thorne fez um som de prazer, e eu abaixei o olhar. Ele tinha apoiado a cabeça na borda da banheira. Como estava de olhos fechados, eu me permiti contemplar as feições elegantes de seu rosto e a exposição de seu corpo. Era uma baita injustiça que algum ser pudesse ser tão… tão decadente quanto o meu… *Não*. Que inferno, ele não era nada meu. Eu precisava *mesmo* parar com aquela ladainha.

Depois de recuperar o foco, dei uma olhada ao redor do cômodo e encontrei o sabonete.

— Quer que eu te lave?

— Me daria muito prazer se você o fizesse.

Coloquei a toalha de volta no banquinho.

— E sei que você também terá o prazer de fazê-lo — acrescentou.

Era verdade, e o fato de que ele se lembrava me irritou — e também me deixou empolgada. Fui até uma das várias prateleiras e peguei o sabonete que tinha um leve cheiro de capim-limão. Ao me virar, vi que os olhos dele estavam semicerrados e que os braços estavam esticados na beirada da banheira. Ele me observou retornar até ele com cautela. Dava para sentir uma… uma tensão farfalhando entre nós dois, elétrica e viva. Uma onda de agitação e… e algo mais surgiu no meu peito e se espalhou para baixo no meu corpo.

— A água está do seu agrado? — Eu me ajoelhei no chão de mármore atrás da banheira.

— Muito — respondeu ele, e a onda se moveu de novo ao ouvir aquela palavra.

Coloquei o sabonete no suporte ao meu lado. Levei as mãos ensaboadas ao braço dele.

Ele deu um solavanco quando minhas mãos o tocaram, como fizera no chuveiro daquela vez. Talvez tenha sido eu. Ou nós dois. Eu não sabia ao certo enquanto ele levantava o braço para mim, e o toquei de novo, torcendo para que ele não percebesse o leve tremor das minhas mãos.

Silenciar meus pensamentos era mais difícil do que antes, mas eu dei conta disso. Assim como das outras vezes, eu… eu não ouvi nenhum de seus pensamentos. Havia uma boa chance de eu estar simplesmente distraída demais pela pele dele ser tão rígida e lisa. Quase como granito. Será que o corpo todo dele…

Não.

Eu não ia deixar minha mente vagar de volta àquele lugar.

— Me conte algo sobre você — pediu o lorde Thorne, a rouquidão de sua voz me fazendo tirar os olhos do braço dele. Ele ainda estava com a cabeça tombada à beirada, de olhos fechados.

— Tipo o quê? — perguntei.

— Qualquer coisa — respondeu ele. — O silêncio faz minha mente imaginar como seria ter suas mãos no meu pau.

Minhas mãos ficaram paralisadas no ombro dele por meio instante quando uma sensação aguda e repentina reverberou dentro de mim. Um tanto ofegante, voltei a lavar o braço forte dele.

— É o tipo de coisa que você quer impedir que sua mente imagine?

Os cantos da boca do lorde se curvaram para cima.

— Geralmente não, mas descobri que gosto de quando você me dá banho, e não quero apressar esse processo.

Sentindo minha pele ruborizar com um calor que vinha de dentro, levei as mãos aos ombros dele e depois desci para um lado do peitoral.

— Não sei o que dizer, milorde.

— Nossos caminhos já se cruzaram três vezes — falou ele, e eu o corrigi mentalmente. Quatro. Nossos caminhos haviam se cruzado quatro vezes. — No entanto, sei pouquíssimo a seu respeito. Pode começar com algo simples. Como por exemplo: você é de Archwood?

— Não.

Meus dedos escorregaram para a pele dura feito pedra abaixo do peito.

— De algum lugar nas Terras Médias?

Eu considerei mentir, mas decidi que era melhor não ao ensaboar minhas mãos de novo.

— Sou do sul.

— Das Terras Baixas?

— Por ali. — Era uma mentira, de certo modo. A Cidade da União ficava na fronteira das Terras Baixas e das Médias. Mordi o lábio inferior. — De onde você é?

— De Vytrus.

Meu coração vacilou. Vytrus era a Corte Súpera que ficava no interior das Terras Altivas, o território ao extremo norte de Caelum e absurdamente longe das Terras Médias e, no entanto, todos já tínhamos ouvido falar do Príncipe de Vytrus. Diziam que ele era o Súpero mais perigoso, imprevisível e volátil como as terras que protegia, e que ele era a mão que impunha a fúria do rei, que o tinha como...

Sou um dos favoritos do rei, caso tenha se esquecido.

Puxei o fôlego, mas o ar não chegou aos meus pulmões enquanto eu encarava a nuca dele enquanto uma descoberta fez meu corpo todo reagir.

— Por acaso — sussurrei —, qual o nome do Príncipe de Vytrus?

Ele virou um pouco a cabeça. Um instante de silêncio se passou.

— Você já sabe.

CAPÍTULO QUINZE

Um leve tremor percorreu meus braços.

— Você não é um lorde.

— Não, não sou.

Com o coração disparado, tirei minhas mãos dele como se sua pele tivesse me queimado enquanto pensamentos caóticos colidiam na minha mente. Eu estivera tocando um príncipe Súpero. *O Príncipe de Vytrus era o meu* Súpero. A criatura perigosa e mortal que eu tinha salvado e em quem eu estava *dando banho* era um príncipe. Ai, meus deuses, Finn e aqueles outros tolos haviam torturado e tirado o sangue de um príncipe, quase…

— Finalmente — murmurou ele… o príncipe Thorne.

Tive um sobressalto.

— Finalmente o quê?

Ele olhou para a frente. Outro momento se passou.

— Você está com medo.

Pisquei várias vezes. Eu estava? Quem não estaria naquela situação, mas…

— Você me fez acreditar que era um lorde.

— Sim. — Os ombros dele tensionaram. — É por isso que está com medo agora? Porque sabe quem sou de verdade?

— Eu… eu estou um pouco atordoada. Você é um príncipe e tem uma baita…

— Reputação? — concluiu ele por mim.

— Sim.

Ele tamborilou os dedos na borda da banheira.

— Não devia acreditar em tudo o que ouve por aí, *na'laa*.

— Claro — respondi. — Quer dizer, você pode arrancar a alma de um ínfero.

— Só porque tenho a capacidade de fazer isso, não significa que eu já tenha feito.

Arqueei as sobrancelhas.

— Você nunca criou um Rae?

— Já faz muito tempo desde a última vez.

Franzi o cenho para a nuca do príncipe. Ele tinha falado de um jeito que...

— Quantos anos você tem, exatamente?

Ele riu.

— Mais do que aparento. E sou mais jovem do que você deve estar imaginando.

Bem, aquilo também era bastante vago, mas quando a ficha perante a real identidade dele caiu e meu coração se acalmou, percebi que eu... não estava com medo dele. Eu estava com mais medo do *quê* ele era e do *porquê* estava ali. O rei não teria mandado o Príncipe de Vytrus para coletar dízimos. Ele tinha ido a Archwood por outro motivo, que eu não sabia se tinha a ver com a informação que ele tentara arrancar de Muriel. Meu coração voltou a martelar. Quando o Príncipe de Vytrus agia em nome do rei Euros, quase sempre era uma tarefa baseada em violência e destruição.

Senti minha garganta ficando seca e me forcei a me recompor. Voltei a ajudá-lo, levemente arrepiada quando minhas mãos o tocaram de novo.

— Por que já faz tempo que você não cria um Rae?

— Porque... me parece injusto fazer isso com uma alma.

Eu não sabia como responder àquilo. Não era justo mesmo. Para ser sincera, era perturbador, mas eu não esperava que um Súpero pensasse assim, muito menos um príncipe.

— Fico aliviada em saber.

Ele não disse nada.

Observei a linha tensa do ombro e dos braços dele e decidi mudar de assunto.

— Você está muito longe de casa.

— Estou.

Abri minha mente para me conectar com a dele e me deparei com aquela mesma parede branca. Era como colocar minha cara no sol num dia quente de verão.

— A informação que você tentou arrancar de Muriel... é por isso que está aqui?

Aquela parede — um escudo, de certo modo — manteve a mente dele silenciosa quando ele respondeu:

— Em partes.

— Parece... misterioso.

Um lado dos lábios dele se curvou para cima.

— Ah, é?

— Sim — murmurei. Será que ele sentia meu coração batendo contra os ombros dele quando me inclinei para mais perto? — Sua aparência também é misteriosa.

— De que maneira?

— É curioso que, mesmo que estejamos tão próximos de Primvera, você simplesmente tenha solicitado alojamento aqui — ressaltei.

— É curioso mesmo — admitiu ele. — No entanto, minhas necessidades são mais bem atendidas fora das Cortes.

Franzi o cenho. A que necessidades ele se referia? Todas as respostas vagas que eu recebia dele só me levavam a mais perguntas. Cheguei mais perto, mordendo o lábio ao passar as mãos pela pele rígida.

— Agora fiquei me perguntando, meu... — Eu me detive. — Me surgiu uma dúvida, Vossa Alteza.

— Thorne — corrigiu ele. — E aposto que sim.

Arqueei uma sobrancelha ao ouvir aquilo.

— Quais necessidades do senhor não poderiam ser atendidas em Primvera?

— No momento? Eu não teria suas mãos no meu corpo se estivesse lá, teria?

— Como eu disse antes, me bajular não é necessário.

— Mas te agrada?

Dei um sorriso.

— Sempre.

Ele deu uma risada rouca.

— Como veio parar aqui? — perguntou ele.

Olhei para ele, observando a sombra dos cílios grossos nas bochechas. As mangas do robe emprestado flutuavam na água enquanto eu passava as mãos cheias de espuma na barriga dele. Os músculos eram mais rijos ali, como se ele os tivesse tensionado.

— Archwood pareceu ser um lugar tão bom quanto qualquer outro.

— Não quis dizer a cidade — explicou. — Aqui, neste solar e nesta câmara, uma... favorita de um *caelestia*.

Dei uma respiração curta. Ele queria saber como eu tinha virado cortesã, o que eu não era. Nenhuma das amantes era, mas eu tinha certeza de que os motivos para escolher aquela profissão eram diversos, então optei por uma resposta simples:

— Eu precisava de trabalho.

— E isso foi tudo que estava disponível para você? — Ele fez uma pausa. — Foi o que você escolheu?

A raiva queimou minha garganta conforme semicerrei os olhos para ele. Ele estava mesmo menosprezando a profissão? A irritação tomou conta, e quer eu fosse cortesã ou não, a ideia de que ele fazia pouco caso do ofício provocou meu temperamento. Comecei a levantar as mãos.

— Tem algo errado em escolher fazer isso?

A mão dele se moveu com mais rapidez do que eu podia assimilar, cobrindo a minha e a levando ao peito dele. Meus batimentos vacilaram ao sentir a mão dele na minha e não ouvir pensamento nem imagem algum. Ele tombou a cabeça para trás, encontrando meu olhar.

— Se eu achasse que tem algo de errado com isso, não estaria onde estou, nem você.

Assenti, vendo as pupilas dele dilatarem e depois voltarem ao tamanho normal.

O príncipe sustentou meu olhar.

— Só perguntei por causa da maneira como você fala. Seu dialeto e as palavras que usa. Não é o que se costuma ouvir de alguém que não faz parte da classe aristo — comentou. — Ou de alguém do... seu ramo. Você teve instrução.

Eu tive mesmo. Mais ou menos. Não era o tipo de educação formal como a que Grady recebeu antes que os pais morressem de febre, deixando-o órfão. Também não foi o tipo de instrução sancionada pelos Súperos, mas a prioresa me ensinou a ler e a escrever, além de matemática básica, e o barão insistia que eu falasse de forma adequada.

Naomi também falava de maneira adequada... exceto quando estava brava. Eu e Grady também éramos assim. Em situações que nos tiravam do eixo, adotávamos um vocabulário menos formal.

— Minha instrução e o jeito como falo não me fazem melhor do que ninguém, nem menos do que uma aristo — falei.

Ele desdenhou.

— Que coisa inusitada para uma mortal dizer.

Fiz cara feia.

— E o que isso significa?

— Pela minha experiência, os mortais parecem estar mais preocupados com quem é melhor e quem é inferior.

— E os Súperos por acaso são diferentes, *Vossa Alteza*?

Ele fez uma careta com a ênfase ao título.

— No passado, sim.

Foi minha vez de fazer um som de deboche.

— Não acredita em mim?

Dei de ombros, achando que era uma ideia ridícula, considerando que foram eles que criaram a estrutura de classes.

— Você sabe que os Súperos não podem mentir.

Um sorriso brincalhão surgiu nos lábios dele.

— Fiquei sabendo.

Ele riu, soltando minha mão ao voltar a olhar para a frente. Permaneci do mesmo jeito por um longo tempo, com a palma ainda aberta sobre o peito dele, onde o coração devia estar, mas eu... eu não senti nada.

Franzi o cenho.

— Você... você tem coração?

— O quê? — Ele riu. — Sim.

— Mas não o sinto — falei, um pouco desconcertada. — É porque sua pele é tão... tão dura?

— Não é isso — disse ele. — Meu coração não bate há um bom tempo, não como seria para um mortal.

Abri a boca, mas eu não sabia como responder àquilo — ao lembrete de como éramos diferentes. Tomei fôlego devagar, balancei a cabeça e tirei a mão do peitoral dele. Eu não sabia por que falei o que eu disse em seguida. As palavras meio que apenas saíram.

— Não quero passar o resto da vida assim — compartilhei e, pelos deuses, como aquilo era verdade. — Este não é o futuro que planejei quando era criança.

O dedo da mão direita dele voltou a tamborilar na beirada.

— Qual foi o futuro que você planejou?

— Eu... — Eu precisava pensar melhor. — Não sei — admiti, minha voz soando baixa aos meus próprios ouvidos.

— Você disse que tinha um plano, *na'laa*.

Franzi o cenho outra vez e balancei a cabeça. Não fazia ideia de por que eu tinha dito aquilo. Eu não tinha futuro nenhum planejado para além daquele dia, daquela noite. Não tinha como, quando viver para mim só significava sobreviver ao dia seguinte ou me corroer com medo do que estava por vir. Não era uma vida digna de se levar, mas era a única vida que eu conhecia —

bem como a maioria esmagadora dos ínferos, mesmo os que não estivessem na mesma situação que eu.

Os Súperos, por outro lado — especialmente os semelhantes ao príncipe Thorne — não viviam daquela maneira. Eu sabia disso porque, apesar de nunca ter entrado em suas cortes, eu via os telhados dourados escondidos atrás das muralhas fortificadas. Eu já tinha visto de longe suas roupas de alfaiataria ostensivas, os cavalos bem-criados e as carruagens construídas à maestria. Nunca fiquei sabendo de um Súpero passando fome ou visto algum que tivesse sombras de preocupação castigando a pele sob os olhos. Pior, não era o tipo de coisa que se via nem no rosto de um *caelestia*. Eu duvidava que algum deles soubesse como era dormir com ratos passando por cima de você durante a noite ou já tivesse se visto à beira da morte por causa de alguma doença contraída devido a condições de vida precárias.

Só que nada daquilo importava naquele momento… nem nunca, pelo visto, então eu ignorei os pensamentos e ensaboei as mãos de novo.

— Gosto de plantas.

Ele inclinou a cabeça.

— Como é?

Estremeci, pensando que podia ter falado aquilo de maneira um pouco mais eloquente.

— Quer dizer, sempre tive interesse por plantas. Jardinagem. Eu meio que levo jeito para a coisa e tenho conhecimento básico de como muitas plantas podem ser usadas para a saúde. Sei que botânica não é uma carreira lá muito lucrativa — balbuciei. — Mas seria um plano.

— Se é algo de que você gosta, então é lucrativo de um modo que significa mais do que numo.

Disse a pessoa que obviamente tinha mais numo do que um dia precisaria.

No entanto, a inteligência me fez guardar aquele comentário para mim, e nenhum de nós falou por um tempo. No silêncio, tirei um momento para lembrar a mim mesma do que eu devia estar fazendo, que não era simplesmente tocá-lo. Eu me concentrei nele até a pele rígida e branca ser tudo o que eu via e sentia. A parede de luz branca surgiu na minha mente. Ela era interminável, alta como o céu e extensa como o reino. Na minha cabeça, vi meus dedos tocando-a. Nada aconteceu quando retraí minhas mãos pelo peito dele e peguei o sabonete, notando o leve brilho dos ombros do príncipe.

Ele estava se alimentando.

Do meu prazer! Eu estava gostando da situação mesmo sem conseguir depreender nada dele. Ou ele estava se alimentando do próprio prazer — que vinha do meu toque? Tentei não me sentir especial. Os Súperos eram seres regidos pelo prazer. Eu não achava que importava a companhia.

— Foi por isso que você estava dando uma caminhada tão tarde da madrugada pelos jardins? — perguntou o príncipe Thorne. — Seu gosto por plantas?

— Sim. Acho os jardins...

Parei de falar, procurando a palavra adequada.

— Pacíficos?

— Sim, mas é mais do que isso. — A sensação que me dava estar em um jardim ou do lado de fora era mais profunda. — É mais como se, não sei, eu me sentisse... em casa.

Ele virou a cabeça de leve ao voltar a olhar para mim, sua expressão indecifrável.

— O quê?

Ele balançou a cabeça.

— Nada. — Pigarreou. — Sempre passeia por lá tarde da noite?

— Quando não consigo dormir, sim.

— É seguro que você faça isso?

— Geralmente sim — ressaltei. — Não costuma haver Súperos brigando neles, nem *ni'meres*.

O vapor da água umedecia minha pele, fazendo o robe grudar no meu corpo conforme eu me esticava para lavar o outro lado do corpo dele, o outro canto do peitoral. Mantive os olhos fixos no que estava acima da linha d'água — o que era difícil demais, considerando que a pele dele era fascinante. Então os Súperos não tinham mesmo nenhum pelo no corpo, exceto o cabelo? Caramba, que conveniente.

Mordi o lábio inferior e coloquei as mãos nas costas dele. Os músculos tensionaram ao meu toque. Retirei as mãos.

— Eu te...

— Tudo bem. — A voz dele estava mais grave. — Pode continuar.

A espuma escorria pelos meus braços, mas fiz o que ele pediu. Foquei na sensação e na textura da pele dele, empurrando minha mente contra o que eu estava mesmo começando a achar que era um escudo. Uma proteção mental. A única coisa semelhante que me ocorria era o que eu via quando tentava ler Claude ou Hymel, mas no caso deles era cinza. Eu não conhecia nenhum ínfero que conseguisse fazer aquilo, então só podia ser algum tipo de habilidade Súpera, uma versão mais forte do que tinha sido herdado pelos *caelestias*.

Parando para pensar, escudos podiam ser rompidos. Quebrados. Só que era preciso muita força para fazê-lo. Será que eu era forte o suficiente?

Voltei minha atenção ao tato da pele dele nas minhas mãos, que enquanto eu lavava os ombros me lembrava… me lembrava mármore ou granito. Já não tinha mais como aquela área do corpo dele ficar mais limpa àquela altura, mas eu estava gostando daquilo — gostando de tocá-lo e de sentir sua pele nas mãos sem me sentir invadida por imagens ou pensamentos. Era errado me sentir daquela maneira, porque a razão para eu estar ali era descobrir suas intenções.

No entanto, fora a outra noite em que eu o ajudei no banho, eu… eu nem conseguia me lembrar da última vez em que tinha tocado alguém por… por pura vontade, sem ser para extrair informações ou porque meus dons me forçavam a fazê-lo. Às vezes a intuição me levava a tocar alguém — para ver ou ouvir algo — e eu nunca tinha conseguido renunciar ao ímpeto.

Por exemplo, anos atrás, quando fazia apenas algumas semanas que Grady e eu havíamos chegado a Archwood, mal conseguindo sobreviver, um belo jovem passou por mim. Eu estava esperando o padeiro me dar as costas para que eu pudesse roubar o pão que eu sabia que ele jogaria fora, mas minha intuição tomou conta de mim. Segui o rapaz para fora e peguei sua mão antes que meu juízo pudesse me deter. Ele se virou, aquelas feições belas se contorceram de raiva enquanto ele exigia que eu me explicasse, mas eu só conseguia vê-lo andando até o final da rua, onde um homem com um chapéu sujo o esperava — o homem que pegaria a corrente do artefato dourado que pendia do bolso do colete do jovem. Eu o *vi* reagindo ao ataque. Ouvi gritos de dor enquanto o ladrão fincava a lâmina na barriga do rapaz. Apressada, contei a ele o que eu tinha visto e vi a raiva em seu semblante se transformar em surpresa quando o alertei a não seguir até o fim da rua.

O jovem, apenas alguns anos mais velho que eu, era Claude Huntington, o recém-portador do título de Barão de Archwood.

Afastando a lembrança, reclinei o corpo e apoiei as mãos na borda da banheira.

— Precisa da minha ajuda com mais alguma coisa?

— Precisar? Não. — Ele virou a cabeça para o lado. Um cacho de cabelo cor de bronze estava caído contra a bochecha do príncipe. — Querer? Sim. Mas seria egoísmo da minha parte. Prefiro ser ambicioso.

— Não dá no mesmo?

— Não, na minha opinião. Ambição não é, necessariamente, um ato solitário — respondeu. — Junte-se a mim enquanto a água ainda está morna.

— Já me banhei, Vossa Alteza.

— Thorne — corrigiu outra vez, e a curva dos lábios dele se intensificou, fazendo um calor nada desagradável se espalhar por mim. — Eu não estava pensando em banho, *na'laa*.

Ah.

Ah.

É óbvio que ele não pensava em banho quando acreditava que eu era uma das cortesãs favoritas. Eu devia ter entendido logo de cara, mas nunca havia me sentido tão fora de mim quanto naquele momento, e logo entendi por quê.

Àquela altura, eu já devia estar perto de descobrir o que quer que fosse que Claude queria que eu soubesse, fosse vasculhando a mente do príncipe ou não. Eu não estava nem perto de tal ponto, também não conseguia pensar no fato de que Grady esperava por mim a uma distância discreta no corredor.

O príncipe Thorne abaixou a cabeça, fazendo muitas outras mechas de cabelo caírem em seu maxilar.

— Não está aqui para me ajudar, *na'laa*?

Minha respiração falhou.

— Estou.

— Então você sabe o que quero de você.

— Quer... quer se alimentar mais um pouco? — deduzi.

— Estou sempre com muita fome — disse ele, fazendo um arrepio descer pela minha coluna. Os cílios grossos tremularam. Aqueles olhos entorpecentes encontraram os meus. — Mas não é a única razão pela qual quero que se junte a mim, Calista. Fica a seu critério aceitar ou não.

Pensando que talvez eu tivesse alucinado aquelas palavras, encarei o príncipe Súpero. Ele podia me obrigar a fazer o que eu quisesse, despindo-me das minhas próprias vontades como o lorde Samriel fizera com Grady muitos anos antes. Ele podia fazê-lo e não ver nada de errado nisso, mas, pelo contrário, estava me perguntando e me dando uma escolha. Era o tipo de coisa que importava mesmo quando não era tão importante assim.

E também importava o fato de o príncipe querer que eu me juntasse a ele não só para alimentá-lo. Não deveria. Porque isso não fazia a situação parecer uma transação de negócios, mas importava também.

Uma série de pequenos tremores se espalhou por mim enquanto eu me levantava da parte de trás da banheira, meus pensamentos colidindo num movimento caótico. O que eu estava fazendo? No que eu estava pensando? Ele nem mesmo era um lorde. Ele era um *príncipe*. Eu não sabia a resposta correta ao pegar o sabonete e devolvê-lo à prateleira, sem sentir direito minhas pernas. Minhas mãos trêmulas se dirigiram à faixa folgada na minha cintura. Eu não precisava fazer aquilo. Eu podia arrumar outro motivo para continuar ali, descobrir seus segredos, ou ele podia me mandar embora. Eu já estava falhando em lê-lo, então ir embora não mudaria absolutamente nada.

Ou eu podia me juntar a ele.

E eu teria uma chance maior de romper a barreira da mente dele se eu pudesse tocá-lo, mas...

Parei. Eu não conseguia mais mentir para mim mesma.

Entrar na banheira com ele não tinha nada a ver com facilitar minhas habilidades ou provar o quanto eu era valiosa para o barão.

Era o fato de que eu podia tocá-lo e não ver nem ouvir nada. Eu podia apenas *sentir*. Era porque eu... eu gostava de tocá-lo.

Era porque era *ele*. O Súpero que por doze anos não passou de um fantasma para mim, mas que enfim era real e estava bem a minha frente.

Um calor doce e pungente invadiu meu sangue à mera ideia de tocá-lo mais um pouco. De ser tocada por ele.

Ainda assim, hesitei. Eu não estava preocupada com as consequências. Eu sabia que não havia doenças que podiam ser transmitidas entre uma mortal e um Súpero, e eu me precavia, ingeria uma erva para prevenir uma — como é que o príncipe Thorne havia chamado mesmo? Uma união frutífera? Além do mais, era incrivelmente raro que um *caelestia* sequer nascesse. Parei porque, se eu entrasse na banheira com ele, as coisas logo poderiam sair do meu controle, como quase havia acontecido no chuveiro. Ou podiam sair do controle mais do que já tinham saído. Mas não havia para onde correr. A questão que fazia meu coração disparar. Eu não sabia se iria querer colocar um fim às coisas se elas progredissem.

E já fazia um tempo desde que eu fizera mais do que tocar alguém — que eu tinha sentido mais do que meus próprios dedos ou os de outra pessoa dentro de mim.

Tempo o bastante para que eu começasse a me perguntar se dava para voltar a ser virgem.

Mas ele era o Príncipe de Vytrus — diziam que ínfero nenhum vivia em um raio de cento e cinquenta quilômetros de sua Corte. Que quem ultrapassava o limite nunca mais era visto. No entanto, eu não tinha a impressão de que ele odiava ínferos. Ou, pelo menos, ele não falava como se nos odiasse. Talvez o que diziam sobre ele só fossem meias-verdades.

Porém, não importava.

Meus dedos soltaram a faixa, meu corpo e minha mente sabiam o que queriam. O que eu queria. O robe se abriu e eu o deixei cair pelos meus ombros, deslizando o tecido pelos meus braços e deixando-o cair, onde formou uma pilha ao redor dos meus pés. O ar quente e úmido imediatamente sensibilizou minha pele. Quando me virei, mechas escuras de cabelo se prendiam à pele nua dos meus seios e das minhas costas.

O príncipe me observava com os olhos semiabertos, abrindo a boca à medida que eu me aproximava. Eu pensei... pensei ter visto um lampejo de surpresa no rosto dele, mas a impressão sumiu antes que eu pudesse ver com certeza. Podia muito bem ter sido minha imaginação, mas eu via o leve brilho dourado. Meu olhar seguiu a luz fraca que emoldurava seus ombros — linda, e um lembrete assertivo do quão sobrenatural ele era.

— Sinto prazer em te observar — falou ele, reparando que eu o encarava.

Senti meu coração dar uma cambalhota estranha e boba. Eu não sabia se ele podia deter os tremores que iam e vinham, mas ele não piscou nem uma vez ao pegar minha mão.

Meus batimentos martelavam quando uni minha palma à dele. Dedos longos e calejados abraçaram os meus. O simples ato de nossas mãos entrelaçadas foi eletrizante. Seu aperto era seguro e firme quando coloquei o pé por cima da lateral da banheira, entrando na água morna e espumada, depois colocando cada um dos meus pés em um dos lados de suas pernas.

Comecei a me abaixar, mas ele soltou minha mão e segurou meus quadris. A sensação da mão dele em minha pele nua foi um choque, deixando uma marca. Não me mexi.

O príncipe Thorne jogou a cabeça para trás, e embora eu só pudesse ver uma parte dos seus olhos estonteantes, podia sentir o olhar quente e faminto dele na minha pele. Ele não tinha dito que sempre sentia muita fome? Mas acho que ia além das necessidades básicas de todos os Deminyens. O deslizar lento de sua exploração era como uma carícia física sobre meu maxilar e minha boca, descendo até minha garganta e por toda a extensão de pele que formigava entre as pontas dos meus cabelos. Ele continuou descendo pela curva da minha barriga, as linhas do meu quadril e... entre minhas coxas.

Parecia que quase ar nenhum chegava aos meus pulmões enquanto me mantive parada ali, deixando o príncipe Thorne me olhar por completo, e ele o fazia com muita avidez.

Senti minha pele corar. Eu o senti, e tinha certeza de que ele o via. Não era vergonha. Não era novidade para mim que homens e mulheres olhavam para o meu corpo, mas ninguém nunca tinha me olhado como o príncipe Thorne. Ele fitava meu corpo como se... como se quisesse me devorar.

Eu não achava que me importaria de ser devorada.

Ele pressionou os dedos nos meus quadris ao se aproximar. Ele era tão alto que, mesmo sentado, precisava inclinar o pescoço para pressionar os lábios contra a pele abaixo do meu umbigo. Arfei com a sensação de sua boca ali. Roçou a ponta do nariz na minha pele quando abaixou a cabeça, depois mais um pouco. De pernas abertas como eu estava, não havia nada que impedisse a atenção dele de recair sobre o espaço entre minhas coxas. Os músculos nas minhas pernas tensionaram quando senti a respiração quente dele no meu centro. Prendi a respiração, encarando o topo da cabeça dele. Eu não sabia o que ele estava prestes a fazer — quer dizer, eu tinha uma infinitude de ideias de coisas que ele podia fazer, mas...

Os lábios do príncipe Thorne roçaram a pele sensível ali, e em seguida senti sua língua deslizando por mim, para *dentro* de mim por um breve segundo. O ar abandonou de vez meus pulmões quando uma onda de desejo me avassalou. Sua boca se fechou ao redor do nó tenso de músculos, e ele chupou — chupou com *bastante* avidez. Um som escapou dos meus lábios, um gemido que eu nunca tinha emitido, enquanto o prazer afiado como lâminas me dilacerou mais uma vez.

Ele afastou a boca de mim e se retraiu, abrindo a cortina de cílios grossos, e eu realmente não conseguia fazer o ar voltar para os meus pulmões. Pontos brancos apareceram salpicados em suas pupilas enquanto ele me deixava sedenta, pulsando.

— Linda — falou ele com a voz rouca.

Meu peito subiu e desceu com dificuldade.

— É... é bondade da sua parte dizer isso.

— Não é bondade minha. — Ele puxou meus quadris. Agarrei as bordas da banheira, as pernas bambas. A água bateu contra as laterais conforme ele me abaixou para que eu ficasse sentada em suas coxas. Tremi com a sensação de seu membro rijo roçando minhas pernas. Ele subiu as mãos pela minha cintura. Arrepios seguiram seu toque pelas minhas costelas e meu peito, logo abaixo das minhas clavículas. — Só estou dizendo a verdade.

Fiquei parada enquanto ele pegava mechas do meu cabelo. Um suspiro ofegante me escapou quando ele tirou o cabelo, colocando-o para trás dos meus ombros, não deixando nada entre mim e seu olhar.

As estrelas nos olhos dele se iluminaram enquanto seus dedos permaneciam no meu cabelo, enquanto eu olhava suas feições. Pensei nas marcas que eu vira em seu rosto quando ele estivera inconsciente — o desenho trilhado num relevo quase imperceptível. Ele tinha dito na época que era só sangue e terra, e só podia ser verdade, porque não havia mais sinal delas.

— Quando entrou em meus aposentos — disse ele —, eu não tinha gostado muito, embora tivesse gostado de parte do nosso encontro nos jardins e de antes.

— E agora? — perguntei.

— Estou gostando muito. — Os dedos dele deixaram meu cabelo e desceram ao longo dos meus braços, o toque causando arrepios por onde passava. Depois de um tempo, concluiu: — Mas eu devia ter te mandado embora daqui.

— Por quê?

— Porque tenho a nítida impressão de que isso não é lá muito esperto da minha parte — disse ele, e o calor se espalhou pela minha barriga. — Me toque, *na'laa*.

Fiquei absorta pela maneira como ele tinha me deixado inquieta e pelo modo como a ordem dele fez meu coração acelerar. Soltei a borda da banheira e coloquei minhas mãos no peitoral dele. O príncipe arqueou as costas um pouco, como um gato quando recebia carinho.

— Gosto de ser tocado — falou ele quando olhei em seus olhos. — E você?

Mais do que ele podia imaginar. Com o coração martelando, assenti ao levar os dedos para baixo, sob a água, para tocar os músculos do abdômen dele.

Eu me abri enquanto explorava a parte de baixo da barriga dele, mas tudo que encontrei foi aquele escudo branco enquanto eu esfregava os dedos abaixo do umbigo. Desci o olhar. O brilho leve circundava seu peito e sua cintura, mas não dava para vê-lo para além disso, através da espuma. No entanto, eu sabia que minhas mãos estavam próximas. Eu podia senti-lo contra minha coxa.

Os dedos dele brincaram com meus mamilos, me causando um sobressalto.

— Há quanto tempo está em Archwood?

Levei alguns instantes para responder.

— Alguns anos.

O príncipe pincelou o dedo mais uma vez no meu mamilo e sua mão direita seguiu na mesma direção que a minha, deslizando pela minha barriga para baixo d'água. Respirei fundo quando a palma dele parou logo abaixo do meu umbigo. Sua mão era tão grande que, quando seu polegar começou a se mover, ele mergulhou entre a dobra da minha coxa e do quadril.

— E nesses alguns anos em que você esteve aqui — falou, com o polegar sobre meu seio se movendo no mesmo ritmo lento que o outro na parte interna da minha coxa. Seu toque criava um calor que se espalhava pela minha pele e impregnava meu sangue. — Quantas vezes você se mostrou uma distração tão devassa?

Sorri, permitindo que ele explorasse mais, roçando os dedos contra o membro grosso e incrivelmente duro entre suas pernas. Ele soltou um grunhido profundo que veio do fundo peito quando toquei seu membro rígido. A pele ali era lisa, mas as veias saltavam. Na base, ele era mais grosso e arredondado, quase como se a pele fosse mais… lisa ali. Eu não tinha olhado o bastante para perceber, e nunca tinha sentido nada como aquilo, além de nunca ter ouvido Naomi mencionar nada parecido. Eu não fazia ideia de qual seria a sensação daquilo… dentro de mim, mas minha imaginação..

Ai, deuses.

Retirei os dedos. Engoli em seco quando os músculos acima da minha virilha se contorceram.

— Isso eu não sei responder.

— Interessante — comentou ele.

Meus quadris se mexeram involuntariamente quando ele tocou meu centro com os nós dos dedos. Os cantos de sua boca se curvaram para cima. As estrelas pareciam pulsar em seus olhos enquanto ele mergulhava os dedos ainda mais fundo na minha coxa.

Ofegante, tremi quando ele fechou os dedos ao redor do meu mamilo. Tentei focar em qualquer outra coisa além do que ele fazia com as mãos, mas seu toque me distraía cada vez mais, assim como a sensação de seu membro nas minhas mãos.

O príncipe Thorne inclinou a cabeça para o lado quando abri os dedos. Sob minha mão, os músculos de seu abdômen pareceram enrijecer, depois relaxar.

— Como você se tornou uma das favoritas do barão?

Meu coração deu uma cambalhota quando o encarei.

— Do jeito comum.

Um sorriso firme reapareceu quando abaixei a cabeça para o pescoço dele. Pressionei os lábios ali, beijando-o leve e com lentidão, descendo cada vez mais e mordiscando a pele na curva do ombro.

— Assim? — perguntou ele, esfregando a parte de trás da mão no meu centro de novo.

— De muitas maneiras — murmurei contra seu peitoral, sentindo nos lábios o sal de sua pele e o leve aroma do sabonete.

A mão na minha coxa desceu mais um pouco. Fiquei tensa, meus batimentos vacilaram quando um de seus dedos provocou mais a fundo. O toque foi um breve sussurro, mas meu corpo inteiro respondeu a ele.

Apertei os dedos em sua pele ao subir minhas mãos. Lambi a linha rígida do peitoral dele. Eu sabia que devia estar usando as mãos em outro lugar, mas eu evidentemente já estava distraída o bastante. Talvez até demais, porque mal conseguia ver a parede branca.

— Quais outros... — Arfei quando ele pressionou um dedo no centro mais sensível.

— O que dizia?

O que eu estava dizendo mesmo? Ah, é. Por que ele estava ali.

— Quais outros motivos trouxeram você ao solar?

Os dedos dele circularam meu clitóris, me fazendo tremer da cabeça aos pés.

— Você faz muitas perguntas, *na'laa*.

— Ser curiosa é minha especialidade.

— E teimosa?

— Talvez sej... — Arquejei quando ele abaixou a cabeça de repente.

O hálito quente dele na minha pele foi o único alerta que tive antes de ele envolver meu mamilo com a boca. A provocação de sua língua fez meu corpo tremelicar, fazendo ondas de prazer cobrirem meu corpo. Sua mão agarrou meu outro seio e seu polegar acariciou o mamilo sensível. Um gemido ofegante escapou dos meus lábios. Ele levou o outro mamilo à boca, quase engolindo-o ao chupar, voraz. Eu gemia, trêmula. Senti o risinho baixo dele no peito, e o som vibrou da maneira mais gostosa que eu já tinha sentido.

Com calma, ele tirou a boca da minha pele.

— Me desculpe — falou, roçando os lábios no mamilo. — Eu queria saber qual era o gosto da sua pele.

Raspei de leve as unhas na pele rígida dele ao levar as mãos para baixo do umbigo, sob a superfície da água.

— E qual é o gosto da minha pele, Vossa Alteza?

— Thorne — corrigiu, suspirando, tecendo uma trilha de beijos quentes e molhados até meu outro seio. Ele balançou a ponta da língua, provocadora e maliciosa. — Sua pele tem gosto de fome e cheiro de... — Os lábios dele foram até meu pescoço, fazendo minha cabeça tombar para trás. Ele nem precisava. Eu já estava cedendo tudo que ele queria. — Cereja.

— *Cereja?* — Meus dedos tocaram seu pau. Já fazia um tempo desde a última vez que levei um homem ao clímax. Com base em experiências prévias, não era lá tão difícil; a maioria parecia ter muita facilidade em sentir prazer. Entretanto, eu estava com um príncipe Súpero. Hesitei ao colocar a mão ao redor dele, incerta.

— Sua pele tem o cheiro das cerejas que crescem nas campinas de Highgrove. — Ele tirou a outra mão do meu seio e a levou à minha para baixo d'água. — Aposto que seus lábios têm o mesmo gosto doce.

Minha respiração falhou quando ele fechou a mão sobre a minha, apertando-a sobre ele e começando a mexer minha mão em seu membro. Soltei o ar, trêmula, sentindo-o pulsar.

— É assim que eu gosto — contou, provocando uma onda de calor em mim ao guiar minha mão. — Firme. Forte. Você não vai me machucar.

Engoli em seco e assenti. Seus lábios roçaram minha bochecha quando ele soltou minha mão. Eu continuei, minha respiração permanecia ofegante, saindo em arquejos curtos enquanto eu movia a mão no ritmo das carícias lentas, ganhando confiança no que eu fazia.

O príncipe Thorne mordiscou meu lábio inferior, mas não me beijou ao passar o dedo sobre o calor pulsante do meu centro.

— Você já fez isso antes?

— O quê?

— Isso. — O dedo dele me provocou de novo. — *Ajudar* outra pessoa.

— É claro — respondi.

— E há quanto tempo você faz isso?

— Tempo suficiente.

Aquele sorriso fraco voltou, e mais pontinhos brancos se aglomeraram em suas pupilas. O efeito era tão inebriante que precisei me esforçar para parar de olhar.

— Quer saber o que eu acho?

Movi os quadris de novo quando ele estendeu a mão entre minhas coxas.

— O quê?

Ele pressionou a palma contra mim, e meu corpo reagiu sem pensar, esfregando-me contra ela.

— Acho que está mentindo para mim.

CAPÍTULO DEZESSEIS

Numa parte bem distante do meu cérebro, sirenes de alerta soaram. Provavelmente tocavam o tempo todo, mas eu estivera distraída demais para perceber.

O príncipe Thorne continuou movendo os dedos lentamente no espaço entre minhas coxas e meu seio.

— *Na'laa?*

— Eu... eu nunca seduzi um Súpero antes — falei, com as pernas trêmulas. — Nem fui seduzida por um.

— Essas duas coisas não são necessariamente verdadeiras — disse ele. — Você me seduziu no chuveiro, e também chegou incrivelmente perto de ser seduzida.

— Não acho que isso conte.

— Ah, não? — Ele fechou os dedos no meu mamilo, provocando uma dor prazerosa. — Então... — Ele saboreou a palavra devagar enquanto o dedo que passava pela minha pele parou de hesitar e entrou.. Não fundo, mas a intrusão superficial ainda foi recebida com um choque tremendo e agudo que me arrancou um gemido baixo. — E se fosse meu pau dentro de você, em vez do meu dedo? — Ele retraiu o dedo até quase tirá-lo completamente, e brincou com apenas a ponta. — Se movendo dentro do seu calor úmido e apertado?

Cada fôlego que eu tomava parecia em vão enquanto ele movia os dedos num ritmo desapressado e estável — enquanto a mão dele mudou de posição e ele usou o polegar para roçar o nó de pele logo acima.

— Mais fundo? Com mais força? Mais rápido? — O azul e o verde iluminaram o castanho das íris. Suas pupilas estavam quase brancas. — Você faria os sons de uma mestra habilidosa enquanto eu te comesse? Ou gemeria como alguém que tem pouca experiência no assunto?

Gemi como nunca havia feito na vida. E tremi. Eu já tinha sido *comida*, mas nunca sentira aquelas sensações, quase intensas demais, que ele criava dentro de mim, provocando ao meu corpo.

Ele abaixou a cabeça, os lábios pairando sobre minha bochecha.

— Eu não acho que você seja uma cortesã experiente.

Meu coração martelou quando respondi a primeira coisa que me veio à mente:

— Talvez o barão tenha pensado que você não fosse querer alguém com *tanta* experiência?

Ele arqueou uma única sobrancelha.

— Está sugerindo então que seu barão pensou que eu preferiria deflorar uma provável virgem sem prática que gostaria de se tornar botânica um dia?

Uma onda de calor formigou pela minha pele, fazendo com que eu perdesse o controle da língua e o juízo, mas segurasse o pau dele com mais força. Ele era *mesmo* mais duro lá do que no restante do corpo.

— E não é verdade? — perguntei, observando o rosto dele enquanto eu movia a mão por seu membro como ele tinha dito que gostava. Firme. Forte. Pequenas faíscas de luz surgiram em suas pupilas. — Não sou virgem, Vossa Alteza, mas a verdade não é tão importante quanto a percepção. Então, se acha que sou uma virgem inexperiente, isso não o impediu de seguir em frente, não foi?

Os cantos dos lábios do príncipe se curvaram por um momento, como se ele quisesse sorrir.

— Não.

Com plena sabedoria de que o fogo com qual eu estava brincando estava perto de me queimar, tornando-se mais perigoso, olhei para baixo, para onde a mão dele ainda estava, entre minhas pernas, o dedo *ainda* dentro de mim. Voltei meu olhar para o dele enquanto mantinha meu ritmo da base à ponta, deleitando-me com a textura das veias na minha mão.

— Ainda não?

O príncipe não respondeu por um longo momento, mas senti seu peito subindo com uma respiração profunda sob minha outra mão.

— Quer que eu acredite que você ter corrido até a sala de banho após a mera sugestão de pularmos essa parte foi apenas encenação? Que o rubor da sua pele quando me viu entrar foi uma ilusão de ótica? Sua hesitação para se juntar a mim? Seu nervosismo? Tudo isso foi apenas uma cena?

Eu me inclinei até que nossas bocas estivessem a poucos centímetros de distância, criando o máximo de coragem que eu podia.

— Não vim aqui para fazê-lo acreditar em uma coisa ou em outra.

Ele movimentou os quadris, e os dedos no meu seio pressionaram minha pele.

— Por que exatamente veio aqui, então? — perguntou ele num tom de voz grave e baixo.

Deslizei o polegar pela ponta do pau dele, sorrindo quando o ar sibilou entre seus dentes cerrados.

— Se eu tiver que explicar, então obviamente estou fazendo algo errado. — Eu o apertei, sentindo uma onda de satisfação no ritmo em que ele mexeu os quadris de novo, fazendo a água bater na lateral da banheira. — Mas eu não acho que seja o caso.

O príncipe Thorne abriu a boca, mas não disse nada enquanto continuei a tocá-lo, tão lentamente quanto o dedo dele se movia dentro de mim. Com os olhos semicerrados, eu o observava com atenção. A respiração dele ficou mais frenética, saindo em arquejos superficiais. Assim, comecei a alternar entre um deslizar leve da mão e estocadas fortes, porém lentas — só que os avanços calculados de seu dedo dificultavam pensar em qualquer outra coisa.

— Acho que você me deve desculpas — ofeguei, o calor se intensificou no meu abdômen.

— Pelo quê?

— Por estar errado a meu respeito.

— Talvez.

Ele grunhiu, seu pau pulsava na minha mão, e abriu os dedos sobre meu seio, levando-os ao meu pescoço.

Cada vez que ele enfiava o dedo, ia um pouco mais fundo, um pouco mais rápido. Ele colocou mais um, alargando meu centro enquanto seu polegar dançava em meu clitóris rígido. Tentei me conter. Em todos os sentidos. O modo como eu me movia. Minha reação a ele. Os sons suaves e ofegantes que eu emitia. Meu corpo. O prazer, e a fome que eu sentia dele. Minha necessidade. Não era aquele o motivo de eu estar ali. Desacelerei, a garganta seca ao me esforçar para me lembrar do meu real objetivo, mas fiquei desconcertada ao perceber que... que eu *de fato* queria aquilo. Muito. Eu queria mais.

Porém, não deveria. Pelo menos eu achava que não deveria, mas... mas queria. Eu *estava* gostando de ser o motivo de sua respiração acelerada. Que era *o meu toque* que provocava sons profundos e roucos de um príncipe Súpero enquanto eu o dava prazer — enquanto ele fazia o mesmo comigo. Uma sensação trêmula acima da virilha e mais ainda mais baixo. Eu *queria* fazer aquilo.

Assim como eu tinha desejado entrar na banheira.

Ser tocada.

Tocar.

Só podia ser porque eu estava simplesmente tocando outra pessoa — dando e recebendo prazer, sem internalizar os pensamentos da minha companhia ou bisbilhotar seu futuro. Era isso, mas também parecia ser mais. Eu não sabia o quê, nem entendia, e isso me assustava. Eu sentia crescendo dentro de mim aquela onda de desejo que ameaçava assolar meus sentidos — cada parte do meu corpo. Tentei me segurar, me conter, mas era como tentar deter a força do oceano.

— Deixe-me levar. Renda-se ao que seu corpo quer — pediu ele. — Renda-se a mim.

Soltei um arquejo, cedendo às demandas dele — às demandas do meu próprio corpo. Eu me rendi ao momento, balançando contra ele, minha mão se movendo com mais agilidade e os dedos dele com mais força. O calor no meu abdômen se tornou insuportável, os músculos tão tensos que a tensão beirava a dor. Até que comecei a tremer.

— Isso, assim — rosnou ele, seu corpo enrijecendo, *zunindo* contra o meu. — Quero sentir você gozando nos meus dedos, *na'laa*.

As pupilas dele… elas ficaram completamente brancas quando comecei a tremer. Foi então que toda aquela pressão que contorcia, circundava, entrou em erupção. Gozei, gritando enquanto toda a tensão culminava numa inundação quente de desejo à medida que o membro dele inchou ainda mais na minha mão. O clímax foi intenso e maravilhoso. Ondas de sensações me cobriram enquanto… enquanto o corpo dele parecia queimar contra o meu, a ponto dos meus olhos se abrirem enquanto o prazer me dominava.

As pupilas dele brilharam com mais intensidade, feito diamantes polidos — tão dilatadas que eu não enxergava as íris, e o corpo dele estava *mesmo* zunindo, o que conferia um efeito quase embaçado à silhueta dos ombros. Ele me puxou para seu peito, envolvendo minha cintura e me segurando firme enquanto eu arfava contra a curva de seu pescoço. A sensação da pele dele nos meus seios causou uma miríade de sensações inesperadas. Perdi o ritmo no pau dele, mas ele não pareceu perceber ao movimentar os quadris contra minha mão, fazendo a água da banheira transbordar. O pau dele pulsou em espasmos, e o som que ele deixou escapar fez meu sangue ferver, me deixando tão quente quanto o corpo dele estava contra o meu.

Os tremores restantes do prazer me deixaram sem forças, caída sobre o peito dele com a respiração falhando. Ao apoiar a bochecha no ombro do príncipe, respondi às reações do corpo dele, desacelerando meus movimentos conforme os espasmos cessavam e enfim tirei minha mão dele. No entanto, não me afastei. Os dedos dele ainda dançavam e me provocavam, reverberando prazer antes de tirá-los de mim. De olhos fechados, continuei sem me mover quando ele me envolveu com o outro braço. Não sei por que fez aquilo, mas eu… eu relaxei em seu abraço. Era tranquilizador, de certa maneira, um conforto. Tive vontade de… de me *aconchegar* ainda mais perto, entrar no calor que ele irradiava.

O silêncio se alongou, e não consegui mais conter minhas perguntas.

— Seu corpo… foi impressão minha ou ele ficou mais quente e vibrou? Isso acontece porque você estava se alimentando, ou foi coisa da minha cabeça?

— Não foi — falou o príncipe Thorne, pigarreando ao falar.

— Dói quando acontece?

— Não. — A mão dele deslizou para cima e para baixo nas minhas costas, entrelaçando-se ao meu cabelo. — Muito pelo contrário.

Ao tentar imaginar meu corpo irradiando calor e vibrando, eu não conseguia conjurar como a reação podia ser prazerosa.

— Vou ter que acreditar na sua palavra.

A risada dele soou baixa e rouca. E então o silêncio imperou, e por um tempo, apenas me permiti sentir tudo. A força com que ele me segurava, o peso dos braços ao meu redor, a pele morna e dura pressionada contra mim, e… e o modo como isso tudo simplesmente parecia certo.

Deuses, como era um pensamento tolo, mas era o que eu sentia. Eu não entendia como aquilo poderia ser o certo. Não devia, mas era assim que eu me sentia, então mergulhei na sensação, gravando cada segundo na memória.

Porque eu nunca tinha sentido nada daquilo.

E não fazia ideia de quando sentiria de novo.

Não tentei mais ultrapassar os escudos dele — o que, bem, não era nada bom. Eu poderia ter tentado de novo, ainda mais quando nós dois estávamos em silêncio, mas fazê-lo seria como… estragar o momento.

O que quer que aquilo fosse — que era nada, absolutamente nada.

Só que eu não podia continuar ali. Grady devia estar se corroendo de preocupação, e eu… eu precisava inventar alguma coisa para dizer a Claude, porque as poucas respostas que eu tinha conseguido eram no mínimo vagas. Tudo que eu tinha para contar era quem aquele príncipe Súpero era e o que eu já sabia.

— *Na'laa?*

— Hm? — murmurei.

— Eu nunca erro.

Levei um instante para entender a que ele se referia. Quando entendi, um calafrio percorreu minha espinha. Abrindo os olhos, levantei a cabeça e comecei a me afastar. Ele não tirou os braços de mim. Tudo o que consegui foi me afastar uns cinco centímetros, e o encarei. As estrelas haviam sumido de seus olhos. As cores tinham desacelerado até voltarem a ser manchas de verde, azul e castanho. Os ângulos belíssimos de seu rosto não me diziam nada.

Criei a mesma coragem de que eu precisara para entrar nos aposentos, sentindo que não era a hora de enfim sentir o terror que eu devia ter sentido assim que nossos caminhos se cruzaram nos jardins na outra noite.

— Além da ideia de que alguém, Súpero ou não, nunca possa errar me pareça implausível, não sei ao certo a que você se refere.

Os lábios dele se curvaram, mas o sorriso que surgiu era tenso e frio.

— Você disse que tinha sido mandada para me servir, correto?

Fiz que sim.

Uma das mãos dele subiu pelas minhas costas e se prendeu ao meu cabelo.

— Eu não acho que seja o único motivo pelo qual te mandaram para mim.

As pontas dos meus dedos se fincaram na pele dura dos ombros dele.

— Eu…

— Embora suas mentirinhas e meias-verdades geralmente me divirtam, esta não é uma dessas ocasiões. — Os dedos dele encontraram minha nuca e permaneceram ali. — Confie em mim quando digo que essa seria uma jogada muito, muito perigosa.

CAPÍTULO DEZESSETE

Enrijeci ao passo que cada parte do meu ser se concentrava na sensação da mão dele na minha nuca. Ele não aplicou pressão, mas o peso já era um alerta forte o bastante.

O braço que ainda estava ao redor da minha cintura apertou. Nossos peitos se uniram de novo quando ele puxou meu corpo contra o dele. Arfei, sentindo-o em meu centro. Ele *ainda* estava duro. Uma pulsação latejante de desejo intenso fez com que a dor lancinante que havia sentido voltasse, o que me deixou perplexa, porque não era a hora de sentir nada daquilo.

O sorriso do príncipe Thorne perdeu um pouco da frieza.

— Por favor, não minta, Calista.

Por favor.

Aquele pedido de novo. Meu nome. Ouvir os dois juntos me desconcertava. Eu não achava que "por favor" era algo que ele dizia com frequência, e tive vontade de ser sincera, mas ainda que ele não tivesse dito nada, eu era inteligente o bastante para saber que mentir a essa altura provavelmente não terminaria nada bem para mim.

Dizer a verdade também podia contribuir para que tudo acabasse mal. Eu sabia que Claude não me mandaria embora, mas ele podia ficar furioso o bastante para banir Grady do solar — de Archwood. Só que, e se eu mentisse, e o príncipe reagisse com raiva? Se eu gritasse e Grady invadisse o quarto? Ele não sobreviveria a um confronto direto com o príncipe.

Então, era uma situação em que eu sairia perdendo de qualquer maneira, porque mentir acabaria em violência, e dizer a verdade — ao menos parte dela — acabaria na perda da minha estabilidade e, ao menos, da sensação de segurança.

Engoli em seco, sabendo que eu não podia colocar Grady em perigo.

— O barão estava… ele está preocupado com a sua visita inesperada.

— E ele tem motivo para isso? — perguntou o príncipe Thorne.

— Parece que ele está com o pagamento trimestral do dízimo atrasado — compartilhei, sentindo meu estômago revirar. — Ele estava receoso de que você tivesse sido enviado pelo rei para coletá-lo.

Ele inclinou a cabeça de leve.

— Seu barão me viu. Ele acha mesmo que eu pareço alguém que o rei mandaria para coletar dízimos?

— Não. — Quase ri, embora nada daquilo fosse engraçado. — Mas eu também não acho que, quando você chegou, o barão estava no… hm, melhor estado mental para que ele te reconhecesse.

— É um grande eufemismo. — Ele começou a mexer os dedos no meu pescoço, massageando os músculos tensos. — Estava tão embriagado que não veria uma cratera a sua frente até que caísse nela.

— Verdade — sussurrei.

— Então ele te mandou para descobrir o porquê da minha vinda — deduziu ele. — Em vez de esperar até de manhã, como eu havia indicado?

— Isso.

Deu para ver a tensão no aperto de seus lábios, mas o movimento dos dedos dele continuou gentil e tinha um efeito estranhamente calmante.

— Você ao menos é cortesã?

— Por que isso importa?

— Porque sim.

— Não importou quando você me levou a pensar que era um lorde — ressaltei, o que, em parte, eu reconhecia plenamente que não devia ter feito, mas era absurdo e… e injusto da parte dele me colocar contra a parede quando ele também não tinha sido lá tão honesto.

— Não estamos falando de mim, *na'laa*.

— Tenho a impressão de que você está pendendo para o significado de "teimosa" em vez de "corajosa" quando me chama assim — murmurei.

— No momento, é uma mistura das duas coisas. — Ele estudou meu rosto. — Você teve escolha em vir até mim esta noite?

— O quê?

— Foi forçada a vir até mim?

As perguntas dele me desestabilizavam. Eu não conseguia entender por que ele se importaria, se fosse o caso.

— Sim.

Ele me encarou por um longo tempo, depois fechou os olhos, os cílios volumosos em destaque.

— Seu barão é um tolo.

Abri a boca, mas não podia discordar. Claude era mesmo um tolo, e eu também era por ir na onda dele. Meu coração bateu errático no silêncio que se seguiu. Eu não sabia o que esperar, mas ele me soltou. Confusa, continuei onde estava, com o corpo pressionado firmemente contra o dele, minhas mãos abertas em seus ombros e... o membro rígido dele ainda apoiado contra mim.

— Você devia ir se secar — disse ele num tom baixo.

— Você... você não vai me punir? — perguntei.

— Por que eu te puniria pela idiotice de outra pessoa?

Então ele abriu os olhos e uma leve explosão de branco ficou visível em seus olhos.

Mais do que um pouco surpresa, levantei com as pernas trêmulas, agitando a água na banheira ao sair dela. Com rapidez, me sequei e peguei o robe de volta. Ao vesti-lo, amarrei a faixa depressa e cheguei se a bolsinha ainda estava no bolso. Se ela caísse... só a misericórdia dos deuses poderia me ajudar.

Virei-me de novo para o príncipe, e o que vi me fez levar um susto, fazendo com que eu desse um passo para trás. Ele já tinha saído da banheira. Eu não o tinha ouvido, nem mesmo um único som da água com o movimento. Enquanto isso, eu parecia uma criança chafurdando numa poça quando me levantei. Peguei uma toalha nova, oferecendo-a a ele.

Ele não a pegou.

Em vez disso, suas mãos foram parar no meu pescoço. Fiquei tensa, a toalha quase caindo da minha mão de repente fraca.

Os lábios do príncipe Thorne se curvaram. Ele levou a mão para a parte de trás do meu cabelo. Seus dedos roçaram minha nuca, provocando uma série de calafrios pelas minhas costas. Fiquei imóvel enquanto ele soltava o cabelo pesado de água de dentro do robe.

— Pronto.

Minha respiração... *falhou.* Ao ser pega desprevenida pelo gesto dele, fiquei completamente paralisada de novo.

— Você age como se, a cada movimento, esperasse violência de mim — comentou ele, pegando a toalha da minha mão. — Eu sei que minha raça pode ser... imprevisível, mas já me comportei de algum jeito que desse a entender que eu iria te machucar?

Engoli em seco.

Ele me analisou ao puxar a toalha para mais perto do peito.

— É uma pergunta sincera.

— Bem, você me jogou no chão aquela noite no celeiro e ameaçou me afogar no seu sangue.

— Eu não estava em plenas faculdades mentais naquele momento.

— E quando entrei nos seus aposentos, você me prensou contra a parede — continuei.

Ele arqueou uma sobrancelha.

— Os aposentos nos quais você entrou sem ser convidada ou esperada.

Mudei o peso de uma perna para a outra.

— Você perguntou por que eu esperava violência. Eu só te dei dois exemplos.

— Só dois? — respondeu ele. — Tem mais?

Olhei para a banheira.

— Eu de fato vim aqui com segundas intenções.

— Sim — concordou. — Tem isso também. Você marcou de conversar com o barão após deixar meus aposentos?

— Vou me encontrar com ele pela manhã, antes que ele fale com você.

— O que vai acontecer se não tiver informações concretas para dar a ele?

— Nada.

Ele abaixou a toalha, me encarando com intensidade.

— *Na'laa.*

— Eu não gosto desse apelido.

— Gostaria, se soubesse de todos os significados.

Cerrei os dentes enquanto ele continuava esperando uma resposta. A verdade.

— Ele vai ficar... decepcionado.

— Vai te punir?

— Não. — Desviei o olhar, desconfortável com a ideia de que ele pensaria aquilo. Desconfortável com o fato de que eu esperava que ele pensasse aquilo. — Talvez ele nem mesmo se lembre de ter me mandado até você, para ser sincera. — Improvável, mas havia uma pequena chance. — Ele estava bastante embriagado.

Um rosnado baixo saiu dos lábios do príncipe. Voltei a encará-lo, de olhos arregalados. Não havia nada humano naquele som. Ele me lembrava... um lobo, ou algo ainda maior.

— Diga a ele que não vim coletar dízimos — falou, virando-se de costas para mim ao amarrar a toalha ao redor da cintura. — Que estou aqui para discutir a respeito dos Cavaleiros de Ferro. Deve ser o bastante para tranquilizá-lo até que nós dois possamos conversar com mais detalhes. Não diga a ele o que confessou a mim. Não direi uma só palavra a respeito disso.

Fiquei boquiaberta. O perdão dele — o significado de seu silêncio em resposta a minha confissão — era inesperado. Mais uma vez, sem saber, ele salvaria a minha pele e a de Grady.

Ele assentiu, afastando-se da sala de banho.

— Parece surpresa.

— Acho que estou mesmo. — Eu o segui. — Não esperava que você me dissesse ou que... — Que me acobertasse. Pigarreei. — Eu também não esperava que a conversa envolvesse a questão com os Cavaleiros de Ferro. — Eu o observei enquanto ele se servia de um copo de uísque. Ele me olhou de volta, e eu balancei a cabeça à oferta de uma bebida. — É o tipo de informação que você buscava quando veio para cá antes? — perguntei, o coração palpitando ao pensar em Astória. — O rei por acaso acha que Archwood de alguma maneira simpatiza com a causa dos Cavaleiros de Ferro?

— O motivo pelo qual vim é diferente da minha razão de estar aqui agora. — Ele me encarou com a toalha amarrada na cintura e as pontas dos cabelos úmidas. Algumas gotinhas de água ainda desciam pelo seu peito, chamando minha atenção e fazendo meu olhar cair para as linhas de seu abdômen. — E houve uma mudança na situação com os Cavaleiros de Ferro.

Comecei a perguntar o quê, mas meus olhos encontraram os dele, e então fiquei em silêncio. Minha pele formigava com a consciência da situação. Fui preenchida pelo ímpeto de deixar o assunto de lado e decidi não o ignorar de novo. Passei os olhos pelos aposentos, coloquei as minhas mãos na faixa do robe. Eu queria agradecê-lo por fazer com que eu não tivesse consequências pelo que tinha feito naquela noite, mas eu precisava escolher minhas palavras com cautela.

— Eu... obrigada por me dizer por que veio a Archwood.

O príncipe Thorne inclinou a cabeça no que eu presumi ser um reconhecimento da minha gratidão.

Um senso aguçado de nervosismo me invadiu enquanto ele me observava.

— Se não houver mais nada que eu possa fazer, acho melhor eu ir.

Ele ficou em silêncio, me observando.

Ao entender a falta de resposta dele como sinal de que eu deveria mesmo partir, fiz uma reverência rápida e horrível.

— Boa noite, Vossa Alteza.

Ele não corrigiu meu uso no honorífico. Ainda estava quieto e me observava com uma expressão indecifrável. Passei por ele e fui até a porta da antecâmara.

— Fique.

Virei-me para ele.

— Como é?

— Fique — repetiu o príncipe, segurando o copo com mais força. —
Passe a noite comigo.

Abri a boca, mas não encontrei palavras. Ele queria que eu ficasse? Que
passasse a noite com ele? Olhei de relance para a cama, sentindo ao mesmo
tempo frio na barriga e um embrulho no estômago.

— Para dormir — acrescentou, e voltei minha atenção a ele. Arregalei um
pouco os olhos. Rachaduras haviam se formado no copo que ele segurava.
Não eram fundas o bastante para derramar o líquido, mas dava para ver as
linhas frágeis feito teias de aranha no vidro. — Só isso, *na'laa*.

Minha mente enveredou por duas direções completamente diferentes enquanto eu o observava. Uma parte de mim não podia acreditar que ele estava
mesmo me fazendo um convite daqueles, afinal por qual motivo em todas
as cinco regiões ele ia querer dormir comigo? A outra parte se perguntava
como seria dormir ao lado de alguém que não fosse Grady, e pensar nisso
fazia minha respiração ofegante afetar meu peito e meu estômago.

E aquilo… aquilo era inaceitável por várias razões.

— Isso eu não posso fazer — falei.

Ele ergueu a cabeça.

— Não pode ou não vai?

Havia uma diferença. "Não posso" não era uma escolha; "não vou" era. O
problema é que eu não sabia qual das duas coisas era a verdade.

— Ambos — admiti, abalada. — Boa noite.

Não esperei. Dei meia-volta, saí da antecâmara e cheguei à porta principal.
Virei a maçaneta, que não se moveu. Com o cenho franzido, olhei para cima,
vendo que ela ainda estava trancada. Mas o quê…? *Príncipe Thorne*. Era ele
que me impedia de abrir a porta. Enrijeci, sentindo o olhar intenso dele nas
minhas costas, e por um longo momento uma emoção perversa tomou conta
de mim, me deixando sem ar. A ideia de ele me impedir de abandoná-lo
causou um arrepio quente e intenso na minha pele.

Eu não queria que ele me deixasse ir.

De repente, tive aquela mesma sensação condenável de pertencer a ele, e
pelo amor dos deuses, de fato havia algo de muito errado comigo.

Espalmei as mãos na madeira. No meu peito, meu coração martelava.
E então a porta se abriu sob minhas palmas. Ele estava me deixando ir

embora. Senti algo parecido com... com decepção, o que me deixou ainda mais confusa. Com ele, e comigo mesma.

— Certo, estou oficialmente... embasbacado.

O brilho fraco do lampião próximo à cama em que eu estava sentada iluminou o perfil de Grady. Ele estava sentado à beira da mesma cama que eu, com a espada apoiada no baú ao pé do móvel, mais relaxado depois de superar a maior parte de sua raiva ao descobrir que o convidado especial não estivera esperando por mim.

— Embasbacado?

— Abismado e mais qualquer outro adjetivo desnecessário que você puder imaginar. O Príncipe de Vytrus veio discutir os Cavaleiros de Ferro? Quem não ficaria surpreso? — Grady passou a mão no rosto. — E você tem certeza mesmo de que ele não vai dizer ao barão sobre você ter contado a verdade?

— Acredito que não. — Tombei a cabeça para trás. Era bem tarde, já havia passado quase uma hora desde que eu deixara os aposentos do príncipe Thorne. Eu tinha acabado de relatar a Grady o que acontecera. Obviamente, não *tudo*. Eu é que não queria traumatizá-lo com detalhes sórdidos. — Mas não tenho como ter certeza, considerando que não consigo lê-lo. Tentei acessar a mente dele muitas vezes, mas não consegui.

Ele coçou os pelos que cresciam ao longo de sua bochecha.

— Você precisa dizer ao barão que conseguiu pelo menos parte das informações. Se ele achar que o príncipe só te contou porque você pediu, não vai acreditar.

— Eu sei.

O que significava que eu realmente torcia para que o príncipe Thorne mantivesse sua palavra e não desse um pio sobre o ocorrido.

Puxando o robe preto — o *meu* robe, feito de algodão confortável e nada transparente — ao meu redor, reprimi um bocejo à medida que o silêncio preenchia o cômodo grande e consideravelmente vazio.

Não havia muito naquele espaço limpo. Um guarda-roupa. A cama. Um sofá próximo às portas da varanda. Uma mesa de cabeceira e um baú. No entanto, a antecâmara era equipada com mais do que o necessário — um sofá baixo e poltronas sobre um tapete grosso e luxuoso de chenile marfim, uma mesa pequena para refeições e um gabinete, ambos feitos de carvalho branco, e várias quinquilharias que haviam sido dadas de presente para o barão ao longo dos anos. O espaço era lindo, bem cuidado e muito melhor do que qualquer outro lugar em que eu já tivesse dormido, mas não era um lar.

E eu queria sentir que era.

Eu ainda estava por descobrir como era a sensação, mas achava que seria bem parecida com a forma como eu me sentia quando estava nos jardins, os dedos enfiados na terra e a mente quieta. Lá havia um senso de pertencimento. De paz.

— Você passou um tempinho lá com o príncipe.

Grady tentou abordar o assunto que ainda não tínhamos discutido.

Apertei os dedos dos pés sob o lençol.

— Não demorei tanto assim.

— Demorou bastante.

Passe a noite comigo. Senti aquele frio idiota na barriga de novo. Sacudi a cabeça. Por que é que ele queria que eu passasse a noite com ele? Eu não achava que o tinha dado prazer para além do clímax. Exceto pelo fato de que ele dissera que tinha interesse por mim, que eu o cativava.

— O que aconteceu?

De imediato, a lembrança de mim e do príncipe na banheira voltou à minha mente. As mãos dele no meu corpo. Os dedos dele dentro de mim. Ele me abraçando. E foi a última parte que mais me marcou. O fato de que ele me *abraçou*. Mordi o lábio inferior e engoli em seco.

— Nada de mais.

— Lis...

— Grady?

Um músculo pulsou na têmpora dele.

— Você pode conversar comigo sobre qualquer coisa. Sabe disso. Então, se aconteceu alguma coisa que tenha te deixado...

— Não aconteceu nada que eu não tenha permitido — interrompi.

— Mas a questão é essa. — Grady chegou mais perto. — Você não escolheu ir até ele, escolheu? Você sentiu que era sua obrigação, então será que estava mesmo em posição de não permitir que acontecesse o que quer que tenha acontecido?

Eu me remexi um pouco, desconfortável por ser a segunda vez naquela noite que alguém me fazia aquela pergunta.

— Ele me deu uma escolha, e eu escolhi ir até ele. Já falamos sobre isso.

Grady me encarou como se tivesse nascido um terceiro olho bem no meio da minha testa.

— Sério. Ele me deu uma escolha no que fizemos. E nós não transamos — falei. — Mas e daí se tivéssemos? Eu não sou virgem, Grady.

Ele franziu os lábios, e apesar de eu não conseguir ver o rubor em sua pele negra, eu sabia que ele estava corado.

— Eu realmente não precisava saber disso, mas obrigado por compartilhar.

— De nada. — Abaixando a cabeça, ri da encarada que ele me deu. — Ele me deixou mesmo escolher, Grady, e eu entendo que a ideia de querer que eu fizesse alguma coisa é complicada. Vai por mim, eu sei, mas… — Pensei no que Naomi me disse uma vez, quando eu confessei a ela que às vezes gostava quando Claude me mandava conseguir informações para ele. *Poucas coisas são preto no branco, Lis. A maior parte da vida fica na área cinza caótica ao meio, mas se você queria o que estava acontecendo, isto é, se você gostou e sua companhia também, então não tem nada de errado*, dissera ela. *Quem te disser o contrário, ou nunca esteve no seu lugar ou só leva uma vida diferente. Isso não faz nenhum dos lados estar certo ou errado.* Expirei devagar. — Mas esse Súpero… ele é diferente.

— Diferente como?

Dei de ombros.

— Os Súperos são todos iguais, Lis. São bonitos de se olhar e têm certo charme nas aparências, mas por dentro não passam de babacas. Só porque um deles garantiu que você não se machucasse e não te induziu a fazer nada contra a sua vontade não significa que dá para confiar neles, muito menos nesse. Você sabe o que dizem sobre o Príncipe de Vytrus.

— Sei, sim.

— Sabe mesmo? — Ele ergueu as sobrancelhas. — Ele liderou o exército que tomou Astória.

Assenti outra vez, mas era difícil conciliar a ideia do príncipe Thorne que eu conhecia ao do que tinha uma reputação de anos. Se bem que eu não conhecia o príncipe de fato, não é mesmo?

Mas não parecia verdade.

Eu sentia que o conhecia, sim, e ele parecia mesmo ser diferente do que sabíamos a respeito dos Súperos, mesmo antes de eu descobrir seu nome. Quando o vi nos jardins e mais além? Minha mente voltou à noite na Cidade da União.

— Tem uma coisa que eu não te contei — comecei a falar. — Nós dois já tínhamos conhecido esse Súpero.

Grady me encarou por um momento, depois endireitou a postura sobre a cama. Seus olhos castanhos se arregalaram assim que ele percebeu a que eu me referia.

— Na Cidade da União?

Concordei com a cabeça.

Ele se reclinou, depois chegou mais perto.

— E você só me conta agora?

Fiz uma careta de arrependimento.

— É só que... eu não sei por que não disse nada sobre isso antes.

— Que desculpinha esfarrapada, Lis.

— É a verdade — falei. — Desculpa, ok? Eu devia ter te contado.

Ele desviou o olhar.

— Não é o que me segurou, é?

— Pelo amor dos deuses, não. É o outro — expliquei, franzindo o cenho ao perceber que o príncipe Thorne também tinha feito o mestre crer que ele era apenas um lorde naquela noite. — A propósito, ele não me reconheceu.

Grady pareceu assimilar a informação.

— Tem certeza de que era ele?

Olhei de cara feia em resposta.

— É um porre quando as pessoas me perguntam isso, sabia?

Ele levantou a mão em um gesto de rendição.

— É óbvio que você tem certeza. Eu só estava perguntando porque... porque é uma baita coincidência.

Era mesmo, só que eu não acreditava em coincidências — nem Grady.

Ele ficou em silêncio e encarou as portas da varanda. Um tempo se passou antes que voltasse a falar.

— Penso muito naquela noite, sabe? Fico tentando entender por que os Súperos foram até lá. Será que estavam procurando alguém? Talvez alguém da raça deles? Um *caelestia* ou algo do tipo?

— Pode ser.

Parando para pensar, a hipótese de Grady não era impossível. Claude e Hymel eram distantes de quem quer que fosse o Súpero de que descendiam por muitas gerações, mas eu imaginava que havia *caelestias* nascidos mais recentemente — embora eu não fizesse ideia de se os Súperos cuidariam ou não da criança. Eu não sabia se havia algum *caelestia* morando nas cortes.

— Há uma coisa sobre a qual quero falar com você, mas sei que você não vai gostar — disse Grady após um momento.

— O que foi?

Ele respirou fundo, e eu fiquei tensa, porque tinha a impressão de que seria uma conversa que já tínhamos tido — que me daria mais um motivo de preocupação.

— Não precisamos ficar aqui — começou ele.

É, acertei em cheio.

— Precisamos sim.

Tirei o cobertor de cima das minhas pernas, já sentindo meu corpo esquentar com o nervosismo.

— Não, não precisamos. Há outras cidades e territórios onde...

— E o que faríamos nesses lugares que seria melhor do que o que temos aqui? — perguntei, desafiando-o e descendo da cama. Se íamos mesmo voltar àquela conversa, eu precisaria estar de pé. — Acha mesmo que pode conseguir outra posição assim? Um trabalho que não apenas te dê numo, mas moradia também? Aliás, uma baita moradia. — Comecei a andar de um lado para o outro. — Um emprego que não te faça arriscar a vida todos os dias, como os mineradores ou os caçadores?

Grady fechou a boca.

— E o que *eu* faria? Eu teria que voltar a brincar de vidente nos mercados, correndo o risco de ser acusada de ilusionismo? Ou encontrar algum trabalho numa taberna, onde eu provavelmente acabaria no cardápio junto com cerveja barata com gosto de mijo de cavalo?

— Como se você não estivesse no cardápio aqui também — rebateu ele —, para qualquer um beliscar quando o barão bem entender.

— Estou no cardápio porque *quero*. — Cerrei as mãos. — E eu nem faço parte do cardápio de fato. Estou mais para um... aperitivo. Raramente escolhido.

Grady me encarou, arqueando as sobrancelhas.

— Mas que *porra* é essa, Lis?

— Tá, foi uma analogia péssima, mas você entendeu o que eu quis dizer. Ganhamos a sorte grande aqui, Grady. Pelos deuses. — A frustração tomou conta de mim. — Eu duvido que você sequer tenha interesse em perguntar para Claude se pode ser aprendiz do ferreiro.

— É para ser sincero? Não dou a mínima para ser aprendiz do ferreiro.

Fechei os olhos e respirei fundo.

— Grady, você é bom nisso. E você gosta de...

— Sim, sou bom e gosto do trabalho, mas eu preferiria usar meu talento de forjar armas para os Cavaleiros de Ferro em vez de servir a um merdinha só porque ele é um *caelestia*.

— Grady. — Arfei, arregalando os olhos ao cruzar a curta distância entre nós dois. — Meus deuses, dá para parar de dizer coisas assim? Ainda mais agora, quando o Príncipe de Vytrus está aqui para discutir a situação deles.

— Eu não estou preocupado com isso no que diz respeito a ele.

— Ah, não? — perguntei, desafiando-o outra vez.

— Não. — Ele me olhou. — Lis, eu sei que você fica nervosa quando eu falo dos Cavaleiros de Ferro, mas caramba, você não pode me dizer que é realmente feliz aqui. Que é feliz com tudo *isso*. — Ele gesticulou com os braços para o cômodo. — E não estou nem falando apenas do solar e do barão, mas da vida que levamos. Do modo como precisamos viver.

— Ai, meus deuses.

Coloquei as mãos no rosto.

— E eu sei que você não está feliz. Sei que você pensa o mesmo que eu sobre os Súperos; que eles não fazem nada por nós ínferos — falou Grady, e eu olhei entre os dedos, vendo suas narinas infladas de raiva. — Sabe, um dia eu gostaria de me casar.

Abaixei as mãos para as laterais do corpo.

— E quem sabe ter um filho ou dois — continuou ele. — Mas por que diabos eu faria isso? Por que eu traria uma criança a este mundo? Não há oportunidade nenhuma para uma criança ser algo que preste enquanto os Súperos controlarem tudo: quem tem acesso à educação, quem pode possuir terras... — Ele parou de falar no meio da frase. — Se depender deles, os *caelestias* vão sempre estar no controle, e tudo bem, eu sei que ele não é tão ruim, só que eu podia passar o resto da noite enumerando todas as pessoas que eu acho mais apropriadas para cargos importantes, mas que nunca vão ter a chance. Nós praticamente não passamos de gado para eles, Lis, trabalhando nas minas, os alimentando, mantendo o reino em funcionamento... E para quê? Então, sim, a vida pode estar melhor do que antes, mas não é boa. Para ninguém.

— Eu... — Levantei os ombros, mas o peso das palavras dele, da verdade, os fez cair de novo. Fui para a cama e me sentei ao lado dele. — Não sei o que dizer.

— Você pode só pensar a respeito do que eu falei, sabe.

Minha respiração falhou.

— Pensar no que, exatamente?

— Em ir embora.

— Grady...

— Conheço um lugar — interrompeu ele. — É uma cidadela nas Terras do Leste.

Devagar, virei o corpo na direção dele. Ouvi um sussurro do nome do lugar na minha mente antes mesmo de ele abrir a boca.

— Cold Springs — falei. Depois, ouvi mais coisas e fiquei apavorada.

— Você está falando de uma cidadela — comentei abaixando a voz a um murmúrio — que está basicamente se tornando uma fortaleza para os rebeldes. Uma cidadela que inevitavelmente vai acabar como Astória. Você acha mesmo que *lá* teremos um futuro?

— Você não tem como saber disso. — Ele semicerrou os olhos, e seus ombros enrijeceram. — A menos que *saiba*.

— Não sei no sentido de já ter visto a cidadela ser destruída, mas não preciso de dons especiais para saber que uma hora ou outra isso vai acontecer.

Grady relaxou.

— Pode ser que não. Talvez Beylen não deixe que isso aconteça.

Balançando a cabeça, soltei uma risada baixa e irônica.

— Você tem muita fé em alguém que nunca conheceu e que só teve sucesso em fazer com que um monte de gente acabasse desabrigada ou morta.

— Não é diferente de quem tem fé num rei que nunca conheceu — ressaltou ele. — Que nunca fez nada pelos ínferos.

A respeito daquilo ele estava certo. Cruzei os braços na altura da cintura e pressionei os dedos dos pés no chão. Ele estava certo sobre muitas coisas que diziam respeito aos Súperos e a como o reino era governado. Não é como se aquelas coisas nunca tivessem passado pela minha cabeça, mas Grady não estava apenas sugerindo que fôssemos embora de Archwood — ele estava sugerindo que partíssemos para nos juntarmos à rebelião, o que provavelmente nos colocaria numa posição muito pior do que todas que já tínhamos enfrentado na vida. Mesmo incapaz de ver o futuro dessa escolha, eu sabia que as chances de que acabaríamos mortos eram altíssimas.

— Nós teríamos tido essa conversa se Claude não tivesse me requisitado esta noite?

— Uma hora ou outra, sim — respondeu Grady. — Mas de fato agora parece o melhor momento, com o que está acontecendo nas Terras do Oeste e o Príncipe da porra de Vytrus vindo para cá.

Eu o olhei.

— O príncipe... ele é diferente — repeti.

— E o que te faz pensar isso, Lis? Sinceramente?

— Bem, começando pelo que ele fez com o mestre.

— Aquilo te faz pensar que ele é diferente? — Foi a vez de Grady dar uma risada irônica. — Lis, ele deixou o mestre aos deuses-darão parecendo um pretzel humano.

Estremeci.

— Não era dessa parte que eu estava falando. Ele, o príncipe Thorne, perguntou a respeito dos machucados nos meus braços.

— O quê?

— Os beliscões do mestre. Eu sempre ficava com hematomas...

— Sim, eu me lembro daquele bosta sempre te beliscar — interrompeu Grady. — Mas o que quer dizer com o príncipe ter te perguntado sobre isso?

Olhei para Grady com o cenho franzido. Sua expressão refletiu a minha.

— Naquela noite, depois de olhar nos meus olhos, ele viu os meus braços e perguntou como eu tinha me machucado.

Grady me olhou, as sobrancelhas erguidas.

— Você não se lembra?

— Eu me lembro de tudo daquela noite, até dos momentos em que eu não conseguia mover um músculo sequer ou mesmo piscar. — Ele cerrou os dentes. — O que não me lembro é daquele príncipe te perguntando isso.

— Mas ele perguntou. Ele viu os hematomas e perguntou o que tinha acontecido. Eu não respondi, mas olhei para o mestre. Foi por isso que ele... — Parei de falar. — Está falando sério? Não se lembra mesmo de ele me perguntar aquilo?

— É, Lis, estou falando sério. Eu não o ouvi dizendo nada do tipo, e eu estava do seu lado.

Abri a boca, mas não soube o que dizer ao me sentar um pouco mais para trás na cama. Eu sabia que eu o tinha escutado. Ele falou comigo quando estendi os braços e depois levou os dedos aos lábios e sorriu. Como Grady podia não ter ouvido nada?

E como foi que eu ouvi o príncipe?

CAPÍTULO DEZOITO

Entre tudo o que aconteceu com o príncipe Thorne e o que discuti com Grady depois, eu não achava que ia conseguir descansar. Ainda mais considerando que minha mente não parava de voltar à questão de eu ter mesmo ouvido a voz do príncipe Thorne todos aqueles anos antes ou se tudo tinha sido apenas imaginação de uma criança assustada. A última opção me parecia a explicação mais provável, mas também não me caía bem.

Entretanto, acabei dormindo depois de Grady ir embora e nem fiquei me revirando na cama, acordando de hora em hora, como de costume. Dormi feito uma pedra e, de alguma maneira, ainda me sentia cansada pela manhã, querendo apenas voltar a dormir. Porém, não demonstrei isso enquanto Hymel me escoltou pelos corredores do Solar de Archwood.

Grandes buquês de jasmim adornavam as laterais, preenchendo o ar com um aroma doce e um tanto almiscarado, provavelmente colocados ali para impressionar o príncipe Thorne. Só que o cheiro provocante das flores não era a única novidade. Havia ainda uma... densidade distinta na atmosfera. Eu a percebera enquanto me forçava a me vestir de manhã. Toda vez que eu tocava algo, sentia uma energia estática, e estava sentindo a mesma coisa irradiando pelo corredor.

Era a presença dos Súperos. Eu tivera a mesma sensação na Cidade da União, nos jardins e na noite anterior, e sabia que diziam que o ar podia mudar se um Súpero sentisse emoções muito fortes como raiva ou felicidade, ou se houvesse muitos deles no mesmo espaço.

Olhei através de um dos arcos abertos, espiando os estábulos à distância, que estavam mais agitados do que o normal. De debaixo dos tablados, os cuidadores e os ajudantes escovavam e alimentavam cavalos de pelagem brilhante preta ou branca — cujas cernelhas, local onde o corpo se juntava ao pescoço, precisavam ficar a pelo menos dois metros do chão. Aqueles animais... eles deviam ser uns quinze centímetros mais altos do que os nossos.

— Eles pertencem ao Súpero que chegou — comentou Hymel, seguindo meu olhar. — Enormes, não são?

Ao observar os cavalos, contei quatro animais. Será que o príncipe Thorne estava perambulando pelo solar? Meu coração acelerou. Ainda era cedo, mas...

— Sabe — disse Hymel alguns passos à minha frente, a espada presa às suas costas, chamando minha atenção —, não te mataria me desejar um bom dia. Puxar assunto. Responder a um comentário ou outro.

Reprimi um suspiro. Não era a primeira vez que ele pegava no meu pé por não *conversar* com ele. Era uma coisa bastante rotineira, assim como meu silêncio. Eu simplesmente não gostava de Hymel, e ele sabia disso.

— Talvez as coisas fiquem um pouco mais agradáveis para você — acrescentou enquanto virávamos na direção de outro corredor.

A única coisa que tornaria essas caminhadas mais agradáveis seria se houvesse um abismo e Hymel caísse nele.

— É só para o caso de você ter se esquecido — disse Hymel, à medida que nos aproximávamos do arco suspenso por pilares da entrada do escritório de Claude —, você não é melhor do que eu. No fundo, você não evoluiu muito de uma mera vagabunda que às vezes consegue ver o futuro.

Revirei tanto os olhos que me surpreendi por eles não terem ficado permanentemente virados para dentro das órbitas. Enquanto ele parava para abrir a porta, fiquei me perguntando se ele pensava mesmo que aquilo me ofendia. Era bem possível que Hymel acreditasse que tinha me atingido com aquelas palavras. A maioria dos homens medíocres pensavam que eram capazes disso. Ele virou a cabeça, seus olhos pálidos me encaravam com desafio.

Sorri para ele, e o sorriso aumentou quando o vi cerrar os dentes. Rompi o contato visual ao entrar no escritório.

Claude estava sentado na beirada da mesa, as pernas esguias e longas cobertas por calças pretas. Ele levantou a cabeça, desviando a atenção de um pedaço de pergaminho que segurava quando entramos. Um sorriso folgado apareceu em seu belo rosto, e eu fiquei perplexa com o fato de não haver um único traço da noitada em sua aparência para contar a história. Só podia ser por causa do que ele era. Se eu me comportasse daquele jeito, minhas olheiras nunca dariam trégua.

— Bom dia, mascote. — Ele abaixou o pergaminho para a mesa de carvalho branco. — Pode se sentar.

— Bom dia — respondi, sentando no sofá enquanto Hymel fechava a porta do escritório, e cruzei as mãos sobre o colo no meu vestido creme.

— Quer café? — ofereceu Claude ao pegar uma xícara.

— Não, obrigada.

A última coisa de que meu estômago nervoso precisava era cafeína.

— Tem certeza? — Ele deu um gole curto e delicado no café. — Você parece estar cansada.

— Eu tive... uma longa noite — contei.

Claude arqueou uma sobrancelha.

— Cansativa também?

Observei Hymel ir até o gabinete com um sorriso estampado no rosto.

— Um pouco. Eu... eu não esperava encontrar um Súpero quando entrei em seus aposentos.

— Ah. — Ele franziu o cenho. — Eu não mencionei que ele era um Súpero?

— Não — rebati com uma resposta curta.

— Pelos deuses, eu achei que tinha te contado. Eu... — Ele expirou devagar. — Eu não estava plenamente são ontem à noite.

Ah, jura?

— Peço desculpas, Lis. Eu achei mesmo que tivesse te dito que ele era um lorde. — Ele parecia sincero, mas naquele momento eu não me importava. — Como foi?

— Foi bom — respondi, sentindo um calor subir pelo meu pescoço.

— Claro que foi. — Ele levou a xícara aos lábios e deu mais um gole. — Me conte: é verdade o que dizem? Os lordes Súpero são mesmo bem-dotados como... — Ele olhou para Hymel, franzindo a testa. — Como é que falam mesmo?

— Dizem que são bem-dotados como seus garanhões — emendou Hymel, servindo-se de um copo de uísque.

— Ah, sim. — Claude suavizou a expressão. — Isso mesmo. Estou morrendo de curiosidade.

Eu não sabia por que Claude precisava pedir explicações a respeito daquele boato. Além do fato de ser uma dúvida mundana, obscena, ele era parte Súpero. Os *caelestias* também eram avantajados naquele quesito.

— Acredito que seria uma comparação um tanto acirrada.

A pele clara do canto dos olhos de Claude formou vincos quando ele riu.

— Olha só para você. *Corando.*

Esforçando-me para respirar normalmente, imaginei um daqueles garanhões invadindo o escritório e pisoteando o barão. E Hymel. Só um pouquinho. Assim, voltei a sorrir.

— Por mais que eu esteja muito curioso para te ouvir contar o motivo que te fez corar, isso vai ter que ficar para depois — continuou Claude. — A respeito do que vocês dois conversaram?

— Falamos de onde ele vem, mas não com muitos detalhes.

— E o que mais?

Eu o encarei.

— Você sabe *quem* ele é? Mais do que apenas o nome?

Claude ergueu uma sobrancelha.

— Só sei o nome dele, e foi por isso que te mandei até ele, minha mascote. Acredito que ele seja um lorde que o rei mantém por perto da capital.

— Ele não é só um lorde qualquer — falei. — Na verdade, Claude, ele nem mesmo é um lorde. Ele é o Príncipe de Vytrus.

— Puta que pariu! — soltou Hymel, arregalando os olhos.

O barão abaixou a xícara até a coxa.

— Tem certeza?

Por que *caralhos* não paravam de me perguntar aquilo?

— Sim, tenho certeza. Ele é o Príncipe de Vytrus.

— Meus deuses! Por que é que ele viria aqui? — exclamou Claude.

— Não foi para coletar dízimos — respondi.

— Não brinca? — murmurou Claude com sarcasmo.

Ele colocou a xícara na mesa, o que provavelmente mancharia a madeira. Eu nem sabia por que estava pensando naquilo, mas sentia dó em estragar um material tão bonito.

— Achei que você ficaria mais aliviado — falei.

— Eu estaria, mas estou muito mais preocupado de ter um brutamontes sob o meu teto. — Ele engoliu em seco. — Quando o rei está descontente com alguma coisa, geralmente é o Príncipe de Vytrus que ele manda para resolver a situação, e com "resolver", quero dizer causar um banho de sangue.

Senti um aperto no peito.

— O príncipe Thorne pode ser muitas coisas, mas não é um brutamontes.

Hymel franziu o cenho e se apoiou no gabinete.

— Ah, é? — ressaltou Claude.

— Sim. — Apertei os dedos. — Não acho que seja tudo verdade o que dizem sobre ele. Ele foi... — Um cavalheiro? Não parecia ser o adjetivo mais apropriado. Balancei a cabeça. — Ele não é um brutamontes.

O barão ficou em silêncio.

— Parece que alguém aqui levou pica até esquecer o bom senso — disse Hymel.

Olhei feio para ele.

Hymel deu um sorriso maldoso.

Desviei o olhar do primo de Claude, resistindo à tentação de tacar um dos pesos de papel da mesa do barão na cabeça dele.

— Ele veio discutir com você a situação na fronteira.

Claude endireitou a postura.

— Nas Terras do Oeste? Os Cavaleiros de Ferro?

Fiz que sim.

— Ele acha que a questão vai se espalhar para o restante das Terras Médias? Chegar a Archwood?

Nós de ansiedade migraram do meu peito para a minha barriga.

— Isso eu não sei — falei. Era chegada a hora de as coisas se complicarem. — Foi muito difícil de lê-lo, mesmo quando eu... quando eu o tocava.

Claude ficou em silêncio à medida que a curiosidade surgia em seu rosto.

— O que quer dizer?

— Quando tento, você sabe, me conectar a ele... — Finquei as unhas nas palmas da mão. A história que eu estava inventando era no mínimo inconsistente. — Eu vi tudo branco... como uma parede branca, o que tornou muito difícil extrair informações dele.

— Hm. — Claude pareceu imerso em pensamentos, e por algum motivo os nós de ansiedade se alojaram ainda mais na minha barriga. — Esse escudo que você viu era para te bloquear?

— Sim. Pensei que, se fosse mesmo isso, a parede podia ser quebrada.

Meu estômago revirou quando admiti aquilo em voz alta para Claude. A confissão me deixou com um gosto ruim na boca.

Claude não disse nada por um bom tempo.

— Seria mais difícil de você ler um príncipe do que um lorde. — Ele então olhou para Hymel, e eu franzi o cenho. — Falo com você depois.

A dispensa tinha sido óbvia. A irritação de Hymel também. Ele bateu o copo no gabinete antes de sair a passos duros do escritório.

Claude ergueu uma sobrancelha quando Hymel fechou a porta.

— Ele é um filho da puta pé no saco, não acha?

— Ele não gosta de quando você impõe sua autoridade e o lembra de que você é o barão.

— E de que ele não é?

— Isso. — Observei Claude se levantando. — Mas disso você sabe.

— Eu gosto de provocá-lo quando posso. — Ele me lançou um sorriso rápido, gesticulando para que eu chegasse mais perto dele. — Venha.

O perigo de Claude acabar descobrindo de alguma maneira que eu tinha admitido ao príncipe ter sido enviada a ele para extrair informação pareceu ter passado. A curiosidade assumiu o lugar do medo enquanto me pus de pé, me aproximando dele.

Ele foi para o lado, estendendo uma das mãos para a lateral da mesa que não estava coberta de cartas.

— Sente-se.

Subi na mesa, colocando os dedos sobre a madeira lisa. Meus pés balançavam a alguns centímetros do chão.

Claude me olhou devagar, começando por meu rosto e descendo, como se estivesse procurando sinais de alguma coisa.

Sem saber qual era a jogada dele, permaneci imóvel quando ele afastou mechas de cabelo dos meus ombros.

— A noite foi boa? — perguntou ele de repente. — De verdade?

— Sim.

Ele deu um sorriso breve.

— Quero todos os detalhes do que se passou entre vocês dois.

— Bem… — comecei devagar, tentando pensar rápido no que eu poderia compartilhar da noite anterior. — Parece que você também se enganou sobre ter avisado o príncipe de que eu iria ao encontro dele.

— Merda. — Ele congelou os dedos entre minhas mechas. — É sério?

Concordei com a cabeça.

— Sinto muito. Mesmo. — Os olhos de Claude encontraram os meus por um instante. — Eu não a teria mandado até lá se soubesse que ele era o Príncipe de Vytrus.

Eu não sabia se acreditava nele. Claude era capaz de tomar decisões impensadas quando estava embriagado.

— Qual foi a reação dele à sua aparência?

— Ele ficou… — Arqueei as sobrancelhas quando ele tocou meu queixo, virando minha cabeça para a esquerda e depois para a direita. — Ele ficou surpreso.

— Ele te machucou? — perguntou Claude, uma onda de cabelo caindo sobre sua testa. — De que maneira?

— Não. — Percebi que ele estava analisando meu rosto, à procura de sinais; alguma marca ou hematoma. — Ele não fez nada, Claude.

Ele não disse nada por um longo momento.

— Você o serviu?

— Ele pediu que eu o ajudasse com o banho.

Tive um leve sobressalto quando ele passou o dedão pelo meu lábio inferior, e encarei os olhos dele. Claude... ele não me tocava daquela maneira havia mais de um ano. Talvez até dois, e houve um tempo em que eu queria que ele me tocasse — quando ansiava que ele aparecesse nos meus aposentos ou me chamasse aos dele, talvez até em desespero, porque eu podia tocá-lo sem culpa, afinal ele sabia do que eu era capaz — ele entendia os riscos de sua privacidade, e eu precisava me concentrar muito para lê-lo. Contudo, minha intuição não ficava quieta por muito tempo. Ele sempre percebia quando acontecia. Eu enrijecia, me afastava. Era aí que Claude me impedia de retribuir suas carícias, seus toques, e uma parte pequenininha de mim gostava disso. Bem, uma parte de mim ainda gostava.

— E? — pressionou Claude.

— E então ele pediu que eu me juntasse a ele no banho, e foi o que eu fiz.

Um lado dos lábios dele se curvou.

— Aposto que todos os outros banhos agora serão fracos em comparação.

— Quem sabe — murmurei.

— E o que mais?

Ele me encarou.

— Ele... ele me tocou.

— Assim?

Assenti quando ele segurou meus seios, passando o polegar pelos topos de cada um. Senti uma onda de prazer que surgiu lenta, como uma reação simples ao toque — a qualquer toque, não especificamente o de Claude. Deslizei as mãos pela mesa, me inclinando um pouco à frente. O olhar dele desceu mais uma vez. Ele abriu a boca quando seus dedos tocaram minha pele. Peitos sempre tinham sido a tara de Claude. Eu o observei passando um dedo pela borda do corpete, sua pele era mais pálida que a minha — e ainda mais pálida e muito mais gelada que a de Thorne. Minha respiração vacilou de novo, mas não foi por causa do toque do barão.

— Ele te comeu?

Senti um desejo intenso que em nada tinha a ver com o que as mãos de Claude estavam fazendo. Eram as palavras dele que provocavam aquilo em mim. Era a imagem do... do príncipe Thorne que elas conjuravam que tinham me feito estremecer um pouco.

— Não.

— Sério?

Ele levantou o rosto para mim, a dúvida impregnava seu tom.

— Ele usou os dedos, e eu a mão. — A lembrança nítida demais deixou minha voz rouca e meu sangue fervendo. — Só isso.

— Estou um tanto decepcionado.

Soltei uma risada, o que atraiu os olhos verde-água dele.

— Desculpa. É que você parece mesmo estar decepcionado.

— Estou. — Um sorrisinho apareceu enquanto ele me acariciava. — Não gosto do fato de você passar tantas noites sozinha.

Nem eu, mas...

— Foi bom.

— Que bom.

Ele voltou mais uma vez a atenção ao meu seio. Se pudesse passar o resto da vida fodendo peitos, ele seria um homem feliz.

Baixei o olhar para sua virilha, e dava para ver que ele estava semiereto. Eu podia levar minha mão até lá. Tocá-lo por pelo menos um tempo antes que ele me detivesse. Ele obviamente estava a fim de brincar naquela manhã. Eu podia guiá-lo para dentro de mim, suplicar que me pegasse de jeito ali sobre a mesa. Não seria a primeira vez. No entanto...

Nenhum de nós dois queria isso do outro. Com exceção dos meus seios, eu não fazia o tipo dele. Ele preferia cabelos mais claros e corpos mais magros, mesmo em relação a homens. E eu? Eu não sabia qual era o meu tipo. Não havia nenhum traço em específico de que eu gostasse mais em homens ou mulheres.

Ainda assim, se eu o tocasse, ele não me rejeitaria. Não apenas porque eu era um corpo quente. Eu *sabia* as intenções de Claude. Ele só me daria o que eu desejava porque queria poder me oferecer mais.

Só que isso parecia esforço demais, e para quê? Alguns segundos de prazer que seriam facilmente esquecidos.

E, deuses, isso não era sinal o bastante? Ainda mais quando a busca pelo prazer era tão comum quanto a vontade de matar a sede?

— Descobriu mais alguma coisa? — perguntou Claude, prendendo minha atenção.

Meus pensamentos foram a mil. Claude provavelmente esperava que eu tivesse descoberto mais a respeito do príncipe do que apenas o motivo por ele estar ali. Ele sabia o que eu podia extrair de alguém.

— Já faz um tempo que ele não cria nenhum Rae — falei a primeira coisa que passou na minha cabeça.

— Que inesperado — comentou ele, passando o polegar de novo pelo meu mamilo.

Concordei com a cabeça.

— E ele também está procurando uma coisa. Ou estava.

Claude parou de me tocar.

— O quê?

— Estava procurando algo que... alguma coisa sobre a qual ele achava que outro Súpero tinha informações — falei devagar, dependendo unicamente do que o príncipe havia compartilhado comigo.

Os olhos verde-água claros encontraram os meus.

— Você sabe a respeito de quem ele estava procurando informações?

Balancei a cabeça.

— Isso eu não consegui ler nele.

Ele fechou os olhos e ficou quieto por um longo tempo.

— O Príncipe de Vytrus partiu a cavalo no amanhecer — contou Claude, voltando a passar as mãos pelos meus seios, e depois parando a mão sobre a mesa, ao lado da minha. — Ele disse a um dos guardas que voltaria antes da ceia. Acredito que seja quando ele planeja discutir os assuntos comigo.

Vasculhei em mim à procura de um vestígio de decepção por ele ter parado de me tocar, mas só encontrei apatia. Não era o que eu queria. Eu queria mais.

— Quer inspecionar algum outro lugar, como o espaço entre minhas pernas, atrás de algum sinal da brutalidade do príncipe?

Claude riu.

— Talvez depois. Preciso me reunir com os irmãos Bower.

Um par de filhos de aristos que com frequência eram tão imprudentes quanto o barão. Eu esperava mesmo que ele planejasse manter a mente limpa.

— Quero que esteja presente quando ele falar comigo.

Senti um frio na barriga.

— Por quê?

— Porque quero saber se ele está me contando tudo — falou, ajeitando o laço do meu corpete. — E que não há más intenções em sua vinda a Archwood.

Cacete.

Eu ou uma bola de cristal daria na mesma. Ele se afastou, e eu desci da mesa. O vestido formou uma poça de tecido no chão conforme o pânico ameaçava tomar conta de mim.

— Vou pedir que Hymel vá te buscar quando chegar a hora, então fique a postos. — Ele se inclinou e plantou um beijo em meu rosto. — Vejo você depois.

Fiquei parada enquanto Claude saía do escritório e assim continuei por um bom tempo.

— Caralho — resmunguei, tombando a cabeça para trás.

— Isso eu vou ficar te devendo.

Assustada, levantei a cabeça e virei em direção à voz de Hymel.

Ele estava no umbral da porta, aberta, com o sorriso maldoso de sempre estampado no rosto.

— Aposto que meu primo já resolveu essa sua vontade hoje. — Ele fez uma pausa. — Se bem que teria sido rápido demais.

Revirei os olhos e o ignorei ao seguir para a porta.

Hymel não se moveu.

— Sobre o que ele queria conversar com você em particular? — perguntou. — Era sobre o príncipe Rainer?

Parei, mas não respondi.

— Ele acabou de passar por mim no corredor e me pediu para enviar uma mensagem ao Príncipe de Primvera pedindo para marcar uma reunião, mas não quis me dizer o motivo — falou Hymel.

A surpresa tomou conta de mim. Será que tinha a ver com o mercado das sombras? Se sim, ele só iria agir em prol daquilo agora? Depois de semanas?

— Aposto que você sabe por que ele quer se reunir com o príncipe — deduziu Hymel.

Eu não sabia, mas o mais interessante era que Hymel também não. Eu duvidava que Claude tivesse apenas se esquecido de mencionar aquilo ao primo. Não falei nada ao passar por Hymel.

Ele se virou depressa, segurando meu pulso. Apertando, ele me puxou para trás. Tropecei, fulminando-o com os olhos depois de recuperar o equilíbrio. Tentei me soltar, porém...

Hymel torceu meu pulso com força. Gritei com a dor repentina que se espalhava pelo meu braço. Seus olhos brilhavam, e seu sorriso perverso era nojento.

— Eu te fiz uma pergunta.

— Eu sei — sibilei entre dentes, vendo os olhos dele se arregalarem perante o modo como eu estava falando com ele. — E eu estou te ignorando, então me solte.

Ele apertou os lábios.

— Você se acha tão especial, né? Pena que não passa de...

— Uma vagabunda? Eu sei. Você já disse isso quinhentas vezes. Pelo menos sentir prazer não é problema nenhum para mim. — Sustentei o olhar, sabendo que eu estava prestes a desferir um golpe baixo e maldoso que seria tão cruel quanto ele. — Já para você...

As costas da outra mão de Hymel cortaram o ar no espaço entre nós, mirando meu rosto, mas de alguma maneira fui mais rápida. Peguei o braço dele, agarrando sua túnica.

— Nem pense em me bater.

Ele relaxou a mandíbula, e seu rosto empalideceu ao soltar meu pulso dolorido. Nós dois nos entreolhamos, e, por um momento, eu podia jurar que havia medo em seus olhos. Um medo real, primitivo. Depois, a expressão dele suavizou.

— Senão o quê, Lis?

Uma trilha de formigamento começou na minha nuca à medida que as imagens inundavam minha mente — cenas horríveis de Hymel pegando a própria espada e fincando-a em seu próprio corpo. Apertei seu braço com mais força. Um tipo de frio cresceu dentro de mim. Uma energia. Um poder. O que vi não era um futuro definido, era o que eu queria que Hymel fizesse...

Larguei o braço dele, dando um passo para trás. Meu coração martelava, errático.

Hymel me encarou por vários segundos.

— É engraçado, sabia? Você. Suas habilidades. Basta um toque para você descobrir o nome de uma pessoa, seus desejos. Seu futuro. Até mesmo como ela morrerá. — Seus lábios se contorceram num sorriso por trás da barba aparada. — No entanto, você não sabe porra nenhuma.

— Talvez — respondi, baixinho. — Mas sei como você vai morrer.

Ele enrijeceu.

— Quer saber? — Sorri para ele. — Não é nada legal.

Respirando fundo, Hymel deu um passo na minha direção, mas se deteve. Sem dizer mais uma palavra, ele deu meia-volta e saiu do cômodo.

— Então tá — murmurei, abaixando o olhar para meu pulso. A pele já começava a ficar vermelha. — Babaca.

Mas eu também era.

Eu tinha mentido. Eu nunca tocara Hymel, nem me esforçara o bastante para ver seu futuro. Não fazia a menor ideia de como ele morreria. E como o carma era tão real quanto a ideia de destino, ele provavelmente viveria mais que o restante de nós.

Saí do escritório do barão, e foi só quando eu estava na metade do caminho de volta aos meus aposentos, enquanto me imaginava chutando Hymel entre as pernas repetidas vezes, que me toquei de um detalhe na minha conversa com Claude. A lembrança me fez parar de repente próximo às janelas que davam para os estábulos.

Claude não tinha me perguntado a respeito do *que* o príncipe Thorne buscava informações, mas de *quem*.

Andei para lá e para cá no meu quarto, pensando no que Claude havia dito. Ele provavelmente só deixara aquilo escapar, dizendo "quem" quando na verdade queria dizer "o quê", mas...

Minha intuição me dizia que não era o caso.

Só que o que aquilo podia significar — se Claude sabia que o príncipe estivera buscando informações sobre alguém? Por que importava?

Nesse quesito, minha intuição não ajudou.

O que eu precisava mesmo era esquentar a cabeça a respeito era como eu poderia ajudar o barão quando ele fosse conversar com o príncipe Thorne. Meu estômago revirou quando entrei nos meus aposentos quase pisando duro. O girar ocioso do ventilador de teto deixava o cômodo fresco, mas ainda estava quente demais. Soltei os botões do corpete e me despi do vestido. Deixei-o no chão, cansada demais e, bem, com preguiça demais para pendurá-lo.

Vestida apenas com uma camisa que chegava à altura das coxas, me joguei na cama e deitei de costas, o pulso dolorido sobre a barriga. Receosa em relação ao machucado, virei-o para analisar seu estado. Ele definitivamente estaria roxo até o fim do dia, mas não estava torcido nem quebrado.

E eu de fato tinha dado sorte.

No passado, em ocasiões em que fui pega roubando comida ou em locais onde não deveria estar, nem sempre tive a mesma sorte.

Encarei o teto, meus pensamentos voltando à ceia. Eu não conseguia ler o príncipe — a menos que eu quebrasse o escudo, algo que Claude achava que eu poderia fazer, e eu não sabia se era porque eu o tinha feito acreditar nisso ou se ele já sabia com certeza.

Pelos deuses, vai ver eu devia simplesmente ter contado a verdade de uma vez, mas já era tarde demais. Eu teria que... dar um jeito.

Debochei de mim mesma, querendo me dar um tapa para ver se começava a tomar decisões melhores, porque as minhas chances de ser capaz de pensar em algo menos idiota que mentir eram bem baixas.

Deuses, eu o veria de novo.

Um nervosismo se espalhou pelo meu corpo. Não foi necessariamente uma sensação ruim, nada como a ansiedade do medo. Estava mais para... querer que algo chegasse logo, o que me preocupava. Eu não devia ficar empolgada para ver Súpero nenhum, muito menos alguém como o Príncipe de Vytrus. Mesmo se eu não o tivesse visto incinerar outro Súpero com as próprias mãos ou esmagar a traqueia de um ínfero, a última coisa que eu devia sentir era felicidade em voltar a vê-lo.

Qualquer interação com um Súpero era um perigo em potencial, considerando que eles podiam descobrir as habilidades que eu tinha e presumir que pratico magia de ossos. Ainda mais dentro do Solar de Archwood, onde havia gente demais que sabia dos meus dons. Eu devia era estar ansiosa para o momento em que o príncipe iria embora de Archwood.

Mas não era o que eu estava sentindo.

Talvez Hymel estivesse certo e eu tivesse mesmo levado uma *dedada* tão boa que me fez esquecer o bom senso.

Com um suspiro, voltei a pensar em Claude. Lembrei de quando o conheci, e do quanto suas feições mudaram depressa de raiva para surpresa quando o alertei a respeito do homem que estava determinado a roubá-lo.

No entanto, aquela surpresa não durou muito. Ele não duvidou do que eu tinha contado nem questionou meu alerta como muitos faziam a princípio. Ele apenas aceitou que o que eu sabia era a verdade. Não foi o primeiro a fazer isso, mas definitivamente foi o primeiro aristo que acreditou em mim sem pestanejar. Talvez isso devesse ter deixado uma pulga atrás da orelha, mas tudo que eu sentia era alívio por Claude ter demonstrado sua gratidão me oferecendo trabalho e moradia, não só para mim, mas para Grady também. Eu queria uma cama quente e segura, e também não queria mais ter que roubar pão velho para não morrer de fome. Eu não queria nunca mais precisar ver Grady doente e não ter como ajudá-lo.

Mas talvez eu devesse ter feito perguntas.

Em vez disso, fiz de Claude meu confidente e lhe contei muitas coisas. Sobre como Grady ficara extremamente doente quando éramos jovens. Os abrigos que mais pareciam fábricas, exigindo que as crianças trabalhassem. Contei até mesmo sobre a Cidade da União. E ele me contou a respeito de sua família, o sangue Súpero que vinha do lado de seu pai, e como Hymel acreditava que seria indicado como barão quando o mais velho morresse. Mas não perguntei nada.

Já era tarde demais para isso também, mas se Claude soubesse de algo, como se ele tivesse conhecido outra pessoa como eu no passado, por que não teria me contado? O barão às vezes tomava medidas extremas para garantir minha felicidade. Será que arriscaria mesmo que eu descobrisse que ele sabia demais e esconderia aquilo de mim? Fechando os olhos, rolei até ficar deitada de lado.

Meus pensamentos enfim flutuaram até a noite anterior — ao príncipe Thorne e aos momentos que passei com ele. Não ao prazer que ele me deu nem ao clímax que eu proporcionei a ele, mas aos breves instantes nos quais ele... apenas me abraçou.

Puxei as pernas para perto da barriga numa triste tentativa de recriar o sentimento de ser abraçada, de... de *pertencer*.

De *ter direito* a algo.

Era um sentimento bobo, mas foi ele que me ajudou a cochilar, e quando abri os olhos de novo, a luz do sol tinha ido de um canto da parede para o outro, mostrando que já era tarde. Continuei deitada por vários minutos, os olhos pesados, e cheguei perto de voltar a dormir quando percebi que a mudança na luz não era a única coisa que havia *mudado* no ambiente.

O ar estava diferente.

Mais denso.

Carregado.

Uma onda trêmula de consciência desceu pela minha coluna. As teias de aranha de sono foram varridas da minha mente, e meu coração disparou.

Eu não estava sozinha.

Lentamente, endireitei as pernas e me levantei sobre o cotovelo ao olhar sobre o ombro para o que eu já sentia — já sabia num nível um tanto primitivo — e ver o príncipe Thorne.

CAPÍTULO DEZENOVE

Por vários momentos, tudo que fui capaz de fazer era encarar o príncipe Thorne, pensando que eu devia estar alucinando que ele estava sentado no sofá próximo às portas que davam para a varanda, com as pernas esguias apoiadas uma sobre a outra na altura do tornozelo. Um raio de sol iluminava a túnica escura sobre o peito dele, e dos ombros para cima ele estava no escuro.

— Boa tarde. — O príncipe Thorne levantou um copo que continha um líquido âmbar. — A soneca foi boa?

Pisquei depressa, a descrença me tirando do meu torpor.

— Você parece não se dar conta disso, mas deve ter errado o caminho para os seus aposentos.

— Estou exatamente onde quero estar.

Quase dava para ouvir o sorriso na voz dele, o que me deixou irritada.

— O que está fazendo aqui, então? — E fazia quanto tempo que ele estava sentado ali? Meu olhar se voltou ao copo do qual ele tinha bebido, e que depois colocou no braço o sofá, e semicerrei os olhos para ele. — Você se serviu do meu uísque?

— Estou apreciando a vista — respondeu ele. — E precisava de um refresco para me acompanhar.

O martelar do meu coração se acalmou.

— Não há nada interessante para se ver nos meus aposentos particulares, Vossa Alteza.

— Thorne — corrigiu, e embora eu não pudesse ver seus olhos, senti o olhar quente dele desenhando a curva do meu quadril... à extensão da minha perna, e boa parte estava exposta para ele. — E eu discordo. Há uma... abundância de interesse para admirar.

A modéstia que me faltara antes resolveu aparecer. Sentei, pressionando as pernas juntas. Meu pulso doeu quando puxei a camisa, que mal me cobria. Mesmo na luz fraca do quarto, o tecido era praticamente transparente — e eu tinha a impressão de que ele sabia muito bem disso enquanto eu o observava.

Um riso grave ressoou das sombras formadas pela luz do sol, fazendo com que um misto de sensações percorresse meu corpo. Cautela. Uma queimação ácida de inquietação. Ainda pior, uma doce pitada de expectativa. A culpa disso eu colocaria no fato de ter acabado de acordar. Mas havia também uma dose considerável de curiosidade. Eu não conseguia imaginar um motivo pelo qual o príncipe Thorne me procuraria em particular daquela maneira a menos que... a menos que ele precisasse ser *servido*?

Essa era uma linha de raciocínio que não fazia o menor sentido. Ele não achava que eu era cortesã. Ainda assim, meu corpo não tinha plano algum de dar ouvidos ao bom senso. O desejo correu por minhas veias, fazendo várias partes de mim ganharem vida, latejando e...

Pelos deuses, qual era o meu problema? Na verdade, eu sabia a resposta. Meu problema era *o que* ele era. A presença de um Súpero e seu efeito sensual nos ínferos. Fazia sentido que a presença de um príncipe fosse mais... difícil de ignorar, além de mais forte.

Na verdade, se ele tivesse ido atrás de mim para que eu o servisse, provavelmente era apenas porque, como ele havia dito, sempre tinha muita fome. Portanto, não havia motivos para eu me permitir ser controlada pelos meus hormônios aparentemente influenciáveis. Levantei a cabeça.

— Não estou... *trabalhando* agora.

Ele inclinou a cabeça para um lado.

— Fico feliz em ouvir isso.

Franzi os lábios.

— E por que isso te deixa feliz?

— Porque eu preferia que nossas interações daqui para a frente fossem entre mim e você — respondeu ele. — Não ditadas por terceiros.

— Não haverá interações entre nós dois daqui para a frente — falei, o que era mentira, pois haveria sim, mas a presença intrusa dele me incomodava... e me deixava animada, o que também serviu para me irritar.

— Eu não contaria com isso.

Meu peito estufou com uma respiração profunda, porém curta. Havia algo diferente nele. Eu não sabia se era a visita inesperada, o fato de que eu não conseguia ver seu rosto ou suas palavras. Podia ser tudo isso, mas um instinto diferente surgiu, que não tinha nada a ver com minhas habilidades e era puramente mortal. Primitivo. Ele me dizia para levantar da cama devagar e dar o fora dali — que eu não corresse, porque se o fizesse, ele me caçaria como qualquer outro predador.

Nas sombras, as galáxias em seus olhos brilharam. O corpo inteiro do príncipe Thorne pareceu enrijecer, como se ele tivesse percebido que eu estava prestes a fugir. Ele abaixou a cabeça na direção do feixe de luz. A curva de seus lábios estava impregnada de intenções predatórias.

Meu coração acelerou, e eu desviei o olhar, me sentindo um pouco ofegante.

— Você não me respondeu — disse o príncipe Thorne, chamando minha atenção outra vez. Ele deu outro gole no *meu* uísque. — Conseguiu descansar com o cochilo?

— Eu *estava* descansando até acordar e ver alguém que eu não convidei nos meus aposentos — ressaltei. — Por que está aqui? De verdade?

Os dedos longos e... diabólicos tamborilaram no braço do sofá.

— Acreditaria em mim se eu dissesse que senti saudades e queria te ver? Debochei.

— Não.

— Sua falta de fé nas minhas intenções me ofende, *na'laa*.

— Não te conheço bem o bastante para saber de suas intenções ou ter fé nelas.

— É mesmo? — perguntou ele de maneira arrastada, depois se colocou ainda mais à luz do sol. Meu peito apertou quando ele inclinou a cabeça para o lado. Seu cabelo estava jogado para trás, exibindo o rosto, e uma única mecha roçava a bochecha. Os olhos multicoloridos estavam focados nos meus. — Acha que não me conhece o bastante depois de eu meter os dedos dentro de você e você botar a mão no meu pau?

O desejo percorreu meu corpo outra vez. Aquela era a última coisa da qual eu precisava ser lembrada.

— Como se isso tivesse algo a ver com te conhecer.

— Verdade — murmurou ele, e um meio-sorriso divertido se formou nos lábios dele.

Cruzei os braços sobre a cintura.

— Como você sabia quais eram os meus aposentos? Melhor ainda: como entrou aqui? A porta estava trancada.

Ele curvou um lado da boca para cima.

— Acha que uma simples tranca pode me impedir de estar onde eu quiser? Meu estômago embrulhou.

— Nossa, isso é meio... assustador.

— Talvez. — Ele nitidamente não se importava. — Agora, a respeito de como eu sabia quais eram seus aposentos, tenho meus métodos.

Eu o encarei.

— Correndo o risco de soar repetitiva...

— O que eu disse também soou um tanto... — O sorrisinho que se formava em seus lábios assumiu uma expressão de desafio. — Assustador.

— Sim. — Levei os dedos ao lacinho vermelho na gola da minha camisa.

— Mas dá para ver que mesmo sabendo que você pode transmitir um ar um tanto suspeito, isso não te impediu de fazer o que queria.

— Não mesmo.

— Bem, acredito que admitir que é um comportamento é problemático já seja meia batalha ganha.

— Só seria uma batalha se eu achasse que meu comportamento é problemático.

— Pelo menos você é sincero — murmurei, enrolando o laço no dedo.

— Um de nós dois precisa ser.

Semicerrei os olhos.

— Não sei o que quer dizer com isso.

— Ah, não?

Ele colocou o copo de uísque na mesinha de centro.

— Não.

Fingi um bocejo ao olhá-lo. O corpo dele estava reclinado numa pose quase arrogante. Voltei meu olhar para a mão dele e imediatamente pensei nela deslizando sob a água. Em seguida, senti uma movimentação nos músculos acima da virilha.

— No que está pensando, *na'laa*?

— Pare de me chamar assim. E eu não estava pensando em nada.

— Ficaria brava se eu dissesse que você está mentindo?

— Sim, mas estou com a impressão de que isso não vai te impedir também.

— Não vai. — O meio-sorriso permaneceu firme. — Seus batimentos aceleraram, e não foi por medo nem raiva. Foi tesão.

Tomei fôlego e resisti à tentação de pegar um travesseiro para atirar nele.

— E se tiver sido mesmo? Você já devia ter se acostumado, sendo o que é. É apenas uma... uma reação natural a sua presença, nada que eu consiga controlar.

— Ah, *na'laa* — rebateu ele, aos risos. — Suas mentiras me divertem.

— O quê?! Eu não estou mentindo.

— E como está! O que você está falando parece mais uma compulsão, e não é essa a verdade. Nossa presença não incita algo que não está ali em

221

primeiro lugar — explicou. — Ela não te força a sentir prazer se você já não estiver disposta a senti-lo. Apenas intensifica o que já se faz presente.

Calei a boca.

Ele arqueou uma sobrancelha.

— Sua reação a mim não devia ser algo digno de vergonha.

— Não estou com vergonha.

Eu me remexi na cama de novo, apoiando o peso na minha mão direita. Com uma careta de dor, parei de me apoiar nela.

— Está certo.

Ele ficou de pé, revelando sua altura.

Fiquei tensa, meus dedos ficaram paralisados sobre a fita. Meu coração estava acelerado, cada parte de mim tinha plena noção de que ele não havia tirado os olhos de mim desde que acordei.

— Você não devia estar aqui.

— Por que não? — perguntou ao se aproximar da cama, mais como se assumisse uma posição de ataque do que como se estivesse apenas andando. — Seu barão ficaria incomodado?

— Não, não ficaria, mas a questão nem é essa. Eu não te convidei.

— Mas eu bati — justificou ele, parando ao lado da cama. — Você não respondeu, e é bom saber que ele não se sentiria contrariado com a minha presença.

Ignorei o último comentário.

— E aí você decidiu… o quê? Só entrar?

— Evidentemente — murmurou, baixando o olhar para as minhas pernas nuas. — E depois decidi deixá-la dormir. Você parecia… tão em paz. — Ele restabeleceu o contato visual entre nós. — Presumo que queira que eu me desculpe por ter entrado sem permissão. Que eu reconheça que ultrapassei os limites.

— Seria um bom começo — rebati. — Mas tenho a impressão de que você não fará isso.

A resposta dele foi um sorriso de lábios fechados.

— Vou te contar algo que você não está disposta a admitir. Você não acha meu comportamento problemático de verdade.

Engoli em seco.

— É aí que você se engana.

— Nunca erro, se esqueceu?

— Tenho uma vaga lembrança. — Com o coração disparado, eu o observei se sentar à beirada da cama, ao meu lado. — Mas também me lembro de achar improvável que alguém nunca possa errar.

— Você pode estar irritada por eu ter entrado sem permissão — falou ele, colocando a mão do outro lado das minhas pernas.

— Posso?

Um lado de seus lábios se curvou para cima.

— Ok, você *está* irritada, mas não acha minha presença problemática.

O fôlego que tomei estava cheio daquele cheiro florestal leve que eu ainda não conseguia identificar.

— Preciso confessar, Vossa Alteza, que estou decepcionada.

— Thorne — corrigiu ele novamente. — E como foi que eu a decepcionei?

— Eu esperava que um Súpero poderoso como você pudesse ler melhor as pessoas — falei. — Pelo visto, coloquei expectativas demais em você.

Ele deu uma risada baixa e abaixou a cabeça. Outra mecha castanho--dourada caiu à altura do queixo.

— Acho que você se esqueceu de algo muito importante que compartilhei nos jardins. Estou em sintonia com você. Sei exatamente o que causou cada falha na sua respiração e cada martelar do seu coração. Você não ficou perturbada com a minha aparição. — Os cílios grossos flutuaram conforme ele corria o olhar pelo meu corpo. — Você ficou excitada, *na'laa*.

Calor tomou conta das minhas bochechas. Ele estava certo, mas eu tinha ficado perturbada pela verdade em suas palavras.

O príncipe Thorne ergueu uma sobrancelha.

— Não vai dizer nada?

Torci a fita bem apertada no dedo.

— Não.

A risada dele soou grave.

— Vi que pegou algo que não lhe pertence.

— O quê? — Franzi o cenho, e em seguida olhei direto para a adaga na cabeceira, ao lado da bainha e do arnês que Grady me havia arrumado. — Vai pegá-la?

— Eu devia?

— Não sei. Não tem medo de que eu a use contra você?

— Não necessariamente — respondeu ele, e a irritação me inundou. — Isso te incomoda.

— Sim — admiti. — É um insulto, de certa maneira.

— É um insulto que eu não tenha medo de que você tente me machucar? Refleti.

— Mais ou menos, é.

O príncipe Thorne riu, uma risada grave e rouca, e eu decidi que também via aquele divertimento todo como um insulto, por ser tão agradável.

— Talvez, se você tivesse, não invadiria meu espaço sem ser convidado e sem avisar — ponderei.

— Não, isso provavelmente também não me impediria.

— Entendi.

— Tenho um motivo para estar aqui.

— Além de me irritar? — rebati.

— Sim, além disso. — Ele olhou para meus dedos. Parei de mexer com o laço, e ele voltou a atenção para os meus olhos. — Eu queria saber como foram as coisas com seu barão.

Comecei a falar, um tanto aliviada... e desconcertada por ele de fato ter motivo para estar ali, mas sustentei seu olhar, e de repente senti vontade de perguntar se ele já tinha se pegado pensando na menina que encontrou no abrigo. Eu queria saber se ele tinha falado comigo como eu achava que tinha feito, mas Grady disse que aquilo era impossível. Eu queria...

Desviei o rosto e pigarreei.

— Eu falei com ele de manhã. Ele ficou aliviado por você não estar aqui devido ao descontentamento do rei.

— Eu nunca disse que o rei não estava descontente com ele.

Voltei a encará-lo. Expirei, erraticamente. De alguma forma, ele havia chegado mais perto, e menos de trinta centímetros nos separavam. O quê...?

A mão do príncipe Thorne se curvou ao redor do meu cotovelo, e antes que eu pudesse entender suas intenções, ele levantou meu braço. A linha de seu maxilar ficou tensa.

— Você está machucada. — As cores nos olhos dele ficaram estáticas, mas suas pupilas dilataram. Com cuidado, ele virou minha mão, expondo o lado interno do meu pulso ao fino feixe de luz. — Não fiz isso ontem à noite. Quem foi?

Balancei a cabeça.

— Eu nem tinha visto... — menti, porque eu jamais falaria a verdade a respeito daquilo, nem mesmo a Grady. Era... era vergonhoso demais, e eu sabia que estava errada por me sentir assim, mas não mudava o modo como eu me sentia. — Não faço ideia de como aconteceu.

— Os hematomas parecem marcas de dedos.

A voz dele estava baixa, e uma brisa gélida surgiu no ar.

Pequenos arrepios se espalharam pela minha pele enquanto eu olhava nervosa pelo quarto.

— Deve ser ilusão.

Tentei soltar meu braço, mas o príncipe Thorne continuou me segurando, passando os dedos esguios sobre meu pulso. Eles se moviam em círculos lentos e leves.

— Sua pele é linda demais para ser machucada — ressaltou, com certo gelo em seu tom. — Me diga, *na'laa*, seu barão não trata bem sua... seja lá o que você for... *favorita*?

— Eu...

Parei de falar quando ele levou meu pulso aos lábios, dando um beijo ali — os mesmos lábios duros e firmes, mas que de alguma maneira também eram macios feito cetim. Eu abri a boca à medida que um calor formigante se espalhava pelo meu pulso, amenizando... e depois *apagando* a dor que ali estava. Olhei para ele, que abaixava minha mão para o meu colo. Os ferimentos haviam sumido. Não era a primeira vez que ele fazia aquilo.

Talvez seus beijos tivessem o poder da cura?

Ele deslizou os dedos pelo meu braço.

— Quem te machucou?

— Eu já disse. Ninguém.

Ele inclinou a cabeça, as mechas do cabelo tocando seu queixo.

— Alguém já te disse que você mente muito, muito mal?

— Alguém já te disse que você não sabe do que fala? — rebati.

— Nunca. — Ele ergueu a cabeça, e havia uma expressão intrigante em seu olhar. — E ninguém nunca falou comigo como você fala.

Eu devia ter tomado aquilo como um alerta para ajustar meu tom, mas desdenhei.

— Não acredito nisso, de verdade.

— E eu não acredito em você.

— Nesse quesito já estamos entendidos — retruquei.

Um brilho branco cortou o azul dos olhos dele e se espalhou para o verde.

— O barão a trata bem?

— Sim.

Outra explosão no azul.

— O pouco que já sei indica uma narrativa diferente.

— Em que sentido?

— Não acho que eu precise explicar como ele agiu com imprudência em relação a sua vida ontem à noite — falou ele, um músculo saltando na têmpora. — Mas caso você não tenha se dado conta, o barão te mandou para os aposentos de um príncipe Súpero que não estava ciente da sua chegada. Meus homens podiam tê-la matado. Eu mesmo podia ter feito isso. Qualquer outro da minha raça *teria* feito isso, e muito mais.

Senti um calafrio, não pelas palavras, mas porque eu sabia que ele dizia a verdade.

— E ele fez isso quando é nítido que você não tem a experiência que se esforçou para me fazer crer que tinha — continuou ele, e eu tive um sobressalto com o roçar de seus dedos na curva do meu braço. Seu toque leve feito uma pluma causou um turbilhão de reações confusas. Eu devia estar furiosa por ele ter invadido meus aposentos, me tocando e exigindo que eu lhe desse respostas.

Exceto que eu não sentia raiva alguma.

Tudo que eu sentia era uma onda firme e arrepiante que seguia a trilha dos dedos dele pela curva do meu cotovelo. Minha pele de repente pareceu esquentar quando ele segurou a manga folgada da minha camisa e... e sentia ansiedade também.

— Então eu já sei a resposta à minha pergunta — concluiu o príncipe.

Seus olhos nunca deixaram os meus ao parar para afastar do rosto as mechas do meu cabelo. Nem mesmo quando seus dedos escorregaram até a minha camisa, ajustando a renda.

Eu me esforcei para me recompor dos meus pensamentos caóticos. Sem minha intuição como guia, eu não tinha ideia de por que o príncipe se importava com o modo como eu era tratada. Eu também não sabia o que ele faria com o barão. Embora Claude vez ou outra se comportasse como um crianção que já tinha feito ainda mais escolhas ruins do que eu, ele era o melhor que qualquer um de nós poderia ter.

— O barão me trata bem. — Sustentei o olhar dele, sem me permitir considerar revelar que tinha sido Hymel. Não porque eu queria proteger aquele desgraçado, mas porque eu sabia que Claude reagiria de um jeito bastante preocupante à ideia de o primo se ferir. — Ele trata a todos nós muito bem.

— Todos?

— Seus amantes. Pode perguntar a quem for, todos dirão o mesmo.

— É isso que você é, então? Uma amante?

Assenti.

— Ele manda a amante favorita dele para os aposentos de outros homens?

— Não há exclusividade entre mim e ele. — Não havia nada concreto entre nós, na verdade, mas isso parecia irrelevante. — Nem com nenhum dos outros amantes.

— Interessante.

Ergui as sobrancelhas para ele.

— Não é, não.

— Vamos ter que discordar. — O príncipe Thorne abaixou a cabeça, e minha respiração falhou ao sentir sua boca abaixo da minha orelha, com meus batimentos acelerados. Ele plantou um beijo ali. — Quem te machucou, *na'laa*?

Indo para trás, estabeleci certa distância entre nós dois.

— Ninguém — respondi. — Devo ter me machucado sozinha enquanto... enquanto estava trabalhando no jardim.

Ele levantou os olhos para mim devagar. Vários segundos se passaram sem que nenhum de nós dissesse nada, como se tivéssemos caído num transe repentino. Foi ele que rompeu o silêncio.

— Trabalhando no jardim?

Assenti.

— Eu não tinha me dado conta de que era uma atividade tão violenta.

Franzi os lábios.

— Geralmente não é.

— E como foi que você machucou o pulso trabalhando no jardim, então?

— Não sei! Já disse que eu nem vi que tinha acontecido. — A frustração tomou conta de mim, e eu me afastei dele. Balancei as pernas fora da cama e fiquei de pé. — E por que é que você se importa?

O príncipe Thorne virou o corpo na minha direção e assim que ficou de frente para mim, percebi que ficar de pé não tinha sido uma decisão muito inteligente. Eu estava bem na direção da luz do sol — praticamente nua.

Ele desviou o olhar do meu e foi descendo pelas mangas e pela renda que ele tinha ajeitado. Senti meus mamilos formigarem, enrijecendo sob o olhar dele. Um arrepio de calor seguiu seus olhos pela curva da minha cintura e a curva do meu quadril.

Eu podia ter feito algo para me cobrir, mas não fiz, e não tinha nada a ver com o fato de ele já ter me visto duas vezes sem uma peça de roupa sequer sobre minha pele.

Era o mesmo motivo da noite anterior. Eu... eu queria que ele me olhasse.

E foi o que ele fez ao se inclinar para a frente e ficar de pé. Olhou por tanto tempo que os músculos do meu corpo começaram a tensionar por... por uma expectativa ávida.

Aquele ímpeto voltou, o que me forçava a dar meia-volta e fugir, sabendo que ele iria atrás de mim. Só que era mais que isso. Eu *queria* que ele corresse atrás de mim.

As cores nos olhos do príncipe estavam se movendo de novo, as estrelas ficando mais brilhantes. Sombras se formavam nas curvas de suas bochechas, e podia ter sido apenas minha imaginação, mas achei que ele *queria* vir atrás de mim.

Tudo isso soava... insano demais para mim. Eu não queria ser perseguida nem... nem *capturada* por ninguém, muito menos por um príncipe.

Tremendo, continuei completamente imóvel. Quando falei, mal reconheci minha voz.

— Perguntei por que você se importava.

O príncipe Thorne não respondeu por um longo tempo, depois respirou fundo, a tensão irradiava de seu corpo e... do meu também.

— Por que eu me importaria com uma garota ínfera que finge ser cortesã...

— Eu não sou uma *garota* — interrompi, irritada com ele e comigo. — E você devia ter plena consciência disso.

— Você está certa. — O olhar dele me devorou numa apreciação lânguida, e o lado direito dos lábios se curvou para cima. — Peço desculpas.

Enrijeci perante a fala arrastada, lenta e sedutora.

— Isso pareceu mais uma indireta sexual do que um pedido de desculpas.

— Vai ver é porque o rubor das suas bochechas quando provocada me lembra de como você fica corada quando goza — comentou ele, e o comentário me deixa boquiaberta. — Eu também pediria desculpas por isso, mas tenho a impressão de que também soaria como uma indireta sexual.

— Pelo amor dos deuses — sibilei. — Você é...

— O quê? — As cores nos olhos dele dançaram de novo. — Cativante para você? Sei disso. Não precisa me contar.

— Não estava nos meus planos.

— Se você diz, *na'laa* — murmurou ele em resposta.

Cerrei os punhos.

O sorriso fraco do príncipe sumiu enquanto ele olhava para as portas da varanda. Um momento se passou.

— Você perguntou por que eu me importo. — Ele franziu o cenho. — Sinto que te conheço. É uma sensação estranha de que já nos conhecíamos.

As palavras "já mesmo" subiram pela minha garganta, mas não consegui proferi-las. A vontade de que ele soubesse que tínhamos nos conhecido bateu de frente com o alerta de que contar a ele pudesse ser um erro. Fiquei paralisada com a confusão, sem entender nenhuma das respostas.

— Fora isso? — A linha de sua mandíbula tensionou. — Não sei. Você não devia mesmo importar.

Encarei o rosto dele, atônita.

— Nossa...

— Você me entendeu mal.

O príncipe não era o único que sentia coisas estranhas. No momento, algo parecido com uma pontada de... de rejeição me queimava por dentro.

— Não, acho que ficou bem evidente.

Ele se virou para mim.

— Eu não falei num nível pessoal, Calista.

Senti um calafrio ao ouvir o meu nome.

Ele inclinou a cabeça, como se tivesse percebido minha reação.

— Sou um Deminyen. Você entende o que isso quer dizer?

— Que você é um Súpero muito poderoso?

Ele soltou uma risada sombria.

— Significa que sou o extremo oposto possível de um mortal, da humanidade. Eu me importo com a raça humana como um todo, mas só por causa do que eu sou. De como fui criado.

— Criado? — sussurrei.

O olhar dele sustentou o meu.

— Os Deminyens não nascem, como os *caelestias*.

— Disso eu sei. — Um pensamento me ocorreu. — Você... — Parei de falar antes que pudesse dizer que ele parecia ser mais novo quando nos vimos pela primeira vez. Na época, ele me pareceu mais jovem em comparação ao lorde Samriel, mas suas feições não haviam mudado nos doze anos que se passaram. — O que está dizendo? Vocês não sentem compaixão nem carinho?

— Alguns Deminyens, sim. Lordes e senhoras, se assim desejarem.

— Mas você não? — Olhei ele de cima a baixo. — Ou talvez não os príncipes e as princesas? O rei?

— Não, nós não.

— Porque são mais poderosos?

— É mais... complicado que isso. Mas basicamente sim.

Franzi o cenho.

— Do pouco que o conheço, não acho que você seja incapaz de sentir.

— Achei que não nos conhecíamos.

Semicerrei os olhos.

— Eu o conheço o bastante para acreditar no que eu disse.

O príncipe me encarou em silêncio antes de murmurar:

— Preciosa.

— O quê?!

— Você.

Revirei os olhos ao cruzar os braços.

— Ok. O que quer que isso...

— Eu demonstrei compaixão a *você*, *na'laa*. Isso não significa que eu seja uma criatura compassiva.

Aquela declaração fez pouquíssimo sentido para mim.

— Acho que está errado a esse respeito.

— É mesmo? — O sorriso estreito voltou. — E por que pensa assim?

— Porque você disse que teria ficado decepcionado se tivesse destruído Archwood — ressaltei. — E não é como se nossa cidade representasse toda a humanidade.

— E eu também disse que a decepção em potencial não teria me impedido de causar destruição.

Senti um embrulho no estômago.

— É, mas você também disse que achava que transformar uma alma em um Rae era injusto. Se você não fosse capaz de sentir compaixão, não acha que talvez seria incapaz de sentir remorso, culpa, ou mesmo de ter um senso de justiça?

O príncipe Thorne abriu a boca, mas não falou nada, apenas me encarou. Segundos se passaram, e eu achei... que ele ficou um tanto pálido.

— Tem razão — concluiu por fim, com a voz rouca.

Depois, ele se virou e saiu dos meus aposentos sem dizer mais uma palavra, me deixando sozinha enquanto refletia sobre por que a ideia de ter compaixão o incomodava tanto.

A reação estranha do príncipe Thorne à sugestão de que ele podia sentir compaixão permaneceu comigo ao longo do dia, mas, à medida que a noite se aproximava, minha confusão foi substituída por ansiedade.

Ao seguir para a sala de banho, pensei que devia ter mencionado o jantar ao príncipe enquanto ele esteve ali. Abri a torneira da pia, abaixei a cabeça e joguei água gelada no rosto.

Peguei uma toalha para secar o rosto com batidinhas ao levantar a cabeça e começar a me virar. Parei quando algo no espelho chamou minha atenção. Abaixei a mão para a beira da penteadeira ao me aproximar. Meus olhos… havia algo de errado neles.

Eles estavam apenas *parcialmente* castanhos.

— Mas o quê…?! — Eu me aproximei do espelho. A parte mais próxima da minha pupila exibia um tom de azul-claro, o que não me parecia nada normal.

Fechando os olhos, senti minha respiração acelerar. Só podia ser a luz da sala de banho ou… ou minha mente me pregando peças. Não havia outra explicação lógica para os meus olhos de repente mudarem de cor. Eu devia estar vendo coisas.

Eu só precisava abri-los de novo para comprovar.

Meu coração estava disparado como Iris em nossos passeios.

— Deixe de ser ridícula — repreendi a mim mesma. — Seus olhos não mudaram de cor.

Ouvi uma batida na porta e levei um susto. Devia ser Hymel, e conhecendo-o bem, ele estaria impaciente como sempre, mas meu coração ainda martelava. Me obriguei a respirar fundo, abri os olhos e me inclinei para perto do espelho.

Meus olhos… de fato estavam castanhos. *Só* castanhos, como sempre.

Ouvi mais uma batida, mais alta. Joguei a toalha na pia e fui apressada até a porta dos aposentos.

— O barão Huntington solicitou sua presença — anunciou Hymel.

Meu estômago revirou tão rápido que foi um milagre eu não ter vomitado nas botas polidas de Hymel.

Eu esperava por aquilo, e ainda assim a preocupação tomou conta de mim quando me juntei a Hymel no corredor.

Ele me lançou um olhar desafiador enquanto seguíamos nosso caminho.

— Vai contar ao meu primo o que aconteceu mais cedo?

— Está preocupado? — rebati, em vez de ignorá-lo como eu geralmente faria.

Hymel deu uma risada que soou forçada.

— Não.

Revirei os olhos.

Ele ficou em silêncio até chegarmos aos aposentos de Maven.

— Eu não diria nada a respeito daquilo se fosse você — ameaçou ele, sem me encarar. — Se você me arrumar problemas...

— Você vai me arrumar problemas também? — terminei de falar por ele. Deuses, Hymel era um clichê ambulante.

— Não. — Ao parar à porta de Maven, ele se virou para mim. — Vou arrumar problemas significativos para o seu querido Grady.

Virei a cabeça para ele, sentindo meu estômago embrulhar outra vez.

Hymel sorriu e abriu a porta de madeira.

— Não demore.

A raiva e o medo colidiram, e eu me forcei a me afastar de Hymel. Entrei no cômodo escuro, meu peito estava tão cheio de ódio que mal percebi Maven apontando que eu fosse para a banheira. Forcei meu coração a se acalmar à medida que ela abria os botões do meu vestido. Hymel tinha certa autoridade no solar, mas Claude jamais permitiria que ele expulsasse Grady ou algo do tipo. Não enquanto Claude estivesse satisfeito com o que eu podia fazer por ele.

Foi nisso que pensei enquanto me banhava e depois esperava enquanto Maven me secava. A silhueta curvada então remexeu o suporte de roupas, tirando dele um vestido preto translúcido.

Depois de vestir um pedaço de tecido que mal podia ser considerado roupa íntima, Maven me vestiu com o material fino. Uma série de faixas delicadas de renda se entrecruzavam em meu peito, e eu sabia que meus seios fariam uma participação improvisada se eu me inclinasse na direção errada. Olhei para baixo, para a saia do vestido. Havia fendas em ambos os lados, que subiam até a metade superior das coxas. Mal dava para chamar aquilo de vestido, mas ele devia custar numo demais.

Com a escova na mão, Maven indicou que eu me sentasse no banquinho. Ela começou a desembaraçar os nós do meu cabelo, puxando bruscamente minha cabeça para trás. Quando ficou satisfeita com o resultado, seguiu para a pintura. Vermelho nos lábios. Delineado escuro nos olhos. Vermelho-rosado nas bochechas. Suas mãos tinham cheiro de sabonete, do tipo usado para lavar roupa. Caminhando com dificuldade, ela foi até as estantes fundas ao longo da parede, pegando em um baú um acessório para a cabeça.

Fileiras de pequenos rubis ovais, quase do mesmo tamanho do meu cabelo, pendiam de uma tiara. As joias reluziam na luz tremeluzente das velas. Maven colocou o adorno na minha cabeça. Ele era bem mais leve que o de diamantes.

Depois de ajeitar os rubis no meu cabelo, Maven se afastou, dando as costas para mim. Eu sabia o que aquilo significava. Ela tinha terminado, e eu estava liberada para voltar para Hymel.

Levantei com uma lentidão tremenda, meu olhar vagando da linha curvada das costas de Maven ao espelho comprido. Fui até ele com certo receio de chegar muito perto e ver meus olhos, mas foi o que fiz.

Eles continuavam castanhos.

O que eu vira na minha sala de banho tinha sido minha imaginação. Nada mais que isso.

CAPÍTULO VINTE

Entre os inúmeros candelabros acesos, havia bandejas cheias de pato assado e peito de frango robusto dispostas em fileiras sobre a longa mesa de jantar, junto aos pratos de salmão grelhado e tigelas de cenouras cozidas no vapor e purê de batatas. As sobremesas também já estavam servidas — quadradinhos de chocolate e confeitos cheios de frutas. Havia, ainda, cestas de pão abundantes o suficiente para alimentarem uma família inteira por um mês.

Enquanto eu vivesse, nunca me acostumaria à visão de tamanha fartura em uma única mesa, em uma única casa.

Era demais, mas Claude queria impressionar o príncipe com um banquete. Eu nem queria pensar no quanto aquilo custava. Eu precisava lembrar de dizer ao cozinheiro que mandasse as sobras para o priorado local — lá eles saberiam quais famílias estavam mais necessitadas. Pelo menos assim não haveria desperdício.

— E onde é que está esse príncipe?

À minha frente, a ruiva Mollie quase derrubou uma garrafa de champanhe antes de colocá-la à mesa. Seu olhar foi do meu ao homem sentado ao meu lado enquanto o restante dos empregados esperava ao longo da parede como se estivessem tentando fazer parte da refeição.

Com cuidado, olhei para Claude e respirei fundo, mas aquilo não fez nem cócegas no meu nervosismo.

Ele estava jogado na cadeira, uma bota apoiada na beira da mesa, a meros centímetros do prato. Uma taça de champanhe enfeitada com diamantes balançava em seus dedos, brilhando à luz das velas. A qualquer momento, o líquido ou a taça inteira iam acabar no chão. Ou no colo dele.

Apertei as mãos até mal conseguir sentir os dedos. Todas as minhas outras muitas preocupações se tornaram menores quando vi Claude.

Então ele não havia feito escolhas sábias durante sua tarde com os irmãos Bower.

Meu queixo doía com a força com que eu cerrava os dentes. Eu nem queria pensar no que se passaria na mente do príncipe se ele entrasse no salão de jantar e visse o barão sentado daquele jeito. Pelo menos ele não estava tão ruim quanto na noite anterior. Por sorte, não havia restos do Óleo da Meia-Noite na camisa branca nem nas calças, mas ele não devia estar a muitas taças de champanhe de chutar o balde de vez.

— Eles devem chegar em breve. — Hymel falou com um pigarro, sentado ao outro lado do barão. Ele estava mais pálido que o normal, e achei que ele parecia mesmo preocupado. — Pelo menos foi o que o Súpero que viajou com ele me disse.

Claude bufou, levando a taça aos lábios.

— Em breve? — Ele deu um gole. — Como se tivéssemos todo o tempo do mundo para esperar por eles.

Eu não sabia o que Claude faria após aquele jantar tão importante. Bem, além de se juntar aos aristos que já tinham começado a chegar no jardim de inverno e no Salão Principal. No entanto, não seria o fim do mundo se ele se atrasasse para as festividades ou não comparecesse.

Peguei um jarro de água, servi um copo e o deslizei sobre a mesa para o barão.

— Talvez queira um pouco de água?

Ele abaixou a taça ao me lançar um sorriso que mostrava dentes demais.

— Obrigado, querida.

Devolvi o sorriso, pedindo aos deuses que ele entendesse minha indireta. O que, evidentemente, não aconteceu.

— A propósito, está linda esta noite. — Ele se esticou, tocando gentilmente uma das fileiras de rubis. Seus cílios escuros se abaixaram. — Pelo menos tenho algo bonito a apreciar enquanto espero.

Arregalei os olhos ao pegar meu próprio copo de água. Talvez ele estivesse mais próximo de um nível completamente inútil do que eu suspeitava. Meu olhar se voltou ao chão — às riscas douradas no piso de mármore. Era o mesmo piso em todo o salão de jantar e no de recepção de visitas, assim como no Salão Principal. Virei para onde Grady estava de guarda entre pilares de mármore e dourado.

— Eles estão chegando — anunciou Grady.

Senti meu estômago embrulhar, e não sabia dizer se era por conta do que eu tinha visto no espelho mais cedo, pelo estado de Claude, ou pelo fato de que era *ele* quem estava chegando.

— Já era hora — murmurou Claude, por sorte tirando o pé da mesa. Ele deixou o champanhe de lado.

O som das cadeiras arrastando na pedra fez com que eu voltasse à órbita. Fiquei de pé, esquecendo por um momento que devia me levantar à chegada de um Súpero.

Eu me arrepiei com a energia carregada que adentrava o salão de jantar enquanto Grady fazia uma reverência baixa e se afastava. O ar ao nosso redor ficou mais denso.

O primeiro Súpero que entrou tinha pele marrom-escura e cabelo preto raspado em degradê nas laterais, deixando dreads curtos no topo da cabeça em corte moicano. Suas belas feições eram acentuadas pela barba bem-aparada que emoldurava o maxilar e a boca. As chamas nas velas bruxuleavam antes de ficarem completamente imóveis à medida que ele passava por elas. Enquanto ele nos observava à mesa, vi que seus olhos eram como os do príncipe Thorne, porém com o azul e o verde mais vibrantes. Seu olhar passou direto por mim e depois voltou.

Um meio-sorriso preguiçoso surgiu em seus lábios.

Antes que eu sequer pudesse considerar aquele sorriso, mais alguém entrou. Alto como o primeiro, mas de estatura não tão larga. As feições angulares e estonteantes em tom marrom-claro, proporcionando um contraste impressionante com o cabelo cor de ônix que caía sobre a testa e os olhos abertos e estreitos — olhos em tons de azul e verde tão claros que eram quase transparentes à luz das velas. Não havia traço de castanho em seus olhos, nem a mesma aura frenética de energia como do primeiro que entrou, mas havia um senso inegável de poder no rápido olhar que ele nos lançou.

E então... foi como se todo o ar tivesse sido sugado do salão.

O príncipe Thorne entrou, e as chamas das velas ganharam vida, tremeluzindo com rapidez. Como a covarde que eu era, encarei a mesa. Não vi a expressão dele, mas soube exatamente o instante em que ele me viu. Pequenos arrepios surgiram na minha pele. Senti o olhar dele me invadindo, tensionando meus nervos até que eu estivesse a um segundo de fazer algum som absurdo, como chiar estridentemente. Ou gritar. O calor subiu pelo meu pescoço enquanto eu *ainda* sentia seu olhar em mim. Pelo amor dos deuses, por que ninguém estava falando? E por quanto tempo devíamos...

— Podem se sentar, por favor — falou enfim o príncipe Thorne, rompendo o silêncio com a voz grave.

Eu quase tive um colapso na cadeira, e, por incrível que pareça, Claude aparentou estar mais equilibrado ao se sentar.

— É uma honra recebê-lo à minha mesa, príncipe Thorne — falou, me provocando uma vontade de rir. *Honra*? Ele não parecia estar honrado momentos atrás, mas pelo menos soava sincero. — Embora eu espere que não haja motivo para as armaduras entre os pratos de pato e de peixe.

Armaduras? O quê?!

— Melhor prevenir do que remediar — respondeu Thorne.

Levantei a cabeça devagar, me deparando com os três Súperos sentados à mesa e os empregados colocando diante deles pratos e taças adornados com diamantes. Os Súperos de fato usavam armaduras, era fácil de deixar passar num primeiro momento. As placas no peitoral estavam cobertas com couro preto, fazendo com que a armadura se camuflasse nas túnicas pretas sem mangas. Havia um desenho gravado no couro: uma espada com um punhal em cruz com... com asas — asas contornadas por fios de ouro.

— Eu não sabia que teríamos companhia — declarou o príncipe Thorne.

Meu coração pulou uma batida, e antes que eu pudesse me deter, levantei o olhar para ele. Claro que ele estava sentado bem à minha frente, e...

A aparência do príncipe Thorne era devastadora ao brilho das velas, o cabelo solto caído gentilmente ao redor das bochechas. Ele não parecia nem um pouco mortal. Ao estabelecer contato visual com ele, eu não conseguia engolir. Os círculos de cores em suas íris estavam parados, mas isso não deixava seu olhar menos intenso e penetrante.

— Ah, sim. Achei que, como vocês dois se conheciam, o senhor não se importaria com a presença dela — falou Claude, mais uma vez com uma taça de champanhe em mãos. — Espero não ter me equivocado em minha suposição.

— Não. — O príncipe Thorne sorriu, sem tirar os olhos de mim ao relaxar na cadeira. — Não me importo com a presença dela.

Afundei uns dois centímetros na cadeira.

— Na verdade — continuou o príncipe Thorne —, fico contente com ela.

Meu coração deu uma cambalhota, pela qual eu me puniria depois. Claude inclinou a cabeça para o lado. Aquele silêncio incômodo se instaurou novamente. Após uma pequena eternidade, o príncipe desviou o olhar de mim, e eu finalmente consegui engolir antes que me engasgasse com a própria saliva.

— E quem é esse? — indagou o príncipe Thorne.

— Meu primo, Hymel — respondeu Claude, colocando a taça próxima ao prato. Eu torcia para que ela continuasse ali. — Como Capitão da Guarda, ele é uma parte integral do Solar de Archwood e da cidade.

— Vossa Alteza. — Hymel fez uma reverência com a cabeça. — É uma grande honra receber o senhor e seus homens em nossa mesa.

Nossa mesa? Mal consegui reprimir o riso.

O príncipe o encarou, a curva de seus lábios bem-desenhados nada como os sorrisos que eu já o vira esboçar. O que surgiu foi um sorriso frio e forçado. Minha pele formigou.

— Acredito que não tenha sido apresentado a sua companhia — disse Claude, enquanto os empregados enchiam as taças de champanhe e os pratos eram servidos de um pouco de cada comida disposta.

— O comandante lorde Rhaziel. — O príncipe Thorne estendeu uma das mãos em direção ao segundo Súpero que entrou, depois assentiu para o outro. — E o lorde Bastian.

Bas.

Olhei depressa para o outro lorde Súpero, e de repente entendi o sorriso dele ao me ver quando entrou. Ele estava nos jardins naquela noite. Foi ele quem falou com o príncipe Thorne enquanto minha consciência ia e voltava.

O lorde Bastian me viu olhando para ele e deu uma piscadinha.

— Sua cidade é bastante calma — disse ele, voltando sua atenção ao barão. — Assim como as dependências do seu solar. É um cenário bastante... agradável o que o senhor tem aqui, especialmente nos jardins.

Ai, deuses...

Seria muito dramático da minha parte desejar que o chão se abrisse e me engolisse?

— É muita bondade sua. Archwood é a joia das Terras Médias. — Claude pegou de novo aquela maldita taça de champanhe. — Por favor, aproveitem nossa comida. Foi tudo preparado em homenagem aos senhores.

— Agradecemos muito — respondeu o príncipe Thorne.

— Archwood é muito mais do que apenas a joia das Terras Médias — falou o comandante Rhaziel enquanto o príncipe pegava uma faca para cortar o frango. — É uma área de comércio vital para o reino, situada no ponto central, e com folga a cidade com acesso mais fácil em todo o Canal do Leste — completou. O que ele disse só era verdade porque as demais cidades ao longo do Canal do Leste eram isoladas pelas florestas de Wychwoods. — Archwood é de suma importância para o... reino.

— É um alívio saber que o rei Euros reconhece a importância de Archwood em relação à integridade de Caelum — respondeu Hymel, engatando em uma declaração dos sucessos de Archwood na organização dos navios de transporte de mercadorias e na logística deles para os demais cinco territórios.

Eu mal estava ouvindo quando, de rabo de olho, vi Claude gesticular para que enchessem sua taça outra vez. Enrijeci na cadeira, e duvido que o movimento tenha passado despercebido pelo príncipe Thorne e os demais. Claude pegou um rolinho amanteigado, partindo-o antes de comê-lo pedaço por pedaço enquanto a troca de gentilezas continuava. Eu esperava que o pão absorvesse um pouco do álcool que ele estava ingerindo. Olhei para o príncipe — para suas mãos, enquanto ele cortava o frango.

Havia certa tensão crescendo no modo como todos falavam, as palavras dos Súperos ficavam mais curtas à medida que o barão continuava a beber. E eu estava fascinada ao observá-los comer. Precisava admitir que era um pouco estranho vê-los comendo com modos tão impecáveis enquanto usavam armaduras. Além do mais, vez ou outra também era possível ver as adagas embainhadas conforme se mexiam. Enquanto isso, o barão continuava remexendo a comida para lá e para cá no prato, feito uma criança.

— Gostaria de mais alguma coisa? — perguntou o príncipe Thorne.

Quando não houve resposta, levantei o olhar das mãos do príncipe, percebendo com lentidão que ele estava falando comigo. Minhas bochechas queimaram.

— Como é?

Ele gesticulou para o meu prato com o garfo.

— Você mal comeu.

Meu apetite, que costumava ser robusto, de repente tinha sido aniquilado pelo nervosismo por tudo que estava acontecendo ao meu redor.

— Fiz uma pequena refeição pouco antes do jantar — justifiquei.

Ele arqueou uma sobrancelha e me fitou como se soubesse que eu estava mentindo, e eu estava mesmo.

— Está cansada? — Claude olhou para o meu prato antes de se virar para o príncipe. — Ela tem estado cansada ultimamente.

Mordi o lábio. Era algo bem desnecessário de se compartilhar ao meu respeito.

— Ah, é?

O príncipe Thorne tamborilou os dedos na mesa.

— Ela tem passado muito tempo lá fora — continuou Claude enquanto eu respirava fundo pelo nariz. — No jardim dela.

O interesse chamou a atenção do lorde Bastian.

— No jardim?

— Não no que você provavelmente está pensando — expliquei depressa. — Só uma parte pequena dos jardins do barão me pertence.

— Quando não consigo encontrá-la dentro das paredes deste solar, sempre sei onde ela está — falou Claude com um toque de carinho. — Ela é muito boa com plantas.

Ao sentir o olhar do príncipe Thorne em mim, peguei uma cenoura cozida com o garfo.

— Fiquei sabendo — murmurou o príncipe Thorne.

— Contou a ele sobre seu jardim? — perguntou Claude com uma risada grave. — Ela contou ao senhor sobre as diferentes raças de suculentas? É uma conversa estimulante, eu lhe garanto.

— Diferentes *espécies* — murmurei baixinho.

— Ainda não. — O príncipe Thorne comeu um pedaço do frango. — Quantas espécies diferentes de suculentas existem?

Ele não devia querer saber de verdade, mas colocou o garfo ao lado do prato e esperou.

— Há… há centenas de espécies, Vossa Alteza.

— Thorne — corrigiu ele.

Ao lado dele, o comandante Rhaziel virou a cabeça para o príncipe e ergueu uma sobrancelha.

— Centenas, você diz? — perguntou o príncipe, ou sem perceber que o comandante o encarava, ou o ignorando. — Como é possível saber? Imagino que todas pareçam ser iguais.

— Na verdade, não. — Eu me inclinei para a frente. — Algumas crescem por mais de trinta centímetros, enquanto outras permanecem baixas ao solo. Seus caules podem ser delicados e fáceis de quebrar, mas também podem sufocar até mesmo as ervas daninhas mais persistentes; especialmente uma chamada sangue-de-dragão, que se espalha com uma rapidez absurda. É um tipo de suculenta que… — Parei de falar ao me dar conta de que todo mundo, inclusive os empregados, me encaravam.

O lorde Bastian estava com aquele sorrisinho curioso no rosto.

Por outro lado, a expressão no rosto do comandante Rhaziel era como se alguém fincasse estalactites em seus ouvidos.

Contudo, o príncipe Thorne… ele parecia *imerso* no que eu dizia.

— Que o quê? — insistiu.

Pigarreei.

— Que crescem em quase todas as cores, mas eu... eu prefiro as vermelhas e as cor-de-rosa. Parecem ser mais fáceis de cultivar e vivem por mais tempo.

O príncipe Thorne flexionou a mão e deu um tapinha na mesa.

— E qual é a espécie mais comum?

Com plena noção de que os olhares dos Súperos iam do príncipe para mim, senti o calor subir às minhas bochechas.

— Provavelmente um tipo conhecido como Alegria de Outono. Lembra um pouco uma couve-flor na aparência durante o verão, depois fica rosa no começo do outono.

— Acho que temos dessas nas Terras Altivas — comentou o lorde Bastian, pegando o último pedaço do pato com o garfo. Ele sorriu para mim. — Só sei disso porque também acho que elas se parecem com couve-flor.

Hesitante, retribuí o sorriso.

— Falando nas Terras Altivas — intrometeu-se Claude, bebendo da taça. — Vocês todos vieram de Vytrus?

Com noventa e nove por cento de certeza de que era a segunda vez que ele perguntava aquilo, eu o olhei feio. Seus olhos pareciam um pouco turvos ou era impressão minha? Engoli um suspiro.

Lorde Bastian parou com o garfo na mão, seu riso leve sumiu enquanto Mollie vinha para o meu lado da mesa com um jarro novo de água.

— Isso — respondeu ele.

Inclinei-me para ela, mantendo o tom de voz baixo ao pedir:

— Pode falar para o cozinheiro não desperdiçar a comida que sobrar, por favor?

Entendendo meu pedido, Mollie assentiu, seus olhos castanhos encontrando os meus por um instante.

— Obrigada — sussurrei, voltando minha atenção à frente.

O príncipe Thorne me observava, o azul de seus olhos escurecido. Eu me remexi um pouco na cadeira.

— Os senhores viajaram a cavalo ou de navio? — perguntou Hymel, quebrando o silêncio que voltava a cair sobre o salão.

— A cavalo — respondeu o comandante Rhaziel segurando a taça, mas eu não o tinha visto beber.

Pensei no que Claude tinha dito pela manhã: que o príncipe era mais difícil de acessar, mas que os demais não seriam. Era provável que ele só estivesse falando besteira, mas agora era a hora de descobrir, não era? Rhaziel era um lorde, mas eu pensei no que senti quando ele entrou no salão de jantar. Ele não carregava a mesma... aura de poder.

— A cavalo? — repetiu Claude, rindo, os olhos arregalados. — Deve ter sido uma viagem excepcionalmente longa. Para ser sincero, não sei se eu mesmo teria sobrevivido a uma jornada assim. Sou muito impaciente. Eu teria pegado um navio.

— Não é possível pegar um navio das Terras Altivas — ressaltou o comandante enquanto eu criava coragem para tentar lê-lo.

Sobre a borda do copo, concentrei-me no Súpero de cabelo escuro. Aquietando meus pensamentos, abri meus sentidos. Criei aquele fio na minha mente para me conectar a ele. Consegui ver aquela parede branca. O escudo. Imaginei minha mão se estendendo para tocá-la, depois imaginei meus dedos se enfiando na luz, vasculhando a parede.

O escudo *se partiu*, e de uma só vez eu pude *ouvir* o que o comandante pensava. *Como, em todas as cinco terras, esse homem conseguiu manter essa cidade funcionando?*

Minha própria surpresa me arrancou da mente do comandante antes que eu pudesse sentir mais. Claude *estava mesmo* certo. Olhei para o barão.

— É claro. Vocês estão cercados por montanhas e pelas florestas de Wychwoods. — Ele derramou champanhe ao balançar o pulso em direção ao Súpero, fazendo com que eu tivesse um sobressalto. — Ainda assim, o Canal do Leste é acessível por dentro de Wychwoods, não é?

Parando para pensar, vai ver eu não precisava de intuição nenhuma para saber o que aqueles Súperos pensavam do barão.

Foquei em lorde Bastian, criando o fio e encontrando a parede branca. Levei um tempinho, mas o escudo se partiu o bastante para que eu ouvisse: *Quanto exatamente esse cara bebeu esta noite?*

Ao romper a conexão, eu me remexi na cadeira, inquieta. Claude estava certo a respeito do meu poder de ler os Súperos, mas será que ele tinha acertado intencionalmente? Não se tratava de algo que ele saberia apenas por ser *caelestia*. Ele saberia apenas se tivesse tido experiências com alguém como eu no passado.

O comandante arqueou uma sobrancelha, parecendo não se dar conta da minha intrusão.

— Levaríamos vários dias para chegar ao Canal do Leste.

— Ah, é? Bem, geografia nunca foi meu forte. — Claude balançou a taça com descuido de novo, mas eu segurei o braço dele antes que derramasse metade do champanhe no próprio colo, ou no meu. Ele retribuiu meu olhar, o sorriso largo. — Peço desculpas, minha mascote. Eu me animo demais quando falo. Puxei a minha mãe.

— "Mascote"? — perguntou o príncipe Thorne em um tom de voz baixo. Senti minha nuca formigar, mas não tinha nada a ver com intuição.

— Tem algum animal por aqui que eu não vi? — continuou o príncipe. — Um cão, ou até mesmo um gato?

Ouvi um riso contido vindo de onde Hymel estava sentado e de repente comecei a encarar a faca. Ah, como eu queria metê-la no peito dele...

— Ah, não — Claude riu, jogando a cabeça para trás. — É um apelido carinhoso para Lis.

— Ah, é mesmo? — murmurou o príncipe Thorne. — Que apelido carinhoso mais... apropriado.

Os músculos na minha espinha tensionaram quando meu olhar colidiu com o do príncipe. O tom de zombaria era impossível de confundir. Bastava a audição para entendê-lo.

— Muito mais apropriado do que outros *apelidos carinhosos* — falei.

Os cantos dos lábios dele repuxaram.

— Consigo pensar em pelo menos um que cairia melhor.

— Pode, é? — Claude se inclinou para a frente, animadinho demais. — Estou morrendo de curiosidade para saber o que acha que seria mais apropriado depois de ter passado tão pouco tempo com ela.

O príncipe Thorne abriu a boca.

— Os senhores têm gostado do clima de fim de primavera nas Terras Médias? — interrompi, olhando para os Súperos. — Ouvi dizer que o clima nas Terras Altivas é bastante instável.

— De certa forma. — O lorde Bastian se recostou na cadeira, o sorriso brincalhão voltando depois de um tempo. — Lá é bem mais frio do que aqui. — Ele olhou para o príncipe Thorne. — Em quais outros apelidos carinhosos você estava pensando?

Ai, meus deuses...

Os lábios do príncipe Thorne se curvaram em um sorriso lento e misterioso.

— *Na'laa.*

O comandante pareceu ter se engasgado.

— O que significa?

— Tem muitos significados — respondeu o lorde Bastian. — Estou curioso para saber qual deles o príncipe tinha em mente.

— Ele me acha teimosa — falei, trocando um olhar com o príncipe.

— Bem — disse Claude de maneira arrastada —, não posso discordar.

— E ingrata — acrescentei antes que o príncipe pudesse fazê-lo por mim. Claude franziu o cenho.

— Eu ia dizer corajosa — falou o príncipe Thorne.

Franzi os lábios ao sentir as bochechas corando de novo.

A atenção do príncipe Thorne estava fixa em mim, tinha uma mão leve sobre a taça enquanto os dedos da outra mão tamborilavam sobre a mesa. Ele não tinha comido muito, mas parecia ter terminado. Hesitante, abri os sentidos e os deixei alcançá-lo. Encontrei a parede branca quase de imediato. A mão que imaginei não conseguiu fazer nada.

— A umidade aqui é insuportável — acrescentou o comandante, soando quase relutante, como se pensasse que precisava acrescentar alguma coisa à conversa que havia fugido um pouco do tópico central.

— Pois é, não escapamos da umidade que vem das Terras Baixas — dizia Claude enquanto enchiam sua taça novamente. — Os senhores ficarão aliviados em saber que a umidade só atinge o ápice após os Banquetes. Acredito que estarão bem longe daqui quando chegar.

— Isso não posso dizer ao certo — respondeu o príncipe Thorne. — Vamos ficar aqui por um bom tempo.

CAPÍTULO VINTE E UM

Eu enrijeci, presa entre uma onda de medo e... alívio, e uma outra dúzia de emoções que nem conseguia começar a compreender.

— Como é? — perguntou Claude, engasgando-se.

Virei-me para ele e peguei o copo d'água no qual ele não tinha tocado.

— Aqui.

— Agradeço, mascote. — Seu sorriso estava nervoso ao voltar o foco ao Súpero. — Quando partirão, então?

— É difícil dizer — responder o príncipe Thorne, de um jeito tão frio que eu podia jurar que a temperatura do salão caíra vários graus.

— Acredito que estes sejam assuntos que devem ser discutidos em particular — recomendou o lorde Bastian.

Claude acenou com a cabeça para o corpo de empregados. Eles se moveram de onde estavam, próximos das paredes escuras, silenciosos como espíritos. Hymel permaneceu sentado, mas eu fiquei de pé, pronta para fugir dali apesar de querer ouvir aquela discussão, que eu imaginava ter relação com os Cavaleiros de Ferro.

— Sua *mascote* pode ficar — disse o príncipe Thorne.

Fiquei paralisada por meio segundo. Com as mãos fechadas em punho ao meu lado, virei-me devagar para o príncipe. Nossos olhares se conectaram mais uma vez.

E ele deu uma piscadinha para mim.

Minhas narinas inflaram à medida que a irritação tomava conta de mim.

O sorriso do príncipe ficou *caloroso*.

— Que bom — respondeu Claude, e antes que eu pudesse me sentar de volta na cadeira, ele me puxou para *o colo dele*. — Tenho uma forte suspeita de que precisarei do conforto dela durante esta conversa.

O príncipe Thorne parou de tamborilar os dedos. Um arrepio leve surgiu na minha pele ao mesmo tempo em que as chamas das velas bruxuleavam como se uma brisa tivesse entrado no salão, o que não tinha acontecido.

Assim que os empregados se retiraram e a porta foi fechada, o príncipe falou:

— O senhor parece... desconcertado com a ideia de nos abrigar.

— Estou apenas surpreso. Só isso. — Claude pigarreou, ficando um pouco tenso. — Não estou triste com as notícias de jeito algum.

Olhei para os Súperos. Eu não achava que ninguém ali acreditava no que Claude tinha dito.

— É um alívio ouvir isso — respondeu o príncipe Thorne. — Aposto que vocês já sabem o que está acontecendo nas fronteiras com as Terras do Oeste. Viemos determinar quais medidas devem ser tomadas.

— Ouvimos algo a esse respeito.

Claude manteve um braço ao redor da minha cintura ao estender o outro para pegar o maldito champanhe.

Sob o olhar inabalável do príncipe, era difícil continuar sentada imóvel.

— As Terras do Oeste uniram um exército considerável, e acredita-se que logo ele deve marchar em direção às Terras Médias. Nossa suspeita é de que a Princesa de Visália esteja mirando Archwood e a Corte de Primvera.

Minha respiração falhou. Um ataque a Archwood? Era o que eu tinha ouvido Ellis Ramsey dizer que temia, mas ouvir o príncipe dizer a mesma coisa em voz alta era algo completamente diferente. Minha boca ficou seca, e de repente desejei poder alcançar meu champanhe.

— Mas não foi a única mudança nas circunstâncias — declarou o lorde Bastian. — Há também a questão dos Cavaleiros de Ferro.

— Sim, ouvimos dizer que eles podem ter unido forças com as Terras do Oeste — disse Claude. — Entretanto, achei essa informação, de certo modo, confusa. Vayne Beylen, que quer ver um representante ínfero no trono, de repente se unindo ao exército de Súperos das Terras do Oeste? Não me parece fazer muito sentido.

— Até onde sabemos, Beylen decidiu que sua revolta tem mais chances de ser bem-sucedida com a ajuda das Terras do Oeste — compartilhou o comandante Rhaziel.

Claude soltou uma risada um tanto sufocada.

— Entendo que as políticas da Corte geralmente não são da nossa conta — começou.

— E nisso está correto — concordou o príncipe Thorne.

— Mas qualquer desavença que exista entre os Súperos envolve a nós. — Claude bebeu o restante do champanhe da taça. — Qual é o problema com a Princesa de Visália? Qual é a causa disso tudo? Aposto que é algo complicado, mas eu devia saber o que está levando as Terras do Oeste a colocarem em risco a segurança do meu lar.

— Na verdade, não é tão complicado assim — respondeu o príncipe Thorne. — A princesa acha que é chegada a hora de uma rainha governar, em vez de um rei.

Arqueei as sobrancelhas e fiquei boquiaberta com a declaração. Uma rainha em vez de um rei? Algo assim nunca acontecera, não desde que se começou a registrar a passagem o tempo — não desde a Grande Guerra. Será que antes disso pode ter havido rainhas? Quem saberia dizer?

— Acredito que a adorável Lis possa não ser tão adversa à ideia — ressaltou o lorde Bastian.

O príncipe Thorne inclinou a cabeça.

— Acha que uma rainha seria melhor simplesmente por conta do gênero?

— Não — respondi com hesitação. — Não acho que esse fator faça diferença.

— E como se sentiria se fosse um ínfero no trono? — perguntou o comandante Rhaziel.

A pergunta me pegou desprevenida.

— Sua resposta não sairá deste salão e será recebida sem julgamento — falou o príncipe Thorne. — Por favor, compartilhe conosco o que pensa.

— Eu... — gaguejei, me perguntando como foi que eu acabei sendo a pessoa a quem aquela pergunta estava sendo feita. Ah, sim, minhas expressões faciais, que provavelmente me deduraram. — As coisas talvez fossem diferentes se tivéssemos um ínfero no governo. Somos mais numerosos que os Súperos e, logicamente, um ínfero entenderia melhor as necessidades dos seus, só que...

— Só que? — pressionou o comandante Rhaziel, com o olhar tão firme quanto suas palavras.

— Só que provavelmente não seria melhor nem pior — falei. — Quando se ganha esse tipo de autoridade e riqueza, deixa-se de representar as pessoas; quer seja um ínfero ou um Súpero, um rei ou uma rainha.

— Argumento interessante — comentou o lorde Bastian, passando os dedos pelos lábios.

— Mas é irrelevante — acrescentei. — Se os Cavaleiros de Ferro estão apoiando as Terras do Oeste, então isso significa que eles estejam apoiando outro Súpero.

— De fato — murmurou o príncipe Thorne. — Parece que Beylen acredita que a princesa será uma líder diferente.

Quase ri, mas pensei em Grady — pensei em todos os ínferos que tinham se unido à causa de Beylen ou ao menos a apoiado. Será que sabiam que Beylen estava apoiando outro Súpero — as pessoas que arriscavam suas vidas e morriam pela causa dele? Eu duvidava que ficariam felizes ao saber disso.

— Então o que o senhor veio me contar é que não apenas há uma guerra iminente — disse Claude, abaixando a taça e a apoiando na minha perna; vi que ele a segurava firme, os nós de seus dedos estavam brancos —, mas que ela veio parar na minha porta?

— Exatamente — confirmou o príncipe Thorne, e senti um aperto no peito. — Mas também para informá-lo que defenderemos Archwood.

O alívio me inundou, forçando um suspiro pesado pelos meus lábios, porque houve um momento em que algo que eu nem queria reconhecer começou a se espalhar por meus pensamentos. Só que então os Súperos iam...

— Nos defender? Só vocês três? — gaguejou Claude.

O curto alívio que eu sentira já havia sumido, e, para ser sincera, parecia nunca ter dado as caras de fato.

— Não é a intenção do barão ofender com a pergunta — falei depressa, forçando um sorriso fraco. — Não é?

— É claro — respondeu Claude com a fala arrastada.

— Sabemos que os Súperos são bastante poderosos — intercedeu Hymel, e eu nunca pensei que me sentiria assim, mas que bom que ele disse alguma coisa. Eu teria me sentido grata mesmo se tivesse se imposto à conversa para me ofender. — Mas os três senhores conteriam todo um exército?

— Ficariam surpresos com o que nós três podemos fazer — ressaltou o príncipe Thorne. — No entanto, acredito que prefeririam que a cidade de vocês permanecesse de pé...

Perdi o fôlego. Imediatamente, pensei em Astória e... olhei para o príncipe. Vi seu sorriso. Era puro gelo. Talvez eu tivesse me equivocado a respeito de sua compaixão. Se fosse ele o responsável por destruir Astória, inúmeros inocentes teriam perdido suas vidas. No mínimo milhares acabaram desalojados, forçados a se tornarem refugiados por conta dos atos de alguns poucos.

No entanto, algo naquilo tudo não me parecia certo. Ele era meu... — pelo amor dos deuses, se não fosse chamar atenção dar um tapa na minha própria cara, eu o teria feito. Ele não era nada meu.

— Como está decidido, também teremos nosso exército — declarou o comandante Rhaziel, e eu foquei somente em uma palavra: *decidido*.

Não é como se tivéssemos outra alternativa.

— A menos que a invisibilidade seja um dos talentos de um exército de Súperos... — Claude deu uma olhada teatral pelo salão — ... presumo que o exército ainda esteja a caminho?

Ai, meus deuses...

Silêncio recaiu sobre o salão de jantar. Estava tudo tão quieto que eu teria ouvido o barulho das asas de uma mosca.

— O exército está aguardando minhas ordens. — O tom do príncipe Thorne não era nada amigável. — Temos centenas de guerreiros Súperos, além de centenas do Regimento da Coroa — emendou ele, referindo-se aos ínferos e *caelestias* que serviam como cavaleiros. — Há também as forças de Primvera — concluiu, olhando para o comandante.

— Acredito que eles têm cerca de trezentos guerreiros Súperos — respondeu o comandante.

— Então isso nos deixa com o quê? — O peito de Claude pressionou minhas costas quando ele se inclinou para a frente. — Um pouco mais de mil cabeças a defenderem Archwood de *milhares e milhares* de Cavaleiros de Ferro e dos exércitos das Terras do Oeste? Sendo que quinhentos desses são ínferos e *caelestias*?

— Quinhentos treinados por *nós* — rebateu o comandante, pressionando os lábios.

— Centenas de Súperos devem ser equivalentes a milhares de ínferos — garanti a Claude, apertando seu braço com gentileza. — Isso bastará.

O olhar dele encontrou o meu, e ele relaxou na cadeira, devia estar pensando que era minha intuição falando, mas não era. Minha intuição era silenciosa. Eu estava apenas tentando evitar que ele dissesse mais alguma idiotice e acabasse causando a própria morte.

— Sua *mascote* está certa — declarou o príncipe Thorne.

Virei a cabeça na direção dele, e também precisei me lembrar de não dizer nada idiota quando a raiva aflorou dentro de mim mais uma vez. O apelido carinhoso de Claude era um tanto irritante, mas ele nunca o havia dito no tom que o príncipe Thorne estava usando.

Para variar, Thorne olhava para além do meu ombro, encarando Claude.

— Qualquer um que tenha idade apropriada e queira, ou possa, defender sua cidade, deve se preparar para tal evento.

— Temos guardas — murmurou Claude, sem pensar. — Homens treinados.

Senti um aperto no peito ao olhar para as portas fechadas, na direção de onde Grady esperava nos corredores.

— *Qualquer* um que tenha idade apropriada pode receber treinamento básico — reiterou o príncipe Thorne. — Isso inclui o senhor, barão Huntington.

Claude ficou imóvel atrás de mim; depois a risada que subia pela minha garganta escapou dos lábios dele.

— Não pego numa espada desde que recebi meu título.

Nada a respeito das expressões nos rostos dos Súperos indicava que aquilo os surpreendia.

— Então sugiro que faça isso o quanto antes — aconselhou o príncipe Thorne. — Afinal de contas, uma pessoa não pode pedir a outras que lutem para proteger suas casas e vidas se ela mesma não está disposta a lutar.

O que o príncipe Thorne falou era verdade, mas de que adiantaria um soldado que estaria mais propenso a ferir a si mesmo do que a um inimigo?

— Como o comandante Rhaziel pontuou antes, Archwood é um porto vital — continuou o príncipe após um momento. — Tomar Archwood e, em sequência, Primvera, causaria um efeito em cascata absolutamente catastrófico por todo o reino. Daria às Terras do Oeste uma vantagem na forma de poder, e o rei não toleraria isso. Archwood seria então considerada uma baixa.

Silêncio se espalhou pelo salão de jantar. Tudo o que consegui ouvir por um longo tempo eram as batidas do meu coração.

Foi Hymel o primeiro a se pronunciar.

— Quer dizer, Archwood cairia nas mãos das Terras do Oeste, portanto se tornaria parte desta rebelião declarada de ínferos e Súperos?

Minha intuição me dizia que não, que não era o caso, e depois ficou quieta, e eu sabia bem o que aquilo significava: que a resposta pendia dos Súperos, e eu não podia vê-la, mas tinha um bom palpite a respeito do que seria.

O dedo gélido da inquietude pressionou a minha nuca.

— Você deseja falar. — A atenção do príncipe estava fixa em mim. — Por favor o faça.

Enrijeci, sabendo que eu não estava em posição de fazer perguntas, ao menos não em uma situação tão pública, e já tinha passado do limite quando compartilhei o que pensava a respeito do governo ser liderado por um rei ou uma rainha. Aquilo cabia ao barão, ou no máximo a Hymel. Mas nenhum dos dois falou nada. Ninguém falou.

O príncipe esperava.

Pigarreei.

— Se as Terras do Oeste, ou mesmo os Cavaleiros de Ferro, tivessem sucesso em tomar Archwood, o que aconteceria?

— Os portos e centros de comércio seriam todos destruídos. — Os olhos do príncipe Thorne encontraram os meus, as cores assustadoramente tranquilas. — Bem como toda a cidade.

CAPÍTULO VINTE E DOIS

Os pratos incrustados de diamantes e as bandejas de comida intocada já haviam sido retirados da mesa, restavam apenas algumas sobremesas. Hymel partira com o comandante Rhaziel e o lorde Bastian para que discutissem as preparações para o regimento que chegaria — uma conversa da qual o barão devia fazer parte. No entanto, uma garrafa de conhaque substituiu o champanhe e apenas nós três permanecemos no salão de jantar.

Àquela altura da noite, o barão já estaria no jardim de inverno ou no Salão Principal, cercado de amantes e comparsas, mas o príncipe não havia demonstrado indicação alguma de estar pronto para ir embora do salão. Portanto, o barão permaneceu onde estava.

E eu também.

— Me diga, Vossa Alteza — começou Claude, e eu fechei os olhos por um momento, sem fazer a menor ideia do absurdo que estava prestes a sair de sua boca.

E olha que já havia acontecido muita coisa ridícula — desde Claude perguntando se o príncipe Thorne acreditava ou não que comer cereal de grãos frios ao acordar podia ser considerado sopa, ao que o príncipe respondeu apenas com uma expressão em parte confusa, em parte descrente, a Claude presenteando o príncipe com histórias do período que ele passou na Universidade de Urbano, nos arredores de Augustine.

Ou, pelo menos, tentando fazê-lo.

O príncipe Thorne não pareceu gostar nada desses presentes do barão.

Contudo, ele pareceu um tanto interessado em onde a mão boba de Claude estava. Ele observara a forma como os dedos do barão começaram a brincar com a renda entre meus seios, e seu olhar seguira o caminho que depois de algum tempo Claude traçou pela minha barriga até meu quadril. Ele percebeu o exato momento em que a mão de Claude foi parar na minha coxa, exposta pela fenda profunda do vestido. Pequenas explosões brancas surgiram nos olhos do príncipe.

Claude pareceu não perceber que o príncipe estava tão atento, mas eu estava em alerta — em grande alerta. O toque do barão era frio, mas o olhar cálido do príncipe aquecia minha pele, criando sensações conflitantes impossíveis de ignorar.

Honestamente, eu podia ter ido embora a qualquer momento. Eu nem sequer estava tentando ler o príncipe Thorne. Claude poderia ficar decepcionado, mas ele não teria tentado me impedir. Eu temia que, se o deixasse sozinho com o príncipe, ele se meteria em problemas, ou pior.

Que acabasse morto.

Mas será que aquela era mesmo a única razão?

Meu olhar encontrou o do príncipe por um momento, e minha respiração falhou.

— Ouvi algo fascinante a respeito dos Súperos que sempre me deixou curioso, mas nunca tive a oportunidade de perguntar — continuou Claude, seus dedos indo e voltando na curva da parte superior da minha coxa. — Uma vez ouvi dizer que um Súpero é capaz de... regenerar membros decepados.

Quase me engasguei com o champanhe que estava tomando.

— Isso é verdade? — perguntou Claude.

De frente para nós, o príncipe Súpero ficou como estava no meu quarto mais cedo: um copo pequeno de uísque na mão, a postura quase relaxada, *quase* preguiçosa; mas a tensão contorcida, o poder pouco contido, estava lá.

— Depende — respondeu, passando o dedo pela borda do copo, o líquido no tom âmbar era praticamente da mesma cor de seu cabelo, que chegava à altura do queixo.

— De quê? — insistiu o barão.

O príncipe Thorne cerrou os dentes.

— Do quanto o Súpero é... forte. Curar um ferimento grave assim requereria uma quantidade absurda de energia, mesmo para um Deminyen. — O olhar dele seguiu os dedos de Claude à medida que eles se esgueiravam por baixo do tecido do meu vestido, e eu mordi o lado interno do lábio. — A energia não é infinita, não importa o ser.

— Que interessante — concluiu Claude, dando outro gole.

— Ah, você acha? — perguntou o príncipe Thorne. — Devo me preocupar com tal interesse?

Pressionei a taça contra meu peito, minha pele arrepiou com o tom suave fingido dele.

— Bem, estou meio tentado a cortar um braço só para vê-lo crescer de volta — falou Claude com uma risada alta. — Deve ser uma coisa bizarra de se presenciar.

Arregalei os olhos. Tentei me enganar e fingir que ele não tinha acabado de dizer aquilo para um Súpero — ninguém mais, ninguém menos que *o* Príncipe de Vytrus.

Os dedos do príncipe congelaram na borda do copo. Chamas de repente bruxulearam da vela.

— Ele só está brincando, Vossa Alteza. — Sorri, embora sentisse meu estômago revirando. — Não há motivo para se preocupar. Ele só tem esse senso de humor bastante único.

— Não estou preocupado — respondeu o príncipe Thorne, voltando a contornar a borda do copo. — Afinal, ele já não pega em uma espada desde... quando? Desde que recebeu o título?

Eu duvidava muito que Claude já tivesse usado uma espada mesmo antes.

— E se a pessoa quisesse partir pele e osso seria preciso golpear com uma espada feita de *lunea*. — Ele fez uma pausa, dando um pequeno gole no uísque. — Elas são bem... pesadas.

Dei um longo gole no champanhe, sabendo muito bem que Claude não conseguiria menear uma espada de *lunea*. O príncipe Thorne sabia disso.

Claude também.

— *Touché!* — Ele riu, esticando o braço para pegar a garrafa de conhaque. Quando se serviu mais uma dose, sua mão estava surpreendentemente firme. — Se bem que acredito que haja adagas de *lunea* mais fáceis de manusear.

Pelo amor dos deuses...

— Eu gostaria de fazer uma pergunta — declarou o príncipe Thorne. — O que planeja fazer se os Cavaleiros de Ferro invadirem Archwood?

— Isso não deve acontecer com você e seu regimento guardando a cidade. — Os dedos de Claude deslizaram para baixo do tecido do vestido outra vez. — Mas caso houvesse uma... — Claude deu mais um gole, e eu fiquei tensa. — Caso houvesse uma falha? Tenho meus guardas.

O príncipe deu um leve sorriso.

— E se seus guardas forem mortos?

Senti um embrulho no estômago, e eu olhei para a porta. Nem queria cogitar aquilo.

— Então suponho que teríamos que matar cachorro a grito, como dizem — falou ele, passando a mão pela minha coxa, de modo que sua palma tocava minha barriga.

O príncipe Thorne deu um sorriso pretensioso.

— Bem, vamos torcer para não chegar a tanto então.

— Vamos, sim. — Os dedos de Claude voltaram à renda, e o olhar do príncipe também. — Mas falando sério? Se isso acontecesse? Eu defenderia o que me pertence como melhor pudesse. Mesmo sem pegar em uma espada há muitos anos.

Com o copo parado a meio caminho da boca, o príncipe Thorne inclinou a cabeça.

— E o que exatamente considera seu?

Claude passou os dedos pelos meus mamilos.

— Tudo o que vê.

— Tudo? — insistiu o príncipe Thorne.

— A cidade, desde o Canal do Leste até as florestas de Wychwoods, e o povo. Suas casas e suas vidas — respondeu Claude, e foi a primeira vez que o ouvi falar como um barão; o que era um contraste admirável comparado à posição dos dedos dele no meu corpo. Tive um sobressalto, e um suspiro baixo me escapou. O material fino não servia de barreira para o toque frio dele. — As terras e os jardins, esta casa e todos nela.

— Seu corpo de empregados? — O olhar do príncipe se fixou na mão do barão. — Seus amantes? — Ao bebericar seu uísque, ele nem piscou. — Sua *mascote*?

Estremeci de novo, mas não teve nada a ver com o toque do barão. Semicerrei os olhos para o príncipe Súpero, mas ele não percebeu. Como poderia quando sua atenção estava fixa na mão de Claude e no meu seio?

— Principalmente ela. — Ele pressionou seus lábios gelados e úmidos na lateral do meu pescoço. — Ela é a mais valiosa de todos.

Arqueei as sobrancelhas.

O príncipe Thorne baixou o copo de uísque e levantou o olhar para Claude.

— Acredito que nesse quesito nós estejamos de acordo.

Enrijeci.

— Eu estou bem aqui… — Minha respiração falhou quando Claude contornou meus mamilos com os dedos. Apertei a taça com mais força, e as chamas das velas bruxulearam mais uma vez.

— O que dizia? — perguntou o príncipe Thorne, um lado de seus lábios se curvando para cima.

— Eu dizia que estou sentada bem aqui. — Ignorei a mão de Claude, que descia para a minha barriga, e ignorei o olhar fulminante do príncipe que surgiu em seguida, causando aquela sensação dúbia quente e fria ao mesmo tempo. — Caso vocês dois tenham se esquecido.

— Confie em mim — respondeu o príncipe Thorne, reclinando-se em seu assento. As estrelas em seus olhos brilhavam ainda mais. — Nenhum de nós dois se esqueceu.

— É a segunda coisa na qual concordamos.

Claude passou os dedos abaixo do meu umbigo, entre minhas coxas, sua mão abrindo mais ainda a fenda do tecido.

— Que bom ver que vocês dois encontraram algo em comum — disse, levantando o queixo. — Espero poder fornecer um terceiro ponto de concordância.

— E o que seria? — perguntou Claude, pegando o copo.

— Não sou uma posse. — Esperei até que o olhar do príncipe voltasse para mim. — Ninguém é dono de mim.

— Concordo — murmurou Claude, pressionando os dedos na parte interna da minha coxa, abrindo minhas pernas alguns centímetros até que não restasse dúvida de que o príncipe podia ver a renda preta entre minhas coxas.

O olhar do príncipe Thorne não deixou nem um segundo passar, e eu pensei ter visto… seus lábios se partindo um pouco, como se ele estivesse assimilando o que o barão lhe mostrava — revelando de propósito. Eu corei com o olhar dele, mas não de vergonha. Parte de mim pensava que talvez eu devesse estar envergonhada. Que se eu fosse *boa*, devia botar um fim no que quer que Claude estivesse fazendo, porque eu estava mesmo começando a me perguntar o *quão* bêbado ele estava.

Ou ele estava mais embriagado do que eu suspeitava, ou estava lidando com o álcool melhor do que eu pensava, porque suas ações e palavras tinham se tornado absolutamente precisas e diretas.

O barão era brincalhão com frequência, ainda mais quando bebia, até quando não levava a nada, mas eu estava começando a pensar que estava errada ao pensar que Claude não tinha se dado conta de onde o príncipe estivera depositando sua atenção. Claude tinha adotado um tom provocativo em suas ações. Como se não fossem os próprios desejos que o motivavam, mas o que ele via no olhar no príncipe.

Porém, não fiz nada para deter Claude. Eu não podia... ou não queria, enquanto o príncipe observava, enquanto o calor na minha pele inundava minhas veias. E talvez eu tivesse bebido mais champanhe do que pensava, porque senti uma onda de coragem repentina.

— E você, Vossa Alteza? — desafiei. — Concorda?

As chamas dançantes projetavam sombras interessantes nas feições dele.

— Até poderia concordar, mas seria mentira.

— Como... — Um suspiro escapou dos meus lábios quando Claude me cobriu com sua mão. Uma tensão aguda de prazer veio em seguida. — Como assim?

— Ninguém no Reino de Caelum é verdadeiramente livre. — Ele observou a mão de Claude se movendo. — Todos pertencem ao rei.

Claude riu.

— Ele tem razão, mascote.

O príncipe tinha mesmo, mas não falei nada. Meus batimentos ressoavam no peito. Senti uma certa confusão, e talvez até um pouco de loucura. Eu não sabia como a conversa tinha ido de um ataque iminente àquilo. Eu não sabia nem se havia meio de descobrir.

— Tenho outra pergunta para você — disse o príncipe Thorne. — Quando estava na Universidade de Urbano, chegou a passar um tempo na Corte Real?

— Sim.

— E o que achou?

— Foi uma... experiência — respondeu Claude. — Em parte como eu esperava.

— Apenas em parte?

Eu estava curiosa a respeito de como o barão explicaria aquilo. Eu não sabia que ele tinha ido à Corte do rei. Apenas os *caelestias* e alguns aristos adentravam as Cortes Súperas — bem, eles e quem mais os Súperos *coletavam*. Entretanto, eu estava com dificuldade de ouvir. Estava atenta ao príncipe da mesma maneira que ele estava à mão do barão. Seus dedos contornavam o copo em perfeita sincronia com os dedos entre minhas coxas, e ficou fácil *demais* imaginar que eram os dedos dele que eu sentia.

Contorci os quadris ao focar os dedos do príncipe, minha respiração acelerando. Será que o barão sentia o calor úmido pela peça de roupa de seda? Será que ele pensava que era meu corpo respondendo a seus toques, ou...? Eu me mexi no colo do barão, meu peito subindo com uma respiração funda enquanto ele apertava a renda da minha roupa íntima, mas eu... eu não senti *ele* embaixo de mim.

O barão sabia.

Claude me esfregava como se buscasse tirar uma resposta de uma bola de cristal. Não era a técnica mais excitante, nem chegava perto do que eu sabia que ele era capaz de fazer. Ele estava...

Ele estava se exibindo por puro entretenimento.

— O lugar é tão opulento e bonito quanto eu imaginava que seria — respondeu Claude após um momento. — Mas eu não esperava que seria tão...

— Tão...?

Mordi o lábio ao som da voz dele, àquela única palavra. O som cobriu minha pele como seda quente, e meus dedos se curvaram dentro do calçado.

— Cruel — disse Claude.

E aquela palavra esfriou um pouco o calor do meu sangue.

— Tenho uma pergunta para a Vossa Alteza.

O príncipe inclinou o queixo.

— Você é mesmo tão cruel quanto os rumores alegam? — perguntou, fazendo meu coração disparar.

O príncipe Thorne não falou por um bom tempo, tudo que fez foi observar os dedos de Claude se movendo.

— Só quando necessário.

Claude pareceu entender o que aquilo significava.

— Gostaria de algo além de uísque para beber? Você não bebe já tem um tempo.

— Não é esta a minha sede.

— Suponho que não. — Claude ficou quieto, e aquele movimento se repetiu. — Mascote? — disse ele contra a minha têmpora corada, seu polegar passando pelo conjunto de nervos pulsantes. — Por que não vai até o príncipe?

Meu olhar colidiu com o do príncipe. O ar ficou paralisado nos meus pulmões conforme meu corpo enrijeceu, mas meu coração martelava.

— Ele parece tão solitário — sussurrou. — Não acha?

O príncipe Thorne não parecia solitário.

Seu corpo todo parecia rígido, as feições mais intensas nas chamas que dançavam frenéticas. Ele parecia...

O príncipe Thorne parecia *faminto*.

— Vá — falou Claude, tirando o braço da minha cintura e a mão do espaço entre minhas pernas.

Hesitei, apesar do impulso de desejo estupendo que ecoava em resposta a... o quê? À ordem, à permissão do barão? Eu não sabia qual das duas coisas. Eu sabia que Claude gostava de assistir a determinadas cenas e ser visto também, mas estávamos falando de um príncipe. Não se tratava de um de seus amantes e outro aristo.

Contudo, desci do colo dele e fiquei de pé, colocando minha taça sobre a mesa. O príncipe Thorne não disse nada, mas me seguiu com o olhar enquanto eu andava pelo salão com as pernas mais bambas do que deveriam. Olhei para a porta, sabendo que devia ir embora. Claude não me impediria. E eu também *não achava* que o príncipe Thorne faria isso. Eu podia tranquilamente sair e colocar um ponto final na loucura que parecia começar a se formar.

Só que não o fiz.

Se fosse qualquer outra pessoa, eu teria mesmo dado o fora dali, mas era *ele*.

Fui até o lado do príncipe, meu coração acelerado e minhas mãos formigando. Ele olhou para mim, ainda em silêncio, e de repente pensei que teria sido uma boa ideia ir embora. Era evidente que se o príncipe quisesse companhia, ele teria dito. Um tipo diferente de calor atingiu minha pele. Comecei a me afastar...

O príncipe Thorne estendeu o braço ao reclinar. Congelei.

As cores espirais dos seus olhos encontraram os meus.

— Sente-se.

Sentindo como se eu não conseguisse respirar fundo o suficiente, me esgueirei entre ele e a mesa, mas só cheguei até ali. Ele enlaçou meus quadris com o braço e me puxou para o colo.

Eu pude *senti-lo* na mesma hora.

Grosso e duro encostado na minha bunda. É bem provável que meu suspiro tenha feito eco no salão de jantar, que estava silencioso demais. Do outro lado, Claude sorriu.

O peito do príncipe Thorne estava quente, tocando minhas costas. Ele levou uma das mãos à pele abaixo do meu peito, espalhando os dedos sobre minhas costelas, e se sentou com uma postura ainda mais reta que a de Claude enquanto seus dedos abandonavam o copo de uísque.

— O que acha das intenções da Princesa de Visália de se rebelar? — perguntou ele a Claude.

— Não acho que eu saiba o bastante das intenções dela para ter uma opinião.

O barão levantou o copo.

— Sabe que ela quer governar — disse o príncipe Thorne enquanto eu observava sua mão passando pela superfície lisa da madeira, meu coração ainda martelando. — Basta?

— Acredito que sim, mas se o que a motiva for um mero desejo de destronar o rei Euros? — desdenhou Claude, bebendo. — Então não estimo muito as intenções dela.

A mão do príncipe deixou a mesa e foi para a minha coxa. Tive um sobressalto quando a pele quente dele entrou em contato com a minha. Ele não parou ali. Não havia provocação nenhuma em seu toque. E então deslizou a mão para baixo do vestido, no meio das minhas pernas, colocando os dedos sob a renda fina e encontrando a pele úmida. Meu corpo reagiu, minhas costas arquearam e meus quadris impulsionaram com o toque. Seu peito vibrava contra as minhas costas, o barulho baixo escaldando minha pele. Eu não sabia o que causava aquele som — se era minha reação ou a dele à umidade.

— A fome por poder parece ser algo que domina tanto ínferos quanto Súperos — dizia Claude. — Não se pode culpar alguém por fazer o que já se tornou instintivo.

— Acredito que não — falou o príncipe Thorne, colocando um dedo no meu centro úmido e depois dentro de mim. Mexi os quadris involuntariamente e agarrei o braço da cadeira. O som que ele fez foi impossível de não reconhecer. Um riso baixo. — Acha que é possível, *mascote*? É natural que qualquer espécie imponha dominância — acrescentou, enfiando o dedo ainda mais fundo.

Virei a cabeça para ele. Nossas bocas estavam a meros centímetros de distância.

— Não me chame assim.

O azul de seus olhos perpassou as demais cores.

— E como devo chamá-la?

— Não desse… — Arfei quando ele dobrou o dedo no formato de um anzol, encontrando um… um *ponto* específico.

Seu olhar varreu meu rosto, parecendo notar a meu rubor.

— O que diz, então? Pode culpar alguém por tentar dominar o que quer?

— Eu… — De repente, tive a sensação de que ele não estava se referindo apenas à líder dos Cavaleiros de Ferro, mas não tive certeza, porque ele tocou aquele ponto de novo. Uma miríade de sensações tomou conta de mim outra vez. Inclinei-me na direção dele. — Eu… eu acho que depende.

— De quê?

— Do que a pessoa está tentando dominar — falei, afastando o olhar.

— E por que quer fazer isso.

Claude nos observava, mas... mas percebi que, pela maneira como o príncipe Thorne estava sentado, meu colo e sua mão estavam tampados pela mesa.

Ao contrário do barão, ele não queria que fôssemos observados, o que me surpreendia. Eu pensava que...

Meus pensamentos se dispersaram quando o polegar do príncipe entrou em jogo. Tremi à medida que aqueles movimentos circulares certeiros surtiam efeito rapidamente. O corpo do príncipe — suas mãos e dedos ficaram mais quentes, o calor contra mim e dentro de mim. Ah, deuses, eu nunca tinha sentido nada como aquilo. Apertei a mão na beira da madeira.

— Mas duvido que simplesmente a fome de poder poderia levar alguém, até mesmo a princesa, a ser tão ousada e imprudente a ponto de arriscar tomar uma cidade que provocaria a ira e o poder do rei — continuou Claude. — Certamente deve haver mais do que um porto que ela acha valioso o bastante para arriscar a própria ruína.

A maneira... a maneira como Claude falou fez minha pele formigar em alerta. Ofegante, tentei recuperar o foco.

— Acredito que essa seja a terceira coisa... — O dedo do príncipe Thorne avançou, seu polegar circundou, e foi... foi demais para mim. O prazer que crescia dentro de mim beirava a dor. Comecei a me afastar, mas o braço ao redor da minha cintura me impediu. — Na qual concordamos.

A tensão explodiu sem aviso prévio. Gozei com um gemido ...

A mão do Príncipe Thorne cobriu minha boca, abafando o som de êxtase do clímax.

— Aqui não — sussurrou no meu ouvido. — Só para os meus ouvidos, e os de mais ninguém.

Fechei os olhos e tremi, perdida nas ondas de puro prazer — na sensação do membro duro dele e dos tendões de seu braço que eu havia agarrado em algum momento — e não ouvi nem vi nada. Tudo o que senti foram os tremores reverberantes do prazer e a presença calorosa do dedo dele ao desacelerar.

Ofegante, me acalmei em seu colo, relaxando o corpo fraco sobre o dele. Observei com os olhos semiabertos conforme ele passou a palma pela minha coxa e em seguida levantou a mão.

Os olhos do príncipe Thorne chamaram minha atenção quando ele levou seus dedos brilhosos à boca e... e os chupou, ávido.

Meus deuses, meu corpo todo ficou tenso mais uma vez.

— Obrigado — falou, depois seu olhar se voltou ao barão. — Gosto muito de sobremesa.

Claude soltou uma risada baixa, terminando seu copo de conhaque.

— E quem não gosta?

— Preciso de algo do senhor, barão — disse o príncipe Thorne após um momento, a outra mão voltando à minha cintura enquanto eu me concentrava em desacelerar minha respiração e meu coração. — Quero ela.

Enrijeci.

— Quero ela — repetiu o príncipe Thorne. — Durante todo o período que eu passar aqui, ela é minha.

CAPÍTULO VINTE E TRÊS

Era provável que o orgasmo inesperado e potencialmente inapropriado tivesse anuviado minha mente, porque eu não podia ter ouvido o príncipe Thorne direito.

Claude abaixou a garrafa de conhaque devagar.

— Por quê?

— Precisa haver um motivo? — rebateu o príncipe.

A descrença tomou conta de mim. Eu o *havia* escutado corretamente.

Ao voltar do meu transe, tentei me levantar, mas não cheguei longe antes que o braço do príncipe me puxasse de volta para seu peito. Virei a cabeça para ele.

— Me solta.

As luzes dançantes de seus olhos prenderam os meus. Um segundo tenso se passou; depois ele me soltou com um leve sorriso.

— Seu pedido é uma ordem.

Fiquei de pé e, ao me afastar dele, esbarrei na mesa, fazendo os copos que restavam sobre ela balançar.

— Não sei por que está sorrindo, Vossa Alteza. O que pediu, não pode ter.

— Thorne — corrigiu ele, voltando a pegar o uísque. — Não deve ser surpresa para ninguém, mas para não deixar dúvida: o que eu quero, eu consigo. E o que eu quero é que você me sirva de companhia enquanto eu estiver aqui.

Respirei fundo.

— Bem, suponho que esta é a primeira vez que vai ser contrariado, então.

Ele bebeu e olhou para mim.

— Já aconteceu. Uma única vez, não consegui o que queria. Isso não vai se repetir.

A raiva cresceu dentro de mim com tanta rapidez que me esqueci *do que* ele era e *de quem* eu era.

— Deve ter perdido o juízo se acha mesmo que pode exigir ter a mim.

— Lis — repreendeu Claude.

— Não — rebati, meu peito subindo e descendo, pesado. — Só por cima do meu cadáver.

Tudo que o príncipe fez foi arquear uma sobrancelha.

— Um pouco dramático demais, *na'laa*.

— Não me chame assim. — Franzi os lábios. — Não sou um objeto do qual você pode simplesmente tomar posse, ou que você pode pegar como se não fosse nada de mais.

— Eu não disse que você era um objeto.

Finquei as unhas na palma da mão.

— O que está dizendo, então? Porque não te ouvi perguntando o que *eu* queria.

— Já sei o que você quer.

Algo muito próximo a diversão surgiu em seus olhos.

— Você não faz ideia do que eu quero.

— Acho que vamos ter que discordar nesse ponto.

— Não há discordância algu…

— Só estou pedindo uma vez — disse ele ao barão, interrompendo-me. — Não vou pedir de novo.

— Em outras palavras, você não está pedindo permissão — rebati.

Ele ergueu um ombro.

— Pode escolher ver dessa maneira, se quiser.

— Escolher? — exclamei. — Não há outra maneira de encarar o que está propondo.

— Mais uma vez, teremos que discordar.

— Por que ela? — perguntou Claude outra vez, me pegando de surpresa.

O príncipe Thorne não falou por um longo momento.

— Vou precisar me alimentar, e prefiro fazê-lo com ela.

Ele me queria para se alimentar? A raiva quase me fez engasgar, mas ela veio com um tom parecido com… decepção? O que não fazia o menor sentido. Furiosa, dei as costas ao príncipe, com plena intenção de ir embora do salão. Eu já estava farta daquele absurdo.

— Você perguntou se eu era cruel. — O príncipe Thorne falou de novo, se dirigindo ao barão. — Eu te pergunto o mesmo: você é cruel?

Parei, voltando a olhar para o príncipe. Ele não…

— Como é? — Claude se pôs de pé, apoiando as mãos na mesa. — Não sei por que me perguntaria algo assim.

— Não sabe? — O príncipe Thorne retrucou baixinho, fazendo um arrepio percorrer meu corpo. — Diz que ela é de grande valor, mas a trata com descaso tremendo. Você a mandou aos meus aposentos, aparentemente esquecido ou embriagado demais para me informar de antemão a respeito de sua chegada. Ela podia ter sido morta.

— Mas não morri — respondi entre dentes. — Evidentemente.

O príncipe Thorne me ignorou.

— Não apenas isso. Ela tem sido tratada com crueldade. Quando a vi mais cedo, ela estava com hematomas.

Virei o rosto para ele.

— Eu não estava machucada.

O príncipe me observou.

— Eu gosto das suas mentiras.

Claude se virou para mim, a postura rígida.

— Do que ele está falando?

— De nada, eu…

— O pulso dela estava machucado — interrompeu o príncipe Thorne. — Ela disse que tinha se ferido enquanto estava cuidando do jardim.

— E foi!

Lancei a ele um olhar tão fulminante que poderia tê-lo deixado em chamas.

Ele seguia indiferente.

— Não parecia um machucado típico de acontecer em um trabalho de jardinagem, considerando que era possível ver nitidamente que eram marcas de dedos.

— O que aconteceu, Lis? — perguntou Claude, espalmando as mãos sobre a mesa.

Levantei a cabeça.

— Como eu disse, nada.

O maxilar de Claude ficou tenso, e ele se inclinou para a frente.

— Súperos não podem mentir, mas *caelestias* e mortais, sim. Quero a verdade.

— Não estou dizendo que ele está mentindo. — As pontas das minhas orelhas queimavam, e eu cruzei os braços. — Eu nem percebi que estava machucada, então presumi que tinha acontecido enquanto eu cuidava do jardim.

— Sei… — O príncipe Thorne inclinou a cabeça. — Eu não sabia que plantas tinham dedos e podiam agarrar alguém com força o bastante para provocar hematomas.

— Ninguém pediu sua opinião — retorqui.

Lentamente, o príncipe virou o olhar para mim.

— *Lis* — sibilou Claude. — Você é mais esperta que isso.

Eu era mesmo.

Eu sabia que era mais esperta que aquilo ao encarar o Príncipe de Vytrus com o coração a ponto de sair pela boca. Eu tinha exagerado, não apenas uma vez, mas no meu último golpe eu havia transbordado. Fiquei paralisada. Os pelos da minha nuca se eriçaram, o ar ficou mais denso e as chamas pararam. Aquela minha língua afiada tinha enfim me arrumado problemas.

Mas o príncipe Thorne… *sorriu.*

Meu estômago embrulhou.

O sorriso que ele exibia não era tenso nem frio. Era largo e verdadeiro, mostrando de leve os dentes e atenuando a beleza gélida e irreal de suas feições.

— Ela não falou por mal. Isso eu garanto — prometeu Claude, e eu quase ri da ironia de *ele* estar *me* defendendo para o príncipe. — Às vezes ela fala com muita eloquência… sem pensar.

— Não me ofendi. — O azul dos olhos do príncipe havia ficado mais claro de novo. — É o oposto, na verdade.

Sacudi a cabeça, descrente, mas ele parecia tão… *satisfeito*, o que era ainda mais perturbador.

— Sou grato por sua compreensão. — Claude se sentou. — Juro que meu tratamento para com ela não foi o que deixou sua pele machucada. — Um músculo enrijeceu ao longo da mandíbula do barão. — Mas vou averiguar o que pode ter ocorrido.

— Agradeço sua disposição. — O príncipe Thorne tamborilou os dedos na mesa de novo. — E quanto a meu pedido?

Seu pedido? Estava mais para uma ordem.

— Partirei depois de amanhã para encontrar meus exércitos e trazê-los para cá — continuou. — A jornada vai durar vários dias, mas, enquanto eu estiver aqui, quero ela comigo.

Claude se serviu de mais conhaque. Os nós dos dedos estavam brancos quando ele pegou o copo e deu um gole.

Comecei a suar com a ansiedade que crescia em mim.

— Não tenho problema algum com o seu pedido — anunciou o barão.

— O quê? — falei com um arquejo, virando para ele.

— Perfeito. — O príncipe assentiu para Claude, depois ficou de pé, se virando para mim. Ele sorriu. — Então estamos de acordo.

Sem ter concordado com nada daquilo, dei um passo para trás, esbarrando mais uma vez na mesa.

O sorriso dele se alargou.

— Você tem uma hora para se preparar. — Ele passou por mim, parando quando seu braço roçou o meu. O príncipe então baixou os olhos. — Estou muito ansioso para vê-la mais tarde.

Sem palavras, observei o Príncipe de Vytrus sair do salão de jantar. Eu não conseguia nem me mexer, minha pele alternava entre quente e frio.

— Como pôde agir como se esse pedido fosse aceitável? — perguntei, encarando o barão. Foi então que em meio às névoas da raiva, tudo ficou nítido. Os Súperos *podiam* conseguir o que quisessem, até mesmo de um *caelestia*. — Você não teve escolha — admiti, mas ele... ele podia pelo menos ter dito que não estava de acordo com a proposta.

— Ele deu uma escolha, Lis. Ainda que não soasse como tal, você sabe que ele deu. — Claude olhou para além das chamas das velas, enfim calmas. — Ele podia simplesmente ter nos forçado a aceitar.

Sim, o príncipe *podia* ter feito aquilo.

— E importa?

— Sempre deveria importar — disse Claude baixinho, bebendo do copo. Tinha importado na noite anterior, mas aquela situação era diferente.

— Que absurdo! — gritei, sacudindo as mãos. — Eu não...

— Quem foi? — perguntou Claude. — Quem te machucou?

Eu não conseguia acreditar que era naquilo que ele estava pensando quando tinha basicamente me concedido a um príncipe Súpero.

— Isso não importa muito agora.

— Discordo. Quero saber quem foi.

— Não é isso que...

— Responda! — gritou Claude, batendo a mão na mesa, o que me assustou. Ele respirou fundo, desviando o olhar. — Peço desculpas. Sei que não sou perfeito e que há muito mais que eu podia fazer quando se trata de você... com tudo isso. — Ele gesticulou para o salão e voltou a olhar para mim. Um longo tempo se passou. — Mas principalmente com você. Só os deuses sabem que eu quero mais para nós, para você. Mas sei por que você fica, Lis. Eu sei.

Fiquei em silêncio, sentindo um nó apertar na garganta.

— O medo que você tem de voltar para aquela vida, de você e Grady viverem nas ruas? É horrível conviver com esse sentimento, e eu tive o privilégio de nunca o conhecer. — Ele riu sem humor. — Mas me aproveitei desse medo. Eu me beneficiei dele quando devia ter feito exatamente o oposto.

Eu... eu não acreditava no que estava ouvindo. Eu não fazia ideia de que ele... ele entendia. Que ele sabia. O nó apertou.

— Eu queria poder dizer que sou uma pessoa melhor, mas sei que não é verdade — continuou ele, seu maxilar tremendo. — No entanto, nunca levantei a mão para você, nem para nenhum outro dos meus amantes. O que me conforta é saber que *isso* eu consigo te prover: segurança. Estabilidade. Porque é este o motivo pelo qual você fica.

Apertei as costas da cadeira sentindo meu coração quase saindo pela boca e meus olhos pinicando com a ameaça de lágrimas.

— Você... você me deu isso.

— Evidentemente não. — Seu olhar encontrou o meu. — Foi Hymel?

Hesitei, porque os deuses sabiam bem que eu não tinha o menor interesse em acobertar aquele desgraçado, mas tive medo do que Hymel podia fazer se Claude o confrontasse. O que ele podia fazer a Grady. Ou mesmo ao barão.

— Não — respondi. — Não sei mesmo como fiz isso. Eu juro.

Claude não disse nada por vários instantes; em seguida, afastou o olhar, pegando o copo e bebendo do líquido doce.

— Para ser sincero, a exigência do príncipe me deixou aliviado.

Pisquei.

— O quê?

— Quem poderia te manter mais segura do que o Príncipe de Vytrus?

Finquei os dedos na madeira da cadeira.

— Não preciso ficar segura.

Claude arqueou as sobrancelhas.

— Tá, isso não soou como eu queria. O que quero dizer é que não preciso ser protegida.

— Obviamente precisa, sim.

Enrijeci.

— Estou segura aqui. Prometo que...

— Não se trata disso — interrompeu Claude. — Vayne Beylen e os Cavaleiros de Ferro estão vindo para cá. Você mesma disse isso. Ele está vindo.

Bem, eu não tinha tanta certeza assim de que minha premonição se referia a Beylen, mas aquela não era a questão.

— Podemos ter sorte, e a pura força do regimento Real vai convencer as Terras do Oeste e os Cavaleiros de Ferro a não atacarem Archwood.

Claude desdenhou.

— Beylen é muitas coisas, mas facilmente contrariado não é uma delas. Se ele recebeu a ordem de atacar Archwood, vai prosseguir com seu plano.

— Como pode afirmar isso?

O barão não disse nada.

A pressão esmagou meu peito, e meus sentidos se abriram na mesma hora. Minha intuição se esticou à medida que a linha se formava em minha mente. Cheguei até a parede cinza e *empurrei*.

— Você o conhece.

O barão me olhou feio.

— Não me leia, Lis.

— Eu até pediria desculpas, mas pelo amor dos deuses, Claude, se você conhece o Comandante dos Cavaleiros de Ferro, não acha que esse é o tipo de informação que você devia dar ao príncipe Thorne antes que ele ou o rei descubram por outra fonte? — Sentei. — Se eles descobrirem...

— Vou acabar na forca? — Claude forçou uma risada. — Vai por mim, eu sei. — Ele deixou a cabeça tombar para trás. — Somos parentes, na verdade, Lis. Por sorte, ele é um primo distante o suficiente a ponto de ser difícil identificar onde exatamente nossas árvores genealógicas convergem.

Se eu já não estivesse sentada, teria caído.

— Se vocês são parentes... — Coloquei minhas mãos sobre a mesa. — Por parte de quem?

— Do meu pai.

— Então... isso significa que ele é um *caelestia* — sussurrei. — O líder da rebelião dos ínferos nem sequer é um ínfero também?

Claude levantou o copo em resposta, rindo.

— Peço desculpas, mas amo vê-la surpresa. É muito raro de acontecer.

Eu me recostei na cadeira.

— Bem, talvez isso responda por que ele se juntaria a um Súpero... e você fingiu que não tinha o menor palpite em relação a isso.

— Eu não estava fingindo. Eu também fiquei... surpreso com isso, mas Beylen não... — Ele fechou os olhos. — Passamos alguns anos juntos quando eu era criança.

— Ele é das Terras Médias? — perguntei. — Como é que ele foi parar nas Terras do Oeste e virou um mortal liderando um exército da Corte?

— Ele é estelar — revelou Claude, e eu franzi o cenho. Não só porque ele nunca tinha me dito nada, mas porque havia algo ligeiramente familiar naquela frase. — Nada disso importa agora. A questão é que Beylen não será persuadido, e não há lugar mais seguro para você do que ao lado de um príncipe Súpero.

Eu ainda estava perplexa com a notícia de que ele era parente do Comandante dos Cavaleiros de Ferro. Era uma informação muito mais importante do que o pedido do príncipe.

— Então Beylen sabe que você é o Barão de Archwood. Vocês são sangue do mesmo sangue.

— Família nem sempre significa tudo — murmurou ele, encarando fixamente as velas. — Não considerando o que ele... — Claude sacudiu a cabeça. — Há coisas mais fortes do que laços sanguíneos.

Um tremor leve surgiu, e meus pensamentos voltaram a Maven e ao que o barão sabia sobre suas habilidades — o escudo cinza que protegia seus pensamentos.

— Como foi que você soube que seria mais fácil romper o escudo de um Súpero que não fosse tão poderoso quanto um príncipe?

Ele franziu o cenho.

— O quê?

— Hoje de manhã, você falou isso.

Ele deu um gole.

— De verdade, não faço a menor ideia do que está falando.

A dúvida cresceu dentro de mim.

— Como você pôde...

— Você devia ler a si mesma, Lis — interrompeu-me. — O príncipe vai voltar para buscá-la, e lhe resta pouco tempo.

— Isso não me importa no momento.

Um breve sorriso apareceu.

— Você e eu sabemos que isso não é verdade.

— Ok, eu me importo sim, mas podemos voltar a esse caos já, já.

— Caos? — Ele riu. — Não sei o que a faz protestar tanto. Você parecia estar gostando *bastante* da atenção dele — ressaltou Claude. — Acho que nunca vi ninguém gozar com tanto prazer quanto você.

Minhas bochechas coraram quando respondi:

— Duvido muito que isso seja verdade.

— Por favor, mascote. Nada que eu já tenha feito com o pau ou com a língua já chegou perto do que ele fez com os dedos — disse ele. — Até mesmo eu sou capaz de admitir que nunca provoquei esse tipo de êxtase no seu rosto.

— Eu não acredito que estamos discutindo isso. — Estiquei a mão para pegar uma garrafa de vinho que tinha sido deixada na mesa e bebi direto do gargalo. — Nada disso importa, Claude. Não sou um objeto a ser dado nem tomado.

— E você não é uma posse. Deixou isso bem evidente durante a ceia, mas... — Ele levantou um dedo do copo e o apontou para mim. — Está errada. O rei possui a todos nós. Somos seus súditos, de corpo e alma.

— Certo, mas com exceção disso. — Agarrei o pescoço da garrafa. — Ele quer me usar para se alimentar, Claude.

— Duvido muito que essa seja a única razão, Lis. Há inúmeras formas de ele se alimentar que não envolvem fazê-lo com uma única pessoa.

— Então por que eu?

Ele ergueu uma sobrancelha.

— É uma ótima pergunta, não é?

Não era. Não mesmo.

— Não quero ir com ele e ficar... ficar sob a clemência, o comando dele.

— Me parece que estar sob o comando e a clemência dele significam apenas a ficar *embaixo* dele — comentou Claude.

O desejo me invadiu apesar da raiva, o que me fez querer dar um tapa na minha própria cara.

— Quero atirar essa garrafa em você.

Claude riu.

— Você devia economizar para quando estiver com o príncipe. Tenho a impressão de que esse tipo de coisa o excitaria.

— Ai, meus deuses. — Joguei o peso do meu corpo na cadeira, balançando a cabeça. — Mas e se ele achar que sou uma ilusionista?

— Mas você não é.

— Isso não te impediu de se preocupar com os Súperos me acusando de ser, no passado.

— É, mas ele não vai pensar assim.

— Como sabe?

— Apenas sei. Ele é um príncipe. Se tem alguém que saberia, seria ele.

Eu não sabia se fazia diferença ou não. Mordiscando o lábio inferior, me obriguei a superar a onda de frustração.

— Não sei nem por que ele quer isso.

— Consigo pensar em um ou outro motivo — respondeu Claude de maneira seca.

Certamente ele conseguia mesmo. Encarando o teto abobadado e seus detalhes dourados, balancei a cabeça de novo. Um longo tempo se passou. Olhei para Claude.

Ele estava encarando o copo já quase vazio.

— Não quer mesmo ir até ele?

Abri a boca.

— Honestamente? — insistiu. — Quero uma resposta sincera, Lis.

Fechando a boca, sacudi a cabeça mais uma vez. Eu não sabia como responder àquilo. Só havia confusão se eu sequer pensasse no príncipe — no *meu* príncipe Súpero.

— Se ele apenas tivesse me pedido para fazer companhia a ele durante sua estadia, eu até poderia lhe responder essa pergunta, mas ele não perguntou, então não tenho o que fazer.

— E se ele tivesse pedido, você teria dito... sim?

Continuei de boca fechada.

Claude ergueu as sobrancelhas.

— Ele é um príncipe, Lis. O conceito de pedir para eles é basicamente o que você acabou de ver.

— E?

— A maioria dos lordes não teria chegado a esse ponto, muito menos um príncipe. Pior, a maior parte dos Súperos não teria nem pensado duas vezes antes de simplesmente a obrigar, e depois tomá-la.

Abaixando a cabeça, fitei-o, irritada.

— *E?*

— Está perdendo tempo, mascote. — Pegando a garrafa de conhaque em formato oval, ele se levantou. — Vá se aprontar.

Não me mexi.

Claude deu um suspiro pesado ao cruzar o cômodo, parando logo antes de abrir a porta.

— Grady ficará bem enquanto você estiver com o príncipe. Prometo.

Fechei os olhos contra a corrente repentina e tola de lágrimas conforme o silêncio recaía pesado sobre o salão a ponto de eu pensar que Claude já havia se retirado.

No entanto, o barão continuava ali.

— Isso é bom, Lis. Espero que entenda isso. Porque o Príncipe de Vytrus vai poder te proporcionar aquilo que eu não posso.

— Que é...?

— Tudo.

Secando as lágrimas, virei-me para a porta.

— O que...?

O lugar estava vazio.

O barão tinha ido embora.

CAPÍTULO VINTE E QUATRO

— Não consigo nem imaginar — sussurrou Naomi, encarando a janela da minha antecâmara com os braços em volta da cintura. — A ideia de haver um ataque... uma guerra.

Parte de mim pensava que talvez eu não devesse ter contado a Naomi o que descobri a respeito do exército das Terras do Oeste quando cruzei com ela ao sair do salão de jantar. Não é porque eu temia que ela desse com a língua nos dentes, possivelmente causando pânico. Eu sabia que ela não faria isso. Eu só odiava vê-la preocupada — e com medo.

— Lembra quando eu disse que torcia para haver lordes aqui a tempo dos Banquetes? — Naomi olhou para mim por sobre o ombro, o tom pálido de lavanda de seu vestido se destacando contra o céu noturno além da janela. — Eu não quis dizer um exército.

— Eu sei — falei do sofá, com as pernas cruzadas embaixo de mim. Com os pensamentos pesados, brinquei com a renda do vestido.

— Já contou para Grady? — perguntou ela.

Balancei a cabeça. Eu queria, mas ver Grady significava ter que contar a ele sobre o novo *acordo* — algo a que eu sabia que ele não reagiria bem. Eu precisaria convencê-lo que tinha concordado em fazer companhia ao príncipe, mas, aparentemente, eu não era lá muito convincente quando se tratava das minhas emoções. Eu ainda não conseguia acreditar que Claude sabia do meu motivo para ficar em Archwood — que ele sabia o tempo todo. Eu não tinha certeza de como me sentia a respeito disso. Não sabia por que aquilo me deixava... triste. E eu não tinha tempo para começar a tentar entender isso quando estava precisando lidar com algo muito maior.

Desviei o olhar da mesinha onde eu tinha colocado a tiara de rubi sobre uma mesinha e olhei para a porta. A hora já estava quase chegando. Senti um embrulho no estômago.

— Quando Claude me chamou na noite passada, ele me mandou para um dos Súperos que haviam chegado antes do regimento. Claude não sabia ainda por que tinham vindo e queria que eu descobrisse.

Naomi se virou da janela, arqueando as sobrancelhas delicadas.

— Meus deuses, e você só me conta agora? — perguntou. — Era de se pensar que você estaria nas portas dos meus aposentos logo de manhãzinha. Estou tão decepcionada...

Desdobrei as pernas e me sentei à beira do sofá.

— Não fique decepcionada. Não havia muito a contar.

— Conta outra, Lis. Deve ter muito a contar. — Ela arregalou os olhos ao se aproximar. — A menos que tenha usado o Madrugada Adentro ontem à noite. Num lorde Súpero?

— Nem tentei. Eu não sabia se funcionaria e não quis arriscar. E ele não era um lorde. Era o príncipe.

— O príncipe? — repetiu ela, boquiaberta. — *O* Príncipe de Vytrus? Concordei com a cabeça.

— Puta que pariu! Preciso de um segundo para processar isso. Espera. — Ela me olhou com coragem. — Por acaso... alguma coisa aconteceu entre você e o príncipe? — Naomi mudou totalmente num instante. A sedutora que amava provocar desapareceu, sendo substituída por uma tigresa em alerta. — O que aconteceu ontem à noite, Lis?

— Nada que eu não tenha permitido que acontecesse. Nada que eu não quisesse — garanti. — Ele... não sei. — Balancei a cabeça. — Ele não foi nada do jeito que eu esperava.

— Dizem que ele é...

— Um monstro. Eu sei, mas ele... — O príncipe Thorne era muitas coisas, como arrogante, convencido, exigente e irritante, mas não era um monstro. — Eu não acho que muito do que dizem a respeito dele seja verdade.

— É mesmo?

— Sim. De verdade.

— Que bom. — Ela relaxou, descruzando os braços. — Eu teria odiado ser morta por cortar fora o pau de um príncipe Súpero.

Deixei escapulir uma risada alta.

Naomi cruzou os braços de novo.

— Acha que estou mentindo?

— Pior que não! Por isso é engraçado.

— É a distração perfeita. — Ela cutucou meu pé com o dela. — Quero cada detalhezinho sórdido sobre como o Príncipe de Vytrus não era o que você... *esperava*. — Ela deu uma piscadinha. — E preciso que demonstre exatamente como.

— Bem, não acho que temos tempo para isso — falei, minha voz ficando mais aguda. — E tem mais. O príncipe solicitou, e estou usando a palavra "solicitou" como um tremendo eufemismo, que eu fizesse companhia a ele durante o tempo que passar aqui em Archwood.

Ela me encarou sem falar nada.

— É sério? — perguntou por fim.

— Infelizmente.

Agarrei o braço do sofá.

Ela pareceu passar um minuto apenas me encarando.

— Certo, eu não acredito que nada de mais tenha acontecido ontem à noite. Que coisas são essas que você fez por livre e espontânea vontade que devem tê-lo impressionado o bastante para pedir algo assim?

— Vai por mim, ele não ficou impressionado. — Era óbvio que ele não tinha ficado tão surpreso assim, considerando que não acreditava que eu tivesse a experiência que fingi ter. — Acho que ele… quer saber? Não sei mesmo. Não faz muito sentido para mim.

Ela foi até o sofá e se sentou ao meu lado.

— É evidente que você não está lá muito animada com isso. Você não… gostou do tempo que passou com ele?

— Não é isso. — Afastei uma mecha de cabelo do rosto. — Eu gostei, sim.

— Mas?

— Ele não pediu, Naomi. Foi mais como se estivesse fingindo pedir. Só que ele deixou nítido que não ficaria feliz em receber um "não" como resposta.

— Para ser sincera, estou surpresa que ele sequer tenha fingido pedir. E sei que essa não é a questão — acrescentou ela quando abri a boca para protestar. — É só que nunca ouvi falar de um Súpero que pedisse permissão para fazer algo.

Nem eu.

— Eu não gosto do fato de ele achar que pode simplesmente fazer uma exigência dessas, e não me importa se ele é príncipe ou não. Isso não deveria importar.

— Não, não deveria — concordou ela. — Eu ficaria fula da vida também. — Ela me olhou. — Você aceitou?

— Não exatamente — respondi, suspirando.

— E o que Claude disse a respeito disso tudo? — perguntou Naomi, depois desdenhou da própria pergunta. — Mas também o que ele falaria? Não se nega nada a um Súpero.

— Exatamente — murmurei. — Mas é isso que é estranho: Claude sempre se portou como se tivesse medo de que ter Súperos por perto poderia levá-los a me acusar de fazer uso de magia de ossos. Nunca acreditei que esse fosse o único motivo. Acho que ele também tinha receio de que, sei lá, outro alguém me convencesse a partir... só que ele ficou aliviado com o pedido do príncipe.

— Eu... — Naomi franziu o nariz. — Que estranho!

— Pois é.

Ela ficou em silêncio por alguns instantes.

— O que você vai fazer?

— Não sei. — Relaxei o corpo no sofá, cruzando os braços. Meus pensamentos foram a mil. Eu sabia que não seria inteligente dizer não a um príncipe, então precisaria agir com cautela. — Mas se ele acha que vou só me submeter a ele sem mais nem menos, está completamente enganado.

Ouvi uma batida na porta pouco depois de Naomi partir. Eu não a queria presa no meio da situação quando o príncipe Thorne viesse me procurar. Eu não tinha ideia do que faria, muito menos de como o príncipe reagiria.

Só que não era ele à porta.

Lorde Bastian estava no corredor, a boca curvada num meio-sorriso.

— Boa noite — saudou ele, fazendo uma leve reverência. A adaga presa ao seu peito chamou minha atenção. — Vim acompanhá-la até o príncipe Thorne.

Minhas costas enrijeceram, e eu agarrei a lateral da porta. Não sabia por quê, mas o príncipe ter mandado outra pessoa para me *acompanhar* me estressou até o último fio de cabelo.

— Ele não pôde vir pessoalmente?

— Infelizmente, não. — Lorde Bastian levou as mãos às costas. — Ele está um pouco atrasado, então me pediu para vir no lugar dele.

— Peço desculpas por fazê-lo perder tempo — falei com cuidado, por não ter ideia de como aquele lorde Súpero reagiria. — Mas não tenho intenção alguma de me juntar ao príncipe Thorne nesta noite.

Ele arqueou as sobrancelhas escuras.

— Ah, não?

— Não, é que não estou me sentindo muito bem — disse. — Ele vai precisar encontrar outra maneira de se ocupar.

O brilho de uma lâmpada na parede ali perto reluzia na pele lisa e escura acima da barba aparada.

— A senhorita precisa de alguma coisa?

— Como é?

— Está se sentindo mal, não? — O verde dos olhos dele brilhou a ponto de eu não conseguir enxergar as outras cores. — Há algo que eu possa buscar para você?

Pisquei depressa.

— Obri… — Parei de falar, e o outro canto dos lábios do lorde Bastian se curvou para cima também. — Agradeço a oferta, mas tenho tudo de que preciso.

— Tem certeza? — insistiu ele. — Não será problema algum.

Assenti.

— Mais uma vez, peço desculpas por fazê-lo perder seu tempo, senhor. Espero que tenha uma boa noite.

Fiz menção de fechar a porta.

Lorde Bastian se mexeu com tanta rapidez que não pude nem cogitar acompanhar seus movimentos. Ele esticou uma das mãos, apoiando-a no meio da porta, me impedindo de fechá-la.

— Importa-se se eu perguntar o que a senhorita tem? — O lorde Bastian abaixou a cabeça. — Thor vai querer saber, afinal de contas.

— Thor? — murmurei.

— Apelido de Thorne. Ele se irrita quando o chamamos assim, então, naturalmente, é por isso que o fazemos.

Lorde Bastian me deu uma piscadinha.

— Ah… — Foi minha resposta mais inteligente. Eu tinha sido pega um tanto de surpresa pelo bom humor dele. — Eu… eu, hm, estou com dor de cabeça.

— Entendi. — Dentes brancos e retinhos apareceram quando o sorriso do lorde se alargou. — Suponho que a dor de cabeça seja bem grande? Talvez, se precisasse descrevê-la, diria que ela tem uns dois metros de altura?

Fechei a boca.

Lorde Bastian riu.

— Vou dizer a ele que você está… resfriada. — Ele tirou a mão da porta. — Espero que não contraia uma dor de cabeça ainda maior. — Ele se afastou, cruzando as mãos às costas de novo. — Tenha uma boa noite.

— Boa noite.

Fechei a porta, enrijecendo ao ouvir a risada abafada dele no corredor.

Era evidente que o lorde Bastian não acreditava em mim. Ou, mais precisamente, ele tinha adivinhado o motivo da minha dor de cabeça inventada.

E o príncipe Thorne precisaria ser um grandessíssimo filho da puta se mandasse mais alguém ou fosse pessoalmente até mim depois de ouvir que eu não estava me sentindo bem. Eu não achava que poderia me livrar dele para sempre, mas pelo menos teria a noite para decidir o que fazer — o que poderia ser feito — e quem sabe até um pouco mais, considerando que ele tinha dito que precisaria se ausentar para encontrar o exército.

Mas você quer mesmo que ele não venha?, sussurrou aquela vozinha irritante.

— Sim — sibilei para mim mesma, tirando os calçados.

Cruzei a antecâmara descalça, meus pés afundando no carpete macio enquanto eu ia até o pequeno gabinete e me servia meia dose de uísque. A bebida era o melhor que Archwood tinha para oferecer, suave e leve com um gosto de álcool bastante singelo. É o que todos diziam. Eu ainda sentia o sabor amargo do álcool, mas virei a dose mesmo assim, retraindo os lábios quando a queimação veio.

Não adiantou muito para acalmar meus nervos, então me servi outra meia-dose e a levei comigo ao seguir para a janela. Olhei para além das *sōls* douradas dançando no céu noturno.

Quando os Banquetes estivessem bem encaminhados, os exércitos do príncipe já estariam em Archwood. Então, levaria quanto tempo até que os Cavaleiros de Ferro chegassem também? Não era preciso muita lógica para presumir que a ação tinha muito mais a ver com a importância do porto e a Corte Súpera que ficava logo além de Archwood do que com proteger as pessoas que de fato moravam ali.

Encostei a bochecha na janela, pensando no que as pessoas de Archwood iam pensar quando vissem as forças Súperas. E quando descobrissem da ameaça das Terras do Oeste? O medo e o pavor seriam palpáveis. Engoli o uísque, grata pelo amargor naquele segundo gole. Era provável que os aristos abandonassem a cidade até que a ameaça tivesse passado. Muitos possuíam famílias em outra cidade e meios para viajarem até lá. Por outro lado, os mais pobres de Archwood — os mineiros, os trabalhadores do cais, os operários... todo mundo que mantinha a cidade e os portos de pé e na ativa? Eles não teriam escapatória. Precisariam permanecer ali durante todo...

Senti uma mudança repentina no ar da câmara. Os pelos da minha nuca se arrepiaram com uma nova intensidade da atmosfera. Um som de clique fez minha pele arrepiar — era o som distinto de uma tranca.

Com o coração na boca, me virei para a porta devagar. Impossível. Abaixei o copo vazio para a lateral do corpo.

A porta se abriu com tudo, e lá estava ele, com as pernas afastadas e a postura ereta, o cabelo para trás, revelando suas feições belas e severas. A armadura ainda cobria seu peito. Ele parecia um guerreiro, e uma coisa ficou evidente:

O príncipe Thorne estava ali para conquistar.

CAPÍTULO VINTE E CINCO

O príncipe Thorne cruzou o umbral, a luz da antecâmara reluzindo no punhal de prata da adaga presa a seu peito.

Não pensei. Devia ter pensado, mas só reagi.

Taquei o copo no Príncipe de Vytrus.

Nos breves segundos que seguiram o instante em que o copo saiu da minha mão, percebi que não tinha ideia do quanto eu podia ser imprudente e idiota até aquele momento.

O copo parou no ar, ainda longe do príncipe.

Respirei, nervosa, com os olhos arregalados.

— *Na'laa* — disse o príncipe Thorne com a voz baixa e com o azul de seus olhos brilhando.

O copo se estilhaçou até virar nada — absolutamente *nada*. Nem uma chuva de caquinhos sobrou para contar história. Ele apenas foi obliterado.

Trêmula, dei um passo para trás.

Ele sorriu, e eu tremi como qualquer presa faria ao se dar conta de que não só estava cara a cara com um predador de sentidos aguçados, como ainda por cima o havia provocado.

— Seu braço é forte — disse ele. — Embora eu preferisse ter descoberto isso de um jeito que não envolvesse um objeto sendo atirado à minha cabeça.

Meu coração martelava tão rápido que tive medo de vomitar.

— Eu… eu não quis fazer aquilo.

— Ah, é? — perguntou ele devagar.

Assenti, engolindo em seco.

— O copo escorregou dos meus dedos.

Ele arqueou uma sobrancelha.

— Escorregou para o outro lado do cômodo?

— Você me assustou — expliquei, percebendo que minha desculpa era patética. — Eu não estava esperando que alguém destrancasse a porta e entrasse do nada. Mas eu devia ter suspeitado, não é? Você tem esse costume.

— Você sabe pouquíssimo a respeito dos meus costumes. — Um lado de seus lábios se curvou para cima. — Mas sei que *você* tem o hábito de mentir, algo pelo qual tenho bastante apreço.

Enrijeci.

— Vou ter que discordar. Sei de pelo menos dois costumes. Entrar sem ser convidado e insistir em insultar minha honra cada vez que me vê.

— Como pode ser um insulto à sua honra se é a verdade? — rebateu ele. — Talvez você mesma se desonre ao mentir.

Meu peito subiu quando a raiva se espalhou dentro de mim.

— Por que está aqui, Vossa Alteza?

— Temos um acordo.

— Não temos, não, mas a questão nem é essa. Estou com dor de cabeça.

— Sim, uma dor de cabeça com dois metros de altura?

Fiquei boquiaberta.

— Não ponha palavras na minha boca.

— Eu sei que não foi você que disse isso. Foi o lorde Bastian. — O olhar dele varreu o cômodo, ignorando meus sapatos jogados e a garrafa de uísque aberta. — Ele sempre gosta de ignorar três centímetros da minha altura para fazer parecer que não sou mais alto que ele.

Franzi o cenho; depois balancei a cabeça.

— Seja como for, ainda estou com dor de cabeça e não estou a fim de ter companhia agora à noite.

As íris dançantes se concentraram em mim.

— Nós dois sabemos que não é o caso.

— Como saberia? — Cruzei os braços. — Está dizendo que consegue estar tão em sintonia com alguém a ponto de sentir se a pessoa está ou não com dor de cabeça?

— Não. — A risada dele soou baixa e suave, provocando um arrepio na minha espinha. — Só não acredito em você.

— Mas que grosseria.

— A verdade nunca é grosseira, apenas indesejada. — O sorrisinho dele se transformou em um sorriso taciturno, fazendo a irritação me causar arrepios. — Pela sua cara, a próxima coisa que você quer atirar em mim é a garrafa de uísque.

— Seria um desperdício de uma boa bebida — retruquei.

— E é muito mais difícil de alegar que ela apenas escorregou dos seus dedos. — Ele tinha chegado mais perto daquele jeito silencioso que sempre fazia. — Temos um acordo. Vai honrá-lo?

— Não. — Ergui o rosto. — Porque não há acordo nenhum para honrar.

— Era de se imaginar.

Eu me afastei alguns centímetros, mas foi tudo que consegui, porque o príncipe colou o corpo no meu antes que eu pudesse respirar de novo. Ele colocou um braço ao redor da minha cintura ao se inclinar, e um segundo depois eu estava suspensa, erguida nos ombros dele. Por um momento, fiquei tão chocada que não consegui fazer nada além de ficar parada com o cabelo caído no rosto e o cheiro florestal dele tomando conta de mim.

E então, ele se virou.

— Ai, meus deuses! — gritei, agarrando a túnica dele. — Me solte!

— Eu até a soltaria, mas suspeito que você vá querer discutir. — O príncipe Thorne foi até o quarto, passando pela cama. — E prefiro fazer isso enquanto estou próximo à cama na qual pretendo dormir.

— Você não pode fazer isso! — A fúria irrompeu, abafando todo o meu bom senso. Soquei as costas dele, batendo as pernas; esquecendo-me completamente *do que* eu estava atacando. — Me solt... — mandei entre dentes enquanto a dor irradiava pelos meus punhos, subindo pelos braços. — *Cacete.*

— É melhor parar — alertou ele, o divertimento nítido no tom de sua voz. — Não quero que você quebre as mãos. Pode ser que precisemos delas depois.

— Ai, meus deuses. — Arregalei os olhos quando a porta se abriu. Ele ia mesmo me levar para os aposentos dele? Ele devia estar fora de si. — Pode me largar.

— Não confio em você.

— Não confia em mim? — gritei quando as portas dos meus aposentos se fecharam ao passarmos. — Você vai fazer um escândalo.

— Não sou eu que estou fazendo escândalo. — O príncipe Thorne virou a cabeça, seu queixo roçando meu quadril. — São seus berros que vão acordar quem já foi para a cama e alarmar quem ainda está de pé.

— Não estou berrando! — berrei. — Eu não prefiro nada disso. — Tentei me soltar do ombro dele, mas seu braço prendeu minhas costas. — Isso é ridículo.

— Eu sei.

A descrença reverberou dentro de mim.

— Então me largue ou...

— Ou o quê?

— Posso vomitar nas suas costas.

— Por favor, tente não fazer isso, mas se o fizer, seria uma boa desculpa para me ajudar no banho.

Um grunhido exasperado escapou dos meus lábios quando vi o cabo de uma pequena espada logo acima do quadril direito dele. Eu estava sobre a lâmina protegida. Mais uma vez, fiquei irritada demais para pensar no que estava fazendo. Levantei uma das mãos e fiz menção de pegar o punho.

— Eu não faria isso — alertou ele.

Congelei, meus dedos a centímetros do cabo dourado. Será que ele tinha olhos na parte de trás da cabeça?

— Não a menos que você saiba como meneá-la e planeje fazê-lo — respondeu.

— E se eu souber?

— Eu ficaria muito impressionado — ressaltou ele, e eu arqueei as sobrancelhas. — Mas não imagino que seja verdade.

Eu sabia lidar com uma adaga; Grady havia me ensinado até esse ponto. Contudo, eu sabia que uma adaga e uma espada eram armas bem diferentes, então soltei um grito frustrado e abafado de boca fechada ao passarmos pelos corredores escuros.

— No entanto, também suspeito de que se você soubesse empunhar uma espada, não hesitaria em usá-la — deduziu.

— E estaria correto... — Eu me assustei quando ele me sacolejou sobre o ombro. — Isso foi extremamente desnecessário, Vossa Alteza.

— Thorne — corrigiu ele, dando uma risada. — Peço desculpas, meu ombro... *escorregou*.

Minha visão ficou turva de tanta raiva.

— Ah, aposto que escorregou mesmo, *Thor*.

O príncipe parou completamente.

— Pelo visto terei que matar Bas.

Ele voltou a andar.

Fiquei um tanto boquiaberta enquanto meu estômago, que já estava instável, embrulhou de vez.

— O quê?

— Não o leve tão a sério — disse outra voz, que reconheci ser do próprio lorde Bastian. Levantei a cabeça, tendo apenas um vislumbre do peito do príncipe, das portas abertas de seus aposentos e do lorde que o esperava no corredor à frente delas. — Ele sentiria muitas saudades minhas se me matasse.

— Eu não contaria com isso — rebateu o príncipe Thorne.

Lorde Bastian desdenhou ao entrar.

— Posso saber por que está carregando sua convidada feito um saco de batatas?

O rubor atingiu minhas bochechas, mas antes que eu pudesse falar, o príncipe Thorne respondeu:

— Ela estava se fazendo de difícil.

— Deve ser por causa da dor de cabeça de um metro e noventa e sete de altura.

— Agora foram seis centímetros que perdi? — murmurou o príncipe Thorne.

— Só estou apresentando fatos.

A frustração me dominou.

— Ele me raptou, e vocês estão aí discutindo quem é mais alto?

— Viu só? — O príncipe me apertou. — Até ela sabe que sou mais alto.

— Traidora — acusou o lorde Bastian, suspirando.

— Isso é… — tentei falar, mas arquejei quando o príncipe Thorne pegou meus quadris e de repente fui colocada no chão. A luz de uma lâmpada piscava na parede quando me soltei, me afastando alguns passos.

— Antes que eu vá — falou lorde Bastian. — Crystian partiu para Augustine.

Augustine? Ele tinha ido à capital?

— Que bom.

— Sabe, o rei não vai gostar nada.

O príncipe o encarou.

— Sim, nós dois sabemos disso.

— De fato — murmurou lorde Bastian, depois olhou para mim, seu sorriso voltando. — A propósito, Crystian também quer conhecê-la.

— Aposto que sim — murmurou o príncipe Thorne.

— Quem é Crystian? — perguntei.

— Um pé no meu saco.

Lorde Bastian riu.

— Bem, não se divirtam muito hoje. A manhã não vai tardar a chegar, e temos compromissos logo ao amanhecer.

O príncipe assentiu. O lorde inclinou o corpo para mim e fez uma reverência. Arqueei as sobrancelhas. Sorrindo, ele endireitou a postura e desapareceu.

— Ele é… diferente — falei.

— É um eufemismo — respondeu o príncipe, fechando a porta sem nem a tocar.

Engoli em seco.

— Você é diferente.

— Isso também é um eufemismo, *na'laa*.

Sozinha com o príncipe, alternei o peso entre os pés, desconfortável.

— Então, por que vocês têm compromissos logo pela manhã? Por acaso mudou de ideia e vai partir para encontrar seus exércitos ao amanhecer?

Príncipe Thorne riu.

— Não se preocupe. Não vou deixá-la tão cedo. Amanhã temos um encontro com cidadãos de Archwood para começar a treinar os que podem e querem defender a cidade.

— Ah — sussurrei, unindo as mãos.

Ele olhou para mim.

— Você parece preocupada com isso.

— E estou. Não que eu tenha me esquecido do que está por vir. É que ouvir a respeito disso deixa tudo mais tangível. E eu não estava preocupada com a sua ausência. — Olhei para as portas, além dele. Mordi o lábio, indo um pouco para o lado. — Estou ansiosa, na verdade.

— Não faça isso.

Voltei a olhar para ele.

— Recomendo que não tente fugir — aconselhou-me, passando por mim.

— Por quê? Vai me impedir?

— Porque vou correr atrás de você. — Ele soltou os cintos que prendiam as espadas pequenas às costas ao entrar no quarto. — E vou pegá-la.

Fiquei tensa.

O príncipe parou no quarto, virando o corpo para mim ao baixar a espada que ele tinha acabado de tirar.

— Mas talvez seja isso o que você quer. Que eu corra atrás de você.

Um arrepio indesejado percorreu meu corpo. Era mais uma prova de que havia algo muito drasticamente errado comigo. Engoli em seco, mantendo-me firme no lugar.

— Não quero isso.

Ele curvou um lado dos lábios para cima quando ele desprendeu o talabarte.

— O que você quer então, *na'laa*?

— Isso não.

A risada dele veio como fumaça escura e densa.

— O que acha que *isto* é?

— Acho que estou prestes a virar seu gado particular.

Ele soltou uma risada curta.

— Meu o quê?

— Você me quer para se alimentar com facilidade. Você mesmo disse que...

— Não é a única razão — interrompeu o príncipe. — Seu barão queria *um* motivo. Eu lhe dei justamente isso.

— Então por quê? — perguntei antes de pensar melhor. As razões dele não me importavam. — Eu não concordei com nada.

Ele abaixou as armas, e em seguida tirou as botas, aparentemente sem um pequeno arsenal do qual se desfazer.

— Não foi assim que me lembro de ter acontecido.

— Como é? Não é como você se lembra? — Encarei-o com descrença. — Acho que estava bastante evidente.

— Sim. Você deixou tudo *muito* evidente. — Ele inclinou a cabeça. — Bem como ficou evidente quando você gozou nos meus dedos; não uma, mas *duas* vezes.

Fiquei boquiaberta, e o sangue pareceu fluir por completo para as minhas bochechas e a parte inferior do meu torso, bem lá dentro de mim, onde meu corpo não tinha pudor algum.

Ele inflou as narinas, seus olhos ficaram mais luminosos, mesmo a distância, e eu sabia que ele tinha sentido minha reação de desejo.

Cerrei os dentes.

— Não sei o que isso tem a ver com esse tal acordo em que você insiste tanto.

— Tem tudo a ver.

Ele desapareceu por um momento, depois ressurgiu com uma garrafa e dois copos.

Minha respiração ficou fraca ao vê-lo parar à mesa e servir os dois copos.

— Então, se for o caso, muitos dentro deste solar e nesta cidade estariam dispostos a tomar meu lugar.

Ele olhou para mim por sobre o ombro.

— Mas alguma dessas pessoas atiraria um copo em mim?

Inspirei rapidamente pelo nariz.

— Provavelmente não, o que devia deixá-lo aliviado.

— Mas isso não me tranquiliza em nada.

Fiquei sem saber o que responder. Por que então ele queria que objetos fossem tacados na sua cabeça? Isso significava que Claude estava certo nesse quesito.

— E também sei que mais ninguém me lembraria uma cereja, nem deixaria um gosto tão bom nos meus dedos — continuou ele, oferecendo um copo preenchido até a metade. — E nenhuma outra pessoa seria um mistério para mim.

— Nada a meu respeito é um mistério.

Encarei o copo, depois o tomei das mãos dele.

O príncipe Thorne me fitou, seu olhar era tão intenso que foi difícil ficar parada.

— Por que você é tão contra este acordo? — Ele franziu o cenho enquanto eu bebi o que tinha se mostrado ser vinho escuro. — Por favor, não me diga que sente algo pelo seu barão.

Aquilo me pegou desprevenida.

— E se eu sentisse?

Ele cerrou os dentes.

— Então seus sentimentos estariam sendo gastos com alguém que obviamente não merece.

Surpresa com o comentário dele, levei um momento para responder.

— Você não conhece o barão o bastante para decidir isso.

— Sei que o único motivo pelo qual ainda está vivo é o fato de você ter se sentado no colo dele, e eu preferiria não a ver coberta com o sangue dele.

Senti um aperto gelado no peito.

— Só porque ele falou de cortar seu braço? Ele só estava brincando. Sei que foi burrice, mas não estava falando sério.

— Não é a isso que me refiro. — Ele deu um gole. — Mas concordo que foi estupidez da parte dele.

— O quê, então?

— Ele estava tocando você — respondeu. — Não gostei daquilo.

— Está dizendo que estava com ciúme?

— Sim.

Minha risada rompeu o silêncio que veio em seguida.

— Você não pode estar falando sério.

Os olhos brilhantes dele encontraram os meus.

— Pareço estar brincando?

Não, ele não parecia. Eu o encarei.

— Por que razão você sentiria ciúmes de mim?

— Não sei. — Ele tirou uma mecha de cabelo da frente do rosto e a colocou para trás da orelha. — Não ter respostas se tornou um hábito comum no que se refere a você. Não sei se isso me irrita ou me anima.

— Bem, na parte que me toca, me confunde.

— Sua relutância a respeito disso me confunde.

— É mesmo? — Quando me olhou de novo, eu vi em seu rosto que ele dizia a verdade. — Não entende mesmo? Não passa pela sua cabeça que exigir algo assim de outra pessoa pode irritá-la?

— Se nós dois não nos conhecêssemos? E se eu não soubesse do quanto você gosta do meu toque? Então sim, eu poderia tirar algum sentido da raiva de uma pessoa nessas circunstâncias, mas não é o caso entre mim e você.

— Só porque nos conhecemos e gostei do jeito que você me toca não significa que não quero que me peça algo que quer de mim, nem que eu continuaria a gostar dessas coisas todas.

— Mas eu sei que você quer meu toque — rebateu ele. — Minutos atrás, seus batimentos aceleraram de tes…

— Pelo amor dos deuses. — Apoiei o copo na mesa, porque era a única maneira de eu não o jogar nele de novo. — Não acredito que vou ter que explicar o que devia ser ensinado assim que alguém nasce…

— Eu não nasci — interrompeu-me ele com o cenho franzido.

— Isso não significa… — Parei de falar, encarando-o. Meus lábios partiram quando me lembrei de algo que ele tinha me dito aquele dia nos meus aposentos: a falta de humanidade. Isso ia muito além de só se importar com os demais, abrangia muitas coisas, como ter consideração pelos outros. Sem humanidade, só restava… — Lógica.

— Lógica? — repetiu ele.

Balancei a cabeça.

— Os Deminyens agem com base na lógica e não na emoção?

Ele pareceu refletir sobre aquilo.

— De certo modo, sim.

Só que a lógica era fria, e ele não era assim.

— Ontem à noite você me pediu para me juntar a você na banheira. Você não só presumiu que era o que eu queria.

— Eu sabia que era o que você queria — falou ele, e eu semicerrei os olhos. — Mas senti seu nervosismo. Você ficou ofegante em parte pela incerteza e em parte pelo tesão.

— Dá para concordarmos em não dizer mais "tesão" pelo resto das nossas vidas?

— Por quê? — O azul dos olhos dele se iluminou. — Por que a verdade do que você sente por mim a incomoda?

— Vai ver eu só não goste de, vejamos, você apontando isso de cinco em cinco segundos.

Ele abaixou a cabeça.

— Então você reconhece que fica excitada comigo?

Fiquei boquiaberta.

— Tenho a nítida impressão de que você vai mentir — falou ele, a sombra de um sorriso brincando em seus lábios. — E alegar que não gosta do tempo que passa comigo.

— Se eu vou ou não, não importa. Você *sempre* devia pedir.

— Por quê?

— Por que *o quê*?

— Por que pedir quando nós dois sabemos o que você quer?

Bufando de ódio, segurei o pouco de paciência que me restava com toda a força que eu tinha.

— Porque você não deve presumir que as coisas nunca vão mudar. Pode acontecer. Tudo pode mudar num instante por diversas razões.

— Hmm. — O som zuniu dele conforme seu olhar se voltava a mim. — Suponho que eu deva me esforçar para garantir que isso não chegue a acontecer, então.

Franzi os lábios.

— Não era aí que eu queria chegar.

— Não era?

Suspirei, mexendo na renda do vestido.

— Parece que estamos falando línguas diferentes.

Um meio-sorriso apareceu enquanto ele terminava o vinho.

— Então, *na'laa*, você gostaria de se juntar a mim esta noite e quando eu retornar?

Eu o encarei.

— O quê? — De alguma maneira, ele havia chegado mais perto, parando a apenas uns trinta centímetros de mim. — Estou fazendo o que você pediu. Perguntando.

— E por que está fazendo isso agora?

— Porque é importante para você que eu o faça.

Surpresa, senti meus olhos se arregalarem um bocado.

— Bem, é um pouco tarde para isso, considerando que você me sequestrou.

O príncipe Thorne riu.

— Você não foi sequestrada nem está sendo feita de refém. Se quiser ir embora… — disse ele, levantando a mão. Seus dedos se fecharam sobre os meus. Olhei para baixo, por um instante consumida pelo fato de que nossas mãos se tocavam, e senti… não ouvi nem senti nada que não fosse meu. Ele deixou os dedos imóveis, chamando minha atenção de volta para seus olhos. — Não vou impedi-la, Calista. Não sou… — Tentou concluir, mas uma carranca surgiu em seu rosto.

— Não é o quê? Como os outros Súperos?

Aquele traço de confusão que havia surgido nas feições dele mais cedo naquele dia, quando estava nos meus aposentos, reapareceu. Ele inclinou a cabeça.

— Como são os outros Súperos?

— Você… você está perguntando de verdade?

— Sim — respondeu. — O que acha da minha raça?

Abri a boca, mas logo em seguida tomei a sábia decisão de fechá-la. Ele me estudou.

— É evidente que você tem uma opinião a respeito disso. Compartilhe-a.

Pela milésima vez na vida, desejei que meu rosto não transparecesse tanto o que se passava na minha cabeça.

— Eu… eu não conheço bem nenhum Súpero. Na verdade, você é o único com quem passei um tempo, mas até onde sei, com base no que vi, não parecem se importar muito conosco, apesar de alegarem ser nossos protetores. Os Banquetes são um exemplo perfeito disso.

Ele passou o polegar pela parte de cima da minha mão.

— O que tem eles?

— Os Banquetes sempre me pareceram mais uma celebração dos Súperos do que dos ínferos.

— O que a faz pensar isso? — Ele sorriu com meu silêncio. — Não fique tímida agora, *na'laa*.

— Pare de me chamar assim.

— Mas estou intrigado para saber o que você pensa, e não pode negar que *está* sendo teimosa, o que é tão…

— Sim. Eu sei. Apropriado. — Dei um suspiro pesado. — Se o rei Euros e todos os seus Deminyens quisessem provar seu compromisso em nos proteger, por que fazer isso somente durante alguns dias no ano? Por que não em todos os dias? Não é como se... — Parei de falar, pensando que eu provavelmente devia seguir o conselho que tinha dado a Grady e calar a boca. — Não importa.

— Importa, sim. — O polegar dele ficara imóvel sobre minha mão. — Não é como se o quê?

Balancei a cabeça.

— Não é como se... nós só passássemos fome alguns dias no ano. Não há dúvida de que as Cortes Súperas possuem comida o bastante para compartilhar. Garantir que o máximo possível de bocas sejam alimentadas durante o ano todo seria um jeito melhor de nos mostrar que os Súperos de fato são nossos protetores.

— E o que você sabe sobre passar fome? — perguntou ele.

Seu tom de voz baixo me pegou de surpresa. Ele não estava me desafiando; era uma pergunta genuína, e então respondi com sinceridade:

— Eu... eu cresci sem um lar...

— Você era órfã? — A voz dele tinha ficado mais afiada.

Meu coração apertou enquanto eu sustentava seu olhar, esperando que ele se desse conta de que já havíamos nos encontrado antes, esperando que eu entendesse por que minha intuição hesitava tanto em contar a ele que já nos conhecíamos.

— Eu era uma de muitos. Muitos que nunca nem chegam à vida adulta — falei, quando nenhum de nós dois entendeu o que precisava. — Sei o que é ir para a cama e acordar com fome, dia após dia, noite após noite, enquanto algumas pessoas têm mais comida do que podem esperar consumir um dia. Comida que simplesmente jogam fora.

O príncipe Thorne ficou em silêncio por vários instantes.

— Sinto muito em ouvir isso, Calista.

Desconfortável com a sinceridade em seu tom de voz e ao som do meu nome, desviei o olhar e assenti.

— Enfim, posso pensar em jeitos melhores de o rei demonstrar amor a seu povo, tanto para Súperos quanto para ínferos.

— Você fala como Beylen.

Meu olhar encontrou o dele de novo, meus pensamentos voltaram na mesma hora ao que Claude havia compartilhado.

— Você o conhece?

— Sei que ele já disse a mesma coisa, ou ao menos algo bem semelhante — afirmou, sem de fato responder minha pergunta. — Você nunca foi a nenhuma das Cortes, certo?

— Não. Jamais tive a honra.

Ele mexeu de novo o polegar, deslizando gentilmente sobre a minha mão.

— A maioria não consideraria isso uma honra.

Arquei as sobrancelhas. Antes, ele havia passado a impressão de que a violência em sua Corte era recorrente, mas seu discurso parecia ter mudado.

— O que quer dizer?

— Sei como a Corte parece de um ponto de vista exterior. Opulência decadente dos tetos às ruas, tudo brilhoso e dourado — explicou o príncipe. — Mas como a maior parte das coisas que são lindas do lado de fora, não abriga nada além de ruínas e fúria do lado de dentro.

Um arrepio desceu pela minha coluna.

— Mas você está certa. O rei podia de fato fazer mais. Todos nós podíamos e deveríamos. Imagino que não enfrentaríamos esses problemas com os Cavaleiros de Ferro se as coisas tivessem seguido um rumo diferente.

— Que sensação estranha — falei após um momento. — E... boa.

— O quê?

— Estarmos de acordo a respeito de algo.

O príncipe riu.

— Consigo pensar em outras coisas com as quais podemos concordar que são muito melhores do que apenas boas.

— ...E você estragou.

Ele soltou mais uma risada, fazendo meus lábios se curvarem para cima, o som era quase tão contagiante quanto a risada de Naomi. Meu coração ficou errático.

O som da risada foi sumindo, assim como o sorriso dele.

— Não sei em quais aspectos sou parecido com os demais, mas sei nos que sou diferente: não a obrigarei a fazer o que você não quiser de fato.

Ele soltou minha mão, mas seu toque continuou ali, acalentando minha pele, quando me afastei. A dúvida me invadiu, mesmo quando ele não se mexeu, nem eu me mexi. Olhei para a porta, pressionando os lábios. Hesitei, procurando um motivo para ficar, até que encontrei um:

— Lorde Bastian disse que o rei não gostaria de alguma coisa. — Eu o encarei. — A que exatamente ele se referia?

Um sorriso apareceu de novo, mas foi breve.

— A minha decisão a respeito de Archwood.

— Não entendo. — Franzi o cenho. — Você está planejando defender Archwood... — Parei de falar quando as palavras dele na ceia voltaram à minha cabeça. *Viemos para determinar quais medidas devem ser tomadas...* — A menos que isso fosse apenas uma opção. Uma escolha para decidir se valia a pena nos salvar ou...

Não consegui concluir a frase.

— Ou não. — O príncipe não teve problema nenhum em dizê-la. — Destruir Archwood era uma opção. Primvera seria abandonada e novos portos ao longo do Canal do Leste seriam estabelecidos. É o que o rei prefere.

CAPÍTULO VINTE E SEIS

— Deuses — falei, levando a mão ao peito. — Por que você... espera. — Um novo horror me surgiu. — Por que o rei não gostaria da sua decisão de não destruir Archwood?

O príncipe me encarou por um longo momento.

— Porque destruir a cidade seria o mais fácil a se fazer.

— Mais fácil? — sussurrei, tropeçando em um sofá. — Matar e deixar milhares de inocentes desalojados é mais fácil?

— É um risco menor às forças Súperas. Teríamos pouquíssimas baixas se... removêssemos Archwood como uma possível vantagem aos adversários — disse ele, cruzando os braços sobre o peito. — Nossos cavaleiros vão morrer defendendo a cidade.

Eu não conseguia acreditar no que estava ouvindo, ainda que não devesse ficar surpresa. Não é como se antes eu achasse que o rei Euros se importava muito com ínferos, mas a mentalidade que o príncipe me apresentava era... brutal de tão desdenhosa.

— Então as vidas ínferas importam tão pouco assim para o nosso rei?

O príncipe não disse nada.

Uma risada ácida queimou minha garganta conforme a raiva tomava conta de mim.

— Foi isso que aconteceu com Astória? Você foi enviado para lá como juiz e carrasco?

— O que aconteceu com Astória foi completamente diferente — disse ele, suas feições ficando mais afiadas. — A cidade já estava perdida.

— O motivo da destruição importa? — perguntei.

Ele ficou quieto de novo.

Respirei fundo.

— Quantas pessoas você matou?

— Muitas. — O castanho dos olhos dele escureceu até se transformar num preto absoluto e se espalhar pelas outras cores, e eu podia jurar que a temperatura tinha caído. — Mas só para você saber, nem eu nem meus cavaleiros saqueamos as cidades arruinadas. Não levantamos nossas armas para os cidadãos. Não é do nosso feitio matar indiscriminadamente. As mortes que ocorreram se deram apesar do que fizemos para preveni-las.

— Quer dizer que as mortes ocorreram porque as pessoas nas cidades se defenderam? Tentaram proteger seus lares e suas vidas? Você esperava que não fizessem isso?

— Eu não espero menos — falou ele.

Sentindo um frio repentino, coloquei os braços sobre a cintura.

— Quantas cidades nosso rei decidiu que não valiam as vidas preciosas dos Súperos? — perguntei, pensando nas pequenas aldeias e cidadelas que haviam desaparecido ao longo dos anos.

— Muitas — repetiu ele, sem emoção. — E muitas mais seriam perdidas se eu tomasse o partido do rei em cada situação. — Ele inclinou a cabeça. — O quê? Acha que posso desobedecer às regras dele? Sou um príncipe, mas ele é o rei. A escolha é limitada, mesmo para alguém como eu.

Eu o encarei, parte de mim entendia que ele era apenas outra engrenagem no sistema — embora fosse uma engrenagem bastante poderosa. Respirei, trêmula.

— O que o faz decidir qual cidade vale *sua* proteção e qual deve ser sentenciada a morrer? Melhor ainda: por que salvaria Archwood depois do que fizeram com você?

Um músculo flexionou no maxilar dele, e ele desviou o olhar.

— Você.

— O quê?!

— Quanto aos outros lugares, não há resposta, mas se tratando daqui? Foi você. Sua coragem. Pensei que, se você era tão corajosa, aqui devia haver mais pessoas assim.

— Outros que reagiriam?

— Essa é outra pergunta à qual você já sabe da resposta. — O preto esvaneceu de seus olhos quando os tons de azul e verde ressurgiram. — De certa forma, sou grato por ter sido envenenado. Se isso não tivesse acontecido, eu não a teria encontrado.

Mas você me encontrou antes. As palavras sussurraram na minha língua, mas não passaram dos meus lábios. Engoli o que minha intuição não me permitia falar e olhei para a janela. A distância, vi as *sóls* brilhantes.

— Decidiu por fim que sou um monstro?

Fechei os olhos.

— Deveria — falou ele, baixinho. — O sangue nas minhas mãos nunca vai ser lavado. Eu nem tentaria fazê-lo.

Um arrepio leve percorreu meu corpo, e o peso de suas palavras que falavam da culpa e quem sabe até da dor que ele carregava. Será que eram apenas as mãos dele que carregavam a mancha vermelha? Ou as do rei? Porque ele estava certo — a escolha era mesmo limitada. Todos respondiam a outra pessoa, mesmo o rei. Diziam que ele respondia aos deuses, mas o príncipe ainda tinha escolha.

— O que aconteceria se o rei não só desaprovasse a sua decisão, como ainda ordenasse que você destruísse a cidade a despeito dela? E se você se recusasse a fazê-lo?

— Guerra — respondeu ele. — Do tipo que faria o que está surgindo nas Terras do Oeste parecer apenas uma desavença a ser esquecida.

Minha respiração falhou.

— Está falando da Grande Guerra — sussurrei.

Ele assentiu, e um momento se passou.

— Sabe como era o reino antes da Grande Guerra?

— Não.

— A maioria não sabe. — O príncipe Thorne voltou ao gabinete e se serviu de outra dose. — Está servida?

Fiz que não com a cabeça.

Ele colocou a tampa de volta.

— Quando o reino enfim conseguiu se restabelecer o suficiente após a Grande Guerra para que alguém começasse a registrar as histórias, todos que podiam se lembrar de tudo que havia acontecido já estavam mortos, levando consigo as memórias de milhares e milhares de anos de civilização. Ficou decidido que o melhor seria que tudo fosse esquecido.

— Você já estava... vivo naquela época?

— Não. Fui criado pouco depois, com o conhecimento do que havia se passado. — Ele seguiu para a janela, os ângulos de seu rosto tensos ao olhar para a noite. — Na nossa língua, a Grande Guerra era chamada de Apocalipse.

Um arrepio percorreu minha espinha.

— Os Súperos sempre existiram, como figurantes, assistindo a tudo e passando ensinamentos. Protegendo não só a raça humana, mas as próprias terras — explicou. — Ao longo da história, ganhamos diferentes nomes, já fomos idolatrados como deuses, confundidos com o povo feérico das florestas (isto é, ninfas e seres mágicos de outro reino) por um período. — Ele deu uma risada silenciosa. — Outros achavam que éramos elementais, espíritos que incorporavam a natureza. Alguns acreditavam que éramos anjos, servos de um único deus, enquanto outros nos viam como demônios; ambos descritos em escrituras por mortais que mal entendiam as visões que tinham.

O ar escapou devagar pelos meus lábios entreabertos. Será que ele falava de visões semelhantes às que eu tinha?

— Acredito que os primeiros Deminyens eram todas essas coisas, de diferentes maneiras. Cada nome era, a seu próprio modo, adequado. — Ele deu um gole. — De qualquer modo, os Deminyens eram *antigos*, Calista. Tanto quanto o próprio reino. Eles já estavam aqui quando o primeiro mortal veio à vida, e imagino que estaremos aqui por muito tempo após a passagem do último.

Outro arrepio desceu pela minha espinha enquanto eu segui para o sofá e me sentei na beirada.

— No entanto, o tempo é implacável, e nem mesmo os Deminyens são imunes aos seus efeitos. — O príncipe Thorne me olhou ao beber. — E embora no começo eles interagissem com mortais, chegou um momento em que isso deixou de ser possível. Os Deminyens passaram a adotar mais o papel de observadores e começaram a perder a conexão que tinham com quem protegiam. O mais sábio deles, seu nome era Mycheil, viu o perigo nisso. Ele já via nos demais a forma como o tempo os mudava, os deixava mais frios, menos empáticos e humanos. Acidentes começaram a acontecer.

— O que quer dizer com acidentes?

— Mortes. — Os lábios dele se contorceram em um sorriso perverso. — As causas variavam. Às vezes bastava o medo de ver um Deminyen para tirar a vida de um mortal. Outras vezes era devido às tentativas dos Deminyens de impedirem um mortal de fazer algo que causaria mal a muitos ou às terras, e, na época, atacar um mortal... não era coisa que se fizesse.

— Bem, isso definitivamente mudou — murmurei.

— Sim, mudou mesmo. — Ele terminou a bebida, colocando o copo no gabinete. — Mycheil sabia que era hora de sua espécie se afastar da humanidade, que eles descansassem com a esperança de que ao acordar novamente estariam renovados. Portanto, ele ordenou que todos hibernassem, e foi o que fizeram. Isso durou séculos, e eles se tornaram nada mais do que mitos esquecidos, lendas para a maioria e ancestrais desconhecidos para outros.

Peguei o travesseiro macio e luxuoso e o aninhei contra o peito.

— O que… o que aconteceu?

O príncipe Thorne não falou por um longo momento.

— O tempo continuou. O mundo antes deste? O que foi arruinado? Era muito mais avançado. Havia prédios altos como montanhas. A comida raramente era caçada, mas cultivada ou fabricada. As cidades eram conectadas por estradas e pontes com quilômetros de extensão. As ruas eram repletas de veículos que funcionavam com energia em vez de carruagens, e havia ainda gaiolas de aço que iam aos ares e transportavam pessoas para o outro lado dos oceanos. O mundo não era como é hoje.

O que ele dizia me soava implausível e impossível de considerar, mas os Súperos… eles não podiam mentir.

— Os prédios enormes tomavam o lugar de árvores e destruíam florestas inteiras, as máquinas sufocavam o ar, e a facilidade de sobrevivência fez criaturas ao redor do mundo chegarem à beira da extinção ou a ultrapassarem. Tudo isso veio com um custo. O mundo estava morrendo, e os mortais não conseguiam mudar seus hábitos ou não queriam fazê-lo. Os motivos não importam, porque toda aquela destruição acordou os Súperos. Os anciãos tentaram alertar as pessoas, mas poucos deram ouvidos, e pouquíssimos dos Deminyens despertados haviam voltado com uma conexão renovada para com os humanos. Muitos começaram a vê-los como uma escória sobre a terra; uma praga que precisava ser detida, então foi o que fizeram. Mais da metade dos Deminyens se rebelaram contra os homens, alegando que eles deviam perder a liberdade, convencidos de que era a única maneira de salvar a eles e ao mundo. Outros tentaram defender os direitos dos homens. Foi então que a guerra começou. Entre Súperos. O embate sacudiu a terra até que os prédios desabassem, causando ventanias, fazendo incêndios se espalharem pelas cidades, provocando oceanos, que engoliam… engoliam continentes inteiros. Os mortais ficaram no fogo cruzado.

— Continentes? — sussurrei.

— Antigamente, havia sete: trechos massivos de terra cercados por corpos de água vastos — disse ele. — Não há mais sete deles.

Meus deuses! Apertei mais ainda o travesseiro.

— Os mortais não eram completamente inocentes em relação ao que se passou. Afinal de contas, foram as ações deles, seu egoísmo e sua ignorância que despertaram os Súperos. Mesmo assim, ninguém merecia enfrentar tamanha fúria, tamanhas ruínas. — Ele olhou para mim. — A Grande Guerra não apenas tirou vidas. Ela também deu uma outra forma ao mundo.

Tentei processar tudo o que eu tinha ouvido, mas não achei que fosse algo que eu seria capaz de fazer um dia.

— Há Deminyens agora que fizeram parte daquele mundo, não é?

— Alguns. Ambos os lados sofreram grandes perdas.

— O rei?

O príncipe Thorne me encarou.

— Ele estava vivo naquela época.

— E de que lado ele estava? — perguntei, um pouco temerosa da resposta.

— De ambos? Muitos dos Deminyens que sobreviveram foram os que ficaram em cima do muro, de certo modo. Eles pensavam que os mortais precisavam ser protegidos, mas que não devíamos confiar a governança das terras a eles. Que se fossem deixados sem supervisão ou se recebessem poder real, fariam a história se repetir.

Às vezes eu pensava que não deviam confiar em nós, ínferos, nem para carregar um jarro cheio sem derrubar a água, mas dizer que faríamos a história se repetir era injusto, considerando que não a conhecíamos.

— E o que você acha?

— Não sei ao certo. — Um sorriso malicioso surgiu em seu rosto. — Varia de um dia para o outro. — Ele me olhou. — Mas o que sei é que aquele tipo de guerra nunca mais pode acontecer. Os mortais não sobreviveriam, e tudo deve ser feito para impedir que isso aconteça.

— Então, como é que vai ser? — Levantei-me, largando o travesseiro onde eu estivera sentada. — Sacrificar alguns para salvar a vida de muitos? É isso que significa de fato obedecer às ordens do rei?

— Em termos simplistas? Sim. — Ele me observou. — Há um motivo pelo qual a maioria dos mortais não conhece a história do próprio reino.

— Porque se soubessem, temeriam os Súperos?

Ele assentiu.

— Mais do que muitos já temem.

Arrepiada, esfreguei os braços. Eu não tinha tanta certeza se aquela era mesmo a única razão pela qual a história era mantida em segredo. Talvez o rei e os que governavam não queriam que tivéssemos a chance de ser melhores do que já havíamos sido ou de agir mais sabiamente do que havíamos agido.

— É muito para assimilar.

— Eu sei.

— Talvez a ignorância seja uma bênção — murmurei.

— O conhecimento raramente facilita as coisas. — Ele respirou fundo.
— Ter compartilhado isso tudo com você é terminantemente proibido.

Olhei para ele.

— Então por que o fez?

— Mais uma vez: não sei. — Ele riu. — Acho que senti a necessidade
de explicar por que fiz o que fiz, porque sinto que... — Ele franziu o cenho.
— Sinto que é importante que você saiba que eu não sou...

Que ele não era um monstro.

Dei um respiro trêmulo. Eu não sabia o que pensar. Ele era um monstro?
Possivelmente. Ele alegava não sentir compaixão e dizimava cidades sob as
ordens do rei. Só que dava para ver que ele carregava o peso dessas ordens.

Eu sabia que ele não era nem bom, nem mau. Como eu, e nunca precisei
da minha intuição para confirmar nada disso ou para saber que ele salvava
quem podia e sofria pelos que não conseguia salvar.

— Se desejar partir, Calista, não vou impedi-la. Eu nem mesmo a culparia
por tal — disse o príncipe Thorne, chamando minha atenção para ele. —
Isso eu prometo.

Concordando com a cabeça, me afastei e dei as costas para ele, porque...
porque achava que era o que eu precisava fazer. Ele veio até mim, a sensação do olhar dele queimando minhas costas. Alcancei a porta, colocando as
mãos ao redor da maçaneta. Virei-a. A porta se abriu. Meu coração disparou
quando olhei para a pequena fresta. Eu estava paralisada, em guerra comigo
mesma, porque eu...

Eu não queria ir embora.

Embora eu devesse, e apesar do que descobrira, eu queria ficar e sabia o
que significaria se eu ficasse — com o que eu estaria concordando. O tipo de
companhia que ele queria não envolvia que eu lhe ensinasse as especificações
do consentimento ou que continuasse a discutir sobre os deuses sabem o quê.
Ele me desejava. Meu corpo. Eu o desejava. O corpo dele.

Por que eu não podia tê-lo, então?

Não havia motivo, exceto um... um senso nítido de nervosismo, porque
ficar de alguma maneira parecia ser *mais*.

Porque não era só o prazer que eu buscaria se ficasse com ele. Era a companhia. Era a maneira como ele inexplicavelmente parecia confiar em mim.
A complexidade de quem ele era e do que ele era. E também era o silêncio
que eu encontrava com ele.

Ao fechar a porta, me virei e o vi onde eu o havia deixado. Nossos olhares se conectaram, e eu pensei ter visto um traço de surpresa em suas feições.

Lentamente, ele estendeu a mão. Ao mesmo tempo, eu sentia um aperto e uma liberdade no peito. Não senti o piso frio sob meus pés ao avançar em sua direção. Os olhos dele nunca deixaram os meus enquanto levantei a mão trêmula e segurei a dele. O contato foi um choque para os meus sentidos, e quando ele entrelaçou os dedos nos meus, minha intuição ficou quieta, mas de alguma forma eu sabia que nada nunca mais seria igual depois daquele momento, depois daquela noite.

CAPÍTULO VINTE E SETE

Havia uma boa chance de que fosse só minha imaginação hiperativa guiando meus pensamentos, preenchendo as lacunas em que minha intuição ficava em silêncio, mas, enquanto o príncipe Thorne se virava, eu não conseguia me desvencilhar da sensação de que aquela escolha aparentemente singela era o começo de uma mudança tremenda.

Sem dizer nada, ele me levou para o quarto. Meu coração ainda estava disparado quando olhei da porta para a sala de banho e depois para a cama. A energia nervosa escalou dentro de mim, uma mistura de ansiedade e... de algo desconhecido. Já fazia muito tempo desde que eu tinha estado com alguém.

E eu nunca tinha estado com ninguém como ele.

O príncipe Thorne parou ao lado da cama e se virou para mim. Ele permaneceu em silêncio ao segurar minha bochecha, as cores de suas íris girando. Será que ele podia sentir meu coração martelando? Deslizei os dentes pelo lábio inferior.

Sustentando meu olhar, ele passou as pontas dos dedos pelo meu pescoço, seguindo para o meu ombro, e em seguida me virou para que eu ficasse de costas para ele.

— Como foi para você? Crescer?

— Eu... eu não sei. — O leve toque havia deixado um rastro de arrepios.

— Sabe, sim. — Ele afastou a grande extensão do meu cabelo para o lado, sobre o ombro. — Conte para mim.

Olhei para a frente.

— Por que quer saber?

— Apenas quero.

— Não é tão interessante.

— Duvido muito — falou ele. — Me diga como foi, *na'laa*.

— Foi... — Minha respiração falhou quando os dedos dele encontraram a fileira de pequenos ganchos na parte de trás do vestido. Uma luminária ao lado da cama se acendeu, eu me assustei. Talvez eu nunca me acostumasse com a habilidade dele de fazer aquele tipo de coisa. — Foi difícil.

Ele ficou em silêncio por um momento.

— Quando foi que você se tornou órfã?

— Quando nasci? — Ri. — Ou pouco tempo depois, eu acho. Não sei o que aconteceu com os meus pais, se eles ficaram doentes ou simplesmente não puderam cuidar de mim, e eu... eu pensava muito nisso antigamente. Por que eles me abandonaram? Será que tiveram escolha?

— E você não se pergunta mais isso? — indagou ele, o vestido se afrouxando no meu corpo conforme ele abria os fechos.

Balancei a cabeça.

— Não adianta. Remoer o passado me levaria à loucura, então decidi que eles só não tiveram escolha.

— Independentemente do cenário, é provável que isso seja verdade — comentou ele, e eu assenti. — Como sobreviveu?

— Fazendo o necessário — falei, depois acrescentei: — E eu não estava sozinha. Eu tinha um amigo. Sobrevivemos juntos.

— E esse amigo tornou a sobrevivência mais fácil?

Refleti sobre aquilo enquanto os dedos dele roçavam a pele do meu cóccix.

— Sobreviver ficou mais fácil, sim, mas...

— Mas?

— Mas também ficou mais difícil — sussurrei. — Porque não é mais só a sua pele que você tenta salvar, entende? É a de outra pessoa também, alguém com quem você se preocupa cada vez que vocês se distanciam, procurando comida, numo ou abrigo. Tanta coisa pode acontecer nas ruas. Todo mundo... — Parei de falar, ficando desconfortável e alternando o peso entre os pés.

— Todo mundo o quê?

Olhei para ele por sobre o ombro. A luz fraca projetava sombras abaixo das maçãs do rosto dele.

— Quer mesmo saber isso? Porque você não precisa fingir estar interessado para que a gente faça o que quer que isto seja.

Ele abaixou a cabeça para retribuir meu olhar, seus olhos semicerrados por trás dos cílios.

— Não estou fingindo — disse ele. — E também não estava fingindo no jantar.

Ergui uma sobrancelha.

— Você estava mesmo interessado nos diferentes tipos de suculentas? — Ri. — Ninguém liga para isso.

— Você liga.

— Sim, mas eu me entretenho com facilidade.

O príncipe Thorne riu.

— Mais uma coisa da qual duvido — falou ele. — Todo mundo o quê, *na'laa*?

Mordiscando o lábio inferior, balancei a cabeça de novo.

— Todo mundo é um inimigo em potencial. Outras crianças, até as que dividiam o espaço comigo e nas quais eu confiava. A pessoa que te dava um pedaço de pão num dia podia chamar os magistrados para você no dia seguinte e te acusar de roubo. O cavalheiro gentil até demais do fim da rua? Bem, toda aquela gentileza tinha um preço. — Dei de ombros quando os dedos dele pararam nos últimos fechos. — Então você não está só cuidando de si, mas também não está sozinha. Tem outra pessoa cuidando de você também.

Ele ficou quieto por um instante.

— Você fala como se não fosse nada.

Eu estava mesmo fazendo aquilo?

— Só estou contando como aconteceu.

Houve outro momento curto de silêncio.

— Você é mais corajosa do que eu imaginava.

Com o rosto ruborizando, forcei uma risada.

— Isso não é verdade. Passei a vida toda com medo. Eu ainda… — Eu me forcei a respirar fundo. — Não acho que eu fui nem que eu seja corajosa. Provavelmente só estava desesperada para sobreviver.

— Sentir medo não diminui a coragem de uma pessoa — comentou ele, terminando o último botão. — O desespero também não. Na verdade, fortalece a coragem.

— Talvez — murmurei, pigarreando. — Eu perguntaria como foi para você, mas como você nunca foi criança… — Parei de falar, franzindo o cenho. — É uma coisa bem esquisita de se dizer em voz alta.

O príncipe deu uma risada rouca, pressionando os dedos de leve na minha pele, abrindo as laterais do vestido ao subi-las pelas minhas costas. As mangas do vestido caíram um pouco pelo meu braço, parando logo acima dos cotovelos.

— Como foi? — perguntei enfim, quando a curiosidade me ganhou. — Ser criado?

— É difícil de explicar e possivelmente impossível de se entender. — As mãos dele roçaram a parte superior das minhas costas, causando outra onda de arrepios pelo meu corpo. — Mas é como... acordar, abrir os olhos, e já saber tudo.

A explicação me deixou atônita por um momento.

— Tudo? Como se num piscar de olhos você de repente soubesse tudo? — Olhei para ele, mas sua cabeça estava virada de um modo que eu não conseguia ver sua expressão.

— Sim, mas leva um tempo para assimilar o que sabe e como tudo se aplica ao mundo ao seu redor, o mundo no qual você ainda não entrou. — Os dedos dele traçaram a linha das minhas escápulas. — A compreensão pode levar anos.

Tentei conceber como seria acordar um dia e receber em minutos todo o conhecimento que eu tinha levado a vida inteira para adquirir. Ele estava certo. Eu não entendia mesmo.

— Isso parece... intenso.

— Muito.

Fiquei imóvel enquanto ele continuava a explorar minhas costas, aproveitando o toque caloroso.

— E então, quando você foi criado, já tinha a aparência que tem hoje em dia?

— Não exatamente. — Os dedos dele desceram pela minha coluna. — Quando ganhei consciência, eu estava nas profundezas da terra.

Arfei.

— Você foi enterrado vivo?

— Não, *na'laa*. — Ele subiu as mãos pelas minhas costas de novo. — Fui criado da terra, como todos os Deminyens, e, quando ganhamos consciência, ainda não estamos plenamente... formados.

— Não estão plenamente formados? — Meu olhar encontrou a espada embainhada. — Vou precisar de mais detalhes sobre isso.

— Leva um tempo para que nossos corpos se desenvolvam até o que você reconhece agora, e algumas coisas podem dar errado no processo de criação — explicou ele. — Somos apenas uma consciência a princípio, nossos ossos são forjados de rochas bem fundas no chão, e nossa pele é esculpida em pedra. — Os dedos dele deslizaram pelas laterais da minha costela. — Enquanto isso, as raízes das florestas de Wychwoods nos alimentam, criando nossos órgãos e preenchendo nossas veias. O processo pode levar anos enquanto ouvimos a vida ao nosso redor e acima de nós.

Eu devia estar boquiaberta com a surpresa. Tentei assimilar tudo o que eu tinha ouvido e desisti quando vi que não adiantaria.

— Anos embaixo da terra? Eu perderia a cabeça.

— Evidentemente. Você é mortal — declarou ele, como se fosse uma correlação óbvia. — Nós, não.

— Mas não entendo... quer dizer, você sangra sangue. Não seiva.

— Assim como as árvores de Wychwoods.

Relembrando os boatos, meu lábio se curvou.

— Eu já tinha ouvido dizer que as florestas sangravam, mas...

— Nunca acreditou?

— Achei que as pessoas só estavam vendo uma seiva avermelhada, mas agora acho que entendo por que Wychwoods é tão sagrada. — Dei uma risada trêmula. — Sabe, aquela noite nos jardins, quando você disse que era parte de tudo ao nosso redor, eu não achei que você estivesse falando no sentido literal.

— A maioria não acharia mesmo. — Os dedos dele passaram a deslizar pela curva da minha cintura.

Pensei no que ele havia compartilhado comigo sobre o mundo antigo.

— Os que viveram antes da Grande Guerra sabiam de Wychwoods?

— Se tinham conhecimento delas, esqueceram-se, mas haveria sinais de que estavam pisando em solo sagrado ao adentrarem as florestas. Alertas que teriam que ser ignorados. Foi a destruição de Wychwoods que acordou os primeiros Deminyens.

De certa forma, era difícil não sentir raiva dos nossos ancestrais quando parecia que eles tinham cavado a própria cova por livre e espontânea vontade.

— Alguns Súperos nascem, certo? — perguntei. — Não estou falando dos *caelestias*.

— Os filhos dos Deminyens nascem e envelhecem como um *caelestia* ou um mortal, mas talvez façam isso de forma mais lenta.

— Foi o que pensei. — Fiz uma pausa. — Você tem filhos?

— Não.

Não sei por que fiquei aliviada ao ouvir aquilo, mas foi o que aconteceu.

— Ouvi dizer que os Deminyens podem escolher quando querem ter filhos. Ambas as partes precisam querer para que uma criança seja criada. É verdade?

— Sim.

— Deve ser bom — murmurei.

— E você? — As mãos dele subiram pelas minhas costas outra vez. — Tem filhos?

— Pelo amor dos deuses, não.

O príncipe Thorne riu.

— Presumo que não goste de crianças?

— Não é isso. É só que... que tipo de... — Parei de falar. As palavras de Grady voltaram à tona. Por que eu ia querer colocar uma criança naquele mundo? Era uma pergunta sensata para quem quer que fosse, mas para mim? Era ainda mais crucial. Como eu poderia encostar no meu bebê?

— Entendo — respondeu ele num tom de voz baixo.

Abri a boca, mas depois a fechei, pensando que talvez ele entendesse que eu não poderia dar a uma criança a vida que ela merecia. Que eu temia acabar fazendo a história se repetir. Eu não queria causar aquilo a uma criança. Não podia fazê-lo. Mas ele não tinha como saber o quanto aquilo seria difícil para mim.

Pigarreei.

— Enfim, você disse que algumas coisas podem dar errado durante a criação.

— Se o processo for perturbado, a criação é interrompida. — Ele deslizou as mãos pelos meus braços, pegando as mangas do meu vestido. A respiração que dei vacilou quando a seda deslizou pelos meus braços e meus quadris, formando uma poça de tecido aos meus pés. — O resultado é algo ainda menos mortal do que um Deminyen.

Um arrepio percorreu minha pele exposta.

— Está falando dos que não se parecem conosco? Como os *nix*?

— De certo modo — falou ele, suas palmas mais uma vez roçando minhas costelas, afastando o frio. — Porém, os *nix* são despertados antes da hora com um propósito.

Minha mente voltou à última vez em que eu estava naquele quarto.

— Foi o que você quis dizer quando falou sobre não confiar em quem criava os *nix*?

Senti a respiração dele em minha nuca, e em seguida vieram seus lábios.

— Foi.

Eu queria perguntar por que alguém tentaria atrapalhar o processo, mas as mãos dele foram parar nos meus quadris. Ele passou os dedos por baixo da renda fina e começou a abaixá-la.

Meus batimentos aceleraram quando olhei por sobre o ombro, vendo apenas a cabeça dele ao abaixar e deslizar o pano pelas minhas pernas, fazendo-o se juntar ao vestido no chão. A boca do príncipe roçou a curva da minha bunda, dispersando meus pensamentos. Em seguida, os lábios dele passaram pela covinha do meu cóccix, pelo centro da minha coluna, e depois por minha nuca, quando ele subiu de volta.

— Me diga uma coisa, *na'laa* — falou ele, virando-me em seus braços. — É assim que você sobrevive agora?

Levantei o olhar, imediatamente fazendo contato visual com ele. O azul tinha escurecido, transformando-se numa cor parecida com a do céu no entardecer e se espalhando para os outros tons.

— O que quer dizer?

Ele pegou meu cabelo e o jogou para trás dos ombros.

— Você ainda sobrevive fazendo tudo que for necessário?

— Sim — sussurrei.

Ele fechou os olhos, seus cílios grossos os cobriam agora.

— Foi por isso que decidiu ficar hoje à noite?

Senti meu estômago revirar.

— Não.

— De verdade?

Um tremor desceu pelos meus braços quando os levantei, curvando os dedos nas laterais da túnica dele. No meu peito, meu coração martelava conforme eu subia a túnica. Em silêncio, ele assumiu o controle, retirando a camisa, então levei as mãos às calças dele. Abrir os botões não foi nada como da primeira vez que eu havia feito aquilo com ele. Nem quando puxei para baixo o material macio e gasto das calças dele.

— Sim — respondi quando ele terminou de tirar a roupa. Espalmei as mãos sobre o abdômen dele, seus olhos se fecharam à medida que eu absorvia a sensação da pele lisa sob meu toque. Outro tremor percorreu meu corpo. — De verdade.

O príncipe não disse nada enquanto eu passava as mãos por seu peito, pensando em como sua pele realmente era feita de pedra. Por um longo momento, permiti a mim mesma me deixar levar pelo ato de tocá-lo. A fricção da pele dura contra a minha, muito mais macia. A textura da pele no abdômen dele, as elevações e vales. Os músculos definidos. Eu não fazia ideia de como devia parecer para ele, mas a novidade de tocar outra pessoa era forte demais para resistir. Ele não me impediu. Apenas continuou parado, permitindo que eu o explorasse, como eu fiz com ele, e, por isso, não achava que ele podia entender o que tinha me oferecido quando fiquei de joelhos diante dele, a pedra do piso dura como a pele dele, porém fria.

Abri os olhos, erguendo o olhar para o membro rígido e grosso na altura dos quadris.

— Você é lindo — sussurrei.

Ele abaixou a cabeça devagar, expondo uma… bochecha um pouco mais escura à luz da lamparina.

Abri a boca.

— Está… corando?

— Estou? — Ele parecia incerto da verdade.

Aquela mancha fraca nas bochechas dele era bem charmosa — o fato de que alguém tão poderoso e sobrenatural quanto um Deminyen podia corar.

— Sim, Vossa Alteza.

— Thorne — corrigiu-me. — Acho que nunca corei antes.

— Talvez tenha acontecido, mas ninguém lhe contou.

— Muitos não teriam a coragem de fazê-lo — ressaltou ele, endireitando a cabeça. — Mas acho que… é a primeira vez.

Provavelmente não era, mas eu gostava da ideia de ser a primeira a fazer o temido Príncipe de Vytrus corar. Sorri ao passar a mão pelas coxas dele, concentrando-me no membro. Ajoelhada, eu precisava me esticar para alcançá-lo, de tão absurdamente alto que ele era. Passei as mãos na pele dele, sentindo a curva definida de sua bunda e depois de novo a parte esguia dos quadris, tudo isso enquanto minhas veias latejavam. O tamanho dele era impressionante… e intimidador, de modo que mesmo que não fosse algo que eu já não fazia havia um tempo, eu ainda teria me sentido nervosa — animada, porém nervosa.

— Estive pensando — falei, me sentindo ousada e devassa. — Considerando que você já comeu a sobremesa, é justo que agora seja a minha vez.

Os dedos dele roçaram minha bochecha antes de ele colocar as mãos no meu cabelo.

— Pode pegar.

Não havia hesitação, nem incerteza ou pretensão. Eu estava ajoelhada diante dele, tocando-o, porque eu queria, e na minha mente eu só ouvia meus próprios pensamentos. Minhas mãos não tremeram quando o envolvi com os dedos, mas ele sim. Foi um leve tremor quando o segurei, e eu senti o movimento singelo de novo quando minha respiração provocou a cabeça do pau dele. Passei a mão por toda a extensão rígida, sentindo as leves protuberâncias sem tirar os olhos dos dele.

O ar vacilou no meu peito. Havia um tremeluzir dourado sobre os ombros dele, os braços. A cabeça do príncipe estava inclinada, o cabelo caía para a frente nas laterais de seu rosto. Eu não conseguia enxergar seus olhos, mas sentia a intensidade e o calor, acalentando ainda mais o fogo que fervia em minhas veias. Os dedos dele seguraram meu cabelo.

Levei-o à boca e estremeci com o som grave e rouco que ele deixou escapar. Eu o engoli o máximo que pude, o que não foi muito, mas o príncipe... O grunhido de resposta dele e o flexionar superficial de seus quadris me disseram que ele não se importava. Passei a língua pelo membro e pelos relevos da base, indo até o espaço sob a ponta do pau dele. Coloquei-o na boca de novo enquanto ele... parecia esquentar sob minha mão e dentro da minha boca, aquele calor invadiu meus próprios sentidos. Chupei a cabeça, surpresa com o gosto dele. Não era salgado como o que eu já havia sentido antes, mas... levemente adocicado? Algo ligeiramente parecido com açúcar. Eu nunca tinha sentido um gosto igual antes. Ele apertou meu cabelo, puxando as mechas conforme eu chupava mais, sentindo mais do gosto dele. Minha boca vibrava, e aquele redemoinho de sensações me percorreu, endurecendo meus mamilos e se juntando aos músculos que se contorciam no meu ventre. Ao sentir que estava ficando molhada, gemi com ele, fazendo com que ele puxasse meu cabelo com mais força, o que apenas intensificou meu desejo.

Aproximei meu corpo do dele, pressionando os seios em suas coxas e o estimulando com a mão e a boca. O pulsar do membro em minha língua ecoou entre minhas coxas, e eu queria abaixar a mão e me tocar, mas nunca havia feito isso antes — me tocar na frente de outra pessoa. Deuses, eu queria tanto que a sensação era quase dolorosa. Apertei os dedos na panturrilha dele.

— Caralho — gemeu o príncipe, o corpo tremendo de novo.

Eu nunca tinha lá gostado muito de fazer aquilo, mas estava sedenta. Insaciável, engoli-o mais fundo, deliciando-me com o gosto dele e os gemidos guturais que ele soltava. Quando ele começou a jogar os quadris para a frente, eu queria que ele fosse mais rápido, mais forte. Eu queria todos os tipos de coisas... de coisas perversas, ao abrir os olhos e olhar para ele, meu coração batia acelerado e meu corpo ansiava por mais. Fechei as coxas com força, tremendo com a onda de desejo. O toque dele na parte de trás da minha cabeça ficou mais firme, prendendo-me no lugar enquanto ele se mexia. Eu queria...

— Quero que você se toque.

Arregalei os olhos.

Ele tirou o pau da minha boca e me pôs de pé. Minhas pernas tremiam quando ele me virou, colocando-me sentada à beira da cama. Em seguida, ele se aproximou, separando minhas pernas. O ar gelado beijou o calor entre minhas coxas. Ele se abaixou, pegando uma das minhas mãos e a passando pela base e a cabeça de seu membro, que estava molhado por causa da minha boca e... *dele* mesmo. As pontas dos meus dedos ficaram quentes na mesma hora e começaram a formigar.

— O que... o que é isso? — perguntei, mal conseguindo reconhecer minha voz. Eu soava rouca. Sensual. — Minha pele está formigando e seu gosto... — Engoli, gemendo baixinho. Em meio à nuvem de luxúria, lembrei algo que ele havia dito. — Seu gozo...

— É afrodisíaco — concluiu ele por mim.

— Pelo amor dos deuses — arfei, arregalando os olhos. Ele nem tinha gozado ainda e já estava surtindo aquele efeito? — Agora eu... — Gemi, sentindo um tremor intenso de desejo. — Entendo por que as pessoas o querem tanto.

A risada dele foi sombria e impregnada de pecado.

— Quero que você se toque — mandou ele, colocando a mão na parte de trás da minha cabeça de novo. — Se foda com os dedos enquanto eu fodo sua boca.

Senti o calor se espalhar pelo meu corpo com a ordem dele — ouvindo as palavras que em outra circunstância teriam me desanimado, mas que dessa vez haviam feito um grunhido de prazer escapar dos meus lábios. Com os olhos presos nos dele, eu o obedeci. Levei a mão ao espaço entre minhas coxas enquanto ele me observava, completamente imóvel, com o pau brilhando entre nós dois. Meus dedos acariciaram meu clitóris, e quase deixei meus quadris caírem da cama. O formigar dos meus dedos se espalhou para o botãozinho rígido de nervos e...

— Ah, deuses — gemi quando um arrepio de prazer me percorreu novamente, fazendo meu corpo tremer. — Acho que não consigo.

— Consegue. — Ele puxou minha mão para mais perto dele. — Quero esses dedos dentro de você. — Ele cerrou os dentes. — Quero eles dentro de você.

Tremendo, deslizei-os pela umidade quente no meu interior. Ele não piscou, nem uma vez, quando comecei a mexer os dedos. Acima de mim, ele apertou a mão no meu cabelo. O calor formigante seguiu o ritmo dos meus dedos.

— Essa é a minha garota — murmurou ele.

Meu coração acelerou quando o coloquei na boca mais uma vez, segurando-o com a outra mão. Chupei enquanto fazia o que ele ordenara. Meu ronronar de aprovação se perdeu no seu grunhido quando ele começou a mover os quadris com mais intensidade, com movimentos mais bruscos, mas com uma cadência controlada em cada estocada. Ele não me machucou, e só os deuses sabiam o quanto seria fácil para ele fazê-lo, de tão duro que estava, da força que tinha. No entanto, ele conseguia o que queria sem ser às minhas custas, e eu senti mais do gosto dele na minha boca, esfregando-me na cama ao me tocar. Os músculos se contorciam e enrijeciam lá no fundo, dentro de mim. Ele não conseguia ouvir meus gemidos, mas sabia que ele os sentia ao me observar brincando com seu pau na minha boca e com meus próprios dedos. O êxtase veio forte, roubando minha respiração...

O príncipe se retirou da minha boca, me jogando na cama e se colocando entre minhas pernas, prendendo minha mão e seu pau entre nós dois ao se colocar em cima de mim. A mão no meu cabelo puxou minha cabeça para trás. Meu olhar encontrou o dele enquanto ele tremia, seu clímax quente e vibrante na minha mão — em meu centro, seu corpo estava quente e ele parecia ronronar de prazer. Arregalei os olhos com o tumulto de sensações conforme o contorno do corpo dele brilhava como as *sōls*. O som que deixei escapar ao agarrar o braço dele certamente me envergonharia, mas a risada dele — uma risada rica e sedutora ao chocar o corpo contra o meu — provocou um sorriso em meus lábios à medida que onda após onda de prazer me dominavam.

E continuou, os segundos viraram minutos, muito tempo após ele ter ficado imóvel contra mim. Os tremores de prazer continuaram ecoando quando ele abaixou a mão, afastando meus dedos. Meu corpo balançou quando ele... se levantou acima de mim, afastando mechas de cabelo úmido do meu rosto, tocando minha bochecha, meus lábios entreabertos, os olhos abertos sem perder um único momento. Ele me observou e me acariciou enquanto eu gozava, até que a última onda de prazer se acalmou e eu enfim me livrei das ordens dele. Eu o encarei de volta com os olhos semiabertos.

Pelo amor dos deuses, Naomi estava certa sobre os orgasmos...

— Não saia daqui — ordenou o príncipe.

Ele começou a se levantar, mas eu não ia a lugar algum. Eu não conseguia me mover, cada músculo parecia ter perdido a habilidade de funcionar. Pensei ter ouvido uma torneira sendo aberta. Fechei os olhos, permanecendo ali parada, o calor desaparecendo entre minhas coxas antes que o gosto dele sumisse da minha boca. Talvez eu tivesse cochilado, porque quando pisquei para abrir os olhos, vi que ele estava em cima de mim outra vez. Tive a sensação de que já tinha um tempo que ele estava ali.

— Aqui. — Ele se inclinou, pressionando um joelho na cama ao deslizar uma das mãos pela minha nuca e levantar minha cabeça. — Beba isto.

Abri a boca para o copo que ele segurava aos meus lábios. Era água, e eu bebi com muita vontade, sem ter me dado conta até aquele momento de que eu estava morrendo de sede. Ele afastou o copo quando terminei, depois pegou um tecido que provavelmente tinha levado junto do copo. Ele segurou meu braço, passando o pano úmido pelos meus dedos dormentes e depois abaixando minha mão para a cama.

— Da próxima vez… e *haverá* uma próxima vez — prometeu ele, passando o tecido pelas minhas pernas. O azul de seus olhos se acendeu quando gemi, arqueando os quadris com o resto de força que me sobrava ao sentir o toque dele. Um lado de sua boca se curvou para mim. — Você vai gozar no meu pau, e vai ficar aqui até todo o prazer te deixar. — Ele fez uma pausa, inclinando a cabeça. — Está de acordo?

Ergui as sobrancelhas ao ouvir a tentativa dele de pedir minha permissão, e teria rido se não estivesse tão cansada.

— Sim, Vossa Alteza.

— Thorne — corrigiu, rindo outra vez. — E que bom que estamos de acordo.

Desdenhei.

Quando ele jogou o tecido para o lado, eu sabia que precisava me levantar e me arrumar. O príncipe queria minha companhia, mas eu sabia que havia uma certa parte da minha companhia que ele desejava que não incluía meu corpo desmaiado na cama dele, apesar do pedido da noite anterior. Ordenando meu corpo a se mover, comecei a me sentar na cama.

Só que não cheguei longe.

O príncipe Thorne voltou para o meu lado, e antes que eu percebesse o que ele estava fazendo, ele me levantou e me deitou no meio da cama, depois se deitou ao meu lado. O clique da lâmpada se apagando veio em seguida. Pisquei ao abrir os olhos para a escuridão do quarto — para o peito que eu encarava e *tocava*. Ele esperava que eu passasse a noite com ele? Que eu *dormisse* ao lado dele?

Eu só tinha dormido com Grady até então, o que era uma experiência completamente diferente daquela. Eu não sabia o que pensar nem o que sentir ao permanecer deitada ali. Meu coração vacilava, mas sob a palma da minha mão, o peito dele estava imóvel senão pelo leve subir e descer da respiração. O que ele quis dizer quando falou que o coração não batia como o de um mortal havia muito tempo? Será que tinha a ver com o modo como ele tinha sido... criado?

— Está dormindo? — sussurrei.

Houve um instante de silêncio, seguido por um:

— Sim.

Franzi o cenho.

— Está me respondendo dormindo então?

— Sim. — O braço ao redor da minha cintura apertou.

Engoli em seco, meus dedos pressionados contra o peito dele — no espaço onde o coração dele *devia* estar, mas eu não conseguia senti-lo.

— Posso perguntar uma coisa?

— Você já perguntou.

Franzi o nariz.

— Posso perguntar outra coisa?

— Sim, *na'laa*.

— Não me chame assim — murmurei.

— Mas você está sendo especialmente teimosa agora.

Revirei os olhos.

— Enfim.

Ele suspirou, mas não foi um som de irritação — foi quase como se tivesse achado graça.

— Qual é a sua pergunta?

Mordendo o lábio, encarei o contorno escuro do peito dele sob minha mão.

— Seu coração costumava bater como o de um mortal?

— Sim. — Ele bocejou.

Curvei um dedo na pele dele.

— Por que não bate mais assim agora?

— Porque eu... — Ele deslizou a mão pela minha lombar. — Eu perdi a *ny'chora*.

— E o que é isso?

Ele levou tanto tempo para responder que achei que havia enfim caído no sono.

— Tudo.

Tudo? Esperei que ele desse mais detalhes, mas ele permaneceu em silêncio.

— Ainda está acordado?

— Não. — Foi a resposta dele, junto de uma risada suave.

Os cantos dos meus lábios se ergueram, mas o sorrisinho logo desapareceu. Engoli em seco.

— Você preferiria que eu... que eu voltasse para os meus aposentos?

Ele me apertou ainda mais, pressionando meu abdômen ao dele.

— Se eu preferisse isso, você não estaria na cama comigo.

— Ah...

Ele se mexeu, de alguma maneira colocando uma perna minha entre as dele.

— *Na'laa?*

— Sim?

— Vá dormir.

— Boa noite, Vossa Al... — Fechei os olhos, sentindo meu coração... leve. Eu nunca havia sentido aquilo antes. — Boa noite, Thorne.

Ele não respondeu, mas enquanto eu me deixava levar pelo sono, senti os lábios dele na minha testa, e pensei tê-lo ouvido sussurrar:

— Boa noite, Calista.

CAPÍTULO VINTE E OITO

Quando despertei, o espaço ao meu lado estava vazio, mas o leve cheiro florestal estava impregnado nos lençóis e na minha pele. Passei a mão pela cama, sentindo o calor do corpo dele que tinha ficado para trás.

Thorne.

Eu tinha uma vaga lembrança de acordar na luz cinza da manhã com o toque dos dedos dele na curva da minha bochecha, o roçar de seus lábios na minha testa e o som de sua voz.

— Durma bem — sussurrara ele. — Volto para o seu lado em breve.

Abri os olhos, sentindo meu peito... *quentinho*. A sensação não era totalmente desagradável, mas certamente não era familiar, e aquilo era assustador, porque me parecia a promessa de algo mais.

Levantei as pernas e abracei-as contra o peito. Não podia haver a promessa de nada mais, ainda que eu não soubesse ao certo em que consistia de fato a ideia de *mais*. Só que eu sabia o suficiente. *Mais* ia além do prazer compartilhado nas horas mais escuras da madrugada. *Mais* ia além do físico. *Mais* era um futuro.

Nenhuma dessas coisas era possível com um Súpero, muito menos um príncipe. Que dirá o Príncipe de Vytrus.

No entanto, ele alegava ter decidido salvar Archwood porque tinha me encontrado.

Rolei na cama até ficar deitada de barriga para cima e balancei a cabeça. Ele não podia ter falado sério, independentemente do que pensasse a respeito da minha suposta coragem.

No entanto, os Súperos não mentiam.

Levei as mãos ao rosto, exasperada. Por que é que eu sequer estava deitada naquela cama, pensando em tudo aquilo? Havia coisas muito mais importantes nas quais eu precisava me concentrar. O conhecimento de Claude de como as minhas habilidades funcionavam, por exemplo, porque eu duvidava de que ele não se lembraria de ter falado aquilo. A relação dele com o Comandante dos Cavaleiros de Ferro. O ataque iminente.

Thorne era a menor das minhas preocupações.

Mas ele era a mais bela entre todas.

— Deuses — grunhi, tirando o lençol de cima de mim.

Sentei e fui até a beira da cama, procurando meu vestido. Quando não o encontrei no chão, levantei e me virei, encontrando-o dobrado sobre o baú, no exato lugar que ele tinha colocado as espadas na noite anterior. Um robe preto estava estendido ao pé da cama. Ele provavelmente o tinha deixado ali para mim.

Aquele calorzinho estranho e bobo surgiu de novo no meu peito enquanto eu vestia o robe. Foi muita… consideração da parte dele.

Volto para o seu lado em breve.

Varri o olhar pelo quarto. Ele… Thorne havia dito que me queria com ele até que partisse para escoltar seu exército. Será que ele esperava que eu ficasse aguardando seu retorno o dia todo em seus aposentos?

Porque não ia rolar.

Tirei o cabelo de dentro do robe e peguei meu vestido. Aninhei-o ao peito e corri para a porta, descobrindo que ela estava fechada. Quando virei a fechadura e a abri, quase esbarrei com tudo em Grady.

— Ai, meus deuses. — Arfando, dei alguns passos desequilibrados para trás.

Grady segurou meu braço para me ajudar a me equilibrar.

— Foi mal — grunhiu ele. — Eu estava tentando arrombar a fechadura. Já tem meia hora que eu estou tentando. Ele deve ter feito alguma coisa para impedir que a porta fosse aberta pelo lado de fora. — Com uma expressão sombria, ele analisou meu rosto, e em seguida ele pareceu reparar no que eu estava usando e segurando. — Está tudo bem?

— Sim. É claro que estou. — Dei a volta nele, fechando a porta ao passar. — Por que estava tentando arrombar a porta?

— Está falando sério? — Ele arqueou as sobrancelhas.

— Sim. — Comecei a seguir pelo corredor.

Ele me encarou por um momento.

— Você sabe que horas são? Já é quase meio-dia.

A surpresa me atingiu com tudo.

— Sério? Eu nunca…

— Você nunca dorme até tarde assim — concluiu ele por mim. — Procurei por você por toda parte agora de manhã, Lis. No seu quarto, nos jardins… encontrei Naomi, que também estava a sua procura — disse ele quando viu a maneira como o olhei. — Ela me contou sobre esse *acordo*.

Saco.

Segurei o vestido com mais força.

— Ela não devia ter feito isso.

— Por quê?! Você não estava planejando me contar, é isso?

— Não, porque ela provavelmente teve que lidar com você fazendo tempestade em copo d'água e perdendo a cabeça — respondi, ficando quieta ao passarmos pelos empregados que carregavam um monte de toalhas. — Eu ia te contar, sim.

— Quando?

— Hoje de manhã. — Coloquei uma mecha de cabelo para trás da orelha. Ele cerrou os dentes.

— Nem preciso falar que...

— Você não está contente com o acordo.

— Nem você, de acordo com a Naomi — rebateu ele.

Franzi os lábios, mas engoli minha irritação. Naomi provavelmente só estava preocupada comigo, e eu evidentemente dera bons motivos para tal.

— Não fiquei muito animada com o acordo — comecei. — Mas Thorne e eu conversamos, e agora aceitei.

Grady parou de andar.

— Thorne?

— Sim? — Olhei para ele. — É o nome dele.

— E desde quando você o chama pelo primeiro nome? — perguntou.

Desde que, apesar do que ele havia me dito, eu decidira ficar com ele na noite anterior.

Só que não foi o que eu disse, porque era tudo difícil demais de explicar ou de entender. Para ser sincera, nem eu entendia direito. Virei num corredor.

— Tudo bem, Grady. Sério...

— Eu queria tanto que você parasse de mentir para mim...

— Não estou mentindo. — Parei, virando para encará-lo. — Eu não estava animada com o acordo, porque ele não tinha me perguntado como eu me sentia a respeito da situação, do que eu queria, mas nós conversamos. Nós nos... entendemos. — *Eu acho.* — E eu... — Pressionando os lábios, balancei a cabeça e voltei a andar pelo corredor. — Eu posso tocá-lo, Grady. Posso tocá-lo sem ouvir, sentir ou pensar em nada além dos meus próprios pensamentos e sentimentos. Sei que você diz que entende, mas duvido que você de fato consiga conceber o que isso significa para mim.

— Você tem razão — admitiu Grady após alguns instantes. — Não consigo mesmo entender o que isso significa.

Ele ficou em silêncio ao me acompanhar, mas não durou muito.

— Mas é mesmo o único motivo? — perguntou ele em voz baixa. — Apenas porque você pode tocá-lo?

— Por quê? — Olhei para ele por sobre o ombro. — Que outra razão teria?

— Não sei. — Ele olhou para o teto ao continuar me acompanhando. — Você gosta dele?

— Se gosto dele? — Ri, embora sentisse meu estômago se contorcendo. — Qual foi? Voltamos a ter dezesseis anos por acaso? — Cutuquei Grady com o cotovelo.

Ele desdenhou.

— Gosta?

— Não sei. Assim, gosto dele o bastante para tocá-lo, se é o que quer saber — falei, sentindo um arrepio. — Mas não o conheço o bastante para gostar dele mais do que isso.

Grady encarou o corredor à frente.

— É, mas mesmo se o conhecesse, você não poderia *gostar* dele, Lis.

— Sim, eu sei. Não precisa me falar.

— Só para garantir — murmurou.

Ignorando o aperto repentino no meu peito, falei:

— Você não devia estar trabalhando ou algo do tipo?

— Sim, mas o barão está enfurnado no escritório com Hymel.

Eles provavelmente estavam tentando organizar onde é que milhares de soldados iam acampar. Abri as portas dos meus aposentos.

— Naomi te contou por que os Súperos estão aqui?

— Sim. — Ele sentou na ponta da cadeira. — Preciso admitir, isso me pegou de surpresa.

— Descobri outra coisa ontem à noite.

— Se tiver a ver com o que aconteceu dentro dos aposentos com o príncipe, não estou interessado.

— Não tem nada a ver com Thor... — Parei de falar quando Grady me encarou de repente. — Não tem nada a ver com o príncipe, mas com o rei Euros — falei, e então contei que o rei preferia que Archwood tomasse o mesmo rumo de Astória. Não falei sobre o passado, sobre o mundo que fora destruído. Thorne ter confiado aquela informação a mim era algo importante, e o conhecimento sobre o passado parecia ser... perigoso.

— Não dá para dizer que estou surpreso em saber que o rei preferiria ver a cidade arruinada — comentou Grady quando fiquei quieta.

— Sério? — Ergui as sobrancelhas.

— Sim. Você ficou surpresa ao descobrir?

— Um pouco — falei. — Quer dizer, tem uma diferença enorme entre o rei nutrir um interesse ínfimo ao bem-estar de nós, ínferos, e decidir que nossos lares e nossas vidas não valem o risco de um Súpero se machucar ou morrer em campo de batalha.

— É, eu não vejo diferença, não. — Ele deu de ombros. — No fim das contas, os Súperos só se importam com eles mesmos. Às vezes eu fico até surpreso por eles já não terem se livrado da gente e tomado o reino todo.

— Nossa, Grady. — Eu o encarei. — Que pesado. Até para você.

Ele debochou.

Balancei a cabeça.

— Não acaba por aí. Também descobri algo sobre Vayne Beylen.

A curiosidade tomou conta do rosto dele.

— Sou todo ouvidos.

— E isso tem que ficar entre nós, está me entendendo?

— Certo.

Lancei um olhar para a porta fechada.

— Claude e Vayne são parentes.

Ele ergueu as sobrancelhas.

— O quê?!

— Primos, por parte da família do pai de Claude. Beylen é um *caelestia*.

— Puta merda… — falou Grady, devagar. Ele se jogou na cadeira, colocando um braço para trás do encosto. — Como descobriu?

— Claude me contou. Os Súperos não sabem. — Cruzei os braços, respirando fundo e me arrependendo na mesma hora, porque o robe estava com o cheiro do… do Thorne. — Mas ele ser *caelestia* explica por que os Cavaleiros de Ferro apoiariam as Terras do Oeste.

— É. — Ele passou um dedo pela testa. — Acho que sim.

Analisei Grady.

— Desculpa.

Ele levantou a cabeça para me olhar.

— Pelo quê?

— Sei que você meio que admirava Beylen, e descobrir que ele é um *caelestia* provavelmente muda sua perspectiva.

— Por que mudaria? — Ele franziu o cenho.

— Porque os *caelestias* não são ínferos e…

— Eles basicamente são quando comparados aos Súperos. Quer dizer, olhe só para Claude. Ele é tão perigoso quanto um gatinho adormecido.

Franzi o nariz.

— Você não acha mesmo que isso muda as coisas? O que ele é? O apoio dele aos Súperos das Terras do Oeste… uma princesa que quer ser rainha?

— Escuta, eu sei que eu disse que todos os Súperos são farinha do mesmo saco e tal, mas eu… sei lá. Foram opiniões que tirei da bunda. Beylen e seus seguidores estão arriscando a própria vida. Deve haver um motivo para que ele a apoie e para seus seguidores também a apoiarem. Vai ver ela é diferente.

Dei um suspiro pesado, sacudindo a cabeça.

— Você acha que o seu príncipe é diferente.

— Ele não é meu príncipe — retorqui. — E eu só… — Sentei à beirada da cadeira. — Sinto que estou deixando algo passar com Claude e todo o resto, alguma coisa importante. Ele disse que Beylen era um estelar ou algo do tipo. Na hora me soou familiar, mas não entendo. — Havia muitas coisas que eu não entendia, como quando Claude disse que o Príncipe de Vytrus podia me dar o que ele não podia: tudo.

— Estelar? — murmurou Grady, e eu olhei para ele. Ele balançou para a frente. — Espera. Eu já ouvi isso antes. Ouvi você dizer isso.

— O que quer dizer? — perguntei, brincando com o colarinho do robe.

— A Prioresa da Misericórdia, a quem você foi entregue — disse ele. — Você me disse quando éramos crianças que ela costumava dizer que *você* tinha nascido das estrelas.

— Puta que pariu! — Abaixei a mão para o colo de repente. — Tem razão.

Ele me deu um sorriso convencido.

— Eu sei. Vai ver é só coincidência.

— É — murmurei.

Mas Grady não acreditava em coincidências.

Nem eu.

Estelar.

Eu *sabia* que aquilo significava alguma coisa.

Minha intuição, que geralmente ficava caladinha a respeito de mim mesma, me dizia que havia um significado por trás do termo.

Algo importante.

Claude ainda estava com Hymel, então ir falar com ele não era uma opção naquele momento, e como o assunto provavelmente era algo de que somente um *caelestia* entendia, a única outra pessoa em quem eu conseguia pensar que talvez soubesse o que significava ser um estelar era Maven.

Quer dizer, isso se Naomi estivesse certa a respeito dela, e ela fosse mesmo avó paterna de Claude.

A questão era que eu precisaria fazê-la falar, ou... teria que extrair a informação dela de outra maneira, sem sua permissão.

A ideia não me caía bem, mas também não iria me impedir. Eu era hipócrita e tinha plena noção disso.

Mesmo depois de ter me banhado e vestido uma túnica leve e calças geralmente usadas pelos empregados, além de ter trançado o cabelo, afastando-o do rosto, eu ainda sentia o leve cheiro florestal de Thorne em mim. Àquela altura, eu estava começando a achar que era coisa da minha cabeça, porque como é que aquilo seria possível?

Entrei na alcova onde ficava a porta dos aposentos de Maven e bati. Não houve resposta, mas após alguns instantes, a porta arredondada de madeira se abriu.

Hesitei, respirei fundo e a abri o bastante para passar, entrando no cômodo iluminado por dezenas de velas aglomeradas nas estantes ao longo das paredes de pedra empilhadas em quase todas as superfícies lisas do lugar. Devia haver eletricidade ali para esquentar a água, mas Maven parecia preferir a climatização da luz de velas.

Ou a bizarrice.

Quando fechei a porta ao passar, quase não a enxerguei. Vestida de preto, ela estava sentada em um dos muitos banquinhos, próxima ao guarda-roupa, com a cabeça baixa, costurando um pedaço de tecido sobre o colo. O cômodo tinha aroma de sabão para lavar roupas e um leve cheiro de naftalina.

Com a garganta estranhamente seca, avancei.

— Maven? — Estremeci ao ouvir o som rouco da minha voz. — Vim devolver a tiara. Esqueci ontem à noite.

Ela gesticulou com a cabeça na direção de uma das prateleiras que acomodavam outros artigos cheios de enfeites.

Mordi o lábio e levei a tiara à prateleira, encontrando um gancho vazio para colocá-la. A ansiedade se alojou no centro do meu peito quando olhei para ela. Mechas cinza de cabelos opacos e ralos caíram do capuz, cobrindo seu rosto.

— Eu... eu queria perguntar uma coisa. — Estendi a corrente sobre o gancho e com cuidado coloquei as fileiras de rubis na prateleira abaixo dele.

Não houve resposta enquanto os dedos curvados puxavam a agulha e a linha pela peça de roupa vermelha.

— Você é avó de Claude? — perguntei.

Ela permaneceu em silêncio.

Encarei seus ombros curvados. Como na outra noite, uma pressão arrepiante se concentrou entre minhas escápulas. O formigamento se espalhou pelo meu braço e invadiu meus músculos, me guiando até ela. Com os dedos trêmulos, não emiti som algum ao me aproximar da mulher, levantando a mão e...

Mais rápido do que eu teria imaginado ser possível, Maven se virou no banquinho.

Arquejei, dando um passo para trás.

— Acha que vai conseguir forçar uma resposta minha, garota? — perguntou ela em uma voz fina como pergaminho e frágil como seus ossos. — Depois de todo esse tempo?

— Eu... — Fiquei sem saber o que dizer ao puxar a mão.

Ela riu, o som mais parecia com um guinchar seco, e fez seu corpo todo sacudir.

— Você nunca falou comigo antes. Nunca me perguntou sobre minha família. Por que agora?

— Não é verdade. Eu tentei conversar antes, quando começaram a me trazer aqui — justifiquei, mas não era de todo verdade. — Claude é seu neto?

As linhas no rosto dela eram sulcos profundos. Olhos lacrimejantes encontraram os meus, mas estavam alertas e cheios de curiosidade.

— De que importa para você?

— Pode apenas responder minha pergunta?

O cabelo prateado caiu para trás quando ela ergueu a cabeça.

— Senão?

— Senão... — Meus dedos formigaram. — Vou conseguir a resposta do jeito difícil. — Meu estômago revirou; a hipocrisia me fazia mal, ainda mais depois do sermão que dei a Thorne sobre consentimento. Certo, tirar respostas de Maven não era nada comparado a exigir meu tempo e meu corpo, mas era como dois lados da mesma moeda. A sensação que tive foi bem parecida com a que eu tinha quando usava minhas habilidades para Claude. Talvez por isso eu tivesse relutado tanto em relação às demandas de Thorne. E talvez por isso eu as tenha aceitado. Com o coração acelerado, dei um passo em direção a ela. — Você não vai me impedir.

A risada de Maven em resposta foi mais como um cacarejo.

— Não, acho que não. — Ela se levantou devagar, caminhando para a frente, a barra de seu robe preto arrastando de maneira desigual pelo chão. — Sim, ele é meu neto.

— Por parte de pai?

— Sim.

Dei um suspiro pesado. Ela colocou a roupa em uma mesa próxima. A cor me lembrava um respingo de sangue no breu.

— Você entende o que consigo fazer.

— Evidentemente — ressaltou ela, cambaleando de volta para o banquinho. Ela cedeu o peso do corpo sobre ele, as bochechas coradas pelo esforço.

Ignorei o tom surpreendentemente forte de sarcasmo.

— Sabe o que significa "estelar"?

— Por que está perguntando isso para mim? — Ela pegou uma bola de lã e enfiou um alfinete nela. — Podia ter perguntado ao barão.

— Porque ele está ocupado, e imaginei que, se você também é uma *caelestia*, talvez saiba o que isso significa.

Maven balançou a cabeça, jogando o alfineteiro numa cesta aos seus pés.

— E por que pensaria isso?

Àquela altura, e eu lá sabia?

— Porque já ouvi o termo antes, pela Prioresa da Misericórdia, e Claude o mencionou… de passagem.

— Você é engraçadinha — falou ela, com um riso convencido. — Sabe tanto, e ao mesmo tempo não sabe nada.

Semicerrei os olhos.

— Hymel me disse algo assim.

— Aquele lá sabe demais.

— O que isso…?

— Por que não começamos pegando uma bebida para mim naquela garrafa vermelha? — Ela levantou um braço fraco. — Ali. Na mesa ao lado da porta.

Olhei por sobre o ombro e encontrei a garrafa a que ela se referia. Atravessei o cômodo, peguei o recipiente de vidro e tirei a tampa. O cheiro forte de uísque invadiu minhas narinas, quase me atingindo no rosto.

— Tem certeza de que quer isto?

— Se eu não quisesse, não teria pedido.

— Ok, então — murmurei, servindo o líquido marrom-escuro num copo velho de argila. Ao levar a bebida a ela, torci para que o uísque deixasse sua língua mais soltinha e não a matasse. — Aqui está.

— Obrigada. — Ela colocou os dedos finos e esguios ao redor do copo, tomando cuidado para não relar nos meus. Deu um gole, bem longo. Arregalei os olhos enquanto ela engolia, e depois estalou os lábios. — Aquece meus ossos.

— Entendi.

A risada que veio em seguida não passava de um sopro.

— Já fui como você. Não uma órfã catada nas ruas, mas não muito melhor do que isso também. A filha de um fazendeiro pobre, uma de três, com a barriga vazia, mas com o coração e a cabeça cheios de tolices.

Ergui as sobrancelhas ao ouvir o que parecia muito um insulto, mas fiquei quieta.

— E, como você, eu estava mais do que disposta a trocar qualquer coisa para não precisar ir dormir com fome noite após noite — contou ela, encarando as velas ao longo da parede enquanto eu me sentava em outro banco. — Para não acordar todas as manhãs sabendo que eu ia acabar como a minha mãe, morta antes mesmo de entrar na quarta década de vida, ou como meu pai, levando uma vida miserável de trabalho no campo. Quando conheci o barão Huntington... Remus Huntington? — As feições duras de seu rosto suavizaram ao falar do avô de Claude. — Fiquei mais do que disposta a dar-lhe exatamente o que ele queria em troca de comida e abrigo. Conforto. Ele foi bondoso, sobretudo quando dei o filho que sua esposa tomou como seu próprio. Mas fui eu quem criou Renald. Ele ainda era o *meu* filho, o pai de Claude. Também dei a Remus uma filha. Dei a ela o nome da minha mãe, Eloise. Eu a criei também. De alguma maneira, vivi o suficiente para enterrar todos. — Ela riu outra vez, contraindo os ombros antes de dar outro gole. — Sangue antigo. Minha família é assim. Nosso sangue é antigo. É o que meu pai dizia.

Ela virou a cabeça para mim devagar.

— Sabe o que sangue antigo significa?

Fiz que não com a cabeça.

— É outro nome pelo qual chamam os *caelestias*. Sangue antigo. Significa que muitos dos nossos ancestrais são da época da Grande Guerra. Até de antes. São tão antigos quanto os primeiros, que costumavam ser as estrelas que nos assistiam lá de cima. Mais velhos que o rei que governa agora. Velhos como o que veio antes dele.

— Os primeiros o quê? — Minha intuição não se manifestou, e para mim aquilo foi resposta o bastante. — Os Súperos?

Maven assentiu.

— Os Deminyens. Os observadores. Os ajudantes.

Thorne... ele havia chamado os Deminyens antigos daquela forma. *Observadores.*

— O que isso tem a ver com os estelares?

— Se parar de fazer comentários inúteis, chegarei lá.

Fechei a boca.

Maven deu uma risada rouca.

— Alguma vez parou para pensar em como os *caelestias* são estranhos? Como se cria um de nós? Viemos de Deminyens, mas não somos seus filhos. Para que um *caelestia* nasça, precisa ser a partir da combinação entre um deles e um ínfero. Não acha isso peculiar?

Eu achava que sim, mas não quis falar.

— Reflita. — Ela olhou para mim. — Os Deminyens podem comer metade do reino sem terem filhos.

Um riso subiu pela minha garganta ouvindo a expressão chula saindo da boca de Maven, mas sabiamente o engoli.

— Eles precisam *escolher* ter um filho. Mas por que desejariam ter um filho com um ínfero?

Quando não falei nada, ela me olhou com uma expressão séria.

— Não sei — respondi. — Talvez porque... se apaixonam?

Ela deu uma risada profunda e grosseira, derrubando um pouco da bebida pela borda do copo. Eu não a culparia. A ideia soava ridícula para mim também.

— Talvez. Quem sabe. Mas cada criação precisa ser bem planejada, e era isso que os Deminyens faziam naquela época. Planejavam os nascidos das estrelas.

Eu não fazia ideia do que ela estava falando, mas continuei quieta e ouvi.

— E acredito que alguns deles não gostam desse tal planejamento. Pelo menos é o que meu pai sempre dizia. Você deve estar achando que é porque eles querem manter uma linhagem de sangue puro, não é? — perguntou ela, e sim, era exatamente o que eu estava pensando. Ela curvou os lábios finos e pálidos, revelando dentes amarelos envelhecidos. — Eu acredito que eles não querem fazer isso por causa do que aquele sangue antigo faz. Possibilita que as estrelas caiam.

Minha nuca formigou.

— Os estelares? Está falando dos *caelestias*? — perguntei, confusa.

— Não. Eles não. Eles não nasceram das estrelas. — Ela levantou a mão, apontando um dedo para mim. — As estrelas não descem para qualquer um, mas elas… — A mão repleta de pintas desapareceu dentro da manga quando ela levantou o copo com a outra. — Diziam que quando uma estrela cai, um mortal se torna um ser divino.

Arquei as sobrancelhas.

— Divino?

— Divino como meu outro neto, menina. — Ela levantou o copo na minha direção como se estivesse me saudando. — Divino como você.

— Eu? — guinchei. — Eu não sou uma *caelestia*…

— Você não é uma ínfera comum, é? Com sua habilidade de ver o futuro. Fuxicar a mente alheia. Não, não é. Sangue antigo — repetiu. — Quando um nasce, todos que vêm depois têm a mesma chance. E há muito mais do que você pensa. — Ela assumiu uma expressão maldosa no olhar enquanto bebia. — Ninguém nunca se pergunta como é que os ilusionistas adquiriram o conhecimento que têm, como entendem tão bem no que se refere às partes dos corpos dos Súperos. Sangue antigo. — Ela deu outra risada rouca. — Ninguém questiona nada.

A surpresa me atingiu em cheio. Ilusionistas eram descendentes dos Súperos, então?

— Eu não sabia… — Parei de falar, soltando uma risada sufocada. — É claro, eu não teria como saber. — Não se o que ela dizia era verdade. — Minha intuição nunca me ajudou muito em relação aos Súperos.

— Curioso, não acha?

Assenti devagar. Tantas perguntas giravam na minha cabeça.

— É curioso que todos nós tenhamos esquecido a verdade.

— A verdade?

Maven encarou o copo, o rosto oculto mais uma vez.

— O bem e o mal existem. Sempre existiram. Contudo, o peso do reino sempre recaiu sobre os ombros de quem estava no meio, dos que não eram bons nem maus. É o que meu pai sempre dizia. — Ela levantou a bebida de novo. — Mas ele também era um beberrão, portanto…

Pisquei devagar.

— Há Deminyens vagando por esta cidade, entre estas paredes, não é?

— Sim. Um príncipe e dois lordes.

— Um príncipe. — Ela bufou. — Uma hora ou outra ia acontecer.

— O quê?

— Que ele viria até aqui. — Ela virou a cabeça para mim. — Para tomar o que pertence a ele.

CAPÍTULO VINTE E NOVE

Um formigamento começou a surgir na base da minha nuca. *Que ele viria aqui para tomar o que pertence a ele.* Meu coração palpitou. Aquela mesma sensação de antes voltou, alojando-se no meu peito. Legitimidade. Aceitação.

Eu me inclinei para a frente, segurando os joelhos.

— Você... — Uma explosão de energia nervosa gritou dentro de mim. Meu corpo se moveu contra minha vontade, girando no banquinho em direção à porta um segundo antes de ela se abrir, batendo na mesa com força o bastante para balançar as velas.

Era Hymel parado ali, com os olhos semicerrados.

— O que está fazendo aqui?

— Nada. — Levantei, secando as palmas das mãos nas coxas. — Eu só vim devolver a tiara que usei ontem à noite.

Hymel olhou para Maven.

— E precisava se sentar para isso?

— Maven estava um pouco cambaleante — acrescentei depressa, guiada não tanto pelo instinto, mas pela minha desconfiança generalizada em relação àquele homem. — Peguei algo para ela beber e esperei para ver se ela ia ficar bem.

Maven não disse nada ao levantar o copo, dando um fim ao líquido do qual eu torcia para Hymel não estar sentindo o cheiro.

— Ela me parece bem — resmungou Hymel.

— Sim. Que bom. — Virei, gesticulando com a cabeça para Maven. A anciã não deu indicação nenhuma de estar vendo a mim nem a mais ninguém. Hesitei, querendo que ela confirmasse o que eu suspeitava, mas tudo que fez foi encarar as velas, e Hymel esperou. Engolindo a frustração, saí do aposento.

Hymel me seguiu, fechando a porta.

— Sobre o que estavam conversando?

— Conversando? Com Maven? — Forcei uma risada. — Não estava, não.

Ele curvou o lábio superior.

— Ouvi vozes.

— Você me ouviu falando sozinha — respondi, me concentrando nele.
— E daí se estivéssemos conversando?

Hymel cerrou os dentes.

— Não importa — falou ele, olhando para a porta e depois de novo para mim. — Pode ir embora, ninguém precisa de você aqui.

Abri e fechei os punhos nas laterais do corpo, me virei com os músculos tensos e saí da alcova pelo corredor estreito dos empregados. Quando cheguei às portas do átrio, olhei para trás e vi que Hymel não estava mais ali.

Como ele provavelmente havia entrado nos aposentos de Maven, não havia um único vestígio de dúvida na minha mente de que ele sabia muito bem o que ela havia compartilhado comigo.

Havia três *sōls* dançando juntas acima das rosas enquanto eu caminhava pelos jardins naquela noite. Eu não tinha ido muito longe — ainda conseguia ouvir a música que vinha dos gramados do Solar de Archwood.

Após minha conversa com Maven, procurei Claude, mas só fui vê-lo à noite. Não tive chance de falar com ele. O barão estava sediando uma festa que provavelmente se parecia muito com o que acontecia durante os Banquetes. A entrada estava repleta de carruagens adornadas de joias e o Salão Principal estava abarrotado com aristos de roupas brilhosas. Passei apenas alguns minutos lá, e sabia que a maioria tinha ido para ver os lordes de Vytrus, além *do* príncipe, obviamente.

Estendi a mão, passando os dedos pela pétala sedosa de uma rosa. Eu tinha me enganado na suspeita de que a maioria dos aristos abandonariam a cidade quando ficassem sabendo do ataque iminente. Nenhum deles parecia preocupado com o motivo de estarem ali, seus pensamentos estavam focados na intenção de verem os Súperos, entre outras coisas.

O que significava que ninguém ali presente tinha se encontrado com os Súperos naquela manhã para se preparar para o ataque. Não me surpreendia. Eu ainda achava que muitos cairiam fora de Archwood quando assimilassem a gravidade do que ia acontecer.

Os Súperos não estavam presentes na festa, e eu não sabia se de fato dariam as caras.

Eu não sabia nem se Thorne já tinha voltado ao solar ou se já tinha procurado por mim.

Uma das *sôls* se abaixou, quase encostando no meu braço antes de flutuar para a maior concentração de rosas. Ouvi de novo as palavras de Maven ecoarem nos meus pensamentos. *Que ele viria aqui para tomar o que pertence a ele.* Aquela série de formigamentos tomou conta da base da minha nuca mais uma vez, junto às mesmas sensações de legitimidade e aceitação que eu não entendia.

Comecei a andar, sem saber se o que eu sentia vinha da minha intuição. Tendo sentido apenas vagas premonições a respeito deles antes, era difícil entender o que norteava a sensação. Também era difícil acreditar no que Maven tinha dito — o que ela tinha sugerido.

Se o que ela falou era verdade, então estava alegando que eu... que eu era uma *caelestia* e que foi por isso que ganhei minhas habilidades. Será que era possível? Não. Eu não conhecia meus pais, muito menos minha ancestralidade, mas Claude não tinha dons. Eu nunca tinha ouvido falar de nenhum *caelestia* com habilidades anormais, mas tanto ela quanto Claude falaram de Beylen como se ele fosse diferente. Divino. Como se eu fosse diferente. *Divina.* Porque éramos... estelares?

Olhei para o céu cheio de estrelas. Parte de mim queria rir do quanto aquilo era ridículo. Será que Thorne não teria, sei lá, sentido que eu era uma *caelestia*? Claude não teria me contado? Por que esconder aquilo de mim? Um pensamento horrível passou pela minha cabeça. Será que ele tinha escondido de mim porque os *caelestias* são automaticamente aceitos na classe aristo? Certas oportunidades se abririam. Eu poderia buscar educação, se assim quisesse. Poderia ser proprietária de terras. Comprar uma casa. Abrir um negócio...

— Não — sussurrei. Claude não teria escondido aquilo de mim só para me manter a seu lado. Se fosse verdade e eu fosse mesmo uma *caelestia*, haveria um bom motivo para Claude não ter me contado.

A menos que eu fosse incrivelmente ingênua, o que não era o caso. Ao menos eu achava que não.

Continuei andando por vários minutos, e parei ao sentir uma densidade repentina no ar. Ele ficou parado de forma sobrenatural por um momento, e depois ouvi o zunido agudo dos insetos e a cantoria dos pássaros noturnos. Um calafrio se espalhou pelos meus braços. A consciência me dominou.

Devagar, eu me virei. Dei um respiro instável sentindo o calor se espalhar pelo meu peito outra vez.

Thorne estava na passagem, a alguns metros de mim, todo de preto, com uma túnica sem manga e calças. Uma brisa quente brincava com as mechas de seu cabelo, balançando-as próximo à curva da mandíbula. Não havia reluzir dourado de armas nele, pelo menos não que eu pudesse ver, mas a falta delas não o tornava menos perigoso.

E aquela maldita ânsia — de correr, de provocá-lo para me perseguir — escalou dentro de mim de novo. Meus músculos ficaram tensos em preparação. Era um sentimento selvagem.

— Estive procurando por você — disse ele, atraindo várias *sōls* do ar.

Unindo as mãos, fiquei imóvel.

— Esteve?

— Pensei que estaria nos meus aposentos ou nos seus.

— Quer dizer que pensou que eu ficaria esperando você voltar?

— Sim — respondeu ele, sem um pingo de hesitação.

— Não devia ter feito isso. — Virei de costas para ele, o coração martelando enquanto eu me forçava a me mover devagar. Não correr. Não olhei para trás porque... eu sabia que ele estaria me *seguindo*. Um arrepio quente desceu pela minha coluna.

— Achei que tínhamos nos entendido a respeito do acordo — falou Thorne, parecendo estar a uns trinta centímetros de mim, ou menos.

— Achou?

— Sim. Eu me lembro de dizer a você que eu voltaria o mais rápido possível.

— Mas não me lembro de ter concordado em ficar sentada esperando você voltar.

— Eu não esperava que você fizesse isso.

Parei e me virei para encará-lo. Ele estava perto, tendo se aproximado de mim do jeito assustadoramente silencioso que ele sempre fazia.

— O que esperava que eu fizesse então?

O azul nos olhos dele brilhou quando ele abaixou o rosto para olhar para mim.

— Que não se escondesse de mim.

— Eu não estava me escondendo, Vossa Alteza. — Levantei o queixo. — Apenas me dando o luxo de fazer uma caminhada noturna.

Um lado de seus lábios se curvou para cima.

— Ou estava simplesmente vendo se eu a encontraria?

Fechei a boca. Será que eu tinha ido parar ali por tal motivo mesmo?

O sorriso dele aumentou.

Que ele viria aqui para tomar o que pertence a ele.

Ao me virar, mordisquei o lábio inferior e voltei a andar, o vestido que eu decidira usar antes da ceia farfalhando na trilha de pedras.

— Encontrou o povo de Archwood hoje?

— Sim. — Ele começou a me acompanhar lado a lado.

Mantive o olhar fixo à frente.

— Apareceram muitos?

— Muitos, mas nem todos eram hábeis — disse ele, encostando o braço no meu enquanto caminhávamos. — Seu barão estava presente.

— O quê?! — A surpresa me atingiu enquanto olhei para ele. — Mesmo?

Thorne riu.

— Fiquei tão surpreso quanto você.

Pisquei, sem tirar os olhos do horizonte.

— Ele treinou?

— Não, mas não tínhamos planos de treiná-los hoje, de todo modo, pois Rhaz precisava diferenciar quem sabia lidar bem com uma espada ou uma flecha de quem não tinha habilidade alguma — falou, e eu achei engraçada a maneira como eles encurtavam os nomes uns dos outros. Rhaz. Bas. *Thor.* — Talvez você não fique surpresa em saber que a maioria não é habilidosa.

— Não mesmo. Fora os guardas, duvido que muitos já tenham pegado numa espada — falei. — Os únicos que devem saber uma coisa ou outra de como usar uma flecha são os caçadores, e é possível que eles tenham viajado para caçar. O restante trabalha nas minas.

— Eles eram a maioria dos que deram as caras e estavam dispostos a aprender — comentou o príncipe. — Só que não são os únicos capazes de defender a cidade.

Eu sabia que ele se referia aos aristos.

— Imagino que boa parte ainda não tivesse acordado de suas peripécias noturnas para se juntar a vocês — sugeri, ainda pensando no fato de que Claude tinha ido. — O que o barão fez?

— Ele mais ouviu e observou, o que já é mais do que eu esperava.

Virei o rosto para o príncipe, sentindo um frio na barriga quando nossos olhares se encontraram.

— Ele não é de todo irresponsável, sabia?

— Isso é o que veremos — respondeu ele. — Mas acredito que ele seja mais apto a viver na Corte do que a governar uma cidade.

O que Maven compartilhara comigo voltou aos meus pensamentos. Torci os dedos, sentindo que qualquer que fosse a minha pergunta eu precisaria fazê-la com cuidado.

— É o que a maioria dos *caelestias* fazem?

— Alguns, sim. Depende da Corte e de como ela os trata. Alguns Súperos os tratam como se fossem...

— Ínferos? — concluí por ele.

Thorne fez que sim.

— De que maneira?

Ele não respondeu de pronto.

— Alguns *caelestias* são tratados mais como lacaios do que como iguais.

Suspirei devagar.

— E isso é diferente da sua Corte? Sempre ouvi dizer que ínferos não são bem-vindos lá.

— Não são mesmo.

Lancei um olhar para ele.

— E eu aqui começando a achar que o que dizem sobre vocês não gostarem de ínferos era mais uma narrativa falsa.

Thorne não me olhou para responder.

— As Terras Altivas são ferozes, *na'laa*. Perigosas até mesmo para um Súpero que viaje desavisado.

Refleti sobre aquilo. Eu sabia que a maior parte das florestas de Wychwoods ficava nas Terras Altivas.

— Há *caelestias* que moram lá?

— Sim. Alguns, a propósito, são cavaleiros da Corte.

— Ah. — Fazia sentido, considerando que muitos *caelestias* eram parte do regimento Real. Mordi o lábio inferior, procurando a melhor pergunta a ser feita e enfim a encontrando: — De vez em quando eu me pego pensando em uma coisa. Você e outros Súperos conseguem sentir se alguém é um *caelestia*? — perguntei, abrindo meus sentidos, criando aquela linha entre mim e ele. Cheguei ao escudo branco, e quando o pressionei, ele não reagiu.

Thorne assentiu enquanto eu rompia a conexão.

— A essência deles é diferente da dos mortais.

Bem, aquilo ia de encontro ao que Maven tinha dito. O príncipe já tinha me chamado de mortal muitas vezes.

— Que coisa mais estranha de se passar pela sua mente — comentou Thorne.

— Muitas coisas estranhas se passam pela minha mente — falei, o que era verdade.

— Por exemplo?

Dei um riso.

— Prefiro não passar vergonha compartilhando os lugares aonde minha imaginação me leva.

— Bem, agora estou ainda mais interessado.

Lancei um olhar de deboche para ele.

Houve uma pausa quando nos aproximamos das árvores de glicínia. Foi só então que me dei conta da distância que tínhamos percorrido.

— Você se pega pensando em mim também?

Sim. Eu me pegara pensando nele muitas vezes, ao longo dos anos, e ainda mais no intervalo em que ele apareceu em Archwood pela primeira vez e após o seu retorno. Parei de caminhar e passei um dedo pelas flores cor de lavanda. Todo tipo de coisas mais aleatórias e irrelevantes passavam pela minha cabeça. Eu tinha perguntas muito menos importantes do que as que me importunavam naquele momento.

— Você tem família? — perguntei, o que de fato era uma curiosidade minha. — Quer dizer, sei que não de sangue, mas algo semelhante a isso?

— Os Deminyens têm algo parecido com uma família; com irmãos, para ser mais preciso — respondeu ele, levantando a mão. Seus dedos pegaram a trança grossa sobre meu ombro. — Nunca somos criados sozinhos. — Ele passou o dedo pelo topo da trança e em seguida abaixou a mão. — Geralmente dois ou três são criados ao mesmo tempo, compartilhando da mesma terra, da mesma parte de Wychwoods.

— Então, de certa forma, você tem… irmãos de sangue?

Os dedos dele chegaram à metade da trança, na altura do meu seio.

— De certo modo.

— E você? Tem um? Ou dois?

No leve brilho das *sōls*, vi uma tensão no maxilar dele.

— Só um agora. — Ele franziu o cenho. — Um irmão.

— Havia mais um?

— Uma irmã, na verdade — disse ele. — Você já se perguntou se pode ter irmãos?

— No passado, sim.

— Hoje em dia não se pergunta mais? — deduziu ele.

— Não. — Sem o foco dele na trança, eu analisei as linhas belas e os ângulos estonteantes de seu rosto. — O que você faz quando... — Minha respiração vacilou quando a parte de trás da mão dele roçou meu mamilo. O tecido de musseline amarelo-manteiga não servia de barreira nenhuma para o toque.

Ele ergueu o olhar. Olhos mais azuis do que verdes ou castanhos encontraram os meus.

— O que dizia?

— O que faz quando está em casa?

— Leio.

— O quê? — falei com uma risada curta.

O meio-sorriso reapareceu.

— Você parece surpresa. É tão difícil assim acreditar que gosto de ler?

Levantei a mão para afastar a dele, mas meus dedos encontraram o antebraço dele e permaneceram ali. Nenhum pensamento me invadiu, mas eu... eu senti algo, sim. O leve arrepio quente na nuca. A sensação que eu havia sentido mais cedo. Legitimidade. Mas será que vinha de mim mesma?

Ou dele?

E o que significava, afinal?

— *Na'laa?*

Pigarreei para recuperar o foco.

— O que gosta de ler então?

— Textos antigos. Diários dos que viveram antes da minha criação. Coisas que a maioria acharia uma chatice.

— Eu acho interessante. — Eu sentia nos dedos os tendões dos braços dele se movendo sob a pele rígida enquanto ele passava os dele pela ponta da minha trança. — Só vi alguns fascículos de história no escritório de Claude.

— Chegou a lê-los?

Fiz que não com a cabeça quando percebi que ele estava falando sério. Afinal, os Súperos não podiam mentir. Eu não sabia por que vivia me esquecendo daquele detalhe.

— As páginas parecem arcaicas, e tenho muito receio de estragá-las.

— E o que mais? — Ele afastou a mão da minha trança, roçando minha barriga antes de parar na curva da minha cintura, e minha mão seguiu como se estivesse presa ao braço dele. Era o contato silencioso e simples do qual eu não conseguia me desvencilhar. — Sobre o que mais você tem curiosidade?

Se um dia ele tinha pensado na menininha que conheceu na Cidade da União. Aquilo passara pela minha cabeça muitas vezes, mas as palavras nunca chegariam à ponta da minha língua. Em vez disso, só perguntei o que tinha me deixado curiosa naquele mesmo dia:

— Se você acredita em lendas e rumores antigos.

— Como? — Ele levou a mão ao meu quadril.

— Como as... as histórias antigas sobre os estelares — falei, e seu olhar encontrou o meu de novo, abruptamente. — Mortais transformados em seres divinos ou algo do tipo.

As manchas marrons nas íris dele de repente ocultaram o azul brilhante.

— O que a levou a pensar nisso?

Levantei um dos ombros, implorando para que meu coração não começasse a disparar.

— É só uma coisa que ouvi uma pessoa mais velha falar uma vez. Me pareceu fantástico — acrescentei. — Não sei nem se é verdade, então talvez eu esteja falando besteira.

— Não, era verdade.

Era.

Fiquei em silêncio.

— E eu acreditava, sim — falou ele.

— Mas o que significa? — perguntei.

— Significa... *ny'seraph* — disse ele. — E isso é tudo.

Tudo. Ele já havia dito aquilo antes, quando falou de algo chamado *ny'chora*.

— E o que mais?

Distraída, balancei a cabeça.

— Já chamou mais alguém de *na'laa?*

— Não. — A sombra de um sorriso apareceu. — Nunca.

Nossos olhares se conectaram outra vez e, por algum motivo, aquela revelação me pareceu tão importante quanto descobrir que parte do que Maven tinha me contado era verdade.

— Às vezes me pego pensando em você — disse ele no silêncio. — Estou pensando em você agora.

— Está?

— Nunca contei a mortal algum que tenho um irmão, nem compartilhei que gosto de ler.

— Bem, nunca contei a ninguém que eu queria ser botânica, então...

— Nem mesmo ao seu barão?

Balancei a cabeça em negativa.

— Fico feliz por isso.

— Por quê?

— Também é algo que me pergunto. O porquê. Por que eu compartilharia qualquer coisa com você, mas disso você já sabe — respondeu ele, e o modo como falou pareceu um insulto vago tanto quanto antes. — Até mesmo hoje, quando eu devia estar focado nas pessoas diante de mim, eu me peguei pensando o que é que você tem de diferente. É um mistério que ainda me deixa incrivelmente desconcertado e irritado.

Então tá. Tirei a mão do braço dele.

— Bem, então talvez seja melhor eu ir embora para não contribuir mais ainda para a sua irritação desconcertante.

O príncipe riu.

— Está mais para: eu sou uma irritação desconcertante para mim mesmo — disse ele. — E, se você fosse embora, eu teria que segui-la, e sinto que isso nos levaria a uma discussão, quando há tantas coisas mais divertidas que podemos fazer.

— Uhum. — Continuei a andar.

O sorriso que surgiu nos lábios dele tinha um charme brincalhão que fez com que ele parecesse... jovem, não sobrenatural, e isso mexeu com meu coração. Afastei o olhar.

— Dance comigo.

Arqueei as sobrancelhas ao virar a cabeça na direção dele. Aquilo me pegou de surpresa.

— Eu nunca dancei.

Ele parou.

— Nem uma vez?

Balancei a cabeça.

— Então, não sei dançar.

— Ninguém sabe dançar da primeira vez. As pessoas apenas fazem. — Ele me fitou. — Posso te mostrar, Calista.

Dei um respiro fundo, o ar impregnado por aquele cheiro florestal dele. Meu nome era uma arma, uma fraqueza. No entanto, assenti.

Baixei o olhar para a mão dele quando ele a estendeu para mim. Aquilo... aquilo era surreal. Meu coração estava disparado. E era coisa da minha imaginação ou o violino do gramado começou a tocar mais alto, como se estivesse mais perto? O violão também. E de repente pareceu surgir uma melodia no ar, no canto dos pássaros noturnos e no zunido dos insetos de verão.

— E se eu preferir não dançar? — perguntei, abrindo e fechando a mão na lateral do corpo.

Um feixe de luz do luar acariciou a curva da bochecha dele quando ele ergueu a cabeça.

— Então não dançaremos, *na'laa*.

Uma escolha. Mais uma que não devia importar tanto, mas que importava, e eu... eu queria dançar mesmo que desse vexame. Ergui a mão, torcendo para que ele não percebesse como ela estava levemente trêmula.

Nossas palmas se encontraram. O contato — a sensação da pele dele contra a minha — ainda era surpreendente. Os dedos longos dele se entrelaçaram aos meus e, em seguida, ele abaixou um pouco a cabeça.

— Estou honrado — murmurou.

Uma risadinha nervosa escapou de mim.

— Achei que os Súperos não podiam mentir.

— Não podemos. Eu não menti.

Thorne segurou meu braço com delicadeza, me puxando para mais perto ao se aproximar de mim. De repente, seus quadris tocaram minha barriga, meu peito tocou o dele. O contato breve foi inesperado, e só então me dei conta de que aquele não era o tipo de dança que eu já tinha visto os aristos fazerem nos bailes menos insanos que o barão às vezes sediava, nos quais havia ao menos vários centímetros entre os corpos que dançavam juntos e cada passo era praticado, calculado. Aquele era o tipo de dança que os aristos faziam quando tiravam as máscaras.

Ele balançava os quadris e a mão na minha indicou que eu acompanhasse. Após alguns momentos, percebi que a dança era parecida com o ato de fazer amor. Não que eu soubesse como era fazer *amor*. Foder já era outra história, mas não era o que parecia.

— Silencie seus pensamentos.

— O-o quê? — Ergui o rosto, mas só consegui ver a metade inferior do rosto dele.

— Você está tensa. Geralmente isso significa que sua cabeça está longe do seu corpo. Está pensando demais. Não é preciso trabalhar a mente para que o corpo dance.

— Então o que devo fazer? — perguntei, porque era difícil não pensar no quanto estávamos próximos, no quanto seu corpo era alto e largo, no quanto aquilo fazia eu me sentir elegante. Eu não conseguia me descrever daquela maneira em relação a mais nada. Nem mesmo minhas mãos. Quando ele se virou, tropecei nos meus próprios pés, e talvez nos dele também.

— Basta fechar os olhos. Como fez ontem à noite, quando seus dedos estavam entre as suas pernas e sua boca estava no meu pau. Apenas feche os olhos e sinta.

Eu não sabia que mencionar o que havia acontecido na noite anterior ia me ajudar a relaxar, porque o desejo súbito que as palavras provocaram me distraiu demais. No entanto, fechei os olhos como ele havia sugerido.

— Ouça a música. Siga a melodia — instruiu ele, com a voz mais grave. Mais grossa. — Acompanhe-me, *na'laa*.

Com a respiração ofegante, fiz o que foi preciso para usar minhas habilidades. Silenciei minha mente, permitindo que eu ouvisse a música — a fluidez do violino e os sons da noite se acomodando ao nosso redor, deixando o ar denso. Havia um ritmo que cativava minhas pernas e meus quadris. Eu segui a melodia e segui Thorne, meu corpo se soltando mais a cada minuto e meus passos ficando mais leves. Quando ele virou o corpo, não voltei a tropeçar. Eu o acompanhei. Era como flutuar, e imaginei que era uma das *sōls* dançando acima de nós — que nós dois éramos.

Era a sensação mais estranha do mundo, quase libertadora, enquanto eu dançava com o príncipe. Eu me movi com o ritmo, seguindo as cordas à medida que seu som se intensificava. O suor umedeceu minha pele — a dele também. Mechas de cabelo que haviam escapado da trança grudavam na minha pele. As trepadeiras de glicínia com seu aroma doce se prendiam a nós ao nos movermos, enquanto minha respiração assumia um embalo ofegante, cada inspiração fazendo os bicos dos meus seios roçarem o peito dele. O vestido era tão fino que parecia não haver nada entre nós dois. Queria que o mesmo acontecesse com as minhas mãos, porque eu sentia o peito dele se elevando com respiros leves e mais longos que os meus.

A mão dele no meu quadril deslizou até as minhas costas, deixando uma trilha de arrepios enquanto girávamos sob as glicínias. Meu coração acelerou, e eu não achava que tinha a ver com a dança. Deixei meu pescoço relaxar e minha cabeça cair para trás. Abri os olhos. Acima de nós, as *sōls* dançavam num borrão de brilho fraco conforme rodopiávamos sem parar, e de alguma maneira a coxa dele foi parar no meio das minhas. Cada movimento que eu fazia, cada um que ele fazia, criava uma... uma fricção delicada e decadente.

Segui a música e Thorne à medida que a melodia desacelerava. O reino parou de girar, e acabamos nos braços um do outro, o ritmo mais encorpado, mais denso e pulsante, como o sangue nas minhas veias. Cada respiro que eu dava parecia ficar preso na minha garganta conforme meus quadris se moviam com o agito da música — completamente encostada nele. Eu mesma me senti mais encorpada, densa e pulsante, sedenta e pronta. Ele apertou o braço ao redor da minha cintura, bem como a mão que segurava a minha. Os músculos no meu ventre se contorceram e se apertaram de prazer, e eu podia senti-lo enquanto me movia, uma boa parte dele mais enrijecida que as outras contra minha barriga.

O peito dele pulsava encostado no meu, e uma onda vibrante de prazer me percorreu inteira. A respiração dele provocou a curva da minha bochecha, e em seguida o canto dos meus lábios. Ele parou por ali, mas eu não. Nossos corpos ainda se mexiam, mas eu não sabia se dava mais para considerar aquilo uma dança. Eu estava me esfregando nele, e a mão sobre o meu quadril incentivava a fricção à medida que uma sensação insana de liberdade tomava conta de mim. Aquele ímpeto primal de correr. A vontade animalesca de que ele corresse atrás de mim. A necessidade selvagem de que me pegasse.

Ele ficou completamente imóvel, exceto por seu peito, que subia e descia depressa. Devagar, ergui o olhar para ele. Explosões de luz estelar surgiram nas pupilas. Eu não sabia se era pela dança ou pela melodia no ar, se era por saber que ele nunca tinha chamado ninguém de *na'laa*, ou se era aquela sensação estranha de legitimidade — podia ser a combinação de tudo isso que me dava coragem.

Eu me afastei dele, dando um passo cambaleante para trás. Ele inclinou a cabeça. A tensão invadiu o espaço entre nós dois e a atmosfera ao nosso redor.

E eu fiz o que queria.

Cedi ao impulso.

Virei e fugi.

CAPÍTULO TRINTA

Com a mão cerrada na barra do meu vestido, corri pelas trepadeiras de glicínia, com o coração disparado e o sangue... o sangue fervente. Corri o máximo que pude, disparando para a esquerda e depois para a direita. Meu cabelo esvoaçava num emaranhado absurdo, batendo no meu rosto, mas não desacelerei.

Não até senti-lo próximo a mim.

Entre as glicínias, parei. Ofegante, analisei o dossel de trepadeiras iluminado pelas *sóls* enquanto soltava a saia. Não o vi, mas senti sua aproximação repentina na densidade do ar, na eletricidade que dançava na minha pele. Eu sabia que ele estava por perto quando meus dedos foram parar na renda fina do meu corpete. Observando e esperando, ele o predador e eu a presa. A ansiedade cresceu. Uma dor latejante pulsou entre minhas coxas com tanta veemência que balancei. Eu não entendia como podia estar tão excitada, nem por quê, mas era como se um tipo de instinto completamente diferente tivesse assumido as rédeas assim que cedi àquele ímpeto selvagem, e ele estava no controle do meu corpo, me guiando para a escuridão da glicínia. Cada pequeno som — cada quebrar de um graveto ou farfalhar de trepadeiras — intensificava meus sentidos, meu desejo. Quase senti como se estivesse perdendo a cabeça, porque senti dor como se eu tivesse sido tentada e provocada. Queimei como se tivesse tocado o gozo dele. Os músculos no meu ventre se retorceram. Meus olhos começaram a se fechar, quando...

O príncipe não fez barulho algum. Chegou por trás de mim, colocando um braço ao redor da minha cintura, puxando meu corpo para seu peito. Eu o sentia respirando de forma tão pesada quanto eu. Eu sentia seu desejo pressionado contra as minhas costas.

— Eu disse que pegaria você — falou, sua respiração quente na minha bochecha. Ele colocou o outro braço ao redor do meu corpo, os dedos onde os meus ainda agarravam o corpete. — Não disse?

Deixei minha cabeça cair para trás no peito dele.

— Só porque eu deixei.

A risada dele era puro pecado e fumaça, provocando minha pele.

— Espero que tenha pensado nisso quando correu. O que aconteceria se eu te pegasse.

Estremeci.

— O que eu faria com você. — Os lábios dele roçaram meu pescoço e pressionaram a pele entre ele e a curva do ombro. Ele chupou com força, fazendo com que eu soltasse um grito agudo. — Está pronta?

Sim. Não? Tive dificuldade de respirar enquanto tremia, esperando que ele me tomasse ali. Que me levasse ao chão. Porém, ele esperou.

Com o coração na boca, encarei as esferas de luz acima de nós. Ele *estava mesmo* esperando. Aquele quentinho voltou, e eu o ignorei. Aquela sensação não tinha espaço ali.

— Sim — sussurrei. — Estou pronta.

Eu nunca tinha ouvido antes o som que ele deixou escapar. Veio bem de dentro, um rosnar triunfante de... de alerta.

Os dedos dele se entrelaçaram aos meus, prendendo o decote do corpete. Com um puxão, meu corpo tremeu contra o dele. Costuras se desfizeram nos meus ombros enquanto ele expunha meus seios para o ar quente da noite. Vi o inchaço nos meus mamilos antes da mão dele cobri-los e eu segurar seu pulso. A boca do príncipe se fechou na pele abaixo da minha orelha ao levantar a saia do meu vestido. O ar úmido atingiu minhas pernas nuas, minhas coxas, e minha roupa íntima de renda. Segurei a saia, e a mão dele deslizou para baixo, sob o tecido fino. A luxúria me invadiu quando ele arrancou a peça do meu corpo com um único puxão veloz.

O príncipe então me levou ao chão, me colocou de joelhos, seu corpo grande enjaulando o meu. Senti a grama úmida na palma da mão, sem soltar o pulso da mão que ele apoiava na terra. Era enlouquecedora a maneira como ele me prendeu ali por vários momentos. Em seguida, ele se mexeu atrás de mim. Sua coxa separou as minhas. Estremeci.

— Você não vai conseguir aguentar tudo deste jeito. Ainda não. — A voz dele foi um mero sussurro caloroso na minha nuca. — Mas *na'laa*?

— O quê? — Arquejei ao sentir o membro duro e incrivelmente quente deslizando na minha bunda.

— Você vai querer.

Ele emitiu um som gutural quando pressionou a cabeça do pau dele no calor da minha...

Gemi, balançando os quadris ao senti-lo, apenas a ponta do seu desejo abrindo caminho em mim, com o som que saía dele provocando uma explosão repentina de sensações intensas.

— Vai, sim. Você vai querer. — Ele pôs a mão no meu quadril para me segurar. Minhas pernas tremiam, e eu coloquei minha mão sobre a dele. Na minha mente, só havia uma névoa de luxúria vermelha. Ele plantou um beijo no pulso descontrolado que latejava no meu pescoço. — Muito.

Uma corrente de calor úmido me inundou. Ele entrou mais alguns centímetros, seu tamanho e textura alargando minha passagem.

— Mas não vou deixar — prometeu ele.

— O-o quê?! — Comecei a virar a cabeça.

Thorne cruzou os braços sobre meus quadris, prendendo minhas costas, e me penetrou com tudo.

Meu gemido se perdeu no grito que ele deixou escapar. Bem fundo dentro de mim, ele não se moveu, e eu não conseguia pensar em mais nada além da sensação dele ali. O calor e a rigidez dilacerantes e vibrantes. Meu corpo todo tremia.

Foi então que ele começou a se mover.

O príncipe se retirou de dentro de mim, e aquela textura irregular — meus deuses, era muito gostoso o modo como se esfregava nas paredes sensíveis, estimulando o ponto escondido quando ele enfiou de novo. O som que soltei, ao mesmo tempo um gemido e um grito, quando ele se prendeu a mim, saindo e entrando do meu corpo num ritmo lento, mas firme. Ele estava plenamente no controle da situação, a maneira como me segurava me impedia de mexer a parte inferior do meu corpo — de ir mais para trás ou para a frente. Tudo que eu conseguia fazer era permanecer ajoelhada, meus dedos enlaçados aos dele, e senti-lo.

E ele fez questão de que eu o sentisse.

O ritmo acelerou e ficou mais forte. Ele me penetrava com a bochecha pressionada contra a minha, e eu jurava que podia sentir o olhar dele sobre meu peito nu sobre o corpete. A tensão contorceu, girou e apertou. Ele me fodeu como eu nunca tinha sido comida antes. Meu corpo todo pulsava, cada terminação nervosa de repente em carne viva. Eu sentia o clímax se aproximando, rodopiando dentro de mim cada vez que ele tocava aquele ponto sensível. Meus olhos estavam arregalados, eu encarava fixamente minha mão pálida de tanto apertar a dele.

— Ai, deuses — arquejei quando ele mergulhou em mim. Senti um aperto no peito. Senti espasmos pelo meu centro quando tudo se desfez e eu gemi: — *Thorne*.

— Caralho — rosnou ele, chocando o corpo contra o meu. Ele levantou um pouco meus joelhos, me penetrando sem parar enquanto eu gozava, enquanto eu o sentia inchando ainda mais, sentindo o nó na minha abertura enquanto ele se enfiava em mim. Meu corpo se mexia por conta própria, trêmulo e tentando sentir mais e mais dele, à medida que o prazer me dominava.

— Safada — riu ele, arfando. Seu braço enrijecia, paralisando meus movimentos.

Ele não me permitia tomá-lo até a parte mais grossa de seu membro, e talvez eu tenha sibilado... ou rosnado em resposta. Eu não sabia, porque o prazer atingiu o ápice de novo, fazendo com que meu corpo estremecesse, ainda quente, ainda... ainda pulsante.

Thorne se retirou de mim de repente, encostando o pau na curva da minha bunda ao atingir o próprio êxtase, fazendo a tensão irromper dentro de mim mais uma vez.

Um clímax que podia durar horas...

— Ai, cacete — gemi, a sensação escalando outra vez. — Eu... não consigo.

— Consegue. — Os lábios dele roçaram minha bochecha corada ao nos puxar para baixo. — Vai conseguir.

O chão estava gelado quando encostei o peito, o corpo dele quente nas minhas costas enquanto apoiava o próprio peso na mão abaixo da minha. O êxtase me atingiu de novo, e ele nem estava mais dentro de mim.

— Por que... por que tirou? — perguntei, ofegante.

— Eu não queria — disse ele, me segurando com força. — Eu mataria para estar dentro de você agora, mas se acha que isso aqui é intenso...

E era. Eu nunca tinha sentido nada como aquilo.

— Seria cem vezes mais se eu ficasse dentro de você. — Ele nos colocou de lado. — Você enlouqueceria.

Talvez eu já estivesse um pouco fora de mim quando ele continuou ali comigo, acariciando a curva do meu quadril, minha coxa, e minha bunda. Ele continuou ali comigo enquanto cada músculo pequeno e delicado dentro de mim tinha espasmos, e eu suportei, sem soltar sua mão. E ele também não me soltou em momento algum. Nem quando meu corpo enfim ficou leve, exausto e saciado. Nossas mãos continuaram entrelaçadas.

E minha mente continuou em silêncio.

— Não — protestei a contragosto.

Thorne sorriu, entre minhas coxas.

— Sim — murmurou ele, usando sua língua perversa para provocar minha pele inchada.

O gemido baixo que deixei escapar foi apenas um de muitos desde que saímos dos jardins.

O Príncipe de Vytrus era insaciável quando se tratava de dar prazer.

Eu não me lembrava de boa parte do retorno ao solar, mas desde o instante em que chegamos aos aposentos dele, o tempo se tornou um borrão sensual. Tomamos banho — ou, mais precisamente, ele me deu banho, lavando a terra e a grama do meu corpo, assim como eu tinha feito com ele uma vez. Ele me fez gozar, com os dedos, e, quando fomos para a cama, com os corpos ainda úmidos, ele começou uma lenta exploração pelo meu corpo, beijando o caminho pela curva do meu maxilar, descendo pelo pescoço e indo até os meus seios. A língua dele também tinha sido perversa ali, brincando em círculos com os mamilos do mesmo modo que circulava dentro de mim agora.

Thorne fazia de mim *seu banquete*.

Meus dedos agarraram os lençóis à medida que a língua dele saía e entrava. Eu não achei que tinha energia para me mexer, mas estava errada. Arqueei os quadris no ritmo de sua língua, e seu rosnado em resposta afirmativa me inflamou. Uma leve luz dourada contornava seus ombros nus enquanto ele se mexia, colocando um dedo dentro de mim. Gemi.

Os cílios grossos se ergueram. Olhos num tom brilhante de azul polvilhado com estrelas prateadas se prenderam aos meus.

— Não tire os olhos de mim — ordenou. — Quero vê-los quando você gozar.

Meu corpo inteiro estremeceu.

— Quero ver seus olhos quando você gozar, gritando meu nome. — Ele curvou o dedo dentro de mim. — Entendeu?

— Sim — ofeguei em resposta. — *Vossa Alteza.*

Ele passou o lábio pela minha pele, provocando em mim um gemido arrastado. Havia o lampejo de um sorriso ao longo dos lábios úmidos, e então a boca dele se fechou sobre meu clitóris. Arqueei as costas e os quadris. Não desviei o olhar. Continuamos fitando um ao outro, e gritei com força quando gozei, o nome dele escapando dos meus lábios enquanto eu estremecia.

Foi como se não houvesse um único osso em meu corpo quando se ergueu sobre mim, plantando um beijo rápido no meu umbigo, depois na minha costela, no meu seio. Enquanto se aninhava ao meu lado, pressionou os lábios na minha têmpora.

— Está bem? — perguntou ele.

— Uhum — murmurei. Ele havia perguntado o mesmo quando estávamos nos jardins, quando os tremores do clímax começaram a ceder. A pergunta tinha me pegado de surpresa naquela hora, e o mesmo voltava a acontecer.

— E você?

Thorne riu.

— Estou.

Virei a cabeça para ele. Nossas bocas estavam a meros centímetros de distância. Coloquei a mão espalmada sobre o peito dele.

— Mas você não...

— Não preciso chegar ao clímax para sentir prazer. — A mão sobre minha barriga deslizou para cima, segurando meu seio. — O melhor tipo de prazer vem de provocá-lo em outra pessoa.

— Você... você realmente não é um homem mortal, então — falei.

Ele riu, o som suave fez meu coração disparar.

— Se você só está mesmo se dando conta disso agora, não sei o que dizer.

Bufei, fechando os olhos. O silêncio que se instalou entre nós dois foi caloroso, confortável, nada que eu já tivesse sentido com alguém com quem eu já tinha estado. Havia sempre uma necessidade de falar, de preencher o silêncio para sufocar a vergonha inevitável que surgia ou para impedir que minha mente invadisse a outra pessoa.

Só que o príncipe não era nada como o que eu já tinha vivido antes.

— Parto pela manhã, a propósito — falou Thorne depois de um tempo.

— Eu me lembro. — Uma pontada de inquietação cortou meu peito. Será que eu não queria que ele partisse? Ou havia outro motivo? — Quando vai voltar?

— Acredito que só vai levar alguns dias.

Tentei decifrar os sentimentos dentro de mim. Eu não devia sentir alívio por ele se ausentar por alguns dias? Porque não sentia. Havia apenas inquietação, e talvez um pouco de… tristeza. Ai, deuses, percebi que provavelmente era porque eu sentiria saudade dele.

Eu precisava de ajuda.

— Então você deve voltar antes dos Banquetes — falei.

— Acredito que sim.

Parte da névoa agradável se dissipou quando a realidade do que estava por vir ressurgiu.

— Quanto tempo acha que vai levar antes das Terras do Oeste e os Cavaleiros de Ferro chegarem a Archwood?

— Para isso não tenho uma resposta concreta, mas suspeito que será antes do fim do mês.

Senti um embrulho no estômago ao acariciar as linhas definidas do peito dele.

— Venha comigo.

— O quê?

O pedido me deixou atônita.

O azul e o verde dos olhos dele se misturaram com o marrom.

— Venha comigo quando eu partir para encontrar meus exércitos.

Minha respiração vacilou com a palavra "sim", mas a impedi de escapar. A ansiedade escalou dentro de mim perante a ideia de viajar com ele, de estar com ele, *ao lado dele*, mas… aquilo parecia ser *mais*. De um jeito bastante perigoso. Engoli em seco, fechando os olhos.

— Não acho que seria uma decisão sábia.

— Provavelmente não mesmo — concordou ele, caindo num silêncio depois por vários instantes. — Aceita jantar comigo, então, quando eu voltar?

— Está mesmo me perguntando se aceito? — Um sorriso cansado repuxou meus lábios enquanto me esforcei para ignorar a decepção comigo mesma; com ele por não ter insistido para que eu fosse junto, o que teria sido totalmente problemático.

— Não é isso que quer de mim?

Eu não devia querer nada dele.

— É.

Ele passou o polegar pelo meu mamilo.

— Então aceita?

— Sim.

Thorne ficou em silêncio por um momento, e em seguida senti os lábios dele na minha bochecha.

— Obrigado.

Uma emoção estranha se espalhou pelo meu peito. Não era comum que um Súpero, muito menos um príncipe, expressasse gratidão, e eu não sabia como reagir àquilo. Permaneci deitada ali enquanto o príncipe cedia ao sono depois de um tempo.

Eu, por outro lado, continuei acordada, os dedos ainda sobre o peito dele. Não sabia por quê, naqueles momentos quietos e sombrios, eu voltava a pensar na premonição que tivera no Salão Principal quando Ramsey Ellis procurou o barão com notícias a respeito das Terras do Oeste.

Ele está vindo.

Eu sabia que aquela premonição se referia a Thorne.

Que ele viria aqui para tomar o que pertence a ele.

Foi o que Maven tinha dito, e eu sabia que quando Thorne tinha ido a Archwood antes, ele estivera procurando por algo.

Ou por alguém.

Um leve toque na minha bochecha me acordou. Abri os olhos com o brilho fraco do amanhecer iluminando o contorno da mandíbula de Thorne e o cabo dourado da adaga presa ao peito dele. Já era manhã, o que significava que...

— Está indo embora? — sussurrei, minha voz pesada de sono.

Thorne assentiu.

— Não quis te acordar — falou ele, fechando os olhos ao passar os dedos pelo meu queixo.

— Tudo bem. — Comecei a me levantar.

— Não, pode ficar. Eu gosto da ideia de você aqui, na cama em que dormi — disse ele, franzindo o cenho. Um momento se passou, e ele ergueu os olhos. O olhar dele varreu meu rosto, mas se concentrou em meus... meus lábios.

Embora eu só estivesse meio desperta, meu coração começou a martelar. Achei que ele estava olhando para mim como se... como se quisesse me beijar.

Eu queria que ele me beijasse.

Eu queria beijá-lo.

No entanto, nenhum de nós dois se moveu. Por um bom tempo. E então, ele abaixou a cabeça. Fechei os olhos. Os lábios dele não tocaram os meus.

Eles tocaram de leve minha testa e, por algum motivo, aquele beijo doce e inocente... acabou comigo.

— Volto assim que puder — disse o príncipe Thorne. — Prometo.

Mantive os olhos fechados, porque eu tinha medo de que se os abrisse eles ficariam marejados. Assenti.

— Volte a dormir, *na'laa*. — Ele puxou o lençol para cobrir meu braço. Seu toque permaneceu no meu ombro. — Até mais tarde.

— Até mais tarde — sussurrei com a voz rouca.

O príncipe Thorne se levantou e, embora tivesse se movido em silêncio, eu soube o exato momento em que deixou o aposento. Abri os olhos úmidos.

Você gosta dele?

Foi a pergunta que Grady fizera.

Meus deuses.

Eu achava que sim.

Naquela tarde, encontrei Claude em seu escritório, sozinho sentado atrás da mesa. Ele levantou a cabeça quando entrei, seu sorriso um tanto diferente.

— Tem um momento? — perguntei.

— Para você, sempre. — Ele dobrou um pedaço de pergaminho e o deixou de lado. Olhei para a pilha de cartas que não parava de crescer. — Que bom que deu uma passada aqui. Estive me perguntando se esse acordo entre você e o príncipe estava indo bem ou se você ficaria feliz pelo alívio momentâneo.

Minhas bochechas coraram quando me lembrei da noite anterior.

— Surpreendentemente bem.

— Dá para ver — respondeu Claude com uma risada, recostado em seu assento ao cruzar uma perna sobre a outra. — Então você não é mais contra o acordo?

Inclinei a cabeça e o encarei, pois não tinha ido até lá para falar do príncipe. Sentei em uma das cadeiras em frente à mesa.

— Ele me disse que você se juntou ao povo de Archwood ontem.

— Foi. — Ele afastou uma mecha escura do rosto, as bochechas pálidas ruborizando. — Pensei que seria uma jogada inteligente ver como tudo seria feito. Que eu fosse visto também. — Ele pigarreou. — Passei um tempinho lá pela manhã.

— Também acho que é uma boa ideia. — Sorri para ele. — Tomara que inspire outros a participarem.

— Sim, tomara — murmurou, baixando a mão para o braço da cadeira. — Veremos, eu acho.

Assenti, respirando fundo.

— Tem uma coisa que eu queria discutir com você. — Torci os dedos, sem saber por que eu estava nervosa. Na verdade, era mentira. Eu estava preocupada em provar que era uma grande boba com aquilo. — É a respeito do seu primo.

— É? — Ele olhou para a porta.

Abri meus sentidos, permitindo que aquela conexão entre nós se estabelecesse. Vi a parede cinza.

— Ele por acaso... tem habilidades como as minhas?

Ele franziu o cenho e inclinou a cabeça.

— Está tentando me ler, Lis?

Meu corpo ficou tenso.

— Dá para perceber?

Ele deu uma risada pesada.

— Só porque te conheço há tempo suficiente para notar quando está tentando ler alguém. Seu olhar fica muito intenso, e você não pisca.

— Ah. — Estremeci um pouco na cadeira.

— Ele tem, sim — respondeu Claude.

Parei de me mexer. Tudo parou.

— Foi como eu soube quando a conheci que o que você disse podia ser verdade. Ele tinha a mesma facilidade de saber das coisas. Algumas outras... facilidades também. — Os ombros dele se ergueram com um respiro profundo. — E se estiver se perguntando por que não lhe contei, foi porque quando a conheci Vayne já estava cometendo atos de traição. Pensei que se eu lhe contasse que havia mais alguém como você, talvez você desejasse conhecer o indivíduo, e conhecê-lo a colocaria em perigo.

Eu ainda estava conectada a ele, e seus pensamentos refletiam o que ele dizia, mas ele sabia que eu estava em sua mente. Ouvir pensamentos não significava que eu não podia ser enganada.

— Então você sabe... o que eu sou? — sussurrei.

Ele me encarou, franzindo o cenho de novo.

— O príncipe te contou alguma coisa?

— Não.

— Então não entendo o porquê das…

— Sou uma *caelestia*? — interrompi.

Ele piscou depressa. Um momento se passou.

— Eu não sei.

— Claude. — Eu me inclinei para a frente, pressionando os dedos nos joelhos. — Você sabia esse tempo todo que eu não era de fato uma mortal?

— *Caelestias* também são mortais, Lis. Apenas temos sangue mais forte, só isso — respondeu ele.

Só que *caelestias* não eram tratados como ínferos.

— Você sabia?

Ele sustentou meu olhar, depois desviou o rosto.

— No começo, eu… eu suspeitei que você fosse.

Uma dor dilacerou meu peito. Tentei respirar, mas o ar não chegava aos meus pulmões.

— E nunca me contou? Por que você não…

— Porque não sei exatamente *o que* você é — interveio ele. — E estou falando a verdade. Você não tem a marca.

Franzi o cenho.

— Que marca?

— Seus olhos. Eles são castanhos. Um tom lindo de castanho — acrescentou ele depressa. — Mas todos os *caelestias* têm olhos como os meus. Alguns são diferentes de outras maneiras. — Ele afastou o olhar. — Mas você não tem o traço característico dos *caelestias*.

— Meus olhos… — Pensei em como eles estavam diferentes outro dia, com um pequeno anel… azul surgindo em torno das pupilas. Minha garganta fechou. Aquela noite na Cidade da União? Thorne e o lorde Samriel… eles estavam analisando os olhos das crianças. Minhas mãos suavam.

— O príncipe sentiu que você é uma *caelestia*? — perguntou Claude.

— Não — falei, secando as palmas nos joelhos. — O príncipe sempre se referiu a mim como mortal, mas…

— Mas o quê?

— Mas disse que tem alguma coisa a meu respeito que ele não consegue entender — falei, respirando apesar do nó na garganta. — Ele acha que já me viu antes.

— Porque já viu, não?

Enrijeci ao perder a conexão com ele. Até meu coração vacilou.

— Ele foi o Súpero que você encontrou na Cidade da União, não foi? — Claude passou os dedos pela testa. — Que você pensou que fosse um lorde?

— Sim — sussurrei. — Como sabia que era ele?

— Só descobri na outra noite, durante o jantar. A maneira como ele se comportou com você. O jeito que ele... — Claude semicerrou os olhos. — O jeito como ele a tomou para si.

Que ele viria aqui para tomar o que pertence a ele.

— Não entendo — sussurrei.

— Nem eu, e estou falando sério. Não entendo mesmo. — Ele abaixou a mão para o braço da cadeira. — Você tem habilidades semelhantes às do meu primo, mas se um príncipe não consegue sentir que você é uma *caelestia* e você não carrega a marca, então não tenho como ter certeza.

Afastei o olhar, engolindo em seco.

— Ainda assim, podia ter me contado.

— Para quê? Sabe como se prova que alguém é *caelestia* quando não há pais que possam alegar a linhagem? A pessoa é levada às Cortes Súperas, onde um príncipe ou outro Deminyen faz a confirmação — explicou. — Se um Deminyen não pôde sentir agora, qual seria a probabilidade de alguém da Corte conseguir? Sei que eu disse que não estava preocupado com o príncipe Thorne pensar que você era uma ilusionista, mas outros? Seria arriscado demais.

Tentei aceitar o que ele disse. Seu argumento fazia sentido, mas...

— Você não tem habilidades.

Claude deu outra risada pesada.

— Não, não tenho. Nem Hymel. Nem a maior parte dos *caelestias*.

— Então por que seu primo tem?

— E por que você tem? Quer dizer, se é que você é uma *caelestia*... — Ele disse o que eu não tive coragem de falar. — Porque meu primo é um estelar. Um mortal que se tornou divino.

— O que isso significa, exatamente? — perguntei.

— Isso eu não sei responder — falou, passando a mão pela cabeça.

Fiquei de pé, indo de confusão a raiva e, por fim, decepção.

— Não sabe, ou não quer?

— Não *sei* — insistiu, e passamos um longo momento em silêncio. — Talvez eu devesse ter lhe contado mesmo assim. Estaria mentindo se dissesse que temer pela sua segurança foi o único motivo que me fez ficar calado, mas disso você já sabe.

— Sei.

Claude estremeceu, e que saco, ver aquilo me machucou. Eu não queria que doesse, mas doeu.

— Sei que não sou um homem bom, e disso você também já sabe — admitiu ele, e então foi minha vez de estremecer. — Então meu conselho provavelmente não vale de nada, mas você precisa ignorar sua intuição desta vez. Quando o príncipe voltar, você precisa contar a ele que já o encontrou antes. Você precisa contar a ele.

CAPÍTULO TRINTA E UM

Descansei pouco naquela noite, e não sabia se tinha sido por saber que eu estivera errada a respeito de Claude ou por causa da ausência de Thorne. Eu também não sabia qual das duas coisas era pior — qual delas me levava àquela sensação inquietante.

Aquela inquietação me acompanhou pela manhã e pela tarde enquanto eu andava pelos corredores abarrotados do solar. Os empregados corriam para lá e para cá, alguns carregando vasos cheios de margaridas amarelas e petúnias de pétalas brancas, enquanto outros carregavam bandejas de carne providenciadas por Primvera que ainda seriam preparadas. Todos estavam ocupados demais para prestarem atenção em mim.

Os Banquetes começariam no dia seguinte.

Thorne provavelmente voltaria um ou dois dias após o início do evento.

Parei na passagem coberta, meus pensamentos pesados ao vagarem até Claude. O que eu sentia era uma mistura de decepção e raiva, confusão e um tanto de pesar no coração. Tentei entender a posição dele, e eu a entendia. Em parte. Porque ele ainda assim devia ter me contado o que suspeitava. Eu tinha o direito de saber, mesmo que não houvesse nada a ser feito com aquele conhecimento.

Mas eu não estava fazendo a mesma coisa com Thorne? Eu não entendia por que minha intuição havia me impedido, mas isso não mudava o fato de que nosso encontro na Cidade da União provavelmente era o motivo pelo qual Thorne pensava que já nos conhecêramos antes. O que não explicava como tudo se conectava com o que Maven e Claude compartilharam. Por que aquilo sequer importava. Minha intuição estava quieta, exceto pela inquietação.

Virei, vendo Grady entrar no corredor. Fui atrás dele e comecei a falar:

— O que quer que tenha para me contar, vai ter que esperar um pouco — disse ele, colocando a mão nas minhas costas. — Tem uma coisa que você precisa ver.

A curiosidade tomou conta de mim, mas a energia ansiosa também. Fiquei agitada, com um forte aperto no peito.

— Hymel acabou de sair do Salão Principal. — Grady me levou por um corredor estreito, a uma das muitas portas de dentro. Ele manteve a voz baixa ao entrarmos no corredor principal, que estava abarrotado com vasos cheios das flores que eu tinha visto, colocados sobre vários pedestais de mármore. — Ele não estava sozinho.

Olhei para o fundo do corredor largo do saguão que dava para a área externa dos dois lados, meu olhar se concentrando nas paredes de pedra ladeadas por pilares.

— Com quem ele estava?

— Você vai ver. — Grady assentiu para uma das janelas que dava para uma parte da entrada principal para o solar.

Vi Hymel de costas para nós, mas eram os indivíduos próximos a ele que chamaram minha atenção. Havia três sujeitos montados em cavalos de pelagem preta, mais altos que os nossos. Um dos homens tinha cabelo claro — que me lembrava do lorde que Grady e eu tínhamos visto na Cidade da União —, preso num nó na altura da nuca, mas o loiro não tinha o mesmo tom branco do lorde Samriel. A pele do outro era marrom queimada de sol, e o terceiro tinha o cabelo preto feito as penas de um corvo, e era quem falava com Hymel.

Ficou evidente que eles eram Súperos, mas nenhum dos que eu conhecia por terem ido a Archwood com Thorne. Além do mais, o comandante Rhaziel e o lorde Bastian haviam partido com ele.

— Eles são de Primvera? Estão trazendo mais comida? — perguntei.

— Foi o que pensei até ver o que está falando com Hymel agora — falou Grady, colocando a mão na janela. — Aquele é o príncipe Rainer.

Arregalei os olhos e cheguei mais perto da janela, sem conseguir distinguir as feições dos homens.

— O que é que estão fazendo aqui? — ponderou Grady.

— Talvez seja por causa da ameaça das Terras do Oeste — falei, embora eu nunca tivesse ouvido falar do príncipe visitando Archwood antes. — Ou por causa do mercado clandestino.

— É. — Grady virou o corpo para o meu. — Mas por que ele estaria conversando com Hymel sobre essas questões e não com o próprio barão?

Era uma excelente pergunta.

Hymel se responsabilizava por várias tarefas em Archwood, mas não havia a menor chance de o barão não estar disponível para falar com os Súperos.

Ainda mais com um príncipe.

A ansiedade havia se tornado um pavor que eu não era capaz de nomear, mas bombeava em minhas veias enquanto eu corria pelo labirinto de corredores, a barra da minha túnica cinza-claro batendo nos joelhos. Meus pensamentos iam e voltavam a respeito da possibilidade de Claude e sua família serem descendentes dos Deminyens — e eu também — e o que aquilo realmente significava. Se é que significava alguma coisa. Porém, deixei de lado o que Maven me contara ao chegar às portas douradas dos cômodos particulares do barão.

Alguma coisa estava errada.

Quando bati e não tive resposta, tentei girar a maçaneta, e descobri que a porta estava trancada. Xingando, tirei um grampo que prendia as mechas de cabelo mais curtas e me ajoelhei.

Um sorriso maldoso surgiu em meus lábios quando segurei a maçaneta e enfiei o grampo no buraco. Uma coisa pela qual eu era grata em minha vida antes de Archwood era o conhecimento de certos... macetes que havia adquirido.

Tomei um fôlego profundo e me esforcei para deixar a mão estável e gentil ao virar o grampo para a esquerda e depois para a direita. Arrombar fechaduras era sem dúvida um exercício de paciência, uma virtude que nem viver nas ruas nem num bom lar tinham me ajudado a desenvolver. Deve ser ótimo ser um Súpero e poder abrir qualquer porta com a pura força de vontade.

Ou poder simplesmente chutá-la.

Por fim, ouvi o cliquezinho quando encontrei o fecho. Mordendo o lábio, continuei a sacudir o grampo até sentir o mecanismo ceder um pouco. Mantive a mão firme ao girar em sentido anti-horário. A maçaneta virou na minha mão.

Um breve sorriso de satisfação surgiu nos meus lábios. Coloquei o grampo de volta na trança e me levantei, abrindo a porta.

Os aposentos privados do barão eram pura riqueza e luxúria. Lembrei da primeira vez que estive ali. Eu não conseguia parar de tocar em tudo.

Fazia pelo menos dois anos desde que eu havia entrado nos aposentos de Claude. Talvez até mais, e era estranho estar ali naquele momento. Passei a mão pelas costas do sofá deslumbrante. Frutas e frios ainda estavam sobre a mesa polida, apenas parcialmente comidos. Os ventiladores de teto balançavam as cortinas de seda mais finas que qualquer peça de roupa que um ínfero um dia chegaria a usar.

— Claude? — chamei.

Não tive resposta.

Peguei o que parecia ser uma fatia de laranja que não havia sido tocada e a levei à boca. O doce e o azedo desceram pela minha garganta. Passei por uma cadeira com almofadas grossas de veludo. Parei de caminhar e me deixei levar pelas memórias de estar sentada no colo de Claude naquela cadeira enquanto ele lia a correspondência de um barão vizinho. Foi um certo hábito nosso por um tempinho. Nós acordávamos e tomávamos café da manhã na cama, o que eu ouvia falar que só algumas pessoas tinham o costume de fazer. (Da primeira vez que o fizemos, eu fiquei com muito medo de deixar migalhas caírem na cama, mas Claude fez uma bagunça ainda maior do que eu poderia fazer, enquanto ria.) Em seguida, ele me levava à cadeira e passávamos horas sem fazer nada. Eu me lembro de me sentir... segura. Acolhida. Desejada.

Mas nunca senti que ali era meu lugar. Como se eu realmente devesse estar ali.

Pouco havia mudado desde então, mas tudo parecia estar diferente.

Um nó se alojou no meu peito, e tirei a mão da cadeira. Claude sempre soube — como eu me sentia, mesmo quando eu mesma não percebia. Ele sabia quando ria e sorria, quando beijava meus lábios e minha pele. Ele sabia.

E ele tentou mudar isso.

Só não era como ele se sentia, e eu também não. Mas e se tivéssemos? Se Claude tivesse me amado e eu me sentisse da mesma maneira? Será que eu teria acabado como Maven, uma amante criando os filhos que outra mulher, uma que fosse apropriada para a classe dos aristos, assumia como seus próprios? Ou Claude continuaria a romper com a tradição e se casaria comigo?

Eu não sabia por que estava pensando naquelas coisas. Passei por uma túnica colorida deixada no chão. De certa forma, era como se eu... como se eu estivesse de luto pelo que jamais aconteceria.

Ao passar pelo arco, varri o olhar pelo quarto. Uma brisa carregava um cheiro floral e florestal das gardênias nos vasos altos alinhados à parede do cômodo circular.

Gardênias eram as flores prediletas de Claude.

Allyson andava com um forte cheiro de gardênias ultimamente.

Eu me concentrei na cama que ficava em uma plataforma ligeiramente levantada abaixo das janelas abertas, um tremor invadindo minhas mãos. Mordi o lábio inferior. Dei passos leves ao subir na plataforma. No tecido amarfanhado, eu só conseguia ver amontoados.

Meu coração disparou à medida que avancei, abrindo as cortinas.

A cama estava vazia.

Deixando as cortinas voltarem para o lugar, desci da plataforma e fui à sala de banho. Também estava vazia, e não parecia ter sido usada naquela manhã. Caso tivesse sido, haveria toalhas espalhadas e poças de água. Claude fazia mais bagunça que eu.

Voltei-me para a cama, meu medo aumentando. Um dedo gélido pressionou minha nuca. Uma pressão formigante se instalou entre minhas escápulas.

Tem alguma coisa errada.

Dei um passo e aconteceu. Sem alerta, minha pele toda se arrepiou. A pressão aumentou entre minhas escápulas conforme a pele atrás da minha orelha esquerda formigava. O aposento de Claude desapareceu e eu vi *sangue*.

Poças de sangue. Rios de sangue seguindo entre membros imóveis, entrando em veias douradas. Braços nus com feridas profundas. Havia tantas, as bocas abertas num terror silencioso e paralisante. Brocado e máscaras de joias quebradas, jogadas ao chão. Prata e safira ensopadas de sangue.

Respirando entre dentes, cambaleei para trás, batendo na parede. Eu... eu tinha visto a morte.

CAPÍTULO TRINTA E DOIS

A visão era um alerta de morte, e as máscaras? As joias brilhantes e os vestidos enfeitados? Os Banquetes. Algo terrível — algo horrendo estava para acontecer durante os Banquetes. Caminhei para a frente, depois parei.

Prata e safira.

Eu tinha visto um colar de safira pingando sangue.

Naomi.

Virei, correndo para longe dos aposentos de Claude. A adrenalina pulsava em minhas veias enquanto eu corria para a ala oposta ao solar. O corredor estava silencioso, e o ar estagnado. Meu buço suava. Enfim encontrei os aposentos de Naomi. Bati na porta, torcendo para que ela estivesse lá. Esperei, impaciente. Ela devia estar lá. Ainda era cedo.

— Naomi? — chamei, batendo mais forte. — Sou eu.

Alguns momentos depois, ouvi o som de passos. O alívio me atingiu quando a porta foi aberta e Naomi apareceu.

— Bom dia. — Abafando um bocejo, ela deu um passo para o lado, o azul-escuro de sua camisola de seda de alguma maneira sem nem um vinco. Apenas Naomi era capaz de estar linda daquele jeito ao acordar. — Ou já é boa tarde?

— Tarde. Desculpa ter te acordado. — Entrei, fechando a porta ao passar. — Mas preciso falar com você.

— Tudo bem. Eu já estava meio desperta. — Naomi tirou o cabelo do rosto e calçou um par de tamancos, com pompons grossos e de cor vibrante. Ela seguiu até um divã e se sentou. — Mas você não trouxe café. Que grosseria!

— Nem pensei nisso. — Meu estômago estava dando um nó. Olhei para as cortinas de cor fúcsia na porta para o quarto. — Está sozinha?

— Espero que sim. — Ela dobrou as pernas, deixando espaço para mim.

— Que bom. — Eu me sentei ao lado dela, e precisei de um momento para organizar meus pensamentos. Eu tinha ido até ela sem nem pensar. Engoli em seco. — Tem... tem uma coisa sobre a qual preciso falar com você.

— Sem café? Nem mesmo chá? — Inclinando-se para o braço do divã, ela bocejou outra vez. — Não sei quanto você espera que eu absorva... — Ela parou de falar, semicerrando os olhos para mim. — Espera. O príncipe te procurou aquela noite? Não te vejo desde aquele dia, então estou supondo que sim.

— Sim, mas...

Naomi se endireitou, toda sonolência sumindo do olhar dela num instante.

— E o que aconteceu? Quero os detalhes.

— Nada de mais aconteceu. Tá bem, aconteceram coisas — acrescentei quando ela me lançou um olhar de descrença. — Taquei um copo nele. A gente meio que discutiu. Depois ele me levou para os aposentos dele e...

— Espera aí. Volta. Você tacou um copo nele?

— Sim.

Ela coçou os olhos.

— Você é um fantasma?

— Quê? — Fiz que não com a cabeça. — Não. Ele não ficou bravo, se é isso que está pensando. Ele riu, na verdade, depois me levou para seu quarto, onde continuamos a discutir... depois conversamos.

Naomi me encarou como se eu tivesse admitido ser uma deusa.

— E depois?

— Depois nós... — Ao fechar os olhos, pressionei os dedos na têmpora. Pensei na noite anterior, antes de ele partir. — O que você disse a respeito do tipo de prazer que os Súperos podem proporcionar? É verdade mesmo.

— Sei que é. — Um sorriso lento surgiu nos lábios dela. — Lis, me conte do...

— Tive uma visão — interrompi Naomi, e o sorriso sumiu dos lábios dela. Me sentei na beirada de uma cadeira. — Tive uma visão de sangue, muito sangue, e muitos corpos.

Naomi ficou imóvel. Seus olhos estavam cheios de sombras ao me encarar.

— São os *ni'meres* de novo? Você... você sabe de quem eram os corpos que viu? — Houve um leve tremor nos lábios dela quando se sentou, colocando os pés no piso. — Sabe?

Uma onda de pânico e medo avassalou meu peito.

— Não pude ver quem eram, ou se os *ni'meres* estão envolvidos. Não sei quem vai estar... estar envolvido no que vi, mas... eu acho que vai acontecer durante os Banquetes. Vi máscaras, e... — Meu olhar seguiu seus dedos para o colarinho do robe, onde uma corrente de prata que ela normalmente usa estaria. Podia ser qualquer outra pessoa com aquele colar de safira, mas...

— Você devia ir embora de Archwood. Não quero você aqui.

— Lis...

— Sabe que me importo com você, não sabe? — Virei para ela. — E você se importa comigo.

— Sim. É óbvio que sim.

— E se você desconfiasse que algo ruim poderia acontecer e me envolver, você não só me alertaria, mas faria algo a respeito. A diferença é que eu *sei* que algo ruim está por vir, e vai atingir muitas pessoas. Talvez você fique ilesa, não sei, mas não quero você aqui. Pelo menos não durante os Banquetes.

— Quer que eu vá embora, mas e você? — A voz dela ficou mais baixa. — Grady? Claude?

— Vou pedir a Grady para fazer o mesmo, e Claude. — Se é que eu conseguiria encontrá-lo.

— E você?

— Eu... eu não posso.

— Por quê? — perguntou ela.

Porque Thorne dissera que seria eu a salvar Archwood, e mesmo que eu não acreditasse nisso, os Súperos não mentiam. E eu nem sabia se aquele era mesmo o motivo pelo qual não poderia partir. Eu *precisava* permanecer em Archwood para quando Thorne voltasse. Disso eu sabia.

Naomi pressionou os lábios ao afastar o olhar, balançando a cabeça.

— Se você não for embora, Grady também não vai.

Outra onda de medo me acometeu. Eu sabia que o que ela dizia era verdade. Finquei os dedos nos joelhos.

— Se não quiser ir embora de Archwood, pelo menos passe um tempo com sua irmã. — Respirei fundo. — E você devia *mesmo* fazer isso antes que seja tarde demais.

O olhar dela voltou ao meu, e ela ficou pálida.

— Você me disse que ela se recuperaria da febre. Ela *está* se recuperando.

— Eu sei, mas...

O peito de Naomi inflou com um respiro pesado.

— Mas o quê, Lis?

Fechei os olhos por um instante, odiando a mim mesma por usar a irmã dela daquela maneira.

— Mas você só me perguntou se ela se recuperaria da febre, e ela vai. No entanto, você devia passar um tempo com ela ainda assim.

— Por que...? — Ela ergueu a cabeça e seus lábios tremeram.

Minha garganta doeu.

— Você sabe por quê.

Os olhos dela lacrimejaram.

— Quero ouvir você dizer.

— Ela não vai sobreviver até o final dos Banquetes — sussurrei. — Eu sinto muito.

Ela fechou os olhos e ficou um bom tempo em silêncio.

— Então está me dizendo isso só agora para que eu saia do solar? — Ela ergueu o olhar com os olhos marejados. — Devia ter me contado antes.

— Sei disso — concordei. — Sinto muito mesmo.

Naomi bufou e desviou o olhar. Pressionou os lábios em uma linha fina, sacudindo a cabeça.

— Eu sei.

Meu coração se partiu um pouco.

— Vai fazer o que pedi?

— Sim. — Quando ela me olhou de volta, seus olhos estavam marejados. — E você precisa sair dos meus aposentos.

Ela se levantou e ficou de costas para mim.

Fiquei de pé.

— Naomi...

— Pare. — Ela se virou para mim, o robe esvoaçando aos seus pés. — Você sabia muito bem o que eu queria saber quando te perguntei sobre a Laurelin. Eu não estava falando só da febre, e você mentiu para mim. Eu podia ter passado mais tempo com ela... — Ela deu um respiro pesado, segurando a saia do robe. — Por favor, vá embora. Preciso fazer as malas.

Dei um passo em direção a ela, mas ela se virou de costas de novo e passou pelas cortinas. Eu parei e tentei respirar, apesar da dor. Piscando para afastar as lágrimas, saí dos aposentos, torcendo para que ela me perdoasse. Para que ela fosse embora do solar e que qualquer que fosse o dano que eu causara a nossa amizade não tivesse sido em vão.

— Vai sonhando. — Grady se inclinou contra o pilar da passagem coberta onde eu estava sentada. Eu o tinha puxado da muralha e estava no processo de tentar convencê-lo a sair de Archwood. E falhando. — Não acredito que você me pediria algo assim. Pior, não acredito que você sequer perderia tempo me pedindo algo assim quando já sabe qual será a resposta.

— Eu precisava tentar.

— Parece mais que precisava me tirar do sério — retorquiu ele. — Se quiser partir, podemos cair na estrada agora, mas você não vai, considerando que botou na cabeça que precisa estar aqui quando o príncipe voltar.

Eu devia mesmo ter guardado para mim meus motivos para ficar. Não ajudava em nada.

— Não estou tentando chateá-lo. — Uma brisa quente fez esvoaçar uma parte do meu cabelo que tinha se soltado dos grampos, jogando-o na minha cara. — Já me indispus com Naomi hoje.

Ele cruzou os braços.

— Ela vai embora?

Concordei com a cabeça.

— Espero que sim, mas está brava comigo. E com razão. Eu não contei tudo a respeito da irmã dela. — Encostei a cabeça no pilar da passagem coberta. — E não consigo encontrar Claude em lugar nenhum. Você o viu?

— Não.

Ao longo do dia, eu tinha tentado fazer minha intuição me dizer onde Claude podia estar, me contar tudo, mas não houve nada além das mesmas quatro palavras.

Tem alguma coisa errada.

A preocupação me atormentava. Fiquei encarando as paredes do solar, meus pensamentos voltavam à visita do príncipe Rainer.

— Você não acha estranho que o Príncipe de Primvera tenha aparecido logo depois de os demais partirem?

— No momento, eu acho tudo estranho para caralho. — Ele semicerrou os olhos, observando um dos ajudantes do estábulo escovar uma égua. — Ainda mais com esse negócio de que talvez você seja uma *caelestia*.

Mais uma coisa que eu devia ter guardado para mim, porque Grady me olhava como se eu tivesse três olhos. Ele estava tendo dificuldade em assimilar o que eu tinha contado, e não podia culpá-lo, mas pensei no que tinha visto no espelho. Eu não sabia ao certo se aquela breve mudança de cor tinha sido apenas coisa da minha imaginação.

E se não fosse, o que era então?

Mas aquilo não era importante no momento. A visão, sim.

Desci do parapeito e fiquei de pé.

— Vou tentar procurar Claude no escritório mais uma vez — falei, batendo a mão na barra da túnica. — E se eu o encontrar, vou tentar convencê-lo a cancelar os Banquetes.

— Boa sorte com isso — respondeu Grady.

— Eu te aviso se o encontrar — respondi, hesitando. — Queria que você...

— Não começa, Lis. — Ele se retraiu. — Não vou a lugar nenhum sem você.

Suspirei, assentindo. Nós dois nos separamos, ele voltando para a muralha e eu para dentro. Fui até o escritório de Claude, a esperança ressurgiu quando vi que a porta estava entreaberta. Avancei, empurrando-a. Parei completamente.

Claude não estava no escritório.

Era o primo dele.

Hymel levantou a cabeça de trás da mesa do barão. Ele tinha pedaços de papel nas mãos.

Tem alguma coisa errada.

— O que está fazendo aqui? — perguntei.

A surpresa não tardou a abandonar as feições dele.

— Não que seja da sua conta, mas estou lendo a pilha de cartas. — Ele levantou os pergaminhos que segurava. — Que, por acaso, são avisos de devedores, a saber, o Banco Real.

Senti um embrulho no estômago ao olhar para a pilha que nunca parava de crescer.

— O que eles querem?

Ele olhou para mim como se eu tivesse feito a pergunta mais estúpida do mundo, e eu tinha mesmo.

— O atraso de Claude é de quanto tempo? — perguntei. — E ele tem numo o bastante para quitar as dívidas?

— Não é tão longo — respondeu Hymel, jogando os pergaminhos na mesa. — E há numo suficiente. Ou haverá. — Ele olhou para mim. — Por que está aqui?

— Eu estava procurando por Claude — falei, decidindo que os problemas financeiros eram um estresse que eu ia ter que deixar para depois. — Não consigo encontrá-lo em lugar nenhum.

Hymel arqueou as sobrancelhas escuras.

— Ele não está por aqui.

Franzi os lábios.

— É, percebi. Sabe onde ele está?

— Da última vez que tive notícias, ele estava nos aposentos dele, mas não sou o cuidador dele.

— Obviamente — murmurei. — Ele não está lá. Olhei duas vezes.

— Então ele deve estar com os Bower. — Hymel se reclinou na cadeira, parecendo confortável demais em um lugar a que não pertencia. — E ele deve estar surtando, levando em consideração que o início dos Banquetes é hoje. Isto é, à meia-noite.

— E, justamente por isso, ele não devia estar aqui e não em algum outro canto?

— De fato, seria o mais sensato — constatou Hymel, secamente —, mas é de Claude que estamos falando. Nos últimos Banquetes, ele passou metade do tempo alucinando criaturas com asas em alguma mina abandonada com os irmãos Bower.

Aquilo me soava tão estranho que só podia ser verdade.

— Então há uma chance de ele não dar as caras no início do evento?

Hymel deu de ombros.

— Pode ser que sim. Nunca aconteceu antes.

E eu não saberia, considerando que nunca o via durante os Banquetes.

— Levando em conta o humor dele da última vez que o vi, tenho para mim que ele deve estar vendo bestas de asas de novo.

Senti um aperto no peito.

— O que quer dizer a respeito do humor dele?

— Ele tem agido de um jeito mais taciturno desde que conversou com o Príncipe de Vytrus. — Hymel pegou um peso de papel esculpido de uma pedra obsidiana. — Após ele aparentemente ter concordado em dar você ao príncipe.

Fiquei boquiaberta.

— Ele não me deu ao príncipe — falei, e eu duvidava muito que Claude pudesse estar deprimido por aquele motivo. Ele tinha era ficado aliviado. — E eu o vi depois daquilo. Ele não pareceu nem um pouco incomodado.

Ao menos não até começarmos a conversar.

— Não foi o que fiquei sabendo — rebateu Hymel. — O príncipe queria você, uma ínfera, e Claude concordou. Acho que feriu os sentimentos frágeis dele.

Franzi o cenho, me concentrando nele. A linha nos conectou, mas eu vi o escudo acinzentado ocultando suas intenções — seu futuro.

Hymel jogou a bola de obsidiana e a pegou no ar.

— Precisa de algo de Claude?

Retraí meus sentidos, cruzei os braços e não fiz nenhuma tentativa de abordar Hymel. Ele saberia o que eu estava tramando assim que tentasse tocá-lo.

— Tive uma visão.

Um lado dos lábios dele se curvou para cima.

— Intrigante.

— De sangue e morte. Eu acho que... quer dizer, eu sei que algo ruim vai acontecer nos Banquetes — contei a ele. — Acho que Claude devia cancelar os...

— Cancelar os Banquetes? — Hymel riu. — Os exércitos das Terras do Oeste podiam bater na nossa porta amanhã, e mesmo assim os Banquetes não seriam cancelados.

Franzi o cenho.

— Hymel, sei que gosta de agir como se minhas visões não fossem reais, mas você sabe que são. As comemorações ao menos podiam ser canceladas aqui.

— De jeito nenhum. — Ele lançou a bola de obsidiana mais uma vez.

A frustração me queimou enquanto eu o encarava, e de repente aquele arrepio na minha nuca e entre minhas escápulas voltou. Não vi nada, mas ouvi quatro palavras sendo sussurradas. Enrijeci.

— O Príncipe de Primvera — falei, e o olhar de Hymel cortou de volta para mim. Ele pegou a bola. — O que ele veio fazer aqui hoje?

— Compartilhar as boas novas. — Hymel colocou a obsidiana na pilha de pergaminhos. — O príncipe Rainer vai se juntar a nós para os Banquetes.

CAPÍTULO TRINTA E TRÊS

Na noite seguinte, eu estava no canto do Salão Principal encarando o estrado. A poltrona enfeitada de rubis estava vazia.

Claude ainda estava sumido

Thorne ainda não tinha voltado.

Com os dedos pressionados na saia do meu vestido branco, senti o punho da lâmina de *lunea* embainhado na minha coxa. Eu não sabia por que a tinha pegado quando deixei meus aposentos. Tinha sido um ato inconsciente, mas fez com que eu me sentisse um pouco melhor.

Varri o olhar pelo aglomerado de aristos mascarados e vestidos em cores brilhantes. Por sorte, não tinha visto Naomi nem ali nem no jardim de inverno, onde Grady estava trabalhando. Também não vi Hymel.

Tem alguma coisa errada.

Meu olhar focou num homem de cabelos claros, atraído a ele simplesmente porque era um dos poucos que não usava uma máscara, mas ainda que estivesse, eu teria sacado o que ele era logo de cara. O sujeito era mais alto do que a maior parte dos presentes, a seda de sua camisa e o corte das calças escuras eram de alfaiataria mais fina do que as roupas dos aristos mais ricos ali. Suas feições eram perfeitamente simétricas, conferindo-lhe uma beleza irreal. Ele era um lorde.

E era justamente quem eu tinha visto com o príncipe Rainer no dia anterior. O que me lembrava do lorde Samriel. Aquele Súpero na multidão parecia bastante com ele. Havia outros, mais no jardim de inverno do que no Salão Principal, mas eu não tinha visto o príncipe Rainer.

O lorde inclinou a cabeça, e seu olhar encontrou o meu. Dei um respiro entre dentes.

Ele sorriu.

Engoli em seco e dei um passo para trás enquanto ele era cercado por aristos impressionados. Sem máscara, tal como ele, eu também chamava atenção. Senti um aperto no peito, como se meu coração estivesse enjaulado, e me virei depressa para deixar o Salão Principal, entrando no corredor largo e saindo por uma das portas que levavam ao lado de fora.

Eu estava agitada, em parte por conta da falta de sono e do medo paralisante que havia me assombrado ao longo do dia. Tentei muitas vezes fazer minha intuição funcionar — me dizer qualquer coisa sobre o paradeiro de Claude. Eu até tinha preparado um banho e ficado embaixo d'água para que nenhum som ou distração me perturbasse, mas tudo que ouvi foi silêncio. Nada.

Isso só podia significar uma entre apenas duas coisas — os Súperos, de alguma maneira, estavam envolvidos no que Claude estava fazendo, ou seu aparente sumiço de algum modo me envolvia.

Ele podia mesmo ter saído com os Bower, porém…

Tem alguma coisa errada.

Os aristos tinham invadido o gramado, onde o riso se uniu à música. Passei pelos mascarados, tensa. Eu estava cansada, cada passo se arrastava, mas a energia ansiosa que invadia minhas veias impossibilitava qualquer descanso.

Por meio da ponte de pedra estreita, cruzei o riacho e parei para olhar para o solar. Tochas iluminavam as pessoas que estavam dançando ou deitadas no gramado.

Ninguém fazia ideia da violência iminente que vinha das Terras do Oeste, mas só os deuses sabem o quanto eu queria ser mais um entre os ignorantes abençoados, me deixando levar por álcool potente e comida farta, na presença sensual dos Súperos.

Lutei contra a vontade de correr de volta e alertá-los, mas como eu poderia explicar? A maioria não acreditaria em mim. Outros talvez até achassem que eu era uma ilusionista, e com a presença dos lordes Súperos, o ato seria uma estupidez.

Assim, segui meu caminho, as *sōls* sobrevoavam o ar acima da minha cabeça durante o percurso que eu já fizera mil vezes. Elas sumiriam ao final dos Banquetes e só voltariam dias antes de o evento do ano seguinte começar.

Mantive o olhar fixo nelas, porque o zunido baixo da conversa não era o único som que ecoava de muitos caminhos diferentes e nichos escondidos dos grandes jardins. Havia arquejos mais baixos, sedutores, e gemidos mais intensos e fortes, o tipo de música que eu não costumava ouvir quando viajava pelos caminhos com cercas de arbustos.

Os Banquetes estavam a todo vapor.

Mordi o lábio inferior e observei as *sōls* mergulharem e subirem como se estivessem se juntando numa dança, até que um riso baixo tirou minha atenção delas. Um trio se separou das trilhas escuras. Duas mulheres e um homem, e não tinha como saber se eles eram ou não aristos, mas havia muita pele exposta. Braços e pernas nus que brincavam de esconde-esconde com os tecidos em cores pastel das saias. A camisa do homem estava aberta. Fitas escarlate pendiam das máscaras das mulheres, e a do homem era de um preto brilhante e liso.

Dei um passo para o lado, permitindo que as mulheres de braços dados com o homem passassem. Uma delas assentiu na minha direção. A outra sorriu.

— Boa noite — saudou o homem, inclinando a cabeça ao olhar para mim. Tudo o que vi foi a curva de sua boca se inclinando para cima em aprovação ao ver as faixas de renda sobre meus seios e o material fino abraçando meus quadris. — Quer se juntar a nós?

Mordi o lábio, lutando contra um sorriso.

— Obrigada pelo convite, mas me parece que você já está com as mãos cheias.

Uma das mulheres riu.

— As dele, sim, mas as nossas? — Ela e a de cabelo preto se entreolharam. — Nem tanto.

Meu interesse se aguçou quando o homem riu, inclinando-se para dar um beijo no rosto da mulher mais baixa, que falava. Abri meus sentidos só um pouco. Eles... eles estavam num relacionamento. Os três.

Que homem de sorte.

— Estou indo encontrar uma pessoa — menti. — Mas desejo a vocês bons Banquetes.

— Que pena — murmurou o homem, fazendo uma reverência ostensiva. — Felizes Banquetes!

Murmurei o mesmo para eles e fiquei para trás conforme o trio avançava pelo caminho. Continuei andando, seguindo duas *sōls* circulando uma à outra à medida que minha mente ia da minha visão para o que Maven tinha compartilhado comigo e o sumiço de Claude. Meus pensamentos, no entanto, fugiam do curso e se voltavam para *ele*. Era difícil isso não acontecer quando eu estava nos jardins e a brisa provocava o cheiro de nepetas.

Será que Thorne retornaria no dia seguinte? E então o que aconteceria? Eu seria dele? Mas eu já não er...

— Pare — sussurrei para mim mesma, me recusando a sequer concluir aquele pensamento sobre já pertencer a ele. Ainda assim, senti um frio na barriga enquanto sacudia a cabeça.

A única coisa em que eu precisava pensar a respeito de Thorne era contar a ele que já tínhamos nos conhecido antes.

Conforme eu me aproximava das árvores de glicínia, parei e levantei a cabeça. Havia um manto de estrelas no céu. Era uma... uma coincidência muito estranha que tudo aquilo estivesse acontecendo ao mesmo tempo.

A aparição repentina de Thorne, realizando uma premonição de doze anos antes. Minha reação a ele, quase visceral. O interesse dele em mim que ele não sabia explicar, e que eu mesma sentia que ia além do fato de ele não se dar conta de que já havíamos nos conhecido. Minha intuição me impedindo de revelar a verdade a ele. A Princesa de Visália e os Cavaleiros de Ferro das Terras do Oeste querendo atacar Archwood. Descobrir que ínferos podem ser descendentes de Súperos. O sumiço de Claude. A visão. Hymel. O lorde sorridente que me lembrava o lorde Samriel. Tudo isso acontecendo ao mesmo tempo, e eu...

Eu não acreditava em coincidências.

Nem em destino.

Abaixei a cabeça para olhar para as flores lilases imóveis. Senti um leve formigamento dançando na minha nuca e depois entre minhas escápulas. Como um gigante trôpego, minha intuição despertou.

Tudo está relacionado.

Tudo.

Um aviso.

Um acerto de contas.

Uma promessa do que estava por vir...

Poças de sangue. Rios de sangue seguindo entre membros imóveis, entrando em veias douradas. Braços nus com feridas profundas. Havia tantas, as bocas abertas num terror silencioso e paralisante. Brocado e máscaras de joias quebradas, jogadas ao chão. Prata e safira ensopadas de sangue. E o acréscimo de gritos. *Gritos de dor. Gritos de morte...*

A visão terminou com um solavanco em meu corpo na mesma hora em que as glicínias começaram a se mexer, balançando na ausência de uma brisa sequer.

Com a respiração ofegante, dei um passo para trás. Um tremor desceu pela minha espinha à medida que o calafrio se espalhava pela minha pele. Os pelos da minha nuca se eriçaram quando uma energia gélida e sobrenatural pesou a atmosfera. Levantei a cabeça para ver o que me pareceram ser nuvens escuras se aglomerando no céu, ocultando as estrelas.

Meus músculos travaram por um momento, mas depois o instinto falou mais alto, fortalecido pela sensação intensificada da intuição. Virei o corpo e saí em disparada, correndo como nunca pelo labirinto de trilhas enquanto os feixes de luz do luar ficavam mais fracos, até desaparecerem completamente.

Alguma coisa está se aproximando.

Eu sentia o ar ficando mais carregado — no silêncio repentino e na escuridão, que só aumentava — e não achava que o que estava preenchendo o céu eram nuvens. Cada parte do meu ser estava focada em encontrar Grady, e eu não ousei perder tempo indo à ponte. Sabendo que os níveis de água ficavam baixos naquela época do ano, escorreguei e corri pelo morro lamacento. A água espirrava ao meu redor enquanto eu avançava pelo riacho raso, deixando um sapato para trás no caminho. Ainda assim segui, chegando ao outro lado com a barra do vestido ensopada, grudando nas minhas pernas. Escalei o morrinho, suprimindo um grito quando uma rocha afiada cortou a sola fina do meu sapato restante, rasgando a pele do meu pé.

No entanto, não deixei que isso me atrasasse. Disparei pelo gramado, assustando muitos dos que estavam no chão, com os corpos unidos.

— Entrem! — gritei, desviando das pessoas que se levantavam para olharem para o céu. — Vão para dentro agora!

Eu não fazia ideia se havia alguém me escutando. Cambaleei em direção ao solar, quase caindo. Será que Naomi fizera o que eu havia pedido? Eu não a tinha visto o dia todo, e, pelo amor dos deuses, eu esperava que ela tivesse me dado ouvidos, mas meu coração palpitava, porque eu ainda via o colar de safiras ensanguentado.

Ofegante, subi os degraus que levavam à porta, parando a centímetros dela quando as nuvens caíram do céu num coro de asas batendo no ar.

Foi então que os gritos de dor — os gritos de morte — começaram.

CAPÍTULO TRINTA E QUATRO

Estava acontecendo. A visão. Eu sabia.

Ao segurar a maçaneta da porta, olhei para trás sem me virar, e minhas pernas quase cederam.

O que tinha ofuscado o brilho da lua e das estrelas tinha saído de um pesadelo — eram criaturas com asas de mais de dois metros e garras mais longas e afiadas do que as de um urso. Era como se ínferos tivessem sido fundidos a águias gigantes.

Os *ni'meres*.

Eles mergulharam do céu, mais rápido que cavalos em disparada. As pessoas que ainda estavam no gramado não tiveram a menor chance de escapar. As garras dos *ni'meres* rasgaram carne e ossos, estraçalhando costas e ombros, perfurando até mesmo os crânios dos que tentavam fugir.

O terror tomou conta de mim quando um *ni'mere* levantou um homem no alto. Ele gritou, debatendo-se nas garras fincadas em seus ombros nus. A criatura emitiu um som amedrontador, meio guincho e meio risada, antes de soltar o homem. Ele caiu, e seu corpo se espatifou no chão...

Até que outro *ni'mere* o pegou, enfiando as garras na barriga do homem e o dilacerando.

Aos arquejos, virei e corri para o salão de recepção. Eu não entendia por que as criaturas estavam fazendo aquilo — será que um Súpero tinha sido atacado? Não havia tempo para descobrir.

Meu outro sapato, escorregadio por causa do sangue, caiu enquanto eu desviava de pedestais que seguravam vasos altos de flores de verão. Avancei pelo corredor, indo em direção ao jardim de inverno, onde tinha visto Grady pela última vez. Na metade do caminho, as portas de ambos os lados do corredor se escancararam. Ínferos invadiam o espaço numa onda de pânico, derrubando pedestais, petúnias e margaridas pelo piso de mármore. Levou um segundo para que eu fosse engolida pela multidão.

Alguém bateu em mim, fazendo meu corpo girar. Meus pés escorregaram. Caí em cima de outra pessoa, derrubando-a de lado quando asas começaram a bater nas paredes do solar.

— Desculpa — arfei, tentando segurar a mulher. — Eu sinto... — Engasguei quando ela virou a cabeça para mim. Havia feridas profundas em suas bochechas.

Ela não tinha olhos.

— Me ajude — implorou ela quando me esquivei de suas mãos. — Por favor. Me ajude.

— Eu... não sei como ajudá-la. — Eu me afastei, esbarrando em outra pessoa. Virei e vi um homem, despido, mas coberto de tanto sangue que parecia estar usando uma veste em vermelho brilhante. Levei as mãos ao peito. — Sinto muito.

Com um aperto no peito, virei e avancei, desesperada para não olhar diretamente para ninguém ao meu redor e tentando não ouvir os berros ao gritar o nome de Grady, mas era impossível. Vi pele rasgada e em pedaços quase descolados dos corpos, caídos de maneira flácida como se não passassem de trajes de seda. Bochechas arrancadas. Membros suspensos, presos somente por tendões. Havia tanta podridão que meu estômago revirou.

— Grady! — gritei, lutando para encontrá-lo por cima da multidão no corredor. — Grady!

As portas que levavam ao Salão Principal e ao resto do solar pareciam estar a quilômetros de distância à medida que os corpos me apertavam, escorregadios de tanto suor e sangue, e era tudo demais para mim. Tinha alguma coisa acontecendo na minha cabeça conforme eu cambaleava para a frente. Dezenas de linhas se formavam, esticando para se conectarem com as mentes ao meu redor. Seus pensamentos pressionados contra a minha própria mente tal qual seus corpos no meu.

O que está acontecendo?, gritou uma voz na minha cabeça, fazendo com que eu me virasse antes de ser rapidamente distraída por outro grito de *Cadê Julius? Será que ele conseguiu entrar?*

Meus olhos arregalados foram de um rosto pálido para um vermelho e confuso. *Eu devia tê-la ajudado. Simplesmente a deixei ali. Eu a deixei lá fora. Levanta. Pelo amor dos deuses — levanta! Se ficarmos aqui, vamos morrer.*

— Me deixa — pediu o homem ferido. — Só me deixa aqui.

— Nem fodendo — gritou outro homem.

Os pensamentos — ai, deuses, eu não conseguia bloqueá-los. Não conseguia romper a ligação enquanto me esgueirava por entre corpos frenéticos, meu coração martelando enquanto os gemidos moribundos se tornavam frases finais na minha mente.

É cedo demais.

Isto não pode estar acontecendo.

Por que eu?

Não sinto minhas pernas. Por que não consigo sentir minhas...

As vozes se misturavam, tornando impossível determinar ao certo quantas eu estava ouvindo, se era apenas uma ou muitas.

Estou morrendo.

Que os deuses me abençoem e me salvem.

Estou morto. Estou morto. Estou morto.

Lutando para respirar, tropecei em alguma coisa — em alguém. Eu me segurei em um pedestal que ainda estava de pé, meu olhar fixo no rosto do homem. A máscara dele estava pendurada em uma orelha, seus lábios entreabertos como se tivessem congelado no meio de uma respiração. A garganta... estava dilacerada. Entre o caos de ossos partidos e carne molenga, eu conseguia ver o chão — o sangue escorrendo pelos padrões dourados do mármore.

Meu corpo tensionou enquanto eu me agarrava ao mármore frio. Os pensamentos. As cenas e os sons violentos. O terror que eu mesma sentia só aumentava mais a cada instante. Minhas pernas tremeram, meus joelhos ficaram fracos. Eu não conseguia me mexer e senti um aperto na garganta. Nada que eu fizesse silenciava as vozes em minha mente. Escorreguei para o chão, segurando de novo a base do pedestal. Era tudo demais. Eles estavam dentro de mim — seu medo, seu pânico, seus últimos pensamentos — e eu não conseguia me desvencilhar. Não conseguia impedi-los de fazer parte de mim. Abracei os joelhos, fechando os olhos com força e pressionando os punhos nos ouvidos.

Alguém me ajude!

Estou morrendo!

Como dói! Ai, deuses, dói demais.

Não pode ser. Ele morreu.

Estou sangrando...

Lis. Lis. Lis.

Não quero que acabe assim.

Não consigo mais.

Não é justo...

— Lis! — Senti mãos sobre os meus braços, chacoalhando meu corpo.

— *Calista* — ordenou a voz. — Olhe para mim.

Respirando com dificuldade, eu estava completamente aterrorizada em atender ao pedido — tomada pelo medo do que veria —, mas eram olhos castanhos diante de mim, um tom mais escuro que os meus. *Grady*. Ele tinha me encontrado — como sempre, ele tinha me encontrado.

— Eu estou ouvindo — falei, trêmula. — Os pensamentos. Os gritos. Não consigo parar...

— Se concentra em mim. Só em mim, e respira. Devagar e fundo. Está bem? Se concentra em mim e respira — mandou Grady, a pele marrom ao redor de sua boca tensa. Na mesma hora, a voz de outra pessoa invadiu meus pensamentos. — Está concentrada?

— Eu... — Comecei a desviar o olhar dele. O sangue formava poças no chão. Rios vermelhos, densos e brilhosos. Também havia respingos ao longo da base e subindo pelos pilares dourados. Braços e pernas imóveis. Pele rasgada em feridas abertas...

— Eu vi isso — sussurrei. — Foi isso que eu vi, Grady. Isso é...

— Eu sei. Não importa agora. — Ele segurou minhas bochechas, me forçando a voltar a olhar para ele. — Como é que eu faço nepetas continuarem a florescer?

A pergunta dele me pegou de surpresa.

— C-como assim?

— Me conta como se faz para que sua flor preferida continue a florescer.

— Eu gosto de nepeta, mas... mas ela não é minha flor preferida. É a coreópsis. — De repente, imagens de florezinhas amarelas, parecidas com margaridas, ocuparam minha mente. — A que tem uma coloração um pouco mais clara.

— Tá. Enfim. Como se faz para que elas continuem a florescer?

Franzi o cenho.

— É preciso remover as flores murchas.

— Bom saber. — Ele afastou o cabelo das minhas bochechas. — Está imaginando elas?

Assenti conforme minha cabeça enfim começava a se acalmar. Grady... ele já tinha feito aquilo, quando eu era mais nova e não tinha aprendido ainda a romper minha conexão com outras mentes. Tomei impulso no piso e joguei os braços ao redor dele.

— Não sei o que eu... o que eu faria sem você.

— Tudo bem. Estou aqui. Está tudo bem. — Os braços dele me seguraram com força. — Você se machucou?

Balancei a cabeça.

— N-não. Eram só os pensamentos. Eu não conseguia…

— Eu sei. Eu sei. — Ele se levantou, me ajudando também. — Precisamos sair daqui, nos embrenhar no solar e nos esconder antes que eles entrem.

— Os *ni'meres*?

— Não só eles. — Ele se afastou, analisando meu rosto e meu corpo, procurando algum ferimento sobre o qual eu pudesse ter mentido. — Vi os Rae subindo a colina.

— O-o quê?! Por quê?

— Não sei. — Ele segurou meu braço, apertando ao olhar em volta. — Mas tem alguma coisa bem ruim acontecendo, Lis. Primvera está em chamas.

Senti um aperto gélido no peito.

— O quê?

Ele liderou o caminho por entre a multidão.

— Vi os Rae do jardim de inverno. Antes mesmo que os *ni'meres* che-gassem. Foi quando fui atrás de você. Cuidado aí — alertou ele, indicando que déssemos a volta em um par de pernas imóveis.

Não ergui o olhar para ver o que tinha feito aquelas pernas ficarem tão paralisadas.

— Eu vi logo de cara que tinha algo errado acontecendo. — Grady passou a outra mão pelo cabelo cacheado.

— Acha que são as Terras do Oeste?

— O que mais poderia ser? Devem ter avançado pelas Terras Médias mais do que chegou aos nossos ouvidos. Só pode ser isso. — Ele grunhiu quando alguém esbarrou em nós dois. — Precisamos nos esconder — repetiu. — E, assim que tivermos a chance, dar o fora daq…

Alguma coisa de vidro se estraçalhou atrás de nós. Grady olhou sem se virar, e eu fiz o mesmo.

Os *ni'meres* estavam entrando pela janela quebrada, seus corpos cobertos de penas, grudentos de sangue e restos de suas presas. Eles batiam as asas para descer, mirando nos que ainda estavam de pé com garras que pingavam vermelho.

O caos irrompeu. Quem ainda tinha condições disparou por todo lado; nós continuamos em direção ao corredor principal. Não éramos os únicos que haviam chegado ao corredor estreito que levava ao Salão Principal e ao restante das passagens e cômodos do solar.

— O Salão Principal não — arquejei. — Não podemos ir para lá.

— Merda. — O olhar de Grady encontrou o meu por um instante. — Espera aí. Não me solte, Lis. Haja o que houver, não solte.

Agarrei a parte de trás da túnica de Grady à medida que as pessoas nos cercavam. Não demorou para que o corredor logo ficasse abarrotado.

A diferença é que eles não conheciam o solar tão bem quanto nós dois.

Mesas estreitas haviam caído e obstruíam o caminho, a aglomeração empurrava ainda mais. Apertei o braço de Grady.

— A porta azul! — gritei. — Os corredores do fundo.

Grady assentiu, acompanhando o ritmo dos meus passos. A multidão quase nos fez passar direto pela porta, mas nos enfiamos. Grady grunhiu e eu arfei quando dezenas de pessoas esbarraram contra nós dois. A porta estava emperrada, forçando Grady a tentar abri-la à força.

A porta rangeu, abrindo, e todos nós caímos do outro lado. Virei, encontrando os cachos pálidos de Allyson no frenesi.

— Allyson! — gritei. Ela virou a cabeça para nós e avançou até a porta.

— Vem — berrou Grady, puxando-nos de lado quando um jovem de cabelos claros correu para o cômodo, Allyson logo atrás.

Fui até ela.

— Você está bem? — Havia respingos de sangue no vestido azul-claro. — Está machucada?

— Não — respondeu, seus cachos caindo rebeldes no rosto. — E você?

— Estou bem. — Meu coração retumbava. — Que bom que te encontrei. Você... — Congelei antes de concluir a frase. Ela usava uma corrente de prata ao redor do pescoço, da qual pendia uma joia de safira. — Esse colar é da Naomi?

A confusão vincou a testa de Allyson, e ela me encarou como se não conseguisse acreditar que eu estava mesmo perguntando aquilo.

— Sim, eu queria usar com o meu vestido. Ela me deu uns dias atrás.

Ai, meus deuses.

Eu errei. Não foi Naomi que vi...

Allyson olhou para o teto.

— Eu... eu me perdi dos outros — explicou ela, e eu desviei o olhar, de coração partido ao cair na real. — Os *ni'meres*... eles entraram pelas janelas. Eu não sei se...

— Por aqui! — gritou Grady, e eu me virei. — Venham. Cacete! — xingou ele quando as pessoas passavam correndo pela porta. — Por aqui, seus desgraçados!

Ninguém deu ouvidos.

Sacudi a cabeça, sentindo um aperto no coração quando ouvi os guinchos de um *ni'mere* invadindo o corredor.

— Eles estão se aproximando — sussurrou Allyson, afastando-se de mim. Ela esbarrou em um sofá. — Não podemos continuar aqui com a porta aberta.

Ela estava certa.

— Merda — rosnou Grady, batendo a porta. — Merda!

— Por-por aqui — falei, olhando para o outro rapaz. Ele estava pálido. — Tem outro corredor. Ele leva aos aposentos dos criados e…

— À adega — concluiu Grady. — A porta de lá é pesada. Ninguém, nem mesmo os *ni'meres*, vão conseguir passar.

— Perfeito. Se vou morrer hoje, que seja depois de tomar um porre e ficar bebaço — disse o homem, passando a mão pela frente da camisa rasgada. — A propósito, meu nome é Milton.

— Grady. — Ele assentiu na minha direção. — Esta é Lis, e ela é…

— Allyson — falou ela, nervosa ao esfregar as mãos pelos braços nus.

Um grito cortou o ar, fazendo Allyson e eu pularmos com o som.

Milton engoliu em seco.

— Vamos logo para essa tal adega para encher a cara o bastante e não pensar no que está acontecendo do outro lado da parede.

— Eu topo. Você tá bem? — perguntou Grady a Allyson, que assentiu. Em seguida, ele se virou para mim. — E você?

Ao sentir uma pontada no pé, cambaleei um pouco ao ir até a porta do outro lado do cômodo. Eu não conseguia olhar por muito tempo para Milton e… muito menos para Allyson. Não porque eu tivesse medo de que o que aconteceu na recepção me desnorteasse de novo. Meu receio era que eu já tivesse descoberto como a noite acabaria para eles, e eu já… eu já sabia como ela acabaria para Allyson.

À medida que eu avançava, uma sensação familiar demais de uma calmaria frágil recaiu sobre mim, provinda das noites escuras e assustadoras que vivemos antes que Grady e eu fugíssemos da Cidade da União — e até depois, quando dormíamos nas ruas e em valas, quando éramos perseguidos por guardas ou corríamos de adultos cujas mentes estavam cheias de todo tipo de pensamentos perversos. Já tínhamos estado em muitos lugares ruins — e eu achara que não conseguiríamos escapar de muitos deles.

Não é que eu estivesse com medo. Eu estava apavorada. O ritmo do meu coração não acalmava. Eu estava tomada de medo, mas aquela situação era... era só mais um lugar ruim do qual precisávamos escapar. Sobreviver. E é o que eu faria. É o que nós dois faríamos.

Abri a porta que levava a outro corredor, estendendo-se por todo o solar e seguindo pela parte de trás. Ele estava vazio. Grady indicou que os outros avançassem. Corremos à meia-luz, ouvindo os gritos abafados vindos do outro lado da parede, nos seguindo, nos assombrando.

Ao lembrar da adaga, parei e levantei a barra do vestido. Soltei a arma da bainha e depois levantei a cabeça.

Ao meu lado, Milton arqueou as sobrancelhas ao ver a lâmina de *lunea*.

— Não vou nem perguntar.

— Vai ver é melhor mesmo.

Soltei a saia.

— Por que eles estão fazendo isso? — perguntou Allyson, roendo as unhas.

— Não sei — respondeu Grady, e em seguida repetiu o que tinha me contado sobre a Corte Súpera. — Mas um bando de *ni'meres* sobrevoou o solar, indo direto para Primvera.

— Não pode ser — arquejou Allyson. — Eles estão atacando seus semelhantes?

— Ele tem razão. Eu vi com meus próprios olhos — confirmou Milton, e eu tive a impressão de que logo veríamos por nós mesmos quando chegássemos ao corredor dos fundos. — Parecia que um incêndio havia se alastrado por toda a cidade, mas acho que era só a muralha que cerca Primvera.

— Mas por que nos atacar? — Allyson permaneceu próxima a Grady. — Não estávamos fazendo nada.

Ninguém respondeu, nem mesmo minha intuição, mas eu não achava que o ataque das criaturas tinha a ver com as Terras do Oeste nem com os Cavaleiros de Ferro. Era outra coisa.

— Você mentiu para mim — murmurou Grady, baixinho.

— O quê?! — Olhei para ele.

— Você disse que não tinha se machucado. — Ele ergueu as sobrancelhas. — Seu pé está sangrando.

— Você está sangrando? — A preocupação tomou a voz de Allyson.

— Não foi nada demais. Só acabei cortando o pé, mas a ferida é pequena.

— Cortes pequenos também infeccionam, Lis. É assim que se acaba com o pé amputado.

Arqueei as sobrancelhas.

— Eita, isso foi de zero a cem muito rápido — comentou Milton baixinho atrás de nós.

Grady o ignorou.

— Assim que tivermos a chance, vamos lavar isso aí.

Dei um suspiro pesado.

— Eu já tinha pensado nisso, mas no momento estou mais preocupada com os *ni'meres*.

— Concordo — comentou Milton.

Chegamos a um canto onde o corredor virava e continuava na parte de trás do solar. Dei uma olhada ao redor. Estava tudo escuro.

— As janelas estão intactas.

Grady foi para a frente, a mão fixa no punho da espada. Ele desacelerou os passos.

— Pela misericórdia dos deuses.

Avancei, e Allyson gritou, levando a mão à boca. Ela cambaleou para trás, recostando-se na parede. Tentei me conter, mas me juntei a Grady numa janela que batia na altura do peito e me arrependi imediatamente.

A lua não estava mais coberta. A luz prateada iluminava as dependências do solar. Havia corpos espalhados pelo gramado, sendo... sendo comidos por alguns *ni'meres* solitários.

Meu estômago se revirou de nojo, mas não consegui desviar o olhar daquela cena horrorosa e grotesca. Eu só tinha visto um *ni'mere* uma vez, de longe, quando era criança, mas vê-los já adulta não mitigou o medo que senti naquela época. Os corpos das criaturas, cobertos de penas, eram vagamente semelhantes aos de mortais, e seus rostos tinham um tom pálido de cinza. Os olhos amarelos eram quase iridescentes, num tom dourado que combinava com os detalhes das asas cor de ônix e o cabelo longo e desgrenhado. E os dentes...

Eles eram pontudos, afiados como seria qualquer bico ou garra, porém suas feições eram delicadas. Bonitas, até, não fosse o tom assustador da pele e o sangue que sujava os lábios e o queixo.

Eu me forcei a desviar o olhar. Atrás dos *ni'meres* havia uma cena completamente diferente. O Solar de Archwood ficava no topo de uma colina e, em dias ensolarados, o sol brilhava no topo da muralha que circundava Primvera. O que eu via, no entanto, era todo um horizonte pintado de dourado. Primvera estava *mesmo* em chamas.

— Merda — xingou Grady, virando-se. — Os Rae. Se abaixa.

Agachei ao lado de Grady, sentindo o estômago revirar.

— Se os Rae estão por perto...

— Então os príncipes não devem estar longe — concluiu ele, olhando para mim por um breve instante.

— O príncipe Rainer vai se juntar a nós para os Banquetes — sussurrei. — Foi o que Hymel disse.

Grady cerrou os dentes.

— Maldita hora que seu príncipe decidiu se ausentar, hein?

— Ele não é meu príncipe — retruquei.

— É melhor a gente tentar continuar — falou Milton, agachado mais à frente no corredor. — Quanto falta?

Grady se levantou um pouco, ainda se mantendo fora do alcance da janela.

— É no fim do corredor. Só continuem abaixados.

"No fim do corredor" me parecia ser outro reino.

— É a penúltima porta... — Perdi o fio da meada quando um formigamento de consciência surgiu entre minhas escápulas, subindo até minha nuca. Um arrepio se espalhou pelos meus braços nus, e havia um calor estranho no meu... no meu peito, embora a temperatura tivesse caído, bem como nos jardins. Os pelos na minha nuca se eriçaram. Olhei para cima, para a janela logo acima de mim, e esfreguei o peito.

— Lis? — chamou Grady num tom de voz baixo. — O que foi?

— Eu... — Minha intuição me guiou, fazendo com que eu me levantasse até alcançar o parapeito.

— A gente não devia seguir o caminho? — perguntou Milton entre dentes.

Devíamos mesmo.

Mas tinha uma coisa que eu precisava ver. Eu me esgueirei o suficiente para conseguir bisbilhotar pela janela.

Os Rae se aproximavam em cavalos cobertos com tecido preto; a névoa fraca que escapava pelas aberturas dos mantos caía sobre as laterais dos animais em que estavam montados, indo ao chão como fumaça. Devia haver mais de duas dúzias. Sinos de alerta badalaram dentro de mim quando os Súperos avançaram em corcéis marrom-avermelhados cobertos de flâmulas índigo com uma insígnia vermelha que lembrava vários nós interligados. Eu já tinha visto aquele emblema. Era o Brasão Real, e representava todos os territórios unidos para formar um só reino.

Se fosse o povo das Terras do Oeste ou os Cavaleiros de Ferro, será que entrariam na batalha carregando o símbolo do rei que buscavam destronar? Eu achava que não. Mas se fossem os homens do rei, por que ele mandaria destruir Primvera? A menos que ele pensasse que Primvera também seria um caso perdido.

Um lampejo branco-prateado à luz do luar chamou minha atenção. Cabelo. Cabelo longo e loiro, tão pálido que parecia quase branco. Mais pálido que o cabelo do lorde que eu havia visto no Salão Principal.

Eu o reconhecia.

Embora, quando criança, eu tivesse tido medo demais para olhá-lo no rosto, eu sabia que era ele.

— Grady — sussurrei. — *Olha.*

Ele desviou o olhar de mim, levantando um pouquinho.

— Você o vê?

— Sim — sibilou ele com os dentes rangidos. — Lorde Samriel.

CAPÍTULO TRINTA E CINCO

O que é que *ele* estava fazendo ali? Eu não fazia ideia, mas tampouco acreditava em coincidências. Ou destino. Pressionei os dedos no parapeito.

— A gente precisa mesmo sair daqui — reiterou Grady.

Comecei a me mover quando o Súpero que vinha atrás de Samriel virou a cabeça encapuzada para a janela. O cavalo parou de repente.

— Merda — arfei, agachando. Meus olhos arregalados encontraram os de Grady, e eu segurei a adaga com mais força. — Não tem como ele ter visto a gente. De jeito nenh...

Um *ni'mere* guinchou, fazendo um lampejo de puro medo percorrer meu corpo.

— Vai! — gritou Grady para os outros enquanto corríamos abaixados próximos à parede.

Sem demorar muito para alcançar Milton e Allyson, corremos para a porta dos aposentos subterrâneos, mas minha intuição não estava mais quieta como segundos antes. Asas batiam contra as janelas. *Eu sabia que...*

— Não vamos conseguir — arquejei.

— Vamos sim — rebateu Grady. — Nós...

— Não. — Segurei a parte de trás de sua túnica. — Não vamos.

A compreensão tomou o rosto dele. Ele xingou, gritou para os outros enquanto eu vasculhava meu cérebro atrás de pistas de aonde podíamos ir. Olhei ao redor...

— A biblioteca! — exclamei.

Allyson assentiu e disparou pelo corredor, em direção à porta que eu sabia que levava à outra parte do solar. Havia cômodos lá; não tão seguros quanto os subterrâneos, mas eram lugares onde poderíamos nos esconder, e era o máximo que conseguiríamos.

Ela abriu a porta, segurando-a aberta enquanto a sensação de pressão continuava a se instalar entre meus ombros. Não era possível que o lorde Samriel tivesse nos visto, mas algo o alertou de nossa presença.

O vidro explodiu quando chegamos ao outro corredor. Os gritos agudos de Allyson me fizeram virar. Um *ni'mere* vinha em nossa direção, raspando as asas nas paredes, de ambos os lados. Fiquei paralisada por um instante ao encarar as feições frágeis da criatura, que lembravam uma boneca, sujas de sangue — a pele macia que, ao seguir para baixo, era coberta de peninhas e aparentava ter seios. Seios de verdade. A *ni'mere* era fêmea.

Eu nunca mais conseguiria esquecer aquela cena.

— Se abaixem! — gritou Grady.

Allyson agarrou meu braço, me puxando para que eu me ajoelhasse. A *ni'mere* girou no ar, prestes a se virar, quando Milton pegou a criatura pelas pernas. Com um berro, ele a jogou contra a parede.

O gesso rachou com o impacto. Milton pulou para trás, com a respiração pesada, no momento em que a *ni'mere* caiu para a frente. Ela se levantou nas pernas traseiras a centímetros de mim, produzindo um som estridente.

Eu me mexi sem nem pensar, ficando de pé. Não pensei no que estava fazendo. Não hesitei. Era quase como se eu fosse outra pessoa. A *ni'mere* avançou na minha direção com garras afiadas pingando sangue. Eu me enfiei embaixo de seu braço e me virei. Levantando, finquei a adaga no peito da criatura. Seu olhar de choque encontrou o meu, e eu retirei a lâmina. A *ni'mere* tropeçou para trás, dobrando as pernas. A criatura caiu, morta antes mesmo de atingir o chão. Levantei a cabeça.

Grady me encarou, atônito.

— Que porra foi essa?

Olhei para a lâmina.

— Cacete.

Um grito cortou o ar quando outro *ni'mere* invadiu o corredor.

— Merda — xingou Grady.

Passei por Allyson, agarrando a porta e a fechando com um baque. Passei o trinco, sabendo que isso só atrasaria os demais, conforme Grady avançava. Ele não enfiou a espada no *ni'mere*. O aço não faria grande estrago. Ele girou o corpo sem se virar, meneando a espada. A lâmina cortou o pescoço da criatura. Houve respingos de sangue quando Grady a decapitou. Ele deu alguns passos para trás, e eu vi que a lateral de seu rosto estava coberta de sangue. Eu torcia muito para que os *ni'meres* fossem um dos tipos de Súperos que não conseguiam se regenerar.

— Você tá bem? — sussurrei, indo para o lado dele.

— Sim. — Ele baixou o olhar para o corpo, engolindo em seco. — Sim — repetiu, e se virou para mim, olhando para a adaga. — E você?

Concordei com a cabeça.

— Como é que você fez aquilo? — Ele segurou meu braço.

— Não sei. — Engoli em seco, sentindo meu coração disparado.

Allyson pulou quando alguma coisa bateu na porta.

— Tem mais deles vindo. — Ela começou a recuar. — Biblioteca. Agora.

Com o estômago revirando, deixei de lado minha habilidade repentina, inexplicável e basicamente impossível com a adaga. Eu teria que lidar com isso depois. Virei quando Allyson abriu as portas. Corremos para dentro do cômodo na mesma hora em que o som de madeira sendo partida nos alcançou. Allyson gritou, curvando os dedos no peito, e Milton e Grady fecharam as portas depois de entrarem.

— Peguem as cadeiras. O sofá também — ordenou Milton. — Vamos bloquear a porta.

Embainhando a adaga rapidamente, apressei-me e empurrei a lateral do sofá. Ele mal saiu do lugar. Virei para Allyson.

— Me ajuda.

Os olhos arregalados de medo encontraram os meus. Ela correu para o meu lado, e eu me liguei a ela. Tudo aconteceu muito rápido. Eu me conectei a ela, e meu segundo sentido ganhou vida com tanta rapidez que não havia meio de detê-lo à medida que ela avançava para ajudar. Meu corpo todo deu um solavanco.

Foi então que eu a vi caindo — *sangue fresco escorrendo pela frente do vestido azul.* Depois eu senti — *uma agonia intensa na minha garganta, queimante e fatal enquanto a corrente de prata se partia e o colar caía, a safira suja de sangue...*

Rompendo o contato visual, empurrei o sofá com mais força, e os pés do móvel rasgaram o tapete.

— Vai se esconder — mandei. — Vai e se esconde.

— Você precisa de ajuda. Não vai conseguir empurrar isso soz...

— Não.

Eu a empurrei em direção às pilhas de livros, e ela cambaleou para trás.

— Lis...

— Você precisa se esconder. Agora. Não faça um ruído sequer. Não saia. Se esconda. Entendeu? Fique escondida, não importa o que aconteça.

— T-tá — concordou ela enfim, colocando os braços ao redor do corpo.

— Vai. *Agora.*

Allyson recuou devagar, depois se virou, desaparecendo atrás das fileiras de livros.

Grady se juntou a mim, pegando o outro lado do sofá. Nós o levamos até a porta. Milton embicou uma poltrona pesada contra ela e...

Houve um estrondo nas portas, fazendo nós três pularmos de novo. Outra batida. Um *ni'mere* guinchou, e eu me arrepiei toda.

— Queria mesmo aquele vinho agora — murmurou Milton.

— Depois disso, a gente te arruma uma dúzia de garrafas — garantiu Grady. A criatura bateu na porta de novo, num som estridente. — Precisamos nos esconder.

Minha mente vasculhou o espaço, procurando um esconderijo bom. Pensei nos nichos cobertos por cortinas aonde os criados gostavam de ir para dar uma rapidinha ou tirar uma soneca. Alguns tinham até portas que levavam a outros cômodos ou a escadas que davam para o mezanino no andar de cima. Mas eu não me lembrava de quais.

— As alcovas. À esquerda. Algumas têm portas.

Milton assentiu, engolindo em seco ao olhar ao redor.

— Boa sorte.

Ele então zarpou, indo em direção à parede. Grady e eu fizemos o mesmo. Corremos pelo labirinto de estantes. Encontramos a parede das alcovas no exato instante em que as portas da biblioteca se abriram com um estilhaçar.

Em algum lugar lá dentro, Allyson gritou de medo, e meu coração apertou. *Por favor, fique quieta. Por favor. Por favor.* Grady empurrou uma das cortinas pesadas para o lado, e logo ficamos envoltos pela escuridão, o cheiro de lugar fechado exalava no espaço apertado conforme a cortina voltava para o lugar.

Grady me segurou apertado. Eu não tirava os olhos da fresta entre as cortinas, meu corpo todo tremia. A abertura tinha apenas alguns centímetros, mas parecia que estávamos completamente expostos enquanto os *ni'meres* voavam pela biblioteca. Livros caíam no chão com tudo, um a um, me fazendo pular de susto. Toda vez eu me assustava.

Segundos depois um barulho mais alto ressoou, como se uma prateleira inteira de livros tivesse tombado. Em seguida, o silêncio se instaurou. Até que...

Passos lentos e determinados.

Depois, quietude.

Os segundos passavam enquanto eu me esforçava para ouvir o menor som que fosse. Minutos. Nada. Será que os *ni'meres* tinham ido embora? Será que nós não...

— Não há motivo para se esconder — falou um Súpero, e meu corpo esquentou, depois congelou. Eu não tinha me esquecido daquela voz. Era o lorde Samriel. — Não vou machucá-los.

Grady não fez menção de sair. Nem eu.

— Saia — pediu o lorde Samriel, num tom gentil e persuasivo. — Vai ser mais seguro se o fizer.

Levantei a mão, curvando os dedos na manga de Grady, desejando que eu não tivesse guardado a lâmina de *lunea*. Eu não sabia o que poderia fazer com ela, mas também não esperava ter conseguido usá-la mais cedo. No entanto, não me atrevi a respirar muito fundo nem a fazer nenhum movimento. Nem mesmo quando o ar ao nosso redor esfriou.

— Por favor, não se esconda de mim. — A voz do lorde Samriel estava ficando cada vez mais perto. — Nós queremos ajudar você.

Nós?

Pela fresta das cortinas, vi um *ni'mere* pousar em uma das estantes, de costas para nós ao esticar suas asas gigantes. Sua cabeça virava de um lado para o outro no silêncio da biblioteca.

Em seguida, ouvi uma voz baixinha e trêmula:

— Pro-promete?

O *ni'mere* girou a cabeça para a direita, e eu avancei. Grady me apertou com mais força.

— Não — sussurrou ele no meu ouvido.

Com uma dor no peito, tremi. Eu falei para ela se esconder — para não sair de lá. Por que ela não tinha me dado ouvidos? Eu queria gritar para ela, mas não conseguia. Sabia disso, mas meu corpo todo estava refém da força de Grady.

— Claro. Eu prometo — assegurou o lorde Samriel, sua voz tão doce que pingava como açúcar envenenado. — Venha. Ah, aí está você.

Não. Não. Não.

O *ni'mere* balançou as asas. Um sorriso cruel e sangrento estampava seus lábios.

— Não é ela — respondeu outra voz, que tanto Grady quanto eu conhecíamos bem. Hymel. O que ele estava fazendo ali, e com eles? Hymel era um filho da puta, mas eu duvidava que ele estivesse envolvido naquilo tudo.

Houve um suspiro pesado, e então lorde Samriel ordenou:

— Mate isso aí.

Isso aí.

Isso aí.

Allyson. Ela. Não "isso aí". *Ela.*

— Pare — interveio outra voz, mais fria e sem humor.

O *ni'mere* atendeu à ordem, retraindo a asa e se remexendo no poleiro da estante.

— Você disse que estava aqui. — O homem desconhecido falou de novo. — Tem certeza disso?

— Absoluta — respondeu Hymel, e meu estômago revirou. Eu nunca tinha o ouvido falar com tanto medo na voz. — Eu a vi fugir com Allyson. Ela só pode estar aqui, Vossa Alteza.

E então entendi por que Hymel parecia tão aterrorizado: o homem com quem ele falava era um príncipe. Será que era o príncipe Rainer? Mas por que ele estaria ali enquanto sua Corte pegava fogo?

Grady enrijeceu atrás de mim. Eles… eles estavam falando de mim. Meus pensamentos estavam a mil, numa bagunça de confusão e medo.

De repente, o grito de Allyson irrompeu, agudo e assombroso. Tentei avançar, meus joelhos estavam a ponto de ceder. Grady continuou me segurando, me mantendo em pé.

— Cale-se — ordenou o príncipe, aquela voz dele quase gentil, porém gélida, e os gritos de Allyson cessaram num soluço baixo.

Em seguida, eu… eu só conseguia ouvir o som do meu coração martelando.

— Vou dar uma chance a esta adorável criatura — falou o príncipe, e pela abertura das cortinas pude ver o *ni'mere* girar a cabeça para a frente e para trás. — E a *você* darei uma chance. — Ele fez uma pausa. — Lis.

Meu corpo tensionou pressionado contra Grady, meu coração estava disparado. Eu mal conseguia respirar o suficiente.

— Venha até mim, e não encostarei um dedo nela — anunciou o príncipe. — E se não vier?

Ouvi um estalo. Um estalo ensurdecedor de embrulhar o estômago.

O grito estridente de dor de Allyson invadiu meus ouvidos. Meu corpo todo tremeu.

— Isso foi apenas um ossinho — continuou o príncipe. — Há muito mais a ser quebrado. Mas não quero fazê-lo. Também não quero passar minutos preciosos te procurando em cada canto deste solar. Venha até mim.

Grady colocou o outro braço ao meu redor e pressionou a bochecha contra a minha, seu corpo tremendo tão violentamente quanto o meu.

Outro estalo rompeu o silêncio, partindo meu coração e algo mais profundo, mais importante: minha alma. Eu não sabia por que aquilo tudo estava acontecendo. Por que o príncipe, quem quer que ele fosse, estava procurando por mim. Ou o que Hymel tinha a ver com aquilo. Mas ficar parada e deixar tudo acontecer? Eu sabia que Grady não queria isso. Eu também não, mas, assim que entramos na alcova, foi como se os anos em Archwood nunca tivessem acontecido. Éramos apenas eu e Grady contra o mundo, cuidando um do outro e somente um do outro. Foi como sobrevivemos até então, mas os gritos de Allyson... Eu queria perfurar meus tímpanos. Queria arrancar meus olhos com as unhas. Ela não merecia. Meus deuses, ninguém que tinha sofrido naquela noite merecia o que estava acontecendo. E nós? Eu? O que nós merecíamos por deixar que acontecesse? O que isso dizia sobre nós? Que éramos o monstro que Thorne me perguntou se eu achava que ele era. Fechei os olhos para afastar as lágrimas, fincando os dedos na manga de Grady.

— Não — sussurrou ele de novo, quase que num suspiro.

Balancei a cabeça freneticamente quando os gritos de Allyson viraram gemidos. Eu não era capaz de fazer aquilo. Bem como não era capaz de ignorar minha intuição quando ela me guiava para intervir. Eu não podia permitir que eu me transformasse naquilo. Eu não deixaria Grady se tornar um monstro só para me proteger do que quer que fosse que eles queriam.

— Por favor — sussurrei para Grady. — Por favor, continue escondido.

— Lis...

Não me dei tempo para repensar o que eu estava prestes a fazer ou para que Grady se preparasse. O medo e o desespero já haviam tomado conta de mim, me dando uma força que eu geralmente não teria. Ou talvez fosse a adrenalina. Talvez fosse outra coisa — algo que vinha daquela parte oculta e profunda de mim que havia irrompido quando segurei o braço de Hymel. Eu não sabia, mas quando avancei para a frente, me soltei de Grady.

— Pare! Não a machuque! — gritei ao atravessar as cortinas, e eu fui rápida, o mais veloz que já tinha sido na vida. Voei de volta para a biblioteca.

E adentrei um novo pesadelo.

Porque Grady estava logo atrás de mim. Eu devia ter previsto que ele não me obedeceria. Ele me segurou pela cintura, me puxando para trás quando o *ni'mere* se virou na minha direção, estendendo as asas, guinchando em alerta. Tonta, parei ao ver o Súpero que só podia ser o príncipe. Não era o príncipe

Rainer. Ele era loiro como o lorde Samriel. Havia respingos de sangue em sua mandíbula definida e em sua bochecha. Ele segurava Allyson pelo pescoço junto ao peito, forçando-a a ficar na ponta dos pés. O braço esquerdo dela estava suspenso num ângulo estranho, deformado. O olhar aterrorizado me encontrou enquanto Grady tentava me puxar para trás, mas eu estava focada no lorde Samriel, à direita do príncipe, uma beleza alta e fria. Ele sorriu quando dei um passo à frente.

Grady me empurrou para trás dele e empunhou a espada. Gritei, agarrando seu braço, mas ele se desvencilhou.

— Não chegue mais perto — alertou, e o lorde parou.

O príncipe inclinou a cabeça para o lado, afrouxando o braço que prendia Allyson.

— Isso mesmo. Vocês vão ficar parados aí e deixar minha amiga ir embora — continuou Grady. — E não vão impedi-la de partir. — Ele olhou para mim sem se virar. — Saia. Eu te encontro depois.

O espanto tomou conta de mim enquanto eu encarava aquele tolo corajoso e leal em completa descrença. Ele achava mesmo que eu ia abandoná-lo? Que eu correria e o deixaria para trás, mesmo se os Súperos permitissem?

— Não.

Ele inflou as narinas.

— Que saco, vai logo, Lis! Dê o fora daqu...

— *Não* — repeti, tremendo ao agarrá-lo pelos lados, segurando-o com toda a força que eu tinha.

Ele virou a cabeça para mim. Só havia pânico em seus olhos, algo que eu não via desde... desde a noite na Cidade da União.

— Por favor.

As lágrimas queimavam meus olhos.

— Eu te disse para ficar escondido — sussurrei.

— Encantador — falou o lorde Samriel, rompendo meu foco. Não havia impaciência ou irritação em sua voz. Ele... ele parecia dizer a verdade. O lorde levantou a mão pálida.

Grady xingou quando sua espada foi arrancada de sua mão. O lorde Samriel a pegou no ar.

— Ferro e aço? Que bonitinho — disse o lorde, estalando a língua de leve. Ele empurrou a espada no chão, fincando-a na madeira. A espada reverberou com o impacto. — Peguem-no.

Tudo aconteceu rápido — rápido demais.

Silhuetas saíram de trás das pilhas de livros, com finas gavinhas cinzentas aparecendo pelas aberturas dos mantos e caindo pelo chão. As figuras se moviam tão silenciosa e rapidamente que podiam muito bem ser espectros, mas os Rae não eram espíritos. Aquelas criaturas eram de osso e... um pouco de carne.

Em um segundo, chegaram até nós.

Grady se soltou de mim, lançando os punhos no ar ao se chocar contra os Rae. O baque pesado dos socos que ele dava fazia as cabeças encapuzadas tombarem para trás, espalhando névoa cinza, mas ele estava em desvantagem contra o grupo. Um Rae prendeu os braços dele às costas e o fez cair de joelhos, enquanto outro segurava uma... uma espada em seu pescoço. Uma lâmina que brilhava, branca feito leite. Avancei para a criatura, em direção ao braço que ameaçava Grady com a espada.

O lorde Samriel se colocou na minha frente.

Virei para trás tão depressa que perdi o equilíbrio e escorreguei, caindo feio de bunda.

Rindo, o lorde Samriel deslizou — ele literalmente *deslizou* até mim.

— Isso foi inacreditavelmente gracioso.

Puta que pariu. Engatinhei para trás, minhas pernas emboladas na saia do vestido.

— Seu filho da puta! Afaste-se dela! — berrou Grady, lutando contra a figura que o prendia. — Me solte, senão eu juro que eu...

— Cale-o — ordenou o príncipe.

O manto do Rae farfalhou no piso, atingindo a cabeça de Grady com o punho da espada. Ele caiu, fazendo uma explosão de pânico percorrer meu corpo enquanto eu lutava para me levantar. Corri para o lado dele, caindo de joelhos.

— Grady? — sussurrei enquanto o Rae se afastava em silêncio, formando um círculo amplo ao redor de mim e Grady. — *Grady?*

— Acalme-se. — Hymel saiu de trás de duas pilhas de livros. Parei de repente, meu olhar imediatamente encontrando suas mãos vazias e depois seu quadril, onde sua... sua espada ainda estava embainhada. Ele ainda estava armado.

Eu era uma tola ingênua por ter pensado que a presença de Hymel tinha sido forçada. Que ele não seria capaz de fazer parte do que estava acontecendo.

— Seu desgraçado — sibilei, fechando o punho enquanto o encarava.

— É ela, príncipe Rohan — falou, o alívio estampado em seu rosto. — É ela que pertence ao Príncipe de Vytrus.

Meu corpo todo enrijeceu.

— O quê?!

— Perfeito.

O príncipe Rohan soltou Allyson.

Ela cambaleou, levando o braço à barriga enquanto soluçava. O príncipe Rohan lançou um olhar para o *ni'mere* empoleirado na estante, e bastou. A criatura saiu voando, e seu alvo era evidente.

— Allyson! — gritei.

Ela levantou a cabeça. Virou o corpo, tentando se esconder atrás das pilhas. O *ni'mere* guinchou, mergulhando entre as estantes.

— Não! — gritei.

Eu sabia o que estava por vir. Eu já tinha visto acontecer, e ainda assim tremi quando os gritos dela tomaram o ar, agudos e amedrontadores antes de culminarem num engasgo.

Em seguida, o silêncio.

— Por que sempre fogem? — perguntou o lorde Samriel. — Para onde acham que estão fugindo?

— Para a morte — respondeu o príncipe Rohan, me observando.

O lorde Samriel riu, o que me enojou.

— Que mórbido.

— Você... você disse que não a machucaria. — Eu mal conseguia respirar; meu peito estava apertado demais e eu tremia sem parar. — Você disse...

— Eu disse que daria a ela uma escolha — interrompeu o príncipe Rohan. — Não que eu não a machucaria.

Fiquei perplexa.

— E que escolha foi essa que você deu a ela?

— Morrer rápida ou lentamente, gritando de dor durante cada segundo — respondeu. — E esta foi uma morte rápida.

— Pelo amor dos deuses — sussurrei, uma parte da minha mente não conseguia processar a brutalidade daquelas palavras.

— Espero que não esteja rezando para eles. — O príncipe Rohan me olhou friamente. — Porque eles pararam de ouvir há muito tempo.

— Eu não estava — respondi, sem espaço na minha mente para sequer considerar se o que ele disse sobre os deuses era verdade ou não. Olhei para

Grady, vendo seu peito subindo e descendo. Coloquei as mãos sobre ele, deixando que cada respiração sua me acalmasse. — Por que... por que estão fazendo isso?

— Digamos que estamos mudando as regras — respondeu o príncipe Rohan.

— O quê? — Olhei para ele e para o lorde Samriel. — Quais regras?

Os lábios do príncipe Rohan se curvaram em desdém; depois ele me deu as costas sem responder. O lorde se aproximou, olhando para mim de cima. Então, forçou os olhos.

— Ela não tem a marca.

A marca.

A marca que Claude tinha mencionado.

— Não sei o que estão procurando — disse Hymel, lá de trás. — Mas ela tem habilidades. O dom da previsão e da intuição. Ela lê intenções e o futuro.

— Os olhos — explicou o lorde Samriel, com a cabeça inclinada. — A marca deveria estar nos olhos dela.

Dei um respiro trêmulo, minha mente relembrando a breve mudança deles no espelho. Não tinha sido coisa da minha imaginação, mas eu já não sabia disso lá no fundo?

— Ela pode ter recebido um deslumbramento — ponderou o príncipe Rohan, e eu não fazia ideia do que aquilo podia significar. — Saberemos quando lorde Arion retornar. Enquanto isso, livrem-se daquele outro...

— Não. Não. Por favor — supliquei, jogando o corpo por cima de Grady. — Por favor, não o machuquem. Por favor. Faço o que quiserem. — Eu tremia mais do que implorava. Estava propondo uma barganha. — Por favor.

O príncipe Rohan se virou para mim devagar. Seus olhos... eram como os de Thorne, um caleidoscópio de cores móveis, exceto que o castanho estava mais próximo de um vermelho.

— Qualquer coisa?

Meu coração disparou, mas eu fiz que sim.

— *Qualquer coisa.*

O lorde Samriel olhou para Hymel.

— Ela está dizendo a verdade. — O filho da puta cruzou os braços. — Eles são carne e unha. Ele é uma vantagem que temos sobre ela.

A raiva inundou minhas veias, mas eu a reprimi, focada no príncipe.

— Prometa que não vai machucá-lo, e eu vou fazer o que quiser. Eu juro.

Um sorriso fraco surgiu, e enquanto eu o olhava, via que suas feições eram ainda mais esculpidas que as de Thorne, mas não havia... *vida* nelas. Ele era uma carcaça moldada à perfeição.

— Ok.

Não me deixei sentir nem um pingo de alívio.

— Prometa que não vai machucá-lo.

O sorriso cresceu, e ainda assim não suavizou a curva de sua mandíbula nem o olhar gélido.

— Você não é boba, aprende rápido.

Olhei para Hymel e para as pilhas de livros, onde Allyson... onde ela tinha dado seu último suspiro.

— Não, não sou. — Engoli em seco. — Prometa.

— Eu, Príncipe Rohan de Augustine, prometo que mal algum recairá sobre ele — declarou, e eu suspirei de alívio apesar da descoberta de que ele vinha das Terras Baixas. Da *capital*. Os Súperos não podiam mentir. Também não podiam quebrar juramentos. Disso eu me lembrava. — Contanto que você não me dê motivos para que isso aconteça.

O temor começou a subir dentro de mim, mas me concentrei no juramento do príncipe Rohan.

— Leve-a aos aposentos dela — indicou o príncipe Rohan.

— Não vou deixar Grady — alertei, agarrando a túnica. — Ele fica comigo.

O lorde Samriel arqueou as sobrancelhas, e o príncipe Rohan recuperou o foco em mim, seu olhar mais desconcertante que o de Thorne porque era frio, despido de vida, apesar da movimentação de cores. Ele se moveu tão rapidamente que eu nem tive tempo de gritar.

Ele me segurou pelo pescoço e me levantou, fazendo com que eu ficasse na ponta dos pés.

— Prometi que mal algum recairia sobre ele — falou, enquanto eu tentava agarrar seu braço. Minha mente se abriu para ele, mas não vi nada... nada além da escuridão. — Se vou ou não honrar minha promessa vai depender de você. Fazer exigências é uma bela maneira de me fazer quebrá-la. — Ele fincou os dedos na minha pele, fazendo uma dor aguda se espalhar pelo meu pescoço. — Está me entendendo?

— Sim — respondi com esforço.

— Que bom. — Ele não me soltou, simplesmente me largou. Cambaleei para trás, e caí nos braços do lorde Samriel. Ele me prendeu com firmeza, mas não com toda a força que eu sabia que ele podia usar. — Leve-a aos aposentos dela e não a deixe sair de lá enquanto preparam os cavalos. Partiremos assim que o lorde Arion confirmar o que disseram.

O lorde Samriel começou a se mover, e eu não tive minha escolha. Meu olhar não se desprendia do corpo imóvel de Grady. O que iam fazer com ele? Não me atrevi a perguntar por medo de dar ao príncipe Rohan um motivo para quebrar o juramento.

— Vossa Alteza. — Hymel falou, cruzando os braços. — E quanto ao Príncipe de Vytrus? Ele partiu para trazer seus cavaleiros a Archwood. Devem voltar amanhã à noite, no máximo.

Meu coração palpitou. Em meio ao pânico e ao terror, eu tinha me esquecido do retorno de Thorne e de seus cavaleiros.

— Eles vão encontrar alguns problemas inesperados pelo caminho, o que nos fará ganhar tempo — respondeu o príncipe Rohan com um sorriso, e minha esperança logo murchou. Ele olhou para mim. — Não se preocupe, minha querida. Nós a protegeremos do Príncipe de Vytrus.

Fiquei boquiaberta. De tudo que eu esperava que o príncipe dissesse, o que ouvi não chegava nem perto.

— Me proteger *dele*?

— Pode não parecer agora, mas estamos salvando sua vida — disse o príncipe Rohan. — É o príncipe Thorne que você deveria temer. Afinal, ele deve matá-la.

CAPÍTULO TRINTA E SEIS

Atônita pelo que o príncipe Rohan dissera, eu estava imersa em pensamentos no caminho enquanto Hymel levava o lorde Samriel aos meus aposentos. O que o príncipe tinha dito não podia ser verdade. Thorne não ia me matar. Ele não era uma ameaça para mim. Eu não tinha medo dele. Ele fazia com que eu me sentisse segura.

Porém, os Súperos não podiam mentir.

Mas podiam matar.

Senti um aperto no peito ao andar, o corte na parte de baixo do meu pé chegava a queimar de dor. Para onde eu olhava, não importava a rapidez com que desviasse o olhar, e apesar de Hymel estar nos levando pelo corredor dos criados, eu via corpos. Vi sangue manchando o piso e formando uma poça nos lados. Quando chegamos ao corredor que dava para os meus aposentos, me vi livre da carnificina. Não fosse o leve cheiro de madeira queimada, dava quase para fingir que não tínhamos mesmo sido vítimas de toda aquela violência no solar, mas eu ainda me lembrava dos gemidos, das súplicas e dos gritos ao longe.

Minha visão tinha se tornado realidade, mas não tinha encapsulado o verdadeiro terror do que de fato acontecera.

O lorde Samriel me enfiou nos aposentos depois de Hymel abrir as portas. Hymel prosseguiu, mas o lorde levantou a mão.

— Deixe-nos a sós.

Meu coração vacilou quando olhei para Hymel. Ele hesitou, e seu olhar foi do lorde para mim. Pelo amor dos deuses, eu nunca pensei que um dia preferiria a companhia dele, mas lá estava eu, desejando que não fosse ele fechando as portas e permanecendo no corredor.

Enfim sozinha com o lorde em um cômodo que não me parecia mais familiar e era estranhamente frio, eu tinha plena consciência de que ele me encarava. Era como o olhar de Thorne. Intenso. Determinado. Cruzei os braços sobre o peito e encostei no sofá. Um longo momento de silêncio se passou, e o lorde continuava me observando. Arrisquei uma bisbilhotada nele. O cabelo loiro-prateado estava mais longo do que da última vez que o vi, chegando ao meio das costas. Também causava um contraste com a armadura preta adornada com couro que protegia seu peito e seus ombros. Ele parecia... curioso e perplexo. Será que me reconhecia? Assim como Thorne, eu duvidava muito, mas o mesmo instinto que sugeria que eu ficasse quieta ressurgiu.

— Sente-se — instruiu o lorde Samriel.

Sem querer tentar a ira do lorde e colocar Grady em risco, me sentei à beira do sofá, curvando os pés sob a bainha do vestido.

Lentamente, ele se sentou no sofá, o cabelo longo e o corpo esguio inclinados na direção do meu.

— Seu nome? É Lis?

Concordei com a cabeça.

— É algum apelido?

Pressionei os braços próximo ao quadril e ao peito e não respondi, mas o risco de mentir era grande demais.

— Calista.

— Calista — repetiu ele, e ouvi-lo falar meu nome causou um arrepio que desceu pela espinha, mas não do mesmo tipo que Thorne me causava. — Um belo nome para uma bela dama.

Com os dedos apertados, eu me forcei a responder.

— É bondade sua.

O sorriso dele em resposta era firme e bem-informado.

— Está preocupada com seu amigo?

Senti um aperto no peito.

— Sim.

— O príncipe não vai quebrar sua promessa a menos que lhe dê motivo — falou. — É só você não lhe dar uma razão para tal.

— Não vou — jurei.

— É um alívio ouvir isso — respondeu ele. — Conte-me a respeito de suas habilidades, Calista.

— Eu... eu consigo fazer tudo o que Hymel mencionou — falei. — Mas não sou ilusionista.

— Sei disso. — O lorde Samriel se retraiu no sofá, apoiando um tornozelo sobre o joelho. O cano de suas botas estava polido, mas havia uma mancha escura no pé. Olhei para o piso próximo à porta. Havia uma pegada vermelha manchando o chão. Sangue. Afastei o olhar depressa, com o estômago embrulhado. — Quero ouvir como você as descreveria.

Sem prática de falar das minhas habilidades, me contorci antes de abrir a boca.

— Tenho... uma intuição aguçada e às vezes consigo ver o futuro. Em visões, ou quando alguém me faz uma pergunta direta.

— Interessante — murmurou ele. A curva de seus lábios não atenuava em nada os ângulos duros de suas feições. — Essa tal intuição aguçada da qual você fala... Como funciona?

— Ela... ela me guia a certas escolhas. Às vezes não me dou conta até já estar fazendo o que me foi sugerido.

— Por exemplo?

Meus pensamentos estavam tão dispersos que levei um tempo para pensar em um exemplo.

— Às vezes vejo alguém e sei o que está prestes a acontecer. Pode acontecer numa premonição, quer dizer, algo que vejo acontecendo na minha mente antes de se realizar, e outras vezes apenas escuto uma voz.

— Uma voz? — perguntou ele.

— Minha própria voz. Ela... sussurra o que está prestes a acontecer ou me diz para parar e ouvir, tomar outro caminho ou uma decisão difer... — Um grito do lado de fora me fez pular. Meus batimentos aceleraram, e eu virei a cabeça na direção da janela, mas não via nada para além das cortinas. Quem era? Alguém que eu conhecia? Ou um desconhecido?

— Não ligue para isso — disse o lorde Samriel, com um tom gentil que beirava a bondade. Era um tom constante que ele usava. Quase casual. — Não há nada que você possa fazer por eles. Concentre-se no que pode fazer por si mesma e por seu amigo. Qual é o nome dele?

Um nó se alojou no meu peito, e desviei o olhar da janela.

— Grady — sussurrei, com um pigarro. — Minha intuição só é aguda demais.

— E quanto às previsões do futuro? — perguntou.
Assenti.

— Geralmente, é preciso que alguém me faça uma pergunta. Eu... preciso focar na pessoa e às vezes até tocá-la.

— Mas você também tem premonições que vêm sem sugestão. Não previu que isto aconteceria?

— Sim, mas… — Engoli em seco, desarmada ao me concentrar na mão dele apoiada no braço do sofá. Ele não tinha o dedo anelar da mão esquerda. Será que não podia regenerá-lo? Não havia dúvida em minha mente de que o lorde Samriel era poderoso o bastante, o que significava que esconder dele o fato de que eu ouvia vozes não era inteligente, mas Hymel não o tinha mencionado. Os demais podiam não saber. — Mas foi muito vago. Eu sabia que haveria um… um banho de sangue, mas não o que o causaria.

— Foi porque os eventos te envolviam?

Meu olhar se voltou para ele. Meu coração vacilou de novo.

O sorriso dele se alargou.

— Vou entender como um "sim".

— Como… como você sabia disso?

— Uma vez conheci alguém como você, com dons semelhantes, mas para quem o próprio futuro era incerto. — O olhar dele, como lascas de obsidiana, exceto pelo anel verde ao redor da pupila, analisou meu rosto. — Por um tempo. — Ele endireitou a cabeça. — Você virou órfã ainda criança?

A surpresa percorreu meu corpo, depois veio a compreensão.

— Hymel?

O lorde Samriel assentiu.

A raiva cresceu dentro de mim, provocando um amargor na minha boca. Era evidente que Hymel estivera trabalhando com aqueles Súperos, que provavelmente vinham das Terras Baixas. Por quanto tempo ele estivera envolvido naquele esquema, só os deuses sabiam.

— Hymel… ele disse que o príncipe Rainer se juntaria a nós para os Banquetes.

— Sim — confirmou o lorde Samriel. — Ou suponho que seria mais preciso dizer que ele *iria*. No entanto, o Príncipe de Primvera não estava de acordo com os desejos do rei. — Ele fez uma pausa. — Que os deuses o tenham.

Minha respiração falhou.

— O príncipe Rainer… ele morreu?

— Infelizmente.

Ai, meus deuses. Tombei para trás, sentindo os dedos dos pés se fincarem no carpete grosso.

— O rei… — Eu não consegui falar o que suspeitava.

— O que o príncipe Thorne te disse? — perguntou o lorde Samriel.

Enrijeci.

— Sobre… sobre o quê?

— Sobre o rei.

— Nada de mais — falei, e não era mentira. Não exatamente. — Tudo o que sei é que mandaram ele para cá para determinar se valeria a pena defender Archwood dos Cavaleiros de Ferro.

O lorde Samriel fez um som de desdém.

— Não era verdade? — perguntei, sem ousar abrir meus sentidos para ele. Ainda não.

— Os Súperos não podem mentir. — Os círculos verdes giraram lentamente ao redor das pupilas. — O príncipe Thorne não sabe das suas habilidades, sabe? Ele não sabe o que você é para ele.

— Não, ele não sabe das minhas habilidades. — Senti um aperto na garganta. — E não sou nada para ele.

— Ah, mas isso não é verdade, Calista — disse ele, e um calafrio percorreu minha pele com o som do meu nome. — Ele pode não saber o que você significa para ele em um nível consciente, mas de modo primitivo? Tenho certeza de que sim. Ele é atraído a você, quer entenda o motivo ou não.

Eu estava inquieta, lembrando a confusão do próprio Thorne ao admitir exatamente aquilo que o lorde Samriel estava dizendo.

— Eu... eu não entendo.

— Ora, é bem simples. Você é tudo para ele.

De repente, senti uma onda de consciência que veio com mais uma série de arrepios.

— *Ny... ny'chora.*

O lorde Samriel arqueou as sobrancelhas pálidas.

— Ah, então ele falou com você a respeito disso.

— Foi quando... Uma vez eu perguntei por que o coração dele não batia.

Tudo na postura do lorde mudou num instante. O sorriso amigável, porém frio, sumiu do rosto dele. O corpo todo enrijeceu, e, quando ele falou, o tom gentil não se manteve.

— E o que foi que ele respondeu?

Travei o maxilar com a sensação repentina de que... de que eu precisaria ter muito cuidado. Foi o leve agito da minha intuição.

— Ele só disse que o coração dele não bate por causa de sua *ny'chora.*

O lorde franziu os lábios ao curvá-los de leve para um lado.

— E ele te contou o que é a *ny'chora?*

— Só disse que é tudo. Foi tudo o que ele disse — acrescentei depressa. — Era tarde, e ele estava cansado. Depois ele pegou no sono.

Ele manteve os olhos fixos, sem abandonar o contato visual com os meus nem mesmo para piscar.

— Ele dormiu com você?

Umedeci os lábios ressecados.

— Num sentido figurado ou literal?

O lorde Samriel riu.

— Literal.

— Sim.

— E figurado?

— Não — menti, sem saber por quê. Só saiu da minha boca com tamanha rapidez que soou verdadeiro.

— Interessante. — Ele me analisou. — Mas vocês tiveram outros tipos de intimidade, presumo?

— Sim. — Engoli em seco e desviei o olhar, encarando a porta. — O que isso tem a ver?

— Nada. Só estou sendo indiscreto e invasivo.

Ri de deboche.

— O que sente quando está com ele? — perguntou. — E esta não é uma pergunta indiscreta, Calista. Preciso que responda.

Descruzei os braços e fechei as pernas, batendo os joelhos.

— Não sei como responder.

O lorde Samriel ergueu as sobrancelhas.

— Sente-se atraída por ele? Ou ele te causa medo, como eu?

Meu coração disparou, e o sorriso fraco ressurgiu. O lorde estava... como é que Thorne falava? Em sintonia?

— Estou gostando da abertura da nossa conversa — compartilhou ele quando permaneci em silêncio. — Espero que continue sendo agradável e fácil.

— Senão? — sussurrei.

— Senão eu tenho meios de forçar a facilidade, mas pode não ser agradável para você.

Levantei a cabeça, entendendo o que ele queria dizer. Ele usaria a compulsão — tomaria a minha vontade e assumiria o controle —, como fez com Grady na Cidade da União. Um novo tipo de terror tomou conta de mim. Isso eu não queria. Jamais.

— Sinto atração por ele e o acho atraente. Afinal, ele é um príncipe Súpero.

O lorde Samriel sorriu.

— E tem medo dele?

— Não.

O sorriso voltou.

— Ele é o único a quem você não teme.

— E ainda assim ele deve me matar? — Forcei para dizer as palavras que soavam tão erradas.

— Se ele quiser sobreviver, sim.

Dei um respiro trêmulo, sentindo um aperto no peito até que eu sentisse como se fosse sufocar.

— Não entendo.

O lorde ficou em silêncio por alguns instantes.

— Sabe de alguma coisa a respeito do seu nascimento? Da sua linhagem?

— Não — respondi, pensando no que Maven havia compartilhado. Deuses, será que ela ainda estava viva? Tremi só de pensar na alternativa. — Só sei que fui dada ao Priorado da Misericórdia ainda bebê.

O olhar dele se intensificou enquanto me encarava; depois um sorriso lento se espalhou por seu rosto.

— Você já contou ao príncipe Thorne que foi entregue ao priorado?

Meu coração disparou de novo, e eu balancei a cabeça.

— Calista? — Ele descruzou as pernas. — Tenho uma pergunta de suma importância para você. O príncipe Thorne era um desconhecido até você tê-lo encontrado aqui? Eu também?

Um tremor começou nas minhas mãos e subiu pelos meus braços.

— Não — admiti num tom de voz baixo.

— Ah, que doce ironia. — Ele sentou na beira do sofá. — Você estava bem ali, na nossa frente, e nenhum de nós sabia disso — disse ele, soltando uma risada densa. — Mesmo naquela época você já tinha um deslumbramento.

Aquela palavra de novo.

— Deslumbramento?

— Sua divindade foi ocultada, provavelmente pela prioresa. Você não seria a primeira que tentaram esconder. É uma prática… honrável por natureza, embora irritante. Eles se veem como protetores dos que nascem das estrelas.

Eu o encarei.

— Então… acha que sou *caelestia*?

— Acho que você é mais do que isso. Veja bem, muitos mortais têm sangue de Súperos correndo nas veias — disse ele, e eu pensei no que Maven dissera a respeito de ilusionistas. — Pode até haver mais *caelestias* do que mortais. É difícil dizer, mas quando as estrelas caem, um mortal se torna divino.

Aquela frase de novo.

— O que isso significa, exatamente?

— Significa que os deuses abençoaram com determinados dons os que nasceram na hora em que as estrelas caíram. Habilidades que fariam essas pessoas serem úteis em tempos de... conflito.

Pensei em Vayne Beylen.

— Há outros como eu.

— Havia muitos *ny'seraphs* — revelou ele, e minha respiração falhou. — Um para cada Deminyen. Veja bem, um *ny'seraph* é ligado a um Deminyen ao nascer, tornando-se sua *ny'chora*.

Por que não bate mais assim agora?

Porque eu perdi a ny'chora.

— Ligado? — sussurrei.

Ele assentiu.

— Se você não tivesse recebido um deslumbramento, o príncipe Thorne a teria reconhecido no instante em que a viu pela primeira vez, mas ainda assim ele se sentiu atraído por você, e vice-versa. Eis a força da ligação.

— Está dizendo que os deuses unem um mortal a um Deminyen em seu nascimento? — Engoli em seco. — Por quê?!

— Porque quando a ligação se completa, o Deminyen ganha a *ny'chora*: sua ligação à humanidade. A *ny'chora* lhes confere...

— Humanidade. Compaixão — sussurrei.

O lorde Samriel assentiu.

— Os deuses descobriram que era necessário depois que... bem, essa é uma conversa para outro dia.

Pensei já saber a qual conversa ele se referia. A Grande Guerra. Com base no que Thorne tinha me contado, os Deminyens precisaram descansar porque estavam perdendo a habilidade de se conectarem à humanidade, e quando muitos despertaram foi sem compaixão nenhuma.

Meus deuses! Eu não... eu não sabia o que pensar sobre aquilo — nada daquilo. Era informação demais para processar.

— Como a ligação se completa? — perguntei.

— De algumas maneiras, mas não é com isso que você precisa se preocupar — disse o lorde, e eu comecei a abrir meus sentidos para ele. A parede branca que protegia seus pensamentos se mexeu conforme ele se inclinou para a frente de repente, seu movimento rompendo a conexão. — A completude da ligação não vai acontecer.

Desviei o olhar. Só por alguns segundos.

— Por que... por que ele precisaria me matar para sobreviver?

— Porque o *ny'seraph* pode ser a força de um Deminyen, mas também é sua maior fraqueza — explicou o lorde Samriel, restaurando o tom de voz gentil. — Por seu intermédio, ele pode ser morto.

Fiquei boquiaberta, e minha respiração falhou.

— Mas não permitiremos que isso aconteça. — Ele se levantou. — O príncipe Rohan vai querer a confirmação disso tudo, só para garantir. Descanse até lá.

Descansar? Ele não podia estar falando sério. Continuei sentada enquanto ele cruzava o cômodo até a porta, pisando nas manchas de sangue do piso.

— E depois, o que vai acontecer?

— Você será levada a Augustine — respondeu o lorde Samriel. — E será entregue ao rei Euros.

CAPÍTULO TRINTA E SETE

Sem saber quanto tempo eu ainda tinha, não queria arriscar que ninguém viesse me procurar de novo enquanto eu estava nua, então peguei o robe do quarto e o vesti, deixando-o justo na cintura. Não me livrei da lâmina de *lunea*, mas a prendi no tornozelo. Ficar com ela era um risco. Eu duvidava muito que os Súperos levariam na esportiva se a vissem, e a última coisa que eu queria era prejudicar Grady.

Só que eu precisava de algo com que me defender.

Lavei a ferida no pé depressa. O corte não tinha parado de sangrar, mas eu o enrolei com um pedaço de gaze. Voltei à antecâmara, caminhando com certa dificuldade. Meus pensamentos dispersos imediatamente se voltaram para as últimas palavras que o lorde Samriel me dissera.

Eu seria entregue ao rei? De que maneira? Sem minha intuição, a imaginação ia para os cantos mais aleatórios. Passei a mão trêmula pelo cabelo embaraçado e parei próxima à janela. Afastei a cortina. A vista do meu quarto dava para uma parte dos jardins e a frente do solar. Havia um brilho de luar fraco sobre as dependências escuras. Não havia nem mesmo *sōls* a distância, mas eu conseguia distinguir um pouco alguns… amontoados espalhados pelo chão. Corpos. Engoli em seco. Não dava para ver os estábulos. Será que Iris estava bem? Eu sabia que parecia errado me preocupar com uma égua diante de tantas perdas, mas na maioria das vezes os animais eram os mais vulneráveis.

Soltei a cortina e fechei os olhos, mas o terror e a confusão ainda me atormentavam. Eu não estava tão chocada por não ter conseguido ler nas entrelinhas do que eu já sabia e do que o lorde Samriel tinha me contado. Fazia sentido, mas ao mesmo tempo não fazia sentido algum.

O que eu não entendia era o fato de Thorne ser um risco para mim, apesar do que o lorde Samriel revelara. Como eu poderia me sentir segura com ele e, ao mesmo tempo, ele teria que me matar para sobreviver. Eu não conseguia acreditar.

Por outro lado: os Súperos não podiam mentir.

Eles falavam a verdade. Soltei um suspiro trêmulo ao levar o punho ao peito, onde meu coração... doía pela perda, pelo medo, e pela ciência de que... de que Thorne me faria mal, e eu nem sequer entendia por que isso me afetava tanto. Eu mal o conhecia. Ele não era nada para mim...

Só que esse pensamento nunca pareceu certo.

Talvez fosse por causa dessa... dessa sintonia. Talvez fosse algo mais. Eu não sabia, mas estava começando a sentir que...

A porta da câmara abriu de repente, me fazendo virar e acelerando meu coração. Não foi um Súpero que entrou e fechou a porta.

Foi Hymel.

Mesmo assim, não me senti nem um pouco aliviada. Não senti nada além de raiva ao atravessar o quarto e atacá-lo — não com um tapa, mas com um soco na mandíbula.

A cabeça de Hymel virou com tudo, e a dor se espalhou pelos meus dedos. Eu a recebi de bom grado com uma satisfação visceral.

— Caralho — grunhiu Hymel, segurando o queixo ao se endireitar. Em seguida, virou a cabeça para mim. — Essa foi desnecessária, hein?

Golpeei de novo, mas ele já estava preparado. Segurou meu braço. Com um grito de fúria, ataquei-o com a outra mão, meus dedos curvados feito garras. Ele jogou a cabeça para trás, mas consegui arranhar sua bochecha. Ele sibilou, e eu vi dois riscos vermelhos sobre sua barba.

— Sua vaca — rosnou ele, agarrando meu braço.

— Me solta! — gritei, puxando os braços, mas ele me empurrou com força. Minhas panturrilhas bateram no sofá, me fazendo perder o equilíbrio. Caí no sofá, e imediatamente comecei a me levantar, mas Hymel ainda segurava meus braços. Ele me forçou a ficar de barriga para cima, prendendo minhas pernas com as dele. — Sai de cima de mim!

— Pare de gritar — resmungou ele, a centímetros do meu rosto. — Você vai fazer algum daqueles Súperos virem para cá se não...

— Sai de cima de mim, seu bosta! — gritei na cara dele. — Seu traidor filho de uma puta!

— Mas que cacete, Lis. — Hymel ergueu meus braços, pressionando--os na almofada acima da minha cabeça. Ele prendeu meus pulsos juntos embaixo de uma das mãos. Com a outra, tapou minha boca, calando meus xingamentos. — Juro pelos deuses — rosnou de novo, apertando minha cabeça na almofada. — Nada me traria mais prazer do que te esganar até o último suspiro, mas eles a querem viva e eu quero sobreviver, então preciso que você cale a porra da sua boca. Caralho! O único motivo pelo qual vim aqui foi para ver se você ainda estava respirando. Não conheço e muito menos confio naquele Súpero de cabelo branco. Sabendo bem a sorte desgraçada que eu tenho, ele vai acabar matando você e isso tudo não vai ter valido de nada. — A mão em volta dos meus pulsos apertou. — Vai se comportar? Vai?

Com a respiração pesada e as narinas infladas, olhei para ele e fiz que sim do melhor jeito que podia.

Ele tirou a mão da minha boca devagar, seu corpo todo estava tenso como se ele estivesse pronto para que eu voltasse a gritar.

— Descobriu alguma coisa com o lorde Samriel?

— Mas que caralho, Hymel.

— Como eu já lhe disse antes, não tenho o menor interesse em oferecer a você o mesmo que meu primo.

— E onde é que ele está agora? — perguntei, tremendo de raiva. — Quero a verdade. Ele... — Minha voz falhou. — Ele ainda está vivo?

— Que foi? Não consegue descobrir sozinha?

Minha intuição não me dizia onde ele estava, e deuses, até então não tinha passado pela minha cabeça que podia ser porque ele não fazia mais parte daquele reino.

Ele semicerrou os olhos.

— Está com medo demais para tentar descobrir por conta própria? — Ele riu. — Você se importa tanto assim com ele? Caralho! Eu já te disse antes. Não sei onde foi que ele se meteu, mas posso dar um palpite. — Ele retribuiu minha carranca. — Ele meteu o pé na estrada na primeira chance que teve.

Eu não acreditava naquilo.

— Está sugerindo que Claude fugiu? Que ele abandonou o próprio lar? O próprio povo e...

— Você? Pelo amor dos deuses, é exatamente isso que estou sugerindo. Aquele desgraçado é um covarde que sempre se preocupou mais em passar o rodo e encher a cara ou ficar chapado do que em governar Archwood. Ele nunca devia ter virado barão. Você estaria mentindo se dissesse que não concorda comigo.

A questão é que eu não podia mesmo discordar. Claude era terrivelmente irresponsável, mas seria imprudente o bastante para fugir? Deuses, eu sabia muito bem a resposta disso. Não era de todo impossível.

— Mas se ele estivesse aqui? Se eu o encontrasse, ele estaria morto — falou Hymel. — Eu cortaria a garganta dele com minhas próprias mãos.

E eu sabia que ele estava dizendo a verdade. Dava para ver nos olhos pálidos dele que eles estavam cheios de ódio e amargura.

— Deuses — sussurrei, querendo sentir raiva de Claude, mas que se dane, a sensação de alívio era inevitável. Ao menos ele não estava no solar. Ele estava vivo.

E se um dia eu o visse de novo, socaria a cara dele também.

— E então? A questão é essa? — perguntei, olhando no fundo dos olhos dele ao abrir meus sentidos. A intuição percorreu meu corpo. — Você acha que devia ser barão, e ajudou a orquestrar isso tudo só para ganhar o título?

— Saia já da minha cabeça, sua vaca.

O nojo me invadiu.

— Fez isso tudo por pura inveja? Você tem noção de quantas pessoas morreram hoje?

— Teriam morrido muito mais se não fosse por mim — disse ele. — Se o rei soubesse da sua existência e tivesse vindo atrás de você enquanto o Príncipe de Vytrus estava aqui? A cidade inteira teria sido destruída. Muito pelo contrário, eu salvei vidas hoje. E não só isso, evitei que o título e o solar fossem à falência. Aqueles cobradores? Eles precisam ser pagos, e você? Você vai atrair numo o bastante para que eu pague as dívidas que Claude acumulou, e ainda vai sobrar. Então, sim, eu devia ter sido nomeado barão.

Eu o encarei. Ele não sabia que o rei queria Archwood fora do mapa de qualquer maneira. Sacudi a cabeça.

— Você é um idiota.

— Acha mesmo? Você não sabe de nada. — Ele se levantou de cima de mim. Erguendo a mão para o rosto, limpou a gotícula de sangue do arranhão que eu lhe causara. — Sua vadia filha da puta — murmurou.

Sentei-me, segurando a borda da almofada.

— Você não disse a eles que eu podia ler mentes, disse?

— Não. — Ele olhou para a porta.

— Por que não? — Quando ele não respondeu, entendi. — É porque você não confia nos Súperos, não é? Você estava torcendo para que eu xeretasse a mente deles e te avisasse se eles estivessem planejando te trair.

Hymel não respondeu, então me pus de pé. Ele não tinha se afastado muito, e quando se virou para me encarar, provavelmente pensou que eu o golpearia de novo. Levantou a mão para se defender, mas não era o que eu tinha em mente. Agarrei a mão dele com meus sentidos escancarados e fiz pressão, *estilhaçando* o escudo.

Não vi nem ouvi a resposta à minha pergunta.

O que vi foi uma coisa completamente diferente.

Eu *senti*.

Uma risada escapou dos meus lábios.

Hymel soltou a mão, se afastando ao me encarar.

— O que foi que você viu? — A pele sob sua barba ficou pálida. — O que você viu? — Ele deu um passo em minha direção.

A porta atrás dele se abriu, detendo-o. Levantei a cabeça, e meu riso morreu. A visão dos Rae encapuzados esperando no corredor fez meu coração disparar, mas o que entrou na câmara por atrás de Hymel me fez dar um passo para trás.

O suspiro leve demais que dei me pareceu pesado, denso, e tinha gosto de... de uma coisa na qual eu não pensava havia anos — as balas de hortelã que a prioresa deixava nos bolsos dos robes. O ar de repente ficou carregado de poder, deslizando pelas paredes e se espalhando pelo chão, aglomerando-se em cada vão e em cada canto do cômodo. Fiquei arrepiada com a estática.

Na entrada, surgiram ombros cobertos por um manto, quase largos demais para caber ali. O homem era tão alto que precisou abaixar a cabeça para passar pela porta. Ele endireitou a postura, revelando feições esculpidas, definidas, e um cabelo loiro claro e prateado.

Eu o reconheci.

Era o Súpero que eu tinha visto no Salão Principal mais cedo naquela mesma noite. Ele tinha olhado para mim e *sorrido*. Era o que eu tinha pensado que se parecia com o lorde Samriel, e era verdade, exceto pelo cabelo mais curto, que não passava da altura dos ombros, e o rosto ainda mais fino, numa forma crescente.

— Lorde Arion. — Hymel fez uma rápida reverência.

Dando outro passo para trás, eu podia jurar que senti a lâmina de *lunea* queimando na bainha.

— Então esta é ela? — perguntou o lorde Arion, num tom mais frio que o do lorde Samriel.

— Sim, milorde.

Ele inclinou a cabeça de uma maneira que lembrava os movimentos de uma cobra.

— Pelo seu bem — disse, dirigindo-se a mim —, espero que ele esteja certo. Meu irmão parece acreditar que sim, mas veremos.

O lorde Arion foi rápido, e não havia lugar para onde eu pudesse fugir. Ele parou na minha frente num piscar de olhos, prendendo meu pescoço com uma das mãos, seus olhos idênticos aos do lorde Samriel.

— Bem, não vamos nos demorar, certo?

— O quê...?! — arquejei.

Ele estendeu a outra mão sobre minha têmpora. Seus lábios se moveram. Falou baixo e rápido numa língua que parecia ser enoquiano.

Uma dor intensa me dominou de repente na parte de trás do crânio, depois no meu rosto. A pressão cresceu dentro de mim. Gritei, fechando os olhos quando a dor se espalhou para eles. Vi luzes brancas explodindo por trás das pálpebras. A agonia parecia um incêndio dentro de mim. Minhas pernas balançaram, e eu achei que fosse cair. Que fosse cair e queimar de dentro para f...

A dor sumiu com a mesma rapidez com que apareceu, deixando em seu rastro apenas uma sensação dolorida na parte de trás, nas minhas têmporas e sob minha testa.

— Abra os olhos — ordenou o lorde Arion.

Pisquei e obedeci à ordem, parte de mim com medo de ter perdido a visão, mas isso não aconteceu. Olhei para o lorde.

— Meu irmão diz que você foi entregue ao priorado ainda bebê. — Lorde Arion me analisou, os lábios entreabertos. — Ele estava certo. Tentaram esconder você, mas agora não está mais escondida. Eu a vejo pelo que é. — A mão no meu pescoço se afastou. — Nosso líder vai ficar muito contente por termos encontrado uma *ny'seraph* sem ligação para ele.

Cambaleei para trás, batendo no sofá, mas mantendo meu equilíbrio.

O lorde Arion sorriu, virando-se. Ele falou com os Rae em enoquiano. Metade partiu em silêncio, restando apenas dois.

— Aonde eles vão? — perguntou Hymel.

O lorde virou a cabeça para ele.

— Compartilhar as boas novas.

— Certo. — Hymel assentiu, um sorriso hesitante no rosto. — Então talvez eu deva ir com eles, para selar nosso acordo.

Lentamente, meu olhar se voltou para Hymel, e eu soube quando o li momentos antes que o acordo que ele fez com os Súperos, o que quer que fosse, não tinha sido muito inteligente. Ele não havia especificado os termos com os quais concordou. Ele era *mesmo* um tolo.

— Você fez bem. — O lorde Arion encarou Hymel, seu manto farfalhando no chão enquanto se aproximava dele. — Nosso rei será eternamente grato pelo seu serviço. — Ele colocou a mão no rosto do homem e pressionou os lábios à testa de Hymel. Em seguida, levantou a cabeça dele. — Isso não será esquecido.

O sorriso hesitante de Hymel esmaeceu.

Houve um momento de quietude.

Uma fração de segundo.

O estalo do pescoço de Hymel sendo quebrado rompeu o silêncio.

Eu o observei… enquanto ele caía, exatamente como eu tinha visto, morto antes mesmo de seu corpo atingir o chão.

CAPÍTULO TRINTA E OITO

— Acho que estamos sendo seguidos — sussurrou Grady na escuridão da câmara nada familiar de Bell's Inn, uma estalagem em algum lugar nas Terras Médias.

Estávamos deitados um de frente para o outro numa cama dura feito pedra, mas pelo menos era uma cama de verdade, com um teto acima de nossas cabeças. Tínhamos passado algumas horas da noite anterior acampando nas margens da Bone Road enquanto os coiotes uivavam e choramingavam como se estivessem inquietos com a presença de Súperos.

O único motivo pelo qual estávamos juntos era que Bell's Inn não tinha muitos quartos, e os Súperos, bem, podem ter torcido o nariz para as acomodações, mas não ficaram de todo contrariados quando o dono ofereceu mais do que comida e bebida aos patronos. O proprietário, um homem magro que atendia pelo nome de Buck e não pareceu lá muito preocupado quando me viu descalça e Grady ensanguentado, também tinha carne no cardápio.

Naquele momento, um gemido de prazer veio do andar de cima, superando por um instante o baque constante da cabeceira batendo na parede.

Os Súperos evidentemente estavam se divertindo.

Olhei para cima, para onde os feixes de luz do luar se aglomeravam no teto. Devíamos estar dormindo. Ordens do príncipe Rohan, mas as paredes finas não ajudavam em nada a bloquear o som. Podíamos ouvir perfeitamente cada grunhido e gemido.

— Deuses — murmurou Grady, exausto. — Eles não vão parar nunca de trepar? Já faz horas.

— Espero que não. — Desviei o olhar do teto. — Eles podem nos separar.

— Bem, sim. — Grady suspirou e se remexeu de leve, tentando se acomodar, mas não conseguiu se mexer muito com os braços atados sobre a cabeça numa corrente presa à cabeceira.

Eu, por outro lado, não estava presa.

Porque, de acordo com o príncipe, eu não estava sendo mantida como refém. Eu estava sendo *resgatada*, e realmente achava que eles acreditavam nisso. No entanto, também sabia que eles não tinham motivos para temer uma tentativa de fuga. Nesse quesito eles estavam parcialmente certos. A primeira coisa que fiz quando saíram foi tentar soltar Grady. Usei até mesmo a lâmina de *lunea* que eles ainda não tinham descoberto que eu portava, mas a corrente... ela era feita do mesmo material, e foi assim que aprendi que *lunea* não podia perfurar, rachar ou quebrar a si mesma. Mas, de novo, eles estavam parcialmente certos. Graças a Hymel, sabiam que eu não deixaria Grady para trás. Lancei um olhar para ele, odiando que ele estivesse naquela situação por minha causa.

— Seus olhos — disse ele, com a voz densa. — Não consigo me acostumar com eles.

Meus olhos...

Eu finalmente os tinha visto quando fomos colocados na estalagem e eu consegui usar a sala de banho. Havia um espelho sujo sobre a penteadeira, e a luz estava fraca, mas consegui vê-los. Os anéis azuis incandescentes circundavam minhas pupilas, como haviam feito antes. Qualquer que fosse o deslumbramento que a prioresa supostamente usara, os havia escondido durante todos aqueles anos, e eu não sabia ao certo se o vislumbre que tive deles antes tinha sido um sinal de enfraquecimento ou algo do tipo.

— Eles estão... estranhos? — perguntei.

— Mais ou menos — admitiu Grady. — Mas também meio bonitos.

Sacudi a cabeça.

— Você estava dizendo que acha que estamos sendo seguidos?

— Ouvi o lorde Arion conversando com um dos cavaleiros hoje à noite, antes de pararmos aqui. Não consegui ouvir a razão, mas foi por isso que eles queriam sair da Bone Road durante a noite — disse ele.

Engoli em seco. Não estávamos lá com tanta sorte no que dizia respeito a comida e água. Havia apenas um copo para cada um de nós, e quando chegamos nos entregaram um troço que alegaram ser ensopado de carne. Mas quanto a estarmos sendo seguidos? Uma pontinha de esperança surgiu. Será que... será que era Thorne? E se fosse, o que aconteceria então?

— Acha que pode ser... Thorne e seus cavaleiros?

Grady não respondeu de imediato.

— Não sei.

— Nem eu. — Fechei os olhos com força, abrindo meus sentidos para tentar encontrar uma resposta, sem sucesso. — Não vejo nada. Não sei se é porque deve ser um Súpero nos seguindo, ou se eu que... que estou cansada e... — Dei um suspiro leve que não ajudou em nada a aliviar a pressão que se acumulava no meu peito e no meu estômago. — Estamos a, o quê, uns dois dias de distância de Archwood?

— Com base no nosso ritmo, provavelmente um pouco mais — respondeu Grady. — O príncipe Thorne seguiu para o norte, certo? Para se encontrar com seus cavaleiros. Ainda que ele conseguisse voltar para Archwood no tempo esperado, ele estaria mais de um dia atrás de nós.

A mísera esperança que começava a crescer em mim foi rapidamente destruída. O baque do andar de cima continuava. Não era só o fato de que Thorne teria que se apressar para nos alcançar, havia também a garantia do príncipe Rohan de que Thorne e seus cavaleiros encontrariam problemas pelo caminho.

Além disso, havia também o fato de que Thorne não tinha motivo algum para ir atrás de mim. Ele não sabia que eu era isso de *ny'seraph*. Eu nem sabia o que aquilo significava. A viagem tinha sido tensa, silenciosa. Era como o príncipe Rohan preferia.

Outro gemido gutural ecoou do andar de cima.

Ao menos tinha sido a preferência do príncipe até então.

— Mas e se for ele? O príncipe Thorne? — propôs Grady após alguns momentos. — Não sei bem se seria um resgate.

Fechei os olhos quando a pressão aumentou, sentindo como se ela fosse me arrastar pela cama. Contei tudo a Grady enquanto tentava soltá-lo. E ainda não conseguia digerir a ideia de Thorne me matar, muito menos quando eu me sentia tão segura com ele. Ele não me causava medo.

Se bem que ele também não sabia o que eu era, lembrei a mim mesma. Isso podia mudar assim que ele descobrisse que eu era essa... essa coisa que basicamente o despia de sua imortalidade. Por que era esse o caso? Havia tanto que eu não entendia ou sabia, o que me frustrava ainda mais.

— Lis?

Abri os olhos.

— Sim?

— Você gosta dele, não gosta?

— Deuses — murmurei ao sentir uma dor imensa no peito. Ele já tinha me feito aquela pergunta, mas ela chegou de maneira diferente aos meus ouvidos. Com um peso mais real. Mais forte.

— Lis — disse ele, e a dor no modo como disse meu nome, a compaixão e... — Lembra quando eu estava de rolo com o Joshua?

Enrijeci.

— Sim, óbvio que lembro.

— E lembra do que você me disse?

— Para você parar de se meter com gente casada?

Ele deu uma risada seca.

— A outra parte, quero dizer. Você me disse para colocar um ponto final antes que eu me envolvesse mais e acabasse me machucando.

— Sim — respondi, pensando no banqueiro bonitão. — E você não deu ouvidos, até onde me lembro.

— Sei disso. — Houve uma pausa. — Estou te dizendo o mesmo agora.

— O quê?! Não é a mesma coisa. Não tem nada a ver com o que aconteceu entre você e o Joshua...

— Você e esse príncipe podem não se conhecer há muito tempo. Você pode não ter brincado de faz de conta como eu e o Joshua fizemos, mas eu te conheço, Lis. Você nunca se interessa por ninguém. Pode ser só porque você pode tocá-lo. Pode ser esse negócio aí que vocês significam um para o outro, mas...

— Tá. Entendo o que quer dizer. Entendo mesmo. Mas o que eu sinto por ele não importa. — Rolei na cama para ficar de barriga para cima. — Temos problemas maiores com que nos preocupar agora.

— Tem razão. Não importa mesmo. — Ele deu um suspiro pesado. — O que importa é que você precisa escapar daqui.

Todo o meu cansaço sumiu num segundo.

— O quê?!

— Você não está presa. Pode fugir. Tem uma janela bem aqui em cima que não parece ser difícil de abrir — avisou ele. — Você já até devia ter escapado por ela.

Virei a cabeça para ele.

— Você perdeu o juízo?!

— Lis...

— Não vou te deixar sozinho, Grady. Pelo amor dos deuses, não acredito que você sequer tenha pensado em sugerir isso. Que você acharia mesmo que eu aceitaria algo assim...

Parei de falar, de repente entendendo a raiva de Naomi. *Naomi*. Minha respiração falhou. Parei antes de ver o futuro dela, como eu tinha feito nos dois dias anteriores. Eu não queria saber, porque precisava acreditar que ela estava viva. Que tinha ido ficar com a irmã e que a casa estava intacta, embora eu soubesse que Laurelin não viveria até o fim dos Banquetes. Que o ataque poderia muito bem ter sido o que colocou um fim à vida dela.

Eu só precisava daquela pontinha de esperança, porque sabia que, quando fechasse meus olhos de novo, eu veria o mesmo que vi quando fomos levados do solar: os corpos dos criados e guardas que eu via todos os dias — esquartejados. Corpos jogados pelo gramado, iluminados pelo luar. E a cidade? Casas tinham sido incendiadas, e a trilha para os portões da cidade estavam cobertas de escombros, madeira quebrada e... e corpos espalhados. Tantos corpos — de ínferos e de Súperos. Os mais velhos. Os mais novos, alguns eram até...

— O que aconteceu em Archwood não foi culpa sua — falou Grady, interrompendo meu turbilhão de pensamentos.

Levei a mão à boca e esfreguei o rosto, secando a umidade que tinha se formado nos meus cílios.

— Sei que está pensando isso. Não foi culpa sua — disse ele, com a voz baixa e firme. — O rei não queria que defendessem Archwood. Ele queria a cidade destruída. O príncipe Thorne te contou isso.

Estremeci ao som do nome dele.

— Archwood já estava com o pé na cova, quer você tivesse ou não colocado os pés sobre a cidade.

Baixando as mãos para a barriga, balancei a cabeça.

— Bem, foi uma conveniência absurda o príncipe Rohan ir atrás de mim na mesma noite em que dizimaram a cidade.

— Não foi conveniente. Foi o filho da puta do Hymel. A ruína de Archwood aconteceria de qualquer maneira. Eles só mataram dois coelhos com uma cajadada só.

Talvez Grady tivesse razão. Vai ver a cidade teria mesmo sido atacada, mesmo que Hymel nunca tivesse procurado os Súperos, talvez nós tivéssemos morrido aquela noite em Archwood. Talvez tivéssemos conseguido escapar. Eu não tinha como saber.

Mas de uma coisa eu tinha certeza, e não precisava da minha intuição para isso: Grady não estaria com a vida em risco, dependendo da minha atitude de contrariar ou não os Súperos. Ele não estaria ali, por bem ou por mal, se não fosse por minha causa.

A única coisa que me restava a fazer era garantir que Grady saísse inteiro do problema que arrumei. E é o que eu iria fazer, nem que fosse a última coisa que eu fizesse.

Eu não me lembrava de pegar no sono, mas deve ter acontecido, porque acordei assustada e com o coração martelando.

O quarto estava quieto — a estalagem toda estava *em silêncio*, mas alguma coisa me despertou.

— Lis? — Grady cutucou minha perna com o joelho. — Ouvi gritos.

Virei a cabeça para ele, enxergando nitidamente seu corpo. A cabeça dele estava inclinada para trás. Segui seu olhar para o teto, onde não havia nada além de silêncio. Um arrepio percorreu minha espinha conforme os feixes de luar se retraíam do teto, deslizando pelas vigas e saindo pela janela...

A lamparina a gás da sala de banho se acendeu de repente. Cada músculo no meu corpo enrijeceu. O brilho pulsava. Senti minhas entranhas se contorcerem ao ver o lampião da mesa ganhar vida também e iluminar o quarto freneticamente. Prendi o fôlego à medida que o ar ao nosso redor foi ficando cada vez mais carregado de estática — de poder.

— Os Súperos — sussurrei. — Tem alguma coisa aconte...

Um grito agudo cortou o silêncio, repentino e abrupto.

Sentando na cama, agarrei a parte da frente da túnica de Grady. O ar foi preenchido por um grito arrepiante, depois mais um... e mais um.

— O que está acontecendo? — arquejou Grady, apertado nas correntes que o prendiam.

— Não sei.

Com o coração acelerado, fiquei de joelhos e olhei pela janela, mas só vi a escuridão. Me afastei da janela ao ouvir um lamento arrepiante que simplesmente foi interrompido. Ele tinha vindo de fora, ao longe, do vilarejo onde tínhamos entrado.

Desci da cama e fiquei de pé, fazendo uma careta com o protesto dos meus músculos doloridos. Com a respiração trêmula, fiz menção de pegar a adaga, quando...

— Não — alertou Grady. — Deixa ela guardada e foge daqui, Lis. Por favor. Só some daqui de uma vez.

Meus dedos não encontraram nada quando um grito fez o pavor percorrer meu corpo. Dei alguns passos para trás, com suspiros calculados e rasos, rápidos demais. Virando, voltei para a cama.

— Lis, por favor — implorou Grady, com a voz grossa.

Sacudindo a cabeça, eu me estiquei ao lado dele, pressionando o rosto em seu peito ao agarrar sua túnica de novo.

Foi então que o coro de gritos começou de verdade.

CAPÍTULO TRINTA E NOVE

Não olhe.

Foi o que eu disse a mim mesma repetidas vezes ao ser levada pela estalagem, sem tirar os olhos das costas dos Rae e dos cavaleiros Súperos. Minhas pernas e meus braços estavam tremendo tanto que eu fiquei surpresa com o fato de conseguir colocar um pé na frente do outro.

Grady tinha sido levado do quarto alguns minutos depois de os... de os gritos cessarem. Não vi nem o príncipe Rohan nem o lorde Samriel enquanto andava ao lado do lorde Arion.

Não olhe.

No entanto, o chão da taberna estava grudento e escorregadio sob meus pés descalços, e havia um cheiro que não existia quando entráramos, mais cedo naquela noite. Um aroma forte, metálico, misturado com um toque doce. Pungente. Imponente.

Olhei.

Meus olhos se voltaram para a direita, e eu tropecei ao ver o dono. *Buck.* Vi outros, cujos nomes eu não sabia. Alguns estavam seminus. Outros não tinham uma única peça de roupa os cobrindo, mas nenhum passava de um corpo.

Havia corpos esparramados na mesa, desmembrados, e outros estavam pendurados do segundo andar, lançados pela grade das escadas. Havia muito sangue. Parecia que um animal selvagem os tinha atacado, dilacerando o peito e a barriga de todos, deixando suas entranhas para fora, suspensas de seus cadáveres, em montes e poças no chão logo abaixo. Alguém... alguém queimava na lareira. Eu já tinha visto muita violência, mas aquilo era...

A bile subiu com tanta rapidez que não a contive. Virei e inclinei o corpo, vomitando a água e o que tinha sobrado do ensopado que tomei horas antes. A ânsia persistiu até que minhas pernas cederam e eu caí no chão ensanguentado de joelhos, até que meu estômago se contorceu de dor e as lágrimas escorreram pelo meu rosto.

Lorde Arion aguardou em silêncio durante toda a cena, falando apenas quando parei.

— Já acabou? — perguntou ele enquanto eu tremia. — Ou ainda tem mais?

Fiz que não com a cabeça do jeito que pude. Não tinha mais nada dentro de mim.

— Então fique de pé. Precisamos seguir.

Balancei para trás. Eu não conhecia nenhuma daquelas... daquelas pessoas, mas duvidava que pudessem ter feito algo que justificasse o que tinham sofrido.

— Por que isto aconteceu? — perguntei com a garganta dolorida. Eu precisava saber o que levava um ser vivo a provocar tamanha crueldade a outro, porque eu não conseguia conceber um mal tão destrutivo. Não importava o que eu tinha visto em Archwood. Aquela brutalidade era de outro nível. — Por que vocês fizeram isso com eles?

Houve um suspiro pesado, de tédio ou impaciência, talvez ambos.

— Por que não?

Eu o encarei em descrença.

— Era brincadeira — acrescentou ele, como se aquilo fosse uma resposta melhor. — Um dos nossos cavaleiros passou um pouco dos limites. Os gritos começaram, e, bem, o príncipe Rohan não é lá muito fã desses incômodos. Se tivessem ficado em silêncio, talvez estivessem aqui para ver o sol nascer.

— Eles... eles foram mortos porque alguém gritou? — Meu tom de voz era agudo.

— Dá para ver que essa resposta te desagrada — comentou o lorde Arion. — Ajuda saber que a maior parte desta cidadela ficou intacta? Porque espero que sim.

A maior parte? Pensei nos gritos que Grady e eu ouvimos vindos de fora da estalagem. Será que os menos afortunados tinham sido deixados daquela mesma maneira? Com os corpos abertos e à mercê da deterioração quando o sol nascesse, como em Archwood?

— Você não se importa mesmo com ínferos? — perguntei, embora soubesse a resposta. Ou pelo menos é o que eu pensava. Eu sabia que o rei tinha pouco interesse em nós, mas aquilo... aquilo ia muito além do que eu acreditava que os Súperos seriam capazes de causar. — O rei está de acordo com isto?

— O rei abomina violência — respondeu o lorde Arion. — Bem como abomina covis de vício e pecado. Ele veria isto pelo que de fato é: uma limpeza. Nenhuma vida de valor foi perdida aqui. Agora, precisamos continuar.

Uma raiva que vinha dos meus ossos me preencheu, tomando o lugar do frio, do terror e da descrença. Minha garganta queimava de fúria.

— Vai se foder.

Sobrancelhas claras se ergueram acima dos olhos pretos e verdes. Foi tudo que tive a chance de ver. Ele se moveu muito depressa.

O golpe atingiu minha bochecha e meu lábio, me fazendo cair para o lado. Estendi as mãos para tentar evitar o baque no chão. Uma dor que queimava, pulsava, se espalhou pelo meu maxilar e subiu para minha cabeça. O sangue inundava minhas palmas, e eu respirava furiosamente, sentindo um zunido nos ouvidos.

Meus deuses…

Não era a primeira vez que eu apanhava, mas nunca tinha levado um tapa tão forte a ponto de meus ouvidos zunirem.

Havia sangue na minha boca. Cuspi, estremecendo com a dor intensa de um corte no lábio. Hesitante, passei a língua pelos lábios, um tanto surpresa por não ter perdido nenhum dente.

— Olhe para mim. — O sussurro dele tocou minha pele como um suspiro de inverno.

Eu me retraí, dando um respiro curto ao levantar a cabeça para o lorde mais uma vez. A luz estava forte ali — mais do que alguns segundos antes. Os pelinhos na minha nuca se eriçaram quando o poder pesou a atmosfera.

O sorriso dele se alargou.

— Ouça-me.

Antes que eu pudesse respirar novamente, a voz dele chegou dentro de mim e tomou o controle. Um peso que eu não conseguia ver se instalou primeiramente nos meus tornozelos e em seguida subiu pelas pernas, circulando a cintura e os pulsos e passando por cima dos ombros. Uma dor rápida e aguda perfurou meu crânio, e a pressão foi parar lá, ocupando minha mente, e cada respiro que eu dava tinha gosto de… de *hortelã*.

O centro dos olhos dele — onde as manchas de verde circundavam as pupilas — se iluminou e se expandiu até que apenas um feixe preto fino estivesse visível.

— Fique de pé — ordenou o lorde Arion.

Eu não queria. Cada parte do meu ser se rebelou contra a ordem, mas meu corpo se moveu sem esforço consciente. Ele tinha tomado o controle do meu corpo — das minhas vontades. Levantei.

O lorde jogou o manto para o lado, pegando o cabo preto de uma espada. A lamparina iluminou a lâmina de *lunea* quando ele a empunhou, mirando a ponta no meu peito.

— Ande para a frente.

Um pé se ergueu do chão, depois outro.

Ele sorriu.

— Um pouco mais.

Meu coração martelava enquanto eu encarava a ponta perversamente afiada da espada. Ele... ele ia me fazer empalar a mim mesma? *Não*. Eu não faria isso. Eu *não poderia* fazer isso. *Não*, sussurrei, depois gritei a única palavra, de novo e de novo, mas nenhum dos sons chegaram à minha língua. Minhas mãos se abriram nas laterais do meu corpo, e eu abri os dedos.

— Interessante — murmurou o lorde. — Olhe para mim *agora*.

A pressão se expandiu na minha cabeça, causando pontadas de agonia nas têmporas até que meu olhar se voltou a ele. Só então a dor cedeu.

O verde nos olhos dele pulsava.

— *Ande para a frente.*

Meus pés se arrastaram pelo chão sangrento. Um pé. Depois o outro — e uma nova dor de repente irradiou pelo lado direito do meu peito, roubando o ar dos meus pulmões enquanto eu dava outro passo.

— Pare — ordenou.

Parei.

O lorde guardou a espada de novo, segurando-a entre nós dois. A ponta brilhava com sangue — *o meu* sangue.

— Eu podia muito bem mandar você cortar o próprio pescoço com esta lâmina, e você o faria. — Ele abaixou a arma, apoiando a lâmina afiada na base do meu pescoço. — Eu *podia* te fazer ficar de joelhos e botar meu pau na sua boca. Eu *podia* te fazer pegar esta espada e ir de casa em casa, esquartejando as pessoas adormecidas. Está me entendendo?

O nojo se juntou ao gosto de hortelã na minha boca, mas, a despeito dele, meus lábios se moveram:

— Sim.

— Excelente. — O lorde abaixou a espada. — Agora responda: viu bem o que aconteceu com as pessoas ao seu redor?

— Sim — respondi com um sussurro.

— Você pode escolher fazer o que lhe é mandado ou se arrepender amargamente pelo resto da vida se não o fizer. Você viu as diversas maneiras de encontrar o arrependimento, começando pelo seu amiguinho corajoso. Está me entendendo? Responda "sim, milorde".

— Sim. — Minha garganta doeu quando as palavras saíram. — Milorde.

Ele passou a espada sobre a pequena ferida, provocando um arfar trêmulo.

— O único controle que você tem agora está no que acontece a partir deste momento, até que você seja entregue ao nosso líder. Recebi as ordens de levá-la com vida e em condição aceitável. Nada foi dito a respeito de seu amigo. Ele está vivo pela pura generosidade do príncipe Rohan e de suas ações.

Minhas mãos tremeram quando a ponta da espada arranhou meu seio e em seguida a curva da minha barriga, antes de apontar para o chão.

O sorriso de lábios fechados do lorde voltou, e ele embainhou a espada.

— Pode ser uma experiência agradável, ou posso te fazer implorar pela morte durante cada segundo do percurso. Está me entendendo, minha querida?

Meus lábios se moveram mais uma vez.

— Sim.

Os anéis verdes se retraíram até retornarem a meras manchas na escuridão dos olhos dele. O peso que invadira meu corpo cedeu de repente, soltando meus tornozelos, meus pulsos e, por fim, minha mente. A confusão foi varrida dos meus pensamentos conforme o... o poder dele me libertava. Enfim ciente de como era uma compulsão, eu entendia o terror que tinha visto no rosto de Grady quando éramos crianças e ele tinha sido submetido ao mesmo que eu acabara de sentir. Cambaleei para trás, minha respiração ofegante.

— Agora é hora de partirmos.

Lentamente, me virei, com movimentos duros e imprecisos. Um tremor havia começado nas minhas mãos e se espalhado pelo resto do meu corpo quando percebi uma pequena mancha de sangue no meu robe, bem no peito. Não era nada comparado ao que eu já tinha visto — comparado ao que eu sabia que aquele lorde era capaz de fazer. Saí para a noite nublada e mais fria.

O pátio estava vazio.

Mal senti o solo gelado sob meus pés enquanto procurava Grady e os demais. Não os vi. O pânico se instalou quando tudo o que consegui enxergar para além da cerca de pedras foi a silhueta de um corcel, tão alto quanto os cavalos que eu vira nos estábulos de Archwood.

— Cadê ele? Onde estão os outros?

— Você voltará a vê-lo. — O lorde passou por mim, agarrando meu braço com tanta força que me machucou, mas não reclamei. O abuso físico era muito melhor do que a alternativa de ele usar outro encantamento e cumprir uma de suas muitas ameaças. — Ele foi levado antes, com o príncipe e meu irmão.

A confusão cresceu dentro de mim, e então me lembrei do que Grady tinha dito.

— Estamos sendo seguidos, não estamos?

— Estamos sendo cautelosos — respondeu o lorde com uma risada, e eu estremeci, me lembrando da apatia do lorde Samriel. — Se estivermos, vão seguir o príncipe. Não a nós.

Meu coração martelou conforme eu me aproximava da rua vazia e escura. Eu precisava lembrar a mim mesma de que os Súperos não podiam mentir. Se ele disse que os Rae o estavam levando à nossa frente, então era a verdade. Grady era forte e inteligente. Se ele tivesse a chance de escapar, não a desperdiçaria, e foi nisso que me concentrei.

O lorde me segurou pela cintura e me colocou em cima do cavalo, e em seguida montou na sela atrás de mim.

— Se me fizer outra pergunta — disse ele, pegando as rédeas —, vou te colocar para ocupar a boca de um jeito que vai me irritar infinitamente menos.

Cerrei os dentes, e doeu, fazendo metade do meu rosto latejar. Por que homens, independentemente do que fossem, sempre acabavam fazendo ameaças da mesma natureza? Como se ameaçar nossas vidas já não fosse o bastante para cooperarmos? Finquei os dedos no arção da sela.

— Não caia — instruiu ele. — Vai ser um grande incômodo se isso acontecer, e você não quer isso.

Com essas palavras, ele chutou as laterais do corpo do cavalo, fazendo com que ele se movimentasse. Me recusando a usar qualquer parte do monstro atrás de mim como apoio, segurei firme no arção. O ritmo logo acelerou, e avançávamos depressa pelas ruas escuras, me fazendo pressionar as coxas contra a sela para não perder o equilíbrio. Senti um aperto no peito ao chegarmos ao final da rua.

Um brilho alaranjado subia de trás da colina, e o cheiro de madeira queimada exalava mais forte. A fumaça tomava a noite, ofuscando as estradas.

Tentei ver que tipo de estrago tinha sido feito, mas o cavalo seguiu com a mesma rapidez, fazendo com que as ruas do vilarejo sem nome virassem um borrão.

Ao chegarmos aos portões abertos e sem guardas do vilarejo, as nuvens começaram a se dissipar. Um luar prateado iluminava a estrada, banhando aglomerados espalhados nas margens. As formas eram...

Meu estômago revirou. Eram os corpos dos guardas da cidade. Havia dezenas pelo caminho enquanto saíamos do vilarejo, o ritmo do cavalo se mantinha constante.

Pelo amor dos deuses, quantos haviam morrido naquela noite? Tremi. E todas aquelas mortes... Será que o sangue daquelas pessoas estava nas minhas mãos? Como o sangue que o Príncipe de Vytrus carregava nas dele?

Não. A palavra queimou dentro de mim, deixando minha espinha dura como aço. Eu não tinha feito nada para causar aquilo. Nem mais ninguém que tinha sofrido naquela noite. Era tudo culpa dos Súperos. Grady estava certo. Eu também não era responsável por Archwood. A única coisa que eu tinha feito foi nascer, mas também não estava completamente livre da culpa.

Eu me importava com as pessoas, mas era óbvio que não me importava *o suficiente.* Porque nunca tinha prestado muita atenção na política da Corte quando os barões visitavam o solar para trazer notícias e fofocas. Eu sempre me esquecia depressa do que quer que eu extraísse delas em nome de Claude. Não prestara lá muita atenção quando chegaram as notícias sobre a agitação nas Terras do Oeste. Eu usava minhas habilidades quando me era solicitado, quando me servia, ou meramente por acidente. Eu podia ter me esforçado mais para quebrar os escudos que protegiam Claude e Hymel, e teria conseguido, pois o fizera com o comandante Rhaziel sem nem mesmo o tocar. Eu podia ter descoberto o que Hymel estava aprontando, mas tive medo demais — não apenas por Grady, mas também por mim. Eu não queria prejudicar minha própria vida nem todos os privilégios que eu tinha conseguido, quer os merecesse ou não. Eu estivera cuidando dele *e* de mim mesma, absorta demais na minha própria vida e nos meus próprios medos. Eu podia ter feito mais. Havia tantas escolhas que eu podia ter feito que teriam mudado, e talvez até prevenido, o que veio a acontecer a Archwood.

O que tinha acontecido ali, naquele vilarejo.

Então, no fim das contas, como eu podia me achar uma pessoa melhor que o rei? Apenas o fato de que eu me importava não fazia de mim alguém diferente, porque eu não tinha me importado o bastante. E só os deuses sabiam que eu não era a única ínfera que ignorava os problemas que cresciam bem debaixo do meu nariz, só que eu, ao contrário dos demais, estivera numa posição privilegiada, protegida, a partir da qual eu poderia ter feito mais, mas não o fiz. Pensei em como eu tinha alertado Grady para não se envolver com os Cavaleiros de Ferro. Nisso, fiz o extremo oposto de *mais*, só porque eu não queria arriscar voltar para as ruas. Como isso me tornava melhor do que eles?

De jeito nenhum. Longe disso.

O fato de que eu precisara que tudo aquilo acontecesse para me dar conta disso me enojava, porque eu teria que viver com essas escolhas dali para a frente.

E sabe-se lá quantos outros teriam que lidar com as consequências.

Continuamos na estrada por um curto período antes que o lorde Arion guiasse o corcel pelas campinas iluminadas pelo luar com uma joelhada brutal.

Ervas daninhas altas batiam nas minhas pernas, pinicando minha pele, mas não era nada comparado ao latejar no meu peito e na minha mandíbula, nem ao medo do que estava por vir. A campina parecia interminável, meus pensamentos se embaralhavam à medida que eu tentava descobrir o que ia acontecer e planejar como fazer escolhas... escolhas melhores, sem deixar de proteger Grady — e ainda tirá-lo daquela situação.

A água gelada me arrancou dos meus pensamentos, ensopando meus pés e a barra da minha roupa ao cruzarmos um riacho estreito. O tremor persistiu quando o corcel subiu pelo morro íngreme, nos levando para... para Wychwoods.

Meus deuses, havia coisas naquela floresta possivelmente ainda mais aterrorizantes que o lorde Súpero atrás de mim.

Quando olhei para o amontoado de terra sob meus pés, um pensamento bobo, mas levemente amedrontador passou pela minha mente. Será que ainda havia Deminyens naquela floresta, sendo criados bem no fundo do solo? Deuses, a ideia não ajudava em nada.

Eu não sabia quanto tempo já tinha se passado. Tudo que eu conseguia fazer era me concentrar em manter o equilíbrio em cima do cavalo e não cair embaixo de seus cascos à medida que ele corria pelo labirinto de árvores numa velocidade que podia acabar quebrando meu pescoço. Eu me mantive firme, mesmo quando parte do meu corpo protestou e minhas mãos e coxas começaram a doer. Só quando as árvores se mostraram próximas demais o lorde Arion fez o cavalo desacelerar o bastante para que eu não sentisse que poderia cair a qualquer momento.

No entanto, não afrouxei as mãos no arção, nem ao ver partes claras do céu através das copas densas, alternando por todos os tons de azul. Continuei segurando.

O cavalo desacelerou ainda mais, e, depois de um tempo, praticamente parou. Com cautela, virei para encarar o lorde. Ele estava com a cabeça virada para cima, olhando as árvores mais altas do que qualquer outra coisa que eu já tinha visto. Segui a direção do seu olhar para onde o leve brilho do amanhecer lutava para perpassar os galhos cheios de folhas. O corcel estava ofegante, e o lorde Arion se mexeu na sela…

Alguma coisa sibilou no ar. As rédeas se soltaram das mãos do lorde quando ele tombou para a frente de repente, colidindo comigo com tal força que soltei o arção sem querer. O peso repentino dele nos jogou para fora da sela.

Atingi o chão com um baque tão intenso que o senti nos ossos. Caída, fiquei atônita por um segundo, encarando os tufos de… de grama *roxa*. Eu nunca tinha visto nada parecido.

Só que isso não era tão importante no momento.

O lorde Arion… ele estava esparramado em cima de mim, sem se mexer. Reunindo o pouco de força que eu tinha, afastei o corpo dele, fazendo-o cair de lado, ainda com um braço sobre a minha barriga. Olhei para o rosto dele, e…

— Puta que pariu — sussurrei ao ver a flecha enfiada entre os olhos dele.

Ao tirar o braço dele de cima de mim, me arrastei para trás pelo chão, encarando a poça de sangue que crescia abaixo de sua cabeça. Ele parecia estar morto, mas eu não sabia a magnitude de seu poder. Não tinha como saber se ele estava apenas inconsciente ou se aquela flechada perfurando seu cérebro tinha sido suficiente para matá-lo. Uma flecha com a ponta *branca feito leite*…

Houve um barulho vindo das árvores. O corcel do lorde Arion zarpou, batendo os cascos no solo a poucos centímetros de mim. Eu me coloquei de joelhos, virando na direção do som do assovio agudo. Pelas mechas do meu cabelo, vi uma figura escura cair das árvores — não, *as* figuras escuras tinham *voado* lá de cima.

Corvos.

Dezenas.

As asas pretas cortavam o ar enquanto voavam em círculos rápidos, aproximando-se cada vez mais uns dos outros até que... se juntaram a alguns metros do chão, unindo-se até... até virarem um único ser.

Por fim, se transformaram na figura de um homem, vários metros à minha frente, com um manto escuro caindo sobre a grama roxa feito fumaça.

Um tremor desceu pela minha espinha, depois se espalhou pela minha pele. Aquela sensação tomou conta de mim outra vez, a mesma que eu tinha sentido na infância.

Um aviso.

Um acerto de contas.

A *promessa* do que estava por vir.

Naquele instante, porém, alguma coisa destravou dentro da minha mente, e de sua escuridão saiu uma visão como eu nunca tinha tido antes, e, num lampejo, vi o que o lorde Samriel alegara.

Vi os braços *dele*, a mão dele envolta no cabo de uma lâmina fincada no meu peito...

Um soluço escapou pela minha garganta. Morte. Eu tinha visto a minha própria morte. Ela vinha das mãos *dele*.

— Vai. Vai, vai — sussurrei, tentando fazer meus músculos paralisados responderem. — *Vai.*

Ele se levantou àquela altura impossível e intimidadora enquanto eu me colocava de pé. Me virei e saí correndo o mais rápido que pude, de volta em direção ao riacho. Disparei, meus braços e minhas pernas parecendo voar enquanto pedrinhas feriam a sola dos meus pés. Os galhos batiam no meu cabelo e nas minhas bochechas, prendendo no meu robe e na camisola. Cada passo *doía*, mas não parei. Não havia tempo para raciocinar aonde eu estava indo ou quanto aquela fuga era em vão, pois...

Um corpo colidiu com o meu, fazendo minhas pernas cederem. Por um momento, caí como se não tivesse peso algum, leve feito uma pena; depois, braços prenderam os meus. O corpo girou, e de repente eu não estava mais encarando o chão duro vindo na minha direção, mas as árvores.

Batemos com força, o corpo abaixo do meu amortecendo boa parte do impacto, mas ainda assim perdi o fôlego, e, por um momento, nenhum de nós dois se mexeu. Em seguida, ele me virou, me colocando de barriga para baixo no chão. Senti um peso sobre minhas costas, prendendo meu corpo inteiro ao solo. Agarrei a grama úmida.

— *Na'laa* — sussurrou ele. — Você sabe que não adianta correr de mim. Sempre vou pegar você.

Dei um suspiro trêmulo. Um… um aroma florestal leve preencheu minhas narinas. O cheiro de… *sândalo*.

O cheiro dele.

Do meu príncipe Súpero.

Da minha salvação.

E do meu fim.

AGRADECIMENTOS

Quero agradecer à minha agente, Kevan Lyon; ao time maravilhoso da Bramble: Ali Fisher, Dianna Vega, Devi Pillai, Anthony Parisi, Giselle Gonzalez, Saraciea Fennell, Monique Patterson, Jessica Katz, Steven Bucsok, Heather Saunders e Rafal Gibek; e à Melissa Frain por me ajudar a dar vida a Calista e Thorne.

Um obrigada imenso à Malissa por fazer com que as coisas continuassem caminhando enquanto eu escrevia. Outro obrigada à Jen F. e Steph por trocarem ideias comigo. Vonetta e Mona — vocês são tudo.

E os membros do JLAnders? Vocês arrasam, como sempre.

Nada disso seria possível sem você que está lendo. OBRIGADA.

Este livro foi composto na tipografia Adobe Caslon Pro,
em corpo 11/14,2, e impresso em papel off-white
no Sistema Cameron da Divisão Gráfica
da Distribuidora Record.